To:

许是沂关郡城居于大梁北境，这里的寒冬格外冷，风吹在身上极为刺骨……

但郡城风景宜人，雪景也是难得一见的秀丽，城中百姓善良淳朴，热情好客，尤其是温郡守其女，简直就如天女下凡，心善而伶俐，予我颇多帮助，我不胜感激。

墨苏谨禀

風歌且行

上 册

青岛出版集团 | 青岛出版社

图书在版编目（CIP）数据

折梨 / 风歌且行著. -- 青岛 : 青岛出版社, 2025.
ISBN 978-7-5736-3330-9

Ⅰ. I247.5

中国国家版本馆CIP数据核字第2025AE0023号

ZHE LI

折　梨

风歌且行　著

策　　划　常春红
责任编辑　郭红霞
特约编辑　常春红
责任校对　王子璠
插　　图　RedMatcha　四季春 u　阿　满
装帧设计　蒋　晴
出版发行　青岛出版社（青岛市崂山区海尔路 182 号）
本社网址　http://www.qdpub.com
邮购电话　18613853563
照　　排　梁　霞
印　　刷　河北鹏远艺兴科技有限公司
出版日期　2025 年 8 月第 1 版　2025 年 8 月第 1 次印刷
开　　本　16 开 (710mm × 980mm)
印　　张　36
字　　数　705 千
书　　号　ISBN 978-7-5736-3330-9
定　　价　69.80 元（全 2 册）

编校印装质量服务电话　4006532017　0532-68068050

目录

上册

目录

下册

折梨

折梨

第一章　再逢夏

一股浓郁的花香味传来，温梨笙本来睡得很沉，就这么突然醒了。

她深吸一口气后坐起来，一睁开眼便看见一簇嫣红的花从窗子外探进来，带着金灿灿的阳光，照在她雪白的衣裙上。

她浓密、微翘的睫毛轻轻颤动，双手捂住自己的腹部，方才那钻心的痛楚竟没有丝毫残留。

那杯毒酒一入喉咙就带来了火辣辣的疼痛感，那痛感仿佛火烧一般一直蔓延到她的腹部。短短片刻，她就痛得难以忍受，吐出一大口黑血，之后就没了知觉。

温梨笙记得很清楚，那是死亡的感觉。

什么毒药会让人那么痛？！

就在她的思绪一片混乱时，忽然有人撞开了竹门，对她道："梨子，得手了！"

温梨笙被吓了一跳，抬头一看，漂亮的眼眸里尽是震惊之色。她看着眼前的人，不确定地道："沈……嘉清？"

来人是个身着杏色衣袍的少年，唇红齿白。少年满面笑容地朝她招手，道："快出来瞧瞧。"

沈嘉清是与她一同长大的伙伴。她记得，三年前江湖上邪派四起，沈嘉清作为风伶山庄的少庄主，背上长剑向她辞别，踏上匡扶正义之路。之后她便再也没见过他。

现在少年模样的沈嘉清站在她面前，她蒙了。

"发什么愣呢？"沈嘉清见她双眼发直，疑惑地皱起眉，问，"人抓到了，你不去看看吗？”

温梨笙此刻完全无法正常思考，顺着他的话问道：“抓到谁了？”

不料，沈嘉清一听这话便露出了惊讶的神色，而后答道：“景安侯世子啊。”

“世子”这两个字一下击中了温梨笙的耳朵。她睁圆了眼睛，喊道：“你说什么？！”

她立即下了竹榻，胡乱地穿上鞋子就往外跑。她踏出竹门的一瞬间，阳光温柔地照射在她漆黑如墨的长发上，蝴蝶造型的金钗反射出极亮的光芒。

一股温热的风扑面而来，撩动她雪白的衣裙，眼前是明媚的景象。

眼前的景象一点儿一点儿地在她的脑海中勾勒出清晰的轮廓。她目光一转，沈嘉清已走到她跟前，指着南边的一间小竹屋道：“在那里面呢。”

温梨笙正准备过去，却被沈嘉清拦下了。沈嘉清递给她一块黑色的长布，数落道：“你傻啊？把脸蒙上，免得他记住你的脸！”

建宁六年，景安侯世子初到梁国北部的沂关郡。郡中许多人说，这位世子此番前来是带着人肃清贪赃腐败之流的，第一个要对付的人就是温梨笙的亲爹——沂关郡出了名的大贪官温浦长。

当初沈嘉清以为这位世子初到沂关郡，人生地不熟，强龙难压地头蛇，想趁着他还没入郡，先给他一个下马威，免得他日后不知天高地厚地对温家人出手。沈嘉清与温梨笙一商量，都觉得此事可行，于是在一个阳光明媚的午后，带上一伙人，打算在离县城一百里的地方拦截世子的队伍。

温梨笙分明记得他们当日扑了个空。怎么现在沈嘉清喊着“得手了”？

她想到谢潇南那双冰冷的眼眸，心颤了颤，然后骂骂咧咧地道：“沈嘉清，你的狗胆真够大的！你竟敢对从皇城里来的太岁动手！”

沈嘉清突然被骂，颇为纳闷儿，问她：“咱们当初商量的时候，你也是赞成的啊，怎么突然变脸了？”

温梨笙的话卡在了嗓子眼儿里，当年她确实无知，在此事上与沈嘉清狼狈为奸。

他们闯下大祸了。

温梨笙抢过黑色的长布，匆匆将自己的下半张脸蒙住，跑到那间小竹屋外。她刚靠近窗子，就听见里面有“呜呜”的声音。她倒吸一口凉气，感觉心肺都结冰了，弯下腰，悄悄地透过窗子的缝隙往里看。

阳光照进屋内，她看得还算清晰。她刚把目光探进去，就与里面的人对上了视线。

温梨笙愣住了。

里面的人身着蓝色长袍，头戴银冠，两条由银丝与红绳编成的缨绳垂在肩上，手、脚皆被捆住，嘴被布堵着。那人还在不安分地“呜呜”叫着，看见温梨笙之后，叫得更大声了。

温梨笙单看此人的眼睛就知道此人不是那位世子爷。此人虽然穿着打扮确实华贵，但面容与世子爷的差得远了。

她大松一口气，差点儿瘫倒在地上，摘下蒙在脸上的布，连道三声“幸好”。

“传闻景安侯世子幼年成名，有天人之姿，此番一看也不过如此。我只是把他绑来，还没做什么，他就被吓破胆了。”沈嘉清不屑地道。

温梨笙沉默片刻后问沈嘉清：“你为何把他的嘴堵上？”

沈嘉清道：“自然是因为他一直叫嚷着自己不是世子，我觉得聒噪。”

温梨笙看了他一眼，又问：“那你有没有想过，你可能绑错人了？”

沈嘉清的反应极大，他反问道：“怎么可能？这人是被我从景安侯府的马车里拽出来的。小爷办事靠谱儿，什么时候出过错？”

“你何时见过景安侯府的马车？”

“那马车我只需看一眼，就知道是景安侯府的。”沈嘉清坚持自己的判断。

温梨笙又看了看屋里的人，确认那不是那位世子，又与沈嘉清争论起来。

两个人正吵个不休，身后突然有人慵懒地道：“原来在这儿。”

温梨笙瞬间噤声，转头望去。

刹那间，风平地而起，周遭所有的树木似都被卷进风里，发出不小的声音。蝉儿的叫声从四面八方传来，却都被温梨笙隔绝在耳外，她对上了一双明亮的眼。

这少年逆风而立，五官精致，墨玉一般的黑眸半敛着，一身白如霜雪的衣袍微微摆动，衣领、袖口处有金丝流云细纹。他看起来有种说不出的华贵之姿。

他就这般随意地站着，墨发轻轻飞扬。

梦中温梨笙出嫁时，十里红妆绕过半座城，喜糖、喜钱撒了一路，锣鼓喧天。正当喜庆热闹之时，叛军撞破了城门，长驱直入，在街边看热闹的民众皆落荒而逃，家家闭户，不敢再出门。

抬着她的喜轿的人将她重重地扔下，四散而逃。

外面的嘈杂声很快消失，她便爹着胆子掀开轿帘，只见一匹戴着银甲的黑马立在轿前不远处。她再次抬眸时，看见一个俊美无双的人坐于马上，居高临下地看着她，眸中一片冷漠之色。

那张脸与跟前的少年的面容一模一样。

此人便是人人夸赞的天才少年，声名赫赫的景安侯世子。

他也是后来起兵造反，战无不胜，一路杀至京城，将皇帝拖下龙椅，篡位自立的反贼——谢潇南。

此刻，温梨笙才彻底明白自己做了一场黄粱大梦，梦里她短暂一生的所有事情无比清晰，毒酒残留在喉中的感觉，她更是清楚无比。

她醒了。

现在是建宁六年。

和梦里不同的是，梦里，她和沈嘉清摩拳擦掌地堵在谢潇南初入沂关郡的路上，等了整整一日也没见到谢潇南。

而现在，在沈嘉清绑了个不知什么人回来后，谢潇南立于竹屋之前，与她不期而遇。

温梨笙身体僵硬，仅与谢潇南对视了一眼就匆忙移开了视线，飞快地思索该如何应对面前的情况。

她又动作缓慢地把手中的黑布蒙在了脸上，心想：现在跑还来得及吗？

正在这时，沈嘉清说道："兄弟久等了，我和朋友要处理一些私事。待我二人处理好私事便回去，顺便将你带去沂关。"

温梨笙心想：沈嘉清怎么这么好客？

温梨笙惊讶且迷茫地看了沈嘉清一眼，见他果然很热情。他似乎压根儿就不知道，他要绑的正主就站在他面前。

谢潇南朝两个人身后的竹屋看了一眼，眉梢微动，问："你们是山贼？"

他的声音里带着一股懒洋洋的劲儿。

沈嘉清直接否认，正要说话，温梨笙立马用力地咳了一声，想给沈嘉清使眼色。

眼下这情况，他们必定说多错多，跑才是唯一的办法。等他们回了城里，即便碰面时被谢潇南认出来了，她死不认账，再加上她爹的庇护，想来也没什么事。

谁知沈嘉清没有反应，倒是谢潇南被这几声咳嗽声吸引，眼珠转动，打量的视线轻飘飘地落到了温梨笙身上。

温梨笙的反应也极迅速，她连忙把头转开，弯下腰捂着肚子，"哎哟哎哟"地叫了两声。

沈嘉清被吓了一大跳，连忙问她："梨子！你怎么了？"

她转过身，边喊边挪动脚步，往竹屋后走去，并回答道："我肚子疼，先离开一下！"

她快步走出两个人的视线之后回头，见没人跟上来，立即狂奔起来。

她想：管他呢，先跑再说，等回去搬了救兵再来救沈嘉清。

她刚跑两步，便有一人突然出现在她的面前，朝她有礼貌地笑道："姑娘，我们少爷有请。"

温梨笙佯装听不见，低着头继续跑。

那人又追了她两步，重复道："姑娘，我们少爷有请——"

温梨笙依然假装听不见，不回应。

然而，下一刻，那人拦住了她，问："你聋了？"

温梨笙怒道："你骂谁呢？"

这个人穿着一身浅灰色的长袍，衣袍看起来很干净，即便价值不菲，看着也有些朴素。他只微微笑着，就让人觉得如有清风拂面。

温梨笙认得这个人。此人名唤乔陵，是谢潇南的得力手下，武功极其高强，时常伴在谢潇南左右。

她脸色一变，朝这人笑了笑，动作熟练地从袖中摸出一沓银票，对他说道："这位大哥，我有急事要下山。您能不能行个方便，就跟你家少爷说没看到我？"

温梨笙作为沂关郡第一贪官的女儿，手里最不缺的就是银子。她秉承着有钱好办事的原则，不管走到何处，都能掏出一沓银票。

乔陵看了看她手里的银票，微微愣住，而后走上前非常自然地将银票收下，塞到自己的袖中。

温梨笙一见有戏，当即乐开了花，道了一句谢就要走，却被乔陵拦住了。

乔陵道："姑娘要去何处？我家少爷还在等你呢。"

她顿时疑惑地问："你不是收了银票吗？"

这不算交易达成？

谁知，他依旧微笑着问她："什么银票？"

温梨笙当即捂住心口，险些窒息。

谢潇南身边的人果然不是什么省油的灯，竟然跟她翻脸不认账！

她还想挣扎一下，于是问他："你可以把银票还给我吗？"

乔陵看着她，没说话。

最后，她自然没要回银票，还被他带回了竹屋前。她刚走到竹屋那里，就看见沈嘉清与谢潇南仍站在原地。

谢潇南贵气十足，沈嘉清吊儿郎当。

谢潇南微抬下巴时，黑眸总是敛着些许，看起来有点儿瞧不起人。他问沈嘉清："竹屋内被绑着的人，是你从景安侯府的马车里拽出来的景安侯世子？"

温梨笙暗道不好，谢潇南果然听见他们刚才的对话了。

可沈嘉清并不知情，认定屋中的人就是景安侯世子，怎么也想不到站在自己跟前的人才是谢潇南。于是他笑道："这位兄弟，大家萍水相逢，有些事还是不过问为好。"

谢潇南露出淡淡的笑容，又问："我若是偏要问呢？"

沈嘉清完全没有察觉到危险，顿了一下，说道："那我就只能告诉你了，这屋中之人确实是景安侯世子。"

"你们为何要绑他？"谢潇南问这个问题时，表情并无变化。

沈嘉清道："实不相瞒，景安侯世子作……"

他还没说完，后方的温梨笙就一脚踹在了他的屁股上。毫无防备的他被踹得往前冲了两步，扑倒在地上，哀号了一声。

温梨笙愤怒地想：别人一问你就说？蠢货一个！

沈嘉清立即从地上起来，看见踹他的人是她后，当即怒道："你踹我干什么？！你从方才睡醒后就疯疯癫癫的！"

温梨笙叱道："把嘴闭上！"

谢潇南看了沈嘉清一眼，又把目光一转，看向温梨笙，对两个人的打闹也没有在意，只慢悠悠地问道："景安侯世子作什么？"

温梨笙不敢看他的眼睛，眼珠一转，飞快地道："作……坐久了马车，四肢有些僵硬，所以我们好心帮他松松筋骨。"

这种荒唐话，谢潇南自然是不信的。他轻轻弯起唇角，冷笑道："你怕是编不出一句像样的谎话吧？不若我也好心帮你松松筋骨。"

说着，他唤了一声："乔陵。"

"等等！"温梨笙立马阻止，"这其实是一个误会，我可以解释的！"

谢潇南的耐心极其有限，他道："三句话。"

温梨笙道："我和我朋友听说这一带有山匪出没，那些山匪经常打劫过路的人，且手段残忍，抢财、杀人……一个活口都不留。我和朋友想到景安侯世子来到沂关郡，为了保护世子，便想着护送世子一段路。"

她不停歇地说了一段话后，猛吸一口气，又道："但是没想到我们手下的人竟如此愚钝，会错了意，误以为我们要将世子劫来。所以他们在执行任务时误把世子当成人质劫了，此事实在是天大的误会，我们对世子并无恶意。"

她停了停，又道："但我见这屋中之人被绑之后哼哼唧唧个不停，一副贪生怕死之状，便猜到此人并非世子爷。景安侯世子分明是人中龙凤，玉面仙姿，且心胸宽广，待人亲善，好似天上掉下来的神仙，怎会有这种小人姿态……"

"够了。"乔陵在一旁打断她，约莫是听不下去了。

谢潇南也没想到她越说越离谱儿，前面还编得像模像样，后面干脆谄媚起来，不免有些好笑地问她："你见过他？"

温梨笙轻咳一声，回答道："自然是听来的。"

乔陵道："也可能是编的。"

温梨笙狠狠地瞪了他一眼，道："你可是拿了我的银票的。"

谢潇南听后侧头看他，乔陵立即将银票恭敬地奉上。

谢潇南翻看了一下银票，状似随意地问温梨笙："沂关郡郡守温浦长与你是何关系？"

温梨笙没想到他会直接说出她爹的名字，飞快地在脑中分析利弊。

她若是说"没关系"，那么谢潇南必然不会轻易放过她和沈嘉清，搞不好会让乔陵直接把他们俩当成山匪宰了。她若是如实说出，说不定谢潇南会因为她爹的身份而不追究此事。她爹虽是大贪官，但也是沂关郡最大的官。

温梨笙短暂地思考后，道："父女。"

果然，谢潇南将她打量了一番，继而露出一抹嘲讽的笑，道："倒是有些运气。"

许是她先前给的银票起了些作用，乔陵在旁边低声道："少爷，咱们耽搁许久了。"

谢潇南有些不耐烦，想到因为此事在这里停留了许久，心情便极差。他语气不好地问竹屋里的人："还不出来是吧？"

温梨笙正在猜这话的意思，身后的竹门突然被打开了。那个原本被绑得很严实的人笑嘻嘻地从里面走了出来，问谢潇南："少爷问完了？这两个人要杀吗？"

他说出"杀"字的时候，语气极其轻松，似乎杀掉温梨笙和沈嘉清就是眨一下眼那般的小事。

温梨笙无比忐忑，思索着若他们真想动手，她该如何脱身，她还没活够。

沈嘉清还有点儿搞不清楚状况，恍然大悟般地看着面前的人，问："你真的不是世子？"

谢潇南可能是被他的愚蠢震惊了一下，看了他两眼，而后扬了扬手。

谢潇南下达了某个命令，随后转身离去。

山顶上，风不停地刮着，卷着谢潇南的衣袍，偶尔有绿色的树叶飘落下来，被他踩在脚下。

温梨笙看了看他的背影，又看了看乔陵，问乔陵："你家少爷最后那个手势是什么意思？"

乔陵笑了笑。

温梨笙不知道自己是幸运还是不幸。

她没有被杀，而是陷入了困境——她被捆在了树干上。

乔陵用绳子勒住她纤细的腰后，在她身上缠了三圈。她的脊背紧紧地贴着树干，她连挣扎的空间都没有。

这里的树十分茂盛，在地上投下一片阴影。阳光透过树叶照射在地上，风一吹她眼前就亮了起来。

那一片阴影正好遮住了温梨笙的头部与颈部，所以，她就算身子被晒得火热，头部也是凉爽的。

沈嘉清就没那么幸运了。他被捆在一棵枝叶稀疏的树下，烈日直直地照在他的身上，不过片刻就将他俊俏的脸晒红了。

他受不了了，低声念道："风来，风来。"

神奇的事情发生了，一阵风刮了过来，立即驱散了他身上的些许热意，让他舒服得叹息。

然而，这就让温梨笙十分不舒服了。叶子摇摇摆摆，经风一吹就往上飘，原本遮住她的脸的阴影消失了，烈日直接照在了她娇嫩的脸上。

温梨笙连忙学沈嘉清，道："风停，风停。"

片刻后，风停了，树荫又遮住了她的脸，为她驱赶热意。

沈嘉清跟她较起劲儿来，一个劲儿地喊"风来"。

温梨笙也不甘示弱，两个人一声声地喊着，寂静的山顶变得吵闹。乔陵坐在树荫下，无奈地摇了摇头。

最后，温梨笙喊得嗓子冒烟，又热又渴。她一想到现在的情况是沈嘉清一手造成的，便气急败坏地朝他伸腿，想要踢他，并道："都怪你！明明生了个猪脑子，还非要学人家军师那一套，出的是什么馊主意？！"

沈嘉清一边极力往旁边躲，一边说道："这怎么能怪我？谁知道那世子如此狡猾，让属下坐在马车中，自己则扮作迷了路的公子哥儿跟在后面几里处？若非如此，我肯定能得手！"

温梨笙快要被这个不知死活的人气死了，道："你还想得手？我看你是想被剁手吧！"

沈嘉清被绑得动弹不得，被温梨笙的脚尖踢了几下，无奈地大喊："大哥！在那边坐着的大哥，你把我绑到别的树上去吧，离这个人远一些！"

乔陵看时间也差不多了，便起身给二人松绑，并对温梨笙道："姑娘，今日之事，少爷虽对你们有所惩罚，但日后少爷在沂关郡的日子还长，你还是躲着些吧。哪日少爷若是心情差，计较起今日之事，后果便不是这般简单了。"

温梨笙听后，在心中总结：谢潇南睚眦必报，日后她看见他要绕着走。

她忙不迭地点头，而后试探性地开口："我那五百两银票……？"

"被少爷拿去了。"他道。

温梨笙的心一痛。

她刚醒来，就跟这个日后会篡位称帝的反贼结了梁子，真是要了老命。

自打温梨笙六岁时认识沈嘉清之后，两个人一起长大，没少在沂关郡里闯祸。

只不过他们一个是风伶山庄的少庄主，一个是温郡守的独女，往日闯的那些祸都有人帮他们处理。

只是这次，沈嘉清想出了一个漏洞百出的计划，撞上了一个莫名其妙的时机。他们就这么轻而易举地踢到了谢潇南这块铁板，偏偏沈嘉清还不自知。

两个人下山时，他见温梨笙面色凝重，纳闷儿地道："梨子，你没事吧？还在担心那个世子的事吗？"

"谢潇南。"温梨笙突然道。

"什么？"沈嘉清愣了一下，问。

"他的名字。"温梨笙拧着眉，朝山下的树林看去，叹了一口气，道，"沂关郡与京城相隔太远，很多事情我们不了解。我先前听我爹说，谢家人世代卫国，军功赫赫，在京城地位极高，甚至将其他的宗亲、王侯压了一头。你我此番得罪了他，怕是麻烦不小。"

沂关郡位于梁国北部，南边是一座极大的天然峡谷，还有大大小小的山脉，北部则是一望无际的草原。那一望无际的草原上还生活着游牧民族。

天高皇帝远，沂关郡因此成了一个十分特殊的地方。

这里有数不清的江湖门派，其中以贺、沈、梅、胡四家较为知名，沈嘉清的家族便是其中之一。

不过在她梦中，后来梅家人获罪，被抄家了。

同时，沂关郡的大小官员掌握了郡中的不少命脉。多年以来，官员和江湖中人在沂关郡相互制衡，长期共存。

在这个皇权意识淡薄的地方，沈嘉清完全混淆了官府和皇权的概念，更不明白"王侯"意味着什么。

所以，他无所谓地道："不过是一家侯府里的世子，怕他干吗？这里又不是皇城，他还能在沂关郡翻天不成？"

温梨笙直接送给他一个大白眼。

她记得当年那个无知的她与沈嘉清的想法是一样的，觉得初来沂关郡的谢潇南不足为惧。只是，后来在一次冲突之中，沈嘉清挑衅谢潇南，右手险些被弄废，是她跪地求饶，磕破了额头才求得谢潇南停手。

事后，风伶山庄的人想尽办法却动不了谢潇南分毫，连温梨笙的爹都严肃地警告她，让她日后莫去招惹这位从京城来的太岁。

自那之后，温梨笙才明白这位世子爷的厉害之处。

至于后来他带兵攻破沂关郡，一路往南夺了皇位，温梨笙每每从旁人的口中听说他的消息时，都庆幸当年没将他彻底得罪。

一想到此，她就觉得嗓子发干，连忙咽了咽口水，对沈嘉清道："你要是还想要你这条狗命，日后就离谢潇南远点儿。"

沈嘉清摇头晃脑地道："你的胆子如此小，看来我们的兄弟情谊走到尽头了。"

温梨笙差点儿一脚将他踢出马车。

近两个时辰后，他们才各自到家，此时夕阳悬在空中，将半边天空染上红霞。温度稍降，风里带着凉意。

温梨笙灰头土脸地回府，刚走到门口就被家丁、婢女围住了。他们七嘴八舌地道："小姐，你去何处了？老爷寻了你好久。"

她十分疲倦地摆摆手，示意他们都闭嘴。大起大落的心情，再加上这一路的颠簸，她现在只想好好地睡一觉。

谁知，她刚穿过大院和抄手游廊，就听见了一个中气十足的吼声："温梨笙！"

她被吓得一激灵，只见温浦长拎着一根和人的手臂差不多长的竹条，气势汹汹地朝她走来，眼睛瞪得圆圆的，显然怒极了。

温梨笙连忙翻出抄手游廊，飞奔几步，找到一棵粗壮的树往上攀爬。

她年少时每每犯错，温浦长都会拿出这根竹条，她则是就近上树，府中的树有一大半被她爬过。只是后来几年，温浦长不再如此对待她，她也用不着爬树了，因而现在她的动作有些生疏了，她爬的时候差点儿滑下去。

温梨笙抱着枝干可怜兮兮地道："爹，给我留点儿面子，好歹我也是府中的小姐。"

温浦长见她又猴子一般开始上树，气得跳脚，怒道："你还要面子？你爹的脸都快被你丢尽了！你今日没去书院，又偷跑去何处了？！"

温梨笙迅速地回答道："是沈嘉清非要把我拉走的，他说翘课一日没关系。"

温浦长怒道："沈嘉清这个臭小子，我不是早就叫你别跟他来往了吗？！"

温梨笙将自己说了不少于一百遍的话又说了一遍："好好好，明日我就与他绝交。"

温浦长又气道："我温家好歹也是书香门第，我不求你学富五车，你至少也要像旁的姑娘那样文静些，别整日跟野猴子一样乱跑呀。如今你更是胆子大到公然旷学！回房去将《劝学》抄上十遍，好好思过，晚饭不准吃！"

"爹——"温梨笙觉得这个惩罚着实太严重了。

至少给她一口饭吃啊！

温浦长置之不理，冷哼一声，正想离去，却又想起了什么似的，说道："明日不用去书院，好好地在家里待着，午时带你去赴宴。"

温梨笙疑惑地道："什么宴？"

"给景安侯世子办的接风宴。"

其实她刚问出来时，就已经想起来了，这是温浦长给谢潇南办的接风宴。

多年以来，江湖中人与官府中人在沂关郡形成了一种平衡，谢潇南的到来无疑破坏了这种平衡。所以，早在刚有谢潇南要来沂关郡的消息传出之时，就已经有不少人动起了歪心思。这场宴会表面上是为谢潇南接风，实际上多数人心怀鬼胎。

温梨笙记得之前自己去参加这场宴会时，只在人群中遥遥地看了谢潇南一眼。

那时候她想见见那位世子爷，现在则是避之不及。她立即一本正经地道："爹，我一个女儿家，去参加给世子爷办的接风宴干吗？万一有人窥见我的容貌，打我的主意怎么办？"

温浦长惊诧地瞪了她一眼，显然没想到她的脸皮能厚到如此程度！温浦长道："你整日跟疯猴子似的，这时候倒是想起自己是个女儿家了？你不去也得去，若是不认一认这世子爷的脸，日后惹到了他，脑袋是怎么没的你都不知道！"

温梨笙还想推托，却见他扬着手里的竹条，像又要打她，便只好应了。

"我夜间有事要出门，你给我好好地抄，我回来后要检查！"温浦长说罢，转身离去。

待他走了，温梨笙才从树上跳下去，先回去洗净一身灰尘，填饱肚子，然后老老实实地在婢女的监督下抄《劝学》。最后，她越抄越困，只潦草地抄了五遍就懒得敷衍了，爬到床上睡觉去了。

温梨笙许久没有睡得这么安稳了。

那场梦中，自从她的花轿被谢潇南拦下来之后，又传来了她的未婚夫家被谢潇南抄家的消息，之后温梨笙便被困在了未婚夫家，虽说吃喝如从前那般，但守门的人不允许她出去。她被困在了那一方庭院之中，周围皆是谢潇南的人，睡觉时都提心吊胆的。

这一觉，她睡到了日上三竿，醒来后坐起身，伸了个大大的懒腰。随后，侍女推门进来，端来了热水给她洗漱。

温梨笙自小就跟沈嘉清跑着玩，爬树、掏鸟窝这类事情更是常做，所以平时出门都穿方便行动的上衣下裤。现下她要去赴宴，自然要穿得讲究些。

她想起自己曾经穿着红衣，觉得红衣太过显眼，这次挑挑选选后，穿上了鹅黄色镶金边的短衫，配黑色的金丝元宝长裙，短衫的外面罩着一层灰雾般的轻纱，灯笼似的袖子里露出一小截纤细、嫩白的手腕，腕上的银丝铃铛镯衬得她的皮肤更透亮了。

她正年少，模样又生得漂亮，即便什么表情都没有，眼中也像带着笑意一样。她站着不动、不说话时，颇像一个被精心打造的瓷娃娃。

温浦长看了她的装扮之后极为满意，叮嘱道："到了地方，你就这般站着，一句话也别说。"

温梨笙没应声。

温浦长觉得不保险，转头喊道："拿药来，先把小姐的嗓子封几个时辰。"

温梨笙急忙喊道："我知道啦！我保证不说话！"

温浦长这才满意，带着她出了门。

她的贪官爹架子大得很，绝不可能按时去，即便早就准备好了，也要故意晚一会儿出门。温梨笙抬头看了看天色，心里发愁：现在赶去，不知道还能不能吃上饭。

为谢潇南接风的场地在梅家的"老树堂"，因堂内有一棵百年老树而得名。这棵树是梅家祖上传下来的，送走了几代梅家人，至今仍然生机勃勃，一到夏天，枝叶遮天蔽日，十分壮观。

不过这场宴会后，梅家人获罪，那棵大树最后成了温家人的私有物，温梨笙还在树下做了秋千，偶尔过来玩。后来战乱四起的时候，那棵树被温浦长拍卖了。

父女俩慢悠悠地到了梅家。旁人的马车只能停在堂内门外，温家的马车却能径直行入内院，无人敢阻拦。

温梨笙一下马车就看见周围站满了人，人们三三两两地说笑着，其中有人偷偷看她。她看着这些景象，有些恍惚：梅家被抄家之后，这个山庄自然被她爹私吞了，山庄被改建一番后，几乎不复原本的模样，温梨笙偶尔会来这里玩。

温梨笙看了一圈，远远地看见谢潇南立在那棵百年老树之下。他身着白色长衫，只盘扣上有一丝金色的点缀，黑色的长发散在上面，黑愈黑，白愈白。他正面带微笑地听旁人说着什么。

少年的眸子如清澈的泉水。

如此一看，他倒没有昨日那般傲慢，反而像一个彬彬有礼的书生。

梅家的家主梅兴安率先过来拱手迎接温家父女，笑着道："郡守大人姗姗来迟，可要自罚几杯。"

温浦长也笑着应对："那是自然。"

温浦长说罢，便往前走。温梨笙刚想跟父亲打个招呼，自己溜去玩，而温浦长见她今日难得如此乖巧，思及她在郡中的声誉不太好，于是打算让大家重新认识一下她，免得她日后难找夫家，便道："笙儿，跟紧为父，莫乱跑。"

温梨笙见前面就是谢潇南，自然不愿意去，刚要开口，却被温浦长瞪了一眼。

她怕他当众拧她的耳朵，只好跟着他上前，半遮半掩地藏在他身后。

二人到了那棵老树下，众人见到温浦长后，纷纷上前向他行礼。温浦长应付得很随意，走到谢潇南面前，对他恭敬地行礼，道："下官沂关郡郡守温浦长，拜见景安侯世子。"

温梨笙也跟着低头向他行礼。

谢潇南笑道："郡守多礼了。"

温浦长先与他客气地寒暄了一番，而后指了指温梨笙，道："此乃下官之女，名唤'梨笙'。"

温梨笙没想到她爹会突然介绍她，一时有些心慌。她一抬眼便对上了谢潇南那带着些许笑意的眼眸，继而听他说道："早就听闻令爱天生丽质，聪慧过人，如今一见，果然如此。"

若不是旁边有那么多人看着，再加上不敢得罪谢潇南，她真想对着这人用力鼓掌。

她想：大反贼，您可真能装。

谢潇南与昨日的他判若两个人。他长得十分俊俏，如此一笑，好似真的极为亲和。

温梨笙知晓他的本性，并不为他的外表所蒙骗，只低下头规规矩矩地道："多谢世子夸赞，小女愧不敢当。"

温浦长见状，腰都挺直了不少，高兴地想：瞧瞧，这就是我的女儿，多乖巧可人！

她敛眉垂首，树枝摇晃时，斑驳的阳光落在她的衣裙上，衣裙上的金丝反射出璀璨的光芒，将她衬得越发貌美，众人见了，纷纷惊叹。

谢潇南的目光只在她的身上停了一瞬间便移开了，他与温浦长继续说着"沂关乃风水宝地，养人养气"之类的客套话。温浦长知道女儿老实不了多久，且眼下她也见过了世子，便让她自己去玩了。

温梨笙向谢潇南与温浦长行礼，随后转身迅速离开，一刻也不敢停留。

老树堂分内堂和外堂，占据了整座山头。这里平日做些酒水生意，相当于酒庄，所以温浦长这次才向梅家人租赁了这里，用来招待谢潇南。

来此赴宴的人非常多，温梨笙方才从外堂进来时，见路上的人密密麻麻的。

宾客盈门的主要原因是谢潇南要来沂关郡的消息半年前就传来了，等了这么久，郡中的江湖人士及大小官员都想来看看这位年少的世子。有人想探探他的底细，有人则想在他面前露个脸，其实都是想瞧一瞧他的模样，免得日后在郡中相遇时认不出他，惹出不必要的麻烦来。

是以他们不光自己来了，也将自己喜爱的孩子带来了。在他们看来，若自己的孩子能与世子爷攀上交情，自然是再好不过的。

江湖上每三年举办一次的武赏会即将开始，这次的举办地就是沂关郡。听说这次武赏会的彩头极其珍贵，是以这几个月郡中陆陆续续地来了许多外地的江湖人士。

江湖中人大多爱凑热闹，一听闻来此处能看到景安侯世子，便往此处来了。

但是温梨笙一见谢潇南方才那副眉眼带笑的模样，就知道此人早就做好了防备，想必没人能轻易地探出他的底细。

幸好她爹虽是贪官，但并不是一心想着攀龙附凤之人，没对谢潇南起什么歪心思。

温梨笙带着贴身婢女鱼桂在内堂转了好一会儿，发现眼前全是陌生人。她觉得很是无趣，也不知道沈嘉清现在何处。

她正瞎转时，忽然有钟声传来。紧接着，堂中的下人端着菜鱼贯而入，在众人之中穿梭，速度极快，动作也极稳当，将一道道菜放到桌子上。

而后便有人开始疏散人群，安排座位。温梨笙是官家小姐，自然不会跟这些人一起吃饭。她饿得不行，只得回去找她爹。

今日的天气格外闷热，温梨笙走了这么几步路，白净的鼻尖上就有了细密的汗珠，鱼桂赶忙拿出锦帕，给她轻轻擦去那些汗珠。

百年老树之后是长长的游廊，不远处就是一座座高低错落的楼房，温梨笙看见她爹同谢潇南一起走在游廊里。

她便远远地跟在他们后面。

他们走到游廊的尽头，穿过四面透风的八角宝顶亭后，就进入宽敞的大堂。大堂里吊着莲花一样的灯，入目便是几根顶梁大柱，柱子上绘着颜色各异的花纹。

堂中摆着几张桌子，上面已摆满了各种各样的美味佳肴，与外面的菜完全不同。

温梨笙进去的时候，大部分人已经落座，这下她倒是看见了不少眼熟的人。那些人皆为沂关郡内的门派宗主，沈嘉清的父母也在其中。

她其实来错了地方，所以刚看了一眼，就被下人恭敬地请到了旁边的厅里。她刚进厅门便看见了一扇三折的翠玉屏风，屏风内隐约传来女子的嬉笑声。

她刚绕过屏风，就看见这个厅里的人皆是女子，有不少她熟识之人。其中便有一个姑娘朝她招手，招呼她入座。

这姑娘是温梨笙的同窗，在书院里，她们说过几次话，并不熟。她此时看见温梨笙，却像看见了亲人，非常热情。

温梨笙记得她叫赵玥。

温梨笙一落座，赵玥就亲昵地挽上了她的手臂。赵玥刚想说话，就被对面传来的惊呼声打断了。

“当真？你真的在幼年时与谢世子有交情？”

温梨笙抬眼看去，只见对面坐着一个面容姣好的姑娘。那姑娘穿着藕纱襦裙，香肩、细颈在轻纱之下若隐若现。

此人名唤庄莺，乃郡丞嫡女，幼年时，曾在京城的外祖父家里住过几年。她回沂关郡之后，便十分看不起沂关郡的人，整日把在京城的见闻挂在嘴边吹嘘。

温梨笙很烦她。

温梨笙看眼下她被左右的姑娘惊讶地盯着，便知道她又在显摆自己在京城的见闻了。

庄莺眉飞色舞地道：“那是自然。我外祖父的家在沉香路东，与景安侯府不过相隔半条街。我幼时有时候一出门就能看见景安侯世子。”

其他姑娘从未去过京城，自然也不知道沉香路在何处，听见她连准确的路名都说出来了，便觉得此事八成是真的。

她们想到自己只遥远地看过世子，庄莺却与世子有交情，一时间羡慕不已。她们趁机拍马屁，说庄小姐生得貌美，世子现在定然还对她有印象，若当年庄小姐继续留在京城，说不定与世子能有一段佳话云云。

唯有温梨笙嗤之以鼻，边吃菜边腹诽：跟着这反贼，日后有罪受的，那母仪天下的福分，有没有命活着享受还不一定呢。

赵玥听了那些姑娘的话也按捺不住，凑到温梨笙耳边问：“你刚才可有见到世子爷？”

这话纯属多余，毕竟方才但凡目光落在谢潇南所在之处的人，都看见了温浦长带着温梨笙去向谢潇南行礼。

否则，赵玥也不会这般热情地招呼温梨笙到她身边。

温梨笙没有挑破，点头道：“瞧见了，模样可俊俏了。”

这是实话，谢潇南当年被沂关郡的人比作皎皎明月。

赵玥耷拉着脑袋道：“可惜我们这些人只能遥遥地看上他一眼，连他的眉眼都瞧不真切。”

温梨笙想到谢潇南那冷漠的表情，打了个寒战，含糊地道：“日后会有机会看见他的。”

说罢，她低头吃饭，吃得极其认真，不再给赵玥与她说话的机会。

庄莺几次朝温梨笙这边看来，见温梨笙一门心思吃饭，对她的话没什么反应，目光中露出些许不屑，继续吹牛。

那些姑娘缠着庄莺说她幼年时与世子的事，根本不打算吃饭，温梨笙觉得她们非常聒噪，匆匆吃完离席。

温梨笙一出门，发现到处是喧哗声，众人玩乐、喝酒，正是兴浓之时。温梨笙觉得太吵，带着鱼桂往偏僻的地方去，想找一个安静之处待一会儿。

温梨笙带着鱼桂越走越偏，那些喧闹的声音离她们越来越远，二人到了一个凉亭里。

温梨笙心想：这里倒是个打盹儿的好地方。于是，她躺在凉亭里的宽宽的椅子上，让鱼桂在旁边看着。

她倒不是困了，但吃饱喝足之后，总会生出些慵懒倦怠之意。她枕着手臂，闭上眼睛，耳边偶尔传来几声鸟鸣，虽有热风拂面，但也悠闲自在，她就这么躺了一会儿还真睡着了。

也不知道睡了多久，她感觉有些闷热，额头上都出了汗。她睁开眼睛坐起身，让鱼桂拿锦帕给她擦了擦额上的汗，嘀咕道："怎么越来越热了？"

鱼桂也看了看天，说道："好像要下雨了吧……"

温梨笙也这样觉得，便想早些回去，免得下了雨，行路不方便。

只是，两个人的记性都不好，她们按照记忆找来时的路时，不知哪里走错了，来到了一座庭院前。她们忽然看见一个身着藏蓝色衣袍的人猛地冒了出来，那人走得极快，只一眨眼的工夫就消失在了二人面前。

温梨笙还在发愣时，一只浑身长着黑毛的大狗跳了出来，琥珀色的眼睛一下子就盯住了她。

她还没见过这么大的狗，吓得呼吸一滞，立即抬手指向那人跑去的方向，对狗说道："往那边跑了！"

谁知，这大黑狗完全不给她面子，咧开嘴，露出一口獠牙，叫了一声就朝着温梨笙冲来。

她几乎连思考的时间都没有，提着裙摆掉头狂奔，一边狂奔一边大叫："救命！"

鱼桂也"哇哇"叫着，两个人跑了一段路，到了岔路口，十分默契地一左一右分开跑。如此一来，那大黑狗只能追一个人，另一个人还能去求救。

温梨笙偏偏就是运气不好的那个人，那大黑狗在岔路口前停下，似乎短暂地思考了一下。而后，它紧紧地追在温梨笙后面，"汪汪"地叫着。

她的魂都要被吓飞了，她本想爬树，却没想到视线里一棵树都没有。她转过头一看，那大黑狗离她越来越近。两条腿是跑不过四条腿的，被追得越久，情况越糟，于是她慌不择路地左拐右拐，还真把这大黑狗暂时甩开了。

温梨笙不敢停下，目光一扫就看见墙边有一排大缸，似乎是用来装水的。

老天爷，这排大缸真是她的救星！

她赶忙上前掀开其中一口缸上面的木盖，见缸里面是空的，二话没说就跳了进去，再将盖子合上，老实地蹲在缸里。

她刚蹲好就听见狗叫声由远及近，片刻工夫，狗就到了缸跟前。狗似乎在缸周围闻了一圈，而后又叫着跑远了。

蠢狗。

温梨笙在心中骂它，却不敢立刻起来，怕这黑狗去而复返。

她在黑暗的缸中蹲了好一会儿，确认这狗不会再回来之后，刚想出去，就听见一位女子喊道："世子爷留步！"

温梨笙惊讶得瞪大了眼睛。

这沂关郡哪儿还有第二位世子？

她用手顶着木盖，悄悄将木盖顶开一条极小的缝隙，露出一双眼睛偷偷朝外看，果然看见谢潇南站在离这里十来步的地方。

他的神情无比冷漠，没有半点儿方才在人前的温和的模样。

喊住他的人是庄莺，她似乎追赶得急，脸上出了些汗，发丝贴在了脸上。

"世子，你还记得民女吗？民女幼时曾有幸在沉香路见过世子。"庄莺道。

温梨笙暗暗叹息，心想：这庄莺也是被吹捧得昏了头，还真找上谢潇南了，自取其辱。

谢潇南面无表情地看了看她，他身旁的随从说道："这位姑娘，我家少爷年幼时见过的人太多了，不重要的人，我家少爷自然没有留意。"

这话说得十分直白，庄莺脸一红，觉得既丢人，又尴尬。温梨笙看热闹看得津津有味，正高兴时，却看见谢潇南目光一扫，似乎看向了她这里。

心脏猛地一跳，她立即将头低下去，再也不敢看了。她用双手将木盖轻轻地放下，一点儿声音都没发出。

庄莺仍厚着脸皮道："民女是沂关郡郡丞之女，名唤庄莺，若是日后……"

"姑娘。"那随从打断了她的话，"女儿家需要顾着点儿脸面，免得传出去让人笑话。"

庄莺约莫是受到了打击，没再说话，应该是离开了。

温梨笙蹲在缸中等了许久，闷热得身上都出了汗，腿都有些麻了，才微微掀起木盖谨慎地往左右看了看，见真的没人，才大胆地将木盖往上抬。

她还没起身，余光瞥见右边有白衣衫，大惊，想要缩回去，右手腕却一下子被人握住了，那人用力地将她往上一提。

温梨笙的半截身子被提出了大缸，她一抬头就对上了谢潇南的双眼。

二人离得如此之近，有那么一瞬间，温梨笙是无法思考的，她的视线和注意力都被攫进了他的眼睛里。

短暂的一刻，温梨笙察觉到他心情不虞，心中不由得“咯噔”一下。

她宁愿被那大黑狗追一个下午，都不愿意在这种情况下被谢潇南从大缸里拽出来。

谢潇南垂眸看她，像在看砧板上的一块五花肉。

她一向反应快，用力一挣，将手腕从谢潇南的手中挣脱，飞快地说道：“我什么都没看见，什么都没听见，也什么都不会说！”

说完，她蹲回缸里，捞起木盖盖到头上，什么《清心咒》《金刚经》《般若心经》胡念一通，把各路神佛求了个遍，祈祷谢潇南赶快离开。

然而片刻之后，温梨笙的耳边忽然响起东西碎裂之声，紧接着，这大缸便四分五裂地落在了地上，独留她顶着木盖蹲着。

她面前是谢潇南那雪白的长衫，谢潇南的声音从她的头顶传来：“温小姐好雅兴。”

温梨笙无处可藏，只得丢了木盖，讪笑着站起来，道：“世子爷误会了，我是被一只大黑狗追，无奈之下才躲进缸里避难的。”

无论谢潇南信不信，她说的都是实话。

“被狗追，躲进缸里，然后碰巧遇见我在此处？”他的眼睛微微眯起，他有些讽刺地道。

“还……真就那么巧。”温梨笙想说她也不知道会这么巧。

谢潇南冷笑一声，身上散发出来的气息让温梨笙有些害怕。不知道是她的心理作用还是什么，她只觉得有一股无形的压力在周遭蔓延。

老天爷，来个人救救我吧！温梨笙在心中哀号。

谢潇南没再说话，只紧紧地盯着她，似乎在思考她的意图。

温梨笙被盯得头皮发麻，最后撑不住，移开了目光，展现出退让之意。她在心里盘算着要不要再说两句好听的话，毕竟千穿万穿，马屁不穿。

虽然她不是那种喜欢巴结别人的人，但这位家世显赫的世子爷、未来的皇帝，绝对担得起她的千万句吹捧。

她胡思乱想着，一时没注意表情，脸上露出了胆怯之色。然而，就是她这悄然露出的惧意，让谢潇南一时之间没再说话。

他看得出面前这个女子对他的恐惧并不是装的，而是完全无法克制的。

这他就非常冤枉了，虽说他的确不是什么好脾气之人，但他初来沂关郡，好像还没做什么事吧？

还是说温郡守的女儿天生胆子小？

两个人心思各异，便有了短暂的安静。

正在此时，鱼桂的声音遥遥地传来："小姐！"

温梨笙心中大喜，几乎要热泪盈眶。她转头看过去，只见鱼桂已经叫来了温浦长，后面跟着几个随从。

温浦长隔着老远就指着她，喊道："跟世子说话时，姿态要端庄。好好的路面不站，站在缸里干什么？！"

温梨笙低头一看，自己脚下还踩着破碎得只剩一个底的缸。于是她连忙下来，快步走到温浦长旁边，可怜兮兮地道："爹，女儿方才被一只特别大的黑狗追着，险些就被咬了呢！"

鱼桂也上前来检查，眼中含泪，道："小姐，你没受伤吧？"

温梨笙脸色苍白地摇摇头，藏在温浦长身后，再也不去看谢潇南的眼睛。

温浦长方才见鱼桂慌慌张张地哭喊着而来，被吓得魂都飞了，连忙带着人在这一带搜寻。随后他便在此处看见了温梨笙，以为是谢潇南帮女儿赶走了黑狗，连声道谢。

谢潇南也懒得说她自己藏在缸里的事，便将错就错地接了这个人情，淡淡地笑着说"不必客气"。

温梨笙一刻也不想在这儿待着了，方才就这么站着跟谢潇南说了两句话，背上竟全是冷汗。

温浦长见女儿脸色苍白，一直低着头，一副被吓坏了的模样，也心疼得紧，便没在意那些礼节，向谢潇南道别后，带着温梨笙离开了。

离开后，温梨笙才发现，方才被大黑狗追的那会儿，她若是再往前跑一段路，就能回到那些人吃饭的地方！她就不必在大缸里蹲那么久了！她也不会碰见谢潇南！

她太倒霉了！

温梨笙一拍大腿，十分懊恼。

温浦长见她还生龙活虎的，便放心了。他为了安抚她，说道："我方才看见沈嘉清那个臭小子了，跟着他爹娘在东边的绥禾院里，你去寻他玩吧。"

"我们不回家吗？"温梨笙问。

"爹还有大事要办。"温浦长拍了拍她的头，道。

温梨笙嘀咕了一句"你能有什么大事"，而后应了一声，转头去找沈嘉清。

沈嘉清这会儿正无聊，瘫在椅子上听爹娘跟贺家家主闲聊。他只觉得十分枯燥，便抓了一把瓜子，吃了起来。

温梨笙想着过去了还要跟大家打招呼，跟那些长辈寒暄一番，太过麻烦，于是，她藏在柱子后面露出半个头，朝沈嘉清扔了一颗石头子儿。

她没想到，那颗石头子儿正好砸在了沈嘉清的脸上。他当即跳了起来，大声道："谁？！谁敢偷袭小爷？！"

温梨笙立马把头缩回了柱子后面！

他这问话把正在聊天儿的几个大人吓了一跳，沈夫人直接踢了他一脚，并道："臭小子，到外面闹去。"

这正合沈嘉清的心意，他笑眯眯地跟几个长辈告别，随后欢快地往外走。温梨笙见他正在往外走，便产生了捉弄他的心思，伸出脚，想绊他。

她没想到这人的眼睛长在脑门儿上，他确实没看见突然从柱子后面伸出来的脚，但是也没被绊倒，而是用大脚丫子踩了上去。

温梨笙惨叫一声。

沈嘉清听见声音后才看见她，高兴地道："梨子，你什么时候来的？我方才还在找你呢！"

温梨笙恨不得立马把鞋脱了，好好地揉一揉脚趾，却因为是她先生事的，所以只得强忍着脚痛，笑道："我听我爹说你在这儿，所以来找你玩。"

沈嘉清连忙说道："走走走，咱们逍遥去。"

两个人坐在长长的廊下，沈嘉清献宝似的拿出一个指甲盖儿大小的木盒子。那木盒子上面有密密麻麻的针眼，他将它递给温梨笙。

"这是什么？"她接过来看了看，想将木盒打开。

"别打开。"沈嘉清连忙阻止她，又拿出一个比她手中那个大一些的木盒，说道，"这是我爹前几日新收的宝贝。盒子里装的是千里萤，与萤虫相似，夜晚也会发光，但千里萤一旦认定伴侣，就会与伴侣一直黏在一起，直至死去，即便让它们分隔千里，它们也能找到彼此。"

温梨笙露出惊讶之色，问道："这么厉害？"

沈嘉清得意极了，回答道："我知道你没见过，所以拿给你玩玩。"

风伶山庄的人平日就爱收来自各地的稀奇宝贝，有些在别人眼里价值连城的东西，沈嘉清拿在手里随便玩。所以温梨笙从小到大也跟着他沾光，见过各种稀奇之物。

她将小木盒收起来，问他："你爹娘知道你昨日差点儿绑了世子的事吗？"

沈嘉清连连摇头，道："我哪儿敢让他们知道？"

温梨笙面色凝重地道："我方才见到了谢潇南，他好像打算追究昨日之事，日后咱们俩躲着他点儿。”

沈嘉清想了想，说道：“可是我方才听他们说，这世子瞧着是个心无城府、性情温和之人，且年岁不大，对沂关郡构不成威胁。”

温梨笙冷笑一声，嘀咕道：“他日后能掀了这沂关郡。”

“什么？”沈嘉清没听清楚，问道。

温梨笙见他这副模样，打算给他下猛药，招了招手，让他靠近她。

沈嘉清乖巧地凑近她，只听她用令他害怕的声音说道：“咱们这儿离皇城远，咱们根本不了解皇城中的事。这谢世子虽年岁不大，但是个心狠手辣之人，且患有疯病，每每发病，都要残忍地杀好多人，饮人血才可镇压心中的杀意。他来咱们沂关郡，其实就是为了养病的！”

她的语调十分夸张，让沈嘉清的心中泛起寒意。他打了个冷战，问：“果真如此？”

她想：自然是编的。

“千真万确！”温梨笙与沈嘉清相交多年，知道怎么说能骗他，“这是我爹亲口告诉我的，他先前派去的密探拼死打探来的消息。正是因为如此，他才会被人送来沂关郡。”

温梨笙一搬出温郡守，沈嘉清就完全相信温梨笙说的话了。沈嘉清瞪大眼睛，后怕不已，问道：“那昨日咱们俩岂不是命悬一线？”

温梨笙见他果然上当了，便道：“那当然，若不是因为我是郡守之女，咱们俩的尸体这会儿早就僵硬了！”

沈嘉清不安地咽了咽口水，道：“难怪昨日你一直表情凝重……”

说罢，他又感激地看着温梨笙，道：“你可真是我的好兄弟啊，我要跟你做一辈子兄弟！”

这番话是她昨夜想了许久才编出来的。一来，谢潇南突然到沂关郡的目的谁也不知道，大家一直在乱猜；二来，这话也只说给沈嘉清听，主要是为了吓唬他，免得他再去招惹谢潇南。

她只要让他对谢潇南敬而远之就行。

俩人坐在廊下鬼鬼祟祟地说着话，下雨的声音忽然传来。

温梨笙朝外面一看，皱起眉头，道：“下雨了。”

这雨来势凶猛，原本还在露天饮酒作乐的人都慌乱地跑到了檐下避雨，动作稍微慢一点儿就会被浇透。

阵阵雷声响起后，天色暗了下来，天空中像被蒙上了一块灰蒙蒙的布，屋中极暗，只能点灯照明。

由于雨来得突然，堂中和外面的檐下站满了人。温梨笙坐在堂中，眉头紧锁，十分不安，目光频频投向外面，偶尔看见银龙般的闪电划过灰色的天空，而后雷声由远及近地传来。

众人都以为这场雨来得快，去得也快，却没想到它一下就下了近两个时辰，天也完全黑了下来。

令温梨笙完全没想到的事情发生了。

大雨冲刷泥石山，造成大面积滑坡，封住了下山之路，所有人都要留在梅家的老树堂里过夜。

此时正值酷暑，沂关郡一连许多天酷热难耐，大家就等着这场雨。

但是梦中她早早地坐着马车回了家，剩下的事情就忘记了，根本不记得今日会下雨。

可由于她睡了懒觉，加上挑选衣裳和吃东西浪费了许多时间，再加上温浦长特意迟到，今日的情况与曾经的完全不同了。

如今泥石封了路，谁都别想走了。

下山的路虽不止一条，但平坦、宽阔，能让马车通行之路被封住，至少温梨笙等人是回不了家的。

好在梅家的下人平日都住在酒庄里，所以此地的房舍很多。遇到这种紧急情况也没办法，梅家人只得让下人们将床铺让出来。

临近傍晚的时候，雨势才变小，天空中飘着毛毛雨。这次来参加宴会的人太多了，即使梅家家主让下人将房舍全腾出来，也未必能容纳所有客人。许多人见状，便请辞，在夜色中赶路，从旁的路下山去了。

温梨笙则跟着温浦长留了下来，纵然她心里相当不情愿，也不想赶夜路走回家。

用晚膳的时候，由于人多，大家就随意坐下。沈嘉清特意挤在温梨笙旁边坐，凑到她耳边小声地说："我方才又见到那个谢潇南了，瞧着不像得了病的人。"

温梨笙瞪了他一眼，压着声音道："你又不是郎中，他有没有病，你瞧一眼就能瞧出？这里到处都是人，莫再议论他的事。"

沈嘉清做贼似的往四处看了看，而后说道："你知不知现在别人都在传，梅家藏着霜华宝剑所在地的地图？"

她愣了一下，继而从脑中迅速搜寻到了有关这把宝剑的信息。

霜华宝剑是二十年前江湖上的"第一剑神"所用的兵器，据说削铁如泥，连续杀百人也不会卷刃。自剑神销声匿迹之后，江湖上的人都在寻这神乎其神的霜华宝剑。年前有人将霜华宝剑送到了风伶山庄，称此物将作为这次武赏会上拔得头筹者的战利品。

风伶山庄的人向来以诚信为本，年初便在江湖上公布了这个消息。是以从年初开始，就有许多武林人士自五湖四海而来，就是为了得到这把剑。

“这宝剑不是在风伶山庄的藏宝阁里放着吗？”

“是啊。”沈嘉清道，“所以说梅家有我家的地图啊。此事不知是真还是假，正好趁着今夜这个机会，我去探一探虚实。”

温梨笙惊诧地道：“你疯了？不准去！”

“为啥？”沈嘉清还以为她会跟自己一起去，以往每次都是他们俩一起行动。

“这次宴会虽说是在梅家举行，但也是以我爹的名义办的。你若是惹出了事，就是在给我爹找麻烦，改日再谈吧。”温梨笙用手肘撞了他一下，继续道，“好好吃饭，别说些乱七八糟的。”

沈嘉清被她撞得差点儿将刚才吃的东西吐出来，连忙闭了嘴。

饭后，温梨笙刚想去看看雨停了没有，便被一个侍女拦住了。那侍女道：“温小姐，我家夫人有请。”

温梨笙疑惑不已，跟着侍女离开大堂，穿过长长的游廊，来到一间房内，房里坐着温浦长和梅兴安等人。

梅兴安身边的女子就是他的妻子，虽年过三十，但风韵犹存。她见到温梨笙后，笑眯眯地朝温梨笙招手，不断地夸赞温梨笙越长越漂亮。

温梨笙含蓄地笑了笑，问：“不知夫人唤我来所为何事？”

温浦长在一旁说道：“今日去后院寻你时，你说被一只大黑狗追，可是真的？”

温梨笙点头，用手比画了一下，道：“确实比我平日里见的狗要大一些，而且全身都是黑色的，只有眼睛是黄色的。”

梅夫人道：“正是我养的狗，这狗平日被我关在院中看门，并不会追人、咬人，只有在碰见歹人后才会如此。”

温梨笙愣了愣，当即明白了梅夫人的意思，一下子就想到了在那个庭院门口看见的身着藏蓝色衣袍的人，那只大黑狗原本是在追他的。

她将情况如实说出，梅夫人面露恼怒之色，道：“此人好大的胆子，竟敢偷到我的头上来！”

原来，梅夫人的院中丢了东西，屋子里有被翻动过的痕迹，加之大黑狗跑出了庭院，所以大家才确定她的院子被小偷光顾了。

温梨笙则十分巧合地看见了那个小偷，并且被大黑狗当作同伙追了一路。只不过她没看见那小偷的正脸，更描述不出他的身高、年龄，只知道他穿着的衣裳是藏蓝色的，衣摆处绣着云的图案。

梅夫人问过话之后，温梨笙就退出了房间。温梨笙一想到白天被狗追得连滚带爬，还在缸中蹲了那么久都是拜那个小偷所赐，就气得牙痒痒。

夜幕降临，温梨笙被安排到了一套客房之中。那套客房中还有一间偏房，所以是两个人同住，侍女已在路上将此事告诉了温梨笙，温梨笙并不介意。

反正她只住一夜，明日就离开了，再加上这里人多，房间紧张，因此她也能理解梅家人的做法。

只是，当她推开房门，看见庄莺站在里面的时候，她就不想体谅梅家人了。

这是什么令她难以接受的安排?

庄莺正指挥着婢女更换被褥，听见门响，转过头，见来人是温梨笙后，皱起了眉头，一副不欢迎的表情。

温梨笙就站在门槛边，双手抱臂，仰起下巴，将姿态摆高，问庄莺："你在忙活什么呢？"

庄莺的表情有些难看，她与温梨笙对视了片刻，才很不情愿地让婢女将刚铺在床上的被褥收起来。若是其他的女子与她同住，她都是能占主卧的，但是温梨笙除外。

毕竟温梨笙虽然不学无术，经常领着一帮小弟到处惹祸，但她爹是郡守，是庄莺父亲的上官。

庄莺心有不甘，便忍不住讥讽道："每次见了温小姐，我都要告诉自己投个好胎有多重要，真是让人羡慕。"

温梨笙瞥了她一眼，慢悠悠地往里走，一边走一边说道："我也着实羡慕你，毕竟你年幼时与景安侯世子有交情，若是你勾起他的回忆，指不定还能攀上景安侯这根高枝儿呢。"

庄莺的脸顿时一阵白一阵红，她憋了好久才道："那是自然，你也羡慕不来。"

温梨笙几乎笑出了声，弯着漂亮的眼睛道："是是是，这福分，你一个人享就够了。"

这福分她可消受不起。

温梨笙的床榻被整理好了，她坐在客房里的木椅上，等着下人烧热水沐浴。

谁知浴房挨着偏房，庄莺趁她不注意，溜进去抢了刚烧好的热水。温梨笙没法叫人把光溜溜的庄莺拉出来，只好强忍着不耐烦，坐在外面等着她。

但这庄莺存心让温梨笙等，洗了许久，换了好几盆水，就是不出来，鱼桂去催了几次都没用，温梨笙被气得直接起身出门，找梅夫人换房去了。

外面的雨已经停了，天上无星无月，一片漆黑，四处点着灯。

她往外走了一段路，周边的灯没有先前的那么密集了，景物也模糊了不少。偶尔会有两个侍从路过，温梨笙的气已消了大半，她想着这会儿凉爽，闲着走一走再回去。

她走了约一炷香的时间，忽然看见前方的树下站着一个人。那人仰着头往树上看，片刻后，一个东西被扔下来，被树下的人抬手接住。

温梨笙眼尖，看见那人的衣摆处绣着云的图案，当即想到了白日里那个引出大黑狗的贼，便立马大步走上前。

那人听见了她的脚步声，却并不慌张，转头看过来时，温梨笙已行至那人面前，一只手抓住了他的手臂，将脸凑过去看他衣裳的颜色。

因为光线昏暗，所以她不凑近点儿的话，看不清他衣裳的颜色。

她刚看清楚，就被那人一甩手臂，推了一把。那人吼道："滚开！"

温梨笙被甩得后退了两步，愤怒地指着他道："果然是你，那个小贼！"

她面前的少年身量高，容貌普通，唯有肤色较白，在灯光下显得有些晃眼，一双眼角耷拉着的眼睛里，带着一股藏不住的傲慢之意。他沉声道："你认错人了。"

"我白日里看得清清楚楚，怎么可能认错人？！"温梨笙一想到自己因为这个贼而遭受的一切，加上方才庄莺惹得她心情不好，一腔怒火便烧了起来，她怒道，"你倒大霉了，小贼。"

这个少年非常不屑地哼了一声。

"鱼桂，给我揍他！"温梨笙怒了，派出自己的打手。

鱼桂自小习武，被温梨笙捡回去之后，也时常练拳脚功夫。她既是温梨笙的贴身婢女，也是常年被温梨笙带在身边的头号打手。

她握拳、抬臂，飞快地上前，二话不说就要揍那少年。没想到，她刚到那少年的面前，还未出拳，腿窝就一痛，"扑通"一声跪在了少年面前。

温梨笙没看见有东西打了鱼桂的腿窝，还以为她害怕了，便恨铁不成钢地道："你给我站起来！别丢我们温家人的脸！"

鱼桂想：温家人的脸早被小姐你丢光了。

但是她不敢将这话说出来。

随后，一个人从树上跳了下来，落在少年身边，低声道："少爷……"

那少年立即看了他一眼，眼中暗含警告之意。他立马改口："老大，我来打晕她们，你先走。"

原本想站起来再战的鱼桂见状，立刻又跪好，转过头对温梨笙说道："小姐，要不算了吧，咱们好像打不过。"

温梨笙一想，也是，面前这个贼没准儿会武功，而且有帮手，鱼桂若是打不过他，那她就更打不过了。于是她立即换了个思路，扯着嗓子想将侍从喊来："来——"

声音刚出口，她的手臂就被人猛地一拽，身子往后倒去，后背撞上了坚硬的胸膛。而后，一只手死死地捂住了她的嘴巴，将她的声音捂得半点儿也发不出来。

她奋力挣扎起来，但那少年的力气大得惊人，他将她的两只手腕攥在自己的一只手里，牢牢地禁锢住。

眼看着南边有两个侍从慢悠悠地走来，他拉着温梨笙藏入树后的视线死角，侧着头悄悄地看。鱼桂也被另一人拉到了树后。

温梨笙闻到这贼的身上有一股淡淡的香味，她不懂香料，自然不知道这衣裳沾染的香是上等的还是次等的，只觉得十分好闻。

她用力地挣脱了两只手腕上的桎梏，挥舞着手臂要去挠这小贼的脸。

少年侧头躲了一下，见侍从已经过去，便松了手，将她用力推开。

温梨笙下意识地拽住了少年的衣襟，从他的怀里扯出一件东西，然后摔了一跤。好在她穿的是深色的裙子，裙子上沾了泥土也不显得脏。

少年冷冷地看着她，整理好衣襟后，才发现她的手里拽着一件东西，眉头一皱，表情变得难看起来。

温梨笙摔得没多疼，下意识地低头去看手里的东西，只见那是一块非常小巧的圆形的紫色的玉，玉下面坠着由金色的蚕丝似的东西编织而成的花结。

玉上雕刻着一种图案，那图案像一朵花，她没见过。在昏暗的灯光下，她将玉翻转过来之后，发现玉上面刻着一个“谢”字。

她大惊失色，抬头，问：“你竟敢偷谢潇南的东西？！”

温梨笙原先只以为他是个胆子大的盗贼，毕竟他偷到了梅夫人的头上。

现在，她只觉得他是一个想死却找不到地方，得了失心疯的盗贼。

温梨笙也是见惯了金银玉石的，这紫玉，她只看一眼就知道它是价值不菲的极品。那玉上面又刻着“谢”字，除了那位世子爷，它还能是谁的？

她觉得大事不妙。

这人居然能把谢潇南的东西偷出来，可见是有几分本领的。只是他偷了这东西，若是被谢潇南发现了，谢潇南定然会闹得不得安宁，届时又会将责任推到她爹的身上。

如此一来，事情就糟了！

温梨笙的脑子不停地转，她想了许多，但始终认定他是个贼。

她不知这个冷着脸的少年正是谢潇南本人。

他易容改音，与下属换了衣服，来取下属白日里放在树上的东西，却没想到刚将东西拿到手，就撞见了怒气冲冲的温梨笙。

二人拉扯间，他的护身玉还被她拽过去了。

谢潇南只觉得心中的躁意一跳一跳地往眉上冲，闭了闭眼，稍微压制了烦躁的情绪，冷冷地道：“把东西还给我。”

温梨笙被这句话拉回了神，动作麻利地从地上爬起来，将紫玉紧紧地攥在手心，道：“不可能，这东西，我要还给世子。”

这东西绝不能给他，万一谢潇南怪罪下来，第一个遭殃的人就是她爹。

谢潇南不与她废话，直接上前去抢。

温梨笙踮着脚，手臂伸直往后仰，起初想跟他碰一碰，但这人仗着身高的优势，一下就抓住了她的手腕，然后去掰她的手指头。

他的力气极大，她的手腕处传来一阵痛楚。

她疼得龇牙咧嘴，劝道：“你这小贼别不知好歹！谢潇南是什么人？他脾气暴戾，心眼儿小，又极爱记仇，视人命如草芥。他若是发现你偷了他的东西，这里的人都要遭殃，你忍心看着别人被你害死吗？”

谢潇南是头一次被人这般评价，往日在京城里，谁提到景安侯世子时不是赞不绝口？他在京城受众人追捧，到了这区区郡守之女的口中，竟变得如此不堪！

他勃然大怒，道：“一派胡言！”

他更用力地去抠她紧紧握着的拳头。

温梨笙的手腕被捏得生疼，她受不了这疼痛，于是放弃劝说，猛地跳起来，用脑袋往他的头上一撞。

谢潇南突然被狠狠地一撞，当即眼前一黑，有些发晕，手上的力道也松了。

温梨笙伤敌一千，自损八百，晕乎乎地后退了两步，差点儿没站稳，只是那攥着紫玉的手并未有半分松动。

她的脑袋一阵一阵地痛。

席路几步走上前，惊慌地道：“老大，你没事吧？”

谢潇南被撞得头晕，过了好一会儿才缓过来，心中的怒意更盛了，恨不得一巴掌拍死温梨笙。

温梨笙却揉了揉头，转身迈开腿就跑。

谢潇南被气得牙痒痒，指了指鱼桂，道：“把她打晕后送回去。”

席路有一瞬间的犹豫，想说什么。谢潇南却没给他机会，抬起腿就朝着温梨笙追去。

温梨笙跑得飞快，很不想将此事传扬出去，打算把这紫玉抢回去，然后交给温浦长，让他解决。令她没想到的是，这小贼几步就追上来了，眼看着他就要抓住她了，她大喊：“来人——”

她刚喊两个字，谢潇南又捂住了她的嘴，将她粗暴地往旁边拖了几步，摔在假山上。

温梨笙的后背一疼，她皱着脸，挥动双臂挣扎，紧紧握着的小拳头其实没多少力气，打在谢潇南的胳膊、胸膛上时并不疼。

他从怀中摸出锦帕，捏着她的脸，迫使她张开嘴，然后将锦帕塞进她的嘴里，堵住她的声音。

他再一把扣住她的手腕，将她按在假山上，无论她如何挣扎，都动弹不了分毫。

两个人拉扯了一番，虽然温梨笙被完全压制，但谢潇南也累得不轻，低低地喘息着。

他用拇指撬开她的拳头，往里一探，空的。

他再撬开她的另一只拳头，也是空的。

温梨笙两手空空，紫玉不翼而飞。

谢潇南被气得差点儿原地升天，咬牙切齿地问她："东西呢？"

温梨笙哼了一声，没说话。

他怒意滔天，许久没人这般惹怒他了。他那冰冷的目光掠过她纤细的脖子，往下一滑，落在她锁骨处的衣襟上。

谢潇南将她的两只手叠在一起，用左手捏住，右手垂下去，往她束起的细腰处探去。

他本想摸一摸她的腰间有没有别着那块玉，手刚放上她的腰，隔着单薄的布料，她温热的体温便传了过来。

她的腰很细，他能轻而易举地将它掐在手中。

谢潇南只碰了一下她的腰，还是将手握成拳头，缩了回来，被气得呼吸都重了几分。

他居高临下地盯着温梨笙，怒气冲冲地警告道："你最好自己把东西拿出来。"

温梨笙起初没回应，但手腕处的力道越来越重，捏得她的骨头都要断了，她立马小鸡啄米似的点起了头。

谢潇南松开了她，料想她不敢再胡作非为。

他没想到自己刚松开她，她就要逃，同时一把扯下了嘴里的锦布。

由于两个人离得太近，她一动就被谢潇南制住了，整个人再次被压在假山上，喘息都有些难了。

谢潇南要被气晕了，他从没见过这种又蠢又倔的人。他一点儿也不敢放松警惕，否则她就要溜走了。

那紫玉也不知被她藏到什么地方了，他是万万不可能搜她的身的，只能吓她，让她自己将玉交出来。

"你的脑子是被猪油蒙住了吗？这东西为什么在我的手里，你就不能动脑子想想？”谢潇南强忍着怒意问她。

“你再骂我蠢，我就生气了！”温梨笙的眼睛瞪得跟铜铃似的。

他的怒火又熊熊燃烧起来，他问：“难不成我还要夸你聪明？”

“怎么？这沂关郡里还有比我聪明的人？”温梨笙梗着脖子问。

这倒是把谢潇南问住了，他真的从未见过这种往自己的脸上贴金，还如此理直气壮的人。

他不想与她进行无谓的争执，压着怒气道：“没有人能从谢潇南的身上偷走任何东西。”

温梨笙虽然也想过这个问题，但还是道：“万一你在偷东西方面很厉害呢？”

“比不上那个偷走你的脑子的人。”谢潇南又没忍住。

“你说什么？！”温梨笙一听就明白他在拐着弯地骂她。

“有乔陵在，无人能靠近他。”他忍着打人的冲动，向她解释道。

“那你为什么有他的东西？”她问。

谢潇南正要说话，忽然感觉脖颈儿上传来轻微的刺痛感。他抬手摸了一下脖子，竟从脖子上拔下了一根极细的银针。

下一刻，他双眼一黑，倒在了地上。

温梨笙吓了一跳，还不知道发生了什么情况时，脖颈儿也像被针扎了似的痛。紧接着，她也身子一歪，摔在了谢潇南身上。

温梨笙醒来的时候，发现自己躺在又冷又硬的地上，身上的骨头被地面硌得生疼。

她的头还有些晕，脑门儿处尤其疼。她爬着坐起来时心想：到底是谁偷袭她？难不成有人趁她晕过去的时候，朝着她的脑门儿打了一棍？

不然她的脑门儿怎么这么痛？！

温梨笙摸到身边有东西，先被吓了一跳，而后又伸手去小心翼翼地摸索，感觉有温热的触感传来，这才发现那是一个人。

她正摸到那人的手臂，就听见不远处传来低低的呵斥声：“别碰我！”

她被吓得收回手，听出这是那个贼的声音后，讪笑了一下，问他：“你还活着呢？”

“你不是也没死吗？”他反问道。

温梨笙“哎哟”了一声，捂着脑门儿，道：“我觉得我快死了，方才昏过去的时候，不知道是谁在我的脑门儿上打了一棍，现在我的脑门儿疼得要命。”

谢潇南闻言，看了她一眼，觉得她完全是个没脑子的人，没好气地道：“那是你自己撞的。”

温梨笙刚想反驳说她又不是瞎子，怎么可能平白无故地撞到脑门儿，还没开口就想起之前跟小贼拉扯的时候，她手腕被捏得太痛了，又挣脱不开，于是用脑门儿撞了他。

她用手轻轻地揉着脑门儿，朝周围一看，竟一片漆黑，只有窗户处有微弱的光从外面照进来，但不足以照亮整个室内。她的眼睛一眨再眨，她还是什么都看不清。

“这是什么地方？”温梨笙摸了摸脖子上还有些许疼痛的针孔，知道自己方才就是中了那一针才晕倒的。

谢潇南比她醒得早，但是醒来之后才发觉自己浑身无力，连站起来走两步都成了难事，便一直靠着墙壁闭目休息。他的视力极好，他能很快适应黑暗，隐约看得出这是一个半地下的房间，窗子的位置很高，周围十分安静。

本来他的心情平复了不少，谁知身边这蠢人一醒来就双手不老实地乱摸。他又想起之前正是因为这个人，他才放松了警惕，被人暗算，于是怒气又起，语气十分不好地道：“闭嘴。”

温梨笙不乐意了，心想：你这小贼乱偷东西，害得我白日里被狗追了一路。现下你又不怕死地招惹谢潇南，若是出了问题，这老树堂里的人都要被牵连，我爹也要遭殃。

所以她也不满地嘀咕道：“你这小贼脾气还挺大，这么凶做什么？”

她的声音虽小，但谢潇南的听力极好，他一字不落地听见了她的话，咬牙切齿地问她：“你说什么？”

温梨笙看他一副很生气的样子，往旁边挪了挪，忽然想起那块紫玉来，便连忙摸了摸右边的衣袖。

方才被这小贼追得紧，她知道自己肯定是会被追上的，所以匆忙将紫玉塞到了衣袖里面的小挂兜里，那是她平时藏银票的地方。

那紫玉还老老实实地待在小挂兜里，因为她的体温，变得有些温暖。

她背过身，将紫玉拿出来凑到眼前，想看看有没有什么破损的地方。她正看着，背上突然压过来一股力道，竟是那小贼扑了过来。

她吓了一跳，立即伸手去推他，并问：“你干什么？！我以为你只是个盗贼，没想到你还是个采花贼！”

谢潇南的胸膛压在她的肩膀处，他伸出手臂按住了她的手腕，想去抢她手中的紫玉。

但那银针上的药的效果还没完全消散，他能使出的力气非常有限，甚至支撑不了自己的身体，只好压在她的背上。听见她的叫声之后，他出于一种报复心理，压得更用力了。

温梨笙根本支撑不住，被压得往下猛地一趴，手肘支在地上，将那紫玉死死地捏在手中，对着他的侧脸就是一拳。

但由于她被压住，手臂的活动范围极小，所以这一拳半点儿力气都没有，仿佛轻轻地挠了一下他的侧脸。

谢潇南咬着牙道："把玉还给我！"

温梨笙即便被压着，也十分有骨气地道："你休想，这东西我要还给世子！"

两个人正在争抢的时候，门突然被打开了。一盏灯的亮光进入视线，温梨笙吓了一跳，手上的力道有些放松，一时不察，被谢潇南撬开了手掌，抢走了紫玉。

谢潇南总算抢回了自己的东西，强撑着起来，坐回去，靠着墙。这一系列简单的动作却耗费了他极大的力气，使他疲惫地喘着粗气，小心地把护身玉塞回了衣襟里。

温梨笙虽因丢了紫玉而心中懊恼，但也不急着再动手去抢了，毕竟现在有更重要的事要做。

她整理了一下衣裳，坐了起来，只见两个随从带着灯笼走了进来，后面是一个看起来雍容华贵的妇女。那妇女年龄并不大，脸上带着和蔼的笑容，对二人道："年轻人就是精力旺盛，中了散力药还有兴致做这种事。"

谢潇南冷冷地看了她一眼，并未言语。

温梨笙仔细地瞧了瞧她，忽然道："我见过你。"

那妇女愣了一下，并未接话，等温梨笙继续说。

温梨笙只用了片刻工夫，就想到了在哪里见过她，接着道："你是梅家人。"

"温小姐好记性。"这妇女笑着鼓掌称赞，"没想到我这等小人物也能被温小姐记住。"

"你抓我干什么？"温梨笙疑惑地道。

她记得温家人与梅家人的关系还算可以，逢年过节，梅家人都会往温府里送酒。像这种温家人向梅家人借场地的事也不是第一次发生，梅兴安与她爹的交情也不错。

"听闻温小姐白日里路过大嫂的庭院，引出了看门的大黑狗？"那妇人让随从搬来椅子，慢悠悠地坐下后，继续道，"温小姐拿的东西能否慷慨地给我看一眼？"

温梨笙短暂地思考了一下，显然，她的身份在这妇女面前还是有些用处的，不然这妇女也不会一口一句"温小姐"地叫她。

而且她身边这个贼白日里偷的是什么东西，她还不清楚，他的手里还拿着谢潇南的玉，若是现在她能与这妇女周旋一下，将这小贼的事情瞒下来，说不定还能感化他，让他归还谢潇南的东西。

于是，温梨笙故作高深地道："不知这位夫人要那东西有何用处？"

妇女轻笑，道："你何必明知故问？不就是为了那把霜华宝剑？"

温梨笙一下子想到白日里沈嘉清曾经说过，外面传言梅家人的手里有风伶山庄的地图，难不成小贼偷的是这个东西？

沈嘉清家里的地图还真的在梅家人的手中？

温梨笙便道："实不相瞒，白日里我不过是路过才被那只黑狗盯上。我身在江湖之外，既不会武功，也对剑没有兴趣。"

妇女捂着嘴笑出了声，笑了几声后，脸色稍微变冷，看着温梨笙道："你若没有进那庭院，那只狗又怎会跑出来？难不成它还会开门？温小姐若是不想自讨苦吃，便坦诚些。"

温梨笙皱起眉头。她最讨厌别人威胁自己，于是不悦地道："我若是不坦诚，你要如何？"

妇女摆了一下手，她身旁的一名随从便一个跨步上前，抽出腰间的细鞭，朝温梨笙挥舞而来。

温梨笙眼睛一瞪，匆忙向旁边闪躲，着急之下，压在了谢潇南身上，将他往墙上狠狠一挤。

她没想到这女人完全不给她这个郡守之女面子，这一鞭子甩在身上可是不得了的。

眼下什么紫玉白玉的，她也不管了，立即指着身旁的人喊道："是这个人偷的！跟我没有关系，我真的只是路过！"

谢潇南被压在墙上动弹不得，下意识地要甩开手臂，将她推开，却使不上力气，只能怒道："滚开！"

"温小姐是觉得我好糊弄？"妇人笑眯眯地问。

温梨笙看了一眼旁边的鞭子，又见这小贼是这般态度，便打算将他彻底出卖，道："我说的句句属实，这个贼偷东西的功夫十分了得，他连谢世子的东西都能偷到！你大嫂丢的东西就在他身上。"

妇人一听，来了兴趣，问："谢世子的什么东西？"

温梨笙朝着谢潇南高声道："将东西交出来给这位夫人看看。"

谢潇南的眼中满是怒意，他瞪了她一眼，并未说话。

温梨笙身后的鞭子又甩了起来，仿佛下一刻就要落到她身上。温梨笙直接撸起袖子扑上前，扯住他的衣襟，骂道："不知死活的小贼，快交出来！"

谢潇南被气得几乎要吐血了，死死地拽住衣襟，冷冷地道："我劝你不要找死。"

"我看找死的人是你！"随着她声音的抬高，他的衣襟被她大力扯开，露出了一大片胸膛。他的皮肤白得如无瑕的玉，肌肉紧实，隐隐能看见腹部的肌肉。

谢潇南活了这么多年，头一遭被人这样扒开衣裳，还因为药物作用而没力气反抗，气得额头上的青筋突突地跳，脸更是黑了个彻底。他恨不得一下将温梨笙摔出八丈远。

然而，他抬起的手被温梨笙嫌弃碍事，轻松甩开。她对着他的衣襟一阵摸索，摸到了紫玉，将玉拿出来献宝似的对那妇女说："请夫人过目。"

妇人将玉接过去的一刹那，立即惊叹起来："哟，还真是一块极品之玉。"

说着，她便拿来灯笼，细细打量那玉，并道："这玉的雕琢水平也是顶尖的，恐怕真是那世子的东西。"

温梨笙转过头看了看被气得一直喘粗气的少年，对上他恶狠狠的目光，见他已经恼怒得糊涂了，连衣襟都忘了合上，便有些歉意地帮他合上了衣襟。

妇人这时说道："这少年当真是有些本事的，竟能拿到谢世子的东西，你将他的衣裳拉开，让我瞧瞧。"

温梨笙愣了一下，看了看妇人，有些迟疑地道："这不太好吧？你的年龄比他的大不少呢……"

妇人的脸色变得阴沉，温梨笙背后的鞭子又动了起来。

"夫人想看，那就看！"温梨笙动作飞快，谢潇南都来不及抵挡，就被她扯开了衣裳，胸口再次变凉。

他被气得险些原地升天，已说不出什么话，只能仰着头靠在墙上，闭着眼睛调整情绪，以免被温梨笙气死。

妇人看后，叹息着道："少年的身子骨极好，想必功夫不低，难怪中了散力药这么久，仍没有恢复。"

这药遇强则强，功夫越高的人，中了这药后药效越猛。所以温梨笙醒来后生龙活虎，谢潇南却一直使不上力。

"你想要的东西就在这小贼的身上，你最好将鞭子往他的身上抽，他的嘴巴再硬，他也会说出来的。至于那块玉……"温梨笙盯着她手里的紫玉，笑着说道，"这毕竟是那位的，若是丢了，定会引来不少麻烦事，到时候梅家人也会受牵连，还是让我还给那位吧。"

然而，温梨笙口中的"那位"此刻正被她挤在墙角，衣衫大敞，闭着眼睛不想说话。

妇人却将玉塞进袖中，随后说道："这等好东西换几个'老树堂'都不为过，梅家的这点儿金银又怎能与之相比？"

温梨笙在心中骂她：又是一个贪心得不要命的蠢货。

二人正僵持时，忽然有一声巨响传来。几个人同时看去，只见那高处的窗户被人踹烂了，从外面伸进来一条腿。

温梨笙一下就认出了那只绣着金蟾蜍的鞋子是沈嘉清的，当即大喜，以为沈嘉清带人来救她了。

温梨笙迅速从地上站起来，双手叉腰，一改方才胆小懦弱的姿态，高抬下巴，神气地道："你这蛇蝎心肠、贪财好色的老妖婆！现在我兄弟来了，你若是识相的话，就赶紧跪下给我磕几个响头，我等会儿让我兄弟下手轻些。"

妇人被她这一通骂气得脸色一变，愤怒地起身，道："好伶俐的嘴，我就看看你兄弟是何人物！"

妇人的话音刚落，沈嘉清的脚便缩了回去。而后，他跃下窗户，摔了下来，落地时屁股先着地，杀猪般地叫了起来。

温梨笙大惊，左看右看，见再也没有人下来，便喊道："沈嘉清，你带的人呢？"

"什么人？"沈嘉清揉着屁股站起来，道，"我是来找你玩的啊，带着人，多不方便啊！"

温梨笙慌了。

她跪坐下来，十分乖巧地笑道："夫人，方才是个小误会，您不要介意。"

那妇人冷笑起来。

温梨笙害怕地咽了咽口水，抬手抓住身边那个少年的裤子，试探着道："要不，我把他的裤子也拽下来给您欣赏欣赏？"

谢潇南闻言，下意识地拽紧了自己的裤腰带。

温梨笙的话音还没落下呢，手背就被拍了一下，力道不算大，但声音极清脆。她迅速缩回自己的手，揉了揉手背，不敢再说话。

谢潇南现在已经处于怒火最盛的时候，只是被温梨笙气得有些头晕，且已经完全被她折腾得没力气了。

沈嘉清往左右看了看，才明白温梨笙的处境，疑惑地道："这大半夜的，你不在房中好好地待着，怎么被抓来这里了？"

"小孩没娘，说来话长……"温梨笙道。

"我让你们在此处闲聊了吗？！"妇人气愤地打断他们，泄愤似的一脚踢烂了身旁的椅子，指着温梨笙，怒道，"快把东西交出来，否则别怪我不客气！"

温梨笙被吓得一哆嗦，道："我都说了那东西不是我拿的。"

沈嘉清见好兄弟被别人威胁，第一个不乐意了，叉着腰，挺身而出，道："你好大的口气，知道梨子是什么人吗？"

温梨笙给他使眼色，让他别冲动。

沈嘉清却以为自己的行为受到了好兄弟的鼓舞，更加想为她撑腰了，撸起袖子道："小爷从不打女人，但你若是再敢对梨子不恭敬，小爷的拳头可不留情！"

妇人狠狠地剜了他一眼。

半炷香的工夫后，一把新椅子被搬过来，随从还送上了一盏凉茶。妇人喝了两口凉茶，压了压心中的火气。

沈嘉清蹲坐在温梨笙旁边，衣裳上印着两三个脚印，鼻子里流出的血被他抹了一把，糊了他的小半张脸。他缩着脖子，老老实实的。

温梨笙轻叹一口气，从袖子里摸出锦帕递给了他，小声道："擦擦吧。"

谢潇南瞥了一眼，发现那是他的锦帕，方才已被压下去的怒意又有升起来的迹象。他再一想，这东西也塞过温梨笙的嘴，他早就不打算要了，心情才稍微平复了一点儿。

妇人看了看这三人。

靠着墙角的少年的衣襟被揉得一团乱，但好歹合上了，他正靠着墙，敛着眸，脸上没什么明显的表情。

剩下两个人正头挨着头，一个忙着擦鼻血，一个不停地嘀咕。

妇人冷笑道："夜还长，我有的是时间跟你们耗。"

等那张锦帕上全是血时，沈嘉清的鼻血才堪堪被止住。沈嘉清问温梨笙："到底怎么回事？"

温梨笙也委屈得很，道："我怎么知道？我只是出门闲逛了一会儿，就莫名其妙地碰上了白日里的那个贼。他害得我被狗追得那么惨，我本想让鱼桂教训他一下，却没想到在他身上发现了谢潇南的玉佩。"

沈嘉清不愧是她的好兄弟，俩人的思维一模一样，他当即震惊地道："他还偷了谢潇南的玉佩？"

温梨笙点头，沈嘉清状似怜悯地看了靠着墙的少年一眼，道："那他完蛋了，要被谢潇南抓去放血……"

谢潇南虽敛着眸，但能将两个人的悄悄话听得一清二楚，听到此，便抬起头莫名其妙地看了沈嘉清一眼。

谢潇南见沈嘉清的鼻子周围全是血渍，心想：这沂关郡的人还真是蠢得各有千秋。

沈嘉清又问："然后呢？"

温梨笙便接着道："然后我抢来了玉佩，就拿着玉佩跑，这小贼看起来腿长手长的，一时还真没追上我。等他到了我边上，我一记横扫腿，直接把他撂翻，他爬起来，还想追我……”

“你什么时候会横扫腿的？”沈嘉清打断她，问道。

“当时情况紧急，我武智顿开，突然使出来的。”温梨笙神色严肃地说道，“我从前就觉得我有习武的天分，说不定还是个潜在的练武奇才。”

谢潇南听到前面的话时，尚能忍受，后面那些话，她简直越说越离谱儿，这牛皮直接吹上了天。他实在是忍受不了，冷笑一声，道：“一派胡言。”

温梨笙转过头朝他看了一眼，又将声音压低了许多，道：“此人文化程度不高，只会用‘一派胡言’这一个成语。”

沈嘉清听了，又怜悯地看了谢潇南一眼，道：“那比我还惨，好歹我还会用‘胡说八道’。”

谢潇南呼吸一滞，此刻才理解了“怒极攻心”这个词的意思。

妇人的耐心此时到了极限，她将手中的茶杯往地上一摔，茶杯顿时变得四分五裂。她怒道：“够了！小姑娘，我可是好言相劝过的，你既然不听，就别怪我了！来人，把东西从她身上搜出来！”

两边的随从一动，就要上前。

“等等！”温梨笙大声制止，指着沈嘉清道，“你可知此人是谁？”

妇人冷冷地看向她，问：“你又要耍什么花招？”

“这位乃风伶山庄沈庄主的儿子——沈嘉清。”温梨笙说道，“有他在，你还要你大嫂的东西干吗？直接拿笔墨来，让他给你画一张风伶山庄的地图，什么机关、迷宫，都画得清清楚楚，保证你一去就能找到霜华宝剑。”

妇人没见过沈嘉清，犹豫着道：“当真如此？”

温梨笙立即道：“当然！我温梨笙从不骗人，我以温家人的名声做担保！”

谢潇南暗想：温家出了这么一个败类，名声丢尽也正常。

风伶山庄在江湖上是出了名的有进无出之地，多少贼惦记着藏宝阁里的万千宝贝，但进去之后便再也没出来。所以，不管那里面藏着多少好东西，江湖人都不敢轻易进入。

沈嘉清作为风伶山庄的少庄主，自然知道泄露山庄的地形、机关的严重性，又怎会轻易答应画地图？

谢潇南正想着，便听见沈嘉清的声音传了过来：“是真的，我自小在山庄里长大，对那里相当熟悉，能画个七八张地图给你，丢了一张还有备份。”

谢潇南又闭上了眼睛，心想：这风伶山庄被灭也是迟早的事。

妇人一边叫人去准备笔墨纸砚，一边对温梨笙凶狠地道：“若是你敢耍我，我定亲手划花你的脸。”

温梨笙被吓住了，摸了摸自己如花似玉的脸蛋儿，嘱咐沈嘉清一定要认真画。

约莫一刻钟后，笔、纸才被送来，妇人的随从还搬来了一张矮桌、一盏灯，让沈嘉清趴在矮桌上作画。

温梨笙帮忙研墨，妇人便站在一旁盯着沈嘉清作画。

沈嘉清的字向来不太好认，他画的线条也歪歪扭扭的。起初他浪费了好几张纸，后来，在妇人的警告之下，他才老实地画画，偶尔标注上几个妇人看不懂的字。

每次看到认不出的字时，妇人都会问沈嘉清，但沈嘉清向来是话多的人，回答问题的时候就忍不住要拓展一下。

“这是什么字？”

“王八湖。”沈嘉清颇有兴致地道，“我六岁的时候在里面养过六只王八，但是后来它们都被我爹吃了……”

“闭嘴，没人要你解释。”妇人冷冷地道。

片刻后，她又尖声问道：“这是什么字？你会不会写字？”

沈嘉清道：“青蛙湾，一到夏天，这地方就爬满青蛙，一整个夜晚，青蛙‘呱呱’地叫。”

“让你说那么多了吗？！”

温梨笙“啧”了一声，在旁边道：“你说得简短点儿嘛，夏蛙夜呱。”

沈嘉清一脸崇拜地道：“还是你聪明。”

谢潇南看了一眼那处，见三个人撅着屁股围着一张矮桌，只觉得大开眼界。

三个蠢货齐聚一屋。

风伶山庄实在是太大了，沈嘉清拿着笔画了许久，每画一处都忍不住停下来讲解一番：什么他八岁的时候在这里被蛇咬了一口，屁股上现在还有那蛇的一对牙印；他十岁的时候在那里迷了路，饿了两天才被找到……

这些东西，那妇人不感兴趣，她一边恶狠狠地警告他，一边让他动作快些。

温梨笙则在旁边插科打诨，说妇人如果一直催他，他就容易记错，风伶山庄里处处是致命的地方，若是没有正确的地图，妇人必定有去无回。

妇人这才强忍着怒气，不敢再催。

房中安静了好一会儿，沈嘉清正慢悠悠地画着，外面突然传来了动静。

妇人警惕性高，立即抬头朝门边看去，给随从打了个“去看看”的手势。

两个随从刚走到门边，门就被人大力从外面踹开。那门直接撞在了两名随从的脸上。

几人同时抬头，只见一个身着灰色衣袍的男子脚步轻快地踏进来。那男子的面上带着温和的笑，他进来后扫视了一圈，看见了角落里的人。

妇人有些惊慌地起身，怒道："你是何人，怎敢擅自闯进来？！"

温梨笙也跟着站起来，露出惊诧的神色——

来人竟是乔陵。

此人是谢潇南身旁的头号随从，并不在一般场合露面，不知怎么找来了这里。

乔陵这才看见温梨笙，笑道："原来温姑娘也在此处。"

温梨笙觉得自己得救了，乔陵足以解决这些小事。

她正想着，又有一人进来了。那人刚进房间就张口喊道："我的老天爷！老大，你没事吧？！"

那人说着，直奔角落里的谢潇南而去。妇人见他的速度很快，立即从袖筒里抽出极其小巧的匕首，劈手便刺过去。

匕首到了那人跟前，那人只将头轻轻一偏就躲了过去，神色丝毫不变，脚步更是没有半分停顿，直接走到角落处。那人半跪在地上，将角落里的少年的手腕拿起，摸他的脉搏。

这会儿，谢潇南的心情奇差，他看到身边的人来了，顿时有了大仇得报的感觉，指着温梨笙道："把这个……"

"谢我是吧？"温梨笙暗道不好，心知这身份有些奇怪的贼要告状，于是连忙高声打断了他的话，不好意思地笑了笑，道，"没必要，方才帮你不过是举手之劳罢了。"

谢潇南露出难以置信的神色，气得一时忘了自己要说的话。

那男子将谢潇南的脉搏细细查了一番之后，指着妇人道："你下的药中可有毒？"

妇人眼珠一转，似乎打起了别的算盘。乔陵一眼看穿她的心思，微笑着道："这位夫人，为了你的性命着想，你还是如实相告为好。"

妇人不知为何，觉得后背一凉，不敢动什么歪心思了，急忙说道："无毒。他此时不过是没什么力气，药效过了便会好。此事本就与他无关，只是他当时与这温家姑娘难舍难分，才一并被抓来了。"

"难舍难分"这个词一出口，在场几人的脸色都变了，乔陵与那男子同时看向自家少爷。

谢潇南一下子就皱起了眉头，显然极其不喜欢这个词，沉声道："她身上有我的东西，去拿回来。"

半跪在他面前的男子问道："还留她的性命吗？"

"杀了。"他冷冷地道。

男子当即起身，还没动手，那妇人见没有回旋的余地，灵巧地在地上打了个滚，顺手抽走了沈嘉清手中的纸。她正要将纸收起来跑路，却见纸上画的是一个丑陋的大王八。

她惊愕地朝温梨笙看过去，忽然意识到了什么。

只见方才脸上还带着惶恐表情的温梨笙正歪着脑袋打量她，白嫩的脸上有一双漂亮的眼睛，眸中是屋中的灯火。温梨笙道："夫人，您少说也有三十岁了吧？为何别人说什么，您就信什么，跟三岁的孩子似的？"

沈嘉清也扔下笔站起来，颇为遗憾地道："我还没画完，还差一条尾巴呢。"

妇人看见这两个人的神色，这才明白自己被这两个人耍了，随即勃然大怒，撕了那张纸，喝道："你们竟敢骗我？！"

温梨笙觉得面前这个妇人十分天真，笑道："骗你又如何呢？"

妇人没想到她承认得如此干脆，脸色一变，道："你分明以温家人的名声做担保，说绝不会骗人的！"

温梨笙没忍住，笑出了声，笑得眼角都有泪水了。她道："你上街打听打听，我温家人还有什么名声？谁不知我爹是出了名的大贪官？"

沈嘉清用手肘轻轻地撞了她一下，道："说话注意点儿，这儿还有谢世子的人呢。"

温梨笙这才发现自己失言了，毕竟别人说和自己亲口承认性质是完全不同的。眼下覆水难收，她连忙对乔陵说："这位大哥，这些话，你可千万别告诉世子，你好歹收了我五百两银子。"

乔陵没回应，倒是谢潇南抬起眼皮看了她一眼，嗤笑一声。

妇人心知自己已经无法脱身，加上因为被骗而怒极，便想着死前也要取了这温氏之女的性命。于是，她一甩手中的匕首，竟甩出长长的一截，那匕首变为一把细长的剑，剑身很柔软，反射出白色的光芒。

"温氏小贼，受死！"她大声喊道，提着剑朝温梨笙刺去。

两个人的距离很近，近到只一个眨眼的工夫，她便到了温梨笙的面前。妇人面色狰狞，誓要取温梨笙的性命。

温梨笙站着未动，她身边的沈嘉清在刹那间抬手，不知从何处甩出来一把短刃，短刃转了个圈，被他握在掌中朝上一挥，那细而软的长剑瞬间断开，半截剑刃被甩飞出去，斜着插入地面。

他手中的短刃与妇人的断剑相接，朝前一滑，刀刃摩擦的声音在寂静的房间里响起，直至短刃抵在妇人的剑格上才停住。

至此，妇人所持的剑再也不能往前一分。

沈嘉清将她上下打量一番，皱了皱眉头，说道："出剑太慢，身形拖了剑锋，下盘不稳，导致剑力极弱，折你的剑不费吹灰之力，你这种人持剑着实有辱剑道。"

妇人活了这么多年，竟被一个十几岁的少年教训了，低头看了一眼自己的双腿，生气地道：“你放屁，老娘光扎马步就练了半年！”

她话音未落，沈嘉清矮身用腿一扫，动作干脆利落，妇人觉得腿上一痛，身体失去了重心，再回神时，已趴在了地上。

“你看吧，我就说你下盘不稳吧？”沈嘉清的声音从上方传来。

温梨笙见妇人被扫倒，立即扑了上去，用尽力气压住妇人的臂膀，朝沈嘉清喊道：“将笔拿给我！”

沈嘉清闻言，将笔递给她，只见她不顾妇人的大叫，用笔在妇人的脸上胡乱地画着。

这妇人方才一直用划花她的脸来威胁她，她向来不是大度的人，且憋了一晚上气，于是将这妇人的脸画成了一个大花脸。

这妇人一直歇斯底里地叫着，谢潇南觉得吵闹无比，烦躁地道：“让他们闭嘴！”

乔陵原本立在门边看戏，正看得津津有味，便听见了自家少爷的命令，立即上前将温梨笙从妇人的身上提起来。

温梨笙方才正闹着，自然没听见谢潇南的那句命令。她以为乔陵要办事，于是站直后，稍微整理了一下衣裙，才将方才从妇人的袖子中摸出来的紫玉递给他，并道：“这位大哥，这东西，烦请你转交给世子，我为了它，可费了好大的功夫呢。”

乔陵将它接过来一看，露出惊讶的神色，将玉反复检查之后，才抬头对她道：“温姑娘费心了，我定会将它完整地归还给世子。”

温梨笙觉得这乔陵着实好说话，不由得又道：“那你记得在世子面前多为温家人美言几句，我们温家人世代尽忠报国，上效忠朝廷，下庇佑百姓。莫让世子听闻街上的风言风语，冤枉良臣。”

谢潇南将这话完完整整地听进了耳朵里，下意识地接话道：“你做梦。”

温梨笙听罢，转过头诧异地看了他一眼，视线停留在他的脸上，思量片刻后才转过头望向乔陵，用极小的声音道：“顺便告知世子一句，日防夜防，家贼难防，要小心……”

谢潇南被气得当即便要起身，一旁的席路立即躬身抬臂去扶他。

他的力气尚未恢复，他方才起身时又有些着急，也不知是气的，还是因为太吃力，低声喘着气。

席路见此情况，轻声说道：“老大莫动气，这小丫头不知死活，待夜深了，我将她绑出来吊在屋檐下，让夜风吹她半夜，让她好好吃些苦头。”

谢潇南今儿一晚上把这一年的气都生了。自打出生起，他就是被人奉承的世子，从未有人敢这样在他面前说话，且诋毁起他来不遗余力，一开口便胡说。

温梨笙根本不知道“怕”字怎么写，先前对着他表现出来的畏惧恐怕都是假象。

即便被气到这般地步，他也仍冷静、克制，没对温梨笙伸出手指头。

账不是这么算的。

温梨笙虽是个擅长见风使舵的人，说出的十句话里有八句是假的，脑子也蠢笨，但她毕竟是温浦长的女儿，目前他还动不得她。

且他易容改音，是因为还有更重要的事情要做，暂时不能将他易容之事暴露，得在其他人来之前离开此处。

谢潇南冷冷地看着温梨笙，心想：温小姐，咱们的账日后再算。

温梨笙察觉到他的注视，转过头与他视线相对，心想：既然这小贼是谢潇南的人，那我就万万没有与他结仇的必要了。于是，她十分诚心地笑着夸赞他道：“少侠的身材不错，那胸膛一看就硬实。”

谢潇南的拳头又硬了。

谢潇南离开之后，乔陵也很快离开了，余下瑟缩在角落里的妇人的随从与趴在地上的被画了一脸墨迹的妇人。沈嘉清将短刃收起来，拂了拂有些凌乱的衣袍，见温梨笙一直看着门的方向，便疑惑地道：“梨子，你在看什么？”

温梨笙没立即出声，盯着门外看了半晌后，才幽幽地叹了一口气，道：“我好像惹事了。”

沈嘉清不以为意地道：“惹事了就惹事了呗，我看谁敢动你。”

温梨笙也不知道该怎么解释。

她看见方才被她误认成盗贼的少年走在前面，乔陵和另一人则跟在他的后面，三个人一起离开。她虽然不知道他的身份，但可以看出他比乔陵地位要高一些。

在她的记忆中，乔陵凡是出现，便站在谢潇南左右，若谢潇南的手下还有比乔陵的地位更高的，那必然是跟谢潇南关系更亲密的人。难怪他的手中会有那块刻着“谢”字的紫玉，那玉恐怕并不是他偷的，而是谢潇南赏给他的。

她非但抢走了紫玉，还在他的面前说了些关于谢潇南的不太好听的话，万一他回去后告状，那不是糟了吗？

温梨笙一想起谢潇南那冷漠的眼神，心里就闷闷的。

沈嘉清见她一直站着不动，便从一旁的随从手中抢来一盏灯，对她道：“走吧，咱们也回去。”

飘远的思绪被拉回，她看见那妇人还趴在地下装死，认为不能轻易放过这个妇人，便先跟着沈嘉清往外走了。

这个房间是一半藏在地上的密室，窗子开得很高，一小部分是高于地面的，屋顶与石桥修在一处，构建得十分巧妙。从外面看，这个房间的入口极为隐蔽，寻常人根本想象不到那是一扇窗子。

沈嘉清说他起初也没找到这间密室，但见缝隙里面有些许亮光，便用脚踹了一下试了试，没想到窗子还真的被他踹烂了，他也摔了下去。

温梨笙起初还疑惑他是怎么找过来的，毕竟她被庄莺气出门也是偶然之事，被抓来这里更是意外之事，沈嘉清是不可能知道的。

后来一问她才知道，沈嘉清一直想夜探梅家庭院，翻来覆去睡不着，便拿出千里萤来寻她。谁知道千里萤带着他越走越偏僻，到了这儿，他才隐约猜到她出事了。

他找到此处也算是误打误撞。

二人刚出来，就碰见一行人提着灯笼匆匆地赶来此处，走在最前方的人就是梅家家主梅兴安。

梅兴安看见他们后，几个大步走到他们面前，将脸上的焦急之色稍微隐藏住，问温梨笙："温小姐无大碍吧？方才我突然接到通报，说有人将你绑至此处。请问发生了什么事？"

温梨笙朝沈嘉清望了一眼，猜到这些人可能是他在踹窗子之前喊的，却没想到这些人来得这么晚，不由得气愤地道："那些人就在这地下的屋中，梅家主还是自个儿去看看吧！"

梅兴安道："眼下已是半夜，温小姐受了惊，也累了，不若先去休息，我先将那贼擒住，明日再交给你处理。"

沈嘉清也打了个哈欠，替温梨笙做了主："那便如此吧。"

两个人在侍卫的保护下行了一段路，而后到了温梨笙的住处才分开。

温梨笙回到房中之后，发现鱼桂正躺在地上，闭着眼睛一动不动。

温梨笙被吓了一跳，连忙上前要去掐她的人中，一摸却发现鱼桂的气息正常，似乎在昏睡，像被谁敲晕之后送回来了。

温梨笙点了灯，费了老大的劲儿才将鱼桂抬到一张窄榻之上，又让守在门外的侍女准备热水。

这一日下来，温梨笙不是被狗追就是被人绑，着实累得不轻。在入水的一刹那，她浑身的疲倦仿佛被洗尽，四肢百骸暖洋洋的，她整个人舒服极了。

明亮的灯光下，白色的雾气在房中弥漫。温梨笙一抬手，只见两只细嫩的手腕在热水里泡了一会儿后更显得白皙，只是手腕上方有两个明显的红印，摸上去时，还有隐隐的痛楚，是那个凶得要命的小贼方才捏出来的，这人的力气极大。

一想到他，她便脑袋、手腕一起痛。

温梨笙压根儿没见过这个人，难不成他是谢潇南的暗卫？

据说谢潇南此番来沂关郡，身边藏着一批武林高手，表面上只有乔陵常在他左右，实际上那些藏在暗处的人才是平日里办事多的。那个被她当成盗贼的人，说不定就是那些暗卫中的一员。

温梨笙长长地叹了一口气，总觉得有些奇怪。

梦中，她与谢潇南的交集并不多，他们一年半载也见不到一次面，怎么现在她总能遇到与他有关的人和事？

而且，有许多事与梦中的不太一样。

温梨笙想了许久，直到困意难以抑制，昏昏沉沉地睡去。

许是因为睡前想得太多，这一夜她不停地做梦。

她梦到她穿着一身红衣坐于轿中，身旁的人从贴身婢女到撒喜钱的小厮，无一不是满脸笑容，所有人都很高兴。

只有温梨笙自始至终木着一张脸，没有半点儿喜悦。

因为她跟她的未婚夫并不认识。

彼时，谢潇南已经举起反旗，所过之处皆插上了谢字旗。他率领的军队所向披靡，皇家的军队节节败退，梁国人心惶惶。

沂关郡地理位置绝佳，温浦长说，谢潇南的长剑迟早有一日会刺破沂关郡的城门。温梨笙年少时曾惹怒过谢潇南，是以温浦长给她找了个可靠的夫家，让她嫁过去，届时即使天塌下来，也砸不到她的身上。

温浦长给女儿挑的夫君是沂关郡孙家的嫡子，孙家嫡子的表叔在京城从军，品阶还不低。若是出了事，孙家人直接卷铺盖带她逃去京城寻求庇护，也是一条不错的出路。

只是，温浦长将算盘打得如此好，在关键时刻还是出了纰漏。

谁也没想到谢潇南会在她出嫁的当日破城门，正好挡在送亲的路上，将她的花轿拦了个正着。

家丁、侍从扔下花轿，四散而逃，温梨笙爹着胆子掀开花轿的帘子后，与谢潇南四目相对。

那时的谢潇南坐在马背上，表情于沉稳之中透出些桀骜，长发束起，发冠坠着红缨，银甲之下是锦绣衣袍，腰间挂着一柄收在鞘里的长剑，头顶烈日，面覆寒霜。

他气场极强，温梨笙只敢与他对视一眼，就被迫低下了头，不敢再与他对视。

所有人都没有开口说话，就连鱼桂也愣住了，不知要做出什么反应。

谢潇南也没有出声，只静静地看着她。片刻之后，温梨笙下了花轿，鸳鸯赤金红绣鞋踏在地上，嫁衣也拖在地上。她低着头，在众人的注视下走到一旁的路边缓缓跪下，将双掌交叠着放在地上，躬身将额头贴在手背上。

鱼桂见状，也匆忙跪下来，将头磕在地上不动了。

温梨笙听说过军中缺女人，军中的人时常把漂亮的姑娘当作战利品取乐。她只有一个想法——谢潇南别记仇。

不然，她真的要当街自刎，以保清白。

所幸谢潇南并未在意她，只道了一句“拆了”，那花轿在极短的时间内被暴力拆分，扔在了路的两边。道路被清理出来后，谢潇南带着他的军队离去。

温梨笙在地上跪了许久，站起来的时候，腿软得打战，也不知是累的还是怕的。

人散去之后，街道上安静无比，温梨笙没办法，只得带着鱼桂前往夫家。她既已嫁出门，便没有半路回去的道理，否则白费了她爹的一番苦心。

她拖着嫁衣走了两条街才来到孙家，隔远了看，发现这孙家门口竟没有半点儿办喜事的样子。孙家虽门上挂了红灯笼，贴了红双喜，却既没有人奏乐，也没有喜婆在门口迎接新娘，更没有宾客来往，只有两个随从守在门的两边。

温梨笙的心中生出一股怒气，她想：这孙家人也太敷衍了，好歹我也是郡守嫡女，嫁到孙家也算是下嫁。

她们行至门前，随从看了她一眼，便侧身摆出引路的姿态，道：“姑娘请。”

鱼桂生气地道：“小姐，这孙家人也太过分了，虽说咱们也没有花轿，但那孙公子竟然不出来亲自接你过门，岂非看不起咱们大人？”

温梨笙也觉得烦躁，皱了皱眉，暗想：这倒霉事赶紧结束吧，我走了两条街，腿快走断了！

随从将她引进大门，穿过一个宽阔的庭院和四面透风的大堂，周围寂静无比，不说办喜事的喜庆氛围，甚至一点儿人声都没有，十分诡异。

温梨笙隐隐觉得不对劲儿。

大堂的尽头是两开的拱形门，温梨笙隐隐约约看到门外有不少人，心中顿时有了不好的预感。

刚出拱形门，温梨笙就看见了一个与方才的庭院规格相仿的大庭院。大庭院的两边跪着一群人，他们皆低着头，瑟瑟发抖。庭院当中由青石砖铺成的路上，一具身着喜袍的无头尸体倒在地上，头颅被利剑斩断，滚落在一旁，满地的血触目惊心。

温梨笙乍一见这样的场景，被吓得魂飞魄散，一声尖叫脱口而出，险些倒在地上，还是鱼桂在旁边扶了她一把。

随从上前两步，跪在地上，道：“主子，人带来了。”

温梨笙这才看见，在庭院的另一头，谢潇南脱了银甲，身上那雪白的衣袍上沾着血，戴着红色玉扳指的手显得修长、白皙。他正拿着锦帕慢悠悠地擦拭着手中的长剑。

他抬眼，隔着遥远的距离看了温梨笙一眼，俊俏的眉眼忽然染上笑意，道："抱歉，你还没过门就让你守寡了。"

他那态度，半点儿歉意都没有。

一阵敲门声传来，温梨笙猛地从梦中惊醒，还未从方才的恐惧情绪中脱离出来，坐在床上直喘气。

太真实了，那情景根本不像梦境，更像无比清晰的回忆。

她揉了揉脑袋，对鱼桂道："去问问是谁。"

鱼桂应声，片刻后去而复返，说道："小姐，方才有人传来消息，说梅家家主四弟的妻子昨夜被人杀了，梅家人现在请小姐去东院正堂。"

温梨笙并不知晓梅家家主四弟的妻子是何人，只不过他们喊她去正堂，想来也是因为昨日的事，于是她动作缓慢地从床榻上爬起来。

她顺便简单地悼念了一下她那还未与她说上一句话，就在新婚当日尸首分离的未婚夫君。

今日雨停了，却并未出太阳，天阴沉沉的，温梨笙收拾好，赶去东院正堂时，屋外站满了围观的人。围观的人见她来了，便低语起来，也不知道在讨论什么。

她半夜被绑走的消息也不知道是谁散播出去的，才一个早晨的时间，就被传得沸沸扬扬。

她踏进房内，只见大堂的主座上竟坐着身穿白色长衫的谢潇南。他有些懒散地用手抵着头，墨色的长发铺开，眼神平静。

温浦长与梅兴安一左一右地围着他坐着。

温浦长冷着脸坐在座位上，看见她之后，便"噌"的一下站了起来，几个大步走到她面前，拉着她的手左看右看，问她："笙儿，昨夜出了事，为何不去叫我？有没有受伤？"

温梨笙摇摇头。因为谢潇南在场，她的声音都低了很多，她道："爹，我没事，绑我的只不过是一个不怎么会功夫的妇人罢了。"

那妇人正是梅兴安四弟的妻子。温梨笙昨日初来老树堂，被拉去向谢潇南见礼的时候，曾见过那妇人一面，所以昨夜看见那妇人之后，她觉得眼熟，笃定那妇人是梅家人。

她本以为昨夜梅兴安将那妇人抓起来之后，今日会妥善地处理，没想到那妇人被杀了。

温梨笙刚说完，坐在一旁的一个男子便"唰"的一声抽出长剑，红着眼用剑指向她，道："蓉儿的死，果然是你所为！"

温浦长眼神冰冷，将温梨笙拉到身后，目露寒光地盯着他。

梅兴安也大喊道："老四，把剑放下！"

温梨笙眨眨眼睛，道："我一个手无缚鸡之力的小姑娘，怎么敢杀人呢？这盆脏水泼得也太夸张了吧？"

她倒是不怕其他的，就怕昨夜那个凶巴巴的小贼已向谢潇南告状。

她偷看了谢潇南一眼，谢潇南仍敛着目，没有什么反应，似乎对这些事不感兴趣。

拿着剑的梅兴建依旧气冲冲地道："若非你派人动手，你怎知蓉儿的功夫不怎么好？！"

"是她自己对我动手的。"温梨笙答。

"所以你怀恨在心，表面上让大哥将她抓起来，关在房中，暗地里却派人将她杀死，以解心头之恨，以为如此就能脱了干系！"

温梨笙笑了一下，道："那也太费劲了吧？我若对她怀恨在心，昨夜在她动手的时候就已经杀掉她了。"

"郡中人皆传郡守之女顽劣不堪，娇纵霸道，仗着自己的身份，行草菅人命的混账事。如今一见，你果然与传闻中的一模一样！"梅兴建大喊。

温浦长也不是没听过这些传闻，但还没有谁敢将此话搬到他面前来说，顿时怒从心中起。他刚要说话，却听见温梨笙充满怒气的声音传来："放屁！城中的人分明说我'静如云中月，动若水上仙'，你少在这里胡说八道！"

一时间，堂中无比安静，谢潇南听了这句话，终于抬起眼皮看了她一眼，突然想鼓掌。他想：温浦长能生出这种世间罕有的厚脸皮女儿，也是十分了不得的。

正要发怒的温浦长一下子愣住了，也想问一句"你刚才说的那个人是我女儿吗？"。

温梨笙说完才意识到自己的声音大了点儿，方才自己也是急了，毕竟在这个时候，任何人在谢潇南面前说温家人的难听的话，都是对温家人特别不利的。

梅兴建也一时接不上话，被温梨笙的不要脸程度惊呆了，结结巴巴地道："你……你……"

温梨笙微微一笑，道："梅叔叔可能是对我有些误会。"

梅兴安见状，揉了揉眉心，命人上前将梅兴建手中的剑抢下，并对梅兴建道："老四，事情尚未查清楚，莫轻举妄动。"

梅兴建着急地道："大哥，蓉儿分明就是她派人杀的，我与她不死不休！"

温梨笙很纳闷儿，问："我分明是被绑过去的受害者，怎么就把事情全推到我的头上了？"

“少安毋躁，等沈家小公子来了再仔细询问吧。”梅兴安眉头紧锁，道。

“你若是与蓉儿没有过节儿，这么多人，她怎么就偏偏绑了你？！”梅兴建不依不饶地道。

温梨笙觉得这人是铁了心要找碴儿，于是不与他客气了，笑了笑，道：“那你可知她为什么要绑我？”

梅兴建立即接话道：“你承认了？！”

她说：“你媳妇偷汉子被我看见了。”

梅兴建起初没反应过来，问：“什么？”

“你媳妇给你戴了绿帽子。”温梨笙又道。

他难以置信地道：“胡言乱语！”

温梨笙夸张地道：“还不是你媳妇见你年纪大了，将心思打到了年轻男子的身上？昨日他们幽会的时候被我撞见，她怕我说出去，才将我打晕后绑走。”

她这话无人能辩驳。

温梨笙的脸上半点儿也没有撒谎的样子，她狠狠地羞辱了梅兴建一番。

哪个男人后院的红杏探出墙，哪个男人都是脸上无光的。

梅兴建愤怒地大喊：“不可能！我与蓉儿感情甚好，她不可能对我不忠！”

温梨笙笑了一声，继续说道：“她的情郎比她小了七八岁，身量高，皮肤白，左锁骨下方两寸之处有一颗痣……”

她还未说完，主座处传来声响。众人齐齐转头看过去，原来是谢潇南将茶杯重重地一放，方才还很平静的面色此刻有些阴沉。

他似笑非笑地道：“温小姐倒是记得清楚。”

温梨笙与他对视了一眼，心中有些紧张，匆忙移开视线，声音也不自觉地低了下来：“我当时离得近，看得清楚。”

谢潇南经她方才这么一说，又想起了昨晚的糟心事，加上今日一醒来就被喊到这个地方来，坐了那么久，耐心终于耗尽。

他的表情变得冷漠，墨黑的眼眸扫过梅兴安，他问：“梅堂主一早将我请来，定是有什么事吧？”

梅兴安也觉得烦躁，按了按四弟的肩膀，一扬手，让随从递上一方锦帕，随即对谢潇南道：“谢世子，这是昨日在地下的暗房中搜到的。梅某若是没看错的话，这锦帕是由流云锦所制。”

流云锦是南方海岛进贡的珍稀锦布，仅供皇室、王侯使用。得宠的大臣偶尔也会被赏赐一两匹流云锦，平民百姓毕生难得见到流云锦一次。

梅兴安的意思很明显，这锦帕只有可能是谢潇南的。

谢潇南看了一眼那沾满血的锦帕，向后一仰，靠在椅靠上，姿势随意而慵懒，漫不经心地道：“这是怀疑到我头上了？”

“梅某不敢，只是希望谢世子能给梅某一个解释。”梅兴安低头拱手，看似恭敬，实际上高傲冷漠。

温梨笙看呆了，觉得这个梅兴安的胆子真是大。

谢潇南微微抬头，问梅兴安：“梅堂主是不是觉得本世子颇为良善？”

他就是如此，看起来温和，实际上高不可攀。

堂中寂静得落针可闻，无人敢在此刻发出声音，皆盯着他。

这便是谢潇南与沂关郡的少年最大的不同之处，他自有风骨，举手投足间皆是久居高位者具有的压迫感。他看不起这里的所有人，自然没有半分怯色，不受任何约束。

温梨笙看着他，他分明是少年模样，却已有几分她梦中的那大反贼的气势。她觉得十分骇人，想立即跪下来给他磕几个响头。

梅兴安见状，才知晓面前这个世子不是昨日看到的那善良可欺的模样，于是腰弯得更低了，道：“不敢。”

他虽嘴上说着“不敢”，态度却没有几分恭敬。莫说在这沂关郡，即便是在京城，又有几个人敢这样对谢潇南呢？

温梨笙也是后来才了解谢家人的。谢家是梁国数一数二的名门望族，谢家人辅佐三代帝王，多年来军功不断，侯爵世袭，如今的景安侯亦是朝中重臣。

谢潇南作为景安侯府的世子，嫡脉单传，更是人上人。

温梨笙想至此，越发觉得面前这个世子发脾气时很恐怖。她怕遭牵连，于是在众人不敢说话时，突然双腿一软，跪倒在地，高举双手，拖着长腔道：“世子息怒——”

温浦长无语极了。

他想：又是老脸被女儿丢尽的一天。

温浦长无奈地笑了笑，面色自然地道：“我这女儿生来就胆小，让世子见笑了。”

说着，他一把将她从地上拽了起来。

谢潇南的目光轻飘飘地落在她的身上，他想起昨夜的她，张牙舞爪，模样凶狠，扯他的衣襟的时候，倒是瞧不出半点儿胆小的模样。

温梨笙这一跪，将在场的人都震惊到了，当下无人敢说话。

昨日众人试探谢潇南，心思都是差不多的。

若他是备受宠爱的小少爷，到了这地方，即便身份尊贵，也斗不过这些盘踞在沂关郡多年的江湖老手。昨日他展现出温润有礼、涉世未深的样子，让大家都以为他是个好拿捏的人。

此刻的局面让梅兴安觉得骑虎难下。

但是要让他像温梨笙那般跪下来高喊“世子息怒”，那肯定也是不可能的。

梅兴建见大哥在面对一个少年时露出了胆怯的表情，不满地叫嚷起来：“大哥，你在怕什么？这世子爷在京城自然是尊贵无比，但到了咱们沂关郡，天高皇帝远的，谁买那些皇亲王侯的账？在梅家的地盘，就要讲梅家的规矩！”

温梨笙一听，连忙拉着温浦长，小声地说：“爹，咱们先溜吧，这儿有人找死呢。”

温浦长悄悄地拍了她的手背一巴掌，回道：“你先出去。”

温梨笙缩回了手，怕她爹站错队，不敢走。

梅兴安也觉得梅兴建的话有道理，但依旧装模作样地斥责梅兴建：“莫胡说。”

谢潇南笑了一声后站起身，不屑地道：“所以呢？想动我？”

梅兴安见自己被一个少年轻视，脸色自然不好看，沉声道：“还望世子能想明白，这里是沂关郡，而非皇城，若是动起手来，只怕世子孤立无援。”

“就凭你们？”谢潇南满脸疑惑地道。

“你！”谢潇南的态度惹怒了梅兴建，他提着剑指向谢潇南。梅兴建还未有别的动作，便见谢潇南的发丝轻轻晃动，一抹银光自谢潇南身后射出，而后一声脆响，梅兴建手里的那把长剑当即断成了两截，掉落在地上，在这寂静的大堂里发出刺耳的声响。

众人皆露出惊诧的神色。

这是谢潇南身后的乔陵出的手，谢潇南是不允许别人用任何东西指着自己的。

“温郡守，这沂关郡的规矩，我不太懂，藐视皇权之人应当如何处置？”谢潇南将目光落在温浦长的身上，问他。

温浦长连忙躬身行礼，恭恭敬敬地道：“回世子，藐视皇权者轻则被投入牢狱，重则被满门抄斩。”

梅兴安听闻此话，脸色猛地一变，对温浦长道：“温浦长，你过河拆桥！”

温浦长奇怪地道：“目无皇权的人是你，口无遮拦的人是你弟弟，这与我何干？”

“分明是你说世子初来此地，根基尚不稳，且性子温和、城府不深，掌控了他，就会获利无数……”梅兴安有些着急地道。

温浦长打断他的话，道：“梅家主，世子爷驾临沂关郡，乃沂关郡天大的殊荣。我等小官自当对他毕恭毕敬，你可不能因为我不与你同流合污就诽谤我呀。”

梅兴安听了这话，如遭雷劈，惊惧万分。

谢潇南冷笑道：“梅家主的算盘倒是打得响，只是这些福气，你有命享吗？”

梅兴安被吓得浑身发抖，双腿一软，再也顾不得什么面子，跪下来大呼："世子明鉴，小民只是一时糊涂，被温浦长那厮蒙骗，绝没有半点儿藐视皇权之意！"

他一跪，堂中其他的梅家人和梅家的下人也跪了下来，温梨笙这会儿倒是站着不动了。

她惊讶地看着这件事的走向，也想明白了温浦长先前对她说的"大事情"是指什么。

梦中她老早就下山了，并不知道这些事，但也记得正是这个时间，梅家人获罪一事在沂关郡闹得沸沸扬扬。仅仅一个月后，这个曾经与贺、沈、胡三个家族并称"沂关四大家"的世家，就这般湮没在了尘埃中。

只是梦中那时候她早已回家，并不知道导致梅家人获罪的事是什么，现在却站在现场，目睹了事情的始末。

原来，这就是梅家人获罪的真相，她父亲显然也参与其中了。她父亲与谢潇南一起设下计谋，将梅兴安引进了陷阱里。

难怪她爹一开始就选择在老树堂里设宴，原来很早之前就已有计划。

她爹精着呢，哪儿会站错队？谢潇南昨日才到沂关郡，他就已经和谢潇南搭上线了。

谢潇南看着跪在地上的梅兴安，缓慢地道："为了一本破剑谱，你在这里贼喊捉贼，恶事做尽，也早该想到会有这么一日。"

梅兴安听了这话，惊愕地抬起头，张口正欲辩驳，梅兴建却一把拉起他，怒道："大哥，咱们中了圈套，再怎么求饶都没用，倒不如与他们拼死一战！"

正在这时，温浦长忽然吹响口哨，后门边传来巨响，数十人持剑破门而入，原地待命。屋中众人仔细一看，这数十人竟然是方才站在门外看热闹的人。

温浦长扬声道："梅氏以下犯上，目无王法，包藏祸心，今日便将他们就地捉拿，押入大牢候审！"

温梨笙只觉得耳朵里"嗡嗡"的，方才那口哨声很响，导致她有些听不清楚她爹后面的话。

梅兴安自然不会束手就擒，提剑便要动手，温浦长不太会武功，连忙拉着女儿的手逃到了屋外。随后，一批批侍卫进入屋中，里面一片刀光剑影。

她在踏过门槛之际回头，看见谢潇南仍站在主座附近，嘴角含着讥讽的笑。

温浦长拉着她到了门外的宽敞处，拍了拍因跑动而变乱的衣袍，对她道："这里没你什么事了，马车停在内堂门外，你坐着马车下山去。"

温梨笙一脸茫然，想问到底发生了什么事，却被温浦长制止："别瞎打听。"

她噘了噘嘴，有点儿不死心地道："爹……"

温浦长咧开嘴，看这模样就是要骂她，温梨笙见状，赶紧溜了。

温浦长在她身后喊道："你在家里老实待着，别乱跑，日落前我就回府！"

她应了一声，不过还是不甘心。她虽然看起来好像误打误撞地参与了这件事，但还有很多地方根本不明白，只能等晚上再问问爹了。

她一路朝着内堂的大门跑去，看见许多人急着往外走，酒庄里的不少下人也在四处逃窜。温梨笙身旁有随从，所以没人敢撞上来。

温浦长这次来带了不少人，又打了梅家人一个措手不及，没用多少时间就将大半个酒庄控制住了。

温梨笙快步走到内堂大门处，看见自家的马车停在门边上。她张望了一番，没瞧见熟人，只好先上马车，下山去了。

途中道路通畅，哪有什么山石滑坡，挡住道路？想来这也是假的。

这场为谢潇南准备的接风宴，完完全全就是一个局，为的就是彻底拿下梅家人。

温梨笙坐着马车回府后，先让下人打水，她好好地洗了个热水澡，而后在房中睡了一觉。直至日暮，温浦长也没回来。

后来的几日，温浦长变得十分忙碌，从早到晚待在官署里，温梨笙基本见不到他。

建宁六年，梅家人就是因藐视皇权，不敬世子获罪。梅家家主及其亲近的兄弟皆立秋后被处斩，其他青年、少年入狱，妇女、孩童被流放，梅家几代人传下来的酒庄也被温郡守带人抄了个干净，梅家彻底覆灭。

温梨笙听到这些消息后，心想：这倒是跟梦中梅家的结局一模一样。

她没清闲几日就被温浦长赶去书院里上课了。

因为长宁书院有早课，温梨笙连续半个月日日天不亮就起床。

倒不是她热爱上学，而是当初她觉得夫子不敢苛责她，多次赖床迟到，后来她爹动用私权，把她姨父调去看管她。那个姨父凶得很，有一根细长的竹枝，每回她犯错，姨父就要在她的掌心上打几下，疼得要命。

先前她跟着沈嘉清一起去峡谷拦截谢潇南的马车，旷学一日，后来去书院时就被姨父打了两下，手心疼了好几日。

今日她起得晚了点儿，从床上蹦起来，高声喊道："鱼桂！快快快，给我更衣！"

因为时间紧迫，温梨笙一边狼吞虎咽地吃早餐，一边让婢女给她梳发，是以温浦长踏进堂中时，正好看见她这手忙脚乱的样子。

温浦长指着她，生气地道："你看看你，像什么样子？别人家的闺女哪个像你这样？”

温梨笙含着食物道：“我赶时间啊，爹。”

温浦长恨铁不成钢地道：“养只猪，教十余年猪也该会些礼节了，你连猪都不如。”

温梨笙被他说得有些不开心，道：“父亲，你说的话我不爱听，你别说了。”

温浦长被气得脸红脖子粗，饭也不吃了，转头出去找扫帚，想要打她。温梨笙一边跑，一边抓了两个煎饺，喊鱼桂带着她的笔、墨，在一阵鸡飞狗跳中跑出了温府。

她想：又是被“扫地出门”的一天。

沂关郡的两大书院，一是重武的长宁书院，其中武夫子居多，每日的课程以武学为主，是以这座书院里的学子多是江湖人士的后人。

另一座名为“千山”的书院则是以文为主，里面的学生大部分与官员沾亲带故，不是远房亲戚在京中为官，就是父兄是沂关郡的官员或将领，为的都是考取功名。

千山书院已建立百年，出过数不清的状元、探花……被称为“北海第一学府”。

不过，这两座书院里的人向来不和，这是江湖人士与官员的矛盾的延续。

温梨笙本应该是千山书院的学子，但是她实在适应不了千山书院的风气，还曾与某个当地的大家族中的嫡女大打出手，温浦长只好将她转到了长宁书院。

天快要亮了，温家的马车迅速地往长宁书院赶。马车经过路口时，温梨笙听见外面一阵喧闹，把头探出窗子，只见街上的灯笼仍亮着。

街道上是早起来往的生意人，并不多。

“快去瞧瞧，长宁的学生在千山书院门口找事，跟千山的学生吵起来了！”有人喊着。

“什么？！”温梨笙一听这话，恨不得飞出马车，立即叫车夫停车。

鱼桂却道：“小姐，你若是在这里耽搁时间，早课一定会迟到的。”

温梨笙皱紧眉头，又看了看先前被抽了两下的掌心，犹豫了。

“动手了！”又有人叫道。

温梨笙迅速站起来，又被鱼桂按着坐下了，鱼桂道：“小姐，你先前手掌肿了好几日呢！”

温梨笙有些犹豫了，毕竟那竹枝抽得确实痛。

“好家伙，衣裳都被撕破了！”

温梨笙眼睛一瞪，咬着牙道：“今儿这手掌就算被抽肿，我也必须看这个热闹！给我停车！停车！”

长宁学子与千山学子的恩怨少说也有几十年了，温浦长还在千山书院就读的时候，两家书院的人就经常约架。

那会儿的秩序比现在的乱得多，一帮江湖流痞四处乱蹿。温浦长作为品学兼优的学子，平日里性情温和，待人谦逊有礼，但也好几次被长宁书院的人气得大打出手。

后来，温浦长当了官，发布的第一条命令就是严禁在沂关郡内的街头闹事、斗殴，有犯者必严惩，狠狠地出了一口当年被长宁书院的学子打的恶气。

这十年的时间里，两家书院的学子收敛了不少，但他们还是互相看不顺眼，每年都在明争暗斗。后来温浦长下令让长宁书院搬迁，两家书院隔得远远的，冲突就越来越少了。

像这种长宁书院的学生到千山书院的门口与千山书院的学生打架的事，近十年没发生了，赶上这么大的热闹，温梨笙哪能不去看？

鱼桂着急地拦她，道："小姐，三思啊！"

温梨笙一边往车门处走，一边道："现在就是八匹马勒着我的脖子，也不能把我拽走一步！"

鱼桂着实拦不住，最后还是让温梨笙跳下了马车。

她身着杏黄色的短衫、淡粉色的长裙，跳下去的时候，长发上的镂空铃铛撞在一起，发出清脆的响声。刚升起的朝阳不刺眼，照在她的衣裙上那由银丝线绣成的一朵朵木兰花上，使她看起来像一只翩翩飞舞的蝴蝶。她迈着轻快的步伐，跟着其他人一起去看热闹。

鱼桂也只好跟着下了马车，跑着去追赶她。

这会儿看热闹的人并不多，还没形成包围圈，温梨笙很轻易地绕过面前的人，站在了最前面，一眼就看见沈嘉清攥着一个少年的衣领，仰着头问那少年："你说什么？！"

没错，他仰着头。

那少年比他高了半个头，是以他虽然表情凶狠，却完全起不到威慑的作用。那少年嘲笑道："你敢不敢站得高一点儿看我？"

沈嘉清被这句暗含嘲讽的话气得跳脚，道："小爷就算没有你高，也能打得你满地找牙！"

那少年身量高挑，身上穿着千山书院的院服，半只袖子被扯烂了。那少年尽管衣领被拽着，也丝毫不退让，冷冷地道："你可以试试。"

温梨笙本以为有热闹可看，却没想到热闹的主角之一是沈嘉清，当即喊道："沈嘉清，你在做什么？！"

沈嘉清刚要动手，听见温梨笙的声音，手上的动作停了下来。他转过头看向她，露出惊讶的表情，问她："梨子？你怎么在这里？"

就在他分神的一瞬间，那少年一把将他的手甩开，向后退了一步，整理自己的衣领。

温梨笙张了张嘴，还没发出声音，沈嘉清便抬手制止了她，挽起袖子恶狠狠地道："你等会儿，我先把这小子揍一顿再说。"

"'寻衅滋事、当街斗殴者，鞭五，关十日'，你想蹲大牢？"温梨笙语速非常快地劝他冷静。若是旁人找碴儿打架，她倒是乐意看这个热闹，但换成沈嘉清，那就不行了，再怎么说，他们俩也是一起长大的好朋友。

沈嘉清动作一顿，似乎也觉得这个惩罚比较严重。

本来温梨笙已经把沈嘉清劝住了，谁知道旁边传来一句："他也不敢动手。"

这话无异于煽风点火，温梨笙循着声音传来的方向横眉瞪去。

只见方才故意拱火的姑娘往旁边的人身后躲了躲。温梨笙瞪了那姑娘一眼，将视线往回收的时候忽然停住了。

只见十来日没见的谢潇南立在人群中，千山书院的青色院服穿在他的身上，他却依旧显得与众不同。

他的长发被白玉冠束成利落的马尾辫，他抱着臂，跟其他人一样看着热闹。

第二章　山间谣

温梨笙与谢潇南对上视线，她发现谢潇南浑身上下写着“不善”二字。温梨笙被吓了一跳，只看了他一眼，就赶紧将视线移开了。

她倒是把这件事忘记了，梦中，谢潇南就不知道怎么进了千山书院。

正因如此，梦中温梨笙与谢潇南的交集并不多，关于他的大部分消息，她是听别人说的。

千山书院的学生向来勤快，今日也不知道起那么早要去干什么，站在门口的人越来越多，众人纷纷朝这边围过来。

温梨笙怕事情闹大，而且这里毕竟是千山书院的地盘，几人若是真动起手来，这群书呆子可挨不了几下打。

而且谢潇南在场。梦中温梨笙与他没什么交集，可后来还是到了交恶的程度。因此，她觉得她和沈嘉清在谢潇南面前出现的次数越少越好。

于是，她上前拽着沈嘉清的胳膊，对沈嘉清说道：“走走走，别在这里闹事。”

鱼桂也跟着劝：“是呀，沈小爷，你若是在这里动手，被官府的人抓走，我家老爷会连着小姐一起训斥的。”

这句话算是说到点子上了，沈嘉清还是很尊敬温浦长的，最怕被他训斥。于是他立马收了手，道：“你说得对，跟这些书呆子较劲太不值得了。”

温梨笙怕有人再故意拱火，于是连忙拉着他离开。

马车还停在路边，但是在路上耽搁了这么一会儿，她再坐着马车慢悠悠地去书院肯定会迟到，于是沈嘉清把自己的马给温梨笙骑，自己则骑上随从的马。虽说在闹市策马是犯法的，但眼下街上没什么人，他们一路疾驰到书院没有阻碍，总算赶在上课钟敲响之前进了学堂。

温梨笙和沈嘉清在同一间课堂，早课都是由她姨父崔慎亲自督管的，这就是她不敢旷课的原因。

不过今日一来，她没看见姨父，而是武夫子齐功站在课堂门口。看见温梨笙二人匆匆奔来，齐功露出一个笑容，对二人道："就等你们了，准备出发吧。"

长宁书院占地广，两个人跑得气喘吁吁，还没来得及进去坐着休息一下，课堂内的人便纷纷站起来往外走。沈嘉清顺了顺气，问道："齐夫子，咱们这是要去哪儿？不上早课吗？"

齐功说道："接下来的半个月都不用上早课了，甲乙两个课堂的人要去南郊的棱谷瀑参加集训。"

这次集训的主要原因还是武赏会，长宁书院向来是以培养学生的武艺为主的，这里的武夫子也有不少是江湖上有名号的人物。这次的武赏会，夫子给甲乙两个课堂的学生报了名，所以要用半个月的时间对学生们进行集训。不过，梦中书院进行集训的时候，是把甲乙课堂里的女学生排除的，温梨笙记得那会儿她因为不用上早课，在家里睡了半个月的懒觉。

这次的情况不同，所有人都要去。

温梨笙倒是没什么意见，只要不上早课，怎样都行。

甲乙两个课堂一共有十八人，不论男女，都会骑马。众人牵着马走出中心城之后，才上马结伴去南郊。

长宁书院的学生不需要每日穿院服，这些风华正茂的少男少女有些并肩谈笑，有些驾马高喊。众人前前后后拖出一支很长的队伍，在路上放肆地欢笑着。

路上，温梨笙一直与沈嘉清闲聊。小半个时辰后，众人到了棱谷瀑。

众人正往谷中走时，前方的人却慢慢停了下来，聚在一处。温梨笙驭马上前几步，抓着一个人问道："前面出什么事了？"

那人不高兴地道："听他们说是千山书院的马车停在了前面。"

温梨笙轻轻地"啊"了一声，想起方才沈嘉清闹事的时候，千山书院的学生都在门口，显然是要去什么地方。她现在才明白，原来他们也要来棱谷瀑。

千山书院的学生每个月都要来棱谷瀑习武半日，这是温浦长定下的规矩。大约是他当年读书的时候因为不会武功，被长宁书院的人欺负得狠了，所以他不允许后辈也只会读书，而且练武也能强身健体。

长宁书院的学生一般不会来南郊，长宁书院的场地大，足够学生习武。这次他们要进行集训，所以才换场地，却没想到就这样巧，跟千山书院的学生撞上了。

温梨笙的脑海里忽然浮现出穿着千山书院的院服，慵懒地站在人群中的谢潇南，她皱起了眉。

她想：糟了，要跟他撞上了。

齐功是长宁书院这次集训的带头人，看见面前这一辆辆刻着千山书院院徽的马车时，也犯了难。

马车停在这里，说明千山书院里的那些书呆子就在不远处，他若是再领着大家过去，大家肯定要和千山书院的人大打出手。

但就算他现在下令回去，大家肯定也是不愿意的。

就在他踌躇的时候，温梨笙骑着马到了他的面前，对他道："夫子，既然千山的学生先来了，那咱们就走吧。若是两方争执起来，咱们打折了那群人的胳膊或腿，他们又该闹上好一阵了。"

齐功露出惊讶的神色，毕竟温梨笙以前可不是这样善解人意的人。

但这话很有道理，他也是如此想的。他正想点头答应，有人不乐意地道："咱们一大早牵着马走出中心城，乘兴而来，难不成因为碰上了千山的那群人，就要败兴而归？"

这人的声音有些大，传出去之后，众人都知道了夫子有退让的意思，当下就不乐意了，一个个叫嚣起来。

"凭什么把这地方让给那群人？"

"这地方那么大，随便分一块给他们也足够他们施展那三脚猫功夫了。"

"为什么每回撞上他们，都是我们退让？"

众学子当然是不愿吃这个亏的，七嘴八舌地议论起来，就是不愿意走，甚至有不少人已经翻身下马。

温梨笙见了这番情景，有些头大。要是在往日，她肯定是头一个主张把千山书院的人赶跑的，但今时不同往日，她就算再多一个胆子，也不敢在谢潇南面前造次。

齐功也进退两难，但见身旁这群学子皆兴致高涨，不忍心让他们扫兴，于是道："这棱谷瀑地方大，咱们不与千山的人在一处就是，等会儿若是遇见了他们，都避着点儿。"

众学子一听，立即欢呼雀跃，连忙答应，纷纷下马，牵着马行了百十步，三三两两地将马拴在树下，才结伴跟着齐功进入棱谷瀑。

温梨笙的动作慢吞吞的，她显然不愿意去。沈嘉清在旁边看得着急，将她的马抢过来帮忙拴好，并道："你的马丢不了，结个绳结得那么仔细干什么？动作能不能快点儿？"

沈嘉清拉着她到了队伍里，齐功数了三遍，确定人齐了之后才动身。

棱谷里有一处并不算高的山谷瀑布，谷中山石棱角分明，故得名“棱谷”。

棱谷下方有一片宽阔的土地，瀑布自上而下飞泻，砸在山石上，顺着山的走势往下流，分出条山溪，溪水清澈见底，四周草木茂盛。

千山书院的一众学生聚在山谷之下，旁边是瀑布流动的声音，等太阳出来之后，周围高耸的岩石会在地上投下一大片阴影，让阳光晒不到这群娇嫩的少爷、小姐。

这些学生有“万般皆下品，唯有读书高”的想法，看不上拳脚功夫，他们中的有些姑娘家也金贵，更是吃不得苦，所以千山书院的武夫子多数只动动嘴皮子，并不会真的教他们功夫。这会儿，两个武夫子就躺在石头上，有一搭没一搭地闲聊着，任由其他人随意玩耍。

谢潇南向来喜静，瀑布流动的声音有些大，他便寻了一棵树，在下面站着。

“少爷，这沂关郡的姑娘果真没咱们京城的姑娘矜持，好几个瞪着眼睛看你呢。以往在京城，那些达官贵族家的小姐只敢偷偷看你。”席路在他旁边小声说。

他听了后没什么反应，目光往上抬，停在了湛蓝的天空中。

他的下巴抬高以后，领口里有一根黑线露了出来，席路看见黑线后，想了想，又说：“不过也是，这郡守之女跟其他姑娘的路数都不太相同，更别说其他人了。”

席路提及温梨笙，谢潇南才微微皱眉，道：“噤声。”

他先前吃了亏，一直随身携带的护身玉如今被系上黑线，挂在了脖子上，任谁也抢不去。但是他每每想到自己被温梨笙的铁头攻击，就气不打一处来。

席路闭上嘴，老老实实地站着。这时，周围喧闹嬉戏的声音突然小了许多，渐渐地完全消失了，所有人抬起头，朝着高高的山石顶部看去。

齐功的身后跟着一排少男少女，少男少女身上的衣服并不统一。他们慢悠悠地走着。

沈嘉清绝对是长宁书院的代表性人物，他的嘴里叼着一根细长的青色的秆子，走路的姿势吊儿郎当的。沈嘉清看向下方的人，一挑眉，道：“呀，还有这种巧事。”

紧接着，众人就看见了他旁边的温梨笙。温梨笙正把玩着一根枝条，将枝条胡乱地晃着。两个人看起来就不好惹，在队伍里很是显眼。

立即有人认出他们来，低声议论着：“是长宁书院的人……”

长宁书院的学生走在山石边上，皆往下看，笑着交头接耳。两批人看上去一高一低，像两不相干，实际上视线在交会的时候就已经暗含挑衅之意。

齐功暗道不好，没想到两家书院的学生会在这里遇上，于是转过头催促道：“注意脚下，跟紧队伍。”

温梨笙也走在人群中，随意地往下一看，并没有看见谢潇南的身影。这些人穿的衣裳是一样的，若是要找某个人，要细细地去看才行，温梨笙便又耐着性子仔细瞧了一遍。

她果然在一处偏僻的地方看见了树荫下的谢潇南，青色的衣裳使他周身那冷冷的气息收敛了不少。他正面无表情地看着山石边上的长宁书院的学生，随着他视线的移动，温梨笙在他看向自己之前收回视线，将头转了过去。

这段路她走得有些艰难，时间耽搁得越久，越容易出事。

“哟，下面可真热闹呢！”果不其然，不知道谁突然说道，“等太阳出来了，可要藏好，小姐、少爷们娇嫩的肌肤别被晒伤了！”

这一句话点燃了本来就被压制着的情绪，长宁书院的学子顿时大笑起来。

山谷下方的一位姑娘大声道：“这野山上就是猴子多，叽叽喳喳的，吵得人厌烦！”

千山书院的学生也讥笑起来：“我长这么大，还是头一次见猴子排着队走路呢。”

这话就有点儿难听了，被人骂成猴子，温梨笙自然也是生气的，若不是尚有顾虑，她早就指着那个人的鼻子骂了。

沈嘉清脾气更差，立马弯腰捡了一块石头要砸，被温梨笙手疾眼快地按住了手腕。

温梨笙问：“你干什么？都多大的人了，说动手就动手，一点儿也不成熟。他们爱叫，让他们叫就是了，聪明人会跟蠢人计较吗？”

沈嘉清一想，也是，他已经是一个成熟的男子汉了，不能做这种幼稚的事。

他手中的石头还没放下，下面又有声音传来：“有些猴子整日舞刀弄枪，妄想成为美猴王，实际上连人家的一根毛都比不上。”

沈嘉清捏着石头的手又举了起来，他道：“这个人骂的绝对是我。”

温梨笙连忙拦下他，也有些恼怒，心想：这人确实烦人。她继续劝沈嘉清：“你急着对号入座干什么？你又不是猴子！”

沈嘉清又放下石头，道：“对，而且我也不会舞刀弄枪。”

他向来是使剑的。

经过这两三句话的较量，上下两群人已剑拔弩张，长宁书院的学生索性也不走了，站在山石旁边骂下面的人。温梨笙一个头两个大，越过数人，走到齐功面前，对齐功道：“夫子，快带我们离开这儿吧，再骂下去，恐怕会难以收场。”

齐功无法，只得冷着脸训斥了两句，长宁书院的学生见夫子生气了也有所收敛，不甘心地继续走。

谁知，下面的兔崽子得寸进尺地道：“猴子再厉害也是畜生，见到了人，肯定是害怕的。”

温梨笙忍无可忍，心里的火一蹿三尺高，当即捡了一块大石头要往下砸，怒道：

“你说谁是畜生呢？！”

沈嘉清大惊失色，急忙抓住她的手腕，阻拦她，道：“梨子，你这石头若是扔下去了，会砸死人的！”

“砸死那些嘴碎的！”温梨笙挣开他的手。

“咱们都成熟了，没必要跟那些蠢人计较。”沈嘉清用她方才说的话劝道。

“那正好，我将这块石头砸下去，说不定就将他们砸聪明了！”温梨笙怒道。

齐功见状，也吓了一跳，忙上来抢下她手中的大石头，并道：“小祖宗，这可不能砸啊。”

其他人见她动怒，也纷纷安静下来，不敢轻举妄动。

她当初对施家嫡女大打出手一事闹得满城皆知。

她是有前科的。

就在这时，一个甜美的声音传来：“温家大小姐这喊打喊杀的臭毛病倒是半点儿没变，不知道的人，还以为你是哪座山上的土匪头子呢。”

温梨笙乍一听这声音还有些恍惚，定睛一看，一个婀娜多姿的姑娘慢慢走上前来，头上的玉石钗一晃一晃的，配上那张貌美如花的脸，倒是相当赏心悦目。

可这张漂亮的脸蛋儿，差点儿被温梨笙用指甲挠花。

这姑娘名唤施冉，她伯祖父的孙女七年前入宫，如今是正得宠的贵妃娘娘。沂关郡的施家人每年都要派人给京城的施家人送去不少好东西，费尽心思地与京城的施家人攀关系，才有了点儿皇亲国戚的名头，在沂关郡，自然是仰着脸，用鼻孔看人。

施冉去年口无遮拦，惹怒了温梨笙，温梨笙撸着袖子把施冉按在地上打。施冉面子尽失不说，白嫩的脸上被抓出一道血痕，用尽了好药，养了大半个月才消。温梨笙却拍拍屁股，什么事都没有地去了长宁书院，施冉自然对温梨笙恨之入骨。

两个人今天算是打架事件之后第一次碰面。

在温梨笙看来，此事似已经过去好几年了，因为在她的梦中，后来施冉被送去京城参加后宫选秀，听说成功地进了宫，成了贵人。不过，后来谢潇南砸破了皇宫的大门，那些嫔妃应该没什么好下场吧？

从那场梦中醒来后，当初的那些小恩怨，温梨笙倒是一点儿也不在意了，对施冉的挑衅也无动于衷，只瞥了她一眼，都不打算理会她。

千山书院的两个武夫子这会儿也看够了戏，其中一个看起来尚年轻的站起来笑呵呵地道：“既然在这儿遇见了，那便说明咱们是有缘分的。今日就让长宁的那些小崽子当一下陪练，如何？”

齐功一听，皮笑肉不笑地道：“你是嫌我的麻烦还不够多？”

说得好听点儿是陪练，但众人皆知千山书院的大部分学生不会武功，即便是会点儿的，也不过是花架子，怎么与长宁的学生比？

让长宁的学生来陪练，等于给他们一个机会光明正大地揍千山的学生。

是以这句话一出，反对和赞成的人各占一半。

齐功第一个拒绝，道："这群小崽子年轻气盛，下手不知轻重，若是伤了千山的学生，事情就不好办了。"

千山书院的另一名武夫子却"啧"了一声，道："怕什么，谁年轻的时候没挨过几拳？"

温梨笙凑过去往下看，只见那武夫子半敞着衣襟，叉着腰，抬着头，站姿很不正经，一副地痞流氓的做派。她笑了一声，道："单夫子，你若是手痒了，可随时来长宁找我们钟夫子切磋，何必为难你的学生？"

单一淳也笑道："小梨子，你自从离开千山之后，可就没回来看过我了。今日我难得在这儿逮着你，你还不快下来给我展示展示你在长宁学到了什么？"

温梨笙以前在千山书院的时候，与单夫子的关系很好。单夫子以前当过乞丐，对吃美食情有独钟，所以每回温梨笙都喜欢给他带街上卖的好吃的，长此以往，他们就建立了友谊。

"不成。"温梨笙小声地道，"若是将千山书院的学生打坏了，会有大麻烦。"

单一淳道："他们哪有那么容易被打坏？"

他像铁了心要长宁的学生给千山的学生做陪练。

先前被无视的施冉心里正窝着火，又见单夫子与温梨笙关系好，便阴阳怪气地道："单夫子倒是打着好算盘，你与温小姐私底下关系再好，与我们又有何干？何以叫我们给长宁的人做陪练？"

这些话无异于火上浇油，千山的学生本就不愿意，再听她一说，立即喧哗起来，百般不情愿。

而他们这般嫌弃的模样被长宁的学生们看在眼里，长宁的学生们也十分不屑，纷纷开口嘲笑他们胆小。

温梨笙看两方吵得不可开交，山谷竟比菜市场还要吵闹，她的耳朵里"嗡嗡"作响：这叫什么事啊？！

就在众人吵作一团时，单一淳大吼一声："都闭嘴！"

他吼的时候用了内力，声音有些大，传得极远。离他近的人耳朵遭了殃，皆捂着耳朵闭上嘴，周围这才安静下来，只剩下瀑布流动的声音。

山谷中安静片刻后，单一淳冷着脸转过头，对千山书院的学生们说道："我就跟你们明说了，这次武赏会，郡守大人要求从每个堂中挑出两个人作为代表去参加。你们现在有两个选择——自愿报名或以竞争的方式确定最后的人选。"

武赏会每三年举办一次，是江湖门派之间的一场大型武术交流会。这次武赏会的举办地点是沂关郡，机会难得，长宁的几个院长一商议，决定让甲、乙两堂的学生也去参加。虽说千山的学生极有可能在第一轮的淘汰赛中就被淘汰下来，但对他们来说，这确实也是一次难得的锻炼机会。

温郡守本就对长宁书院的人抱有偏见，如今更是不想让长宁书院的人独自出风头，便下令，让千山书院也挑出几个优秀的学生去参加武赏会。

这可为难坏了千山学院的夫子们，一连好几日过去，竟一个人都没挑出来。

单一淳今日带着人来这里，本就是打算要他们分队竞争，选出胜者，然后递上名册，没承想正巧碰见了长宁的学生。

玉不琢，不成器，这些娇贵的公子、千金总以为书读得好就足够了，对习武的人十分看不起。单一淳每次教他们习武都被轻视，心里早就憋着气，想借这次机会好好挫挫他们的锐气，于是向长宁的学生发出邀约。

他双手抱臂，冷冷地道："我数十个数，若是没有人主动报名，那就用第二种选拔方式。"

说着，他便开始倒数。

然而，这些学生平日只读书习字，又总将习武之人贬低成喊打喊杀的粗鲁之人，手不能提，肩不能扛，怎么敢去参加武赏会？

单一淳数完十个数，没有一个人发出声音。

谢潇南抬起眼皮看了千山书院的人一眼，发出一声轻轻的嗤笑声。

单一淳扫视了一圈，见没人出头，很干脆地转过头朝齐功招手，道："把你的学生带下来。"

他人高马大，虽平时笑嘻嘻的，没个正经模样，但说一不二。

齐功已放弃挣扎，知道现在要是拉着这群学生离开，恐怕是没人愿意走的，只好朝他们摆了摆手，叮嘱道："我先说好，这次咱们以武会友，所有人都要注意分寸，若是惹出了事情，没人会替你们兜着。"

长宁书院的学生答应得痛快，嬉笑着跟在齐功身后，一同下了山石，走到千山书院的学生面前。

方才两方隔得有些远，现在面对面，气氛比刚才的要更紧张一些，视线一撞便火花四溅。

千山书院的两个夫子和齐功在一旁商量时，两家书院的学生没再互动，只是有些刺儿头总是用眼神向别人发起挑衅，不少人心里窝着火，只等夫子们商议完毕，手底下见真章。

齐功深知这些学生的脾性，提出了一个绝佳的办法：让千山书院的学生在长宁书院的学生里挑选陪练人员，组成一个个两个人队，然后队与队之间展开竞争。这样，长宁书院的人想揍千山书院的人就成了根本不可能的事。

若长宁书院的学生要与同队的千山书院的学生较劲儿，就等同于放弃这次竞争。他们同是少年，谁也不愿服输，自然会为了争名次而全力竞争。

众学子的抱怨声此起彼伏，温梨笙踮着脚数了数千山书院的学生，若不加上谢潇南和他身边的那个人，一共十五人。而长宁书院这次来了十八位学子，两者在数量上是对不上的，两两分队的话，也会有一个人落单，温梨笙很想争取这个落单的名额。

她完全不想参加比试。

她正想着，只见单一淳走到了谢潇南面前，似乎正与他说着什么。

温梨笙觉得谢潇南不会参加这种无聊的比试。他虽然与千山书院的学生穿着同样的衣裳，但在他们中间显得格格不入。

她不知道单一淳和谢潇南说了什么，谢潇南忽然慵懒地抬起眼，朝她所在的方向看来，两个人的视线一撞。

她立即垂眸，将头扭开。

很快，千山书院的十五个人都有了自己的搭档，还剩下沈嘉清、温梨笙和一个身量矮小的姑娘。

沈嘉清是拒绝了三个人，温梨笙是没被人选。

齐功站在旁边，一时没说话。

温梨笙指了指那个身量矮小的姑娘，对齐功说：“让沈嘉清和她组队吧，我就不参与了，反正我……”

她的话还没说完，单一淳的声音从近处传来：“等等，还有人呢。”

几人同时看去，才发现单一淳不知道什么时候走到了近处，身旁站着谢潇南。

温梨笙顿时有了不好的预感，下意识地往后退了半步。

单一淳问：“还余三个人吗？”

“嗯。”齐功应了一声，约莫是见那个身量矮小的姑娘被人嫌弃，就指了指她说，“别看这个小妮子个子不高，但她的动作还是很敏捷的。”

那个身量矮小的姑娘偷偷瞧了瞧谢潇南，耳朵一下子就红了，为自己争取：“我……我刀耍得很快的。”

谢潇南却看都没看她一眼，只轻轻抬了抬下巴，道：“温梨笙。”

温梨笙惊了一下，光听到这三个字，腿就忍不住打战。她连忙说道：“我不参与！”

单一淳道：“怎么，郡守千金想搞特殊？”

温梨笙连连摆手，直接被吓得结巴了：“我……我……我的手提不动刀！”

谢潇南似乎早就料到她会这么说，戳穿她道：“你方才举石头的时候，倒是力气不小。”

温梨笙无措地看了沈嘉清一眼，他接收到信号，上前一步，道：“我跟你一队，长宁还没人打得过我。”

谢潇南并未回应，在他身边站着的席路却不知道从哪里拿出了一把木剑，挽了个漂亮的剑花，将木剑在背后从右手换到左手上，动作流畅、利落，看起来十分帅气。

席路对沈嘉清说：“小兄弟，你若是跟我组队，我就将这招教给你。”

温梨笙在心中冷笑，暗想：我兄弟是你用一个简简单单的小把戏就能骗走的？

但是沈嘉清立即皱着眉，很认真地对温梨笙道：“梨子，对不住，我真的很想学会这招。”

温梨笙真的想把自己的鞋底完完整整地印在沈嘉清的脸上。

她忍着怒气道：“咱们书院的夫子肯定也会，让齐夫子教你。”

席路挑了挑眉，道：“这招只有我会。”

沈嘉清重复道：“这招只有他会。”

温梨笙朝沈嘉清笑了笑，道：“把你的头打成猪头的那招也只有我会。”

席路拍了拍沈嘉清的肩膀，宽慰道：“就算你的头被打成了猪头，你学会了我这招，也拥有一个俊俏的猪头。”

这话完全说到了点子上，沈嘉清几乎立即放弃了犹豫，欢欢喜喜地与席路结盟，道：“好兄弟，咱们俩组队肯定能拿下第一名。”

温梨笙要被他气死了，将牙齿咬得“咯咯”作响。

她磨牙的声音太大，引来谢潇南的注目。

谢潇南从席路手里拿过木剑，将木剑递到温梨笙面前，冷冷地看着她，道：“接着。”

他说这话时完全是命令的口吻。

温梨笙都没思考，手就已经伸出去，接了木剑。

木剑很轻，剑刃是钝的，压根儿没什么杀伤力。千山书院的学生每回练武的时候总有一两个受伤的，所以这兵器才一改再改，至今与孩童的玩具没什么两样。

即便如此，温梨笙还是觉得手里沉甸甸的，脸上满是愁色。

握着木剑的手久久抬着，她倔强地不肯将木剑放下，仍在想婉拒的理由。

一来，她的功夫本就不好，她若真的与谢潇南组队，只会拖他的后腿；二来，她与谢潇南还没有熟到这种程度。或许他没有参与这次比试的打算，极有可能在方才与她对视的时候突然改变了主意，他说不定还记着先前在大峡谷的仇呢。

她还没想好理由，谢潇南瞥了她一眼，问她：“你不愿意？”

他仿佛就是随口一问，温梨笙却后背一凉，连忙摇头。

边上已经结成小队的人还未散去，三三两两地站在不远处看着。温梨笙平日行事随心，加之身份惹人眼红，在千山书院的时候就不太受欢迎。

温梨笙站着不肯动，已经走出几步的谢潇南说道：“温梨笙。”

她顿时心里一阵紧张，向他看去。

梦中，谢潇南一剑斩下她未婚夫的头颅，站在庭院一头，四周的宾客皆朝他俯首而跪，她与他之间隔着满地的鲜血和尚未变得僵硬的尸体。

如今她与谢潇南只隔着几步的距离。

他立在日光之下，面无表情地道：“过来。”

温梨笙走过去，低着头，看起来很老实。

最后，那个没被人挑选的矮个子姑娘被齐功叫过去单独训练。单一淳见其他人都组好了小队，便挥手将聚在一起的人驱散，道：“快点儿去练，两个时辰之后开始比试。”

其他人一哄而散，纷纷找地方带着自己的搭档开始练习。

温梨笙隔了些距离跟在谢潇南后面，走了近百步，等周围的声音小了一些，谢潇南才停下。他转过头时，阳光从他的侧脸擦过，在他的脸上勾勒出不太明显的金边。他问温梨笙：“你学武多久了？”

温梨笙实话实说：“我去年刚进长宁书院。”

谢潇南的目光停在她持剑的手上，他又问：“你会用剑？”

她想也没想就说道：“不会。”

谢潇南抱臂看着她，眼睛里平静无波，却好似透着一股无声的压力，片刻后道：“我再问你一遍，你会不会用剑？”

温梨笙心中一慌，连忙答道：“学过皮毛。”

沈嘉清从小学剑，温梨笙之前看过他练剑，一时兴起，也学过一段时间。

不会用剑的人跟学过剑的人拿剑的手势和习惯都不一样，所以谢潇南只看了一眼就看出来她学过剑。

她的谎话被拆穿之后，谢潇南的周身泛着冷意。

“你会什么招式？”他接着问。

温梨笙真没学过什么正儿八经的招式，刚想说“不会”，沈嘉清不知道怎么听到了他们的对话，抢先一步答道：“她会‘云燕掠波’！”

谢潇南本是随便问问，听到这句话时，目光一凝，有些疑惑地问温梨笙：“你会

‘云燕掠波’？”

她咽了咽口水，道：“不……不会。”

“使来看看。”谢潇南显然不信她的话。

温梨笙恨不得将那杀千刀的沈嘉清当场杀掉。

这“云燕掠波”其实是她自创的一个剑招，是她小时候跟沈嘉清学了剑之后，胡乱琢磨出来并冠以这个响亮的名字用来吹牛的。后来她练剑练得少，便不怎么在别人面前展示了。

沈嘉清走过来一把揽住她的肩膀，小声说：“梨子，别给咱沂关郡的人丢脸。”

“滚！”温梨笙一脚踹在他的大腿上，让他摔了个狗吃屎。

谢潇南神色漠然，并不像在开玩笑，她只好硬着头皮在地上拾了一把落下的绿叶攥在手中，然后生疏地挽了个剑花。木剑挥出去的一瞬间，她将左手里的绿叶一撒，没控制好力道，有两片绿叶被甩到了谢潇南的衣袍上，轻飘飘地落下。

温梨笙收剑站好。

见谢潇南神色未动，她忍不住出声提醒：“结束了。”

下一刻，他俊俏的脸上出现了疑惑的神色，他瞧了瞧地上的绿叶，问她：“这就是‘云燕掠波’？”

温梨笙点点头，加上一句解释：“我自创的。”

他的神色有细微的变化，而后他才轻声道：“说你这是三脚猫功夫都是抬举你。”

若是换了别人这么说，温梨笙早就把木剑甩到那个人的脸上了！

“席路。”谢潇南扬声道，“捡些长树枝来。”

本就站得不远的席路应声，对沈嘉清说了一句什么，然后转身去搜寻树枝。

隔了十来步的距离，温梨笙笔直地站着，望着沈嘉清。

温梨笙想：你这臭小子，你等着！

沈嘉清想：好兄弟，你站得可真直啊！

席路动作很快，捡了七八根长短不一的树枝，每一根都有人的手臂长。席路走到谢潇南身边，道：“少爷，附近只有这些。”

谢潇南道：“把木剑给我。”

席路将木剑奉上，见谢潇南扬起木剑，便十分有眼力见儿地拿出一根树枝举起。

谢潇南手中的木剑一动，没有什么声响地，木枝断成了两截，其中一截落在了地上。

谢潇南侧过头，对温梨笙说道：“两手握剑，举起来。”

温梨笙不明所以，但是照做，将木剑举到胸口的位置。

谢潇南道：“再举。”

她又将木剑往上举，举在头顶上。

“手臂伸直。”

温梨笙双臂绷紧，木剑指天。

席路连忙换上一根新的树枝，树枝横在她面前，她只听谢潇南说道：“若你能将树枝如我方才那般砍断，便算你过关。”

过关？

温梨笙的脑中冒出一个疑问，她看着眼前的树枝，心想：那还不简单？这树枝差不多手指粗细，我铆足了劲儿往上一砍，树枝就会断成两截。

想到这里，她一剑砍了下去，将树枝砍成了两截。

她看着谢潇南，没想到如此简单，试探道：“这样？”

当然不可能这么简单，谢潇南瞥了她一眼，反问道：“这与我方才弄断的不同，你看不出来？”

温梨笙装模作样地认真看了看，还真看不出来哪里不一样，不都是两截吗？

她摇摇头。

谢潇南仿佛就在等她摇头，嘲讽道：“那你就先练着吧。”

练什么？

温梨笙露出迷茫的神色。

将木剑高举至头顶，再用力劈下，就这么一个动作，谢潇南让温梨笙反复练。

她练了十来下之后，双臂已经隐隐作痛，想停下来休息一下，却撞上了谢潇南的目光。

她不敢停，只好硬着头皮继续练。

谢潇南压根儿就没安好心，完完全全就是在为难她！

他到底是为什么？

难道他还记着大峡谷的仇吗？但是当时绑他手下的人分明是沈嘉清啊！他怎么针对起她来了？

之前他们在梅家的老树堂里见面时，她也是一副乖巧的模样，按理说，他们不可能结仇啊！

难道是那小贼搞的鬼？！

是了，肯定是他！肯定是他在谢潇南面前告了状，才给她惹来了这场祸事。

温梨笙思来想去，自以为找到了祸根，气得咬牙切齿，恨不得挥舞着疼痛的双臂往那小贼的脸上打几个来回。

谢潇南立在树荫下，时不时地朝温梨笙看一眼，看她有没有偷懒。其余的时间，他都在看远处云雾缭绕的山，也不知在想些什么。

练到后来，温梨笙觉得双臂痛得不得了。她举起来的手也颤颤巍巍的，尤其是两只臂膀，一动就痛得她直咧嘴。

起初她还咬牙坚持着，知道这笔账得销，否则谢潇南会找别的方法来折腾她。

手臂痛得难以忍受时，她叫停了几次，胡乱地猜了几个答案，都不正确。

练到后来，温梨笙实在是举不动剑了，累得浑身是汗，汗珠挂在额角，随后滑落，她以前在河边追老母猪的时候都没这么累。

她跟谢潇南果然相克，关系始终不好。

她破罐子破摔地往地上一坐，将木剑扔在脚边。

谢潇南过了一会儿才发现她坐下了，抬腿走到她旁边站定。

温梨笙余光瞥到他的衣袍下那双绣着云纹的黑色长靴，脑海中浮现出梦中她跪在路边时，偶然间看到的那双靴子，浑身一僵。

她想：要不干脆躺下装死算了。

她正想着，谢潇南忽然蹲下，身子往前一倾，那双漂亮的眼睛一下子凑到了她的面前。

温梨笙本能地往后仰，眸中闪过一丝慌乱之色。

“你什么功夫都不会，为何胆子那么大？”谢潇南好像挺认真地问。

温梨笙咽了咽口水，盯着面前这双墨一般黑的眼睛，脑子转不动了。

她不知道他是指先前在梅家的事，还是指她妄言自己会“云燕掠波”的事。

她小声地辩解道：“我这双手本来就不是练剑的。”

“那是做什么的？”谢潇南语气平淡地道，“抢别人的玉佩，还是扒别人的衣裳的？”

他果然是来翻旧账的！

温梨笙有些心虚地移开视线，小声道：“是用来擦汗的。”

说着，她赶忙用袖子装模作样地擦了两下额角的汗。

谢潇南将目光一收，没再追问她什么，起身离去。席路跟在他身后，两个人很快就不见了踪影。

温梨笙坐在地上，正烦躁的时候，沈嘉清不知死活地凑了过来，拍着她的肩膀说：“好兄弟，你可真是勤奋，竟然练了这么长时间。你简直是吾辈楷模，我要向你学习。”

温梨笙心中的怒火一冒三丈高，她一爬起来就一脚踢在他的腰上，问他：“你以为我不知道你是拿我试探谢潇南？”

当年，“第一剑神”将自己的毕生绝学编纂成一本剑谱传世，其中有四招未曾编录进去。随着剑神的销声匿迹，这四招也彻底失传。

“云燕掠波”就是其中之一。

温梨笙幼年的时候非常崇拜这位剑神，所以在学剑的第二天便自创了一个招式，并为其起名“云燕掠波”。她还信誓旦旦地表示，以后绝对会将这一招练成绝学。

多年过去，温梨笙的武艺没长进，吹牛的功夫却大有长进。

温梨笙追着沈嘉清跑了一百来步，最后被齐功制止。

此时已近午时，阳光逐渐变得炽热，单是站在阳光下就让温梨笙觉得燥热难忍。

沈嘉清今日穿的是白色的衣服，他抱着剑，神情严肃地立于一个人少的地方。他的大腿和腰上的脚印十分明显，整个人看起来很是滑稽。

温梨笙斜着眼瞪了他一眼，怒意未有半分消减。

沈嘉清忽然偏着头看了她一眼，而后将怀中的剑反握在左手上，眨眼间挽了一个漂亮的剑花并从背后绕过，将剑转移到右手上，一系列动作非常利落。

他做完这些动作后，还朝温梨笙扬了扬眉，露出一副颇为得意的样子。

这正是他刚才从席路那里学来的小把戏。

温梨笙的怒火迅速被点燃，她骂道：“忘恩负义的小人，狗命拿来！”

她扑上去，扬起拳头要揍人，沈嘉清被吓了一跳，连忙用手臂阻挡，护住自己的脑袋。

齐功见两个人又打了起来，立即快步赶过来，联合其他学生将吵吵闹闹的两个人分开，然后将他们俩安排在了相隔甚远的位置。

温梨笙正在气头上，自然是不见沈嘉清为好，自己站在树影下，燥热难忍。

她抬起手，以手做扇，给自己扇风，手腕上戴着极细的金丝镯，上面坠着的小珍珠在手的晃动下轻轻碰撞。

她正随意看时，忽然看见谢潇南带着人从几块山石之后绕过，沿着石路往山顶上走去，片刻后，身形隐去。他甚至都没跟夫子知会一声，就这么离开了。

温梨笙纳闷儿地走到单一淳身边，道：“单夫子，我问你一个问题。”

前边的空地上，由两家书院的学生组成的小队正在相互较量。单一淳看得专心，听到她的声音后也没转头，只发出一个表示疑问的音节：“嗯？”

“你们千山书院新来的那个小公子，你可知道是谁？”温梨笙道。

这问题一出，单一淳当即愣住了，转过头压低声音问她：“姑奶奶，你问这个干什么？”

看来，他是知道的。

她正要说话，单一淳又将她往旁边拉了两步，避开旁人，小声道：“那位贵人刚来书院两日，知道他的身份的人屈指可数。”

“你怕什么？大家迟早是要知道的。”温梨笙不以为意。

单一淳却道：“即便他无心隐藏身份，他的身份也不能从你我的口中传出，万一祸从口出……算了算了，还是莫要再提了。”

温梨笙道：“我只是想问你，如果他在你的武学课上早退，你会拦着他吗？”

单一淳愣了片刻，继而扬起一个灿烂的笑容，道：“他就是把千山书院拆了，我也不敢说半个字。”

“你想得美，千山书院没了，你那五年的卖身契也就没了，你比谁都高兴。”温梨笙嗤之以鼻，摆了摆手道，“我的搭档早退了，这个小竞赛我也不参加比试了，我先走一步。”

本来也没人想着让温梨笙参加，单一淳见状，立马拱手相送。温梨笙又跟齐功打了个招呼，便在众目睽睽之下离开了。

沈嘉清也屁颠屁颠地跟在她后面。

温梨笙憋了一肚子闷气，手里挥着一柄木剑，一路上对路边的花花草草大肆出手，咬牙切齿地道：“谢潇南……一开始就没打算参加，就是为了折磨我！”

她挥舞木剑时，还扯动了隐隐作痛的双臂，痛得龇牙咧嘴，一时间恼怒非常，也不顾肩膀处的疼痛，举着木剑把石头当成谢潇南狂砍。直到木剑碎裂，她才停下来长舒一口气：“爽！”

温梨笙的脾气去得非常快，她扔了木剑，抓着马缰绳翻身上马，对沈嘉清道：“走走走，我肚子饿了。”

两个人骑马离开了棱谷瀑，赶往城区。

温梨笙回府之后沐浴更衣，对着满桌子的菜肴吃了个尽兴，而后让人撑了伞，置了躺椅，在院中舒舒服服地躺着。

她一抬眼就能看见万里晴空，洁白如棉花的云慢悠悠地飘着。阳光穿过云层后落下，微风不止，夏蝉长鸣，温梨笙渐渐睡去。

也不知道是不是因为她这些日子经常想到那些事，这次做梦竟又梦见了一些事。

当日，她身着嫁衣被人迎进孙府，就看见她的未婚夫君尸首分离，满地的血触目惊心。温梨笙见过别人杀人，也见过尸体，却从未有一刻如此恐惧。

她想起父亲经常说的话：“如今谢潇南势不可当，所过之处望风披靡，若是哪日他打到我们沂关郡来，可怎么办？”

“要不咱们卷铺盖逃跑吧。”温梨笙这样回答。

“我不能走。”温浦长却说，“我若走了，沂关郡的千万百姓无人相护，待谢潇南攻进城，定会将那些百姓屠戮殆尽，届时沂关郡尸横遍野，血染城池……”

尸横遍野，血染城池。

温梨笙战战兢兢地看向庭院那头的谢潇南，他仍旧动作缓慢地擦拭着手里的长剑，对那柄刚削了人头的利器十分温柔。

一想到这柄剑也会刺入她的腹部或砍下她的脑袋，温梨笙就本能地害怕。

谢潇南将剑放入剑鞘，淡淡地道："把人押下去。"

温梨笙以为她会和这些跪在院子里的宾客一起被押到不知名的地方，却没想到其他人被陆续带走，只有她被留了下来，带进了堂中。

房门被关上，谢潇南坐在主位上，温梨笙跪在堂中。

她垮着腰背，没什么力气般地垂着头，嫁衣铺在地上，白嫩的皮肤映着烛光。

"跪好。"谢潇南突然开口。

温梨笙的心一颤，她连忙挺直腰背跪好。

"温梨笙，你爹在何处？"谢潇南对着她笑，看起来很是温和。

她以为过了三年，谢潇南已经将发生在沂关郡的事情忘记了，却没想到他还记得。也就是说，他们的那些恩怨，他仍然没忘。

温梨笙害怕得很，一开口却说道："要嫁到孙家的人是我，与我爹无关。"

谢潇南冷冷地道："这么说，你知道孙家人伙同乱党，欲勾结异族，掌控沂关郡，便故意嫁到孙家，想让温、孙两家结盟？"

温梨笙想：乱党？你才是这大梁最大的乱党。

温梨笙不敢将心里话说出口，只低着头倔强地道："这些事，温家人不知，与我爹也没有任何关系！这一切都是我的主意。"

谢潇南似乎对她的话感到意外，轻轻挑起眉，半晌后才说："嘴巴那么硬，身子为何抖得那么厉害？"

她猛地倒吸一口凉气，从梦中醒来时，鼻尖上满是小汗珠。

鱼桂见状，连忙过来帮她扇风，并问她："小姐可是做噩梦了？"

温梨笙拍了拍心口，接过扇子，自己扇起来，动作中透露出急躁之意，却并未说话。

鱼桂也安安静静地站在旁边，不再询问。

温梨笙因为焦躁，目光无处安放，抬头看向无边无际的蓝天。时间过得很慢，一个夏天要很久才能结束，再多的烦恼好像都在慢慢飘着的云朵中消散了。

过了许久，温梨笙忽然用拳头敲了敲胸膛，生气地道："老子嘴巴硬，身板也硬！"

鱼桂："……"

"小姐口渴吗？要不要喝水？"她关切地问。

"从现在开始，你要叫我'沂关郡第一硬'！"温梨笙严肃地道。

“好的，沂关郡第一硬。”鱼桂迅速改口，比方才更加关心温梨笙了，说话时甚至用了敬语，“您要不要喝点儿水？”

温梨笙哼了一声，起身下了躺椅，伸了个大大的懒腰，吊儿郎当地摇着扇子，招呼鱼桂：“不喝。走，跟我出去看看。”

今日又是温梨笙招猫逗狗的一天。

这会儿刚过正午，正是炎热的时候，温梨笙摇着扇子都觉得酷暑难耐，走了半条街就让人赶来了马车。

马车行过街头，拐到了东湖岸边，行过一排排枝条低垂着的杨柳，停下。

角亭在树丛之间，温梨笙下了马车之后，让鱼桂和两个少年在马车边守着，自己则沿着由鹅卵石铺成的小路往里走。她绕过绿荫，来到一座小亭子里。

这小亭子算是温梨笙的私有地，她夏日里最喜欢来这个地方，不知道是地势原因还是周边的树太多，这里比别的地方凉爽很多。

亭中有微风拂过，她干脆在石凳上坐下，招呼鱼桂把马车里用来解渴的果汤拿来时，突然听见身后有轻微的响动。

她下意识地回头，什么都没来得及看清楚就眼前一黑，头上被蒙上了黑头套。温梨笙的第一反应是她在沂关郡的仇人太多，有人来寻仇了。她立马抱着脑袋，以防挨打的时候伤到脸。

但紧接着，她的双手就被人捆了起来，然后她听见了鱼桂的惊呼声。

打斗的声音响起，应该是鱼桂在与人过招。

被匆匆拉走，被按着肩膀塞进木桶时，她试图劝说对方：“大哥们，你们是不是绑错人了？好歹确认一下再动手啊。”

没人理她。

“你们劫财还是劫色啊？”她喊道，“劫色的话，我可以给你们大把银票，让你们去青楼里随便挥霍。劫财的话，我也可以给你们……”

有人嫌她吵，踢了木桶一脚，吼道：“安静点儿！不然就拔了你的牙！”

温梨笙只好闭嘴。她感觉木桶被人搬到了车上，也不知车子摇摇晃晃地要去何处。

说实话，温梨笙从小到大被劫的次数十个手指头都数不过来，她已经能镇定自若地应对被劫这件事了，知道现在喊也没用，便老实下来了。

马车行了两刻钟就停下了，木桶被搬下来，重重地放在了地上。

而后木桶被掀开，温梨笙的头套被扯下来。她先闭了闭眼睛，适应光线，随后再缓缓地睁开眼睛，只见她正处在一个简陋的房屋之中，屋里只有中央摆着一张桌子，桌子上摆着烛台。

房中只有三个人，一个站在房屋的角落里，一个站在门边，还有一个立在桌旁。烛光照在立在桌旁的男子身上，在墙上留下剪影。

“你是谁？”温梨笙直接问。

那人转过身来，刚露出半张脸，温梨笙就认出他了。他竟然是梅兴安。

他这半个月似乎过得并不好，胡子拉碴的，身上的衣裳松垮、破旧且不合身，面庞消瘦了不少，头发白了一半。

她露出惊讶的神色，问梅兴安：“怎么才半个月没见，你就穷成这般模样了？”

这话直戳梅兴安的心窝，他痛苦地捂了捂胸口，道：“还不是你那个诡计多端的爹害的！”

“冤有头债有主，是他害你的，你找他啊，把我绑来干什么？”温梨笙对此很是不满。当初骗梅家人入坑的事全程由谢潇南和她爹谋划，她甚至都不知道两个人是什么时候合作的，怎么梅家人寻仇时第一个找上她了？

提及温浦长，他满脸恨意地道：“父债子偿，我先杀了你，日后也会找你爹报仇雪恨，祭我梅家老小！”

温梨笙奇怪地道：“你梅家老小又没死，你祭什么？”

梅家上下捎带着远房亲戚，也就几十口人，温浦长主要处置了梅兴安和其兄弟。他的妻儿还有长辈等人要么流放，要么坐牢，并未祸及性命。

梅兴安的脸上露出狠辣之色，双目血红，他几近癫狂地吼道：“今日南郊的部分牢狱起了大火，我的亲人皆葬身火海。若不是你爹设计我在先，将我梅家上下人等关入牢狱在后，我梅家人怎会遭此大难？全是你们温家人害的！”

温梨笙倒吸一口凉气，问：“怎么会失火呢？”

梅兴安似乎极其痛苦，猛地抽出一柄刀，指向温梨笙，道：“快将你那日在我夫人房中偷的东西交出来，我给你一个痛快。”

说来说去，他竟又绕到了这件事情上。

温梨笙看了看面前的刀尖，深呼吸几次之后，问：“这就是你抓我来的原因？”

“少说废话！那本就是我梅家的东西，我先讨回来，再与你算其他的账！”梅兴安将刀抵在温梨笙的脖子上，刀刃锋利、冰冷，再往前一寸就能划出血痕。

温梨笙的脸上满是疑惑之色。她想不明白面前这人刚死了妻儿，为什么马上就想找回那个丢失的东西？那东西就这么重要？

她的肩上架着刀，她却毫不畏惧地突然从木桶中站了起来。那捆着她的绳子也不知道何时被解开了，温梨笙扭了扭手腕，装模作样地道：“你若是敢动我一下，这辈子就别想拿回那个东西。”

梅兴安冷哼一声，并不畏惧，道：“我现在一无所有，你若是不将那东西交出来，我大不了带着你下黄泉，给家里人赔罪。”

温梨笙从桶里跨出来，道：“东西不在我身上，我需要回去拿。”

梅兴安面目狰狞地道：“诡计多端的小姑娘，你以为我会信你吗？你若想走，先把一只手留下！”

说着，他就挥着刀来砍她的胳膊，温梨笙受到了不小的惊吓，瞪着眼睛喊道：“你这人讲不讲道理？！”

刀还未落下，一个东西便打了进来，将他的刀打得飞了出去。梅兴安的手臂有些发麻，他后退了两步，才发现飞进来的是一颗石头子儿，意识到温梨笙还有帮手，立即喊道：“把她给我抓起来！”

屋子里剩下的两个人当即就要动手，石头子儿却接二连三地飞进来，砸在几人的腰间、腹部。梅兴安的腿窝被砸中，他痛呼一声后，半跪在地上。

温梨笙也没想到自己会有帮手，惊讶地拿起桌上的烛台，朝着梅兴安的头砸了下去，蜡油洒了他半张脸，他凄惨地叫了起来。

趁着这时候，温梨笙撞开大门，跑了出去，看见右手边的树下拴着马，飞奔过去解开绳子，上马的时候就已经有人冲出了门。

温梨笙扫了一眼，并未看到附近有人，不知道是谁在暗中助她，眼下也不敢停留，只得扬起巴掌，狠狠地拍在马的屁股上。只听马长啸一声，立即飞奔出去，她抓紧了马缰绳，身子伏低，生怕被摔下去。

好在温梨笙平日经常在沂关郡乱转，所以这地方也来过几次，依稀记得这里是城外南郊，所以知道回城的路。但有两个人也骑了马在后面追她，一时间，她怎么甩也甩不掉他们。

温梨笙的手都拍肿了，马的速度逐渐加快，风拂过她的长发，她头上的铜铃相撞，发出清脆的声响。

直到路边逐渐出现民房，她心知对方若是这么追下去，到不了城门处，她就会被追上，且此处有行人往来，纵马可能会伤到人，于是只能下马。她拔了簪子往马屁股上扎了一下，马仰天长嘶，扬起蹄子差点儿踢到温梨笙，撒开四蹄飞奔离去。

温梨笙往前跑了一段路，正焦急时，就看见路边有一户人家在办丧事，在门口搭了白色的棚子，一群人穿着白衣，围在棺材旁哭，其中唢呐锣钹吹打不停。温梨笙来不及做他想就冲进了人群中，跪坐到棺材旁，用身边人的丧服将自己的衣裙遮住，扯了白色的孝布将肩、颈盖上，而后扯开嗓门儿哭。

许是那些人哭得太伤心、投入，因此并未发现温梨笙这个外人。旁边的人听她哭得十分大声，也起了攀比的心思，一个比一个哭得伤心。

温梨笙眯着眼睛偷看，见追着她的两个大汉果然没有发现她在棺材旁哭，只仔细地在周围寻找她。她连忙将头埋得更低，装模作样地继续假哭。

那两个大汉却没有离开，反倒是细细地搜寻起来，将周围的人翻来覆去地看。她心中“咯噔”一下，扑到棺材上，将脸挡住，想蒙混过去。

她在这边卖力地假哭，丝毫不知温浦长与谢潇南正站在十几步之外。

谢潇南百无聊赖，目光滑过路边哭丧的一伙人，倏地停在其中一处。他看见一人低着头哭，那人乌黑的发上有两个精致小巧的镂空铃铛，铃铛上坠着鹅黄色的穗子。

他黑眸微眯，定睛打量了那人片刻，才对身边兢兢业业地处理牢狱失火一事的温浦长说道：“温郡守，我有一个不太吉利的消息要告诉你。”

温浦长一开始还没反应过来，并不知道谢潇南这话是什么意思。

他笑道：“世子何出此言？”

谢潇南轻轻地抬起下巴，指向那群哭丧的人，道：“郡守仔细瞧瞧，那里面可有眼熟的人？”

温浦长只看了一眼，觉得这家人大白天在路边哭丧，着实晦气，并未细看，只好说道：“下官不太明白。”

谢潇南并不想说得那么清楚，但是见温浦长理解不了这暗示，便说道：“那扑在棺材上，头上戴俩铃铛的姑娘，跟令千金颇为相像。”

温浦长听后，心里一慌，再仔细看去，只见那姑娘埋着头，发上的头饰果然跟小梨子的相像。他顿时觉得这事确实不太吉利，一时间有些沉默。

谢潇南见他还没反应过来，便转过头对身边的乔陵道：“去把人带过来。”

乔陵应声而动，突兀地走到那群哭丧的人中，打断了那些人，对温梨笙道：“温姑娘。”

温梨笙似听到有人在喊她，迷茫地抬起头，竟然看见乔陵站在边上，有些傻眼，问他：“你怎么在这儿？”

乔陵没有说话，而是侧了侧身子，示意她看后方。

温梨笙疑惑地转过头，心想：乔陵出现在此处的话，谢潇南可能也在附近。她寻找谢潇南时，却正好对上了自己亲爹的视线。

温浦长目瞪口呆，以为自己眼力不好，又使劲揉了揉眼睛。可不管他怎么看，那个坐在棺材旁，方才还在痛哭的人竟然真的是他的闺女。

他当即倒吸一口凉气，心凉了个透，双眼一翻，眼看着就要被气晕，离他最近的谢潇南只好伸手搀扶他。随即，温浦长快要断气了一般道：“快……快掐我的人中！”

温浦长带着的两个下属被吓得不轻，忙上前帮忙扶着他，一人使劲掐他的人中，大声喊道："郡守！你正值壮年，还没到被你闺女气死的年纪啊！"

温浦长尚有一口气，道："我看也不远了……"

谢潇南看了一眼被团团围住的温郡守，又看向一脸呆滞的温梨笙，抽身而退，往旁边走了几步。

温梨笙这才明白自己又闯了大祸，扯掉身上的孝布起身，飞奔向温浦长，叫道："爹！"

方才还奄奄一息的温浦长抬起头喊道："你别叫我'爹'！这么迫不及待地哭丧，爹不耽误你的事，争取今晚就死！"

他这话吓得一众下属齐齐相劝。

温梨笙扒开其他人，跪在温浦长身边，哭着喊道："爹啊，我可以解释的，这完全是个大误会！"

温浦长闭着眼睛，虚弱得像马上就要死掉了，道："你认错人了，我生不出你这么丢人的女儿。我温浦长一世英名，自从生了你之后到处丢脸……"

"你不认我，以后谁给你养老送终啊？！"温梨笙哭得凄凄惨惨。

温浦长听不下去了，一个栗暴打在温梨笙的头上，道："你还咒我是吧？"

温梨笙痛呼一声，捂着脑袋不敢说话了。

父女俩一个装死，一个假哭，谢潇南只觉得大开眼界，若不是场合不对，都想给这对父女鼓掌了。

乔陵押着两名壮汉走到他们面前，照着两个人的腘窝一踢，两个人就跪在了谢潇南面前，双臂软软地垂着，看样子已经脱臼。

温梨笙还在低声劝父亲："爹，你快起来吧，这街上好多人看着呢。"

温浦长被人搀扶着慢慢起来，一边掸着身上的灰尘，一边说道："我这还不是因为差点儿被你气晕？回家了再跟你算账！"

谢潇南见闹剧平息，这才说道："温郡守，今日纵火越狱之人找到了。"

他一出声，围在温浦长身边的几个下属便自动散开，温梨笙很轻易地看到了谢潇南。

他换下了千山书院的院服，身着浅蓝色的长袍，身姿挺拔，极淡的颜色衬得他脸上的皮肤如白玉。

他或许是觉得眼前的热闹很是有趣，眼角微微弯着，面上带着淡淡的笑容。

他平时脸上没表情的时候，模样就极为出众，这会儿染上了笑意，更是夺目得很。谢潇南并非不爱笑，只是在面对不熟的人时，他的情绪就不会起伏得那么明显。

温梨笙的视线在他的眼睛上短暂地停留了一下，她低声说："我知道他在哪里。"

温梨笙凭着记忆，带着众人回到了她方才逃出来的屋子，只见屋子的门紧闭着，周围一片安静。

护卫持刀上前，警戒着推门而入，温浦长转过头对温梨笙道："你先回去吧，这里没你的事了。"

温梨笙飞快地瞥了一眼站在不远处的树下的谢潇南，自然是巴不得赶紧离开这地方的。她应声之后，扭头就要走，乔陵却出现在她面前，站在路中间，不让她走。

温梨笙觉得他脸上的微笑有些熟悉，心中顿时有了不好的预感。

她转过头，果然对上了树下的谢潇南的视线。他眼神平静，阳光透过树叶的空隙，洒在他的衣袍上。

乔陵道："温姑娘，我家少爷有请。"

温梨笙并未立即动身，而是问他："你能换一句话吗？"

乔陵轻轻摇头。

"可是我要回去了。"温梨笙不太愿意去，怕谢潇南刁难她。

乔陵依旧笑得温和，没继续说话。

温梨笙见状，悄悄挪动脚步，想往前面走，乔陵却突然说道："温姑娘，我家少爷耐心不足。"

她咬着牙，压着声音朝乔陵吼道："他耐心不足关我什么事？"

说完，她转身往谢潇南站的方向走去，走了十来步就走到了树下，双眸一弯，搓着手笑起来，问："世子，听说你找我？"

谢潇南身量高，站得又直，所以看温梨笙的时候总是眼眸半敛，给人一种漫不经心的感觉。他听力极好，将方才温梨笙刻意压低声音吼出的那句话听得清清楚楚。

他面前的温梨笙笑得灿烂，就差把"谄媚"两个字写在脸上了，他问了一句："你的祖籍是蜀地吗？"

温梨笙愣了一下，觉得这句话问得没头没脑。她答道："我是土生土长的沂关人，祖上三代都在沂关郡。"

谢潇南没再接话，视线一转，看向那栋破旧的房屋，问她："你为何在此地？"

温梨笙实话实说："我在湖边的亭子里乘凉，然后就被抓来了。"

"他们是为了那日丢失的东西。"先前在南郊听到温梨笙说能带路的时候，他就猜到了这几个人越狱后先找上温梨笙的目的是什么。

"你知道？"温梨笙诧异地脱口而出，而后觉得自己的话有失尊敬，立即弥补，"世子爷果然聪慧机敏，一下就洞察了那些歹人的心思，只是……那到底是什么东西啊？"

显然，谢潇南并不吃吹捧这一套，更没有让温梨笙套话的打算，直接无视了她的问话。

温梨笙暗暗咬紧牙关，心想：我因为那破东西被找上门不止一次了，现在却连那东西到底是什么都不知道！她想起当日在老树堂里吃完饭乱转之后惹出的事，肠子都悔青了，后悔没在看见那小贼夺门而出的时候当场戳瞎自己的眼。

她回过神后，下意识地摸了摸自己的眼睛，觉得自己的想法太危险，眼珠子可是很宝贵的东西。

谢潇南看她的神情如此多变，又惊慌地摸自己的眼睛，一副坐立不安的样子。

正当他想抬腿进屋看看时，温梨笙忽然慢吞吞地道："世子，你身边是不是有一个长得很高，面容普通，但是皮肤很白的……暗卫或者下属？"

谢潇南露出疑惑的表情。

温梨笙补充道："他的身上有一块刻着'谢'字的紫玉。"

谢潇南的表情一下子变得古怪，他问："你找他干什么？"

在短暂的时间里，温梨笙想出了两三种说辞，但对上谢潇南的视线时，总觉得有些压力横在心头，让她说不出口。她讪笑着道："无事，就是上次在老树堂里偶遇了他，觉得与他有些缘分。"

谢潇南的表情更奇怪了，他问："缘分？"

"我想跟他再见一面。"温梨笙说道。

她说这话是有些不合适的，但是毕竟当初从梅兴安的夫人的房中偷东西的人是他。若是那些人都认为东西在她手里的话，也只有那个人能证明她的清白。

虽然那东西肯定到了谢潇南的手中，但是让谢潇南站出来给她做证，那是不可能的事情，她还不如从那个凶巴巴的贼身上想办法。

最起码，他也要让她知道那到底是什么东西。

谢潇南冷笑一声，毫不掩饰地表现出了不屑，没再搭理她，转身进了屋。

温梨笙盯着他的背影，咬着牙偷偷地在心中骂了一句"狗脾气"，却也不敢阻拦他，气呼呼地离开了此地。

出去折腾了一番，温梨笙出了一身汗，浑身黏腻地回了温府。鱼桂在门口焦急地等待，见她回来后，便跪在她面前，哭天抢地，说"我有罪，没能保护好小姐"之类的话。

温梨笙没力气闹了，摆了摆手，说："没什么事，不怪你。"

鱼桂爬起来，拿出锦帕给她擦汗，极有眼力见儿地道："我给小姐备水，小姐先洗一洗身上的热气。"

温梨笙点头，摇着扇子回了府中。

洗去了一身汗之后，温梨笙换上干净的衣裙，躺在屋中的软椅上。她的脚边放着装了大冰块的桶，婢女扇起大扇子，凉气拂面时，她才不再燥热，舒舒服服地闭着眼享受起来。

屋子里多舒坦，她出去干吗？

温梨笙在房中躺了两个时辰左右，夏日白天长，到了酉时天也未黑，太阳斜着挂在西边的天际，将云朵也染上了颜色。

温梨笙站在窗边往外看，目光放得极远，像正想着什么重要的事一样。片刻后，她转过头问鱼桂："你觉得是我好看，还是天边的云好看？"

鱼桂道："奴婢去问问什么时候用膳。"

她刚出门就撞上了前来通报的小厮。小厮看见温梨笙站在窗边探出半截身子，便停住脚步，恭敬地道："老爷请小姐去前院正堂用饭。"

温家父女俩平日都在后院吃饭。偌大的温府，就父女俩这两位主人，温梨笙打小就没了娘，温浦长也没再续弦、纳妾，前院的正堂只有在府中来了客人时才会用。

温梨笙疑惑地问："谁来了？"

一般温府来了客人，温浦长都会让温梨笙在后院老老实实地待着，怕温梨笙吓到客人，丢他的脸面。所以，他鲜少叫她去前院吃饭。

"景安侯世子。"小厮把头垂得更低了。

"谁？"温梨笙大为震惊，又问了一遍。

"景安侯世子。"小厮重复了一遍。

"我不去，你就说我生病了，病得快死了，下不了床。"温梨笙果断拒绝，说话时不带一丝停顿。

她刚将话说完，余光就看见温浦长站在院子的小窄门处，面无表情地看着她。

"爹，"睁眼说瞎话被当场抓包，温梨笙也没有半点儿羞愧，撇着嘴，泫然欲泣，"你只有我这么一个女儿，我若是行为不当，惹得世子爷发怒就完了，你不能把我往火坑里推啊。"

"你也只有我这么一个爹。"温浦长面色平静地道，"你要是不想把我气死，就赶紧收拾收拾，滚出来吃饭。世子爷驾临温府，还由得你说见不见？"

温梨笙倒是没想那么多，经温浦长一说才想起来，像谢潇南这种身份的人来温府做客，自然是要他们全家人一起到大门口迎接见礼的，虽然这府中姓温的才两口人。

温梨笙没办法，只得让鱼桂为她稍微梳理了一下有些凌乱的头发，又换上淡绯色的雪纱长裙，老老实实地跟在温浦长身后，与他一起前往温府大门处。

门口，两排侍卫早已站好，温府的老管家及平日里受重用的下人守在路旁，见温家的俩主子一前一后地走出来，便自然地跟在二人后面，低着头，垂着眼，规规矩矩地站在门外等着。

天气闷热，温梨笙耐心不足，刚站了一会儿就有些心浮气躁，想向鱼桂要一把扇子扇风。然而，她刚动就被温浦长警告似的看了一眼，只好重新站好。

等了约莫半炷香的时间，一辆黑色的马车由远及近地驶来。车檐上系着四个吉祥结，吉祥结上坠着长缨，车身上被人用金色的笔画出了花纹，那花纹像一朵正在开放的花。

她只看了马车一眼就低下了头，立即想到了沈嘉清说过的话。

“那马车我只看一眼就知道是景安侯府的。”

确实，她看一眼就能猜到这是谢家的马车。

很快，马车到了众人跟前，温浦长带着众人上前几步，而后对谢潇南的马车稽首，道：“下官恭迎世子尊驾。”

温梨笙也跟着行礼，头埋得很低，做足了礼节。

谢潇南从马车上走下来，受了这一礼，站定后才让温浦长免礼。他的目光在温梨笙的身上短暂停留，而后，他跟着一大群人进了温府。

温浦长笑呵呵地与谢潇南交谈起来，一路上说了沂关郡的特色菜与著名景点，皆是关于吃喝玩乐的。谢潇南偶尔说一两句话，眼睛也不会乱看，乍一看，像有些走神，但温浦长说的话，他都能应上。

温梨笙发现，谢潇南平时与人交流的时候，脸上并不会有笑容，带着些拒绝与人亲近的感觉。但他在与温浦长说话的时候，眼中隐隐带着笑意。

他虽不是喜形于色的人，不过表情变化时还是有些明显的。

几人很快走至正堂，谢潇南被请至上座后，温浦长对下人招了招手，一道道菜被陆续摆上桌。

温梨笙沉默着落座，始终低着头，一言不发，看上去还真有几分大家闺秀的文静样子。

温浦长笑着道：“下官家中就我们父女俩，礼数若有不周之处，还望世子恕罪。”

谢潇南像有些兴趣，问：“这么大的温府，就你们父女二人？”

“是啊。”温浦长道，“她娘身子骨儿弱，生她之后患了病，没过多久就过世了，我被调来沂关郡之后，也一直忙于公事，所以我这闺女自小就管教不足，今日让世子见笑了。若日后她有冒犯世子之处，您尽管说，我定会好好收拾她。”

谢潇南轻笑，没有应声，而是看了温梨笙一眼。

只见她塌肩垮腰地坐着，用手支着脸颊，专注地盯着一盘盘被端上桌的菜，仿佛一张开嘴，口水就会流出来。她压根儿没注意他们在说什么。

等菜肴上齐，公筷摆上，这顿看似普通却又不太普通的饭才开吃。

温梨笙早就饿得前胸贴后背了，但还是吃得非常拘谨。她基本上一道菜不会夹两筷子，细嚼慢咽，连将筷子放下的时候都没有发出半点儿声音。

温浦长也知道她老实不了多久，这会儿还能装，再过一会儿就会原形毕露。于是，他连忙挥手让她退下，顺便让下人端来上好的梨花酒。

温梨笙恭恭敬敬地退出正堂，走出了几步才长长地舒了一口气。

她觉得有点儿奇怪，这俩人像在这儿喝庆功酒。

她爹什么时候跟谢潇南关系这样好了？

庆功酒喝了一个时辰，谢潇南离去后，温府的大门被关上，温梨笙被传唤到了温家祠堂。

她刚进祠堂大门就看见温浦长面对着温家祖先的牌位站着。堂中烛火摇动，他听见温梨笙的脚步声后，转过身来，嘴皮子刚动，面前的姑娘就双腿一弯，重重地跪在了地上。

紧接着，她大声哭了起来："爹，女儿知错了——"

温浦长怒道："每回都是这一句！"

虽然白日里她是为了躲避追捕，但在大路边混到别人家的棺材旁哭丧一事终究太过晦气，温浦长一想起来就生气。

他让温梨笙好好地跪在温家列祖列宗的面前思过，但思及地面硬，还是让鱼桂送了一个蒲团进来。

温梨笙也是真心悔过，认认真真地跟温家祖宗道歉。

温家是书香世家，祖上几代人都是饱读诗书的文人，代代苦读，就是为了考取功名。但他们可能不得文曲星喜爱，几代下来也无人在仕途上有建树，直到温浦长赴京赶考，高中状元，才光耀了温家的门楣。

温浦长是温家有族谱以来，官职最高、仕途最顺的人，但他膝下无子，只有温梨笙这么一个女儿。温梨笙如今被养成了这副模样，温浦长自觉没脸下去见自己的祖宗，加上晚上喝了点儿酒，情绪有些激动，于是跪在温梨笙旁边大哭不止。

温梨笙在一旁看得无奈，安慰道："爹啊，你别伤心了，日后我给你找个厉害的女婿，不会有人瞧不起温家人的。"

温浦长看了她一眼，哭得更伤心了，道："就你这泼猴转世的模样，有人娶你都是祖宗保佑了。"

这话刀子一般戳在了温梨笙的心窝里，她几乎要吐血，心痛地道："在这沂关郡，爹你伤我最深。"

"怎么，还不让你爹说实话了？"

"我也没有那么不堪吧……"温梨笙道，"至少我还有个当郡守的爹，肯定有人贪图你的家业，愿意娶我的。”

“你想都不要想！这种人要娶你，我是不会同意的。”温浦长哼了一声。

温梨笙心想：也是，爹在这方面挑剔得很，不然在梦中我也不至于都二十岁了还没出嫁，最后万般无奈之下爹才将我嫁到孙家。

温梨笙拍着胸脯保证道：“我绝对给你找个顶呱呱的女婿！我这个人说话算话。”

温浦长懒得搭理她，哭了一会儿就累了，抹了一把眼泪，让温梨笙好好跪着思过，自己出了祠堂。

温梨笙叹了一口气，想起沂关郡的人骂她爹是贪官，最常说的一句话就是她爹作孽过多才没儿子，使得温家无后。实际上，温浦长根本就没有纳妾的心思，也没有生儿子的打算。

她不知道他是怎么想的。

温梨笙跪到深夜才从祠堂离开，回房睡觉。

温浦长因为牢狱失火之事忙碌了好些日子，梅家的事情尚未完结。大多数时间，温府中只有温梨笙自己，她干脆没去参加长宁书院的集训，半个月里一直在瞎混。

沈嘉清是要参加武赏会的，所以一直忙于习武，这些日子和温梨笙见面的次数倒是少了。

这日，温梨笙闲着无聊，将自己的狗腿子召集在一起。

她有一支小队，温浦长为小队起名叫“成事不足，败事有余”。

这会儿八人齐齐立在温府门前。

鱼桂是八人组里唯一的姑娘，也是温梨笙的贴身婢女，是以她虽然占了“成事不足，败事有余”中的最后一个字，却是几人中的老大。她抬头挺胸，端出架子教训道：“小姐近日闲得很，保不准看谁不顺眼，要找碴儿，所以等会儿见了她要规矩点儿，别当了出气筒。”

几人忙不迭地点头。

几个人中年龄最大的二十一岁，最小的才十五岁，高矮不等，模样均颇为清秀。

温梨笙慢慢地从府中走出，往几人面前一站，几人立即同时弯腰，道：“老大吉祥。”

温梨笙“嗯”了一声，点点头，道：“这几日我深思熟虑，决定干一件大事。”

阿诚第一个发问：“什么事？老大尽管说。”

“我要扩招，壮大我的队伍。”温梨笙充满激情地道，“从今天起，你们留意一下，看谁机灵、聪慧，就把谁拉进我的队伍，男女不限。”

几人同时露出为难的表情，互相看了看，阿诚问：“这恐怕有些不妥吧？”

温梨笙皱眉，反问：“怎么？”

“沂关郡中，像我们这样年少出众的人少之又少，恐怕找不到旁人加入我们的小队了。”大柿说。

温梨笙龇着牙，伸手揪了他的脸一把，对他说道：“脸皮不要的话就给我！”

大柿疼得咧嘴喊“痛”。

鱼桂瞪了他一眼，道：“不准忤逆老大！”

大柿只好捂着半边脸，委屈地闭了嘴。

温梨笙高举双手，道：“跟着我喊——‘壮大队伍，人人有责；混世小队，所向披靡！’”

几人不情不愿地举起手，发出很轻的声音。

温梨笙提高音量道：“大声点儿！”

几人正在喊时，温浦长带着怒气的吼声从远处传来：“温梨笙！”

温梨笙被吓得一哆嗦，转过头一看，才发现自己这个忙得一天到晚看不见人影的爹突然回来了，正怒气冲冲地向她走来。

她连忙挥手，对大家道：“散了散了，壮大小队的事日后再议。”

七个人很快就走了，留下温梨笙和鱼桂二人。

“爹，”温梨笙笑眯眯地迎上去，道，“这几日你忙得不见人影，怎么今日回来了？”

温浦长怒道：“我还不能回自己家了？”

“我这不是高兴吗？”她嘻嘻一笑，从鱼桂手里接过扇子，殷勤地给温浦长扇着风，“天气炎热，咱们进府吧。”

温浦长恨铁不成钢地道：“你能不能离温府远点儿，别站在温府门口丢人？”

“这怎么是丢人的事呢？！”温梨笙“啧”了一声，道，“你根本不懂。”

“我看你是这几日太闲了。”温浦长知道她一闲下来就要胡作非为，于是道，“正好明日是贺家老太君的寿辰，你带着贺礼拜寿去。”

温梨笙一听，“哎呀”一声，不情愿地道：“贺家离城那么远，坐马车都要好几个时辰，晚上指定回不来，我不想去。”

“我在忙梅家的事情，走不开，你不去谁去？”温浦长边往家里走，边道，“要不我认个干儿子？把什么事都交给他，不麻烦你。”

“真的？”温梨笙半信半疑地道。

她想：有这好事？

“真的。然后让他跟你争宠，争家产，等我归西之后，他再把你赶出温家，让你无依无靠，嫁给在路边乞讨的老头儿。”温浦长冷笑道。

“我去还不行吗？”温梨笙举手妥协，“什么时候出发？”

“就现在。”温浦长一招手，管家老云递上贺家的请帖。温浦长将它拿给温梨笙，道：“穿着正式点儿，带上贺礼，行事规矩些，若是再丢我的脸，明日回来时，我就不让你进门。”

就因为这几句话，温梨笙气得回去后把贵重的首饰都往身上戴。她的耳朵上戴得金灿灿的，长发编成辫子，将各种白玉、珠石往上戴，她又穿了由金丝织就的百褶长裙，重得她走路都费劲。

她这么站在温浦长面前时，差点儿晃瞎他的眼睛。他却连连称赞：“好好好，这般模样甚好！”

温梨笙五官精致，皮肤白嫩，虽衣着华美，却不显得庸俗，反倒极为夺目。

温浦长左看看右看看，见她发上有空处，便喊鱼桂再拿一对簪花来。温梨笙不想再让头上增添重量，急忙爬上了马车，信誓旦旦地道：“放心吧，爹，我必定不可能再给你丢脸。”

管家老云带着人，提着贺礼，跟在马车后面一同离去，一队人马很快出城。

温浦长站在原地叹了一口气，双手合十地朝上天拜了拜，虔诚地道：“祖宗保佑，让这个瘟神给我留点儿面子。”

贺家人住在沂关城的北边，那里靠近群山密林，温浦长之前带温梨笙去过，后来因为路途遥远，还要在贺家住一夜，温梨笙就不太愿意去了。

温浦长此次脱不开身，又看不得温梨笙闲得找碴儿，就把这个拜寿的任务交给了她。

路上实在太无聊，温梨笙仰头就睡，偶尔醒来擦擦口水，换个姿势继续睡，头上的首饰都乱了也不管。

马车来到贺宅附近时，鱼桂才叫醒温梨笙，让温梨笙坐起来，她好给温梨笙整理发饰。

温梨笙睡眼惺忪，打了一个又一个哈欠，马车停下时，她的头发、首饰也被收拾整齐了。她下了马车，让人搀扶了一把才站稳，一抬头就看见背靠群山、气势宏伟的贺宅立在眼前。

来此处的人并不算多，都是收了贺家的请帖的。乍一见穿戴得珠光宝气的温梨笙，他们纷纷向她投来惊奇的目光。

温梨笙丝毫不觉得不妥，打了个哈欠，懒洋洋地道：“走吧，拜寿去。”

贺家在沂关郡也极有地位，是响当当的江湖门派。贺家人平日居住在郡城外，与其他门派的人鲜少来往。

温梨笙被迎进贺宅，递上了拜帖和贺礼，接待她的是贺家的二夫人。二夫人看见她金光闪闪的行头时，脸僵了一下，又不敢怠慢她，装作热情地将她引进了贺宅的大门。

温梨笙一路上十分惹眼，她本人却并不知晓。她走动的时候，身上的金饰相撞，叮当作响，阳光照在金饰上面，反射出的光刺痛了好多人的眼。

二夫人实在对这行走的金元宝笑不出来了，把她引到后院，让她自己玩去，找了个借口匆匆离开。

后院搭了个极大的竹架，竹架上面满是绿植，遮住了日光，洒下一片阴凉，竹架下搭了戏台。身着艳丽戏服的旦角正“咿咿呀呀”地哼唱着，伴着略微欢快的音乐声，听起来十分悦耳。

戏台下的座位有一大片空着，只有寥寥几人坐在那里。

温梨笙被戏台上的声音吸引，想着反正眼下也无其他事，于是径直走到了第一排坐下。

她刚落座，满头的金银玉石轻轻晃动，反射出的光照在了她斜后方的谢潇南的眼睛上，他微微皱眉。

温梨笙是真没注意这寥寥几人之中竟然会有谢潇南，否则，即使再给她两个胆子，她也不敢坐在谢潇南的前面。

她正欣赏着戏腔时，一个不速之客站在了她面前。

温梨笙一看到那人便黑了脸，问对方：“怎么又是你？”

乔陵笑道：“温小姐，劳烦你往后面坐一点儿。”

“凭什么？”温梨不满地道，“我想坐在哪儿就坐在哪儿，就是世子亲自……”

话说到一半，她突然反应过来，往后看了看，一下就看见了坐在她斜后方的谢潇南。温梨笙话锋一转，站起身笑道：“别说是让我坐到后面了，就是让我站着听戏都成。”

谢潇南原本是在看戏台上的人的，察觉到她看来，也侧过头与她对上视线。他看向她头上的金簪、耳朵上挂着的小金元宝、身上的多个闪亮的挂饰，问她：“你是生怕别人不知道温郡守是大贪官？”

温梨笙被吓了一跳，连忙说道：“世子误会了，我爹清正廉明，不曾拿过百姓一分一毫。我身上戴的都是不值钱的破烂玩意儿，只是铜饰包金罢了。”

她悲痛地想：爹啊，名声和脸面，您只能选一个。

“我爹的长袜破了两个洞，他还将就着穿了两年呢。”温梨笙补充道。

谢潇南用手支着头，问她：“你的嘴里有一句实话吗？”

温梨笙眼神一变，有些认真又有些可怜地道：“我从来不说谎，真的。”

她想：没人说过谢潇南也会来参加贺家老太君的寿宴啊！

温梨笙提着裙摆大步离开戏园之后，恨不得马上给温浦长飞鸽传书，好好控诉他一番。

这么危险的任务怎么能交给她呢？！

鱼桂还举着伞，紧紧地跟在温梨笙身后，生怕温梨笙被太阳晒到。

贺宅很大，温梨笙又没来过几次，只走了一会儿就发现周围的景象很陌生。最后，她不知道走到了什么地方，四周都是青瓦白墙的屋子，花团锦簇的，看起来很别致。

“哟，这是什么时候下凡的小财神？怎么迷路了？”她的旁边传来一声调侃。

温梨笙抬头望去，看见一个少年坐在墙头，正戏谑地看着她。

她问道：“你怎么在这儿？”

“这里是我家，我怎么不能在这儿？”少年笑了一声，道，“再往前走就是内宅，内宅里的人不认识你，当心他们把你当成贼赶出去。”

“贼？”温梨笙看了看自己身上的金灿灿的首饰，道，“你们贺家一大半的屋子加起来，能凑齐我这一身的玉石金饰吗？”

“那确实不能。”少年坦诚地摇头。

贺家并不算富有，经济实力甚至远远比不上做酒水生意的梅家，更别说温家了。

“贺祝元，下来给我带路。”温梨笙随意地从头上拔下一根金簪晃了晃，道，“这个作为报酬。”

贺祝元也是长宁书院的学生，因为武功不错，常被沈嘉清拉去当陪练，一来二去，温梨笙就跟他熟识了。不过，他只是贺家的庶子，在一众兄弟姐妹中不太起眼儿，所以日子过得不富裕。

温梨笙随意给出去的一根金簪，在他眼里简直是天上掉下来的大馅儿饼。他立即从墙头跳了下来，落在温梨笙的面前，手一伸就要拿金簪。

温梨笙却把手一扬，轻轻挑眉，问：“还没给我带路就想要？”

贺祝元换上谄媚的笑，问她：“小财神，您要去哪儿？”

她朝前方看了看，隐隐约约看见尽头处有一扇极大的门，问：“那里面能去看看吗？”

贺祝元顺着她的目光往里看，摇摇头，道：“不行，内宅里面有很多机关，外人不知道门路，进去后会死得很快。”

“你们还在自己家里装机关，不怕害死自家人？”温梨笙惊讶地道，无法理解贺家人的行为。

“内宅里的人都经过训练，知道机关的所在地和怎么破解机关，所以基本不会触发机关。”贺祝元转了个身，继续道，“走吧，我带你去那边看看，那边有一个大花园，如今百花盛开，好看得很。”

温梨笙对看花没兴趣，用下巴指了指那扇门，道：“带我进去看看。”

贺祝元摇头，道：“不成，这不合规矩。”

温梨笙又从头上拔下一根镶金丝的玉簪，道：“再加一根这个。”

贺祝元眼睛都看直了，愣了愣，还是摇头，道：“温财神，你别为难我啊。”

温梨笙又把手上的一对墨玉镶金雕花镯摘下来，道：“把这对镯卖了，所得钱财够你吃半年了。”

贺祝元忙不迭地用双手将镯子接下，道：“财神老爷，你想去哪儿只管说，刀山火海我也带你去。”

说着，他将金簪、镯子揣进怀中放好，而后带着温梨笙往内宅去。他们走到尽头那扇厚重的大门前，温梨笙仔细一瞧，发现门上面竟然安装了十分复杂的机关锁。

贺祝元对温梨笙毫无防备，觉得温梨笙自己的财产都顶得上整个贺家的了，不认为贺家内宅有什么宝贝能吸引她。于是，他当着她的面对机关锁操作一遍，接着就听见齿轮转动的声音从门内传来，而后“咔咔”几声响，门开了。

他弯腰伸手，对温梨笙道：“财神老爷，请进。”

温梨笙朝周围望了望，发现门内并没有守卫，只有一条很宽阔的道路。她便在贺祝元的带领下进内宅逛了一圈。

贺祝元边领着她闲逛，边说其实内宅没什么特殊的，只是里面住的都是贺家的妇女、孩子，加上贺家祖先擅长制作机关，所以才在家中设置了不少机关，纯粹是手艺没地方发挥罢了。而且也没有外人进内宅不合规矩一说，毕竟温梨笙一路走进去，路过的婢女只会偶尔被她身上的首饰闪了眼，没人阻拦。

内宅确实与外宅没太大的区别，甚至风景比不上外宅的。温梨笙跟着了解了一下内宅的机关之后，也觉得没有意思，抬头看了一眼夕阳，便让贺祝元带她离开了内宅。

先前接待她的贺家二夫人似乎找了她许久，见到她之后，连忙迎上来，瞥了贺祝元一眼，表情立即变得冷淡，问他：“你跟在温家小姐身后干什么？”

贺祝元耸耸肩，没搭理二夫人，转身离开了。

温梨笙原先就知道贺祝元是贺家的庶子，在家里不受宠，却没想到他这般不受待见。她想：这一大家子人若都是这样对他的，他也怪难受的。

温梨笙没管闲事，与二夫人寒暄了两句，就被二夫人带到了一处小庭院。二夫人说这是温梨笙今晚要住的地方。

贺家老太君的寿宴从明早卯时开始，据说老太君出生于卯时，固执地一定要在那个时辰办寿宴。所以，离贺家较远的人只得提前一天来此处送上贺礼。

温梨笙边在屋中吃着晚膳，边生气地想：这老太太，半截身子都躺进棺材了，还这么会折腾人。

这里的床又窄又硬，她光是坐着都觉得硌骨头，更别说躺着睡觉了。她自打出生起，就没睡过这么硬的床。

她气得使劲在床上捶了两拳，把床上的被褥扔得一团乱，撒完气后出了门。

外面的天已经完全黑了，路边点着十分明亮的灯笼，把路照得很清楚，每隔一段路就有来回巡逻的护卫，周围是晚上出来乘凉或散步的宾客。

此处靠近群山，夜风一吹，竟比城中凉爽许多。温梨笙站在微风里，舒服地喟叹一声，暗想：住在山边还是有些好处的。

她又逛回了戏园子，发现院子里灯火通明，台上的戏子仍旧在唱，台下也坐着不少人。

她站在边上细细打量众人，来来回回地看了好几遍，确认里面没有谢潇南之后，才走到前边，挑了个位置坐下。她听戏子婉转地唱着戏，虽然听不懂，但她喜欢凑热闹。

听众多数低着头聊天儿，几乎没人真的在听戏，只有温梨笙睁着圆溜溜的黑眼睛，认真地盯着台上的戏子，脸上满是好奇的神色。

许是她的目光太过专注，台上正在唱戏的旦角注意到了她，将长长的水袖挽了几下后，挪动莲步走到台边，曲调一转，声音变得有些模糊，只是看那架势，好像在唱给她听似的。

温梨笙本就听不懂戏，加之戏子突然口齿不清，她重复听了好几遍之后，放弃了。她回头问鱼桂："你能听懂她唱的是什么吗？"

鱼桂在被温家人捡回去之前，是在戏班里长大的。

鱼桂脸色阴沉，弯下腰，凑到她的耳边道："她在说，夜间屋内不安全，熟睡之人皆殒命。"

温梨笙被吓了一跳，结结巴巴地道："这……这个是戏词中的一部分吗？"

鱼桂摇头，回答道："她前面唱的是《贺寿诞》，走到你跟前的时候，她才改了戏词。"

温梨笙心一紧，再回头一看，那戏子已经绕回舞台中央，继续独自唱着，仿佛刚才那件事没发生过。

温梨笙心想：这贺宅不对劲儿。

接下来，她也没多少心思听戏了，转而带着鱼桂回了屋子里，早早地让人抬了热水来，沐浴后开始睡觉。

温梨笙拔了满头的金簪、玉钗，还将手腕上的一些晶石镯子取下，没脱衣服便直接躺在了床上。

这床实在是太硬了，她睡得很不舒服，加上白日在马车里也睡了很长时间，所以她辗转反侧许久也没能睡着。外面越发安静了，之前还偶尔有嬉笑声传来，渐渐地只剩下风声，显然，贺宅里的大部分人已经沉睡。

房中没点灯，温梨笙一睁开眼，什么也看不见。

她躺了许久，觉得全身的骨头疼，便慢吞吞地起身下床，摸黑走到桌边，想倒一杯水喝。

然而她的手刚摸上杯子，她就听到了一声轻响，竟有一个人将窗子慢慢推开了。温梨笙的心脏狠狠一跳，她一下子屏住了呼吸，不敢动弹。

片刻后，一个人撑着窗子翻入了房中，落地时悄无声息。

月亮的光照有限，加之温梨笙贴着柱子站在黑暗中，所以进来的人压根儿就没看到她。来人直奔床前，抽出一柄刀高高举起，朝着床铺狠狠地砍下，连砍两下才意识到床上没人。

那人猛地转身，想在屋中搜寻，温梨笙被吓得魂飞魄散，再也藏不住，高声喊道："鱼桂——"

鱼桂压根儿就没睡，藏在门边的暗处紧紧地盯着这个人。听见温梨笙的喊声后，她从黑暗之中猛地蹿出，动作极快，眨眼间便到了那人的面前，右手一翻，几枚锋利的刀片被夹在指缝中向那人割去。

那人躲闪不及，避开了脖颈儿，肩膀被划出了三道深深的血痕。

"小姐，你快走！"鱼桂喊道。

血液溅到了温梨笙的脸上，她胡乱地抹了一把脸，"大义凛然"地让鱼桂注意安全，然后一点儿也不敢停留，跑了两步，朝着窗子外跳。鱼桂简直看呆了，惊讶地道："门开着。"

温梨笙一跳出窗子就摔了个大跟头，赶忙爬起来，边甩袖子边跑着大喊："来人哪！有刺客！要杀人啦！"

然而，周围安静得诡异，先前的护卫也不见踪影，她喊了两声之后，猛然意识到有古怪。忽然，有两个人从房顶上跳下来，对视了一眼，而后同时抽出刀朝她砍来。

温梨笙只看了一眼就撒腿狂奔，也不管能跑到什么地方，看见有路就往前冲。

不过，她好歹也是跑赢过四条腿的大黑狗的人，这般奔命般地狂奔，还真没让后面的两个人追上。

但这样快速地奔跑，体力消耗得非常快，她心里很清楚自己跑不了多远，必须尽快想办法摆脱这两个人。

她拐进了一片联排房，这里像库房，两边的房子门对着门，每扇门前都挂着一盏灯，光线极其昏暗。

她朝其中一扇门跑去，结果发现门上挂着一把巴掌大的锁，根本进不了。她眯着眼睛看去，发现附近的几间屋子的门上都挂着锁，目光延伸至尽头，一个个看过去，就在她要绝望的时候，竟然看见尽头处的屋子好似开着门。

也不知道那是不是视线上的错觉，但现在的她已经没有退路了，只能朝着那屋子跑去。跑得近了，她就知道那不是错觉，那屋子的门是真的开了一条小缝。

她眼看着到跟前了，门却像被谁在里面推了一把一样，慢慢地关上。

温梨笙近乎崩溃，想要喊“别关门”，但因为猛烈的运动，肺部要爆炸似的疼痛不已，除了剧烈的喘息声，她半点儿声音都发不出来。她只能尽力伸长手，想跑得近一点儿，再近一点儿，挡住那扇即将关上的门。

就在她以为闭门声要响起的一刹那，一只白皙的手伸出来，止住了门关闭的趋势。

就这么一瞬间的工夫，温梨笙的手覆在了那白皙的手背上。她顺势推开了门，闯进了房中，继而门被关上，房中伸手不见五指。

她累得脱力，跪倒在地上，抑制不住地猛烈喘息着，头晕眼花。

“你喘得太大声了。”她的旁边传来低沉的声音。

温梨笙喘匀了气，胸腔才渐渐好受些。她觉得这声音有些耳熟，便从怀中掏出火折子，吹了两口气，小火苗亮起，漆黑的屋中有了昏暗的光线。

她看见一个人身着黑色长袍，长发束成马尾辫，袖边缠着红绸，白皙的手背上沾了猩红色的血，两色相撞，极为醒目，是她方才留下的痕迹。他站在门边，侧过半边身子，眼眸低垂，像在认真地听门外的声音。

察觉到有火光，他转眼看来，表情有些冷漠，但语气平静地道：“灭火。”

温梨笙很听话地吹灭了火光，极力压低了呼吸声，小声道：“又见面了……窃贼。”

温梨笙在地上坐了许久，呼吸才慢慢变得平稳，心跳的速度也恢复正常。

她动作极慢地从地上站起来，确保自己不发出一丁点儿声音。在她的眼睛适应黑暗之后，她隐约能看见月光照在窗子上，勾勒出门边的少年清瘦、模糊的影子。

她站着不敢动。

过了一段时间后，少年身形一动，站直身体，放松了警惕。

温梨笙猜测追她的那两个人已经离开了。

她又打开火折子，吹了两下，微弱的火苗再次亮起，光线照耀的范围很小，却刚好能让她看清楚面前的少年的脸。

那是一张极为普通的脸，并不算丑，但普通到在人群中一眼看过去完全注意不到。温梨笙愣了一下，想到乔陵模样俊朗，那个叫席路的也不丑，谢潇南更是样貌出众……这小贼身边有一群面容俊俏的人，不会有其他想法吗？

"你自卑吗？"温梨笙就这样突兀地问了出来。

谢潇南愣了一下，有些疑惑地反问道："什么？"

温梨笙指了指他的脸，道："容貌方面。"

谢潇南轻声哼了一声，回答道："从未。"

"那你还蛮自信的。"温梨笙道。

察觉出她不相信，甚至语气里还带了些嘲讽，谢潇南皱起眉，道："我长至今岁，尚不知道'自卑'二字怎么写。"

这话说得就有点儿张狂了，对谢潇南来说却是实话。

温梨笙却会错了意，"啊"了一声，露出抱歉的表情，道："没关系，我不歧视文化水平低的人，下次我教你怎么写。"

谢潇南觉得自己的拳头又硬了。

他没再与温梨笙废话，拉开门往外走。温梨笙见状，连忙紧紧地跟着他，害怕一不留神就会被他甩掉。她边走边没话找话地道："你要去哪里呀？说不定我们顺路呢。"

谢潇南没好气地道："别跟着我。"

"我睡觉的时候，突然有人刺杀我，我现在只认识你，只能跟着你。"温梨笙拿出老招数，"你保护一下我，等我回去之后，可以给你很多很多金银。"

他突然停下，因为二人之间距离过近，温梨笙反应不过来，一头撞在了他的背上。他的背坚硬无比，她当即鼻子一痛，连忙后退两步，一抬头，眼眶里满是泪水。

"我去找死，你也跟着吗？"谢潇南比她高不少，低头看着她，表情十分冷漠。

"那……"温梨笙想了想，道，"你能不能先别找死？"

谢潇南往旁边一看，忽然看到一处地方，而后轻轻抬起下巴，道："那边有个狗洞，你爬进去藏着，刺客绝对想不到你会藏在那里。等事情结束你再出来，死不了的。"

温梨笙也跟着看过去，但那里一片黑暗，她什么都看不见，只道："那要藏多久啊……"

不过，她很快又反应过来，"呸"了一声，道："我温家人铁骨铮铮，即便死也不会钻狗洞！"

再说，她要是死在了狗洞里，那多丢脸啊？！

谢潇南嘲笑道："你也配得上'铁骨铮铮'这个词？"

温梨笙想反驳他说“至少比你这个连‘自卑’都不会写的人强”，但又想着眼下情况危急，还需要他的帮助，于是强笑道：“我有一个主意，现在贺宅里也不知道是什么情况，那么危险，咱们去找谢潇南吧。”

谢潇南听到这话，皱起眉道：“你叫他什么？”

“世子爷。”温梨笙立马改口换了尊称，“现在只有他那里是绝对安全的，你至少把我带到世子爷那边。”

谢潇南的行踪，她不清楚，不过她如今有很多想法与曾经的不一样了，所以很多行为和选择也不同。梦中她没有来贺家送礼，但谢潇南不同，没有外界干预，他的选择和行动会与梦中的一样。

也就是说，他曾经也来了贺家，也经历了这件诡异的事情，但他安然无恙，说明他身边是绝对安全的。

诡异的贺家与谢潇南之间很好选择，毕竟谢潇南前段时间还来温府喝过酒，就算是看在温浦长的面子上，他也应该对她施以援手。

谢潇南却道：“他在西南方的竹苑，你自己去寻吧。”

他说完，转身就要走，温梨笙下意识地抓住了他的手腕。

“放手。”他的语气已隐隐有些不耐烦。

温梨笙只好放手，见他走出了几步，暗骂一声“狗脾气”，又跟了上去。

现在这种情况，她肯定不能自己乱走，不说能不能准确地找到西南方的竹苑，若是在路上遇到了那些会杀人的悍匪，那她必死无疑。

这小贼虽然凶，但看着也不是穷凶极恶之人。

她往前走了两步，小声地与他套近乎：“这位大哥，你怎么称呼啊？我姓温，你可以叫我‘梨子’。”

谢潇南转过头看着她，脑中浮现出一个大大的问号，问她：“我跟你相熟吗？”

“一回生二回熟嘛。”温梨笙笑嘻嘻地道，“咱们这不是第二次见面了吗？”

谢潇南不搭理她，她也不觉得有什么，他没开口赶她走就是好事，至少她的性命暂时无忧。

不过他不肯说自己的名字，温梨笙也不可能再“小贼”“小贼”地叫他。她将他认真地打量了一番，见他的模样虽然普通得很，但皮肤很白，在清冷的月光下如同一块无瑕的白玉。

“白大哥，你这是要去哪里呀？”温梨笙又凑上去问他。

谢潇南被惊到了，皱起眉头问她：“你在叫谁？”

“我想着你长得那么白，可能姓白吧。”温梨笙毕竟是胡诌的，有些理亏，声音越来越小。

谢潇南道：“你那么蠢，怎么不姓‘没’呢？叫‘没脑子’。”

温梨笙眉头一皱，佯装发怒，攥紧了拳头，道：“你怎么能出口伤人呢？！太伤我的心了，你得负责，把我送到世子爷那里。”

谢潇南这次是真的不理她了，转过头往前走，一边走，一边观察周围的环境。

温梨笙见自己的花招儿没用，也安静了下来，但依旧跟得紧，踩着他的脚印往前走。

很快她就发现，自己安静下来之后，前方的少年仿佛悄无声息地融入在了无边的夜色之中。若不是温梨笙目不转睛地盯着他，恐怕在一个扭头的瞬间，他就会消失。

他的听力似乎极好，他能听到很远之处的动静，在那些杀手来之前藏到旁边的花丛与山石之后，避免与那些人相撞。

一路躲了四五次，两个人停在了一扇大门之前。

温梨笙觉得这扇门眼熟，凑近一看，看到了上面的复杂的机关锁，才发现这是那扇通往内宅的门，于是问道：“你要去内宅？”

谢潇南没有应声，抬头看去，仿佛在丈量门的高度。而后他一甩指尖，甩出了一个被绳子系着的小口哨。他将小口哨递给温梨笙，道：“这扇门你进不去，你留在这里，一刻钟后吹响哨子，就会有人来救你。”

温梨笙却不接哨子，道：“我进得去。”

没想到她下午心血来潮，想进内宅逛逛，竟然歪打正着地有了大用处。

谢潇南看了她一眼，道：“这是机关锁。”

“我知道。”温梨笙闭着眼睛道，“我掐指一算就能算出这机关锁的打开之法。”

他不信，不耐烦地道：“你别浪费我的时间。”

温梨笙道：“你别不信！”

她掐着手指装模作样地开始算，做足了样子才睁开眼，手指往机关锁上扣了几下，然后在众多按钮之中按顺序按下其中的几个，只听门内的齿轮启动，发出声响，片刻后，门开了。

温梨笙朝谢潇南得意地挑了挑眉，大摇大摆地走进内宅。

她向来记性好，贺祝元今日开机关锁的时候没避开她，她又认真地看了，所以依旧记得开锁的方法。

谢潇南进了门后顺手关上门，机关锁归位，一阵响声过后，四周又恢复了死寂。

面前是宽阔的大道，由于路边的灯没点亮，只有微弱的月光照明，她在这里相当于半个瞎子，但还是说道：“接下来你要去哪里都跟我说一声，这内宅里机关遍布，一不小心就会触发机关，我能提前算到危险之地。”

她说这话本来是想套他的话，但谢潇南一听就知道她肯定来过这里。

他淡淡地道："小心你自己的小命就行。"

温梨笙撇了撇嘴，套话失败。

两个人沿着路往前走，这个时辰，路上已经没有下人经过，偶尔传来虫鸣与风声。风轻轻拂过面庞，稍稍抚平了温梨笙心中的不安。

谢潇南每走一段路就会停下左右观察，而后再选择方向。温梨笙看出他是没来过这里的，但是他应该有一份内宅的地图，现在在按照地图寻路。

但现在毕竟是晚上，用来照明的灯笼寥寥无几，加之两个人故意走在暗处，所以难免会走错路。

谢潇南走在前面，当他踏出的脚踩在地上，发出轻微的一声响时，他立即反应过来可能是触发了什么机关，用脚尖轻轻地点了一下地面，一跃而起，眨眼间干脆利落地跳跃了几次，与温梨笙拉开了十几步的距离。

温梨笙傻眼了，刚想跟上去，面前的地砖突然翻转，而后尖锐的刀刃便刺了出来，速度非常快，若是谁的脚放在上面，整个脚掌必定已经被刺穿。

她惊得后退了一步，将求助的目光投向对面的少年。

谢潇南看了她一眼，没说话，手指一甩，又将那个小口哨拿了出来。温梨笙几乎能猜到他想说什么，连忙抬手制止："别给我，我不要。"

说着，她还有些气恼，补充道："你为什么总想甩下我？我又没拖你的后腿！"

她扪心自问，这一路自己还算老实，费劲地跟上他的脚步，也尽量放轻了自己的动作，光是为了跟紧他就费了老大的劲儿。

谢潇南道："你本就不该跟着我。"

"我的好哥哥，你看看这周围，除了你，我还能跟着谁？"温梨笙生气地道，"只有你能救我。"

谢潇南顿了一下，思虑了片刻才说："你若能过来，我就带着你。"

温梨笙心里着急，低头看着地上的石砖，发现上面刻着数字，只是由于光线昏暗，她方才没发现。

她一下想起这个地方贺祝元带她走过。这里只有一条正确的路，她要是踩错石砖，就会被上面的利刃穿透脚掌，刀刃上还有倒钩，会将她死死地钉在地上。

她皱着眉努力回忆，想起来今日走的数字，就见对面的人似乎打算走了，情急之下开口道："等等，二十七、一十八、五十四，这些数之间有什么联系？"

今日跟着贺祝元走的时候，她只能记住这几个数字，但机关肯定是有规律的，只要能找出这些数字之间的联系就能破解。

谢潇南停下脚步，道："九的倍数。"

温梨笙眼睛一亮：是了，它们都是九的倍数，只是被打乱了顺序而已。

她低头看着数字，发现刻着九的倍数的地砖确实相隔不远，形成了一条路，她赶忙踏上去，走了九步，安全地来到了谢潇南的面前。她大松一口气，抹了抹鼻尖的汗。

谢潇南将她的神色尽收眼底，转身道："跟紧。"

温梨笙见他不再抵触自己的跟随，便笑嘻嘻地跟了上去，颇为得意地道："你看，我就说吧，我都能算到。"

谢潇南说："再多话就自己走。"

就他这狗脾气，要不是情况紧急，她高低要在这儿跟他打一架！

温梨笙想吹牛没地方吹，心里憋得难受，却也不敢再啰唆了。依照方才他一个眨眼间就落在十几步之外的功夫，他若是真的想甩掉她，那她就算跑断腿也追不上。

她想：还是暂且想一想说辞，到时候回去吹牛给沈嘉清听，反正那个傻子什么都信。

越往里走，护卫就越多，他们必须十分小心。温梨笙知道那些人是练过功夫的，耳目都比寻常人的要出众一些，所以极小的声音都很有可能引起他们的警惕，于是她踮着脚走路，生怕自己弄出什么动静来。

路上，温梨笙努力辨认地形，看见有什么机关时也不敢说话，只碰一碰前面的少年的手指，提醒他。他们绕过了几处会触发机关的地方，也算是顺利地进入了内宅，来到一座被林子环绕着的大庭院前。

温梨笙白日没走得那么深，不知道这儿是什么地方，但见这建筑精致、宏伟，想来是贺家极有地位之人居住之地，或者是宗祠之类的地方。

庭院外有护卫站岗，那些护卫不时地四处张望，看样子很警惕。

谢潇南放轻脚步，走到离庭院不远的山石后面，将距离把控得很精准，他们若是再往前走，温梨笙的脚步声就会惊动这些护卫。他转身让温梨笙停在此处。

她一下抓住谢潇南的手腕，用嘴型问他："你要做什么？"

谢潇南将手腕一翻，就从她的掌心挣脱，但他不说自己的目的，只道："在这儿等着。"

温梨笙听他说"等着"，料想他还会回来，于是点点头，不放心地道："我哪儿都不会去的，白大哥，你千万要回来啊。"

谢潇南又看了她一眼，这才转身离去。

他的动作很轻，脚落地时压根儿没有声音，他轻松地摸黑靠近庭院。院前有四人值夜，在周围巡逻。

温梨笙看得不真切，只见那站岗的四人突然像被什么东西击中了，哼都没来得及哼一声，就直挺挺地栽倒在了地上，而后少年身影一晃，用非常快的速度进入了庭院。

谢潇南的时间很少，一旦被发现，温梨笙和谢潇南绝对会被围堵在这个地方。温梨笙看得胆战心惊，捏了一把汗。

他出来得很快，空着手进去的，出来时倒是带了个东西，远远地看去，那东西像一根木棍。不一会儿，他就到了温梨笙的面前。

他果然是个惯偷。

温梨笙腹诽，面上却露出笑容，凑过去道："你真厉害，那么短的时间就把东西借出来了。"

她再一看他手中的东西，发现它黑漆漆的，外表坑坑洼洼的，比一只臂膀长一点点，像一柄完全未经打磨的铁剑。

你偷这玩意儿干啥？随便拿点儿金银也比它强！

温梨笙心里一直犯嘀咕，面上仍笑着，不死心地问道："你方才就是为了拿这东西？"

谢潇南的眼眸中似映着月辉，他正要开口，后方的庭院里突然传出一阵尖叫："啊！有刺客！老太君被害了！"

温梨笙心里"咯噔"一下，难以置信地瞪着面前的人，问："你……你杀了贺老太君？"

谢潇南不以为意，冷冷地道："她早就该死了。"

温梨笙万分震惊，一时间说不出任何话。

她觉得这个贼话少且凶恶，嘴里基本没有好话，有一句说的却是实话——他的确是来找死的。

他就是一个杀人越货的大坏蛋！

贺老太君被杀的消息一旦传出，贺家必然大乱，此地不宜久留。

温梨笙也知道自己是没有退路的，他先前已经警告过她，且说得明明白白，不让她跟着，是她非要跟过来的。

现在他杀了贺老太君，她算是半个同伙，即便她现在跳出去指认他，也不可能有人相信她的清白。

她喘了一口气，赶紧拉着谢潇南的手臂，道："咱们快点儿离开这儿！"

不用她说，谢潇南已经动身。

他选择的路线既黑暗，又偏僻，他走路时悄无声息，温梨笙很费力才跟上他的脚步。

随后她就发现，这人完完全全避开了那些机关，这些路，他只走了一遍就记住了，还寻了避开护卫的地方。除了温梨笙之外，只有偶尔照在他身上的月光才知道他的行踪。

然而，他们一路避开护卫，来到内宅大门前的那条路时，皎洁的月光下，温梨笙看到路上都是横七竖八的尸体。

她惊得后退了两步，仔细一看，地上竟全是血，这里俨然发生过一场恶斗。

谢潇南的目光扫过尸体，他不动声色地将手中的东西交给温梨笙。

将东西接住的一刹那，温梨笙双臂一沉，差点儿被这玩意儿带得栽倒在地。她无论如何也想不到，这个被他轻松地拿着走了一路的东西居然这么沉！

她完全没有心理准备，要用双臂抱住它。

“哟，抱着什么宝贝呢？让爷看看。”温梨笙的头顶突然传来一个豪爽的女声。

温梨笙抬头看去，赫然发现这两边的墙头竟然有不少人。那些人或蹲或坐，姿势不一，却都瞅着他们二人。

说话的人是个女子，温梨笙只能大概看出她身着浅色衣裙，支起的手腕上戴着系着铃铛的手镯，其他的就看不清楚了。

温梨笙见对方人太多了，压根儿就没想过与对方硬碰硬，立即想把手里的东西奉上，结果因为东西太重，举不起来。她道：“各位大侠若是想要，尽管拿去便是。”

边上的谢潇南见她想把自己的东西交出去，也没有动怒，只瞥了她一眼，问她：“你的尊严就这么点儿？”

“我的尊严不值钱，我的命值钱啊。”温梨笙小声地道，“识时务者为俊杰。”

说完，她顿了一下，不放心地道：“你懂这句话的意思吗？”

谢潇南没好气地道：“闭嘴。”

温梨笙还想说话，但手里抱着的东西太沉，光是努力抱着不让东西掉到地上就用了全部的力气，没力气再跟他耍贫嘴。

“你们是从内宅里出来的？”那女子又道，“内宅里现在乱成一团，里面发生什么事了？”

这人明显与贺家人不是一伙的，地上的尸体，温梨笙看不清楚，但能猜到其中八成是贺家的护卫。

谢潇南不应声，甚至连一个眼神都没施舍给那女子。路两边的墙头坐满了人，他却半分胆怯之色都没有，只静静地站着，不知道在想什么。

那女子不耐烦地道：“先带回去再说。”

随后不知是谁出手了，一根银针从上方射来，直奔谢潇南的脖子而去。

身子微微朝后一仰，他十分轻松地躲过了那根银针，却忘记了身边还站着一个人，紧接着就听到了温梨笙的轻声痛呼。

他转过头一看，那根银针斜着插在温梨笙的脑门儿上。她腾出一只手将银针拔了下来，放在眼前仔细看了看，而后抬头，非常认真地问道："这东西有毒吗？"

问完，还不等人回答，她就双眼一翻，松开了手里这巨重的玩意儿，晕倒在了地上。

意识消失之前，她在心中骂：准头能不能好点儿？不要殃及无辜啊！

接下来，她就什么都不知道了。

好在银针上只抹了迷药，没有毒。温梨笙好好地睡了一觉，再醒来的时候，发现自己在一间非常简陋的房屋之中，一盏油灯在桌上，偶尔有火光跳动。

她还有些晕，想用手揉揉眼睛，却发现双手被绳子绑住了。意识逐渐清醒，她连忙往左右看了看，只见一个穿着黑衣的少年坐在不远处，手脚同样被捆着。他看着窗户，似在沉思。

"你又比我先醒。"温梨笙惊讶地笑了，道，"上次也是。"

她方才醒的时候，谢潇南就已经察觉了，并未主动与她说话。眼下见她被捆得如此结实还在笑，他不知道她在乐什么。

温梨笙见他不理她，也习惯了，便往前一趴，像一条虫子一般慢慢地蠕动到谢潇南的身边，低声问："你怎么也被抓了？也中了那根针吗？"

谢潇南瞥了她一眼，道："人太多，我不想动手。"

"这是什么地方啊？"温梨笙又爬起来坐好，与他的距离很近，却不挨着他的肩膀。她仔细观察，发现这间屋子是由木头做的，看起来十分简陋，屋中的摆设也简单，只有一张桌子。

她正在观察，门突然被推开，先前那个蹲在墙头的女子大剌剌地走了进来。那女子的身后还跟着三个男子，其中一个面容清俊，看起来有些柔弱，温梨笙觉得他眼熟，于是多看了他两眼。

"醒了？"女子挑眉，跳到桌子上坐下，问，"怎么着，先介绍一下？"

温梨笙立马接话道："我姓谢，是前些日子来沂关郡的那个世子爷的堂妹……"

这句话让谢潇南觉得无奈，他面无表情地看着温梨笙。

女人咧嘴一笑，道："我知道你姓温，是温郡守的女儿。"

温梨笙有些尴尬，想挠挠鼻子，但双手被绑着，于是道："那你还绑着我干吗？你既然知道我的身份，应该知道我不会武功吧？"

女人一想也是，挥了一下手，便有一个男子走上前来，割断了温梨笙的手腕和脚上的绳子。

温梨笙动了动手腕，问道："这位女侠，你抓我到这里所为何事？"

女子一扬手，身后的男子恭敬地递上了酒壶，她仰头喝了一口酒，说道："不着急，我们先做一个游戏。”

温梨笙的目光在几个男子的身上转了一圈，而后她与女子对视，露出疑惑的神色，问：“什么？”

“由你来猜与我相关的事情，猜对任何事情都算你赢，你赢了一次的话，我就如实回答一个你的问题。”她伸长手臂，仿佛十分坦诚，用下巴点了点谢潇南，道，“猜错了的话，我便刺他一刀。”

温梨笙看了谢潇南一眼，乌黑的眼珠一转，凶狠地道：“何须你来刺？我早就看他不顺眼了！把刀给我，我两刀就将他捅成马蜂窝。”

温梨笙话音一落就听到一声脆响，一柄短刀被扔在温梨笙的脚边。女人的脸上满是看热闹的神色，她说：“那你来。”

温梨笙捡起短刀握在手里，朝谢潇南靠近。

谢潇南垂眸看了看她手里的短刀，面上仍旧毫无波澜。

而后温梨笙割断了他手腕上的绳子，解放了他的双手。

女人一下就笑出了声，道：“小姑娘，诚信才是交往之本，你这样做，我很难再相信你啊。”

“哎，这话不对。”温梨笙说，“我又没说一定要捅他。”

“他会功夫，不能给他松绑。”女子侧过头，嘴巴一张，身后的男子就递上一颗葡萄，顺便为她擦了擦嘴边的酒液。

“这个你放心，”温梨笙飞快地看了谢潇南一眼，脸不红心不跳地撒谎，“他爱我爱得要死要活，我让他往东，他不敢往西。我不让他动手，他绝对不会动手。”

谢潇南烦躁不已，刚想开口，温梨笙就靠了过来，肩膀挨着他的肩膀，藏在袖子下面的手捏了捏他的手指头，脸上却满是笑意，问他：“你说对吧？”

谢潇南愣了一瞬，话没说出口，但也没应声，将头扭到了另一边，敛着眸。

温梨笙“啧”了一声，对女人道：“不让他动手，他赌气呢。”

“我倒看不出来你们是这种关系。”女人撑着下巴笑道。

“那是，我们在外人面前一般不随意表现出真实的关系，儿女情长影响我行走江湖。”温梨笙往后一靠，姿势也变得随意，有几分洒脱。

但她这样未经风霜的人说出这样的话确实有些违和，女人听了后哈哈大笑起来，又道：“你这个人很有意思，我喜欢。”

温梨笙问：“你方才说的游戏还算数吗？”

她道：“自然。”

温梨笙微微仰起头，摆出放松的姿态。脸上没有丝毫紧张或者害怕的表情，唇角带着微笑，她道：“你是火狐帮的帮主阮海叶。”

女人轻轻地挑了挑眉，点头，道："不错。"

阮海叶在沂关郡一带也算出名，是众多帮派之主中唯一的女老大。她手段狠辣、性情豪爽，所以名气不小，先前沈嘉清向温梨笙提起过她。

"你身后的三个男子是你的丈夫，"温梨笙说完，又觉得不妥，改口道，"也不能算是丈夫吧，你与他们都有着亲密的关系。"

从方才四人一进门开始，温梨笙就在观察四人。她发现站在阮海叶身后的三个男子对阮海叶百般讨好，不是亲人的那种，也不是小弟的那种，四人之间有一种难以形容的暧昧氛围。

果然，阮海叶点头道："也猜对了，这三个人是我的男宠。"

说着，她看了一眼在旁边一言不发的谢潇南，对温梨笙说道："我看你模样也出挑，找男宠不是难事，趁早把这个换了，他冷淡无味。"

谢潇南听了这话没有半点儿反应，倒是温梨笙咳了咳，道："还有，你喜欢喝酒，对吗？"

阮海叶看了一眼手中的酒壶，笑道："对，这也算。"

"那你该回答我三个问题了。"温梨笙不再猜，只要三个问题就足够了。

阮海叶性子豪爽，说话算话："你问吧。"

"你为什么把我抓来这里？"她问第一个问题。

"自然是为了剑谱。"阮海叶答。

"什么剑谱？"温梨笙皱眉，紧紧地盯着面前的女人。她能感觉到，先前一直困扰她的问题即将得到答案。

"你别装傻，我都知道是《霜华剑谱》。"阮海叶喝了一口酒，道。

温梨笙一愣，脑中的诸多画面迅速串联起来，总算明白先前梅家人为什么会抓着她不放了。

传闻《霜华剑谱》是二十年前在江湖上名声大噪的"第一剑神"亲手撰写的谱法，里面记录了他的用剑心诀和功法，全天下独此一本。消息传出去之后，它被江湖人求破了头，后来剑神突然失踪，这个众人梦寐以求的宝贝连同霜华宝剑一同消失了。

也就是说，她身边这个窃贼那日从梅夫人的屋中偷出来的就是《霜华剑谱》！难怪梅家人不死心，梅兴安即便从牢中跑出来，也第一时间来找她，为的就是要回这本剑谱。

但是这东西压根儿就不在她身上啊！

她沉吟了片刻，阮海叶也耐心地等着，并不催促。

"最后一个问题，"温梨笙抬眸，道，"你怎么知道那剑谱在我这儿？"

阮海叶道："是梅家人把消息传出来的，现在沂关郡的江湖人都知道那剑谱在你手中。"

温梨笙闭上了眼睛。

她想：完了，全完了。

"所以你现在的处境很危险啊。"阮海叶说，"虽然我抓你来也是为了剑谱，不过我很喜欢你的性格，我可以帮你。"

"你如何帮我？"温梨笙好奇地问。

"你把你手中的那一部分剑谱拿出来给我，我便与你结拜，让你当这火狐帮的二把手。谁若是想找你的麻烦，自然有火狐帮的人给你撑腰。"

温梨笙眼睛一亮，看起来很是高兴，问她："还有这种好事？"

"因为我喜欢你，不然旁人可没这待遇。"阮海叶将话说得直白。

温梨笙大喜，道："那太好了，我求之不得！不过……"

"不过什么？"

"不过我先前被抓过两次，险些丧命。我爹虽是郡守，但多年来与那些江湖人士的关系不远不近。为了寻求庇护，我把那剑谱交给了谢潇南，暂时与他达成协议，由他来保护我。"温梨笙的语速慢了下来，态度显得很真诚。

"那个世子？你为何给他？"阮海叶皱起眉，问。

"因为他从京城来，根本不知道《霜华剑谱》是什么东西，只有他对那玩意儿没有非分之想。"温梨笙皱着眉，无奈地道，"若非如此，我才不愿意求他庇护呢。他脾气大，心眼儿又小，动辄冷冷地瞪着人，还很看不起我们这些边境的小官小民，吓人得很。"

谢潇南忍了又忍，着实没忍住，怒道："胡言乱语！"

温梨笙怒了，道："女人说话，男人别插嘴！"

温梨笙虽然表面上凶得不行，但是藏在身后的手死死地捏住了谢潇南的手指，特别怕他一个暴起，撸起袖子揍她一顿。

那她挨了一顿打不说，撒的这些谎也全白费了。

谢潇南面无表情，反而用力捏住她的食指，她险些痛得叫出声，连忙把自己的手缩回来。

"怎么，这小郎君有话要说？"阮海叶饶有兴趣地盯着两个人，问。

温梨笙连忙道："他就是气我寻求谢潇南庇护之事，所以我说谢潇南对剑谱没心思，他不赞同。"

听她左一声"谢潇南"，右一声"谢潇南"地叫得十分顺口，谢潇南在心中冷笑，很想把她挂在树上，问她还当不当两面派。

“那你想如何处理剑谱？”阮海叶没有追问。

“此事不急，咱们可以先结拜。眼下贺家出了乱子，山下估计不太平，等过两日风头过去了，我再下山去拿剑谱，你觉得如何？”温梨笙道。

阮海叶想都没想就直接点头了，道：“就依你说的办。”

说罢，她把手中的酒壶扔到了温梨笙的怀中，又道：“来，喝了这酒，咱们就结拜为姐妹。”

温梨笙拿起酒壶晃了晃，里面还有不少酒。她拔开盖子，一股极其浓郁的酒香便冲了出来。她也不是没喝过酒，但喝的都是味道很淡的花酿酒，且次数非常少。这种浓度极高的酒，她连闻都没闻过。

但阮海叶正看着，她万万不能推辞，忍着心中的嫌弃喝了一口酒。火辣辣的酒直冲喉咙而去，瞬间烧红了她白嫩的脸，连同耳根、脖颈儿都染上了绯色。

阮海叶却不满意，道：“不会喝酒可当不了火狐帮的二把手啊。”

温梨笙骑虎难下，只好又抬着酒壶喝了几大口，最后被呛得猛烈咳嗽起来，眼睛里都溢出了晶莹的液体。

阮海叶道：“也罢，酒量需要慢慢练，这次就不为难你了，现在已是深夜，你们好好休息。”

说着，她从桌子上跳了下去，半截身子倚在身边的男人身上，带着人走出了屋子。

温梨笙咳了好一阵才缓过劲儿，喉咙和腹部都烧得难受。她皱着眉灌了几口茶水，许久没开口。

谢潇南起身在屋中走了一圈，最后将窗子推开一点儿往外看，漆黑的眸与天同色，目光徐徐扫过眼前的景象，触及几处火光。

温梨笙坐了一会儿，回过神来，看了他的背影一眼，平时话很多的她此刻却难得地安静。等谢潇南将两扇窗户之外的景象都看了一遍之后，有人来敲门了。

温梨笙打开门，只见来人是个瘦弱的少年。少年看见温梨笙之后立马红了脸，羞赧地低下头小声道：“姑……姑娘，热水备好了，跟我来。”

她回头看了谢潇南一眼，正好撞上他的视线。他们的视线交会了一瞬间后，她转头离开。

火狐帮的根据地在山上，如果是在白天，人站在山顶往北方看，能看见广袤无垠的大草原。那儿就是温梨笙打小便惦记，但从没有看过一眼的萨溪草原。

但是晚上她看不了那么远，远远地看去，只能看到几个模糊的光点，那是生活在草原上的牧民。

山上的房屋都是用木头建造的，虽然比城中的房屋粗糙许多，但比方才的那间屋子坚固不少。火狐帮的人为温梨笙准备了很多热水，足够她好好地洗个澡，但她只随意地擦了擦脸和手、脚，把脸上干了的血迹擦干净，然后跟着那腼腆的少年来到一座房屋前。

温梨笙推门进去的时候，谢潇南已经在里面了。他穿着单薄的里衣，看起来要上床睡觉了。

“这是我的床。”温梨笙走进去关上门，喝的那几口酒的后劲上来了，说话时有些大舌头。

谢潇南没搭理她，左腿压在床上，准备爬上去。温梨笙几步走过来，拽住他的手臂，重复道：“这是我的床。”

“这里只有一张床。”谢潇南侧过头看她，平静地道，“你要么睡在床上，要么躺在地上。”

温梨笙感到头痛，问他：“你为什么跟我住在同一个房间里？”

谢潇南歪着头看了她一眼，而后挣脱她的手，上了床，说道：“可能是因为我爱你爱得要死要活。”

这语气中含着微妙的嘲讽之意，他似在笑话她先前撒的谎。

温梨笙有些气恼，在房中来回踱步，直到瞥见窗边出现了半截人影，忽然意识到有人站在窗外。

她被吓得一激灵，糊涂的脑子清醒了不少，连忙脱了鞋往床上爬。就在她要跨过谢潇南的时候，她的脚腕突然被他抓住了。

他的手掌温暖又干燥，贴着她的脚踝，十分有力。

“灭灯。”他道。

温梨笙赶紧抽回脚，跑下去吹灭了桌上的灯。房中陷入黑暗，她摸黑爬上床，钻到了里面，靠着墙躺下。

谢潇南似乎打算睡觉了，就算她折腾了好一番，他也没睁开眼睛，躺在床的边缘。这张床很大，温梨笙贴着墙，两个人中间有很宽的距离，互不干扰。

没过多久，原本贴着墙睡的人突然凑到床的边缘，问睡在床的边缘的人：“白大哥，你不打算夸一夸我再睡吗？”

谢潇南不搭理她。

温梨笙又向他凑近了些，温热的气息喷洒在他的脖颈儿上。他的耳边响起了她低低的声音：“白大哥，我是你的温宝啊，别不理我。”

谢潇南忽然睁开眼睛，道：“你离我远点儿。”

“离你远了，我们还怎么说悄悄话？”温梨笙道，“窗外有人偷听呢。”

谢潇南重重地呼出一口气，似在压着脾气，问她：“你又想折腾什么？”

"咱们俩现在是一条绳上的蚂蚱，你也不对我客气点儿？"温梨笙没好气地道。

"我不姓白。"他道。

"你又不肯告诉我你的名字。"温梨笙道。

身边的人又沉默了，温梨笙有些恼他，但酒意上头，很多情绪变模糊了，片刻后，她又笑嘻嘻地道："我原先就知道你是故意被抓来的，肯定是有什么目的。后面听阮海叶说要我把一部分剑谱交出来，我就猜到她手里可能有另一部分剑谱，所以你来是为了那一半剑谱是不是？"

谢潇南只觉得她说话时喷出的灼热气息让他的脖子也升温了，便侧过头向旁边挪了挪。谁知温梨笙马上就跟了过来，并道："你别离我那么远，不然我说话你听不见。"

谢潇南一时间不知道该回应她说的哪句话，只得不耐烦地道："我听得见。"

"你还没告诉我，我猜得对不对？"温梨笙说。

谢潇南不回答，她继续说："你别装，我知道那半本剑谱是你偷出来的，就是你害得我被抓好几次。现在好多人盯着我，你是不是要找个机会给我澄清一下？"

温梨笙等了一会儿，见他不吱声，一时有些着急，攀上他的手臂，离他更近了，道："我帮你争取时间，让你得以留下来偷……嗯嗯。"

说到后面，她的嘴被谢潇南一把捏住，他语气不好地道："闭嘴，安静点儿。"

而后，他推了她一把，温梨笙翻倒在了床上，脑袋有些晕，躺了一会儿，还不死心地想靠过去。谢潇南却在她动的时候就察觉了她的意图，伸手捏在她的后颈上，仅仅片刻的工夫，她就眼前一黑，晕了过去。

谢潇南看了一眼她安静的睡颜，躺了半晌，听见窗外的脚步声消失之后才起身下床。

这一晚，温梨笙睡得很沉，没听见任何声音，也没有做梦，只闻到了一种非常好闻的香味。那香味时隐时现，缭绕在她的梦里。

她一睁开眼就到了大白天。

鸡叫声从窗外响起，把她自睡梦中唤醒。她迷迷糊糊地睁开眼，看见一个人背对着她站在窗边，那人穿着墨色的外衣。

她惊得瞬间清醒过来，立马从床上坐起，一低头就看见自己衣着完好，只是睡觉的时候将衣服揉乱了些许，甚至连长袜都没脱。

谢潇南穿好衣裳，拿起红绸带慢条斯理地一圈一圈地缠绕在自己的小臂上，将袖子缠紧，勾勒出手臂流畅的线条。他似乎没睡好，眉头微微皱着，浑身散发出一种不悦的气息。

温梨笙眨眨眼，想起昨晚喝酒喝得有点儿多，本来她是想好好跟白大哥商量一下对策的，结果后来不知道为什么睡着了。

谢潇南已将两条手臂上的红绸缠好，看她还在发愣，便问她："你还要坐到什么时候？"

温梨笙慢吞吞地从床上下来，说的第一句话就是："昨夜我们睡在同一张床榻上的事，你千万不能告诉别人。"

谢潇南嗤笑一声，表达了自己的不屑。

温梨笙被他的态度惹怒了，决定暂时不理他。她从床上跳下来，穿好鞋子，看了一圈，发现屋中没有镜子，就随意地将头上的发簪拔下来，梳理了一下头发。

她闭着眼打了一个大哈欠，再睁开眼时，看到窗子被推开了。阳光从外面照射进来，一大半直接照在了窗边的少年身上，衬得他的皮肤白得发光。

谢潇南微微眯起眼睛，朝外面看了一眼，只见一只长脖子公鸡在窗下一边来回踱步，一边昂着头叫。

这只鸡勤快得很，天还没亮就在扯着嗓子叫了，叫声直往谢潇南的耳朵里钻。

他静静地站着，等公鸡晃着脖子走到近前时疾风般出手，扔出一颗小石头，砸在公鸡的头上。公鸡吃痛，"咯咯咯"地叫着跑远了。

一个守在门口的小女孩儿听到了动静，走到窗边来，看见温梨笙正把玉簪插入发中，便笑着说："二当家醒了？已经备好了洗漱的水，二当家可要现在用？"

见温梨笙点头，她就将清澈的水送进屋。温梨笙和谢潇南随便洗漱了一下，就一前一后地出了门。

火狐帮的人并不多，不过三十多人，全部住在山上，所以这一片地方还算宽广，房子都是木头做的，紧挨在一起。火狐帮里也有少数妇女和孩子，总体来说不算一个大帮派。

火狐帮里男人居多，且他们很少看见温梨笙这样年轻而漂亮的姑娘，再加上她衣着华丽，太阳往她身上一照，让她就跟镶了金边似的亮眼。她刚走几步，就有几个男人将视线黏在她身上。

温梨笙很不喜欢这种目光，左看看，右看看，发现那些男人毫不避讳地盯着她，甚至停下了手中的活儿。这让她极为不舒服，同时觉得心慌。

她下意识地往谢潇南的身后站了站，躲避那些目光。

谢潇南身量高，温梨笙藏在他身后的时候，只有半个肩膀和一小片裙摆露出来，如此一来，还真的挡了一些人的视线。

温梨笙黏谢潇南黏得紧，但他的一步等于温梨笙的两步，所以两个人的步伐不一致，导致行走的途中，温梨笙的脚尖不小心撞到了他的脚跟。

两个人撞到第二次的时候，他停下了脚步，不耐烦地回头，问："要不你骑到我头上？”

温梨笙愣了愣，认真地打量了一下他的肩、颈，道：“这不太好吧……”

“你知道不太好，还离我这么近干什么？”谢潇南黑着脸道。

从来没有一个人敢这么紧地跟在他身后，还频频踩他的脚跟。所有跟在世子身边的人都要与世子保持一臂的距离，就连乔陵也是如此。

温梨笙有些不高兴地道：“当然是想跟你亲近亲近了。”

“我看你是想跟我的鞋跟亲近。”谢潇南道，“往后退两步。”

温梨笙不情愿地后退了两小步。许是她脸上的表情太过明显，在一旁站着看她的男人突然说道：“小娇娇，何必委身于这种胳膊、腿比筷子还细的小孩儿？跟着我，我肯定把你含在嘴里宠，让你知道跟着真正的男人是多么安心、可靠。”

男人说完，周围就响起了一阵哄笑之声。有人喊道：“闫老二，你这玩一阵就要换个口味的人，就别肖想这天仙似的美人了。”

也有人“呸”了一声，笑着骂闫老二：“真不要脸，这小娇娘都能当你的女儿了！”

还有些话就比较难听了，温梨笙有些恼怒，又有些不安，伸手拽住了面前的少年的衣袍。在她的心里，只有面前的这个少年才是与她一起的，虽然这只是他们第二次相遇。

她一抬头，就看见这个少年沉着脸。他的眼眸很黑，眼神很冷漠。

一瞬间，温梨笙觉得他的神态有些眼熟，很像那个总是看上去慵懒，却掩藏着倨傲的谢潇南。

她就看了这么一眼，心中就涌起了惧意，下意识地松开了手。

她再一看，觉得这个少年与谢潇南也不过是眼神比较像而已，尤其是那股无意中流露出来的看不起人的劲儿，简直太像了。

难不成他是跟着主子久了，也学到了主子的几分神态？

那被唤作“闫老二”的男子见谢潇南的目光很冷漠，觉得自己被挑衅了，又想在美人面前大肆展露一番，便嚣张地把手里的长枪扔向谢潇南。

那长枪的枪头很锋利，是刚被打磨过的，枪被闫老二直直地扔过来时，吓了温梨笙一跳。她连忙后退了好几步，长枪落在了两个人中间。

“来，捡起来跟爷过两招，让爷看看……”

他话都没说完，就见谢潇南抬起脚踩在长枪枪头下方几寸处。他看起来踩得很轻，那枪头却断了并离开枪杆，猛地从地上飞起，而后被谢潇南踢了一下。

经过他那跟街头小孩儿玩蹴鞠一样的动作，枪头在空中化作了一道虚影，以人眼追不上的速度朝闫老二刺去。

闫老二收声的一瞬间，整个人往旁边一扑，速度非常快。他与枪头错身的一瞬间，身后传来“咚”的一声闷响，继而是闫老二摔倒在地的声音。

温梨笙循声望去，看见那个枪头钉在木柱之中并没入了一大半。闫老二狼狈地倒在地上，颈上有一道极其明显的血痕，正缓缓地往外流着血。

再慢一刻，那枪头就会刺穿他的喉咙。

这一点，闫老二比谁都清楚，他方才的嚣张神色荡然无存，脸上是无法掩饰的惊惶。

温梨笙压根儿就没看清楚那枪头是怎么飞出去的。就在周围陷入死寂的时候，鼓掌的声音突兀地响起。

阮海叶缓缓走来，笑着说：“果真是功夫了得呀。”

众人纷纷低头，尊敬地道：“帮主好。”

温梨笙低头看了看地上那被踩断了的长杆，心想：不愧是谢潇南身边的人，竟如此厉害！

阮海叶的脸色猛地一变，她凶狠地道：“你们这些光吃不干的蠢货，还敢对二当家出言不逊？！想挨鞭子是不是？”

说着，她指了指闫老二，对他道：“丢人现眼的东西，还不快滚？！”

闫老二没有停留，捂着颈上的伤口爬起来就跑了，也不管是不是丢了面子。

被阮海叶一呵斥，周围的人皆低着头，不敢反驳。

阮海叶又换上了和善的笑容，朝温梨笙走去，道：“二妹醒了？来来来，正好咱们把这个结拜仪式完成。帮里的人认识了你，就不会再像刚才那样了。”

温梨笙咧嘴一笑，展开手，摆出一副跟她感情很好的模样，与她勾肩搭背，道：“大姐这威严，光是看着就让人羡慕呢。”

由于阮海叶比温梨笙高不少，所以温梨笙需要踮着脚走路，从背后看去尤其滑稽。

阮海叶几乎将她架了起来，带着她走到了一处空旷的地方。那里摆了十来张桌子，有妇女陆陆续续地往桌上端菜，鸡、鱼、猪、羊样样俱全。

正前方有一把椅子，椅子下方垫着一块雕刻了兽状花纹的石板，将座位衬得很特殊。

阮海叶走过去，撩开衣袍往那椅子上一坐，腿依旧是叉开的。她挥手对旁边的人道：“去把人都喊过来。”

小弟领命而去，阮海叶对温梨笙道：“二妹应该饿了，桌上都是刚出锅的新鲜菜，你随便吃。”

温梨笙一点儿也不客气，扯下一根鸡腿，张开嘴就啃。鸡肉炖得软烂，很容易就被她扯了下来，温梨笙吃得满嘴油。

她还扯下一根鸡腿递给谢潇南。

谢潇南看了一眼她的手，并不领情。

温梨笙只好左右手各拿一根鸡腿，左边啃一口，右边啃一口。她那模样颇像很久没有吃过肉的小女孩儿，脸上全是喜悦的神色，还含混不清地说道："大姐，你对我真好，我都好几日没吃到鸡肉了。"

阮海叶看着她的样子，惊讶地道："你爹不是沂关郡郡守吗？你怎么连鸡肉都吃不起？"

"那倒不是。"温梨笙咽下一口肉，说道，"我爹嫌弃我不文静，不上进，我犯了错，惹他生气，他就会罚我不准吃荤菜。我一连吃了好几日白菜，馋死我了！"

阮海叶哈哈大笑，道："谁规定咱们女人一定要文静的？如今你进了我火狐帮，想怎么吃就怎么吃，想怎么玩就怎么玩，不会再有人约束你。"

温梨笙高兴得眼眸弯弯，连连赞叹道："那真是太好了，这简直是我梦寐以求的生活！"

她将两根鸡腿啃完的时候，山头上的人也聚集得七七八八了，围在阮海叶旁边形成了一个半圆。

阮海叶站起来，将温梨笙拉到身边，对众人道："火狐帮自我当帮主以来，便不曾有过二把手。如今我与温家姑娘投缘，也极喜爱她的性格，便在此由天地做证，我们二人结拜，从今往后，我们二人有福同享，有难同当，与火狐帮荣辱与共！"

"不求同年同月同日生，但求同年同月同日死。"温梨笙补充了一句，转过头对着她笑，"对吗？"

阮海叶没有应声，好似没有听见一样，并未接话，只吩咐旁边的男人递两杯酒来。她接过酒之后，递给温梨笙一杯，并对温梨笙道："来，喝了这杯酒，我们便是姐妹。"

温梨笙接过酒，一看酒杯被装得满满的，下意识地咽了咽口水，问阮海叶："都喝了吗？"

"你但凡迟疑一会儿，就是对我们姐妹情谊的不重视。"阮海叶道。

温梨笙尚记得昨夜喝的那酒，辣得她难受了好久，滋味真是不好受。

她以自己的长袖来遮挡，表面上装成喝了的样子，在遮掩之下，将酒慢慢地倒在了地上。

但袖子的长度不太够，加上没有桌子进行掩饰，下面的人都看见酒水从她的衣袖后流到了地上，一时间谁都没有说话。

就连谢潇南平静无波的眼睛里也有了微妙的变化。

阮海叶喝完酒之后低头一看，看见温梨笙脚前的地湿了一块。她问温梨笙："二妹把大姐当傻子？"

"这是漏的，漏的。"温梨笙解释道，"我牙缝大，喝的时候酒从嘴里漏出来了。"

阮海叶也不纠缠，随她装疯卖傻地糊弄过去。阮海叶又喝了一杯酒，随后揽着身旁那个清瘦的男人，在大庭广众之下狠狠地亲了他一口。

温梨笙惊呆了。

阮海叶见了她的表情，拍了拍她的肩膀，道："火狐帮的女人可不允许怕男人，二妹，你入帮的第一件事，就是要学会管教男人。"

说着，她用下巴点了点坐在座位上一直敛着眸沉思的谢潇南，说道："去试试。"

温梨笙觉得一个头两个大，想要拒绝，硬着头皮道："他……对我很恭顺，不需要管教，听话得很。"

"这是两码事。"阮海叶轻轻挑眉，指了一下坐着的一圈人，道，"要在兄弟们跟前立威风，才能让兄弟们心甘情愿地认你做二当家。"

温梨笙简直无法理解：这人的脑子是不是有问题？

见她不动，阮海叶从背后推了她一把，直接将她推得往前走了好几步。

温梨笙深深地叹了一口气，只好走到谢潇南身边坐下，偷偷看了一眼他的神色。她见他微微转头看过来，眸中似乎带着一丝疑惑之色，大约是没听到阮海叶方才说的话。

她干脆速度快一点儿，趁他没反应过来，直接亲他一口。

温梨笙暗暗打着算盘，伸出手想揽他的肩膀。然而，她的手刚伸到半空就被谢潇南精准地扣住了手腕。他的目光落在她的手指上。

她的手指上都是方才吃鸡腿的时候蹭上的油。

温梨笙的第一击失败，她非常快速地展开第二轮攻势——直接俯身上前，噘着两片嘴唇亲过去。

可惜谢潇南还有一只手，一下就捏住了她的脸颊，将她的头固定住，目光又落在了她油汪汪的嘴上。

谢潇南脸一黑，警惕地问："你想干什么？"

温梨笙暗暗与他的手较劲儿，往前使力，却分毫拉不近两个人之间的距离。周围的人都在盯着他们看，她只好咬着牙，压低声音道："你最好配合一点儿……"

谢潇南忽然凑近，在她的耳旁声音低沉地道："你信不信我把你的嘴唇切成一朵花？"

温梨笙当然是不信的，感觉到谢潇南炽热的气息喷洒在耳边，她忽然侧过头，白净的耳朵轻轻地碰在他的唇上。

她一碰到他的唇就离开了。

谢潇南立马退了回去，同时飞快地松了手，当即与她拉开了距离，没好气地看了她一眼。

她诡计多端，令他防不胜防。

温梨笙白嫩的脸颊上出现了三个红指印，那是他捏她的脸颊留下的痕迹。但她自己并不知晓，顶着红指印转过头，对阮海叶睁着眼睛说瞎话："他害羞，只肯亲我的耳朵。"

阮海叶身子放松，靠在座椅上，对温梨笙道："不如由我做主，再寻两个男人伺候二妹吧。"

"啊？"温梨笙愣了一下，却没有立即拒绝，只看了一圈周围的人，而后说道，"大姐，不是我挑剔，我只喜欢修长、匀称的书生。"

阮海叶却坚持道："男人自然要身体强壮点儿的，若是柔柔弱弱的，又如何压得住你？"

"压得住，压得住。"温梨笙的额头上都出了汗。

"二妹不接受我的好意？"阮海叶眯起眼睛，问她。

她一时间没有说话，在思考对策。

若是她松口答应，那今晚肯定会有两个男人被安排到她的房中，这也是变相地监视她罢了。阮海叶心里明镜似的，分明就是知道她与身边这人并非真的情人关系，却一再刁难，不知是什么原因。

二人正僵持时，谢潇南突然开了口："床榻窄小，睡不下第三个人。"

谢潇南望向阮海叶，这是他上山以来第一次与她对视。他们先前见面说话时，他连视线都懒得分给阮海叶。

温梨笙想不明白，但谢潇南心里清楚，阮海叶表面上是在刁难她，实际上却是朝着他来的。

阮海叶看人的眼光还是挺准的，昨日夜间在贺家时她与这少年有过短暂的对视，当时她隐隐觉得这少年有些危险。

所以她对这人的身份一直抱着探究的态度，派出去的人也半点儿没有查到他的身份，这才有了试探他的心思。

然而这次阮海叶看着他的眼睛，发现那是一双普普通通的眼睛，所有的情绪消清清楚楚地装在他的眼中。他好像就是一个样貌普通，有些功夫傍身的少年。

阮海叶想：是我探不出来，还是上次多疑？

就在此时，温梨笙猛地一拍桌子站起身，抓住了谢潇南的肩膀，怒道："我不允许你看别的女人！"

说着，她气得一甩袖子，转身大步离开。

阮海叶大笑出声，连忙催着谢潇南去寻她认错，还吩咐小弟把饭菜送到两个人的房中去。

谢潇南这才起身离席，面色阴沉，一副不高兴的模样，也让那些想与他打招呼、套近乎的人望而却步。

温梨笙回去后做的第一件事就是洗干净手和脸。她正在甩手上的水的时候，谢潇南走了过来，一把抓住了她的手腕，问她："说，想被剁去几根手指头？"

温梨笙挣扎着道："你干什么？有什么恩怨朝着我来，我的手指头是无辜的！"

"你往我的身上蹭鸡油的时候倒是十分顺手。"谢潇南冷笑道，"我下手很快，你不会觉得痛的。"

温梨笙将五根手指分开，不服气地道："我这手是干净的，哪里有油？你不要含血喷人，当心我告到温大人处！温大人一定会为民女做主的！"

谢潇南不为所动，拉着她的手走了两步，将她的手按在门板上。他不知从哪里翻出来一把小刀，用刀在她的手背上来回比画，似乎在找合适的位置。

温梨笙用力地挣扎起来，吓得大喊："我错了，我错了！我赔你衣裳！我有很多银子！赔你十件衣裳！"

谢潇南本来就是吓唬她的，动作停了下来，低头看着她，问："你真的知错了？"

温梨笙正想说话，忽然瞥见一旁站着一个端着饭菜的少年，那少年正愣愣地看着他们俩。她其实已经饿了很久了，方才那两根鸡腿不足以让她吃饱，这会儿见了饭菜，她立即咂咂嘴，道："要不先吃饭，吃完饭再剁？"

谢潇南也需要进食了，闻言，收起了刀，道："当心你的爪子。"

她撇了撇嘴，轻哼了一声，两步跑到少年的身边，将饭菜看了一遍，问："就这些吗？"

少年见她靠近自己，耳根又红了起来，结结巴巴地道："后……后面还有。"

温梨笙侧身一看，后面果然还有两个人端着饭菜。于是她一挥手，摆出一副使唤人使唤惯了的模样，道："端进屋子里。"

饭菜摆满了房间里的那张桌子，其他人陆续退出去之后，温梨笙迫不及待地拿起筷子吃，动作虽快，但不急躁，只是嘴里一直没停。

谢潇南微微皱眉。

"干吗？吃啊！"温梨笙惊讶地道，"你不饿？"

"没有公筷。"谢潇南道。

温梨笙被气笑了，道："你还讲究起来了？我一个郡守千金都吃得，你一个无名小卒有什么可挑剔的？"

她嗤笑一声，低声嘟囔着："你们这些从京城来的人就是矜贵……"

谢潇南没说话，少顷，还是拿起筷子开始吃了。他吃的多是素菜，荤菜没怎么动，看样子是瞧不上这里的厨子的手艺。

温梨笙将他的行为看在眼里，吃了个八分饱之后，放下筷子，问道："我先前见了世子爷几次，都没在他身边看到你。你是不是隐藏在暗处的护卫，平日不轻易出来？"

谢潇南不搭理她，慢慢地吃着饭。

她等不到回答也压根儿不在意，又问："你跟乔陵比，谁的地位比较高？我见他经常伴在世子爷左右，想必也是很得世子爷重用的吧？"

没人应声。

她继续自说自话："不过你身上有那块刻着'谢'字的玉，你应该也是很得宠的才对，而且世子爷给你指派的事似乎也不少。贺老太君真的是世子爷要杀的吗？"

饭菜极其不对胃口，谢潇南勉强吃了个五分饱，听她一直说个不停，便问："你知道贺老太君为何要死吗？"

"为何？"

"因为她知道得太多了。"

温梨笙一听就闭了嘴，而后小声地道："不说就不说嘛，我也不想知道。"

其实她还是很想知道的，但他的嘴巴太紧，她套不出任何消息，于是只能作罢。

她站起身伸了个懒腰，见时辰还早，就出门唤来了在一旁守着的少年，让他带着自己在火狐帮里闲逛。

火狐帮在这座山头有五六个年头了，很多木头房子有修补过的痕迹。房屋周围的草地也被开垦，种上了稻谷，只是这些东西远远不够这个帮派的人吃用，所以他们主要的收入来源还是打家劫舍。

温浦长自担任沂关郡郡守以来，一直不间断地做的一件事，就是清剿郡城四周山头上盘踞着的匪徒。只是很多年过去了，他仍然没能彻底铲除那些匪徒。

温梨笙倒是见到谁都带着热情的笑容。与阮海叶喝了结拜酒之后，她在帮中的地位果然大大地提升了，先前那些污言秽语没有了，在路上遇到的男人也会恭敬地把路让开，她威风极了。

越接近中午，天气越炎热，她也没了闲逛的心思，快步回到了房中。她一进房间就看见谢潇南正躺在床上睡觉。

她放轻脚步走进去，即便鞋底落地时没有声音，依然吵醒了谢潇南。

他微微睁开眼睛，说道："上来睡觉。"

"什么？"温梨笙简直怀疑自己听错了，问他，"这青天白日的，我的名声不值钱啊？"

谢潇南又道："你若是再吵醒我，我就把你拴到门外边。"

温梨笙心里很不爽，但思及面前这个小白脸是谢潇南的得力干将，看起来武功又很厉害，若是她想离开火狐帮，还得靠他，于是坐在桌边生起了闷气。

房中安静下来，温梨笙四处看了看，见这房内的摆设实在是简单，连一本书都没有。她趴在桌子上想事情，又把桌上的裂纹来回数了好几遍，也慢慢地睡着了。

倒不是温梨笙嗜睡，她觉得昨夜中的那根银针上有迷药，应该还有些许迷药残留在她的身体里，只要她不动，不说话，很快就会有困意向她袭来。

她中途醒了一次，见床榻上已经空了，床上的小白脸不知去了何处。她便跑到竹榻上睡，摊开手、脚，呈一个"大"字，想着就算他回来，也不给他留位置。

没人来打扰温梨笙，她就这么一直睡到了傍晚。

她一睁开眼，屋中稍显昏暗，隐隐有吵闹声从外面传来。她慢悠悠地从床上爬起，只觉得胳膊、脖子都有些疼，想来是睡习惯了自己的软塌，乍一睡这种床，很不适应。

她坐起来的时候才发现谢潇南站在窗边，窗户大开着，隐约能看见即将入夜的天幕。余晖勾勒着他颀长的身形，温热的风拂动着他乌黑的长发，他不知站了多久。

温梨笙没说话，感受有暖风拂面，打了一个大大的哈欠，伸着懒腰，一副骨头很软的样子。

谢潇南似乎早就知道她醒了，所以对她发出的声音没什么反应。半晌，他转身走到桌边，拿起茶壶的盖子，将一个东西扔了进去，而后晃了晃壶中的水，再将盖子合上。

温梨笙目睹了全程，问他："你确定下药的时候不用背着我吗？"

谢潇南看了她一眼，并未回答这个问题，而是说道："今夜离开。"

温梨笙穿上鞋子跳下床，指着茶壶道："你在里面放了什么？"

"解药。"谢潇南说。

"解药？不是迷药？你是不是有什么别的想法？"温梨笙其实并不怀疑他，毕竟从贺宅过来，他若是想害她，大可在贺宅里把她丢下，没必要辛辛苦苦地将她带在身边，但她还是忍不住问道，"你贪图我的美色，还是贪图我的钱财？"

谢潇南的目光在她的脸上停留了一下，他道："贪图你没脑子，贪图你撒谎成性。"

温梨笙对他的说话方式都习惯了，咂了咂嘴，道："那说明我还是有些特点的。"

谢潇南补充道："还有脸皮厚。"

"哎，讲话注意点儿，我现在可是二帮主。"温梨笙装腔作势地道。

他没再说话，而是转过头看向门板。

温梨笙正疑惑他在看什么，忽然传来敲门声。先前那少年的声音在外面响起：

“二帮主，老大请你去吃晚饭。”

温梨笙扬声道：“哦，我知道了。”

她拿起茶壶，倒了两杯茶水，而后举起其中一杯，轻声对谢潇南道：“预祝我们今夜顺利逃脱。”

说完，她将茶水一饮而尽，放下杯子去开门。天色昏暗，有人正在挂灯，周围随即变得明亮，她对门口的少年道：“在前头带路吧。”

变凉的茶水下肚后，驱散了些许热意，她朝后面看了一眼，只见谢潇南正在喝那杯凉了的茶水。

他说“解药”的时候，温梨笙立马想到了白日在山上闲逛的时候，在东边的角落里看到的一排排大缸，那些大缸是火狐帮的人用来存水的。山上没井，要用水的话，需要去半山腰的小溪边挑水，所以，为了方便，这些人每天清晨都会去挑水来把大缸装满，缸中水足够用一日。

缸里的水基本是做饭用和饮用的，至于沐浴用的水，他们要晚上再去挑一次。

当时温梨笙就想，若是在这缸中下药，火狐帮的人就都会中招。可惜缸的周围都有守卫，寻常人靠近不了，温梨笙只是远远地看着，就被人拦下了。

不知道那小白脸有没有能耐把药下进水缸里。

晚上吃饭的地方还是白天吃饭的那一处，这些人似乎每天都在这里吃饭。一张长长的桌子上摆满了菜，只是放眼望去，菜的品相一般，远远不及温梨笙平日吃的菜肴精致。

阮海叶坐在主位上，她座位的左右各有一个男人给她喂东西。她那模样活像一个瘫痪了十年的人。

温梨笙咧着嘴，露出灿烂的笑容，走过去道：“好热闹啊，温家从来不曾有这样热闹的场面呢。”

阮海叶见她来了，也招手命人给她搬凳子，一开口便道：“我听闻你娘死得早，你爹也从未抬过姨娘进门，府里人稀少，自然热闹不起来。”

温梨笙的笑容有一瞬间的僵硬，她垂下眼帘，像在遮挡眸中的情绪，低低地叹息了一声，道：“是呀，很多时候，我是自己一个人在府中呢。”

阮海叶亲自给她倒上一杯酒，道：“从今往后，这火狐帮便是你的另一个家，这些人都是你的家人。”

温梨笙笑着举起杯子，抿了一口酒，道：“多谢大姐！”

酒入口依旧辛辣，温梨笙每次都假装在喝，其实就是抿一点点，半天了，一杯酒还是一杯酒。

阮海叶话里话外都表示火狐帮的人日后会罩着她，她和他们日后是一家人。她便露出惊喜的神色，高兴地与阮海叶勾肩搭背。

谢潇南在这里显得格格不入，十分安静，坐得端正，偶尔会吃一些东西，吃得并不多。有人主动与他说话，他却跟聋了一样，完全不搭理人。

温梨笙忙中抽空，看了他一眼，他却很敏锐地察觉到了她的视线，转过头与她对视。

她想了一下，而后身子一歪，装作把耳朵靠过去认真听的模样，问他："什么？你说你困了，想回去睡觉？"

随后她又挥着手道："你自己回去，我再跟大姐聊一会儿。"

说罢，她又把耳朵凑过去，问他："什么？非要我陪着？"

"可我还没吃完呢。"温梨笙敲了敲自己的碗。

谢潇南半晌无语。

温梨笙转过头对阮海叶露出无奈的表情，道："没办法，他太黏我了，我就先不吃了，你们先吃着。"

阮海叶挑了挑眉，问温梨笙："妹夫还会腹语？"

"可能……会一点儿吧。"温梨笙迟疑着道。

"难怪他不张口也能跟你说话。"阮海叶笑吟吟地打趣，继而喝了一口酒，拍了拍她的肩膀，道，"二妹别急着走，我还有一件事要与你说。"

温梨笙轻声咳了咳，坐正身体，道："大姐请讲。"

"贺家人今日发丧了。"阮海叶道，"贺老太君昨夜被杀，今日本是她的寿诞，却变成了她的忌日，说起来还真是个笑话。"

温梨笙露出无比惊讶的表情，问："贺老太君怎么死了？被谁杀的？"

阮海叶将她的神色看在眼里，暗暗打量，反问道："你不知道？"

"我上哪儿知道去啊？我不是一整日都在山上吗？"温梨笙道。

"可昨日我是在贺家的内宅里见到你们二人的。"阮海叶道。

"我们只是被闯入贺宅的贼人追杀，无奈之下才躲进内宅的。我们进去后，没一会儿就听见内宅里的护卫喊着抓人，无奈之下，就又打算出去，走到门边的时候就遇见了你们。"温梨笙像一早就打好了草稿一样，非常流畅地将谎话说了出来。

"温家人与贺家人无冤无仇，我还是去给贺老太君送寿辰礼的呢。"她补充道。

阮海叶倒是没有继续怀疑她，只说："这两日，贺家锁上大门拦住了所有的宾客，正在一一排查杀害贺老太君的凶手。他们必定会发现你不在贺宅里，所以你明日就下山回城中去。贺家人若是找上门去，你也能以当夜回了家为由洗脱嫌疑。"

温梨笙一听就觉得不对劲儿：回家真的能洗脱嫌疑吗？

毫无疑问，这是不可能的，贺家的下人根本没看到她出贺宅大门，她的马车也一直停在贺宅门外。她不可能撇下管家、婢女，自己跑回家。

阮海叶这样说，只不过是想让她回去取回那部分剑谱而已。

她没有反驳，顺势道："真是个好主意，这样就不用担心贺家人怀疑到我头上了，那我们明日就下山去。"

"你下山，"阮海叶指了一下谢潇南，道，"他留下。"

温梨笙愣了愣，回头看了一眼谢潇南，短暂地思考了一下，而后笑道："不成啊，他脾气不好，若是我不在，他可能会跟帮里的兄弟动手。"

"那就把他的手和脚都绑起来，让他动不了手。"阮海叶不以为意地道，"有挂念的人在山上，你才能早去早归。"

温梨笙不赞同地道："他可是我的心头宝，怎么能被你们绑起来呢？！"

阮海叶笑了一声，道："你们要一起下山也行。"

说着，她将一个小盒子重重地放到桌上，道："吃了这个。"

"这是什么？"温梨笙打开小盒子，盒子里面是一颗白色的药丸，想都不用想也知道不是什么好药。

"软骨毒。"阮海叶依旧笑得灿烂，笑容跟她搭着温梨笙的肩膀喊温梨笙"二妹"时的一模一样，"三日之内没有服用解药的话，骨头就会被这种毒溶解，即使侥幸活下来，也只能躺在床上，不能动弹。"

桌边的人慢慢安静下来，一时间没人再调笑打闹，皆静静地看着她们。

谢潇南往小盒子上看了一眼。他早就想到，就算温梨笙选择了独自下山，阮海叶也会拿出毒药。

作为匪帮的女首领，阮海叶是出了名的心狠手辣之人。

众人都以为温梨笙会害怕、退却，会考虑很久，阮海叶甚至想到了应对她的各种说辞的方法，她却一点儿没有犹豫地把药丸塞进了嘴里，道："三日是吧？那我明日起来后早点儿下山，争取在三日之内赶回来。"

阮海叶见她这样干脆，笑着拍了她的肩膀好几下，派人送来一杯水给她。

她将一杯水喝完，表示自己真的将那颗药丸吃下去了，又与阮海叶说了一会儿话才起身告辞。

这回阮海叶放她走了，提醒她早些入睡。

回去的路上，温梨笙一脸凝重之色。

谢潇南瞥见了她的神色，心知这毒药虽然可以杀人，但易解，普通的百用解毒丸就能解。

但他不说。

他以为温梨笙是因为身上的毒才心情沉重，谁知踏进房门的时候，她突然深深地叹了一口气，说道：“桌上的荷叶鸡还是挺好吃的，我应该多吃两块，过了今日就吃不到了。”

“你一路上沉着脸，就是为了这事？”谢潇南问。

“那不然是为了什么？”温梨笙奇怪地挑眉看了他一眼，而后拍了拍自己的小肚皮，道，“算了，吃饱了，再吃就要撑得睡不着了，不惦记了。”

谢潇南却像煞有介事地道：“多吃点儿，吃饱了或许就能补补脑子了。”

“我的脑子好使得很，不用你管！”温梨笙龇牙咧嘴地道。

两个人进了屋之后就没再交流，温梨笙关上了窗，又给自己倒了两杯凉茶，喝得肚子里再也装不下任何东西之后才喊人备水洗漱。

周边有人守着，温梨笙也不敢乱说话。就算说了，谢潇南也懒得搭理她，所以她干脆沉默地洗漱好，早早地爬上了床。

在山头跟阮海叶演了这么长时间，她也有些累了，不过她下午睡了好久，这会儿一点儿也不困。她挨着墙，眼睛东看看，西看看。

外面的喧哗声时不时地传来，这群匪徒也过着有一天算一天的日子，物资不够了就下山去抢，女人、吃食、金银珠宝，什么都抢。

她正想着，一旁传来关窗的声音。温梨笙侧头望过去，由于她靠着墙，在床榻的最里面，她的视线里只有床头的一张由竹丝编成的网。

继而，轻轻的脚步声在房中响起，谢潇南脱去了外衣。他穿着雪白的里衣出现在温梨笙的视野之内，片刻后，他灭了灯，房间里骤然变得黑暗。

她的眼睛一时间适应不了黑暗，所以她什么都看不见，只听见耳边传来轻微的声响，谢潇南走到榻边上了床。

昨夜温梨笙喝得有些上头，所以晕乎乎地跟谢潇南靠得很近，几乎贴在他的耳边说话。今晚她清醒得很，却还是慢慢地往他那边挪动了些许。

谢潇南警惕地道：“你别过来。”

温梨笙果真停住了，两个人之间隔着半臂长的距离。这个距离，她小声说话，谢潇南刚好能听见，他们也不怕在外面守着的人偷听。

她突然问道：“你平日里点的是什么香？”

谢潇南有点儿习惯了她跳脱的思维，懒得应声。

“你的身上总有一股甜甜的香气，虽然很淡。”温梨笙在上次遇见他的时候就闻到了这股味道，后来还特地去香料店里逛了一下，把店中较为名贵的几种香都闻了一遍，没能找到他身上的那种香。想到这儿，她又降低了些许音量，喃喃道：“世子身上也有。”

谢潇南倒是没注意到这些，他没有用香熏衣裳的习惯，只是偶尔会在房中点上香，所以身上会沾染些许味道。

“你别惦记他的东西。”谢潇南说，“沂关郡买不到。”

“我知道。”温梨笙撇了撇嘴，心里想的却是“大不了去别的地方买”。

“今夜离开这座山之后，我们恐怕很难再见面了，我最后跟你商量一件重要的事。”温梨笙侧过脸看他，见他已经闭上眼睛，似乎打算睡觉。

他的脸真的很白，鼻梁高挺，虽然模样看上去很普通，是那种看好几眼也不会令人留下印象的脸，但脸的轮廓极好。

沂关郡地势高，除却有些天生晒不黑的人之外，沂关郡的人基本上是麦色皮肤的，鲜少有他这种肤色偏白的人。

温梨笙又想到了谢潇南，他的肤色也是很白的，他站在日光下时极为亮眼。

谢潇南与他身边的人单是在沂关郡的街上站着，就能让人看出不是沂关人。

沂关郡里江湖门派居多，这里的少年、姑娘打小就耳濡目染，有着江湖人的不拘小节和豪气的做派。对沂关郡的人来说，上树、下河都是很普通的娱乐活动，他们的坐姿歪七扭八，走路时吊儿郎当。

但是谢潇南一行人是完全不同的，他们坐、卧、立、行都有别样的气质，甚至连驾马的护卫也目不斜视地站得笔挺。温梨笙知道，这叫规矩。

她找遍了沂关郡，发现只有施家的人与他们有点儿相似。

自从京城的施家嫡脉出了个得宠的妃子之后，沂关郡的施家的女儿们便自小被以成为宫里的娘娘为目标培养。施家人就盼着她们年岁一到，立马将她们送进宫里参加选秀，施冉便是被如此教养长大的。

所以她出门时总是穿着精致的衣裙，头上戴着坠了长长的珠串的步摇，举手投足温婉得体。温梨笙从不曾见她大声说话，唯有之前温梨笙被气急了跟她动手时，她才喊了几嗓子。

这些人是被束缚在规矩之中长大的，想必在遥远的京城，那里的姑娘也都是这种模样吧。

那得多无趣啊？温梨笙想。

“什么事？”谢潇南的声音打断了她的思绪。

温梨笙这才回过神，想起自己方才话说了一半，思绪就跑偏了，这才把注意力拉回来，道：“先前在梅家偷剑谱一事，我可以承担下来，作为交换条件，我希望……”说到这里，她觉得用词不太合适，又改口道，“我恳请世子，若是日后温家人有什么做得不对的地方，能够对温家人高抬贵手。你能不能帮我将这番话转达给世子？”

反正让谢潇南去澄清那东西根本不是她偷的已经不可能了，但她只要在沂关郡内，就不会有人对她动手。即便对方不顾忌她爹，也还有风伶山庄的人为她撑腰。

但她肯定要用这件事做些交换，不然她就真的白白吃亏了。

谢潇南听了这话，缓慢地睁开了眼睛，朝她看来，语气平静地道："即便温浦长贪赃受贿，目无法纪？"

温梨笙发现他的眼睛竟与那世子的有几分神似，心中"咯噔"一下，连忙移开了视线，强装镇定地道："那都是没有的事，谣传。"

"你分明知道……"

"我不知道。"温梨笙飞快地打断他的话，然后背过身面朝着墙，继续道，"我什么都不知道，我只知道我爹是一心为民的好官。"

谢潇南的目光落在她的背上，片刻后，他收回目光，又闭上眼睛，没再说话。

温梨笙也不再说话，干脆闭上眼睛等着入睡。

体内残留的药又开始发挥作用了，她只闭眼了半刻钟就陷入了沉睡，耳朵再也听不见别的声音了。

她这一睡也不知道睡了多久，直至听到耳边有人喊她的名字，才慢慢从睡梦中清醒。

她迷迷糊糊地睁开眼，看见一个人站在床榻边。看那人的轮廓，她认出对方是应该躺在她身边睡觉的谢潇南。

她困得很，张了张嘴唇，想问"什么事"，但很快又闭上眼，似乎要再次睡着。

谢潇南见喊不醒她，便探身上床，一条腿屈膝跪在榻上，拽着她的手腕，一下就把她拉到了床边，将她往上提，道："醒醒。"

温梨笙这下是真的清醒了，没想到这人轻而易举地就把她提了起来。

她马上跪坐在床上，在极短的时间里驱散了睡意。她揉着眼睛，被她刻意压低的嗓音还有些沙哑。

"现在就走吗？"她问。

谢潇南低声道："你出了门后往东边走，水缸的后面有一排屋子，那是他们存放吃食的地方，你纵火将屋子点燃。"

温梨笙听了，表情逐渐从迷茫转为惊讶，问他："纵火？这夏日里天干物燥的，万一山林着火了怎么办？"

谢潇南道："东边的树木、草地都被清理干净了，只要火灭得快，火就不会蔓延出去。"

说着，他将火石递给她，催促道："动作快点儿。"

温梨笙只好接过火石，推门出去的时候，发现门口没有守卫，也没有巡逻的人。这里就像普通的居住之地，一到晚上就只有月光照明。

她吃了那毒药之后，阮海叶已经对她放松了警惕。

温梨笙拿着火石往东边藏水的地方去，途中极力放轻脚步，害怕吵醒人，惹来不必要的麻烦。

她走过去用了半刻钟的时间，月儿探出厚重的云层，她的视线变得清晰，那一排屋子就立在眼前。

原本守着屋子的两个悍匪倒在地上，不知死活。

温梨笙呼出一口气，捏着手里的火石。她正准备上前，旁边的暗处突然走出来一个人，对方说道："温姑娘，等你多时了。"

她被吓得差点儿当场去世，后退了好几步，警惕地道："你……你是谁啊？"

"温姑娘不必害怕，是世子派我来协助你的。"那人走到月光下。

"世子？"温梨笙惊诧不已，仔细一看，面前这人竟然是之前一直伴在阮海叶左右，给她递水、喂东西吃的那个清瘦男子。

昨夜她多看了这人两眼，只觉得他有些眼熟，如今她近距离看他，当即眼睛一瞪，问道："你是不是在贺家的戏台上唱戏的那个旦角？"

"正是在下。"那男子对她作揖行礼，并道，"半个月前，我就混入了火狐帮，前些日子，火狐帮的人谋划要在贺老太君生辰之时混入贺宅，杀人夺货，所以在下便混入戏班子，进了贺宅。"

温梨笙猛然想到昨日自己初到贺宅的时候，谢潇南正坐在戏台下听戏。她原本以为他是闲着无事，去听会儿戏，现在想来，恐怕没那么简单，他当时应该是去听这个内应给他传递情报的吧？

半个月前，那时谢潇南刚进沂关郡。

原来谢潇南早就谋划好了一切，原本她还以为他的目的只是杀贺老太君，却没想到后来那小白脸被阮海叶拦截，两个人一并被带到山上来，也是他计划之中的事！

"那你为什么要改戏词来提醒我？"温梨笙有些不明白。

"是世子爷吩咐的。"男子回答道，"白日你离去之后，世子爷告诉在下，你肯定还会再来一趟，到那时再提醒你。我原本以为你不会再来，没想到唱最后一场的时候，你真的来了。"

她没想到帮她避开致命危险的人居然是谢潇南。

"他是怎么做到的……"温梨笙失神地喃喃。

他分明人不在，却能将一切计划好。

"温姑娘，时间紧迫，请将火石交给在下。"男子朝她伸出手。

温梨笙惊得险些忘记正事，连忙将火石递出去。男子走到屋子前蹲下，仅眨眼的工夫便起身，火一下子从屋子底下蹿了起来。

屋子上被浇了东西，一碰到火星就会燃起来。为了将火烧得更大，男子进屋里点着了多处地方。温梨笙什么也没做，就在旁边看着，在极短的时间内，房子已经呈现出完全烧起来的架势。

男子到了她跟前，说：“在下还有事要做，温姑娘自己当心。”

说完，他将火石奉还，一转身就跳入暗处消失了。

温梨笙摸着有些烫的火石，温度好像从手掌烧到了心尖，一阵滚烫。

她飞快地逃离纵火现场，往来时的方向跑去，正寻思着去哪里找人时，就听见一声巨响在静谧的空中响起！竟有一人直接从她面前的屋子里飞了出来，门板被撞得七零八碎地散落一地，那人飞出半丈远后滚落在地上。

温梨笙被吓了一跳，连忙往后退去。

地上那人咳嗽几声后爬了起来，借着月色，温梨笙才看清楚这人正是阮海叶。

这声音太大，惊醒了许多人。大家匆匆忙忙地拉开门，发现自己的老大从地上爬起来，火狐帮的这些人立即意识到有危险，纷纷披上衣裳，拿出武器，站到月光下来。

少顷，温梨笙周围全都是人，吵吵嚷嚷地骂了起来。

温梨笙有些害怕，见几人上前来，似乎要抓她。

耳边传来脚步声，温梨笙转头看过去，只见一人提着黄色的灯笼从屋内缓缓走出，一身黑衣几乎与夜色融合，白皙的脸上覆着一层微光，神色看得不分明。

那人又往前走两步，站到月光下，那张五官普通的脸上没有表情。他俯视着半跪在地上的阮海叶，问：“站不起来了？”

那几个想上前的男人很快停住了脚步。

温梨笙顿时感觉这位置无比安全，若是谁想来对她动手，这样近的距离，她身旁的白大哥能第一时间出手救她。

阮海叶大概是受伤了，捂着心口缓了片刻才起身，对谢潇南道：“我真是小看你了。”

谢潇南的唇角轻轻地动了一下，他嘲笑道：“你即使是万般防备也无用。”

“至少不会解开你手上的枷锁。”阮海叶用手背擦了一把嘴角溢出的血。

谢潇南将手中的提灯往旁边一递，递到了温梨笙面前，她赶忙伸手接过去。

“把东西交出来尚可活命，若等到我亲自动手，你便只剩死路。”谢潇南语气平静地道。

虽然当初温梨笙在无意间抢到那块紫玉的时候，他也说过类似的话，但如今她站在另一方去听，竟然有一种奇妙的感觉。

她想起之前自己问他的，会不会因为容貌而自卑，现在已经有了确定的答案。

肯定不会，因为他单是站着不动、不言语的时候，气势就足以压人一头。

谢潇南身边的人果真都不简单，她想。继而她又大声帮腔：“就是，识相的话，就快把东西交出来，否则别怪我大哥手下不留情！”

谢潇南被她的突然出声惊了一下，转头看向她。

他正好对上她充满得意的眼神，听见她又说道："怎么样，白大哥，我这声喊得有气势吧？"

谢潇南没应声。

阮海叶却冷笑道："少在这里狗仗人势，你中了毒，我若是死了，不出三日，你也要给我陪葬。"

温梨笙拍拍心口，装作受到了惊吓，道："呀，我真的好怕，所以呢？你还有别的威胁手段吗？"

阮海叶对她看不上眼，道："真是墙头草。"

温梨笙抿唇笑了，精致的眉眼在暖光的笼罩下让人觉得她温良无害，像被精心培育的娇嫩的花朵。

"我怎么就成墙头草了？"温梨笙笑着问。

"你难道不是？"阮海叶嘲笑道，"听到我说要和你结拜，你高兴得忘乎所以，就算喝不惯烈酒，也灌了好几口，生怕我反悔吧？被帮里的人簇拥着叫'二当家'时，你满脸享受地耍威风……也是，温府哪有我这山头热闹？官府与江湖向来水火不容，火狐帮的人肯捧你当二当家，你定然认为这机会千载难逢，所以才对我处处讨好……"

温梨笙本来想听她说完的，但听到这句时，实在是忍不住笑出了声，道："那你知不知道，沈家家主在我七岁的时候就想收我做干女儿，让我当风伶山庄的少庄主？你凭什么觉得我会看上你这个小破帮派？"

阮海叶难以置信地道："怎么可能？"

"你真是在山顶生活久了，能不能下山去见见世面，打听打听消息？"温梨笙叹了一口气，道。

"可你在听说我要跟你结拜的时候，分明是很高兴的，"阮海叶思及她的那些表现，又道，"你就是一个愚蠢好骗的傻子啊……"

温梨笙耸耸肩，说："可我若不这么蠢，怎么引得你上当呢？"

阮海叶看着她，露出震惊的神色。

她终于明白，面前这个露着一排洁白的牙齿笑的姑娘，从昨夜被抓上山睁开眼之后，就一直在演戏。

她的娇纵、兴奋、热情，甚至连那些拙劣的小骗术，全是假的。此刻站在阮海叶面前的温梨笙才是真正的温梨笙——沂关郡里无法无天的小霸王。

温梨笙那双漂亮的眼睛里是没有畏惧之色的，她佯装伤心地道："阮大姐，你连'同年同月同日死'这话都不敢接，我很难跟你交心啊。"

阮海叶自知谨慎，满心算计，却没想到被一个小姑娘耍得团团转，归根结底还是她轻敌了。

她怒而横眉，恨恨地道：“即便如此，你们也走不出这座山头！”

正当她凶狠地放狠话时，温梨笙突然将目光一抬，问：“咦？就说了这一会儿话的工夫，火就烧起来了？”

由于距离有些远，火光时隐时现，浓墨般的黑烟滚滚而上。众人听了温梨笙的话，同时回头，才发现着火了。

众人知道那处储存着食物，见状，大喊“救火”，一时间惊动了山头的所有人。众人惊慌地往着火之处跑去，然而刚跑几步，身体就没了力气，好似几日没吃饭似的，更有甚者开始头晕眼花，要撑着东西才能不摔倒在地上。

温梨笙见周围的人陆续开始出现无力跌倒的状况，心知这可能是药发挥作用了。

但这药的效果明显不怎么强，虽然大部分人出现了乏力的情况，但也有少数人仍旧生龙活虎。那少数生龙活虎的人手里提着武器，将路挡住，等着阮海叶下令。

不过这也可以理解，毕竟水缸太多了，谢潇南身上的药粉没有那么多。

谢潇南忽然指了一个方向，对温梨笙道：“你提着灯沿这个方向一直走。”

“那你呢？”温梨笙看了一眼他指的方向，那是一条不知道通往什么地方的路。山林在晚上看起来十分危险，不仅没有亮光，还可能隐藏着野兽。

但她若继续留下来，也只会拖身边人的后腿。她不会功夫，会成为最先被攻击的目标，所以先跑一步是明智的选择。

等不及谢潇南回答了，现在也不是选择信任或不信任的时候，她攥紧提灯，二话不说就跑。

几个汉子见她要跑，立马去追，刚跑了几步，却感觉腿窝剧痛，被一股极其强悍的力道击中，纷纷跪倒在地。

谢潇南往旁边走了几步，站在温梨笙离去的地方。他拦住了追击她的人，眼神冷漠，一时间无人敢轻举妄动。

温梨笙跑的时候没忍住回头看了一眼，见他就站在路的中间，身影逐渐消失在了夜色里。

她跑得很快，狗都追不上她。没过多久，四周就变黑了，周围只剩下风吹树叶的声响。

手里的提灯散发着暖色调的光，光照的范围并不广，她仅仅能看清楚面前两三步路的距离。她置身在这黑暗之地，也不敢走得太快，时不时地回头张望。

她若是在这山林里迷路了，那才是最麻烦的。

温梨笙提着灯走了许久，直到累了才靠着树坐下来休息。她决定先不走了，在原地等待。

已是后半夜了，她打了个哈欠，隐隐有困意袭来。

她坐着等了许久，换了好几个姿势，正靠着树昏昏欲睡，有脚步声在身旁响起。她警觉地睁开眼看去，看到有人走到了她跟前。

温梨笙高兴得跳了起来，问眼前的人："你没事吧？受伤了吗？东西拿到了吗？"

谢潇南气息平稳，衣装整洁，看起来没有受伤。他点了点头，问她："你为何不往前走？"

"我等你啊。"温梨笙道，"夜晚太危险了，要不咱们等天亮了再走吧。"

谢潇南的脚步却不停留，他道："药效维持不了多长时间，若是久留在此，会被他们追上。"

她赶忙拿起提灯追上去，问："可是我们不识路，如何走回去？"

"往南下山才能回到城中，但路上设了诸多迷阵，我们走不出去，只能往北走。"谢潇南说。

"往北走，那岂不是暂时回不了家？"温梨笙心想：难怪方才阮海叶说他们下不了山，原来是因为这个。

也是，火狐帮虽然人少，但能一直盘踞在这山头，想来也是因为在山上设下的阵法起了很强的保护作用，否则这种人比较少的帮派早就被她爹灭了。

不过暂时回不了家的话，她就要先把身上的毒处理一下。

她用胳膊夹住提灯，将右手上的镯子取下来，从中间掰开，然后从中倒出一颗极小的丹丸，扔进了嘴里。

她吃完丹丸之后，看见前面的谢潇南停下来，正侧身看着她，并问她："你在吃什么？"

"能够永葆青春，使容颜永驻的东西。"温梨笙一本正经地道。

她说的十句话里有八句是不正经的！谢潇南懒得回应她了，转过头继续走。

温梨笙也快速跟上去，道："你看，我本就是被牵连进来的，又为了你们这个计划吃了软骨毒，做出这么大的牺牲，你得报答我吧？"

"回城之后，你可以亲自去谢府讨要解药，"说着，他顿了一下才道，"或者报答。"

"那世子还不得把我打一顿，然后扔出谢府啊？"温梨笙拉住他的胳膊轻轻摇晃，仰着脸真诚地看着他，道，"白大哥，你就帮我说说嘛。你这么厉害，在世子跟前肯定是有地位，有话语权的。"

"你想要什么？"

温梨笙之前想过，向谢潇南索要人情、提要求的话，风险太大了，搞不好还会激怒他，还不如向面前这个暗卫提要求实在。于是，她说道："你就去世子面前帮我，帮温家人多多美言，一有空就夸我两句。"

“夸你？”谢潇南倒是真的好奇了。

“嗯……”温梨笙想了想，掰着手指头数，“像‘聪明伶俐’‘乖巧听话’‘温婉和善’之类的词。”

“这些词跟你沾边吗？”他认真地问。

“没事，你就随便夸，反正世子善解人意，定能明白你的用意。”

“那可未必。”谢潇南轻哼了一声，道，“他脾气暴戾，心眼儿小，又极为记仇，视人命如草芥，谁琢磨得透他的心思？”

温梨笙一听，这话不是上回在梅家跟他抢紫玉那会儿，她在情急之下脱口而出的吗？这些话竟然被他一字不落地记住了。

她笑道：“情急之下说的话跟谎话一样，信不得，不算数的，你也别记着了。”

谢潇南怎么可能忘？那是他长这么大以来第一次被人这样说。

他没应声，温梨笙也不再说话，两个人安静地往前走着。也不知道走了多久，到后来，温梨笙觉得脚跟都疼了，东方也逐渐破晓，隐隐有天亮之势。

他们走出了树林，面前有一条清澈的小溪。温梨笙一见到水就扑上去喝了两口，一躺下就觉得浑身疲倦，再也起不来了。她累极了，道：“休息一会儿吧，我真的走不动了。”

谢潇南回头看了一眼，点头同意了。

见他点头，温梨笙几乎立即闭上了眼睛，很快就睡着了。

天还没亮，谢潇南在溪边撕下了覆在脸上的人皮面具。这面具用了两夜一天，已经到了使用时间的极限了，他用清凉的溪水洗了脸，俊俏的面容映在水流之中，又被波浪打散。

他并非有意欺瞒她，只是此前都有事情要做，隐藏身份是必要条件。现在事情结束了，被他戴在脸上的面具也能撕下来了。

水珠顺着他的眉眼而下，他转过头看了一眼躺在地上睡得正香的温梨笙，又将目光停在溪水上，忽然听见了脚步声。

他转过头沿着溪岸看去，只见百步外站着一男一女两个半大的孩子。两个孩子穿着不同于沂关人的服装，发饰和发型也与沂关人的不一样。他们盘着辫子，皮肤黝黑。

谢潇南转身喊温梨笙，喊了好几声她都没反应，按理说，就这会儿工夫，她睡不了那么沉。

于是，他蹲在她身边检查，才发现她不是睡着了，而是晕过去了。

第三章　颂忠骨

温梨笙做了一个很长的梦。

她看见了许多快要被她遗忘的面孔。

梦里，建宁六年盛夏，谢潇南从京城进了沂关郡，温梨笙只在那场接风宴上偶然看了他一眼。此后他们便没什么机会接触，即便是在街头各处偶尔遇见，也隔着远远的距离。

谢潇南并没有如传言所说，处置温家人作为给沂关郡的人的下马威，也没有在城中大张旗鼓地打压沂关人，所以他们一直以来都相安无事。

直到后来的某一日，温梨笙和沈嘉清站在路边比谁吹的泡泡大，两个人仰着脖子，鼓着腮帮子，脸憋得通红，围观的孩子站了一圈，给他们俩加油打气。

最后温梨笙实在是憋不住了，眼看着沈嘉清吹的泡泡越来越大，她一抬脚，狠狠地踩在了沈嘉清的脚上，沈嘉清当即岔了气，他的大泡泡炸开了。

温梨笙连忙拔下嘴里的芦苇秆，将泡泡一扬，笑嘻嘻地道："我赢了！我赢了！"

沈嘉清怒道："你耍赖，根本不算！"

他看着逐渐飞起来的大泡泡，伸手就要去戳，温梨笙见状，急忙扣住他的手腕。两个人手上来往了一番，最后看着泡泡逐渐飞高，反射着阳光散发出晶亮的光芒。

忽然，两个人旁边传来了鼓掌声，一个姑娘兴奋地道："哇，好厉害，好大的泡泡！"

温梨笙与沈嘉清一同转头望过去，看见一伙衣着华贵的男女站在路边，放眼一看，有许多生面孔，其中却站着谢潇南。

当时的他眉眼舒展，眼里有一丝笑意，瞧起来心情不错的样子。他身边站着一个仅到他手臂的姑娘，她正高兴地盯着逐渐升空的泡泡，毫不吝啬地夸奖：“堂哥，沂关人好厉害，居然能吹出那么大的泡泡！”

只一句话，温梨笙就听出她并非沂关人。谢潇南垂眸，将手搭在她的头上，轻声笑了笑，道：“奚京人也可以。”

奚京是梁国的皇都，谢潇南生长的地方。

那一伙人全是他在皇都的朋友还有亲戚，唯一让温梨笙印象深刻的就是那个姑娘。她当街将温梨笙好一顿夸，甚至还想拉温梨笙一起游玩，最后被温梨笙颇为不好意思地婉拒了。

后来温梨笙的婚事被毁，她整日被看管在庭院之内，闲得无聊，问起下人那姑娘的消息，得到的答案却是：“谢家人如今已是逆贼，所有与谢家人有关系的朝臣都遭受了牵连，下狱、问斩、流放、贬谪……姑娘问的那个人，恐怕早已获罪。”

那姑娘死没死，温梨笙就不知道了，这些人远离京城，温梨笙能探听到这些消息已经是极限了。

谢潇南一朝造反，最先被牵连的就是谢家的所有人。

温梨笙本来以为自己忘了，没想到隔了那么久，当初那些站在谢潇南身边的朋友、亲戚的脸，她居然又在梦中想起来了。

一阵轻轻的金属敲击声在她的耳边缓缓荡开，像一层一层地敲碎了她的梦境，钻进她的耳朵里。

温梨笙慢慢地睁开眼睛，在视野渐渐清晰之后，最先看见红艳艳的帐顶，紧接着是墙上挂着的各种兽类的骨头，还有完整的皮毛。

她惊了一下，瞬间清醒。她转过头一看，只见一个半大的姑娘在她旁边动作轻缓地敲着一个钵形的东西，那东西上刻满了她不认识的字。

“这是哪儿？”温梨笙一张口，才发现自己的嗓子出奇地哑，也不知道自己睡了多久。

那姑娘听见她的声音之后，惊喜地抬头，凑过来看她，一开口竟冒出了一句她完全听不懂的话。

温梨笙：“……”

她仔细一看，面前的姑娘皮肤偏黑且粗糙，一看就久经风吹日晒，鼻梁高挺，眼窝很深，鼻子、脸颊上布满雀斑，眼睛的颜色也浅，像琥珀色。

这姑娘不是梁人。

这姑娘见她听不懂自己说的话，便飞快地起身，撩开帐帘出去，许是喊人去了。

温梨笙想坐起来，却发现自己的胳膊、腿都麻了一样，完全动弹不了。她低头一看，这才发现身上的衣裳居然被换过，胳膊、腿上扎了不少长长的细银针。她当即慌了，高声问：“这是什么？！有人吗？谁来帮我拔掉这些东西？！”

她分明记得她和白大哥走到了一条溪边，然后她躺下休息了一会儿，怎么一睁开眼就到了这个鬼地方？她还被扎了那么多针！

温梨笙看着身上的密密麻麻的针，呜咽着道：“少扎两针啊，我不会疼的吗？！”

正当她喊的时候，有人急急忙忙地进了帐中，一听见她的声音便说道：“姑娘别怕，这针是助你排毒的。”

“排毒？”温梨笙梗着脖子，费力地抬起头看向来人，问，“你是谁？我在哪儿？为什么说给我排毒？”

来人是个二十余岁的女人，身着颜色鲜艳的纱裙，左胳膊上套了数个银圈，额头上也戴着翠色的玉石。这女人笑着跪坐到她身边，对她说道：“你先别急，等我把这些针去了再说。”

这女人面部的特征也很明显，她并不是梁人，说的梁话却很流利。这让温梨笙安心了不少，面前这些人似乎并没有恶意。

女人净了手，而后慢慢地为她拔针，说道：“是阿涂和阿茶清早去采草药的时候，在山中的溪边发现你们的。你的身上有大量的迷药之毒，你又吃了软骨毒，虽吃了解毒丸，但身体里的毒素太多，杂糅在一起，导致你昏迷不醒，所以阿涂便将你们带了回来。”

“你们是……？”

“哈月克族人。”女人温柔地笑道，“我叫闽言。”

他们是萨溪草原上的游牧民族。

针被一根一根地拔下来之后，温梨笙很快就恢复了对自己的身体的掌控权。她动了动手和脚，坐了起来，发辫垂在肩膀上，鲜红的玛瑙石从她的发上滚落，吊在耳边。她摸了一下，摸到了一圈圈细小的辫子，还有发上的装饰。

“这是什么？”她有些蒙。

有人在她睡着的时候给她换了衣裳，还给她换了发型？

闽言将银针小心地收起来，说道：“你睡了快两日了，这是我让阿茶给你编的，哈月克族的姑娘都这样编发。这一带靠近巴撒尼族的地盘，巴撒尼族的人厌恶梁人，所以为了避免引起麻烦，我们还是将你的形象伪装了一下。”

说着，她朝站在身后的小姑娘招手，道：“阿茶，把衣裳拿来给她。”

阿茶很积极，立即在帐中的另一个角落翻找，然后捧来一套蓝红相间的衣袍，小心翼翼地递到温梨笙面前。

温梨笙朝她笑了笑，道："谢谢。"

阿茶高兴地咧开嘴笑，用生疏的梁语说道："布斜（不谢）。"

温梨笙躺了快两日，一动身上的骨头就"咔咔"响。她起身扭了几下，然后展开衣袍，发现这与她日常穿的衣裳完全不同。

闽言见她没动，知道她不会穿，于是帮她穿衣，一边穿一边说道："我见你昏睡太久了，怕你伤了身子，就让阿茶在你的耳边敲唤魂钵，吓到你了吧？"

温梨笙展开手臂，任由闽言和阿茶帮她穿衣，听了这话，说道："那倒没有……与我一起的那个少年在哪儿呢？"

闽言笑着打趣道："你就这么惦记你家少爷？醒来后做的第一件事不是该去吃些东西吗？"

"我家少爷？"温梨笙难以置信地重复道。

闽言一顿，问她："怎么，不是吗？"

温梨笙当即生气地道："我与他一路同甘共苦，互相扶持，我们是平等的关系，谁是他的下人？！"

说罢，她撸起袖子，气势汹汹地道："他人呢？带我去找他，我要给他点儿颜色看看！"

闽言笑了一会儿，道："你先吃些东西，我喊人去问问那小公子现在在何处，等找到了他，再带你去。"

温梨笙被她这么一说，确实觉得饿了，便点头答应了。

三人撩开帐帘出去，一股和煦的暖风扑面而来。温梨笙看见周围全是一个个圆顶的帐子，入眼的全是哈月克族人，男女皆有。

温梨笙一露面，立即吸引了不少人的目光，在一旁挑水的男子见状，放下了肩上的担子，两三步走到她面前来，说了一句异族语。

他的皮肤更黑，他直接光着膀子，身上的肌肉十分明显，上面还有伤疤，上衣被系在腰间，豆大的汗珠从肌肉上滑下来，整个人看起来野性十足。

他戴着蓝宝石一样的耳饰，但没有半分阴柔之感。

温梨笙被震撼了一下，转眼一看，这里的男子大部分是光着膀子干活儿的。现在是盛夏，即便到了傍晚时分，太阳不烈了，也还是闷热难耐。

这里的女子也会露出长长的胳膊和腿，随性自然。

温梨笙忽然觉得，这哈月克族人的衣裳果然是最适合他们的，仿佛与自然融为一体的野性，让他们成为萨溪草原上一抹亮眼的风景。

像她这种梁人，不论男女，约莫都穿不出这样的野性。

那男子的目光在温梨笙的身上转了几下，他试图跟她说话。但由于他说的话温梨笙一句都听不懂，所以她无法回应，只能笑着说："亭布栋（听不懂），亭布栋。"

闽言笑出了声，为她翻译道："索朗莫在向你问好。"

温梨笙道："那你帮我也向他问好，说我挺好的。"

闽言对男子说了两句话，男子便点点头，把路让开了。闽言让阿茶带着温梨笙去吃东西，自己则往另一边走了。

阿茶带着温梨笙穿过这些圆顶帐篷，路上有许多人向她这个外来人投来好奇的目光。温梨笙不敢乱看，直到阿茶带着她停在一个帐篷前，对她说了一句话后进了帐篷，不过片刻就又出来了。阿茶出来时，手里端着一大块肉和面饼，还有一碗奶白色的汤。

阿茶又搬来小桌椅，温梨笙就这样坐着吃了起来。

她是第一次吃这种整块的肉，而且没有筷子，只得费劲地撕了好久，最后还是阿茶帮她将肉撕成一条条的，让她配着面饼似的东西吃，噎着了，就喝一口奶白色的汤，味道竟然比想象中的好得多。

她本身吃相就算不得文雅，加上有很多人在看，只好加快速度，很快就填饱了肚子。剩下的肉，她吃不进去了，她抱歉地朝阿茶笑了笑，道："不好意思啊，我吃不完。"

要是在自己家里，温梨笙是半点儿歉意都不会有的，但现在毕竟是别人在热情地招待她。

阿茶虽然不懂她的话，但见她摆手不吃了，猜到了她的意思，于是把剩下的肉条拿起来自己吃了。

温梨笙看得一愣。

她坐着看阿茶吃完了盘中的肉，然后拿着半碗她没喝完的汤转身进了帐篷。阿茶再出来的时候，给她带了清水洗手，见温梨笙的头上出了许多汗珠，又转身跑了。

温梨笙站在原地等了一会儿，只见阿茶拿着一把伞跑来，将伞撑在温梨笙的头顶上。她似乎害怕温梨笙中暑，还指了指温梨笙的外袍，做了个脱衣的动作，道："脱，脱。"

温梨笙懂她的意思，依言把外袍脱了下来——实在是太热了。

两个人交流时，闽言走了过来，对温梨笙道："姑娘，你的朋友找到了，我带你过去。"

温梨笙点头，接过阿茶手中的伞，把外袍搭在臂弯处，快走了几步，跟在闽言身后，步伐有些急切。

这里的人，她全不认识，这里环境也极其陌生，她只有他这一个熟人。不知不觉地，温梨笙迫切地想去找他。

萨溪草原占地极为广阔，大部分地方甚至没人涉足。如今正值夏季，这里的草非常茂盛，人们居住的地方都被清理过，但出了居住地，绿草就会没过人的膝盖，像一层天然的巨大毛毯。

走出居住区后，视野瞬间变得开阔，入目就是一望无际的草原，她们走了将近一刻钟的时间，周围安静得只剩下风的声音。温梨笙有些累了，低头喘着气，突然听见闽言道："喏，就在前面。"

温梨笙闻言，抬起头，被映入眼帘的景象惊呆了。

只见前方地势有些高的地方似乎与天际相接，斜阳悬挂在天际，红霞铺满天空。

漫天的云都被染了颜色，仿佛要坠落在地上似的。风不知道从哪个方向吹来，拂动着绿草，掀起一阵又一阵波澜。置身在如此辽阔的天地之中，温梨笙觉得自己渺小无比，心中十分惬意，仿佛下一刻就会随风飘散。

这是萨溪草原上独有的景色，风在这里是自由的。

她看到两个人站在前方，面朝着无垠的天空。虽然从背影上看，两个人都穿着哈月克族人的服饰，但温梨笙一眼就认出其中一个是那个不肯告诉她名字的小白脸。

温梨笙见到他，一下就高兴起来了，迈开脚步向那处跑，边跑边喊："白大哥——！妹妹来了！"

站在前面的人听到了她的声音，先侧过头，而后转过半边身子，看到了她，这才脚步一转，彻底转过身来。

温梨笙看清他的容貌之后，拖长的声音戛然而止，脚步也猛地停住，整个人连同表情一齐僵住。

她面前的少年身穿哈月克族的红色长袍，里面是雪白的单衣，鲜亮的颜色衬得他的肤色更白了。他像旁人一样将左臂膀的袖子脱下，别在腰间，随性散漫。

哈月克族男性的发饰虽不如女性的精致，但他们也会编一根细细的辫子，在辫子上挂铜板似的东西，还有羽毛和兽牙。

少年的眉眼如精心描绘过一般，极为精致，他生性慵懒，风自他的身后吹来，卷起他的长发，长发在他雪白的衣领上徐徐散落。

他头顶着云朵，脚踩着无垠的草地，身后的旷野与天空相连，阳光将他的身形勾勒出一圈金边，稍稍遮掩了他俊俏的面容。

他站在高处，如一幅无比瑰丽的画卷。

"谢……谢潇南？"温梨笙震惊的声音小到只有她自己能听见。

谢潇南怎么会出现在这个地方？！

闽言从后面走上来，问她："怎么了？怎么不走了？"

"这不是我要找的人。"温梨笙急忙抓住闽言的胳膊，道，"我要找的人长得很普通，眼角往下撇，平日里冷着脸，鼻孔朝天，看不起人，是个小白脸，你是不是搞错了？”

闽言露出疑惑的神色，道：“可是，跟你一起来的只有他，没有你说的那个人。”

温梨笙的心一震，她觉得面前的人在跟她开玩笑，失神地道：“搞错了，你肯定搞错了。”

同时，她的脑中走马灯似的闪现先前她与那小白脸相遇后发生的一切，起初的相遇，后来的相处，包括她在别人面前说的话、做的事……她腿一软，差点儿摔倒在草里。

有一个疑点，她终于想明白了——为什么那个小白脸儿当初会有那个刻着“谢”字的紫玉。

他哪里是什么小贼？他根本就是谢潇南本人！

这怎么可能？他为什么会变脸？他为什么可以把自己完全变成另外一副样子？他是妖怪吗？！

温梨笙的头晕乎乎的，她想：我现在给他磕个头顶不顶用？

她的身体开始摇晃起来，似乎随时要倒下。闽言被吓了一跳，连忙将她扶住，问：“姑娘，你怎么了？是哪里不舒服吗？！”

谢潇南从上方走过来。

温梨笙看见了，连忙扯着嗓门儿喊：“这个小公子如此俊美不凡，不是我要找的那个人啊——”

闽言满头雾水地道：“真的只有这个小公子啊……”

小公子拨开了云雾，走到她跟前，面容变得异常清晰，他张口就道：“你又在干什么坏事？”

温梨笙想到面前这人不知道用什么方法给自己改了容颜，竟然把她骗得团团转，心里不由得烧起一把火，凶相毕露，刚想开口骂人，对上他的目光后话又卡住了。

她想：骂不得，骂不得，骂了肯定要出事的。

她又觉得自己十分憋屈，被骗了竟然还不能给自己出气，一时悲从中来。

但片刻后她又想起，这一路走来，谢潇南对她态度并没有多恶劣，甚至出手救过她好几次。她岂不是误打误撞地与谢潇南建立了友好关系？

短时间内，她的脸色一变再变，谢潇南看在眼里，皱着眉，露出疑惑的神情。

闽言在一旁说道：“这姑娘醒来之后便要来找你，只随便吃了一点儿东西。”

“找我何事？”谢潇南问。

“她说要给你点儿颜色看看。”闽言回答道。

温梨笙剧烈地咳嗽起来，将手搭在闽言的肩膀上，对她道：“多谢你带我来找我家少爷。”

闽言惊讶地道：“你不是说他不是你家少爷，你们的地位是平等的吗？”

温梨笙又咳起来，随后说道：“他就是我家少爷，我先前刚醒，脑子还不太清醒，犯迷糊呢。”

闽言又问：“那你要找的小白脸是他吗？”

温梨笙差点儿咳出一口老血，想：吾命休矣！

谢潇南双手抱臂，垂下眼皮显露出几分傲慢的姿态，头微微动了一下，仿佛下一刻就要一拳向温梨笙打来。他问：“小白脸？”

温梨笙赶忙解释道：“这是个褒义词，形容你的容貌绝世无双。”

“你当我没读过书？”谢潇南露出不爽的表情。

“不不不不！”温梨笙匆忙摆手，道，“误会误会，都是误会，这是我们沂关郡的方言。”

“你的嘴里有一句实话吗？”这是谢潇南第二次问这个问题。

说完，他一抬手，温梨笙还以为他要打她，连忙缩着脖子，低下脑袋，呜呜咽咽地哭了起来，手还抹着根本不存在的眼泪，边哭边道：“我错了，都是我的错，你别揍我，我真的不抗揍哇，你一拳会把我打死的……”

她正哭喊的时候，一只手忽然伸过来捏住她的下巴，将她的脸一抬。温梨笙一时没察觉，顺着这个力道往前踉跄了两步，险些撞进谢潇南的怀中。她下意识地用双手抵挡，手撑在他的胸膛上。

温梨笙的脸被抬高，对上谢潇南低垂的视线，温梨笙只觉得脑袋里迅速充血，耳根、脖颈儿染上了淡淡的红色，心脏疯狂地跳动。

她有点儿分不清楚此刻心中是害怕还是别的什么情绪。

她听见谢潇南说道：“别装了，你骗不到我。”

而后下巴一松，温梨笙飞快地后退几步，与谢潇南拉开了距离。她压抑着自己的呼吸，免得呼吸声太大，被旁人听见，动了动嘴唇道：“我跟您从贺家一路到这儿，不说有功劳吧，也算是有苦劳，还被您耍得团团转。您就别跟我计较那些细枝末节的小事了吧。”

温梨笙自知完全骗不了面前这个人，只得端出尊敬的姿态。

谢潇南没有说话。

见他不应声，温梨笙道：“不然我直接给你磕一个头？”

她平日里犯了错就经常对着温家的列祖列宗磕头，这方面她很熟练。

谢潇南道：“我可受不起，免得你给我颜色看。”

他说完就转身离去，走回了方才站着的地方。

温梨笙心想：这实在是冤枉，我要是知道当初在梅家酒庄的贼是谢潇南，肯定头也不回地回去睡觉。我哪儿敢抢他的玉佩、扒他的衣服，一路上跟他又是吵架，又是互相阴阳怪气，又是称兄道弟的？

她在逃跑和留下之间纠结了一会儿，思及机会难得，便对闽言道："闽姑娘，多谢你带我来，你去忙吧，我陪少爷站一会儿。"

闽言也没搞清楚两个人之间是什么关系，说是主仆，但又不像。她也不好多过问外族人的事，于是点点头，说有什么事找她就行，随后转身离开了。

温梨笙举着伞往上走了两步，将伞举到谢潇南的头顶，为他遮住余晖。

"还不走？"谢潇南瞥了她一眼，问。

温梨笙道："你不是我家少爷吗？我跟你形影不离才对。"

"哦。"谢潇南轻轻勾起嘴角，嘲讽道，"不怕我一拳打死你了？"

温梨笙："……"

谢公子讲话未免有点儿刻薄。

温梨笙摸了一把自己的左肩，说道："你要打的话，就对着我的左肩打，这里硬，应该接得住你一拳。"

谢潇南实话实说："我的一根手指头你都接不住。"

"那我再垫两块铁板。"温梨笙道。

"我隔着铁板，能把你的肋骨打折。"谢潇南道。

温梨笙："……"

她虽然不太相信他会打她，但还是下意识地看了一眼谢潇南的肩膀。正好他褪下了外袍，右手的袖子，透过雪白的衣袖，她隐隐能看到他臂膀的轮廓。

他的臂膀藏着巨大的力量。

温梨笙小声说道："少爷，你别吓唬我，我真的不禁吓。"

他们正说着，在旁边站着的男子突然笑出声来。男子那爽朗的笑声传出去很远，温梨笙微微侧身看去，只见男子四五十岁的样子，胡子一大把，还编了辫子，身上穿着哈月克族的衣袍，但这衣袍又与其他人的不太一样，上面的图案更为复杂。他头上不知戴的是什么冠，冠上还嵌了红宝石。

这男子应该是很有地位的人。温梨笙猜测。

他笑完之后，擦了擦眼角的眼泪，道："你们梁人说话真是有意思。"

他会说梁人的语言，虽然并不流利，但温梨笙听得懂。

因为不知道他的身份，温梨笙不敢贸然与他说话，于是老老实实地站在谢潇南身边。

谢潇南的视线从云朵上缓慢地往下挪，神色很认真。温柔的风吹过他的脸，他的发辫上的那枚铜钱似的东西被风拂动，撞在兽牙上，声音清脆，有一种难以言说的静谧感。

温梨笙想：生长在皇城里的小公子，见惯了繁华富贵之景，肯定也没看过这般瑰丽壮阔的落日之景吧？

温梨笙看了一眼渲染了半边天的红霞，又悄悄地问谢潇南："少爷，咱们什么时候回去呢？"

谢潇南没有回答她的话，而是望向远方。他似乎看到了什么东西，心情颇为不爽地微微眯起了眼睛。

温梨笙也顺着他的视线看过去，只见视线的尽头，有一些斑斓的色彩和晃动的人影，像另一个部族的人在活动，再多的，她就看不见了。

"啊，他们竖起旗帜了。"旁边那个戴着红宝石冠的男人说。

"什么旗？"温梨笙这次没忍住，问他。

男人说道："我们这些生活在萨溪草原上的人大多依附于梁国，所以在营地中会竖起梁旗，但有些部族不是。前方驻扎的是巴萨尼族人，巴萨尼是独立的部族，其族人十分厌恶梁人。"

"萨溪草原是在梁国境内吧？"温梨笙问道。

"在梁国征收之前，这里是自由的。"男人道，"所以巴萨尼族人至今又竖自己的族旗，并不承认依附梁国。"

温梨笙又朝那个方向看了看，那边的景物依旧很模糊。她心知这事可大可小，但若是报给上头，上头追究下来的话，依旧可以判定为谋逆。

但萨溪草原太大了，在这里生活的人很多，梁氏皇族不会有那么多闲心来管这里的。

想到此处，她偷偷瞄了谢潇南一眼。

这位后来直接举着谢字旗造反的大反贼，是不是在这个时候就起了谋逆之心？他是不是后来也与这些部族的人联手了呢？会不会他到了这个草原之后，就已经与那些部族的人建立了联系？

谢潇南没什么表情，除了眼中隐隐流露出的讥讽之色，几乎看不出别的什么，温梨笙完全猜不透他的想法。

她正想着，谢潇南朝她看来，问："你贼头贼脑地偷看什么？"

温梨笙连忙堆起笑容，回答道："偷看少爷的绝世容颜。"

"你知道那些油嘴滑舌的人在奚京会有何等惩罚吗？"谢潇南微微抬起下巴，问。

"不知。"温梨笙愣愣地道。

"奚京的望族都会在家中豢养鹰，将那些喜欢耍嘴皮子的下人的舌头拔了喂给鹰吃。”谢潇南的目光从她的唇上滑过，他语速缓慢地道，“不管是多长的舌头，海东青都能一口吞掉。”

温梨笙被吓了一跳，心想：在奚京，耍嘴皮子也犯法吗？

而后她又想：这里没有鹰，没有动物会吃我的舌头。

她刚想到这里，鹰的叫声突然响起，尽管距离很远，却依旧传进了温梨笙的耳朵里。她霎时间抬头看去，只见云层之中有几只鹰在盘旋，飞翔了一会儿后朝着这边来。

仅仅几个眨眼间，那些鹰就飞近了，温梨笙这才看清楚，那是几只黑白羽相间的鹰。

温梨笙的第一反应是闭紧嘴巴。

“是巴萨尼族的猎鹰。”戴着红宝石冠的男人仰头看着，语气沉重地道，“天要黑了，我们先回去吧。”

温梨笙朝天际看了一眼，那轮没有受到任何遮挡的红日正缓缓地沉入地平线，半个苍穹被盖上了一层朦胧的色彩——夜要来了。

她收了伞，将挂在臂弯处的红色外袍穿在身上，走到谢潇南的身旁。

一片绿色的草地上，温梨笙与谢潇南的红色衣袍尤其显眼。他们还没走回营地就被人看见了，随后几个人快步迎上来，朝戴着红宝石头冠的男子行礼，说了一句哈月克语。

那男子与人交谈两句后，便转头对谢潇南道：“小公子，我要先去处理一下那些猎鹰，请你自便。”

谢潇南却道：“我与你一同去看看。”

男子应了一声，加快了脚步往前走去。

这人约莫是族长一类的人物，路上的人见了他都要向他行礼。几人一路行至帐篷密集的地方，突然听见惊呼声传来，那几只猎鹰在空中盘旋飞舞，时不时地降低高度，下方有几个人拿着长棍驱赶它们。

猎鹰都是经过训练的，显然不惧怕长棍。

妇女和孩子都躲回了帐中，外面站着的大多是身材高大、身体强壮的男子。

温梨笙仔细瞧了瞧，忽然觉得有些疑惑，于是问谢潇南：“那些鹰的嘴巴看起来也不大啊，真的能吞下人的一整条舌头吗？”

大约是没想到她会问出这样的问题，谢潇南瞥了她一眼，回答道：“你可以量一量你的舌头和鹰的喙哪个长。”

她伸出舌头，突然想起来自己会一个绝活儿，当场就想显摆，于是道：“我的舌尖能舔到我的鼻尖呢。”

谢潇南收回视线，转过头，拒绝再与她交流。

正当她摇头晃脑地想用舌尖去舔自己的鼻尖的时候，她头上的金簪在余晖下反射出光芒，吸引了一只猎鹰。它方向一转，猛地朝温梨笙扑来。

温梨笙余光看见猎鹰飞快地靠近自己，当即被吓得魂飞魄散。她以为它要来吃她的舌头，于是立马捂住嘴后退，下意识地缩到谢潇南的身后。

她来不及思考，只觉得他的背后是安全的。

猎鹰快要接近她的时候，一支长箭突然射来。长箭直直地射穿了猎鹰的身体，它凄惨地叫了一声，随即扑棱着翅膀，掉落在了地上，鲜血洒落一地，挣扎了一会儿就不动了。

它落到她的面前了，她才发现它非常大，两只翅膀展开的长度能赶上一个成年男子的臂展。

周围的人很快围上来，议论声不断。

闽言问温梨笙："姑娘，你没事吧？"

温梨笙摇摇头，刚想说话，就见先前那个被称为"索朗莫"的男子拨开人群走过来，手里拿着一把简易的长弓，用浅色的眼睛盯着她。

索朗莫个子很高，身上的肌肉轮廓十分明显，站在人的面前显得很有压迫感。这种人若是在沂关郡的街上走，是没人敢挡路或者上前与之搭话的。

他说了一句哈月克语，闽言便道："索朗莫说是你头上的金簪引来了鹰。这几日巴萨尼族的人一直想办法寻我们的麻烦，为了安全起见，你的金簪还是暂时收起来比较好。"

温梨笙连忙拔下了金簪，半边身子一直藏在谢潇南的身后。她抬眼一看，就见谢潇南并未关注眼前的人，而是仰着头看着在天上盘旋的鹰，问道："这些鹰为何盘旋不走？"

"它们是被巴萨尼族的人派出来骚扰我们的。"闽言的脸上出现了担忧的神色，"前两次来，我们只驱逐了它们，这次射死一只，只怕要被他们当作理由寻事。"

温梨笙不好意思地挠了挠头，道："抱歉啊。"

闽言摇头，道："与你无关，就算不是你，猎鹰也会攻击其他人，只是前几次没那么凶猛。若是方才索朗莫不出手，你的头皮会被猎鹰抓掉一块。"

温梨笙听得头皮发麻，一转眼发现索朗莫还在盯着她，不由得觉得奇怪，便问闽言："他为什么一直盯着我？是不是有什么话要说？"

闽言笑道："他啊，大约是没见过你这般美丽的梁国姑娘。"

温梨笙害羞地笑了笑，道："是吧？我也觉得我这张脸在沂关郡是数一数二的。"

谢潇南看着她，随后诚心地发问："你能偶尔表现得像个正常人吗？"

温梨笙“啧”了一声，嗔道：“少爷，你怎么能这么说我这个如花似玉的貌美姑娘呢？！我怎么不正常了？”

谢潇南竟然莫名其妙地与温郡守感同身受了。

两个人正旁若无人地说话时，族长也走了过来，对谢潇南道：“猎鹰已被驱逐，我的族人准备了丰盛的晚膳给二位压惊。”

谢潇南对着这人时倒是很客气，道：“有劳族长了。”

温梨笙方才吃了东西，现在不太饿，但还是跟在谢潇南身后去见识哈月克族的丰盛晚膳了。

族长的帐篷比一般的帐篷大得多，里面很宽敞，摆了一张拼接起来的长桌。一道道菜被陆续端上桌，空中还有一股很浓郁的酒味。

桌边是族中几个很有地位的男人和几个年轻的女人。女人们衣着单薄，手腕、脚腕上都戴了挂着银铃的首饰，分别坐在男人的身旁。

按照哈月克族的规矩，温梨笙这个身份的人是不能坐到桌边的，但她向来没有作为下人的意识，所以见谢潇南落座之后，便紧挨着他坐下了。

温梨笙抢了族长给谢潇南安排的年轻姑娘的位置，那姑娘愣愣地站在旁边，一时间不知道该不该喊温梨笙。那姑娘最后权衡片刻，选择在谢潇南的另一边坐下。

于是，桌边的其他男人身边只有一个女伴，谢潇南有两个。

温梨笙倒是没注意这些，只是把桌上的菜都看了一遍，发现哈月克族人的烹饪方式很简单，接近原始，桌上几乎都是大块的肉，配上一些馕、果蔬，不过也有由阔叶包裹着的白米饭。她虽然不太饿，却想尝尝那些食物的味道。

族长动筷了，桌边的女人便给身边的男人倒酒。谢潇南面前的酒樽摆在温梨笙的左手边，她极有眼力见儿地拿起酒樽。

这里的酒光是闻着味就知道它十分辛辣，与郡城里的大不相同。

郡城的酒花酿的香，果酿的甜，米酿的味道醇厚，这里的酒却有一种非常浓郁的气味，单是闻着就冲鼻。出于私心，温梨笙只给谢潇南倒了半杯酒。

族长说了两句客套话，桌边的男人一齐举杯，一口气将酒喝完了。

谢潇南也从没喝过这么烈的酒，酒一入口，他的眉头就微微皱起，但他的情绪并不明显，很快被掩盖过去。

接下来就是吃饭，谢潇南和温梨笙的面前有筷子，其他人都是直接用手抓着吃的。

其他的女人只给身旁的男人布菜和倒酒，只有温梨笙一人拿起筷子就把肉夹进了自己的盘子里。

这约莫是很不合规矩，有几人不赞同地看了她一眼。

但谢潇南没有说什么，旁人自然也没资格教训她。

肉块太大，用筷子十分不方便，也使不上力，她犹豫再三，最后还是学其他人用手抓着吃。她只吃了两口就两手全是油，倒是难得地专注。

只是她要时时注意谢潇南的杯子，若是杯中酒喝完了，就要继续给他倒。

谢潇南并不喜欢喝酒，更何况是这样烈的酒，若非族长举杯，他是一口也不会喝的。尽管如此，他还是喝完了一杯酒，等温梨笙倒完酒之后，他再拿起酒杯，只觉得杯身十分滑腻，松开手一看，才发现杯身上尽是肉的油渍。

他再一看，温梨笙已满手油。

他一把扣住温梨笙的手腕，没好气地低声问道："你不会用筷子？"

温梨笙无辜地道："筷子夹不住嘛。"

他看了一眼盘中被身旁的哈月族姑娘撕成一条条的肉，又看了看温梨笙盘中成块的肉，思索片刻后，从怀中拿出灰色的流云锦帕扔给温梨笙，对她说道："把你的爪子擦干净。"

"可是我还没吃完。"温梨笙犹豫着道。

她自己是有帕子的，只不过换衣裳的时候没带在身上，她本打算吃完后出去再洗手，却没想到身旁的人忍受不了了。

谢潇南将左手边的两盘被人撕好的肉条放到温梨笙面前，引得一直忙着给他撕肉的女人伸着头看了温梨笙好几眼。

谢潇南道："吃不完我就给你镶金牙。"

温梨笙一下子就听懂了他的意思。温府所在的那条街的街头住着一个王员外，前年跌了一跤，摔掉了两颗牙，然后打了金牙镶上去，咧开嘴笑时，金牙比和尚的脑门儿还亮，十分晃眼。

她一边用锦帕擦手指，一边说道："不饿了不饿了，我不饿了。"

勉强地把手上的油污擦去之后，温梨笙盯着面前的盘子里被撕好的肉条。那些肉条上面撒满了她往日没见过的调料，一股果木香传来，她咂咂嘴，还是拿起筷子夹起一条肉塞到了嘴里。

肉入口时，果木香伴着肉香充满口腔，但这块肉韧性十足，她嚼了许久，直到肉中的汁水被吸尽了也没能将肉吞下去。

接下来，肉越嚼越柴，这一整块完全没有水分的肉块被她咽了好几下也没能咽下。她瞟了瞟桌边的一圈人，只好悄悄弯腰，把那块被嚼得又柴又硬的肉干吐到了锦帕里，然后飞快地包起来，以为没人发现。

谁知她一抬头就看到谢潇南正面无表情地看着她。

"我会赔给你一条的。"温梨笙赶在他发难之前开口了。

其实谢潇南有点儿理解她，因为端给她的两盘肉里，有一盘确实难嚼难咽。温梨笙点子背，第一筷子就选到了难以下咽的那盘。

这锦帕被递出去的时候，他就已经不打算要了，但在听到温梨笙这话后，他低声问道：“流云锦是特供给皇族的，你如何赔我？”

温梨笙眼珠乱转，在谢潇南的注视之下，犹豫再三，还是说了实话：“先前你用来塞我的嘴巴的那条锦帕，我让人在梅家找了回来。上面的血迹已经被洗干净了，我可以把那条……”

剩下的话她没说，但谢潇南已经明白了。

原来她想拿他的东西赔给他。

他一下子就被气笑了，一把捏住了温梨笙的两颊。他将她拉近，凑到他的脸前，压低声音道：“温梨笙，这里只有我能带你回郡城，你要是将我气死了，就回不去了，知道吗？”

温梨笙忙不迭地点头，道：“我哪儿敢气您哪？”

两个人的小动作引来了其他人的注意，族长笑着道：“小公子的这个侍女瞧着真是机灵可爱，不知年岁几何？”

谢潇南上哪儿知道去？他顿了一下，没答上来。

温梨笙便主动道：“十六岁了，还没过生辰。”

族长摸了摸胡子，意味深长地道：“倒是与我儿年岁相当。”

说着，他看向索朗莫。温梨笙抬眼看去，才发现索朗莫坐在她对面，那双眼睛正盯着她，非常专注。

他们年岁相当？

他看起来有二十好几岁了，膀大腰圆的！

接下来，话题又转移到了别处，没人再注意这边，索朗莫却还是一直盯着她。

这让温梨笙有些别扭，她已经没有了吃饭的心情，更何况这群大老爷们儿喝酒不知道要喝到什么时候，因此她有些躁动。

谢潇南见她一直不消停，便对她说道：“你扭什么？吃完了就出去。”

温梨笙等的就是他这句话，喜滋滋地道了声“告退”，便离开餐桌，走出了帐篷。

她一出去才发现天完全黑了，繁星悬挂在她的头顶，仿佛唾手可得。营地四周搭了火堆，燃着非常旺盛的火焰，把周围照得亮堂。

阿茶就守在族长帐篷边上，见她出来了，十分高兴地迎上来，用刚学的梁语蹩脚地问：“沐浴？沐浴？”

温梨笙懂了阿茶的意思，朝阿茶点点头。

阿茶就带着她去了帐中，然后亲自给她烧了一大桶热水。虽然阿茶的身量还没有温梨笙的高，但阿茶一次能挑两桶水，让温梨笙颇为惊叹。

她也想去帮忙，但被阿茶伸手挡开，阿茶热情地说着她听不懂的话。

温梨笙其实也有很多话想跟这个小姑娘说，但由于语言不通，实在无法沟通。脱衣的时候，她顺手把金簪放到桌上，而后发现阿茶总是忍不住地看向金簪。

温梨笙的心一动，她把金簪塞进阿茶的手中，对阿茶道："送给你，多谢你这两日对我的照顾。"

阿茶连连摆手，不肯接，向来豪爽的温梨笙不甚在意地道："拿去吧，拿去吧，这玩意儿，我多的是。"

去贺家送寿礼的时候，她戴了一堆金银首饰，但那天晚上遭遇了袭击，匆忙之下，她其余的东西全部落在了贺家。她若是将它们都戴上了的话，此刻肯定会毫不犹豫地把所有东西送给面前的这个小姑娘。

见推托不了，阿茶便激动地说了一大串话，随后把金簪紧紧地攥在手里。温梨笙也手脚并用地比画着勉强与她交谈了两句，也不知道自己的意思有没有传达给她，而后才进入了满是热水的桶中。

热水消除了温梨笙身上的疲惫与黏腻的汗，洗净污秽后，温梨笙如焕发新生，只觉得身上的每一根筋骨都无比舒坦。

洗完后，温梨笙本想和阿茶一同把桶里的水清理掉，结果阿茶收了她的金簪后更加卖力，压根儿不让她碰水桶，她只好在帐篷外瞎溜达。

草原上，夜晚比白日要清凉许多，没有白日里的那股燥意。

哈月克族人似乎很少见到外来人，加上温梨笙与族中的女性相比都算是娇小的，她皮肤白嫩，模样美丽，惹得周围的人纷纷注目，甚至上前来与她说话。

但由于语言不通，温梨笙一个字都听不懂，一路上都尴尬地笑着。

闻言此时匆匆找来，对温梨笙道："可算找到你了，快随我来，你家少爷寻你呢。"

一见可以脱困，温梨笙忙跟上她。经过几座大帐，温梨笙见一座帐前站着四个身材纤细的女子，她们正端着东西守在帐外。

温梨笙一到跟前，闻言就从其中一人的手中接下方形托盘，递给温梨笙。

盘中放着折叠整齐的雪白布巾，还有香胰子和几个瓶装的不知名的东西。还没等她看清楚，剩下的几人就把手里的盘子架在她手中的盘子上面，她手上的重量一下子变大了。

闻言撩开帐帘，对温梨笙道："进去吧。"

她狐疑地看了几人一眼，端着东西进入帐篷，一进去就被扑面而来的白雾蒙了眼睛。

她眨眨眼，闻到空中有一股草木香，帐中热气腾腾，隐隐约约透着光。

她往前走了几步，看见前方有一个大木桶，桶中坐着一个人。那人露出白皙的臂膀，双臂半搭在桶边，背上和臂膀有紧实的肌肉，身体一看就很有力量。

这么白的皮肤，她只看了一眼就认出了水桶中的人是谢潇南。

温梨笙的脑中响起“嗡”的一声，她完全没想到闽言居然是让她来伺候谢潇南沐浴的。虽说她现在的身份是侍女，但她没有伺候人的经验。

她正站着踌躇的时候，谢潇南侧过头，问她：“你还要站在那儿多久？”

升腾的热气将他的面容掩得不甚清晰，她隐约看出他脸部的轮廓。

温梨笙硬着头皮走过去，把手里的东西放到旁边的矮桌上，低声道：“少爷，我把帐外的几个女子叫进来伺候你吧？”

谢潇南的头往后一仰，呈现一个十分放松的姿态，他慵懒地道：“我不喜生人近身。”

“可是我……”

“过来。”谢潇南不容拒绝地命令。

温梨笙只好抓起一块布巾走过去，到了近处，才看见他的耳根、脖子上有些红晕。他的眼皮半垂着，他好像马上就要睡着了。

他喝醉了。温梨笙心想。

谢潇南扭了一下脖子，肩胛骨发出“咔”的一声响。他说：“给我擦背。”

他的皮肤白得晃眼，水面上全是白雾，温梨笙什么都看不见。温梨笙咬着牙将布巾在旁边的水盆里浸湿，然后将沾着热水的布巾覆在他的肩膀上，不敢使力地轻轻擦着。

谢潇南不满意地皱眉，问：“你晚上不是吃得挺多的吗？”

温梨笙闻言，只好加重了力道，狠狠地擦了几下，他的皮肤上立刻泛起一阵红。她将谢潇南的肩膀、脖子，甚至耳后都仔仔细细地擦了一遍。她头一回这样伺候人，手法生疏，不过谢潇南没挑什么错处。

他的脖子上戴着一个用黑色的绳子穿着的东西，坠在胸前。温梨笙伸长脖子看了两回，没看见他戴的是什么。

能让世子随身地戴着的，想必是极贵重的东西。温梨笙知道，他们温家虽然钱财万贯，挥霍无度也败不光家产，但要是与那些名门望族相比，富有程度是远远不及的。

有时候，名门望族的一个小物件的价值都超乎想象。

温梨笙忍住了窥探的欲望，擦拭的时候，手指按在谢潇南的皮肤上，感受到他的身体传来的热度后，又匆忙把手缩回。她咽了一口口水，只觉得口干舌燥，双颊滚烫。

她这一趟出门，又是跟男子同榻而眠，又是给男子擦背，这若是传出去，倒是会真的名声尽毁。

不过温梨笙向来对名声不怎么在意，况且这里只有他们两个人，谢潇南肯定是不会将此事往外说的，这让她稍微放心了一些。

当她卖力地给谢潇南擦背的时候，就听他开口了："方才哈月克的族长向我讨要你。"

他许是喝多了酒，说话时语气有点儿懒散，显得声音十分好听。

温梨笙先愣了一下，反应过来之后，震惊地道："还有这事？"

都不用谢潇南说，她就已经猜到那族长的用意了，不过就是想给他儿子讨个媳妇。

她现在的身份是谢潇南的婢女，所以哈月克人若是对她动了心思，都根本不必来告知她，只需要跟谢潇南商量就行。谢潇南若是点了头，她明日就不可能离开这里了。

想到这儿，她有些心慌，俯下身子，凑到谢潇南的耳畔，用极轻的声音道："世子爷，你没答应吧？"

她的声音就在他的耳边响起，他并未闪躲，而是微微抬头，耳朵轻轻擦过她的鼻尖，没有说话。

温梨笙连忙后退了些许，见他没有再说话的意思，一时之间有些猜不透他的心思。

他应该是不会答应的，毕竟她还有个在沂关郡当郡守的爹，并非真的是他的婢女，他是没有权力决定她的事的，尤其是这种大事。

但是她转念一想，若是他真的点头了，那明日她就会被强行留在这片草原之上，然后随着他们迁去萨溪草原上的任何一处地方，到时候，她就算是想要逃走，也没有半点儿办法。谢潇南回去后，再把她失踪之事嫁祸给贺家人，那谁也不会，也不敢追究到他的头上。

他把这事说出来是为什么？询问她的意愿吗？

谢潇南若是拿她做人情该怎么办？

他是这样的人吗？

温梨笙并不了解他，所以不敢断言。

房内一片静谧，她的念头一个又一个地冒出来，最后她实在是累得不行了，气喘吁吁又郑重其事地道："少爷，我觉得你该起来了，再泡的话，当心晕在桶里。"

谢潇南"嗯"了一声。

温梨笙把布巾搭在桶边，后退了好几步，站着不动了。

谢潇南等了片刻，见她还直愣愣地站着，便道："转过去。"

醉后的谢潇南仿佛褪去了冷漠的外衣，眸中也没有迫人的气息，像一只餍足、困倦的白狮。

他平日里虽不喜生人近身，可出门在外，这些小事本来还是能够忍受的，但许是今晚喝得多了些，他有些任性，愣是让几个服侍他沐浴的侍女一直站在帐外，等着温梨笙过来。

那双蒙了雾气似的眼睛看着温梨笙，像墨色的古玉，漂亮得不可思议。

温梨笙顿了一下，耳根一热，连忙转身面壁去了。

她身后响起水声，约莫是谢潇南出了桶，外面突然传来了歌声，盖住了屋中的声音。须臾后，谢潇南开口："明日起早点儿。"

温梨笙听他说话，以为他已经穿戴好，一转身，却见他正在披上衣，精瘦的胸膛毫无遮挡地映入她的眼中。她看见谢潇南的脖子上戴的正是先前那块被她误打误撞地抢到的紫玉。

他那盘起的头发散了下来，浓重的墨色仿佛成了雪白的衣衫的点缀，对比分明的颜色一下就印在了温梨笙的脑中。

谢潇南神态自若地合上衣襟，修长的手指慢条斯理地扣着盘扣，一抬眼就看见温梨笙正目不转睛地盯着他。

他双眉微皱，刚想说话，就见温梨笙的鼻子忽然流下了一抹鲜红的血。

温梨笙也第一时间察觉了，往鼻子下抹了一把，手指头上都是血。她被吓得魂飞魄散，道："完了完了，我就说我自打进来就感觉不太对劲，心跳加快头脑发热，烦躁难忍，你果然给我下毒了！"

她赶紧用衣袖捂住鼻子，喊道："可恶啊，什么时候下的？我都没有防备！是这空中的香气，还是你沐浴用的水？到底是什么毒？！"

谢潇南："……"

"补益太过，气血太足，无大碍。"这是闽言给温梨笙看诊过后得出的结论。

温梨笙起初有点儿不相信，对她道："你再仔细看看，我觉得身体不太舒服。"

闽言细心询问："姑娘觉得什么地方不舒服呢？"

温梨笙回想了一下当时的情况，道："心跳得特别快，整个头脑都发热，有一股烦躁感盘旋在心底。"

闽言道："确实是因为你气血过盛。你若是不放心，我可以让阿茶给你泡些下火的茶水喝喝。"

温梨笙这才松了一口气，有些不好意思地摸了摸鼻子，道："那就好，我还以为我又中毒了呢。”

“这两日给你吃的补药太多了，加上我们这里的吃食性热，你可能也有些吃不惯。”闽言说罢，起身往外走去。

温梨笙跟在她身后，点点头道：“确实吃不太习惯，不过我明日就要回去了，所以也别让阿茶泡茶了吧。”

闽言闻言，停下脚步，站在帐门边，像斟酌了一下，又开口道：“姑娘可愿意留下来？”

温梨笙讶异地抬眉，问：“什么？”

“索朗莫很心仪你。族中的女孩儿都惦记着他，但他向来没有看入眼的，这次好不容易有了心仪的人……”闽言试图劝说她，“我们也都很喜欢你，若是你愿意嫁给索朗莫，日后就可能是族长夫人，地位也不一般。”

温梨笙听了这一番话，简直震惊无比，心想：这些人对婚事也真是随便，今日傍晚我才与那个叫索朗莫的人见第一面，晚上他就说要娶我了？！

她一时半会儿竟不知道该怎么回答。

她若是直接拒绝他的话，太驳人面子了。哈月克族的人热情好客，也在她昏睡的这两日里悉心照料了她，这种行为于她而言等同于救命之恩。

可她若是委婉地拒绝的话，这些人恐怕也不会善罢甘休。毕竟族长问完，闽言又问，搞不好她一出门，又会撞上索朗莫本人前来求爱。

温梨笙头痛地道：“多谢垂爱，只不过我已经成亲了，恐怕不能够留在这里。”

闽言听了后，却勾唇一笑，露出一个了然的笑容，问她：“是和你家少爷吧？”

温梨笙惊得变了脸色，正要说话，闽言却接着道：“其实我早就看出来了，你与那公子根本不像主仆，加之在今晚的送行宴上，你就坐在他身旁——哪有主仆在外同坐一桌用饭的？”

她竟然分析得很有道理！

温梨笙诧异于闽言的细心，道：“不是，我与他就是单纯的主仆关系。”

闽言却意味深长地挑了挑眉，明显不相信，道：“没关系，你不必害羞。”

温梨笙想解释得更清楚一点儿，但又觉得没必要这样大费周折。不管他们怎么误会，只要她离开了萨溪草原，这些消息就传不回郡城，郡城里的人也就不会知道。

于是她点点头，装出害羞的表情，问闽言：“这都被你看出来了？”

闽言笑着点点头，没再说什么，撩开帐帘出去了。

温梨笙在帐篷中站了一会儿，觉得要再去找谢潇南一次，不能在他那里露馅儿了。谁知她一出去，就看见闽言和索朗莫站在边上，不知道在说什么。

索朗莫见她出来，三两步走上前，高大的个头像要将她笼罩住似的，一把就抓住了她的手腕。

温梨笙下意识地挣扎，他的力道很大，他扣住她的手腕不松。很快，她的手腕处就传来了疼痛的感觉，闽言赶忙上来阻拦。

索朗莫有些生气，与闽言争执起来，两个人就在温梨笙面前说着她完全听不懂的话。她又挣脱不开手腕上的桎梏，顿时脾气也上来了，高声道："都闭嘴！"

两个人被她一惊，便停下了争吵，看向她。

温梨笙握拳，用力地挣脱了他的手，对闽言道："闽姑娘，麻烦你把他说的话翻译给我听，由我来跟他交流。"

闽言平息了一下自己的怒火，说道："我告诉他你已经有了夫君，不会留在这里，他却说并不介意你嫁过人，还说小白羊是没有能力保护别人的，你的美丽只有留在这里才会被守住。"

"小白羊？"温梨笙不理解。

闽言道："前日你与你的夫君被阿荼带回来的时候，族中有人打趣说，你们就像误入狼群的小白羊。不过他们并没有恶意，你不要介意。"

温梨笙摇摇头。她当然知道这些人没有恶意。的确，在这个人人晒得黝黑，男女都身强体壮的族群里，她和谢潇南不曾受风吹雨打的皮肤显得非常娇贵，透着一股文弱的气息。

温梨笙对闽言道："麻烦你帮我转达，大梁的女人不事二夫，对夫君从一而终，我这辈子只会有一个男人，请不要用这种方式折辱我。况且我夫君在郡城中有些地位，即便文弱，保护我也足够了。"

闽言的眼中有些动容之色，她转过头，把话转达给了索朗莫。听了这番话之后，索朗莫似乎还想说什么，但最后只深深地看了温梨笙一眼，随即转头离开了。

闽言抱歉地笑了笑，道："姑娘见谅，索朗莫年岁尚小，对自己想要的东西向来都这样直接，但他本心不坏。"

温梨笙面对这突如其来的桃花债，也头痛得很，疲倦地摆了摆手，道了声"无事"便往她睡觉的帐中走。手搭在帐子上的时候，她忽然想起，若是索朗莫还没有放弃怎么办？他会不会趁着半夜无人，悄悄闯入她的帐中来？

这帐篷也没个门锁什么的，更没有守卫，谁都能进来。

她越想越觉得不安全。她并不想用恶意去揣度别人，但毕竟出门在外，防人之心不可无。

她忽然又记起方才给谢潇南擦背的时候，他提及族长讨要她一事，心猛地一动。

难不成谢潇南说那句话，并不是为了询问她的意愿，而是旁敲侧击地告诉她，有人在打她的主意，让她提高戒心？

她越想越觉得心惊，随即方向一转，直奔谢潇南的帐篷而去。

帐中点着灯，谢潇南还没睡。

她小心地撩开帘子，探头进去，贼头贼脑地左右看看，见他坐在左边的矮桌旁，低头看着什么东西。桌上的一盏灯将他的面容染上了暖色，帐中还有四盏落地灯，将周围照得很亮。

谢潇南都没抬头就知道来人是她，嘲讽道："你的毒医治好了？"

温梨笙想到不久前她还大声指责谢潇南给她下毒的场景，顿时觉得有些尴尬。于是她讪笑了两声，进了帐中，找话题聊，道："少爷，外面的人都在唱歌、跳舞，好不热闹，你不出去看看吗？"

方才她在边上看了两眼，一轮明月下，哈月克族人无论男女老少，皆围着搭建而成的火堆载歌载舞，跟过年似的。

"他们已经唱跳了两个晚上了。"谢潇南看起来对那热闹一点儿也不感兴趣。

温梨笙"哦"了一声，在原地站了一会儿，见谢潇南并没有把她赶出去，于是胆子大了些，轻手轻脚地走到他旁边。

而后她蹲下来，两只手搭在矮桌边，撑着矮桌，往前一倾，只见他面前摆着的是一张地图似的东西，谢潇南正看得仔细。

温梨笙打小混在江湖人里，对地图这一类东西很是敏感，下意识地以为这是什么机密的东西。她以为自己看了不该看的东西，连忙捂住眼睛，问："少爷，你在看什么见不得人的东西呢？"

谢潇南莫名其妙地看了她一眼，一下子就看见她的手腕上有指印，那指印在她白嫩的皮肤上十分显眼。他又低下头，看了地图片刻，才开口问："族长的儿子找你了？"

温梨笙没想到被他看出来了，把手掌往下挪了挪，露出一双眼睛，点点头，气愤地道："那个人还真想让我留下来，我找不到合适的话推托，于是说我已经嫁人了。他竟然说不介意我嫁过人，真是脑子有病！怎么还有这样的人？！"

谢潇南却道："在哈月克族，父亲死后，儿子娶继母的事也不是没有。"

温梨笙完全理解不了这种习俗，但身在别人的地盘，也不好说什么，只小声道："这简直乱了伦理纲常。"

难怪这些人一直在萨溪草原上生活，以他们的理念，他们恐怕很难融入梁国。

温梨笙想了片刻，又往前凑了凑，斟酌着道："不过我说我嫁人了之后，闽言就把你误会成了我的夫君……"

谢潇南听罢，皱起了眉头。

温梨笙见状，赶忙解释道："当时的情况比较复杂，我也不知道该怎么跟她解释，然后就碰上了索朗莫。于是，我干脆将错就错了，况且咱们在阮海叶面前不是配合得挺好的吗？明日就要走了，若是没人提起此事，你就假装不知道呗。”

谢潇南嗤笑一声，慵懒地道：“是‘女人说话，男人别插嘴’的那种配合吗？”

他微醺，声音低沉悦耳，且带着一种无形的吸引力。温梨笙盯着他的侧脸，一时间没察觉自己的视线突兀，只打着哈哈，糊弄道：“世子爷的救命之恩，我没齿难忘，回去之后，定会做牛做马报答世子爷。”

谢潇南没有应声，表情专注地看着地图。

温梨笙感觉到了，或许是因为有些醉意，谢潇南此刻脾气好了不少，脸上虽然没什么表情，但不显得冷漠了。

这几日与他相处下来，温梨笙也有点儿摸清了他的脾气，只要他没有说“不行”，基本就等同默认了，于是她有点儿得寸进尺地道：“我今晚……能睡在这儿吗？”

谢潇南像没听见她的话似的。

屋中安静了一会儿，温梨笙又道：“我貌美如花，人见人爱，而且手无缚鸡之力，也不会武功，在这里又只认识你，这里的房子连个门闩都没有，太不安全了……”

谢潇南的目光在地图上缓缓挪动，他听着她越来越离谱儿的话，也没什么表情。他忽然看见她的影子投在地图的一角，她左耳上的玛瑙耳坠的阴影正在地图上轻轻地摇晃着。

他的视线一停，而后，他将地图折起，不看了。

温梨笙的视线追着他，然后她走向里边的竹编矮榻，以为他还在考虑，正想再劝他一番的时候，就听他淡淡地道：“你睡在地上。”

他同意了！

温梨笙暗喜，连忙站起来道谢：“世子爷，您真是大好人！”

房中有一张矮榻，离地还不到一尺，是以睡在地上和睡在矮榻上是没有区别的。

谢潇南见她说个不停，又嫌她聒噪了，道：“不想睡在外面就安静点儿。”

温梨笙赶紧闭嘴，转头出去把自己的被褥和竹席一块儿抱过来。她在帐中左右看了看，得寸进尺地把席子铺在竹榻旁边，心想：若是有谁晚上真的摸进来的话，谢潇南也能第一时间把我叫醒。

席子铺好之后，温梨笙站在边上看了看，问道：“你若是夜间下床没看见我，会不会踩到我？”

谢潇南自然没有那么不长眼，但他往竹榻上一躺，淡淡地道：“嗯，会踩到，我会一脚把你踩死。”

温梨笙被他一吓唬，连忙将席子往旁边拉了拉，给谢潇南留了下榻的地方。她老老实实地躺好之后，又听见外面传来了哈月克族人的高歌之声。在这广袤无垠的草原上，即便是在夜里，他们也能肆意地欢唱，根本不必担心打扰别人。

若是在郡城里有人敢这样，早就被抓起来了。

温梨笙其实也想去凑热闹，但又害怕碰上索朗莫那样的人，她实在是招架不住。

一想着明日就能回去了，她就抑制不住地高兴。

她本来是去给贺家送寿辰礼的，谁能想到发生了这么大的变故，竟然从贺家被抓到山上，又从山上逃到了萨溪草原。幸运的是，她一路走来并没有受什么皮肉之苦，即便几次面临危险，也被保护得好好的。

温梨笙想到这儿，忽然一愣，将“保护”这个词反复地在脑中琢磨着。

这一路走来，她身边只有谢潇南，虽说他们之前几次碰面时并没有多么友好地进行交流，但这几日确实都是谢潇南在保护她。

应该是因为她爹是郡守吧？若是换了别的姑娘，他会不会一早就丢下对方了？

她正在胡思乱想的时候，谢潇南已经入睡。他翻身时，半只手探出了竹榻，正好悬在温梨笙的上方，她目光一抬就看见了他修长的手指。

这手匀称又好看。

温梨笙又想：就这手，能把我的肋骨打穿？

她想来想去，睡意渐浓，卷着身上的一层薄薄的毛毯沉沉睡去。

这一夜，她睡得极好，没有任何声音将她吵醒。她甚至连那些人什么时候停了歌舞都不知道，一觉睡到天明。

温梨笙揉着眼睛坐起来的时候，谢潇南正在套外袍，伸展着的双臂看起来很长。雪白的衬衣隐隐勾勒出他臂膀的线条，属于少年的蓬勃之感，即便套着衣裳也无法遮挡。

帐中很安静，他穿衣服时几乎没有声音。

温梨笙昨晚睡的时候没脱衣裳，所以起来之后只要套上一件外袍就行。她穿好鞋子站到谢潇南身边时，正好见他将最后一颗盘扣扣好。她笑着问他：“少爷昨晚睡得好吗？”

谢潇南许是刚醒，漂亮的眼睛里还有些困倦之色，片刻后才慵懒地开口：“去吃些东西，然后我们出发回城。”

温梨笙一听说要回去，顿时高兴得想翻跟头，甩着红色长袍的袖子，蹦蹦跳跳地出了帐子。

外面的天色尚早，一半的天还灰蒙蒙的，另一半却已经沾染了黎明的光，巨大的天幕像被分割成了两半。清晨的风尚有些凉爽，空中尽是青草的气息。

她被人领着前去洗漱，早饭已经准备好了，还是那奶白色的甜汤和面食，另一个盘子里放着撕好的肉丝，比之前吃时方便很多。

温梨笙正慢慢地吃饭，外面突然传来有人喊叫的声音。她刚将一块面饼塞进嘴里，连嚼都没来得及嚼就立马起身出去了，想看热闹。

只见在帐地边上的一块宽广的空地上，已经有了不少人。

这一块地方应该是哈月克族男子的习武操练之地，不仅地方空旷，旁边还摆了三排武器架，上面放了各种大刀、长戟。其中一个武器架上插着一面旗子，旗子正迎风飘扬，上面有一个大大的“梁”字。

温梨笙一边嚼着嘴里的面饼，一边往人群中去，由于人站得并不密集，所以她很轻易地就走到了前排。只见阿茶和两个女人站在空地中，她们前面还站着几个身量高大的男女。

那几个身量颇高的男女身上的衣服与哈月克族人的不同，身上衣物大多是以兽皮做装饰，还戴着干花之类的装饰。温梨笙一下就想到了昨日闽言所提的巴萨尼族人。

那几个人长得很高，其中一个的块头更是大得惊人。他穿着无袖的衣服，两臂上能轻易看见隆起的肌肉，看起来十分骇人。

温梨笙咽下面饼，觉得这种拳头或许真的能一拳打碎她的肋骨。

这几人都带着十足的挑衅的表情，浑身上下写着“找碴儿”三个字，周围聚集的人越来越多，也不见几人露怯。

闽言也循声赶来，看见温梨笙在边上站着，便走到她身边，小声道：“姑娘，你先回帐中避一避吧。”

温梨笙疑惑地道：“怎么了？”

“巴萨尼族人来挑事，若是他们看出你是梁人，只怕会针对你。”闽言担忧地朝阿茶看了一眼，又对温梨笙道：“你先回去，这里我们会处理好的。”

温梨笙很喜欢看热闹，本来不想回去，但闽言都这样说了，她不能留下添乱。她刚要转身，忽然发现谢潇南在她身后站着，也不知道他是什么时候来的，就这样悄无声息地站着。

她顿时乐了，后退两步，站到谢潇南的身旁，凑过去义愤填膺地道：“少爷，这巴萨尼族的人欺人太甚，昨日放鹰，今日就派人来挑事。”

谢潇南低头看了她一眼，道：“莫管闲事。”

“那咱们还走得了吗？”温梨笙小声问。

他们暂时肯定是走不了的，只能等哈月克人解决掉面前的事。

于是，温梨笙学着谢潇南双手环胸的姿势，站着看起热闹来。

巴萨尼族人中带头的是个二十余岁的男子，粗眉宽鼻，一脸戾气，张口说了一句话。

他说的约莫不是什么好话，阿茶愤怒地回应他。结果一名巴萨尼族女子推了阿茶一把，这一举动惹得阿茶身旁的女子大怒，厉声斥责那巴萨尼族女子。

忽然，有一个巴萨尼族女人似乎看见了什么，一伸手臂，从阿茶的头上拔下一个东西，扬起来道："这不是梁人喜爱的发簪吗？你们果然藏了梁人！"

温梨笙惊讶地挑眉——这人居然也会说梁语。

闽言看出她的惊讶，便解释道："巴萨尼族人一直生活在靠近群山一带，所以很多年前就开始向梁人购置物品，他们会说梁语。"

"一边向梁人买东西，一边厌恶梁人？"温梨笙问。

"很多年前，梁国统一，收复萨溪草原的时候，杀害了草原上的很多人，其中就包括大量的巴萨尼族人，所以他们对梁人的仇恨一直延续至今。"闽言说道。

阿茶见金簪被抢走，顿时急了，冲上去要夺回。但因为身量差距过大，她一下就被巴萨尼族女人推倒在地上，摔了个大跟头。

旁边站着的几个年纪尚轻的男孩儿连忙将阿茶拉起来，却也不敢上前。

温梨笙这才发现，这周围站着的哈月克人大多是女子，那些强壮的男人都不在。

那高个子女人扬着金簪道："当初你们迁至此地，与我们族长定下协议，不可私藏梁人，那这是什么东西？"

温梨笙又向闽言问了几句，这才了解了情况。

哈月克族人养了许多牛羊，一直在草原上迁徙，这次迁到的群山旁正是巴萨尼人一直占据的地盘边缘。族群之间并不会轻易起冲突，所以在一开始，两族就订下了约定，至今已经有三年，除却巴萨尼人偶尔来骚扰之外，都还算相安无事。

只是巴萨尼族人容不下梁人，所以不允许梁人出现在这一带。

闽言说，他们这次来找事是因为昨晚索朗莫射死了他们的一只鹰，所以他们一大早趁着哈月克族中的男子都外出挑水时来挑事。

那个女人发现温梨笙送给阿茶的发簪只是个意外。

但不管是不是意外，也确实是因为她和谢潇南，哈月克人才在此刻遭受了巴萨尼人的挑衅。

之前阿茶带回温梨笙和谢潇南后，哈月克人在明知道他们是梁人的情况下，还是选择了收留他们，光是这份恩情，温梨笙就觉得自己不能袖手旁观。

她正想着，索朗莫就带着两个年轻男人匆匆赶来，闽言见状，也跟着上前。几人站到巴萨尼人面前，闽言质问对面的巴萨尼人："你们究竟想干什么？"

巴萨尼族的几个男子也不知道相互说了什么，之前那个抢簪子的女人用梁语扬声道："只要你们交出私藏的梁人，这事便一笔勾销。"

而后她将手中的金簪折断，扔在地上，高声道："若是继续藏着梁人，可别怪我们不给你们留情面！”

她这话是说给温梨笙和谢潇南听的。

阿茶见金簪被折断了，“哇”的一声哭了出来，扑在地上，将已成两段的金簪捡了起来。

温梨笙实在看不下去了，正要出声，谢潇南身体一动，径直走出了人群。

她也赶忙跟上去。

她和谢潇南有很明显的梁人特征，在一群臂膀粗壮、身量高大的人当中格外显眼。巴萨尼族的几人一看来人是一个唇红齿白的少年和一个娇俏的姑娘，顿时露出不屑的笑容，其中一个男人说道：“原来是两只迷了路的羔羊，我还以为是什么大人物来了萨溪草原，能让哈月克人这样相护。”

索朗莫也皱着眉，伸臂拦在谢潇南面前，示意他别再上前。

闽言也劝道：“小公子，不必理会他们的话。这里的事与你们无关，你们还是先回去吧，等一下族长会安排人送你们回去的。”

谢潇南却抬手打断了她的话，拂开索朗莫的手臂，走到巴萨尼族那几人的面前才停下。

两方人马仿佛随时会动手。

温梨笙怕挨揍，落后半步，跟在谢潇南身后。

他没有说话，温梨笙在此刻发挥了巨大的作用。她早就见惯了这种场面，半点儿不露怯，叉着腰冷哼了一声，道：“普天之下，莫非王土，这片萨溪草原在梁国境内，萨溪草原上的每一寸草地、每一滴清泉都是梁国的！你们若是真的那么痛恨梁国人，就该搬到萨溪草原之外，再升起你们的族旗。”

折断金簪的高个子女人怒道：“这片草原是自由的！根本不属于梁国！”

温梨笙用下巴点了点武器架上的大旗，问：“那这里怎么有梁旗呢？”

“不过是这群狗腿子为了讨好梁人才做出这种丢人的事！我们族长若是早知道他们会竖起梁旗，三年前就不可能让他们留在这里！”那大块头男子的声音浑厚如钟，他吼起来时，嗓门儿极大。

温梨笙觉得吵，往后仰了仰头，道：“真是好笑，你们若真那么有能耐，何不举反旗攻上皇城？还不是一群只会窝在自己的一亩三分地里叫嚣的无牙野狗？”

她这话不太好听，那男子像怒极一般，一伸手，竟直接一拳打断了旗杆。木头断裂的声音传来，武器架也被打翻在地，发出叮叮当当的声响，温梨笙被这声响吓了一跳。

挂着梁旗的杆子歪倒，往地上掉落。

站在旁边一直没有说话的谢潇南突然抬腿，一脚踹中了巴萨尼族的几人中领头的男子，正中其胸。

这一脚可不得了，那男子只觉得仿佛有一辆载重上千斤的马车撞上他的胸膛。一阵剧痛袭来的瞬间，他整个人飞了出去，狠狠地摔在地上后还滚了几下，而后梁字旗正好落下，盖在了他身上。

温梨笙与其他人一样瞪圆了眼睛，张大了嘴巴，震惊不已。

谢潇南出手太快，等所有人反应过来的时候，被踹的男子已经被梁旗盖住，整个人晕了过去，半点儿动静也无。

谢潇南微微抬起下巴，冷冷地命令道："把旗捡起来。"

温梨笙的心一荡，她转过头去看谢潇南，只见他表情冷漠，整个人看起来高傲而不羁。

谢潇南生气了，不是因为被叫作"羔羊"，也不是因为被对方看轻与挑衅，而是因为那个大块头男人折断了梁旗的旗杆。

她这才发现自己被哈月克族人误导，有一个非常严重的误解：自小长在皇城里的小公子，皮肤是白嫩的，举止是优雅的，但并不是柔弱的羔羊。

他不如索朗莫高，也没有"大块头"强壮，却有着一股野性和不可一世的气度，这就是谢潇南。

这是将所有反抗之人踩在脚下的谢潇南。

"大块头"见自己人被一脚踹得生死不明，当即怒了，张开双手扑上去，想教训谢潇南。温梨笙见状，连忙后退数步，生怕自己被波及。

她退到闽言身旁，闽言一脸震惊地对她说道："姑娘，你快劝劝你夫君，叫他不要动手，会受伤的！"

温梨笙说："我可管不了他。"

"大块头"一扑上来就要抓谢潇南的胳膊，谢潇南却一抬手，敲在"大块头"的手腕处，第二下落在他的手肘上。"大块头"的表情变得痛苦，而后他飞快地用另一只手去抓谢潇南的脖子。

谢潇南只微微朝后一仰就轻易地躲过，紧接着一抬脚，踢在"大块头"的左肋骨上，将他踹得后退数步。

仅仅两招，谢潇南半寸未退，"大块头"却后退了好几步。

"大块头"极不甘心，没想到自己会被一个少年打退。他大吼一声，扎了个马步运气，继而迈开腿，两步跑向前，到了近处，便双拳齐出，一拳攻谢潇南的面部，一拳攻谢潇南的腹部。

谢潇南俯身躲避，双手抓住"大块头"的左臂，一跃而起，整个人极其轻盈地跳到空中，继而身体一旋，左腿弯曲，膝盖狠狠地撞在"大块头"的侧脸上，在空中转了一个圈后，再将右脚跟踢在他的头上。

这两下打在头上，单是看着就让人心惊，饶是“大块头”看起来一副极抗揍的模样，挨了两下后，整个人也快要站不住了。“大块头”往旁边踉跄了好几步才堪堪稳住身形，片刻后，他的右耳流出了血液。

那血液如一朵在空中飞舞的红莲，谢潇南站在朝阳下，旷野上的风卷得他墨色的长发、红色的衣袍不停翻动。

“大块头”抹了一把耳朵上的血，面目变得狰狞。他身旁的几人也终于察觉到他打不过面前的少年，便一齐朝谢潇南进攻。

看着这么多膀大腰圆的人一起向谢潇南发起进攻，温梨笙心一紧，下意识地担心起来。

索朗莫见到这情况，也想上前帮一把，却见谢潇南身姿轻盈，动作流畅，看起来好似躲不过他们的攻击，却总能够在拳头要打到身上时错身闪避。

巴萨尼族的人显然更崇尚力量，他们的攻击招式无比简单，所有的力道集中于拳脚之上，所以横拳扫腿间，普通人但凡被击中一下都会受重创。

谢潇南明显是多年习武之人，每一个动作都极其流畅，甚至能轻松接下对方全力挥舞而来的拳头。他的手漂亮、修长，他轻轻地在别人的关节上一捏，就能让对方的手腕、肩颈部的关节错位。

很快，那几个巴萨尼族人的双臂皆脱臼了，他们再也挥不动拳头，露出惊恐之色，齐齐往后退。

“大块头”见自己的伙伴皆落败，匆忙从地上捡了一把大刀，挥舞着那把大刀再次冲上去。

谢潇南的左脚后撤半步，目光锐利地盯着“大块头”挥舞的大刀，等“大块头”到了近处时，他忽然脚跟一旋，侧过身。“大块头”一时没收住力，与他错身半步，手腕就这样被拽住了。在他的力量之下，“大块头”连反抗的机会都没有，手臂就被折在面前，大刀被掉转方向贴在“大块头”的胸膛上。

下一刻，谢潇南握拳抬臂，右手出拳，狠狠地砸向大刀。

只听“砰”的一声响，然后是凄厉的痛呼声，“大块头”猛地飞起，断了线的风筝一般砸落在地上，一大口鲜血喷涌而出，大刀也掉在了地上。众人定睛一看，大刀上有一个大坑，隐约能看出那坑是个拳头的样子。

温梨笙眼皮一跳，下意识地摸上自己的肋骨，回想起那一句“我隔着铁板，能把你的肋骨打穿”。

她觉得谢潇南还是谦虚了，这一拳下来，她根本不是断几根肋骨的事，可能会被他打死。

谢潇南的动作如此利落，他在片刻间就把“大块头”打倒了，周围的人爆发出叫好的声音。

谢潇南走到“大块头”身边，一脚踩在他的肩头，捏着他的手腕，将他的左臂拉起。哈月克族的族长不知什么时候赶到了，见状，连忙出声道：“等等！”

话音未落，谢潇南手上一用力，骨头碎裂的声音便响了。“大块头”惨叫一声，血液从嘴里流出来，沾染了他的半边脸。谢潇南松手，“大块头”的左臂也无力地砸在了地上。

谢潇南弯腰捡起地上的大刀，将刀抵在“大块头”的后颈处，冷冷地道：“把旗捡起来。”

来挑事的一伙人中，只剩下方才折断金簪的女人手臂还能动。她看见刀架在同伴的后颈处，刀尖已被血染红，再也不复方才的嚣张，尖叫着哭喊出声：“我捡，我捡！你别杀他！”

她似乎腿软了，仅仅几步的距离，跑起来还差点儿摔倒。她将方才落在领头男子身上的梁旗捡了起来，将被折断的旗杆架在另一个武器架上，解开自己的发带，颤抖着双手，将旗杆绑在架子上面。

一面黑底白字的大旗被风一卷，迅速展开，上面的“梁”字在旷野上格外醒目。

谢潇南微微抬头，望向那迎风招展的大旗。

他的长发被风卷起来，纯粹的黑色与他白色的皮肤相映衬，红色的外袍翻动，黑眸中带着冷峻之色。

谁的话也不听，谁的面子也不给，他仿佛也成了这草原上的自由的灵魂，成了不受拘束的风。

闽言激动无比，突然大声地用哈月克语说了什么，继而，围观的哈月克族人立即高举双手大喊。

温梨笙在一片喧闹之中愣愣地看着谢潇南。

几个巴萨尼族人在欢呼声中狼狈地逃走了。

一场闹剧终于落下帷幕，哈月克族的族长快步上前，并未计较方才谢潇南没有住手的事，反而连连道谢。哈月克族人对谢潇南也彻底改变了态度，先前是热情，现在则是恭敬。

温梨笙见众人将谢潇南围住，在原地站了许久也没有上前，而是转过头，到了坐在地上哭的阿茶身旁，蹲下来摸了摸阿茶的头，道：“没关系，等我回去了，再挑些好看的送给你。”

阿茶听不懂她的话，仍旧哭着，两只手里各握着一截断了的金簪。

温梨笙叹了一口气，忽然瞥见不远处的地上有一个铜板似的东西。她走过去将那东西捡起来，放在手心里。

那东西与铜板相似，外圆内方，上面刻着她不认识的字，另一面则刻着一种她没见过的花。那东西比铜板小一圈，像很多年前的旧物。她记得这是被谢潇南戴在发上的，方才打斗时掉落了。

“这是哈月克族人祖上所用的货币，后来草原被梁国收复，我们就用梁银了。这些铜币如今被当作一种装饰品，代表祖上的庇佑，是吉祥的东西。”闽言走过来，见她专注地观察着手中的铜币，便解释了一下。

温梨笙将代表吉祥的铜币握在手中，朝闽言笑道：“方才的事，你们不用担心，等我们回到郡城之后，就会派人来解决的。”

闽言笑着说：“没关系，巴萨尼族的人不见得会动手。我们虽谦让，但也不是任人拿捏的，且在这里也住了三年多，是时候迁地了。”

温梨笙没再多说，将手中的铜币收进衣兜，说道：“日后见不到了，还真是挺遗憾的。”

“萨溪草原上的每一缕风，都是你想见到的人。”闽言笑着道，“族中的老人经常这么说。”

两个人边说边笑，忽然察觉那边的喧闹声小了许多，温梨笙望过去，只见十几步之外，谢潇南正站在人群之中偏着头看她。

温梨笙对上他的视线的同时，一朵蒲公英似的白色小花被卷到风中，从谢潇南的肩上飘过来。它徐徐地飞到温梨笙的面前，她心一动，踮着脚，一伸手就把小花握在了掌心中。

他道：“走了。”

温梨笙攥着小白花，笑嘻嘻地跟上去，道：“来啦！”

她追赶了几步，走到谢潇南身旁，低声问：“少爷，你不是说不管闲事的吗？”

谢潇南却说：“这不算闲事。”

从萨溪草原返回沂关郡，最近的路就是翻越一座座连起来的高山。但山中野兽很多，且盘踞着不知名的山匪，还有猎户们设下的陷阱等，危险因素太多。

所以温梨笙和谢潇南选择乘舟穿过环绕着山的河流，然后到达山边的乡镇，再一路回郡城。

他们只带了一些哈月克族的饰品和食物，再多的东西，谢潇南就不让她带了，说麻烦。

去渡口的路上，他们由两个男子和闽言陪同，索朗莫本来也想跟着，但温梨笙躲在谢潇南身后小声地道：“快想办法，快想办法……”

最后谢潇南被念叨得烦了，开口回绝了索朗莫。他击退巴萨尼族的几个人之后，在哈月克族的地位飞升，所有人见了他都十分尊敬，就连索朗莫的目光也一直追随着他。得知被他拒绝之后，索朗莫觉得非常遗憾。

温梨笙最后把自己原本的衣裳留给了阿茶，用来表达感谢的金簪被折断了，她能留下的东西也只有那一身昂贵的衣裳。她穿走了哈月克族人的衣裳，自然要留下她自己的。

虽然这有些不合礼节，但阿茶不介意，得知温梨笙的意图之后，十分高兴地抱着衣裳转圈圈。最后阿茶将两指合并，将指头在温梨笙的唇上轻轻印下，而后将两个指头按在自己的眉间，闭上眼睛，低下头，不知道说了一句什么。

闽言在一旁说："这是我们祈福祝愿时的礼仪，阿茶在为你祈福。"

温梨笙笑弯了眼睛，最后摸了摸阿茶的头。

哈月克族的人站成一队，欢送温梨笙和谢潇南。族长最后对他们送了一番祝福，并表示哈月克族永远欢迎梁人，而后目送两个人离开。

直到走出很远，温梨笙坐在马上回头望的时候，他们还站在原地未动。

感受到异族人的热情，温梨笙的心被填得满满当当的。她隔着随风摇摆的绿草向他们挥手。

出了萨溪草原后，他们骑马行了半个时辰的路，到了渡口等船。太阳慢慢升起，气温渐渐变高，温梨笙拿着羽毛扇有一下没一下地摇着。

他们等了许久，船才慢慢悠悠地来。温梨笙起初很纳闷儿：照这样的速度，一天也只能渡一趟，船夫靠什么挣钱？

后来她才了解到，萨溪草原上的人并不常去乡镇，所以这艘船五日才有一趟。幸亏她醒得及时，若是错过了今日这趟船，他们就要再等上五日。

把两个人送上船后，闽言等人就骑着马回去了。

船舱中只有温梨笙和谢潇南。起初见周围风景秀丽，温梨笙还感觉很是新奇，站在船头左顾右盼，后来时间一长，她的新奇劲儿消退了，加上阳光越来越强烈，晒得人浑身燥热，她就钻进了船舱里。

谢潇南正靠着舱体闭眼休息，温梨笙便放轻了动作，坐到了他对面。

舱内静谧，温梨笙放肆地盯着谢潇南的脸打量。

她是头一次在这么近的距离下如此仔细地观察谢潇南。

梦中，谢潇南进沂关郡后，郡城中数不清的人想要攀高枝儿。他们争破了头地想把自家的女儿送到谢潇南身边，哪怕只做妾，待谢潇南回京承爵后，他们的女儿也有享不尽的荣华富贵。

最夸张的是一个姓冯的男人，把自己七岁的女儿送给谢潇南当丫鬟。温梨笙听说之后大笑不止，暗想，这些人怕不是丧心病狂了。

谢潇南确实有一副极为出众的容貌。他身着赤色的哈月克族外袍，白色的衣襟露出一半，墨发束成马尾辫，垂下的发丝肆意地散在肩头、胸膛上。他浑身上下只有红白黑三种颜色，即便坐着不动，也难掩一身与生俱来的贵气。

他闭上眼睛时，敛去了拒人于千里之外的冷漠，就让人有了一种可以触摸他的错觉。

梦中，这根高枝儿，沂关郡的人谁也没攀上，他在沂关郡住了一年多，把沂关郡搅得天翻地覆之后就回京了。

他回京后，沂关郡的人起初还偶尔能听到他的消息，后来无论如何也打听不到了。直到他举起谢字旗攻城造反，关于谢潇南的事才又一次传遍大梁。

谁能想到最后将谢字旗插上皇城，坐在龙椅上接受万民朝拜的谢潇南，现在就坐在她面前？他此刻闭着眼睛，看起来无害。

温梨笙心想，要是她现在一刀捅过去，把他捅死，会不会就能避免大梁之后的动荡？

但是她又想到了自己的肋骨。

她正想着，对面的人突然睁开了眼睛，看到她后，双眸一眯，露出不爽的神情。

温梨笙吓了一跳，继而若无其事地把视线挪开，抖着腿哈哈大笑，道："外面的天气真好啊，是吧，少爷？"

"你还要盯着我看多久？"谢潇南道。

"啊？"温梨笙大吃一惊，"你不是闭着眼睛吗？怎么我盯着你看也能被发现？"

习武之人的五感本就比寻常人的灵敏，他说道："你的目光太过直白。"

"是吗？"温梨笙挠了挠头，道，"那一定是我对您尊敬、崇拜得太过热烈。"

"说谎的时候，先想想谎言被拆穿的后果。"谢潇南往后一靠，姿态有些懒散，道，"你爹没教过你这些吗？"

"我爹只教过我看见世子爷之后要恭敬守礼，千万不可逾矩。"温梨笙说。

"那看来温郡守没教好你，"谢潇南道，"我倒是不介意帮温郡守管教一二。"

这话在温梨笙的脑中转了个来回，她疑惑地道："你想当我爹？"

谢潇南愣了一下，对温梨笙的反应有些讶异。

"不太合适吧？你的年纪应该跟我的差不了多少。"温梨笙皱着眉头，像真的在认真考虑似的，"况且我要是改姓谢，谢梨笙……不好听啊。"

"闭嘴。"谢潇南见她越说越离谱儿，嗤笑一声，道，"想进谢家的族谱？你倒是想得挺美！"

温梨笙心想：我还不稀罕呢！呸！

又一次不太愉快的聊天儿告终，接下来两个人没再交流。船体摇摇晃晃的，引来了温梨笙的睡意，她歪倒在宽大的椅子上，裹着身上的红袍，很没有形象地呼呼大睡起来。

临近正午时，船才在渡口靠岸，温梨笙揉着惺忪的睡眼，跟在谢潇南身后下了船。渡口来往的人都对他们投来了好奇的目光。

渡船也算是萨溪草原上的人前往乡镇的常用途径，所以这个渡口经常有不同种族的人来，大多数人见到他们后没有露出诧异的表情。

正午的阳光很充足，很多在渡口干活儿的男子光着膀子，身上的汗珠密密麻麻的。还有不少妇女提着饭来寻自家男人，带来的孩子三三两两地聚在一起玩耍。

其中有一个约莫十岁的男孩子，身上穿着破旧的粗麻布衣，两条干瘦的腿飞快地跑动着，一下就从温梨笙的面前跑了过去，手里还拿着一把由木头做成的剑。

后面有四五个孩子在追赶，没追几步就追上了男孩子。他们将他压在地上，哄闹着把木剑从他的手里抢走，嬉笑着问他："就凭你也想娶上官大小姐？"

他们将木剑递给其中一个穿着锦衣的男孩子，那男孩子接过木剑之后，牵起旁边一个穿着粉色衣服的小姑娘的手，郑重其事地道："上官姑娘，我保护你，不会有人欺负你的！"

穿着锦衣的小男孩儿的同伴们附和道："是呀是呀，嫁到我们周家来，就有享不尽的荣华富贵呢！"

温梨笙没绷住，被逗得笑出了声。

她知道这穿着锦衣的小男孩儿扮演的是当朝宰相周大人，周家人世代从文，代代出状元，是大梁千万学子的榜样。小女孩儿扮演的是上官家族中的姑娘，传闻上官家的女儿容貌倾城，知书达理，无数人求娶而不得，她们嫁的都是大富大贵的望族，引得世间女子竞相效仿。

民间小孩儿都爱这么玩，不是扮作妖精神仙，就是扮作高官望族，也没人会管这些。

她正笑的时候，倒在地上的小男孩儿坐起来，倔强地喊道："我谢家人骁勇善战，也是很厉害的，怎么就娶不得她了？"

他的话顿时惹来哄堂大笑，有人嘲笑他："谢二河，你这胳膊、腿能拉动你家的磨就不错了！"

温梨笙下意识地朝身边的人看去。

谢潇南忽然上前，一把夺过穿着锦衣的小男孩儿手中的木剑，或许是因为他身量高、气势足，一群小孩儿被吓住了，没人敢出声反抗。而后他走到谢二河身边，拎着谢二河的胳膊，轻松地让谢二河站了起来，再蹲下去与谢二河对视。

谢潇南将木剑递给他，道："拿好。"

谢二河伸手接过木剑，表情愣愣的。

"保家卫国，守护大梁才是我们谢家人该做的事。"谢潇南用手捏了捏他的脸蛋儿，严肃地问，"懂吗？"

他懂什么啊？他只是一个半大的孩子。

正午灿烂的阳光照在谢潇南的身上，描绘出他温润如玉的眉眼，他的面色温柔而认真。

温梨笙站在几步之外，看着蹲着的谢潇南与站着的小男孩儿。两个谢家人的身份天差地别，他们却在这偏远的乡镇的一角相遇，不知为何，她的心中产生了一种奇妙的感觉。

木剑被夺后，穿着锦衣的小男孩儿反应过来，气势汹汹地来到谢潇南面前，想要伸手把木剑抢夺回去。结果谢潇南弯起手指，一下弹在了他的头上。

穿着锦衣的小男孩儿立即捂着脑袋大声哭喊起来，他的几个小跟班也不怕死地排着队来，结果被谢潇南一人赏了一个栗暴。几个孩子大哭起来，眼泪哗啦啦地流。

温梨笙见状，目瞪口呆。

谢潇南接着问谢二河，只是这次问时，他的表情有些凶："我说的话，你听懂了吗？"

谢二河虽有些害怕，却还是瑟缩着道："可是我想娶漂亮媳妇儿……"

他刚说完，谢潇南便抬起手在他的脑门儿上弹了一下。于是，几个孩子抱在一起哭。

温梨笙左右张望，怕孩子们的父母找来，连忙把谢潇南拉走了。

逃离现场的时候，她没忍住，问了一句："你跟小孩儿计较什么？"

谢潇南轻哼一声，反问道："你在教训我？"

他不该被教训吗？他都多大了，还欺负小孩子？！

温梨笙一边反复说着"不敢"，一边加快脚步，赶在他们的父母找来之前走了。

两个人在镇上寻了一家饭馆，简单地吃了一些东西之后，便租了一辆马车继续赶路。

马车很小，但镇上已经找不到更大的了，出门在外，也只能暂时将就着。温梨笙不敢乱动，因为车厢内的空间太小，她一动腿就会撞上谢潇南的腿，引得他怒目而视。

接下来的路途简直是又枯燥又乏味，对于天性好动的温梨笙来说十分煎熬。她只能偶尔掀开车帘，探出头去看看窗外的风景，余下的时间都是坐在车中发呆或者闭目养神。

这几日睡的时间太多了，她没什么困意，就硬生生地睁着眼睛在摇摇晃晃中熬了几个时辰。谢潇南则安静多了，惜字如金似的，温梨笙多次与他搭话，他始终没怎么回应。

无趣。温梨笙暗想。

他们到郡城附近时，已近傍晚，前方有一座木桥，马车过不去，车夫只得将两个人放下来，收了银子回去了。

温梨笙早就坐得骨头僵硬了，一下车就伸展四肢，伸了一个大大的懒腰。她觉得身上的每一根骨头都舒坦之后，抬头看了一眼悬在西边天际的夕阳。

走过木桥，有一段坡度不大的下坡路，路的尽头就是郡城的城门，城楼上有一排梁旗随风飘舞，许多人从四面八方而来，通过城门进出。

温梨笙晃着脑袋，慢悠悠地走着，落后谢潇南五六步。傍晚的暖风吹来，让她觉得温暖、舒适，空中有花草的香味。

她走了十来步，忽然侧过头一看，只见坡下有一大片金黄色的麦田。麦子已成熟，放眼望去，金色的麦浪一层一层的，坡上的绿树随风摇着。

从郡城中传出的鼓声徐徐而来，鸟儿扑棱着翅膀，发出各种叫声，前前后后地飞往山林中。

倦鸟归林，日落西山。

温梨笙的心一荡，她被眼前的景象惊呆了，停下脚步。

谢潇南听不见身后的脚步声了，走了几步之后回头看，只见她直直地盯着麦浪。

温梨笙余光看到他也停下了，两个人一前一后地站着，左边是随风翻流的麦浪，右边是群山和夕阳。

晚霞渲染半边苍穹，红袍墨发飘动间，她扬声道："世子爷，你快看，我们沂关郡多美啊！"

谢潇南没应声，一偏头，也朝着金色的麦田眺望，眼珠慢慢转动着。

谢潇南站着看了片刻，转身继续往前走，温梨笙也加快了脚步，蹦跳着追赶上了他，欢快地道："世子爷，咱们也算是共患难了吧？等回了郡城，您千万不能翻脸不认人，我就是您最忠实的小弟。我作为沂关郡的龙头老大，您收了我，绝对是超级划算的。"

"龙头老大？"谢潇南疑惑地道，"你确定不是猪头老大吗？"

温梨笙："……"

猪头就猪头吧，反正也是老大。

城门处的士兵对温梨笙的脸无比熟悉，二话没说就放他们进了城。两个人进了城之后才分开，谢潇南回住所，温梨笙回温府。

自从她离开温府以来，满打满算有五天的时间，城中她已经被杀害、抛尸的传闻早已被传得沸沸扬扬。所以她站在温府大门前的时候，一众护卫被吓傻了。

温梨笙用袖子胡乱地擦了擦汗，一边往里面走，一边大声说话：“人呢？鱼桂！快给我备水，我要好好地洗个澡！”

这声音一响起，整个温府炸了窝，府中众人飞快地奔出来，将她团团围住。众人见真的是她，她也没缺胳膊断腿地好好站着时，一时间哭号的声音传遍了温府，闹得路上的人都以为温家人找温梨笙找了四天，终于发丧了呢。

鱼桂和温浦长都不在府中，接到温梨笙回来的喜报后，纷纷赶回府中。

鱼桂更快一些，一进府就看到温梨笙站在院中摇着扇子，抬头打量着家中种的果树。鱼桂飞奔上前，到了温梨笙跟前后，双膝一弯，跪在地上滑行了一段距离，然后猛地抱住了温梨笙的双腿，张口哭号：“小姐啊！你总算回来了，我找你找得好苦啊！”

温梨笙的腿被鱼桂抱得紧紧的，她挣脱不开，没站稳，往后摔了个屁股蹲儿，问鱼桂：“干吗？！放开我！”

鱼桂又哭又喊，眼泪、鼻涕糊在了温梨笙的衣袍上。温梨笙嫌弃得不行，用扇子打她的头，道：“快点儿放开我，听到没有？”

扇柄敲在鱼桂的头上，鱼桂当即松了手，抱着自己的脑袋哭喊：“好疼啊！”

温梨笙整理了一下衣袍，道：“哭什么哭？我还没死呢。”

鱼桂抹了一把眼泪，站起来将她仔仔细细地看了一遍，道：“小姐，你真的快把我吓死了，这几天，我饭吃不下，觉睡不好。”

“我好得很。”温梨笙道，“就是吃得不怎么样，还是咱们温府里的东西好吃。”

鱼桂一听，连忙招呼府上的下人给她准备吃的，正招呼的时候，温浦长回来了。

他的气色倒是很好，他几步走到温梨笙的面前看了她几眼，语气平静地问道：“回来了？没受伤吧？”

这语气就好像她出去玩了半天回来似的，温梨笙一下就不乐意了。她指着旁边一个哭得鼻涕、眼泪一大把的婢女道：“这个进府还不到两个月的下人都哭得这么厉害，爹，你好歹表现得担心一点儿吧！”

温浦长瞥了她一眼，道：“你跟世子在一起，我有什么好担心的？”

温梨笙一愣，问他：“你知道？”

“你失踪的那日晚上就有人传信来了。”温浦长道，“世子说，本来要安排你回城的，但你执意跟着他。这几日，你没给世子添麻烦吧？”

温梨笙疑惑地道："他什么时候安排我……"

话还没说完，她突然想起来，还真有这个可能，毕竟当时给她报信的戏子也是谢潇南安排的。他早就知道贺府会在那晚遭遇袭击，所以一开始就已经安排好了她的去处，只是当时她误打误撞地遇到了易了容的谢潇南，以为只有他能救自己，所以死皮赖脸地跟着他。

难怪他当时一直让她别跟着！

温梨笙："但凡他多说两句话，我也不至于非要跟着他。"

他什么都不说，害得她一路胆战心惊地跟着！

温浦长"啧"了一声，问她："你还埋怨起世子来了？"

"我不敢埋怨他，我埋怨爹！"温梨笙龇牙咧嘴地道，"都怪爹非要我去贺家送生辰礼，不然我也不会遭遇这些事！"

温浦长难得好脾气地道："好好好，怪爹，怪爹。"

他用手抹了一把温梨笙额头上的汗珠，把她那有些凌乱的发丝弄到耳朵后，道："你看看你这汗，赶快去洗洗。"

温梨笙哼了一声，道："我要吃城南的蟹黄糕。"

"马上给你买。"

"还有城北的水晶冻葡萄。"

"都买都买，你想吃什么都给你买。"

温梨笙洗去了一身的疲惫，端着冰凉的果汤在房檐下坐着。鱼桂站在边上给她摇扇子，让她在酷热的夏日里格外舒坦。

"还是回家好呀！"她发自肺腑地感叹。

"小姐受累了。"鱼桂附和。

她咂咂嘴，忽然问道："你还记得咱们在梅家的那天晚上，在树边碰到的窃贼不？"

鱼桂点点头，回答道："记得。"

"你绝对猜不到他是谁。"温梨笙压低声音道，"我也是昨天才发现的，他就是世子。"

鱼桂听了这话后，却并未露出惊讶的神色。温梨笙等了一会儿，没听到她震惊的声音，转头见她面色如常，顿时眉头一皱，觉得事情不简单，问她："你早就知道？"

鱼桂坦诚地道："当日在树下的时候，我就已经看出来了。我们习武之人若要认人，并非只看对方的脸。"

温梨笙惊得声音都变了，道："那你不早说？你居然敢瞒着我？！当时你应该直接告诉我的！我还去抢他的玉佩，还在他面前诋毁他，还用头撞他的头……”

鱼桂立马低下头认错：“对不住，小姐。只是当时世子殿下易容成那副模样，肯定是因为不愿暴露身份，我若是说出来了，万一被灭口了怎么办？而且我当时劝过你的……”

温梨笙冷笑一声，问：“你知不知道我后来对他做的事够被他灭口十次？”

鱼桂缩着脖子说：“后来我被打晕了，并不知道你们之间发生了什么。尔后我就再也没有听你提起过他，还以为你已经知道了他的身份。”

“他为什么能给自己换脸？还换了声音，完完全全看不出端倪。”这个问题困扰温梨笙一天一夜了。

鱼桂说：“奴婢幼年的时候曾随着戏班子的人去奚京，在那里偶然听说过皇宫中有一种神秘的技艺，能够用特殊的泥土造出面具。那面具薄如蝉翼，覆在人的脸上就能使人改颜换貌，时效虽然不长，但几乎与真脸无异，寻常人看不出区别。”

“皇宫中？”温梨笙疑惑地皱起眉，那座远在奚京的金碧辉煌的殿堂里藏着无数秘密。

江湖上有着无数的教派宗门，其中不乏千奇百怪的神秘技艺，但天下任何一个宗门都比不得皇室培养的组织。

皇族手中的顶尖高手与价值连城的宝贝，远远多于任何一个民间组织中的，这便是皇族特权的便利。

温梨笙想着鱼桂竟然早就知道这事，气不打一处来。她伸手夺下鱼桂手里的扇子，对鱼桂道：“滚，我不想看见你。”

鱼桂只好委屈地撇着嘴离开了。

温梨笙喝完了果汤，气鼓鼓地回了房，在床头留了一盏灯。

她白日里睡得太久，这时躺在床上翻来覆去睡不着，便从枕头下面摸出了今日在草地上捡的哈月克族的铜币，放在眼前看。

据说当年谢家人受封时，谢家家主曾说过一句话：“只要谢家人一息尚存，梁旗便永远不会落地。”

这是谢家的家训。

谢潇南今日一脚踹翻巴萨尼族的人，用那人的身体接住了落下的梁旗，正好应了那句话。

她问他，不是说不管闲事吗？

谢潇南却说这不算闲事。

她一下子就听懂了：哈月克与巴萨尼之间的族群斗争，他若插手，就是管闲事，维护大梁国威却不算管闲事，这是谢潇南的族人世代所做的事情。

她的脑海中仿佛又浮现出谢潇南抬头仰望那面飘扬着的梁旗时的景象。

恍惚中，她好像看到了一个对大梁无比热爱与忠诚的少年。

当时哈月克族的人都在欢呼，温梨笙却只想知道那时候的谢潇南在想什么。

其他人不知道，只有她知道。

梦中，谢潇南领兵砸破沂关郡的城门后，在城中休整了八日，最后一日，他亲自扛着谢字旗走上了高大的城门，将城墙上那飘扬了数年的梁旗折断，换上了新旗。

他真的是手段狠辣的反贼吗？

一个谋朝篡位，踩着尸山血海，亲手折断了梁旗的人，竟然也会说出“守护大梁”“保家卫国”！

梦中温梨笙对谢潇南的了解，全部是听来的。从各种人的描述里，她拼凑出了一个野心勃勃、凶狠无情的谢潇南。

所以她害怕他，觉得大梁那么多将士与重臣，千方百计都未能阻挡谢潇南夺王位的脚步，在那场他与诸多人的博弈里，他是不可战胜的。

但经过他们这几次误打误撞的相处，她已经完全看不透谢潇南了。

现在，许多事跟梦中的不一样了。她隐约感觉自己触碰到了一张网，网中有梅家人、贺家人、火狐帮的帮主阮海叶，还有她爹温浦长……编织这张网的人，是谢潇南吗？

分明是一样的时间，同在这沂关郡之中，梦中的她竟对这些事一无所知。那时的她除了招猫逗狗，就是寻思着如何偷懒旷学。

如今想来，她可真像个傻子。

温梨笙长长地叹了一口气，暗暗下定决心，日后绝不再旷学，从今日开始改头换面，重新做人！

她立下壮志，干脆拿了一本书充满干劲地读，读了两页，那书就砸在了脸上。她握着铜币呼呼大睡。

次日一早，鱼桂按照早课时间来喊她，喊了几声之后，她才给了鱼桂回应。

隔了几层纱帐，温梨笙的声音传来：“我昨夜起夜的时候摔断了腿，去不了书院了。”

鱼桂：“小姐，你就算不想去上早课，也别撒这种马上就会被戳破的谎言，况且老爷……”

“别烦我。”

温梨笙睡到了日上三竿。

温浦长一早就去了官署，整个温家又只剩她一个主子了。她吃饭的时候，向身边的人打听这几日的事。

贺老太君死了，是在自己的屋子里被杀的，此事激起了不小的浪花。隔日，贺家人封宅门清点人数的时候，发现独独温梨笙不见了，于是立即将贺老太君被杀一事推到了温梨笙的身上。

但温浦长不是软柿子，得知温梨笙在贺宅失踪后，立即派人将贺宅里三层外三层地围了起来。

贺家人自然是斗不过温浦长的，无奈之下，先将鱼桂和管家等人放了，并一再强调不知道温梨笙的去向。

温浦长并没有让人撤出贺宅，直到昨日温梨笙归来之前，贺宅还有人包围着。

温梨笙一边吃饭一边听鱼桂说这些事，立即察觉出了不对劲之处。

起初，她以为那晚刺杀她的人是阮海叶派去的，但后来一想，阮海叶是想从她身上获取一部分剑谱，不可能一上来就派人杀她。所以那晚的刺客是别人派去的。

更重要的一点是，当时贺家的宾客之中只有她失踪了，其他人却安然无恙。

这就说明，那些杀手是奔着取她的性命来的。

到底是谁想要她的命？

一想到这儿，她顿时饭都吃不下了，心凉了个彻底。

曾经的她虽不太老实，与人结了些仇，但那都是小打小闹，根本没有人会派杀手来。

原来，她竟在无形之中惹了这样大的一个麻烦。

温梨笙心慌得不行，放下手里的筷子，匆忙起身，想去找沈嘉清商量对策。她刚走两步，肚子就有些疼，于是又坐下来喘了一口气。

“算了，肚子好撑，等会儿再去。”

她派了人给沈嘉清传信，却得知沈嘉清已经闭关习武六七日了，还需要几天才能出关。温梨笙知道他每隔三个月就要闭关一段时间，跟着他师父一起练功，所以也没再打扰。

她在家中休息了三日，最后还是被温浦长赶去了书院。

临近武赏会，长宁书院的纪律也越来越松了，有些人甚至以练武为主，为武赏会做准备。

温梨笙琢磨着，这段时间应该是长宁书院管理最松的时候了，于是她即使早早出门了，也没有急着去书院，而是绕了一个大大的圈子，去北湖边上的一家面点铺里买了几个热腾腾、白嫩嫩的蟹黄包子。

为了排队买这个，早课快要结束的时候，她才来到课堂。

谁知道她刚踏进课堂，就看到姨父坐在讲台之上，手里捏着一根细细的竹棍，表情极为严肃。

温梨笙一看就知道情况不妙，转过头就要跑，却听姨父唤道：“笙笙，进来。”

她只好停住，扭过头对姨父笑眯眯的，忍痛把蟹黄包交了出来，道：“姨父啊，怎么这么早就来了？吃早膳了吗？我这儿正好有包子，还热乎着呢。”

这人名唤许檐，其实是她的表姨父，他媳妇与温梨笙的娘是远亲表姐妹，血缘关系极为淡薄。但温家如今只剩下温浦长和她，温梨笙的娘家中也人丁单薄，有一个舅舅，但也在她几岁的时候出事故去了，连个孩子都没留下。

所以温梨笙的亲戚少得可怜，就这么一个表姨父，也跟亲的一样，在管教她的时候极其认真。

起初，温浦长把她转来长宁书院的时候，简直没人敢管教她，即便是在夫子授课时，她也说溜就溜，夫子连眼皮都不抬一下，完全无视她。

她旷学、早退，跟沈嘉清在书院里胡作非为，长宁书院的院长看了，也只能道一句“活泼”。

最后还是她自己旷学的时候在大街上闲逛，碰到了外出办事的温浦长，而后温浦长拎着她回了长宁书院，将她的所有作为问出，罚她在房中抄文章抄了好几日。

等她再回书院的时候，表姨父早就在等她了。

学堂里安静得很，许檐总是在上早课的时候来逮温梨笙，一逮一个准，所以这种戏码很常见。

许檐笑着点点头，道：“确实早，若是再晚点儿，我就不知道早课都快结束了你才来了。”

温梨笙嬉皮笑脸地走进去，道：“姨父……”

“嗯？”许檐瞪了她一眼。

“许夫子。”温梨笙立即改口，说道，“我这不是前几日出了点儿事吗？这几天没休息好，所以起来得有些晚了。”

前几日她失踪的事闹得很大，沂关郡里几乎没人不知道。

许檐在她回府后的第二日就登门拜访了，知道她其实每日生龙活虎，但还是放缓了语气，只道：“下不为例，快进来吧。”

温梨笙松了一口气，道：“吓我一跳，我还以为夫子你拿着竹棍又要敲我呢。”

许檐扬了扬手里的竹棍，问她：“你就想挨两下是不是？”

她“嘿嘿”地笑着，坐到了自己的座位上。她坐了没一会儿，早课结束的钟声就响了。课堂内的人纷纷站起身往外走，不一会儿就走完了。

温梨笙疑惑地走到许檐身旁，问道：“夫子，怎么人都走了？他们去哪儿啊？”

许檐说道：“去年的新科状元前几日回城来，温郡守便请了他为千山书院的学生开私课，传授科举的秘诀。”

“那跟我们有什么关系？”她仍旧不懂。

许檐道：“咱们院长见温郡守偏爱千山书院的学生，心中自然不忿。于是他找郡守闹了一番，郡守便让步，准许咱们的学生去听。”

温梨笙顿时无语了。

千山书院的学生武斗不行，偏偏温浦长非要让他们习武。长宁书院的学生文学不行，偏偏院长也不乐意落千山书院一头。两家书院的学生不对付久了，什么事都能吵起来。

她一时嘴快，问：“这不是折磨吗？”

许檐瞪了她一眼，道：“新科状元亲授科举的诀窍，这是多少学子求而不得的，你们有这等福分，还不好好珍惜？！”

温梨笙连忙认错，心想：这福分谁爱要谁要，我是不稀罕的。她本打算在路上开溜，不料许檐早就算准了她的心思，一路上与她寸步不离，半点儿也不给她溜的机会。

他就这样一路盯着她到了城南苑的乡试大殿。

乡试大殿三年开一次，占地广阔，能容纳来自五湖四海的众多考生，每座大殿都极为宽广，坐四五十人也绰绰有余。

温梨笙跟着众人进去的时候，千山书院的学生早已全部落座，殿内隐隐有他们低低的议论声。长宁书院的学生闹哄哄地进来之后，那些声音逐渐停下，殿内的人皆回头看。

窗户大开，阳光从四面八方照进来，殿内被照得透亮无比。一排排座位早已被摆好，一共分为六排，每排八个人，千山书院的学生占了前三排，他们全穿着千山书院的院服。

温梨笙对这种授课一点儿兴趣都没有，一想到要在这里枯坐很久就心情不太好，连带着走路的姿势也变得吊儿郎当的。

她跟着人群落座，坐在第四排，一看前面的人竟然是她的冤家之一施冉，便忍不住问：“这不是施家大小姐吗？怎么，你对考取功名也有兴趣？你们施家的女子不是奔着做宫里的娘娘去的吗？”

施冉一听到她的声音就恼了，转过头冷嘲热讽地道：“温小姐都能来这地方，就是街边目不识丁的乞丐来了也不算稀奇。”

温梨笙笑了一下，问：“你这是把千山书院的学生都比作乞丐吗？”

施冉暗讽道：“自然是比不得郡守大人的独女高贵，不然怎么能让风伶山庄的少庄主跟狗似的巴结你呢？”

温梨笙听了这话，突然想起当年施冉在千山书院说的那番惹得她大怒的话，不由得叹了一口气，道：“如今沂关郡里，我爹的官阶是最高的，你看不起他；沈家的风伶山庄在江湖上声誉拔尖儿，你也看不起……还没当娘娘呢，眼界就这般高，这郡城里怕是没有你看得起的人了吧？”

“哦，还有一位……”说着，她顿了一下，而后往前凑了凑，问道，“那从奚京来的世子爷，你看得起吗？”

她话音一落，施冉的表情一下子僵住了，施冉没有回答，反而下意识地朝某个方向看去。

温梨笙余光也看到有个人转过脸看了过来，于是疑惑地转头，就看见第三排的边上正坐着谢潇南。他此刻正偏着头看她，面上没什么表情。

这些人都穿着千山书院的院服，从背后看去，大致是差不多的。加之温梨笙进来的时候兴致缺缺，没有仔细去看，是以竟然没发现谢潇南也在殿中。

她立即把脖子缩了回去，飞快地说了一句：“当我没说。”

施冉朝温梨笙勾起一个满带嘲讽的笑，问：“温小姐也有怕的时候？”

温梨笙这人是最禁不起挑衅的，盯着施冉看了片刻，而后再次往前凑，这次学聪明了，压低声音道：“我这不是怕，是想给世子爷留下一个好点儿的印象。我不如施姑娘有野心，若是能成为世子爷的妾室，日后他回奚京的时候把我带回去，我再生个大胖儿子，那也是泼天的富贵。若是我再有幸被扶正，成了世子妃，哇——”

后面的话，温梨笙没说，仅仅几句话就编织了一个极其诱人的梦，施冉听后，愣住了。

她去参加选秀，一层层地被筛选挑拣，甚至一不小心就会被筛下来，导致家族十几年的教导毁于一旦，就算侥幸进了宫，在那个尔虞我诈的深宫里一步步地往上爬也是极难的事。以前施冉没有选择的余地，现在皇城里的贵人就到了眼前，且又这般俊俏夺目，气质出众，她怎能不动心思呢？

温梨笙侧过头看她，只一眼就看出了施冉那被掩藏起来的野心。

温梨笙轻轻笑了一声，说道：“我可得抓紧机会，不跟你说了。”

她站起身，指着坐在她边上的一个学生道：“来，我跟你换一下位置。”

她就这么轻而易举地坐到了谢潇南的身后。他身量高，即便是坐着，也能将温梨笙的视线挡个干净。她只能看见他束起的墨发，垂下来的发丝中夹着薄如蝉翼的发带，再往下就是被遮了些许的白皙的脖子。

温梨笙盯着他的脖子看了一会儿，余光瞥见施冉一直在朝这边看，便俯身往前凑，笑眯眯地道：“世子爷，您怎么也来听这些东西啊？以您的才学和聪慧，您若是参加科举，准能一举高中！”

谢潇南语气随意地道：“来看看有没有哪个不长眼的愿意做我的妾室，日后好带回奚京，给我生个大胖儿子。”

温梨笙的脸上露出震惊的神色，她想：这都能被他听见？

她看向谢潇南的耳朵，想：这是什么耳朵？狗耳朵吗？

谢潇南看了她一眼，道：“你倒是真不怕死。”

她更加震惊了，问他：“你还能听到我的心声？”

周围的人都不知道温梨笙与谢潇南说话的内容，只是看到她笑眯眯地与世子爷攀谈，且世子爷回应了。一时间，众人心思各异，殿内的议论声也慢慢停了下来。

温梨笙没注意那些，只小声说：“世子爷，你怎么能偷听别人讲话呢？此非君子所为。”

谢潇南往后一靠，姿势有些随意，道：“那你为何不管好你这张嘴？”

“我讲话声音大是天生的，你偷听也是天生的吗？”温梨笙认真地反问。

谢潇南轻轻地动了一下，发丝微微晃了一下，那股淡淡的甜香味又传了过来。他说：“我天生喜欢打人，尤其喜欢打那种天生说话声音大的人，一拳就能打得他们哭上三日三夜。”

温梨笙默默地闭上嘴。

殿内所有人落座，半刻钟之后，一个身着青色长袍的男子手持书卷缓缓入殿。他看起来很年轻，二十四五岁的样子，走路时，腰背挺直，脚步轻缓，带着一丝笑容。

他虽长相普通，但有状元的身份加持，看起来与路边的书生大不一样。

温梨笙却在看到他后惊讶地瞪大了眼睛——他竟是她在梦中认识的人。

此人名唤游宗，字子业。

梦中谢潇南进城之后杀尽孙家人，血流得到处都是，下人们整天清扫血迹，所以他们一同住在一个庭院之中。温梨笙那段时间提心吊胆，生怕脖子上悬着的刀落下，所以晚上睡不好。

但有一个人一大早就会站在院子里打铁铸剑，被烧得灼热的红刃泡在水里发出阵阵声响，一连好几日她都没睡好。

那个打铁铸剑的人，正是面前这个手持书卷，笑得温和的新科状元。

曾经，游宗与她闲聊：“温郡守数年之前自沂关郡考去奚京，不曾落榜，一口气高中状元，不知令多少学子钦慕啊。若日后温姑娘回到府中还请温姑娘帮我引见一下。”

她当时纳闷儿得很，心想：你一个打铁的，钦慕一个读书人干吗？帮你引见什么？因为你起得早，还是你打铁的声音特别响？

如今她才想明白，这人也是状元啊！

她想：可真行啊，谢潇南。你竟然能把一个文质彬彬的状元变成面容黝黑、胡楂儿满脸的打铁的汉子。

他走到众人面前，将书卷放到桌上，轻声道："诸位久等了，昨日细说了'三礼'之中的《周礼》，今日就细细地讲一下《仪礼》这些年考的内容。"

温梨笙勉强听了一会儿，只觉得头痛得很，跟浑身起了疹子似的西扭扭，东扭扭，怎么也坐不住了，便又去招惹谢潇南。

"世子爷，前几日跟您说的事，您考虑了吗？"她凑过去小声问。

谢潇南一时没应声，陷入了短暂的思考——

什么事？

温梨笙的嘴几乎无时无刻不在说话，她说的事实在是太多了。但凡她能安静一会儿，整个世界就会清静很多。

温梨笙见他不说话，提醒道："就是那日我说要带着我的手下们归顺您的事啊。虽说我手底下的人不多，但全部是能打抗揍的，办事也利索，且日常混迹于市井之间，消息最灵通了。"

谢潇南不置可否，只问："全部像你这般话多吗？"

"那倒不是。"温梨笙有些骄傲地道，"这是我独有的优势。"

她刚说完，前方在授课的游宗便突然开口道："那个身着桃红色衣裙的姑娘，还请回答一下我的问题。"

温梨笙听到了这话，下意识地低头看了一眼，见自己穿的正是桃红色的衣裙，"啊"了一声，抬起头，就看到游宗正微笑着看她。

霎时间，殿内的人同时将目光投向温梨笙。

她怯怯地站起来，手指搭在了前面的座椅上，与谢潇南的肩膀仅有一拳之隔。

她道："先生方才问了什么？我没听清楚。"

"我还没问呢。"游宗笑了笑，道。

温梨笙尴尬地道："先生请问。"

"《仪礼》之中的'燕礼'是在什么地方举行的？"他问。

温梨笙傻眼了，表情也变得呆滞，反问道："什么？"

平日里上课时，她都是左耳朵进，右耳朵出，更何况长宁书院的文学课进度本就慢，长宁书院的夫子压根儿就没讲《仪礼》方面的知识，她自然半点儿也不会。

她这样的反应引起了众人低低的笑声。施冉抓着这个机会，想出一口气，便道："先生有所不知，温小姐志不在文，进书院也不过是想多识几个字罢了。"

笑声一下子大了许多，不知道是谁说了一句："他们长宁的人向来如此。"

殿内一时间哄闹起来，两家书院的学子积怨多年，自然处处针锋相对，场面顿时变得有些失控。

温梨笙却不在意这些，弯着腰，继续去烦谢潇南："世子知道这个问题的答案吗？"

谢潇南目视前方，像没听见似的。

温梨笙真想问一句：你聋了？

游宗也没想到会出现这种情况，手持书卷，颇为无奈地站着。

正在这时，大殿的最后方传来了温浦长的声音："游少卿见笑了，我这女儿自幼不喜读书，对书院里所授的内容一知半解，你方才提的问题，她自然是答不上来的。"

温梨笙一听这声音，当即乐开了花，扭过头喊道："爹！"

温浦长身着颜色较深的官袍，身量修长，面容白净，一点儿胡楂儿都没有，眼中含着淡淡的笑意。

他看上去十分温和，继续说道："听闻笙笙来听游少卿授课，我知晓她调皮，怕她惹事，正巧路过此处，便顺道来看看。"

说是顺道来看看，其实在场的人心里都清楚得很，这温浦长就是来看看有没有人欺负他的宝贝女儿。他看起来对温梨笙总是很严厉，实际上若是不溺爱，温梨笙也不会被养成这个样子。

游宗一见温浦长就双眼发亮，连忙放下书卷，大步迎上去，道："郡守大人说笑了，方才这姑娘一进门，我就察觉出她与旁人不同，难怪她瞧着模样标致，又行事端庄，竟是郡守大人之女！姑娘家不喜读书也无甚大事，毕竟百无一用是书生嘛。"

整个大殿陷入了诡异的静默。

温梨笙："……"

温梨笙想：你到底知不知道这儿坐了一屋子的书生？

游宗丝毫没察觉自己拍马屁拍得有问题，对温浦长十分崇拜，书也没心思教了，仿佛变成了一只狂摇尾巴的小狗，问温浦长："郡守大人一直忙于公事，不知道今日是否有幸邀请大人共用午饭？"

温梨笙早就知道他的脑子有问题，不然也不会一连好几日赶在日头刚出来之时站在院中打铁。

温浦长愣了一下，道："我来这边是有事情要做的。"

游宗的表情瞬间变得失落，他搓了搓手，欲言又止。

正在这时，谢潇南站起身，对温浦长说道："温郡守整日忙于官署之事，也该适当休息。正好我也有事相商，可否留郡守共同午膳？"

温郡守立即颔首应道："世子已开金口，下官莫敢不从。"

“爹，我也要一起吃！”温梨笙赶忙往上凑。

“你过来。”温郡守朝她招手。

温梨笙便离座，屁颠屁颠地跑过去，跟着他走到了殿门外。两个人的影子投在殿门内，温浦长敲了一下她的头，她抱着脑袋，缩起脖子。

殿内顿时响起议论声。

“看见了吗？沂关郡的郡守对世子这般尊敬……”

“这从奚京来的状元大人，好像有点儿钦慕咱们郡守哇。”

“这些我们平日里挤破了头都不能与之攀谈一句的高贵人物，温梨笙随随便便撒个娇就能与他们一起吃饭，到底是命。”

议论声入耳，谢潇南觉得有些吵了，于是唤道：“子业，继续授课。”

游宗叹了一口气，依依不舍地将目光从门口收回来，敛了敛神色，走回原位继续授课。

议论声止，殿中安静下来。

温梨笙的头上挨了一下，虽然不疼，但她还是捂着脑袋哼哼唧唧地装。

“我说我怎么记不住授课内容，原来是被爹打的。”

温浦长瞪了她一眼，道：“你这脑子本来就是用猪油做的，你记不记得住，跟我打不打你没半分关系。”

温梨笙控诉道：“爹，你怎么能骂人呢？”

“我方才进去的时候，看见你贼头贼脑地伸着脖子搅扰世子，你又在打什么鬼主意？”

“这怎么是搅扰？我是在跟世子进行友好的交流。”温梨笙为自己辩解。

“世子不喜陌生人靠近，你如此烦他，当心惹怒他。”温浦长道。

温梨笙却狡黠地一笑，道：“放心吧，爹，前儿回我惹怒了他，只要说‘我是温郡守的女儿’，他就不会生气了。”

温浦长冷冷地道：“哪天我们温家毁在你的手里，我是一点儿都不惊讶。”

温梨笙谦虚地道：“怎么会呢？眼下我若是与世子处好关系，对我们温家也有莫大的帮助，不是吗？现在郡城里的人都想攀谢家这根高枝儿，咱们温家人也不能落后于别人啊！”

温郡守听了这话后，觉得很有道理，认同地点头，道：“不错，世子是谢家嫡脉单传，他就代表整个谢家，与他交好自然是有百利而无一害。正午你随我一起吃饭，你多多奉承他，我教你几个词，如‘玉树临风’‘英俊潇洒’‘才貌双绝’‘气度不凡’等。”

温梨笙点点头，若有所思地道：“爹，你可真是一个合格的昏官！”

她想：你还真是胆小、贪财、谄媚一个不落。

温浦长抬手要打她，温梨笙连忙说自己记住了，缩着脖子跳进大殿，朝他摆手，道："爹，我先去知识的海洋里畅游了，回见！"

温浦长看着她蹦蹦跳跳的身影，双眼微弯，露出些许笑意，而后一拂官袍，转身离去。

温梨笙回到殿中后，倒是没再打扰谢潇南。她瘫在座位上听了一会儿，就开始呼呼大睡。

睡梦中，游宗授课的声音偶尔钻进她的耳朵里，其他大部分时间是安静的，鼻间萦绕着谢潇南身上的那股淡淡的甜香味。她换了好几个姿势，等被人叫醒的时候，上午的课已经结束了。

许檐负手站在她面前，还没说话，就见她捂着脖子惨叫道："我的脖子！好疼！"

他叹了一口气，道："让你在这儿坐一上午，真是委屈你了。起来吧，你爹在外面等着。"

她扭着脖子直起身，发现殿内的人已经走光了，就站起来说："姨父，我下午能不来了吗？"

"不成。"许檐一口回绝，"你若是不在书院里好好地待着，就会出去惹事。你爹整日忙，就指望我管着你些。"

温梨笙叹了一口气，道："我的脖子又要遭罪了。"

许檐嘴角一抽，点了点她的脑袋，道："就知道睡，狗都比你勤快。"

温梨笙不想听他说教，小跑着出了殿门。外面的阳光铺洒而下，她桃红色的衣服笼着一层淡淡的光华，她头上戴着蝴蝶造型的玉钗，跑起来的时候，小辫俏皮地摆起来。

脚刚踏出门，她就喊道："爹！"

站在一旁的树下的三人同时转过头看她。

温浦长问："怎么别人都走了你才出来？"

只见她顶着半边脸睡出的红痕欢快地走过来，对着温浦长道："我谨遵爹的教诲，回去之后认真听讲，琢磨授课内容，一时入了迷，这才出来晚了。"

谢潇南的视线落在她脸上的红印上，他神色如常地道："确实费心了。"

温梨笙睁眼说瞎话的本事没惊到另外两个人，反倒是谢潇南的搭腔让游宗和温浦长都露出了意外的表情。

温梨笙也不管三七二十一，上前就说道："世子爷玉树临风、英俊潇洒、才貌双绝、气度不凡，只有您能理解我的刻苦……"

温浦长眉毛一抽，道：“闭嘴。”

温梨笙：“好。”

游宗连忙笑着说：“天气炎热，我们还是莫在此久站了，快些去吃饭吧。”

谢潇南早就对她这副模样见怪不怪了，转身朝马车走去。

游宗紧随其后。温梨笙刚要走，就被温浦长拉了一下。待前面两个人走出几步后，温浦长才小声道：“你的脑子怎么愚笨到这种地步？”

“怎么了？我不是按照你说的那样吹捧世子了吗？”温梨笙无奈地道。

温浦长“啧”了一声，嫌弃地道：“我教了你四个成语，你若是一句用上一个，不就能吹捧四句了吗？”

温梨笙忍不住鼓起了掌，感叹道：“猪还是老的辣。”

温浦长：“……”

“呀，说错了，姜还是老的辣。”温梨笙一边抬腿往前走，一边信誓旦旦地道，“放心吧，我还有别的词能吹捧世子。”

“真的？”温浦长并不相信。

温梨笙：“爹，你实话告诉我，我在你心中到底有多没文化？”

温浦长：“跟城北街头的乞丐差不多。”

温梨笙：“那群乞丐连‘东’‘南’‘西’‘北’都不会写。”

温浦长：“你也没好到哪儿去。”

父女俩一句接着一句地斗嘴，到了马车跟前时，就不约而同地闭嘴了。

温梨笙躬身道：“父亲先请。”

温浦长关切地道：“你上车的时候小心点儿，别磕着了。”

说着，他撩开帘子要进去，游宗立马说道：“温郡守果真是慈父啊！”

温浦长温和地笑了笑，道：“我这女儿愚笨，需要时时叮嘱。”

就这么在马车门口停了片刻，温浦长的一只鞋差点儿被温梨笙踩掉，他赶忙走进去坐下。紧接着，温梨笙就进来了，嘴里嘀咕着：“踩到什么东西了……”

马车内窗户大开，阳光透过窗子探进来，照在谢潇南的身上。他半边衣袍卷着日光，半边衣袍覆着阴影。他抬眸时，阳光将他眼中的墨色渗透分解，眼眸颜色变浅了，如泛着光的琉璃。

温梨笙看了他一眼，然后连忙坐到温浦长的身边，坐姿端正。

马车缓缓前行，朝着闹市而去。乡试院位置偏僻，周围基本上无人来往，路边杂草丛生，显得有些荒凉。

她盯着窗外的风景，忽然看到一条小溪的对面有一座大宅子，宅子周围站满了官署里的人。她疑惑地道：“爹，你来这边，就是为了那座宅子吗？”

温浦长循声望去，沉声道：“这地方近日又闹腾起来了，所以我今日带人来看看。”

“不是闹腾许多年了吗？”温梨笙纳闷儿地道，“何不拆掉呢？”

温浦长摇摇头，道：“拆不得。”

两个人的对话让在他们对面坐着的游宗很感兴趣，他伸长脖子往外看，问：“难不成是沂关郡的传闻趣事？”

温梨笙道：“不算趣事。”

关于那座鬼婆婆宅的传闻已经流传十多年了，温梨笙打小就听说过。

二十多年前，还没有这座宅子，小溪的那边还住着不少人，算是沂关郡里绝佳的居住位置。多户人家之中，只有一座房屋很是破败，简陋到逢雨便漏水的地步。屋子里住着的是一家三代，家主叫牛铁生，牛铁生有一个六十余岁的母亲和一个二十多岁的儿子。

按理说，家中有两个壮丁，人口又少，不该穷到这种地步，但牛铁生既酗酒，又好赌，他儿子又多次科举落榜，整日只想着读书，以致六十余岁的老婆婆还要靠卖菜补贴家用。

后来牛铁生喝醉之后，一头栽到自家的水缸里淹死了，他儿子悲痛之下，离家而去，不知所终。

过了几年，牛铁生的儿子带着人回来了。原来他在外地参加科考，中了举人，想接老婆婆去享福，不承想，老婆婆早就饿死在屋中，只剩一把白骨。

牛铁生的儿子顶不住众人的责骂，为老婆婆打了一口棺材，想将老婆婆草草下葬后离去。但后来这棺材停在院中，死活抬不动，紧接着那屋中的人接二连三地暴毙。牛铁生的儿子被吓得半死，连忙找了道士前来超度冤魂，将小破木屋改建成一座气派的大宅子，而后一走了之，再也没有回过沂关郡。

后来，这座宅子周围的人总是离奇失踪，宅中也经常传来奇怪的声音。有人说路过这里的时候能听见老婆婆不甘的哭声，有人说站在墙头能看见老婆婆在院中游荡时印在墙上的影子，还有人说若是在那附近听到有人叫你的名字，千万不能回头应声，否则会被老婆婆当成替死鬼抓走。

于是，住在溪边的人几乎全部搬离，最后只剩下了这么一座宅子。

一连数年过去，关于那座鬼宅的传闻从来没有断过。温浦长曾派人拆除那座院子，但施工的人总是莫名其妙地死亡，邪门儿得很，再后来就没人敢靠近这一带了。

这鬼宅好多年没动静了，结果近日又闹起来了。

其实温梨笙七八岁的时候，和沈嘉清带着狐朋狗友去那个地方玩过。他们是在大白天去的，在她的印象中，那地方十分萧条，院子当中停放着一口大棺材。

当时他们也就走到门边，同行的一个男孩儿不知道看见了什么，被吓得又哭又喊，转头跑出了宅门，吓得其他人也接二连三地跑了。温梨笙却觉得来都来了，若是不进去看一番岂非白来？

于是她拉着沈嘉清硬是在里面逛了一圈，结果沈嘉清被吓得差点儿尿裤子，直挺挺地栽倒在地上，最后是被风伶山庄的人扛回去的。

这事还被温梨笙笑话了好长时间。

想起幼年时发生的趣事，温梨笙忍不住笑了一下，却被温浦长看见了，他警告道："你不准靠近这个地方。"

温梨笙道："我又不是小孩儿了，还对这些东西感兴趣。"

温浦长十分了解她，道："你对什么东西不感兴趣？你看见风干的马粪时都会蹲在旁边研究半个时辰。"

温梨笙看了一眼坐在他们父女对面的谢潇南和游宗，非常尴尬地道："爹，这些小时候的事就别提了！"

而且这事是不是真的还两说呢！她记忆中完全没有这事。

温浦长轻哼一声，问："怎么，我还说不得了？"

温梨笙磨了磨后槽牙，开始打击报复，道："之前你不是也捡回几块狗屎，说是名贵的药材，要泡水喝吗？我拦着你，你还要揍我。"

温浦长道："你八岁的时候去隔壁家偷桃子被蜂追，半张脸肿了四五天。"

温梨笙："你吃了我偷的桃子之后起了风疹，整张脸肿得像猪头。姨父上门来看望你时，还以为你是邻居。"

"你少在世子面前造我的谣。"

"有世子在此，我自然是不敢说一句谎话的。"

谢潇南："……"

父女俩就这么斗着嘴，游宗听得津津有味，想笑又不敢笑，憋红了脸。

谢潇南眼珠一转，说道："到酒楼了。"

温浦长这才与她休战，道："总之，你记住了，不准再去那个宅子。"

"好好好。"温梨笙连声应道，"知道了，我若是去了，就罚我抄一百遍《劝学》。"

她话音刚落，马车就缓缓停住了，温梨笙第一个撩开帘子出了马车。前方几步远处就是沂关郡相当有名的酒楼，名为"十里醉"。

酒楼平日里接待的客人杂而多，郡城中有头有脸的人物倒是不会来这里。只因物美价廉，"十里醉"才颇得郡城里的百姓的喜爱，白日里生意兴隆。

温家人在郡城中名声不太好，郡城里的人都认识这父女俩。他们父女俩不管走到何处，身旁的人都会退避三舍。

是以他们不需要侍卫开路，拥挤的酒楼中也有人为他们让出一条道来。一行人由谢潇南打头，乔陵断后，在店小二殷勤的带领下去了二楼的雅间。

雅间不大，但干净明亮，门窗一闭，也能阻隔外面的绝大部分声音。几人落座之后，由温浦长做东点菜。

温梨笙算是第三次与谢潇南一起吃饭，先前的两次，他都戴着人皮面具，温梨笙当时并不知道他的身份，但记得他吃饭很讲究。

很快，店小二就送来了几套乳白色的餐具。店小二在每个人的面前摆上两双筷子，其中一双是公筷。

游宗开始跟温浦长闲聊，无非就是说一些崇拜、仰慕温浦长的话。温梨笙听着也并不觉得无趣，偶尔也会问游宗一两句话。

谢潇南则一直安安静静地做个旁听者。他应该也是有话要对温浦长说的，但是温梨笙还在，他就不会开口。

菜很快被端上桌，店小二将菜名一一报过，道一声“齐了”，便退出去，顺便关上了门。

温梨笙虽然平日里跳脱，但是用餐的规矩还是知道的。她从动筷子起便很少说话，抬头的次数也少了，专心地吃饭。

雅间内安静下来，街道上的吆喝声偶尔传进雅间里。在游宗与温浦长说话时，温梨笙很快就把面前的一碗米饭吃光了。

温浦长见状，立马对她下了逐客令：“吃好了就先出去吧，下午上课时记得安分点儿，不可再捣乱。”

温梨笙本想着他们中午吃饭的时候，商量些什么事，能让她听一点儿，结果三个人跟防贼似的聊了一些乱七八糟的事，就是不肯说正事。

她只好作罢，起身向他们一一行礼告辞，而后出了房间。

恰逢乔陵上楼来，她站在楼梯中间挡了路。乔陵侧身避让，等她先过，道：“温姑娘先请。”

温梨笙见只有他一人，顺嘴问道：“为何只有你，那个叫席路的呢？”

她确实好久不曾见到席路出现在谢潇南身边了。

乔陵笑着道：“他一直都在。”

温梨笙有些疑惑，但没有继续问，“哦”了一声便下楼离开了。

剩下的时间，她随便找了一间茶馆听书打发时间。她下午再去听课的时候，才发现前面的座位空着，这说明谢潇南没来。

温梨笙更觉得无趣了，但又有些畏惧许檐，便硬是在殿中坐了一下午。

这一日她虽然什么事都没做，却倍感疲惫，回家的时候，整个人是蔫的。

第二日她没再去听游宗讲课，毕竟那些东西对她来说太过难懂，而且，温梨笙从一开始就对科考没有兴趣。

她在家中玩了两日，沈嘉清便结束闭关了。他一结束闭关，便跑到温府寻她。

不过他来的时机不巧，他被温浦长撞了个正着。

沈嘉清从小到大唯独对温浦长尊敬有加，每回见到温浦长都站得端端正正的，礼节半点儿不落。

但即便如此，温浦长也看他不顺眼：一来，温浦长总觉得是他带着温梨笙整日鬼混惹事，教了她一副流氓做派；二来，温浦长与沈嘉清的爹有几十年的旧仇，关系至今仍旧没有缓和。

于是，沈嘉清连温家的门都没进，就被温浦长赶走了。

不过，等温浦长去了官署之后，沈嘉清从墙头翻了进去，直接爬到了温梨笙的房门外，把屋门敲得“砰砰”响。

温梨笙正觉得无趣，见他来了，立即让鱼桂把人放进来。

沈嘉清每回闭关都要瘦一圈，不知道的人还以为他是被饿了这么些日子。

“梨子，我听我爹说，你前些日子在贺家的时候失踪了几日，这事是真的吗？”沈嘉清一进来就问。

温梨笙连忙点头，回答道：“是真的，这事我正想跟你说呢。我被盯上了，有人想杀我。”

沈嘉清露出惊讶的表情，问：“什么时候？”

温梨笙道：“我仔细梳理了一下，应该是从上个月梅家的事开始的。当日我不是被一只大黑狗追吗？是因为当日有人在梅兴安的夫人的房中偷了东西，引出了大黑狗后逃之夭夭，大黑狗转而追我，而我又拿不出证据，导致梅家人误以为是我偷拿了那个东西。后来梅兴安越狱，又绑了我一次，讨要那东西，但是没有成功，还将这个消息散播了出去。”

沈嘉清问：“是什么东西？”

温梨笙沉声道：“我推测是《霜华剑谱》。”

沈嘉清一怔，问：“《霜华剑谱》？”

温梨笙解释道：“是当初的‘第一剑神’撰写的那本剑谱，江湖上只有一本，后来随着剑神的销声匿迹而消失。但是我怀疑这本剑谱当年落到了别人的手中。”

沈嘉清：“你如何得知？”

温梨笙：“我在贺家被追杀时，被阮海叶劫走了，在火狐帮的时候，她亲口告诉我，那日梅夫人丢失的东西，正是《霜华剑谱》的一部分。”

沈嘉清问：“你给她了吗？”

温梨笙只想把他的脑袋敲开，看看里面是不是空的，没好气地道："我没有那东西，怎么给她啊？！"

沈嘉清愣愣地道："哦，对。"

她稳了稳心神，又道："我猜，《霜华剑谱》至少被分为三个部分。"

沈嘉清："为何？"

她道："当初梅兴安放出了消息，现在郡城里的人都知道我手中有一部分《霜华剑谱》。若是有人打这本剑谱的主意，肯定会想办法抓我，从而逼我交出来，但不会派杀手来刺杀我，因为我一死，这部分剑谱就彻底没人知道在哪里了。所以，肯定是除了阮海叶的剑谱的另一部分的持有者想杀我。"

"何以见得？他杀了你的话，他自己手里的剑谱也不完整了啊。"沈嘉清疑惑地道。

温梨笙目光一沉，道："因为他发现谢潇南正在寻找这本剑谱。"

她将这些日子发生的事仔细地想了想，几乎立即得出了答案，道："谢潇南先去了梅家，拿走了梅夫人房中的一部分剑谱，而后去贺家杀了贺老太君，又去了火狐帮，拿了另一部分剑谱。他的下一个目标，肯定就是那伙要刺杀我的人，他们知道，谢潇南要找上门了。"

沈嘉清接着道："所以他们着急了，又以为你与谢潇南是一伙的，便想杀了你警告谢潇南。"

"不错。"温梨笙道，"我觉得是如此。"

"但是你爹是郡守大人，若是动了你，便是与温家人为敌……"

"所以他们想做的事情会有极其恐怖的后果，以至他们不惜与温家人为敌。"温梨笙道，"是关于'第一剑神'的事。"

沈嘉清立马道："你的事就是我的事，此事我必须参与。"

说着，他便从怀中拿出一个用绢布包着的东西递给了温梨笙，道："这是我爹让我转交给你的。"

"沈叔叔？"温梨笙疑惑地将东西接过来，倒是没有立即动手去拆，而是确认一般地问道，"他是特地让你送来的吗？"

沈嘉清点头，道："若非如此，我就不会执意翻墙进来了。"

温梨笙沉默了片刻，心中明了，沈嘉清的父亲沈雪檀乃风伶山庄的庄主，消息灵通到哪条街上的流浪狗下了几个崽都清楚，所以他让沈嘉清转交的这个东西，肯定是与她现在的困境有关的。

她将绢布慢慢拆开，发现绢布里面包着一个很旧的信封，信封上甚至有火烧过的痕迹，上面隐约写着"呈友亲启"。

她小心翼翼地将信封打开，里面的信纸已经泛黄，老旧到她害怕自己一不小心手劲大了就会将信纸捏碎。

这是一封看起来至少有十年历史的信，上面的字有些模糊，但能够辨认一二，其连起来的大概意思就是："我觉得我快死了，因为我不小心撞见了一件极其可怕的事。此事一旦泄露，将会在江湖上引起不小的动荡，但知道真相的可能就我一人，所以我还是决定将这件事写下来，寄存在埋葬梅花之地。若是哪日我真的死了，请你务必来将东西取出，将真相告知大家。"

落款：牛铁生。

温梨笙惊讶地道："牛铁生？那不是鬼婆婆的儿子吗？"

沈嘉清琢磨了一下，说道："梨子，自己的事情自己解决，信送到这里便没我的事了，我就先走一步了。"

他说完，起身就走。

"站住。"温梨笙冷冷地看着他，道，"你要是不想顶着一张猪脸回去，就现在回来坐好。"

沈嘉清只得回来，哭丧着脸道："那宅子太可怕了，我不想再去。"

温梨笙："既然沈叔叔已经指明了方向，我就必须去看看。我不可能等着别人来杀我。"

她握紧拳头，愤愤地道："我要主动出击。"

牛铁生当年到底看到了什么秘密，埋葬梅花的地方又在何处？只有去那座鬼宅里探一探才知。

但为了不打草惊蛇，也为了不惊动温浦长，两个人约定夜间行动。

温梨笙将之前买的一柄镶嵌了蓝宝石的短刀带上，刀刃已经被鱼桂磨得极其锋利。她用小链子将短刀穿好缠在手腕上，短刀被她藏在了袖子中的挂兜里。

她只叫了鱼桂一个人，主仆二人趁着夜深无人时爬上树，翻墙出去。

街道上非常寂静，无人来往，只有稀疏的几盏灯挂着，让街道不至于黑得伸手不见五指。

鱼桂白日里就备好了马，温梨笙和鱼桂牵着马走了半条街，才翻身上马，前往郊外的鬼婆婆宅。

她们越靠近北郊，路上的灯就越少，鬼婆婆宅附近基本上没有灯。鱼桂拿出准备好的灯笼点上了火，两个人的速度慢了下来。好在温梨笙和鱼桂都对这条路很熟，路上并未走错，虽然耽误了一些时间，但也成功到达了目的地。

结果她们一到鬼宅，就看见沈嘉清牵着一头牛站在宅门前。他穿着一身黑色的衣袍，后腰处挂着一把装在鞘里的长剑。

温梨笙大为不解，下马走到他身边，举着灯笼仔仔细细地看了那牛一遍，问：“这是什么意思？你解释一下。”

沈嘉清扭扭捏捏地道：“毕竟是来别人家做客，我拿些东西做礼物。”

“一头牛？”

“这家的主人不是叫‘牛铁生’吗？”沈嘉清振振有词地道，“牛跟牛铁生也算远亲，看在这亲戚的面子上，他也得给咱们点儿面子。”

温梨笙疑惑地道：“你确定不是在骂人？”

沈嘉清的表情却很是认真。

温梨笙没忍住，当场破口大骂：“你的脑袋是被你家的王八拉的屎糊住了吧？你家姓牛的跟牛是远亲啊？”

沈嘉清小声道：“我家没有姓牛的。”

温梨笙点头，道：“对，你家是没有姓牛的，但你爹花十多年养了一头猪。”

沈嘉清不服气地道：“你空着手来，当心别人不待见你。”

“谁说我空着手来的？”温梨笙哼了一声，唤道：“鱼桂，将东西拿来。”

鱼桂已拴好马，提着东西走到他们面前来，将东西往灯下一递，竟是一个看起来相当奢华的食盒。

温梨笙拍了拍食盒，得意地道：“牛铁生他娘当年不是饿死的吗？我备了好多好吃的东西，他娘肯定喜欢。”

沈嘉清露出恍然大悟的表情，道：“还是你聪明！”

第四章　闹旧宅

月明星稀。

牛宅周围一片死寂，被黑暗笼罩。

屋顶上，一道人影飞快地闪过，风一般穿过宅院，进了屋内，停在一个小房间外。

片刻后，房门被轻轻打开，一个人从里面走出来，皎洁的月光透过窗子照射进来，照亮了他绣着云纹的衣摆。

在门外候着的人低声道："少爷，温家小姐与沈嘉清在宅门外。"

清风徐来，窗子被吹得大开，月光覆在那被唤作"少爷"的人的脸上，勾勒出谢潇南俊俏的面容。

他眉梢微动，问："他们来这里做什么？"

乔陵摇头，回答道："不知。他们现在正在争论要不要将牛牵进来。"

谢潇南皱眉，问："还牵了牛来？"

"是沈嘉清牵来的，但温姑娘也提了一个食盒来。"

谢潇南："……"

门口，温梨笙与沈嘉清争执了好一会儿，最后还是拗不过沈嘉清，只得同意将牛牵进牛宅。

这座宅子的大门常年无锁，只需一推就能推开。许是年久的缘故，门发出"吱吱呀呀"的声音，在寂静的夜晚显得尤其突兀。

沈嘉清牵着牛绳，跨门槛的时候，那头大黑牛无论如何也不肯迈蹄子，任沈嘉清怎么拉都纹丝不动。

温梨笙等得极其不耐烦，最后骂骂咧咧地绕到黑牛后面，一抬腿就往牛的屁股上踹了一脚。

这一脚的力道是实打实的，黑牛毫无知觉，温梨笙没踢动，反倒仰面栽了个跟头。

鱼桂吓了一跳，急忙来扶她，温梨笙却自己一骨碌爬了起来，气恼地往黑牛的屁股上猛踹，边踹边凶狠地道："你再不进去，明日一早就拿你做牛骨汤！"

一连四脚下去，温梨笙累得气喘吁吁，大黑牛终于动了，迈着蹄子慢慢地进了宅中。

沈嘉清看得目瞪口呆，温梨笙翻了一个大白眼，小声骂道："跟你的主人一个猪样。"

沈嘉清没听见这话，欢欢喜喜地将大黑牛牵进去。他们经过门堂后，一座宽敞的院子隐隐出现在眼前。

由于夜间极黑暗，用于照明的东西只有天上的月亮和鱼桂手里的一盏小提灯，所以三人看到的东西极其有限。

温梨笙对鱼桂道："把灯熄了。"

鱼桂立即动手将灯灭掉，周围唯一的光源也消失了。眼前猛地一暗，片刻后，他们适应了黑暗和月光，隐隐看见了整个庭院的轮廓。

沈嘉清把牛绳拴在一旁的石柱上，轻声说："铁生大哥，我把你的远亲牵来了，你跟它亲热亲热。"

温梨笙睨了他一眼，说道："我爹说，这宅子最近又闹腾起来了，所以咱们小心点儿，可能会有人出现在这里。"

沈嘉清满不在乎地道："人有什么好怕的？"

安置好了大黑牛，三人继续往前走，行了六七步，看见前方摆着一个模糊的玩意儿。那玩意儿方方正正的，就在庭院中央。

温梨笙和沈嘉清的脸色同时一变。

他们仍旧记得，幼年来这里玩的时候，看到庭院里摆着一口棺材，上面挂着白色的绸布，棺材板被钉死了。当时沈嘉清一靠近这东西就被吓得鬼叫起来，非说这里面有声音。

后来沈嘉清被吓得差点儿尿裤子，他们就没往里面走了。

温梨笙往前走几步，走到了棺材边，用耳朵贴着棺材板仔细一听，半点儿声音都没有，随即又屈起手指敲了敲。

"咚咚咚——"

这声音在寂静的夜里显得尤为清晰，把沈嘉清吓得都打哆嗦了，急忙问她：“梨子，你干什么？”

温梨笙直起腰，一脸失望地道：“没什么动静。”

她将棺材上下打量了一下，忽然发现记忆中的挂在上面的白色绸布不见了。她“咦”了一声，绕着这棺材开始走动。

她在棺材的另一边看到了掉落在地上的绸布，于是蹲在地上摸来摸去，最后捡了个东西站起来。

沈嘉清疑惑地凑过来，问她：“你捡的是什么？”

温梨笙看了一眼棺材板，歪着头观察片刻后才说道：“原本钉在棺材上的钉子，被人拔掉了。”

这句话让沈嘉清脸色剧变，浑身抖了起来。他结结巴巴地道：“我之前在话本上看过，这种情况就是诈……诈……”

“诈你个头啊。”温梨笙打了他一拳，道，“有人来过这里，撬开了棺材。”

沈嘉清捂着腰委屈地撇嘴，道：“谁那么缺德啊？还把别人棺材上的钉子拆了。”

温梨笙将一只手撑在棺材上，另一只手将钉子拿到面前细看，若有所思地道：“有人拆了钉子，应该是为了这棺材里的东西。牛铁生在信中说过‘埋葬梅花的地方’，既然是埋，那肯定是在地下……”

说着，她目光一动，又道：“过来帮忙，我们把这棺材板掀开。”

沈嘉清震惊地道：“梨子，咱们虽说向来不是什么好人，一直做缺德事，但也不能这么缺德吧？”

温梨笙说道：“你不懂，那些什么绝学秘籍啊，名器宝贝啊，都藏在这种看起来不起眼儿的地方。这座宅子为什么一连闹鬼这么多年？肯定是有人在守着这块地方，不准别人靠近，所以才故意造势，吓跑了所有靠近的人。”

“所以你是说，只要这谣言还在，那么这宅子里的宝贝就还在？”

温梨笙点头，道：“不错。”

沈嘉清生长于风伶山庄，从小到大拥有数不清的宝贝，见到什么都不觉得稀奇，只是他继承了他爹的一大爱好，那就是对各种各样的宝贝感兴趣，想拿来赏玩一番。

一听到这话，他就来了兴致，伸手试了试，觉得这棺材盖颇为沉重，于是道：“何须费力抬这破盖子？我找一块石头，直接砸烂这棺材不就好了？”

说着，他还伸手比画了两下，似乎在看从什么位置下手合适。

温梨笙没搭理他，拿起袖灯点上，将灯挂在手腕处。

袖灯小巧玲珑，坠着金黄色的流苏，瞧起来极好看，灯身比一个拳头还要小，用袖子笼住它就能把光遮住一大半。温梨笙特意穿了黑色的宽袖上衣，用起袖灯来很方便。

她将镶嵌着蓝宝石的短刀递给鱼桂，两个人一左一右地站在棺材边上，将短刀从棺材的缝隙中刺入，同时将刀一扭，登时就将棺材的盖子顶起一条缝来。

沈嘉清深吸一口气，蓄力一推，只听木头摩擦时发出一阵声响，棺材盖就被推得错位了一小半。

温梨笙看了一眼，见被推开的这道缝隙足够一个人钻进去，就知道自己的推断没错。

真正的棺材一般极为沉重，仅仅是盖子也需要几个男人一起使力才能被搬动。但眼前这口棺材的盖子被她和鱼桂轻易地抬了起来，说明这口棺材本身就是用于掩人耳目的。

只见棺材里一片漆黑，像吸了光似的，月光也照不进去。她抬手，将袖灯往里探，袖灯还没伸进去，忽然有一只手从里面伸出来，猛然扒在了棺材边上。

温梨笙被吓了一跳，急急地退了好几步。

沈嘉清看到这只从里面伸出来的手后，被吓得尖叫起来。

他这一叫，算是彻底打破了寂静，甚至惊起了几只在树梢上停歇的鸟儿。

温梨笙也没时间去管他，仔细一看，发现扒在棺材边上的确实是一只人手。那手在微弱的光下显得很惨白，但肯定是活人的手。

随后就见一个人从棺材里钻了出来，撑着棺材边跃出，轻盈地落在地上，没有发生一丝声音。

温梨笙将袖灯举高，光亮一照，能隐约看见面前的人是个束着丸子头的少年。那少年穿着松松垮垮的袍子，因为光线昏暗，她看不清他的脸。

“你是何人？为何在此？”温梨笙率先发问。

对面的少年并未吱声，却也没有对他们出手，只静静地立着。

沈嘉清被吓得心脏狂跳，深呼吸了几下，一见跳出来的是一个人，立即怒道：“敢在小爷面前装神弄鬼？！”

他摘了腰上挂着的剑扔到地上，抬手朝那少年打去。

少年立即接招，动作既轻又快，次次能躲过沈嘉清的进攻，转眼间，两个人过了十几招。

温梨笙并没有阻止，站在旁边看了一会儿，心知这少年没在沈嘉清手底下吃亏，说明功夫也是不差的。

但是少年没有继续与沈嘉清交手，而是卷着宽松的袖子就地一滚，往宅子的内堂跑去。

沈嘉清咬牙道：“你别跑！”

他一边喊，一边跟了上去。

鱼桂见状，拿不定主意，问温梨笙："小姐，现在怎么办？"

温梨笙捡起沈嘉清扔下的长剑掸了掸灰尘，看着面前快有两层楼高的内堂，道："方才沈嘉清闹出的动静太大，宅子里若是还有其他人，肯定都听见了，咱们再留在此处，怕是会被人找来。走吧，进去看看。"

牛铁生的信是沈嘉清的爹给的。沈雪檀虽然与她爹温浦长有恩怨，但是对她与对温浦长的态度不一样，沈雪檀一直很宠爱温梨笙。温梨笙幼时，温浦长忙于官署之事，她就时常跑去风伶山庄。每次她去了，沈雪檀都会放下手里的一堆事，亲自抱着她在山庄里玩。

别人争破了头想要得到的宝贝，他随便丢给温梨笙捏着玩。毫不夸张地说，温梨笙被养成如今这样的性子，沈雪檀要承担绝大部分的责任。

所以对沈雪檀送来的东西，温梨笙都十成十地信任。她知道这座宅子里一定有可以解开她面前的谜团的东西。

她们踏进内堂之后，周围一片寂静，沈嘉清不知道往何方去了。

温梨笙抬了抬袖灯，照着面前的路，往前走了十来步之后，地上就没有石板了，地面变成了光秃秃的土地，她有些疑惑。

她们再往前走一段路，就看到面前出现了一扇双开的门。那门是正常大小的木门，门的两边都围着半人高的栅栏，栅栏往两边延伸。

她们走近了看，木门已经残破不堪，看起来历史悠久。

眼前的景象匪夷所思，鱼桂转过头，想问问温梨笙，只见她盯着木门发呆，显然是在思考。于是鱼桂没有开口，保持安静。

紧接着，鱼桂就听见温梨笙低语："原来如此。"

鱼桂顺势问道："小姐可是看出什么了？"

温梨笙道："这才是牛铁生的房屋。"

牛宅的内堂从外面看，倒是看不出什么，但进去之后，她才知道大有乾坤。

整座宅子是后来修建的，但并不是推翻重建，而是在原本的牛宅外加盖了一圈，所以内堂里的才是原本的牛宅，有人为了隐藏什么，特意将原本的牛宅遮掩住了。

那个人肯定不是牛铁生的儿子。

若是牛铁生的儿子想改建自己的家，不会保留它原本的模样，所以加盖牛宅的另有其人。关于鬼婆婆宅的传闻，恐怕有一大半是不对的。

她伸手推了一下门，门刚被推开一条缝隙，她的身后就传来了声音："又一个来送死的。"

温梨笙和鱼桂同时转身，只见身后不知道什么时候站了一个人。那人身着黑衣，蒙着面，长发编成辫子，垂在左肩，身量不算高，是个女人。

温梨笙飞快地将她上下打量了一番，反问道："那我是第几个来送死的？"

大约是没想到她会问出这种问题，女人愣了一下，而后拿下后腰上挂着的长鞭，道："这个问题对你来说不重要。"

"嗯。"温梨笙点点头，道，"但是对你来说可能有点儿重要。"

女人疑惑地道："为什么？"

她话音还没落下，鱼桂猛地一闪身，下一刻就出现在了女人面前。鱼桂猛然挥出的右手上握着那柄极其锋利的镶嵌着蓝宝石的短刀。女人大惊失色，下意识地往后下腰躲闪，却还是被短刀削去了几缕碎发。

她后翻落地，还没站稳，鱼桂的攻击又到了跟前，速度快到她根本无法做出反应。女人这才意识到，面前的两个看起来年岁不大的小姑娘是她不能招惹的人物。可她还没来得及发出求救信号，她的下巴就猛地一痛！

因为双方实力差距过大，温梨笙都没看清楚招数，那女人就被鱼桂卸了下巴。鱼桂用刀柄猛烈地敲击那女人的侧颈，巨大的力道让女人当场晕死在了地上。

鱼桂收起短刀，语气平静地问温梨笙："小姐，这人要处理掉吗？"

温梨笙走过去，在那女人的身上看了看，忽然问鱼桂："我跟她谁高？"

鱼桂虽然早就习惯了温梨笙的跳脱的思维，但还是疑惑地道："什么？"

"就是我跟她，我们俩谁的身量比较高？"温梨笙很认真地问。

鱼桂回忆了一下，回答道："好像差不多……"

温梨笙道："确实差不多，我也看出来了。你把她的外衣扒了，我突然心生一计。"

鱼桂动作很快，眨眼间就把女人的外衣扒了下来。温梨笙脱了自己的外袍，换上女人的外衣，让鱼桂将她的长发编成辫子，再从外袍上撕下一块布，用刀随便裁了一下，蒙在脸上。

此处没有月光，袖灯落在地上，照得不分明，黑暗之中，她竟与方才的女人看起来几乎一模一样。

温梨笙将袖灯捡起来挂在手上，倒是没继续进那扇木门，而是转过头沿着篱笆走，手中的灯宛若黑暗中的明星，十分显眼，在远处也能一下子就看见。

她走了一段路之后，见面前的地好似有一片被人刨过，明显与周围被压实的地面不同。她蹲下来想细细检查，身后突然传来一声低喝："你点灯干什么？！"

温梨笙扭头，只见一个男子大步走来，指着她手里的灯怒气冲冲地道："这宅子里进了人，现在还没找到，你点灯岂不是会先暴露自己的位置？"

温梨笙没应声，假装不懂地晃了晃挂在手腕上的袖灯。

见她不灭灯，男子急了，走到近处劈手就要抢夺袖灯，温梨笙却将手一扬，躲过了他的手。

就这么一个动作，男子立马敏锐地察觉了什么，右手往藏在身上的刀摸去，同时用疑问的语气道："你为什么不说话？"

他还没动手，突然有人从后面给了他一闷棍。男子忍着剧痛转过头，发现打他的人是个面色冷漠的姑娘。那姑娘手里的木棍因为她太过用力而断成了两截。

男子扭过头的一瞬间，温梨笙坏笑了一下，举起刚才从地上捡的石头，用力地朝他的后脑勺儿砸了一下。

眨眼间，他的头上就挨了两下，他只觉得眼前猛地一黑。他身体一晃，摸出刀随便往前一挥，却没碰到任何东西。

他踉跄了两步，再一摸后脑勺儿，摸到一片湿意。

鱼桂持刀与他过了几招，一刀刺进他的肩膀，男子自知不敌，捂着受伤的地方，飞快地朝着黑暗处逃去。

鱼桂用绢布仔仔细细地擦干净短刀上的血，问道："小姐，为什么不杀掉他们呢？"

温梨笙扔了石头，拍拍手上的灰尘，道："我们不知道他们有多少人，杀掉一个还会有下一个。若是能用这种方式引起他们内斗，岂不是更方便？"

方才那男子已经受了伤，若再遇见其他同伙，在这种黑灯瞎火的地方，他们之间又能有几分信任呢？

温梨笙不擅长权谋，却也知道人心最不可靠。

她回到方才遇见女人的地方，将袖灯挂在木门旁，才动手换上自己的衣袍。

等穿好了衣裳，她一回头，却发现鱼桂不见了。

温梨笙心跳一滞，取下袖灯往左右两边各走了一步，仍旧不见鱼桂的身影。

鱼桂竟在她身边无声无息地消失了？

温梨笙有些慌张，低声喊道："鱼桂，鱼桂？你出来，别吓我！"

没人应声。

她指尖发凉，恐惧从心底浮现，被她几个深呼吸压制住了。

鱼桂不可能突然丢下她，更不会在这种地方跟她闹着玩。只有一种可能，就是有人在她换外袍的时候将鱼桂掳走了。

鱼桂连发出声音的机会都没有，表明来人的功夫相当厉害。

温梨笙攥紧袖灯，四处张望着。这地方没有一点儿其他的光源，所以温梨笙不能灭灯，一旦袖灯熄灭，她就什么都看不见了，也会寸步难行。

黑暗像要将她吞没一样，仿佛有什么致命的危险隐藏在其中，一点点地吞噬着她手中的灯光。

温梨笙站不住了，推开面前的木门，抬腿跨进去。

真正的牛家其实很小，就一个小院子和三座房子，厨房、茅厕都在木门的左侧，与卧房隔开，整座屋子彰显着“贫穷”二字。

温梨笙靠着微弱的灯光往前走着，走的过程中没有看到任何东西，牛家的院子里空荡荡的。

她走了十几步，脚下出现两级泥石台阶，跨上台阶，面前就出现了一扇破旧的木门，门上的雕花已经模糊不清。她伸手轻轻一推，木门就发出了声音。

温梨笙先小心翼翼地将头探进去，侧着耳朵听了一会儿。没有听到任何声音，她这才轻手轻脚地跨进屋内。

屋内极空旷，但屋顶修得很高，几根柱梁支撑着屋子。

温梨笙不知道这屋中有没有什么线索指向“埋葬梅花的地方”，只是猜测，若有人故意将牛家隐藏起来，肯定是因为牛家有特殊的东西。

她极其小心地在屋中挪动，用手撑着墙慢慢往前走，细细地检查各处，想找出什么。

但她绕了一圈，发现这简陋的宅子里甚至连桌椅都没有，除却墙上挂着的一幅画像之外，便没有别的东西了。

温梨笙停在画像前看了许久，又把画像取下来凑到眼前看。无论她如何翻看，它都是一幅再普通不过的老人的画像。

她一时有些着急。沈嘉清不知去向，鱼桂也神秘失踪，在这伸手不见五指的地方，她哪里都去不了，也不能大声喊，若是招来了其他人，那处在最危险的境地的其实是她自己。

她耐着性子，打算再仔细地将画看一遍，却忽然听到房中有声音响起：“你在找什么？”

因为周围太过安静，突然出现的声音把温梨笙吓得浑身一抖。她转过头，用袖灯探查，问：“是谁？”

“你捧着别人的祖宗的画看了半天，到底在找什么？”那声音又响起来。

温梨笙的视线里半个人影都没有，她也完全听不出声音从哪个方向传来，被吓了个半死，说话时竟有些结巴：“你……你是这画上的人吗？”

“嗯，我是。”那声音回答道。

温梨笙差点儿跪下来认错，赶忙颤颤巍巍地把画像挂好，并道：“莫怪莫怪，我真的不是故意冒犯的……”

那人轻笑一声，道：“这你都信？”

温梨笙一听，当即明白自己被耍了，顿时恼怒不已，又觉得这声音很是耳熟，于是问道：“你到底躲在哪儿？”

“上面。”

温梨笙闻声抬头，同时将袖灯举高。光线扩散开来，她看见头顶上方有一根很长的横梁，横梁上坐着一个人。那人一条腿支着，另一条腿垂下来，她依稀能看见那人绣着云纹的衣摆。

温梨笙说：“我看不清楚。你装神弄鬼地干什么？有本事站到姑奶奶我面前……”

她话才说了一半，那人就动了动，一下子就从横梁上跳了下来，落到了几步之外，站到了黑暗中。

“到你面前来如何？”

温梨笙没想到他真的会从那么高的地方跳下来，于是改口改得非常快，对那人竖起大拇指，道：“到我面前来，让我好好夸夸你。你简直太厉害了，竟然能爬到那么高的地方。”

说着，她举着袖灯往前走，灯光一点点地攀上那人的身体。随后，她看见了一张极为俊俏的脸。

那人竟是谢潇南！

只见他抱臂而立，眼中映着袖灯那微弱的光芒。他一扯嘴角，问她：“怎么，白日里还说要跟我回京生大胖小子，现在倒是连我的声音都听不出来了？”

“原来是世子爷呀！”温梨笙知道他肯定有一种能对声音进行伪装的技巧，否则她是不可能听不出他的声音的。但这并不影响她高兴，她惊喜地往前凑，道：“您怎么在这里啊？不早说，我当是哪路神仙下凡呢！能在这儿碰到世子，简直是久旱逢甘露，荒漠遇绿洲！我的喜悦之情如滔滔江水……”

见她说起来没完，谢潇南打断道：“行了，用不着说那么多。”

温梨笙欢欢喜喜地跑到他身边，连道了几遍“太好了”。

谢潇南瞥了她一眼，问：“大半夜的，你来这里干什么？”

温梨笙答道：“我来这牛宅里找一样东西，但这里太黑了，什么都看不见，我只能瞎摸。”

“这座宅子里什么东西都没有。”谢潇南道。

“怎么会呢？肯定还有。”温梨笙肯定地道。

沈雪檀是不会耍着她玩的，既然指明了这里，就说明这牛宅里肯定有什么东西等着她来寻。

谢潇南嗤笑一声，道：“你捧着别人家的祖宗的画像，能找到什么东西？”

温梨笙又看了那画像一眼，这才知道这画像上的人可能是牛铁生的祖宗。牛家人穷困潦倒，自然是建不起祠堂的，只能将祖宗供在这窄小的堂屋里。

她卷了一下手中的袖灯的链条，一抬头，见谢潇南在走动，两三步就要走出光照范围了。于是她连忙跟了过去，黏在他的旁边，问道："世子，你来这里带了多少人啊？我方才在外面遇见了一男一女，模样还挺凶的，没说上两句话，他们就要杀我。"

谢潇南对此并不意外，几步就跨出了堂屋，边走边说道："我只带了乔陵。"

温梨笙心想：这座宅子里果然还有一批不知来路的人，算上我和沈嘉清，这里至少有三伙人。

温梨笙随口道："那这里还挺危险的。"

谢潇南的目光掠过她腕上挂着的袖灯，他说："你才是最显眼的目标。"

她也知道在这种没有任何光亮的环境下，提着一盏灯极为显眼，但是若熄了灯，她就跟瞎了似的，别说找东西了，被人从背后砍一刀，都看不见是谁砍的。

谢潇南并未让她灭灯，那就表明这行为不算很危险。

见他一直往外走，马上就要走到木门处了，温梨笙急忙问："世子爷，你要离开了吗？"

谢潇南漫不经心地"嗯"了一声，显然这里没有他要找的东西了。

温梨笙觉得她要找的东西肯定就在牛宅里，但她一个人在这样的地方属实危险，万分需要帮助。于是她道："先等等，我这里有个东西，或许世子会感兴趣。"

谢潇南脚步一顿，侧头看她。

温梨笙极有眼力见儿，马上把那封信掏了出来，双手奉上，道："这是当年牛铁生写给别人的信。"

谢潇南起初并未接信，目光在温梨笙的脸上转了一圈，墨玉一般的眼眸像一下就能看透温梨笙的小算盘。正当她心中忐忑，怕他拒绝的时候，他却伸手将信接过去了。

信一被他展开，温梨笙就上前一步，踮起脚，将袖灯举高，给他照明。

她将头凑到他边上，伸长脖子，也去看信中的内容，然后伸出一根指头轻轻地点在信上的一处，道："你看这儿，说的是'埋葬梅花的地方'，这里肯定藏着东西。"

袖灯的光线扩散，将两个人的影子投在地上，让她看起来好似依偎在谢潇南的怀中。

他很快就将信看了一遍，然后抬头在黑暗中左右看了看。他仿佛在辨别方向，随后抬腿往回走。

温梨笙跟在他身侧，两个人仅走了几步就到了围着屋宅的篱笆边，停在一片凹凸不平的地方。

方才她在外面的时候就注意到了，这里的其他地方都很平整，只有这一处像被谁刨过一样，土地松软。

她蹲下来用手拨土地，只见里面夹杂着某种植物的根，显然，这里曾经种了什么东西，然后被人挖走了。

谢潇南看出了她心中的疑惑，说道：“是梅树。”

温梨笙扭头问：“那这下面岂不就是‘埋葬梅花的地方’？”

谢潇南道：“你没看见这里已经被人翻过了吗？”

梅树都被拔走了，土地也被翻了个遍，这里若是藏了什么东西，早就被人找到了。

温梨笙却摇头，道：“不对，谁藏东西会藏得这么简单？”

她想：牛宅这样小，一进门就能看见梅树，牛铁生不至于把东西藏得这样随便，肯定不是这里。

温梨笙站起来，正想跟谢潇南说一下她的猜想，却又听他道：“牛铁生爱酒如命又好赌，穷得连一杯温酒都买不起。”

“我知道了！”温梨笙沉默片刻后，眼睛一亮，拍了拍手道，“牛铁生穷得买不起酒，所以他种了梅花树，自己酿酒喝，那埋葬梅花的地方，指的并不是梅花树下，而是他藏酒的地方！”

她越想越觉得这个推论有道理，于是向谢潇南求证：“世子爷，是不是这样的？”

袖灯的柔和的光照在她的半张脸上，她那漂亮的眼睛弯成月牙儿，满脸写着希冀，她看起来像一只雪白的兔子。

温梨笙的外表极具欺骗性，正因为如此，她每次都能轻易地骗到人，不管嘴里说出多离谱儿的话，脸上都是真诚的表情。

谢潇南低头看她，“嗯”了一声，肯定了她的推论。

温梨笙开心极了，摇头晃脑地笑起来，道：“牛家这么小，牛铁生若想随取随喝，肯定会把酒藏在自己的房间里，所以这封信上指的地方就是牛铁生的卧房的地下。”

谢潇南的几句提醒，让温梨笙的思路顺畅了，两个人又往堂屋去。

堂屋的左右两边各连着一间房，温梨笙不知哪一间是牛铁生住的，但谢潇南的脚步并未停顿，他径直往左边那一间去。

他推门而入，一股霉味扑面而来，温梨笙皱着眉，用手在鼻子前扇了扇，房间窄小，约莫只放得下一张床和一张桌子。

床榻被人打烂了，隐约能看见下面有两个破碎的坛子，里面堆积了厚厚的灰尘。很显然，这里也被翻找过了。

温梨笙不死心，蹲在床榻边，将其中一个破碎的酒坛拉出来。她还没上手摸，那厚厚的灰尘里就突然钻出了一个东西，一下蹿到了温梨笙的面前。

她定睛一看，顿时头皮发麻，全身的冷汗在一瞬间就出来了。

这是一条长着花斑的毒蛇！

温梨笙被吓得不敢动弹，只见面前的毒蛇支着躯体，在她面前左右轻晃，仿佛下一刻就要张开嘴咬过来一样。

毒蛇与她的距离非常近，她不敢贸然后退，万一刺激了这玩意儿，它绝对会在她来不及撤退时咬她一口。

温梨笙对蛇一类的东西本身就怕得很，加上这蛇的身上长着花斑，一看就是那种有剧毒的。

她也不敢出声喊，只缓慢地挪动身体，想一点儿一点儿地远离它。

谢潇南原本站在边上看，但他的目光就移开了一瞬间，再转回来的时候，温梨笙面前就多了一条蛇。他低声道："别动。"

温梨笙闻言，立即停止动作，身体变得僵硬。

她用余光看见谢潇南动身，落地时一点儿声音都没有。他两步就走到了坛子后边，那条蛇还在盯着温梨笙，似乎完全没有察觉他。

他慢慢俯身，温梨笙一抬眼就看到了他的眼睛。他的眼神很镇定，眼里没有波澜。

他动作很快，一下就捏住了蛇的七寸，将它提了起来。

蛇身细而短，应该是幼蛇，它被捏住之后，瞬间卷住了谢潇南的手臂，张大了口。

温梨笙安全了，深呼吸一下，这才发觉自己出了一身汗，腿也有点儿软。

谢潇南看了一眼蛇的口，随后将蛇扔到了一旁，道："蛇的牙被拔了。"

也就是说，方才只是虚惊一场？！

她表情茫然地看着那条蛇飞快地逃走。

她起身拍了拍身上的灰尘，忽然问道："世子爷，真的有人会醉到溺死在水缸里吗？"

"大醉会让人失去行动能力，意识不清，微醺……"他顿了一下，继而道，"你不是尝试过吗？"

温梨笙听后，想起先前在山上时，为了蒙骗阮海叶，她喝了好几大口烈酒，当晚就晕乎乎的。但她那时尚有意识，只是感觉轻飘飘的，情绪有些不受控罢了。

牛铁生酗酒多年，定是每回都喝得烂醉如泥，自己起来走两步都困难，更何况跑去水缸边上？

这说明他当年的死不是意外，他是被人杀了！杀他的人后来或许发现了这封信，知道他曾经留下了东西，所以又回来盖了一座牛宅，将这屋子笼罩住，然后在里面翻了个底儿朝天，最后找到了被牛铁生藏着的东西。

正如谢潇南所言，这里已经什么都没有了。

沈雪檀要她来寻找的，其实并不是牛铁生藏的东西，而是那条被拔了牙的小毒蛇。

当初杀牛铁生的那伙人，在把牛宅翻了个底儿朝天之后，拿走了东西，然后在这里放了毒蛇，为的大概就是杀死来这里找东西的人。那小蛇含剧毒，行动又极快，若不是牙被拔掉，没了攻击能力，方才那一瞬间，温梨笙就已经被咬了。

沂关郡里，擅长研究毒物的只有胡家人。

胡家人大概是整个沂关郡里，温梨笙最不敢招惹的了。她六七岁的时候，沈雪檀就经常在她的耳边警告她，让她离胡家的孩子远一些，那些孩子自小就会养一些毒物带在身上防身。他们养幼蛇、毒虫一类的毒物，只要与他们距离过近，就有可能被攻击。

温梨笙不愿意招惹胡家人，但若真的是胡家人想对她下杀手的话……

她握着拳头砸在一旁的床榻上，气愤地道："我温梨笙也不是吃素的！"

谁知那床榻早已破败不堪，就这么被她一拳捶得轰然倒塌，灰尘四起，顿时将她笼罩住。

谢潇南见状，后退两步，刚想说话，就见温梨笙惊叫一声后飞快地从地上爬起来，躲到了他的身后。

他定睛一看，原来是她捶塌了床板，惊动了藏在角落里的几条小花斑蛇。那几条蛇在地上乱爬，寻找躲藏的位置，把温梨笙吓了一跳。

他低头看了看她拽着他的胳膊的手，没有说话。

这些被留下的毒物都被拔了牙，已经没有半点儿威胁。沈雪檀给温梨笙指了一条路，但将路上的危险都铲除了。

这的确符合沈雪檀的作风，温梨笙小时候去风伶山庄玩，他就经常设一些不难完成，且没什么危险的机关让温梨笙去玩。

温梨笙已经解开了牛铁生信上的谜题，觉得该离开了，朝谢潇南看了一眼。

这地方，谢潇南之前就探查过，并没有什么值得研究的，于是他便一边掸着身上的灰尘，一边往外走。他刚走到房门处，外面就传来了惊雷一般的声响。

两个人先后走到院中，只见院中竟然站着乔陵与鱼桂二人。

鱼桂喊道："小姐！"

温梨笙连忙上前，拉起鱼桂的手左看看，右看看，又对乔陵道："好哇，果然是你劫走了鱼桂！"

先前鱼桂被无声无息地掳走，掳走她的人功夫这般厉害，要杀她们二人轻而易举，却并未动手，温梨笙就猜到了那人并无恶意。继而她又听谢潇南说只带了乔陵来，就已经猜到这事可能是乔陵干的。

乔陵并未讶异她猜到是他，只微笑着道："温姑娘见谅，是少爷不允许任何人进入。"

温梨笙一听，脸顿时黑了，叉着腰，指着他道："什么意思？世子不允许有人进入，你却把我放了进去，你的意思是我不是人？你拐着弯地骂我是吧？"

乔陵笑了一下，道："并非如此。"

谢潇南适时打断两个人的对话，问道："外面出事了？"

乔陵回答道："又有一批人进了牛宅。"

"是谁？"

乔陵道："胡家的人。"

温梨笙惊讶地问道："你怎么认识胡家的人？"

还没等乔陵回答，忽然有一人从房顶上跳了下来，落在地上的时候喘了一口气。

温梨笙一看，发现来人居然是许久没见的席路。他穿着一身黑衣，走了两步才走到光下，对谢潇南道："少爷，方才的巨响是沈家的小公子在追击别人时造成的，现在已经有人往那边去了。"

"沈嘉清？"温梨笙想着也该是他，这家伙动起手来确实不知轻重。她向席路询问道："请问他在什么方向？"

席路看向她，抬手指了个方向，而后道："需要我带你过去吗？"

温梨笙疑惑地想：这人怎么对我态度这么好？

她迄今为止，见了席路三回，每回他都站在谢潇南身边。他虽然脸上笑嘻嘻的，眼睛里的敌意却没能完全隐藏，温梨笙能感觉到。

但她不知道为什么，这次见他时，他对她的敌意似乎消失了。

温梨笙思绪一发散，回应就迟了一些，席路又道："他一直在移动，光凭你自己可能找不过去。"

她点头，道："行，不过你先等一下。"

她对鱼桂打了个手势，鱼桂就立即将手里一直提着的大食盒放到了地上。随后，鱼桂打开了盖子，在几人的注视下从里面拿出一件雪白的外袍递给温梨笙，然后又取出一件自己披上。

温梨笙换掉了黑色的衣袍，披上白色的外衣后，在袖灯的光照下，身影变得模糊，看起来有几分恐怖。

“你的食盒里装的就是这东西？”谢潇南忍不住问道。

“不然呢？”温梨笙反问，“难不成还真的装一盒子吃的给牛铁生他娘吃啊？”

乔陵道：“那沈小公子的牛也别有用处？”

“不，他跟我不一样。”温梨笙整理好了衣袍，笑道，“他是真蠢货。”

谢潇南精准地评价道：“他是真蠢货，你是假聪明人。”

温梨笙嘻嘻一笑，又将袖灯挂在腕上，取出一张面具拿在手上，而后道：“世子，你的事情若是办完了，你就快些离开吧，莫被牵扯进我们沂关郡人的恩怨中。”

她话音刚落，乔陵和席路同时笑了一声。

谢潇南的目光落在她手中的那张面具上，那是一张颜色与人的肤色很接近的面具，只是上面没有五官，只有几条被画出来的皱纹，乍一看跟真的似的。

看得出她早有准备。

乔陵忍不住问道：“温姑娘想干什么？”

温梨笙神秘地笑了笑。

她觉得自己好不容易半夜出来一次，不整点儿好玩的不是白跑一趟？

她本来是想吓吓沈嘉清的，但是没想到这座牛宅里竟然这么热闹，来了那么多人，那她就太有发挥空间了。

温梨笙提着袖灯，走了三步又停下。她转过头望向谢潇南，看到他的身影已经被黑暗笼罩了一大半，只能看见侧脸，且侧脸模糊不清。

察觉她停下后又回头，谢潇南偏过头看她，问：“又怎么了？”

温梨笙突然道：“世子爷，你想要的东西，我会帮你拿到的。”

谢潇南的眉梢动了动，他没有说话。

温梨笙转身，跟着席路出了牛家的屋子，直至那光点越来越远，逐渐消失，谢潇南才道：“点灯。”

乔陵从袖中拿出一个由纸折成的小灯笼展开，中间有一根极细的灯芯，却很耐燃。那灯芯一被点燃便发出了光，光比温梨笙的袖灯还要亮。

“少爷，可有收获？”乔陵问道。

“本来是没有的，但温梨笙带来了一些。”谢潇南伸手将小巧的灯笼接过来，说道，“牛铁生他们一家人当年都是因为那件事而死的。”

“但是这里已经没有东西了。”

“东西不重要。”谢潇南抬头，看向前方，缓缓地说道，“人才重要。”

再说沈嘉清。

当时他被从棺材里跳出来的少年吓得魂飞魄散，恨不得一嗓子喊醒正在风伶山庄里睡觉的亲爹。但是得知对方是个人后，他怒上心头，追着对方跑进黑暗之中，就这么跟温梨笙走散了。

进入内堂之后，屋顶遮住了月亮，眼前几乎没有一丝光亮，不消片刻他就完全追丢了那少年。

新牛宅当初建得随意，窗子都很少。沈嘉清贴着窗边走，偶尔有一些透进来的月光让他得以识别方向。

在这样黑的地方，他虽然看不清路，但若是谁靠近，他能第一时间听到声音。

他往前走了一百来步，身后突然有一阵疾风袭来，他连头都不用回就接下了自后方刺下来的利刃。他精准地抓住了袭击者的手腕，再使劲一扭，只听骨头碎裂的声音响起，袭击者闷哼一声，立即抽身而退。

沈嘉清转过头，视线里一片黑暗。没有看见人影，他便说道："你一直在这里，有没有遇到一个比我矮很多，跑得很快的小子？"

那人没有回应，但是沈嘉清没听见那人离开的声音，知道那人还在，于是又说："以你的身手，你伤不了我的，但你下一次进攻就会死。"

或许是这话起了些威胁的作用，那人转身就跑，同时吹响了低音哨，像在给同伴报信。

沈嘉清走了这么久才遇见一个人，自然不会让他跑掉，于是立即追上去。

沈嘉清的速度很快，他虽然不清楚这里的地形，却能清晰地根据那人的脚步声辨别出方向。

他追了一段路，周边突然出现了其他人的脚步声，是偷袭他的人叫来的同伴的脚步声。他仔细地听了一下，好像来了三四个人。

几人会合之后，便一起朝着沈嘉清进攻，沈嘉清急忙停住脚步，将身子往后一仰，躲过一把朝着他的脖子划来的利刃。而后他弯腰，闪躲的同时，抓住一个人的手臂，手肘往那人关节处一砸，骨头碎裂的声音伴着喊痛声响起。

短短的一次交手，沈嘉清已经清楚了他们的实力，摇摇头说："住手吧，你们差得远了。"

那些人约莫是受过专业训练，出手皆是追求一击毙命的杀招，也不会轻易发出声音，比寻常的打手狠厉得多。

沈嘉清平常不会轻易动手，但沈雪檀曾教导过他，遇到这种人，什么都不用管，只记着一个"杀"字就行。

又有人不怕死地扑上来，沈嘉清弯起手臂，以肘为武器，肘尖精准地撞到来人的太阳穴处，骨头碎裂的声音在这寂静的夜里显得尤为清楚。

把人打得不能动弹需要很多下，但杀人只需要一下。

沈嘉清手一撤，那人的身体就扑在了地上，不再动弹。

正当他还要出手的时候，他耳朵一动，发现方才那个少年的脚步声又传来了。他记得这种声音，这少年的轻功很不错，所以这少年跑起来的时候，几乎只有脚尖落在地上，声音很容易分辨，比这些躲在暗处杀人的人的脚步声轻很多。

他立即放弃了眼前的这些人，转过头朝着那快要离开的人追去。

但是他在走之前还要跟人打个招呼，十分嚣张地道："爷爷我先走一步，跟你们玩没意思。"

他速度很快，一下就甩掉了身后那些人，追到了少年的旁边，道："出来跟小爷过两招。"

少年起初也不理睬沈嘉清，一个劲儿地跑，想把沈嘉清甩脱。虽然他跑了一段路后确实能把沈嘉清甩掉，但沈嘉清不一会儿就又不知道从什么地方黏上来了，还总是伸手来抓他。

前几次没得手也就罢了，但这次沈嘉清一把抓住了少年的胳膊，少年抬手朝沈嘉清打去。这正合沈嘉清的意，沈嘉清当即与他过起招来。

其间，沈嘉清一脚踹翻了不知道什么柜子，柜子竟直接将木柱撞裂了，柱子所支撑的东西立即摇摇欲坠，又被少年趁机补上了一脚，立即发出了巨大的声响，屋顶上的瓦纷纷往下掉。

沈嘉清连忙闪躲，却还是落了满身的灰尘。他打着喷嚏拍打身上的灰尘时，那少年趁机跑得没影了。

这一处的房顶塌了一小部分，月光照进来，沈嘉清终于能够看清楚周围的环境了。

牛宅虽然从外面看上去还挺气派的，但实际上只是一副空壳子，里面什么都没有，甚至连建造房屋用的材料也极其劣质。经过时间的打磨之后，房子里的柱子才被他轻易撞裂。

但这里发出了那么大的响声，用不了一时半刻，那些藏在暗处杀人的人就会朝这里赶来。沈嘉清也不停留，拔腿就跑。

他转过头往外跑去，路过来时经过的那一片窗子，眼看着快要出内堂的时候，突然看见进来时的门槛处有一抹白光。

沈嘉清疑惑地走过去，发现那处竟站着一个人。也不知道为什么，那个人穿着一身白色的衣裳，头被大大的帽兜罩住，隐隐发着光，虽然光线不亮，但那人的身影因此变得模糊起来，在黑暗里若隐若现。

沈嘉清一下子就停住了脚步，咽了咽口水，道：“前方何人？莫挡小爷的路！”

那人一动不动。

“喂！你聋了？”沈嘉清又问。

他的声音还没落下，旁处忽然传来了一种乐器声。他不知那是什么乐器的声音，只觉得那音乐缓慢而沉重，在这种情况下更让人毛骨悚然。

沈嘉清生气地道：“是谁敢在小爷面前装神弄鬼？！”

他正喊着，门口的人突然轻轻一动，有声音从门口传来：“你在我家大闹了半宿，这就想走了？”

沈嘉清一听，被吓得差点儿跪下，道：“你是谁？是鬼婆婆？听闻你是被饿死的，我给你带了牛来，你可以饱餐一顿了，让我出去吧！”

“你不是说那牛是我们牛家人的远亲吗？你想让我这老婆子追着远亲啃？”

沈嘉清哭着道：“你想啃就啃，不想啃，当远亲招待也行。”

“我就喜欢你这种细皮嫩肉的小伙子，我一口能吃两个你！”

“别吃我！别吃我！”沈嘉清叫道，“有一个跟我一同来的姑娘，她长得白，一看肉就嫩。吃她吧！吃她吧！”

温梨笙听到这儿，鼻子都被气歪了。

她抬脚往前走，一边走一边说道：“我就爱吃你这种背信弃义、忘恩负义、无情无义之人！”

沈嘉清被吓得汗毛倒竖，情急之下脱了自己的一只靴子，使劲地在面前挥舞，一边挥舞一边道：“别过来！别过来！”

他一转身就想跑，谁知道一回头，那人竟又出现在了他身后。

他进退两难，手里的靴子被他挥舞得飞快，他吓得脸都要变形了。

温梨笙走到离他几步远的地方停下，陡然将盖着脸的兜帽掀开，“嗷呜”一声后道：“我要吃了你！”

沈嘉清看清了这张脸，这是一张没有五官，只有面皮的脸。他当场惨叫出声，那声音划破天际，惊动了牛宅里的所有人。

温梨笙绷不住了，扬声大笑起来，一边把脸上的面具摘下来，一边笑得前仰后合地道：“吓死你这个臭小子。”

沈嘉清本来被吓得泣涕涟涟，结果一看眼前的“鬼”居然是温梨笙假扮的，立即面红耳赤地吼道：“梨子，你怎么能这样对我？万一我尿裤子了怎么办？！”

温梨笙重重地哼了一声，道：“那也是你活该！谁让你丢下我自己跑了，方才还想把我卖了？”

沈嘉清被气得咬牙切齿，回头一看，发现站在他身后的那个穿着白袍子的人竟然是鱼桂。他抹了抹头上的汗，道："我还以为真的碰上那些东西了，吓死爷爷了。"

温梨笙笑得眼泪都出来了，总算是狠狠地报复了沈嘉清一把，道："让你少看点儿话本子，你就是不听。这种拙劣的骗术也就能吓到你了。"

温梨笙说着，还恶劣地模仿他被吓到的模样，结结巴巴地道："诈……诈……"

沈嘉清不服气，但想起自己方才确实丢人，没好气地问道："你守在门口，就是为了吓我？"

温梨笙将放在衣裳里的袖灯拿出来重新挂在手腕上，说道："那倒不是，只是他们都没有上当，只有你一个人被吓成这样。"

"那些人呢？"沈嘉清问。

温梨笙往旁边走了几步，地上就出现了几个叠在一起的人，他们躺着一动不动，不知是死是活。她颇为遗憾地道："这些人太凶狠了，不管有没有被吓住，都冲上来要杀我，所以我还没表演完，就只能把他们先收拾了。"

她道："还是骗你好玩。"

沈嘉清重重地哼了一声，把鞋套回脚上蹬了几下地。

温梨笙把面具重新戴在脸上，对沈嘉清道："把这衣裳穿上，我们出去会会胡家人。"

沈嘉清正疑惑呢，鱼桂将白袍和面具递了过来，忍着笑道："沈小爷，请吧。"

胡家人在沂关郡中地位很高。

胡家人的祖先来自南疆，据说在那个年代，胡家人用毒用到了出神入化的地步。他们能悄无声息地取人性命，且他人查不出半点儿破绽。所以当年的胡家人在江湖上横行霸道，胡作非为。

后来沂关郡的江湖人结盟，一同制裁胡家人，使得胡家人在沂关郡的地位一落千丈。

不过这都是很多很多年前的事了，就连温浦长都说这是他祖爷爷那一辈的事，传到现在，可能大多数消息不属实，甚至有可能夸大了胡家人当年的用毒本领。

后来，胡家人很长时间在江湖上没有动作，直到几十年前，胡家的大房有一子在朝中为官。那人虽是五品官，但在沂关郡这种地方也是十分了不得的，再加上胡家人经常救济郡城周围的乞丐与难民，于是胡家人的声誉渐渐变好。

后来温浦长被调至沂关郡为郡守，胡家人与温浦长的交往也密切起来。现在胡家的大房中不少人有官职在身。

胡家二房的人继承用毒的本领，也在大房的帮助下崭露头角，重出江湖且站稳了脚跟，时至今日，胡家算是沂关郡中最为枝繁叶茂的家族。

温梨笙和沈嘉清戴好面具走出去的时候，就见庭院里的那口棺材两边各有一人，一盏小巧的灯笼悬挂在棺材的上方，那两个人好像在探查什么。

温梨笙立即摘了脸上的面具，快步走过去，往旁边一站，伸长脖子往里瞅，侧脸一下撞到了谢潇南的胳膊上。

谢潇南低头看她，问："你什么都好奇？"

温梨笙笑嘻嘻地道："世子爷，你在找什么呢？你跟我说说，说不定我能帮到你。"

"找一种草药。"谢潇南道。

"什么草药？"温梨笙诧异地道，"棺材里还会有草药？"

他说："一种吃了能让人变得聪明的草药，被记载在一本丛谈上，若是我寻到，便能将它以高价转卖给别人。"

温梨笙双眉一拧，满脸写着"难以理解"，问他："真的会有人买这种一听就不太靠谱儿的草药吗？"

谢潇南像煞有介事地点头，说道："温郡守。"

温梨笙一听就反应过来谢潇南在一本正经地胡诌，小声控诉道："世子怎么能骗人呢？"

谢潇南好好地思考了一下这个问题，最后得出结论："约莫是入乡随俗。"

温梨笙叹了口气，道："原来沂关郡在世子眼中是一个充满谎言的地方啊。"

谢潇南看了她一眼，没接话。

他们正说着，席路突然从棺材里探出了头。温梨笙被吓了一跳，后退两步，表情变得惊奇。

"少爷，下面大多是已经腐烂成白骨的尸体，只有这个包袱看起来像新东西。"席路一边从里面爬出来，一边递出一个包裹。

那包裹鼓鼓的，但看起来并不重，想来装的是衣物。

谢潇南看了一眼那包裹，并未接过，而是转头看向一旁的院墙，说道："应该是他的。"

温梨笙循着他的视线看去，只见那院墙上坐着一个人。那人梳着丸子头，身上的衣袍松松垮垮的，不知道在那里坐了多久。

沈嘉清不知道什么时候贴着墙无声无息地到了那个少年的下方，举着手一蹦，抓到了少年垂下来的一条腿，将少年从墙头扯了下来。

"这下看你怎么跑？！"沈嘉清大喊一声，然后与少年扭打在一起。

他追了好长时间，每回都被那少年甩掉了。沈嘉清憋了一肚子气，这回可算是能出气了，缠着少年不放，两个人从庭院的这头打到那头。

那少年的身影似鬼魅一般，沈嘉清的每一招他都能接住。就在两个人马上要打到温梨笙他们面前时，忽然有一抹银光一闪而过，直奔沈嘉清的后背而去。

沈嘉清跟背后长了眼睛似的往前一扑，与少年一同栽倒在地上，滚了几圈后停下。沈嘉清抬头一看，一枚不知从何方打来的短刀正钉在墙上。

出手的人杀意很重，温梨笙立即紧张起来，抬头朝四周张望。

她见一个接一个的人跳上了庭院两边的墙头，那些人皆身着黑衣，遮着面。温梨笙只看了一眼，就连忙动手解束着腰的衣带，又飞快地解开几颗盘扣。

很快，墙头有人道："不留活口！"

墙头很快有人甩出十几柄小巧的利刃，目标正是庭院中的几人。

千钧一发之际，温梨笙解开了扣子，将外袍拉开，转身朝谢潇南扑过去。雪白的衣袍一展开，谢潇南的腰就被温梨笙搂紧了，她将他也裹在了雪白的衣袍之中。

温梨笙这突如其来的动作造成了巨大的冲力，将毫无防备的谢潇南扑在了地上。

谢潇南感觉到背撞在坚硬的土地上，也感觉到身上的人身体娇软，腰被两条胳膊圈紧，谢潇南心口的位置好像被她撞了一下。

突然，温梨笙痛苦地喊了一声。

谢潇南心一紧，刚才那一瞬间，他看得分明，有几柄利刃击中了温梨笙的背部。

他抬手攥住了温梨笙的手腕，坐起来时，将她往上一提，她另一只原本搂着他的腰的手被迫撑在他的胸膛上。他低头问她："受伤了吗？"

温梨笙盯着那双近在咫尺的眼睛，这才意识到两个人的姿势亲密无间。热意涌上头，她摇头，回答道："没有，就是有点儿疼。"

谢潇南的身子略往前倾，他看向她的后背，雪白的衣袍仍旧干干净净的，没有半点儿破损。

他心中了然：她带来这身衣袍并不只是为了吓唬沈嘉清，这衣裳本身就暗藏玄机。

谢潇南身上那股一直被她惦记的甜香味扑面而来，绕在她的鼻尖，让她的心一烫。她立马从他身上爬了起来，像掩饰什么似的在背上揉了几下，道："我没事，这衣裳能挡刀，那些暗器伤不到我，就是穿起来太重了，行动不太方便。"

谢潇南按了按心口，难怪方才那股力道那么重，一下就把他扑倒在了地上。

这种利刃并不算小巧，若是刺中身体，定能钉在骨头上，所以来人携带的数量也不多。

他们将那些利刃扔完后，就从墙头跳了下来，一人持着一柄长剑，朝着院中几人包围过来。

乔陵和席路随身带的武器都是短小的，他们分别站在谢潇南的前后两边，摆出随时发动攻击的姿势。

温梨笙的目光掠过那一柄柄泛着寒光的长剑，她一下子就抓住了谢潇南的小臂，踮着脚，低声道："世子，咱们还是去内堂吧，等会儿他们打起来，刀剑无眼。"

谢潇南低头看她，见她缩着脖子左右张望。她不会功夫，站在这包围圈中，自然会紧张。

她霸道的时候是真霸道，胆小的时候也是真胆小。

他想起温梨笙瞪着眼一脸凶相地看着他的样子，又想起她高举双手跪在地上高喊"世子息怒"的模样，漂亮的眼眸中荡开一层笑意，道："那你跟紧了。"

说罢，他便抬腿往前走，温梨笙连忙跟上。

包围而来的杀手见他们俩要走，登时同时动作，朝着几人飞快地发动攻击。

谢潇南反手抓住温梨笙的手腕，加快了脚步。他步子迈得大，温梨笙跟得踉踉跄跄，朝鱼桂喊道："鱼桂，把剑扔给沈嘉清！"

声音传出去，众人只见内堂飞出来一柄未出鞘的长剑。那长剑在空中快速地旋转着飞出，沈嘉清踩着一个人的肩膀借力往空中跳去，轻而易举地接住长剑甩了剑鞘，锋利无比的长剑将一个敌人一剑封喉。

温梨笙很快就被谢潇南拉着走回了内堂的檐下，身上的沉重的衣裳加倍地消耗着她的体力，就走了这十几步路，她便扶着柱子喘了起来。

呼吸稍微平复后，她一边脱身上的衣袍，一边道："把我的衣裳拿来，这袍子太沉了，穿着费事得很！"

鱼桂闻声，便从食盒里拿出叠好的黑色外衣递给温梨笙，并对她道："小姐，这种宝贝也只有你会这般嫌弃了。"

"好用又方便的才叫宝贝。"温梨笙脱去那袍子之后，只觉得一身轻松，再转过脸的时候，就发现有另一批人鬼魅一般从四面八方而来，疾风似的加入了战斗。

那一批人皆身着雪白的衣裳，衣摆处添了一抹鹅黄色，在夜色下依旧极为醒目。他们动作迅速，攻击时都是奔着一刀毙命去的。

他们是风伶山庄的人。

温梨笙看到他们后笑了一下，道："原来我们还有帮手。"

有了这批人的加入，乔陵与席路便没了用武之地。两个人一前一后地回到谢潇南身边，因为方才动过手，他们的身上都沾了血腥气。

"嗯？"乔陵刚站稳就疑惑地道，"'浪卷飞鱼'？"

温梨笙听见后，看了乔陵一眼，像确认什么似的问道："你说什么？"

乔陵对她笑了笑，摇摇头，没再说话。

但温梨笙将乔陵的话听得很清楚，望向人群中的沈嘉清。他迅速翻转手中的长剑，剑气卷起地上的落叶一掀而上。寒光乍现，剑刃眨眼间挑至对方面前，落叶如刀刃，一下就划破衣裳，割开血肉，瞬间逼退了围在他面前的四人。

他用的这招正是《霜华剑谱》的第七式——“浪卷飞鱼”。

沈嘉清自小学习剑谱，学的就是《霜华剑谱》。《霜华剑谱》一共二十七式，其中四式失传，剩下的二十三式，沈嘉清学了十多年。

当年许清川被誉为“天才少年”，年仅十八岁便使得一手出神入化的剑术，二十五岁时在武赏会上一战成名。自那以后的十多年里，他战无不胜，任何挑战他的人皆败于《霜华剑谱》之下，他因此被奉为“第一剑神”。

人人都以为许清川的《霜华剑谱》不外传，却不知道他曾经收了一个徒弟叫何沼。只是后来许清川神秘失踪，何沼也因此没有学到完整的《霜华剑谱》。

何沼就是沈嘉清的师父。

只不过《霜华剑谱》当年在江湖上多次掀起大风波，后来许清川又不知所终，且这剑谱本身就让很多心怀不轨之人惦记，为了避免惹来麻烦，沈嘉清出门在外并不佩剑，但凡用剑，必用杀招。

所以，知道他练《霜华剑谱》的人并不多，温梨笙就是其中之一。

说来也有趣，温梨笙幼年时看见沈嘉清练剑，一时兴起，也要跟着玩，但基本功她都练不下去，累得坐在一旁的石头上跟沈嘉清斗嘴。

沈嘉清习得《霜华剑谱》的二十三式，“云燕掠波”就是那失传的四式之一。于是，温梨笙颇为不要脸地将“云燕掠波”这个名字用在了她创造的三流剑招上。

可乔陵为什么会知道沈嘉清使用的是“浪卷飞鱼”？

温梨笙原本以为谢潇南冲着《霜华剑谱》而来，只是跟其他人一样对这本剑谱感兴趣，现在看来，事情恐怕没有那么简单。

谢潇南到底是为了什么才来沂关郡？

这个问题温梨笙始终没有答案。

风伶山庄的人加入之后，这场战斗结束得非常快，满院子横七竖八的尸体。在月光的照耀下，此地又恢复了平静。

只有一人还在与那梳着丸子头的少年缠斗。

沈嘉清出声制止，七八人便一同半跪在沈嘉清面前向他行礼：“少庄主。”

沈嘉清将沾满了血的剑随手扔给领头的人，道：“你们将这里清理干净。”

他抬腿走到内堂边上，脱下了身上的雪袍，道：“这玩意儿也太沉了，你就不该带着这东西。我爹让你来的地方能有什么危险？”

“没这衣裳，我方才早就死了。”温梨笙指着自己的肚皮，绘声绘色地道，“几个暗器从我背后刺进来，扎断脊骨，然后从我的肚子上穿过去，当场将我开膛破肚……”

这描述引得周围几人都看了过来。

她却只看向谢潇南，问："是吧，世子爷？"

谢潇南顿了片刻后才答："或许吧。"

几人的目光又同时投向谢潇南。

院中挂在墙上的灯被一盏盏点亮，无边的黑暗终于被驱赶，眼前一片光明。

棺材、尸体、血迹，还有被拴在庭院那头的大黑牛，一齐被收入众人的视线之中。

梳着丸子头的少年也走到边上来，直勾勾地看着席路手中的那个从棺材里带出来的包袱。

温梨笙起初没注意，但是仔细一打量，才发现这少年竟然还是一个熟面孔！

她将席路手里的包袱接过来，走到少年面前递给他，笑着说："你一定是刚来沂关郡的，若是没有落脚处，随时可以去温府找我，报上'温梨笙'这个名字就行。"

少年疑惑地打量了她两眼，随后将包袱往背上一甩，翻墙离开了。

"温姑娘倒是心善。"乔陵带着笑的声音从她的身后传来。

温梨笙转过头，只见五人站在屋檐下看她。她笑嘻嘻地道："这都是在世子爷身边待久了，耳濡目染的良好品德！"

沈嘉清道："一段时日不见，你用成语的能力又提升了。"

"多学着点儿！"温梨笙露出得意的神色，转过头对鱼桂道："走吧，咱们回家去，出来久了，万一被爹发现就糟了。"

"已经被发现了。"沈嘉清说。

温梨笙神色一僵，问："什么？"

沈嘉清耸耸肩，道："方才他们给我传话，说我爹现在在温府，让我们快点儿回去。"

温梨笙拔腿就跑，边跑边道："你不早说！"

此时的温府灯火通明。

温浦长在正堂里来回踱步，时不时地朝门外张望，然后几步走到门边询问下人："回来了没有？"

下人依旧回答："没有。"

温浦长有些着急，叹了一口气，又走回去，抬眼看见正堂里坐着的那个穿着雪白衣袍的男子正用手支着头，一副昏昏欲睡的模样，登时气不打一处来，吼道："你还有心思睡觉？！"

男子没被这声音惊到，只困倦地掀了一下眼皮，问："你急什么？"

“沈雪檀！”温浦长几步走到他面前，一把攥住他的领子往上一提，没将他提起来，气道，“你把我女儿骗去那个地方，你当然不急。”

“我儿子不是也去了吗？”沈雪檀坐得稳稳当当的。

“你儿子是在王八堆里被养大的，小时候连泥巴都吃过，哪有我女儿金贵？”温浦长怒道。

“那倒确实。”沈雪檀没有反驳，只道，“不过郡守大人，我当年好歹也养了你三年，你不叫我一声‘哥’，也别直呼我的名字吧？”

温浦长冷笑一声，道：“沈雪檀！沈雪檀！沈雪檀！”

沈雪檀困得不行，不跟他计较，打了个哈欠，又要闭上眼，温浦长抓着沈雪檀的肩膀摇晃，道：“你不能睡！我还没跟你算账！”

沈雪檀被他摇个不停，却满不在乎地道：“那地方没什么危险，我早就派人探查过上百回了。而且我的人也去了，只要他们敢动手，我的人就会执行杀令。”

杀令是风伶山庄最高等级的命令，只要条件符合就会触发，直到执行者完成任务或者全军覆没，杀令才算结束。

温浦长的脸色这时才好看了点儿，他道：“你不早说？”

沈雪檀叹了一口气，语重心长地道：“舟之啊，你就是太过谨慎。小梨子现在正是探索心强的时候，你要培养孩子的探索能力。这一点，连从京城来的小世子都知道，你却不知道。”

“就你知道？！”温浦长没好气地道，“少在背后议论世子。”

“梨子已经卷进了这件事，光保护是不够的，而且她也不是一个安分的孩子。”

“你还好意思提？！”温浦长说起这个就来气，“我家笙笙小时候多讨喜？性格温婉，一见人就笑，说话时都轻声细语的，就是被你教成这副德行的！”

沈雪檀见他又要生气，不与他争辩。

温浦长在屋中又走了两个来回，终于重重地叹了一口气，有些懊恼地道：“早知笙笙会卷入此事，无论如何我也不会带她去梅家。”

“现在说这些还有什么用？”沈雪檀看了他一眼，道，“小梨子去哪里都有人暗中跟着，能有什么危险？”

温浦长想了想，觉得也是这个道理。其实整个温家最危险的还是他这个女儿，现在他去官署，总有人盯着他的鞋子看，好奇他的袜子是不是真的破了两个洞。

正堂里安静了片刻，下人忽然在门口道：“老爷，小姐回来了。”

温浦长想起身去迎接女儿，沈雪檀却说：“把他们带到正堂里来。”

少顷，温梨笙一路小跑着过来，进门的时候还蹦了一下。她看起来活蹦乱跳的，就是头发有些凌乱。

她的手里拿着一方锦帕，她用那锦帕在鼻尖擦了擦，一进门就哭着喊：“爹！”

温浦长拍桌而起，怒道：“喊什么喊？跪下！”

温梨笙自知有错，双腿一弯就要跪，沈雪檀却道：“别跪。”

她的腿又挺直了，她问：“沈叔叔，你怎么也在？”

温浦长瞪了他一眼，又朝温梨笙道：“给我跪下！”

温梨笙的腿又弯了。

沈雪檀摆手，道：“别跪，姑娘家膝盖娇贵，要跪让我儿子跪。”

他话音一落，沈嘉清“扑通”一声就跪在了地上。

温梨笙看了一眼父亲的怒容，有些拿不定主意地问父亲：“那我是跪还是不跪？”

“谁是你爹，你知道吗？”温浦长气得鼻子都歪了，把自己的胸膛拍得“砰砰”响，道，“我才是你爹！”

温梨笙怕温浦长气晕过去，只好跪下来，非常熟练地认错：“爹，我错了，真的错了，我在回来的路上已经忏悔了一万遍。”

“半夜跑到荒郊野外，成何体统？！哪家的姑娘会像你这般肆意行事？！”温浦长怒道。

温梨笙撇嘴，微微带着哭腔道：“我也不想啊，爹，但我要是说去那座宅子，你肯定不同意，所以我只能偷偷地去。”

“你还埋怨上我了，是吧？”温浦长道。

“行了行了，说两句得了，此事又不怪她，地上怪凉的，让孩子总跪着干什么？”沈雪檀看不下去了，道：“小梨子，快起来，我这次来温府就是为了你的事。”

温浦长仿佛是个特别听劝的人，一听这话，神色缓和了很多，抬手道：“罢了，你先起来吧。”

温梨笙才跪了一会儿，便欢欢喜喜地爬了起来，坐到了沈雪檀的对面。

沈嘉清唯唯诺诺的，一进门就没有说话，此时也跟着站了起来，恭恭敬敬地朝温浦长行礼：“郡守大人。”

“臭小子，今天又爬我家的墙头了？”温浦长指着他问。

沈嘉清挠挠头，坦然承认：“是啊。”

温浦长冷笑一声，心想：给我等着。

他吩咐下人将门关上，堂中烛火摇曳，温梨笙和沈嘉清坐在一起，温浦长与沈雪檀坐在他们的对面。

温梨笙给自己倒了一杯凉茶喝，道：“沈叔叔，你给我的那封信，我今日看了，然后去牛宅找到了信中说的位置，但是只看到了几条毒蛇。”

“嗯……”沈雪檀点点头，问她，“你是如何找到的？”

温梨笙说："我起初没什么头绪，不过在牛宅里遇到了世子，是他看了信，然后带我去的那地方。"

沈雪檀惊讶地道："你把信给他看了？"

"那封信是什么重要的东西吗？"温梨笙也很惊讶。

沈雪檀想了想，说道："这些事，你目前知道多少？都告诉我。"

温梨笙道："我的所有猜测都是以世子为中心的，我觉得是因为他，我才卷入了这些事。上个月在梅家酒庄里，我偶然撞见了有人盗取梅家大夫人的东西，本以为是普通的盗窃，所以并没有在意。但是我后来才知道，我那日遇见的盗贼是世子，他盗取的是《霜华剑谱》的一部分，也正因为如此，梅家人怀疑是我偷了那个东西。

"在贺家的时候，世子亲手杀了贺老太君，然后我与他一同被阮海叶抓去了山上，从她口中，我才得知梅家主将这个消息散播了出去，现在所有人都认为那部分剑谱在我身上。有一伙人曾派人杀我，就是在我去贺宅那日，但是我逃脱了。"

温梨笙总结道："我知道有人要杀我，但不确定对方是谁，根据沈叔叔的指引，我现在怀疑是胡家的人。关于世子，我觉得他可能是奔着《霜华剑谱》来的，所以梅家、贺家还有火狐帮都在他的算计之内。"

"什么？在我闭关练剑的这段时日，竟发生了这么多好玩的事？"沈嘉清大吃一惊。

他不知道从哪里掏出来了一把瓜子，吃得津津有味。他吃瓜子的声音在正堂里尤为清楚。

温浦长一忍再忍，最终忍不住道："将瓜子给我！"

沈嘉清站起来，走到温浦长面前，把手里的瓜子全送到了他的手里，又拉开衣襟，掏出一把又一把。

温浦长："……"

沈雪檀笑了一会儿，而后赞许地点点头，对温梨笙道："不错，基本猜对了。你在梅家酒庄里遇见的人正是那小世子，但是起初这事我和你爹都不知道，是后来世子来温府时亲口告诉你爹的。"

温梨笙讶然，想到前段时间谢潇南确实登门了一次，跟温浦长一起吃了一顿饭才走，想必他就是那时候告诉温浦长的。

那时候温梨笙完全被蒙在鼓里，并不知道自己因为酒庄里的一次偶然事件引火上身。

"半年前，世子就确定了要来沂关郡，并给你爹传了一封信，信上说，如今沂关郡内帮派杂而多，渐压官权。你也知道，你爹这个当官的，最讨厌我们这些江湖人士。近年来，他也意识到郡城中的江湖帮派越发杂乱，所以同意与世子联手，开始设计梅家人。”沈雪檀道。

“半年前就开始了？”温梨笙震惊地道。

沈嘉清掏空了瓜子，回到自己的位置上，也跟着说：“早说啊。早知道是盟友，我们也不用在南边的大峡谷……”

他还没说完，温梨笙便狠狠地踩了他一脚。

沈嘉清“嗷”了一声。

“别打扰我们说话！”她警告地瞪了他一眼。

温浦长应该到现在还不知道当初她和沈嘉清密谋绑架谢潇南的事。他若是知道了，温府今晚怕是会彻底不安宁。

“二十多年前，被誉为‘第一剑神’的许清川在沂关郡神秘失踪。我当年与他交情甚好，这些年一直没有放弃追查他的下落，风伶山庄的情报网遍布沂关郡的每个角落，消息如此灵通，却只能够查得一些蛛丝马迹。”沈雪檀说起当年的事时，表情变得严肃，“我只知道《霜华剑谱》被分为三个部分，由梅家人和胡家人各执其一，还有一部分不知所终。”

“原本在阮海叶手中。”温梨笙道，“但是已经被世子拿走了。”

“那世子现在已有一大半剑谱，剩下的一部分则在胡家人的手中。”

温梨笙问：“那他为什么要杀贺老太君？”

“贺家人持有霜华剑，他许是奔着那把剑去的。”沈雪檀道。

也就是说，当年剑神失踪之后，剑神留下的东西被瓜分，谢潇南不知道从哪里得了消息，想将那些东西收集起来。

其实，这些事情跟温梨笙的猜测也差不了多少。只是她不明白谢潇南做这些事究竟是他心血来潮，对《霜华剑谱》感兴趣，还是因为他知晓二十多年前剑神失踪的真相。

“这小世子本事通天，探不出底。”沈雪檀“啧啧”叹道，“胡家人在郡城里盘踞多年，扎根颇深。若想扳倒胡家，还需靠这个世子。”

沈雪檀笑着对温梨笙说：“不过小梨子也不用怕，只要你在郡城里，胡家人就不敢动你，否则他们一家老小都走不出沂关郡。”

她点点头。

她是绝对信任沈雪檀的。

温浦长突然说道：“但是世子那边要盯着点儿，就怕有谁不长脑子，动了他。若是他在这里出了差池，景安侯恐怕要带人将沂关郡铲平，到时候谁都跑不了。”

“跟不了，他察觉得很快。”沈雪檀指了指沈嘉清，道，“他们俩不是跟世子年龄相仿吗？让他们去。”

温浦长不同意，道："这两个一个比一个没脑子，若是得罪了他，事情会更麻烦。"

"一群孩子打打闹闹很正常，总能玩到一起去的。"沈雪檀道。

温梨笙在这时突然举起手道："我经过一番呕心沥血的努力，成功地与世子拉近了关系，他应该看我越来越顺眼了。"

温浦长和沈雪檀同时看向她，都不太相信。

温梨笙只好派鱼桂回房去取铁证。

不一会儿，鱼桂就小跑着回来了，手里拿着两条灰蓝色的锦帕。温梨笙接过锦帕，道："这就是世子送给我的。"

她顿了片刻，又在几人惊诧的目光下补充道："算是送的吧。"

温浦长起初不太相信，一把将锦帕夺过去，仔细看了几遍，发现这玩意儿确实是世子的。流云锦是极其珍贵的料子，只有皇族手中才有，这种东西，连奚京普通的名门望族都无法获得。

朝臣之中，也只有谢家人会用这样珍贵的料子做帕子。

温梨笙一下子掏出两条帕子来，着实让温浦长震惊了一把。他瞪着眼睛道："你怎么会有世子的随身之物？"

"他给我的呀。"温梨笙实话实说。

虽然第一条是用来塞她的嘴的，上面还沾满了沈嘉清的鼻血，不过后来被洗干净了。第二条曾经包过一口她实在咽不下去的老肉，当晚也被洗了好几遍。两条锦帕都被温梨笙收藏了起来。

寻常东西，她还真看不上，但这是谢潇南的东西，温梨笙总觉得会有用处。

"不成体统，明日将东西还回去！"温浦长道。

"我说了要还给他的，就是从贺家出去的那几天，"温梨笙无辜地道，"但他说如果我把他气死了，就没人带我回郡城了，我觉得他可能不太想要了。"

温浦长一琢磨，觉得不太对劲儿，道："你确定你是跟他拉近了关系，而不是彻底激怒了他，惹了他的厌烦和记恨？"

温梨笙拿不准，想了半晌才说道："应该不会吧？至少我现在跟他说话时，他不会凶巴巴地让我闭嘴了。"

温浦长简直不敢想象她到底将世子招惹到了什么地步，于是问她："我不是教你多多吹捧他吗？"

"我已经很努力地在吹捧了呀。"温梨笙眨着一双水汪汪的大眼睛道。

沈雪檀听到这里就笑了，并笑出了声，道："你爹真不是什么好官。"

温浦长瞪了他一眼，又对温梨笙道："笙笙，你往日在沂关郡里闯的祸都是小事，但你若是惹恼了这位世子，咱们温家可是要完蛋的，你懂不懂？”

温梨笙道：“我知道啊。”

她想：岂止温家？到后面整个梁国都完蛋了。

温浦长把手中的锦帕放到桌上，朝沈雪檀看了一眼。

沈雪檀也不知道什么时候抓了一把瓜子在手中，慢悠悠地吃着。

温浦长转过头对温梨笙道：“你只需要记住，在世子离开沂关郡之前，绝不可与他交恶。若是实在与他相处得不好，你就躲着他点儿，听到了吗？”

温梨笙认真地点头。

温浦长道：“还有，你之前说若是跑去牛宅，就抄一百遍《劝学》。今日你半夜出去，我看你也没什么睡意，索性别睡了，现在就去房中抄吧。”

温梨笙惊得瞪大了眼睛，哭着道：“爹——”

“别叫我。”温浦长冷冷地道，“说什么都没用，言出必行。我会派人盯着你，你若是偷懒，就从明日起吃三日白水煮菜。”

沈雪檀道：“过了，小梨子正是长身体的时候……”

温浦长瞪了他一眼，道：“别多嘴。”

沈雪檀只好闭嘴，对儿子挥了挥手，道：“回家吧，傻儿子，那个什么《劝学》，你也回去抄去。”

一般这种时候，沈嘉清肯定是要跳出来辩驳的。但是现在有温浦长在场，他选择忍气吞声。

自打小时候温浦长将他关在屋子里抄了三日书之后，每回见到温浦长他就害怕。

沈嘉清起身，又恭恭敬敬地向温浦长行礼告辞，然后一刻也没有停留地离开了温家正堂。

温梨笙几次想给自己求情未果，最后被下人架着回了房间，老老实实地抄《劝学》去了。

正堂中一时安静下来，沈雪檀吃瓜子的声音尤为突出。

“谢家人在大梁的地位和名声都非同凡响，谢温两家等级悬殊，你还让小梨子多与那世子亲近，就不怕出事？”

温浦长忽然负着手，微微仰头，也不知道在思考什么，许久之后才缓缓地道：“笙儿顽劣，沂关郡的人，她谁都不惧，将沂关郡的人招惹个遍也不听管教。谢家人守礼，能教会笙儿一些沂关人不懂的东西。”

“比如呢？”沈雪檀好奇地道。

温浦长没有回答，而是瞪着他道：“你还在我家干什么？还不快滚？！”

沈雪檀起身，走到温浦长旁边，将瓜子塞到了他的手中，道：“你尝尝，我儿带的瓜子还挺香的。”

说完，沈雪檀便往门外走，一边走一边说道：“下次再来拜访。”

温浦长将瓜子扔了一地，没好气地道：“别来，来了也不开门。”

“我翻墙。”沈雪檀道。

温梨笙回房之后，先洗了个澡，换上薄衣裳，然后在两个膀大腰圆的婢女的注视下，趴在桌上抄写《劝学》。

但折腾了大半夜，这会儿她一坐下来就哈欠连天。她刚抄上两行字，眼皮就开始疯狂地打架，困得不行。

两个婢女见她小鸡啄米似的点头，相视一笑，并未喊她。

温府的下人都知道，老爷虽然每次都说罚小姐，但也只是模样装得凶，实际上这么多年来，根本没对小姐进行过重罚。这么多年来，他都把她当眼珠子似的宠着，若不是如此溺爱，还真养不出这样娇纵的小姐来。

老爷却每每都要责怪沈家家主。

眼看着温梨笙越来越困，到最后握着笔，趴在桌子上睡着了，两个婢女便悄悄地退出了房间。

鱼桂见她们走了，便轻声唤醒了温梨笙，见她困得眼睛都睁不开，就道：“小姐，她们走了，你去床上休息吧。”

温梨笙困迷糊了，什么话也没说，走到床榻边，往上一扑就沉沉地睡去了。

鱼桂将蚕丝被覆在她身上，又灭了房间里的灯，轻手轻脚地退出了房间。

万籁俱寂，沂关郡的人陷入安眠。

一场大火烧毁了闹了二十多年鬼的鬼宅。由于鬼宅偏僻，又无人敢靠近，所以这场火烧到了天亮。大火被人发现时，牛宅几乎变成了灰烬。

鬼婆婆宅闹了这么多年，终于消失了，这也算是沂关郡里的一件喜事。只是，牛宅里的那些秘密，也随着灰烬一同被风吹散，再也无迹可寻。

温梨笙听到这个消息的时候，正对着水煮菜发愁。

牛铁生多年之前究竟看见了什么，信是写给谁的，埋葬梅花的地方放的是什么东西……这些她都不得而知，也没有机会再探寻。

不过，谢潇南可能知道些内幕，日后有机会的话，她可以向他打听。

温梨笙昨日也不算白跑一趟，至少知道了暗中想要杀她的人是胡家人。她只要还在这沂关郡中，胡家人就不会对她动手。

风伶山庄的眼线遍布沂关郡的每个角落，胡家人一有异动，风伶山庄的人就会先他们一步出手。

但温梨笙向来不是什么好拿捏的软柿子，先前在贺家被追杀之仇，她记在心里。她虽没能力让胡家人受重创，但给些让他们心烦的反击也不算难事。

接下来的三日，温梨笙除了在家里抄《劝学》之外，哪儿都没去。一百遍终究太多了，她在温浦长的房门前哭了半个时辰，最后一百遍缩减到了三十遍，就这些，还差点儿累断她柔弱的手腕。

第四日一早，温浦长照常去官署，温梨笙召集了自己的混世小队的成员。

混世小队的八个人虽然平时混迹在郡城中做着自己的事，但每回温梨笙一说“集合”，他们就会一个不落地排列在温府门口。

“给老大请安！”

八个人训练了无数遍，才将这个环节展现得如此完美。

“嗯，不错。”温梨笙满意地点头，道，“咱们‘成事不足，败事有余’小队越发正规了。”

八个人神采奕奕地站着，阿诚率先问：“老大，这次有什么任务？”

温梨笙道：“这次叫你们来，确实是有正事。你们去打听打听胡家二房的几个孩子平日在郡城中的行动轨迹及他们的性格爱好，然后整理给我。”

“所有的吗？”大柿说，“胡家的子嗣很多。”

“嫡出的，很得宠的那种就行，旁的也不需要。”温梨笙道。

几人应了一声，温梨笙又道：“虽然最近没什么任务分派给你们，不过你们不要放松警惕，这些日子，城中关于我的风评有所下滑。”

“老大，上次我们在城中说了你‘温柔贤惠’的话，压根儿没人信啊！”大柿说道。

“没关系，那些都不重要。”温梨笙紧握拳头，一脸坚毅地道，“天将降大任于是人也，必先苦其心志，劳其筋骨，饿其体肤，我不被世人理解也是正常的！”

八人看着她，都没有说话，陷入了沉默。

还是鱼桂最先反应过来，接道：“没错！小姐中午就吃了两口菜，已经符合其中一条了。”

她不说还好，一说，温梨笙又觉得饿了。

温梨笙咂咂嘴，而后道：“先前制定的一些传言，先搁一搁，你们等会儿散去之后就开始传我与世子的故事。”

“什么故事？”鱼桂一听，当即兴奋得瞪大了眼睛，问，“花前月下，美酒佳人？”

“就说……”温梨笙低声道，“那世子与温家人走得颇近，与我的关系也极好。”

“这关系好是哪种好，好到什么程度？”阿诚问。

“当然是好兄弟的那种好，好到一颗桃子，他都跟我分着吃，我被罚抄文章，他都帮我抄一半，欺负我就等同欺负他的那种好！”温梨笙道。

“有点儿夸张了吧？”有人质疑。

“你懂什么？！”温梨笙“啧”了一声，道，“就是要夸张，越夸张越好。你说五分，众人只会信一分，若要让他们信五分，就必须说得十分夸张。”

说着，她顺手打了一下大柿的头，又道：“猪脑袋。”

她振振有词，一副很有道理的模样，成功地把几个手下唬得一愣一愣的。

她负着手，正想着还有什么事要交代的时候，余光忽然瞥见宅门的东边站着人，于是望过去。

穿着一袭雪白金丝云纹锦衣的谢潇南立在那处，身后跟着乔陵。她也不知他们站在那儿看了多久。

温梨笙惊得神色都变了，完全没想到谢潇南会在这时候出现在温府，还是走路过来的。

这下完了，谢潇南的狗耳朵灵得很，他肯定听见了方才的话，听了多少她就不得而知了。

谢潇南见她的脸色变了，看向站成一排的八个人，问道：“我来得不是时候？”

温梨笙听到他的声音后，立马露出一个灿烂的笑容，欢欢喜喜地蹦下台阶，道：“怎么会呢，世子爷？您大驾光临，是我们祖上几辈子修来的福分！别说是青天白日来，就算是晚上，我们都睡熟了，您来敲门，我也要亲自给您开门。”

“我没有那种嗜好。”谢潇南瞥了她一眼，抬腿往前走，上了台阶后，整个人被笼罩在屋檐的阴影之下。

八人垂首低眸，极守规矩。

温梨笙跟在谢潇南旁边，兴奋地介绍：“世子，这是我先前跟你提过的，我的一众手下。”

“成事不足，败事有余，你们都看好了，这位爷就是我……”她拍了拍自己的胸脯，扬声道，“的老大，也就是你们老大的老大，日后见了他都要恭恭敬敬的，听到了吗？”

谢潇南没说可以，也没说不行。

大柿抬起头，怯怯地问：“那老大，我们还要不要说你与世子关系颇好的话？”

温梨笙一蹦三尺高，道：“把这没眼力见儿的东西赶出去，乱棍打死！”

阿诚与阿布同时架住大柿的左右胳膊，飞快地将他拖走，大柿喊道：“老大，我错了——”

温梨笙连忙挥手，对八人道："散了！散了！"

几人颔首，迅速解散。

温梨笙转过头，对谢潇南"嘿嘿"笑道："方才我与他们闹着玩呢，世子莫放在心上。"

夏日的风穿过温府的大门，撩起谢潇南的长发，他衣裳上的金丝云纹若隐若现。他垂首问："你爹在何处？"

"他一早就去官署了。"温梨笙从鱼桂的手里拿过扇子，谄媚地给谢潇南扇着风，并道，"世子先进府中坐着喝些解暑的凉茶，我这就派人去官署将我爹寻回。"

谢潇南应了一声，随后往里走。

温梨笙跟在他身旁，扇着扇着，那扇子就朝着自己了。她没话找话地道："世子怎么今日得空来温府了？是为了什么事？"

"为一些你不知道的事。"谢潇南的这个回答明显有些敷衍。

她要是知道，还会问吗？

温梨笙："世子也会说废话了呢。"

往常温梨笙这么随口一说，谢潇南是不会搭理她的，她平时话太多了，谢潇南只会挑些重要的话回应。

不过，这次谢潇南倒是接话了，他一本正经地道："嗯，这叫'温氏废话'。"

温梨笙当即不服，想要反驳，但转念一想，她的废话确实是比较多的。于是，她又换了一个话题，道："我前几日从牛宅回家之后，被我爹责骂得好惨，还被罚抄了一百遍《劝学》，这几日中午都在吃水煮菜，顿顿吃不饱。"

她说得十分可怜，本意是表达自己为了去牛宅，付出了很大的代价，先为她要询问牛宅的事做个铺垫。

谁知谢潇南听了后淡淡地问道："你还真想让我帮你抄文章？"

温梨笙愣了一下，既没有解释，也没有否认，只小心翼翼地问："可以吗？"

谢潇南停下脚步，一把捏住她的左脸颊，道："我看看你这脸皮究竟有多厚。"

温梨笙痛呼一声，捂住自己的左脸，道："我说笑的！"

接下来她就不敢多说什么了，一路老老实实地将谢潇南引到正堂中，吩咐人送上了温府中上好的凉茶。

谢潇南斜倚在座位上，用手支着头，坐姿看起来有些随意。他的另一只手搁在桌上，指尖有一下没一下地点着桌面，堂中寂静，时间仿佛过得很慢。

温梨笙坐了一会儿，觉得很热，就吩咐人送了两桶冰块进来散热。没过多久，她又闲不住了，对谢潇南道："世子，再过一些时日，我们沂关郡的武赏会就要开始了，到时你会去围观吗？"

谢潇南道："我不感兴趣。"

"到时候咱们沂关郡的大小书院可能会停课，街上卖新鲜玩意儿的小贩也会特别多，跟过年似的，特别热闹。"温梨笙兴致勃勃地道，"就算你不想看武赏会，也可以在郡城中逛逛。"

谢潇南道："能有什么稀奇东西？"

温梨笙想了想，梦中的武赏会开始之后，她和沈嘉清几乎就围着那一块地方转。一是因为沈嘉清也报名了，所以他们俩每天都要关注谁被淘汰了，谁又晋级了，然后分析对手和应对招数，二是因为长宁书院的学生也参与了武赏会，作为书院的学子，两个人在加油喝彩上提供了相当一部分的帮助。

不过既然已经知道结果，温梨笙这次便不想去看了，于是道："我对郡城比较熟啊，可以带世子去玩玩。"

谢潇南沉吟了一瞬间，而后问："你想诓骗我给你抄文章？"

"当然不是！"她大声否认，"你从奚京远道而来，我该尽些地主之谊。"

"倒是难为你为我操心这些了。"谢潇南漫不经心地喝了一口茶，道，"难怪我们的关系能好到同分一颗桃子。"

温梨笙坐不住了，起身往外走，喊道："我爹回来了没啊？！"

谢潇南看着她匆匆跑出去的背影，将茶盏轻轻放到桌上。

乔陵在这时候开口了："少爷，方才温府门口的那几个人，你可有收的打算？"

谢潇南大概是没想到乔陵会问出这种话，偏过头，疑惑地道："怎么？你是觉得'成事不足，败事有余'这八个字很适合我吗？"

乔陵笑着低下头，道："不敢，只不过这是温小姐所愿。"

谢潇南轻轻挑眉，问："那我便一定要如她所愿？"

"并非，只是如果少爷不答应的话，她恐怕要一直为此事缠着少爷。"乔陵很理性地分析道。

"那倒也是。"谢潇南给予肯定。

温梨笙缠人的功夫跟她的嘴皮子功夫都是一等一的好。

乔陵说道："可以先让席路带着他们。"

谢潇南："他人在何处？"

乔陵指了指屋顶，回答道："在上面坐着呢。"

谢潇南转过头看了看屋外的烈日，声音低低地道："也不嫌热。"

温浦长接到消息之后回来得很快，正好撞见了往外走的温梨笙，于是问道："世子呢？"

“在正堂里呢。爹，你快进去吧，他等你好久了。”温梨笙看见了救星，连忙做了一个“请”的手势。

他一边往里走一边道：“世子在堂中坐着，你出来干什么？你没做什么失礼数的事吧？”

“没呢！”温梨笙道，“我将他伺候得妥妥帖帖的。”

温浦长进正堂前，用锦帕擦了擦头上的汗，又洗净了手，才进去向谢潇南行礼。

就在这时，府中的一名下人走上前来，对温梨笙道：“小姐，门口有人寻来，报了你的名字。”

温梨笙愣了一下，而后朝外走去，看见几日前那个在牛宅里屡次躲避沈嘉清的攻击的梳着丸子头的少年站在门外。

几日不见，少年身上的衣裳看起来脏了不少，手臂处还有划痕，像被利刃划破的，大热天里，他出了一头汗。

温梨笙道：“你先进来吧，在门口说话不太方便。”

少年有些警惕，没有动。

温梨笙笑了一下，说道：“放心吧，我若想对你不利，便不会只给你留一个姓名，让你找上门来。温府的墙都不算高，你可以轻易地翻出去。”

说着，她对鱼桂道：“去准备些吃食。”

少年约莫是饿狠了，听到“吃食”二字后，脚步动了一下，然后进了温府。

一个来路不明的人，武功看起来又不低，鱼桂见温梨笙没有警惕似的，多次想开口提醒，却都被温梨笙轻轻摇头制止了。

若这人真是什么来路不明的人，她肯定不会将这人往家中带，只是这人她认识。

梦中的建宁六年，沂关郡举行盛大的武赏会，江湖各派的高手聚集在此。温梨笙在那段时间里结识了不少人，其中有一个叫蓝沅的姑娘与她交情颇好。

温梨笙也是在与对方相识一段时间之后才发现蓝沅是个姑娘的。一开始，蓝沅女扮男装，总是穿着宽大的袍子，梳着丸子头，皮肤又有一些粗糙，看起来与少年无异。

她不说话，温梨笙以为她是哑巴，却不承想，她是会说话的。由于她的声音太过清脆，别人一听就知道是姑娘的声音，所以女扮男装期间，她一次都没开口说过话。

蓝沅出自一个无名的小门派，据说门派里只有三个人——她和她的师父，外加一个少年时期就下山游历，之后就再也没有回山的师叔。

她年满十六，被师父放下山历练，也是为了寻找许久不见的师叔。

只是在渡河来沂关郡的时候，她碰上了一伙强盗劫船，出手救了一个受重伤的貌美女子，趁着船上的人乱斗之时，放下小舟逃了，结果那女子在舟上没坚持多久，就重伤不治身亡。蓝沅拿了她的包裹上岸后，便想打听她家在何处，把她的遗物奉还。

却没想到刚上岸，蓝沅就被一批杀手追杀，那批杀手功夫很强，即便是蓝沅也招架不住。于是，她只得扮作男儿，隐藏真容，一路逃进了郡城之中。

梦中的温梨笙是在武赏会时与蓝沅结识的，当时对方站在一处卖米糕的小摊旁边流口水，身上却没有半个铜板，温梨笙便好心地给她买了几块米糕，结果她就一路跟随温梨笙了。

后来她们相熟之后，蓝沅也在温府里住了下来，方便寻找自己的小师叔。

只是后来还没找到小师叔，蓝沅就在某一日无声无息地消失了，连一句道别的话都没有对温梨笙说。

温梨笙当时猜测，蓝沅可能是被追杀自己的杀手找到了，没有时间和她道别，仓促地逃离了沂关郡。

这也是她唯一能想到的解释了。

这次她们误打误撞，相识的时间提前了。温梨笙猜想，前几日，蓝沅肯定是被追杀得无处躲藏，才藏进了牛宅院中的棺材里。

这孩子也是够辛苦，够倒霉的。

温梨笙朝正堂的方向看了一眼，而后带着蓝沅往后院去。

后院有一间房是温浦长专门给她准备的书房，书房是二进深的，还带着暖阁。温浦长说他选这个房间，主要是为了温梨笙以后学习学得废寝忘食时，方便在书房里进餐和休息。

那是九年前的事了，后来温浦长每每想起，都觉得当年的自己太天真。

温梨笙将蓝沅领到了书房中，一开门就能看到对面的墙上挂着温浦长当年亲手题写的“书山有路勤为径，学海无涯苦作舟”。

房间很宽敞，当中摆着一张桌子，桌上铺着坠着流苏的锦布，这锦布已经许久不曾被取下。

这书房她没怎么用过。

温梨笙把蓝沅安排在书房里也是有用意的。

蓝沅不识字。

曾经，温梨笙就是在这儿教蓝沅认字的，但蓝沅学起来很吃力，还没等学会多少字就离开了。

温梨笙让她坐下，屏退了所有的下人，关上书房的门后，屋子里就安静下来了。温梨笙的目光落在蓝沅的脸上，发现长途跋涉让蓝沅的脸上尽是皴，蓝沅的嘴唇也很苍白，加上蓝沅身形瘦弱，衣袍宽大，若是不仔细看，还真难以发现蓝沅是个小姑娘。

她倒了一杯茶，将杯子推至蓝沅面前，沉默良久之后，她说的第一句话是："你别怕，我是大好人。"

蓝沅约莫是头一次听见别人如此直白地夸赞自己，有些惊讶地看了她两眼，而后将目光落在茶杯上，并没有喝。

温梨笙也不着急，慢悠悠地道："你来沂关郡也有好几日了，应该听过关于温家人的不少传闻吧？我爹就是这沂关郡的郡守。"

蓝沅十分慢地点头，算是回应。

温梨笙道："我就是他们所说的'文静温婉、心地善良又好事做尽'的温家独女，我叫温梨笙。"

说完，她还颇为认真地点了点头，肯定了自己的说法。

蓝沅这次没有点头，脸上露出了淡淡的疑惑的神色。

蓝沅想：她的名字是对的，但跟传闻中的那个人半点儿也对不上。

温梨笙轻咳了一声，道："有些人忌妒我们温家人优秀，所以故意出言诋毁我们，那些话你不必听。"

蓝沅露出恍然大悟的表情。

温梨笙又道："其实呢，世人所知的只是我的第一重身份，我还有第二重身份，我的第二重身份所知之人甚少，说出来足以在郡城中掀起轩然大波。那日在西郊，我观你面相，觉得我们有缘，所以才邀请你来温府。"

蓝沅的眼睛圆圆的，放下戒备之后的她有一种憨傻之气，看起来特别好骗。她愣愣地看着温梨笙。

温梨笙俯下身子，凑过去神神秘秘地小声道："我其实是修行多年的天师，什么事在我面前都不算难事，我只要掐指一算，就能立马得到答案。"

蓝沅露出震惊的神色，眼睛瞪得大大的。

"你别不信。"温梨笙一甩衣袖，露出白嫩的手臂，戴着蓝宝石镯子的手腕往前一伸，开始"大显神威"，"我现在就给你算一算。"

她闭着眼睛，掐着手指，装模作样地喃喃半晌，而后睁开眼，道："你叫蓝沅，是一个出自落羽派的姑娘。你只有一个师父和一个师叔，你的师叔在前些年下山之后再也未回去，你便下山来寻找他，是也不是？"

几句话把蓝沅的老底都说出来了，她震惊得将眼睛瞪得极大，嘴也合不上，盯着温梨笙，久久没有任何动作，看起来极其不可思议。

温梨笙却摆摆手道："你不用过于惊讶，这只不过是我随手一算，算出来的。"

蓝沅突然站起，一把抓住温梨笙的手腕，粗糙的掌心覆在温梨笙柔嫩的手背上，把温梨笙吓了一跳。

见她可能是想说话，温梨笙道："你不是哑巴，可以开口说话。"

蓝沅的心情简直不能用"惊讶"来形容，她激动得肩膀都发起抖来，终于开了口："你简直太厉害了！"

她的声音很清脆，若是光听声音，会以为她是一个七八岁的小姑娘。只要她开口，就会暴露她女子的身份，这就是她一直闭口不言的原因。

温梨笙得意地一笑，道："我早就说过我们有缘。几日前，在那座宅子中，我就已经算到你的身世，所以我才对你说，你有需要的话便来温府，在这郡城中，只有我能帮你。"

蓝沅的手一直用力，她说："那你能算出我的师叔在哪里吗？我找了他很久，听说沂关郡有武赏会，届时江湖人士都会来此地，所以才一路寻来这里。"

温梨笙上哪儿知道去？她觉得手有些疼，赶忙将手往外抽，结果用力地抽了两下才挣脱蓝沅的手，说道："有些事能算，有些事不能算。若我泄露了天机，只怕会引起不可挽回的灾难。"

"什么？"蓝沅听不懂。

温梨笙换了一种直白的说法，吓唬她道："若是我直接算出你师叔在何处，扰乱了命数，就会有命数之外的灾难发生在你与你师叔身上。"

蓝沅失落了一瞬间，而后又按上自己的肚子，道："我从早上开始，这个地方就开始疼，大师，你能帮我算算是为什么吗？"

温梨笙嘴角一抽，道："这个我算不了，要找郎中。"

之前她还疑惑，怎么这个天气，蓝沅能热得满头大汗，原来不是热的，而是疼的。

她赶紧派人传郎中，恰逢鱼桂端来了吃食，将吃食一并摆在了蓝沅的面前。

这姑娘也不知道饿了多久，一见到吃的就两眼放光，狼吞虎咽，吃得非常急，几盘菜不一会儿就被她解决掉了。

蓝沅吃饱后摸了摸肚子，道："不疼了。"

温梨笙转过头朝着门外的下人喊："不用传郎中了！"

蓝沅吃饱之后，彻底相信温梨笙是个大好人了，又因为温梨笙算出了她的身世，她对温梨笙更是佩服得五体投地，圆圆的眼睛里是毫不掩饰的崇拜之色。当然，也不怪她单纯好骗，实际上，蓝沅下山还没多久，沂关郡是她来的第一个地方，她涉世未深，加上平日装成哑巴，不与别人交流，导致她根本不知道处世之道。

在她的认知里，最厉害的人就是师父，其次大概就是面前这个掐指一算便无所不知的小天师，那许久不见的小师叔只能排第三。

“我可以帮你找你的小师叔。”温梨笙说道，“但你这段时间要留在温府，伴我左右。”

蓝沅连忙捣蒜似的点头，道：“多谢小天师，你果然是个大好人。”

温梨笙道：“不必叫我‘小天师’，我在外人面前是要隐藏身份的。你唤我‘笙笙’或者‘梨子’都可以。”

蓝沅也乖巧地应下了。

温梨笙的目的就只有这个，说完她就赶紧让下人备水，先让蓝沅好好地洗个澡。这些日子，蓝沅东躲西藏，定然没有好好洗澡。

她还安排人准备好男子的衣裳，叮嘱蓝沅跟之前一样扮成一个哑巴少年，以防引来不必要的麻烦。

其实温梨笙留下蓝沅的原因有两个：一是梦中她们就相识，温梨笙不忍心看蓝沅再被这样追杀得狼狈逃窜，身无分文，连饭都吃不起；二是她自己这段时间也处于不安全的状态，虽然沈雪檀说过她只要在郡城内，胡家人就不敢对她动手，但胡家人是出了名的疯狗，温梨笙必须给自己多添些保障。

蓝沅的功夫是非常厉害的，即便是沈嘉清，与她过招也偶尔有不敌之时。

温梨笙答应帮她找小师叔，作为交换，她得留下来贴身保护温梨笙。

约定达成之后，温梨笙让蓝沅好好地在屋中洗澡，自己则慢悠悠地转到前院去了。

恰好谢潇南与温浦长谈完了事，两个人正往外走，就看到温梨笙站在旁边的树下张着大嘴巴打哈欠。

温梨笙是好动的人，大夏天里蹦两下就容易出汗，她又受不了热汗黏在身上，喜欢清洗，所以有时候一日能换两套衣裳。

这才一会儿不见，她就换了一套衣裙。那衣裙的颜色像初开的梅花的颜色，有一种淡淡的粉色在其中，她的耳朵两边垂着绾起来的辫子，发髻上插着银簪，银簪上坠着妃色的流苏。

她鲜少穿这种温和色调的衣裙，站在枝叶茂密的树下，光影随风轻轻晃动，在她的身上摇摆，些许光斑落在她白嫩的脖颈儿间，些许覆在她发上的银簪上，让她少了几分俏皮，却为她平添不少温婉的气质。

当然，前提是她没有仰着头张着嘴打哈欠的话。

温浦长与谢潇南几乎同时看见了她。

两个人脚步一顿，温浦长扬声道：“你若是困倦，就回去睡觉，站在这路边张着嘴，像什么样子？”

温梨笙立马闭上嘴，转过头看来，眼睛里蒙着水雾，而后嘴巴一撇，不满地道：

“爹，怎么现在我打个哈欠你都要说两句了？”

温浦长道：“你没看见府里有贵客？”

温梨笙抬腿，从绿荫下走到日光中，笑嘻嘻地道：“我当然知道啊，不然我站在这儿干吗？”

谢潇南将目光收回，等她走到他面前了，才低着头问：“你在等我？”

温梨笙点头，道：“是呀是呀。”

谢潇南：“什么事？”

温梨笙：“我之前不是说了吗？想带世子去郡城里随便逛逛，我们沂关郡有些景色只有在夏日里去看才是最美的。”

谢潇南道：“我下午要去书院。”

温梨笙蒙了一瞬间，没有接话，反而轻轻地转过头，朝温浦长看了一眼。

下一刻，温浦长果然发问：“对啊，你今日怎么没去书院？我日升出门前不是叮嘱过你今日要去书院吗？”

温梨笙立即后退了两步，对谢潇南做了一个恭送的姿势，道：“您请，祝您一路平安。”

她的言外之意：赶紧滚，你这个告状精。

温浦长抬手敲了一下她的头，温梨笙飞快地捂着头直起身，缩着脖子，委屈地道：“爹，你打我干什么？”

“不思进取，不打你打谁？”温浦长当着谢潇南的面数落起她来，“整日除了吃喝就是玩乐，要么就是跟你那帮狐朋狗友瞎混。”

温梨笙看了谢潇南一眼，而后说道：“我现在已经金盆洗手，只跟着世子爷混。爹，你可不能说世子爷是我的狐朋狗友……”

她的话音还没落下，温浦长就举着手要打她：“你这逆女，胡说什么？！”

温梨笙立刻躲到谢潇南身后，喊道：“爹！你也是状元出身，怎可在世子爷面前如此粗鲁地动手？！”

温浦长差点儿被她气晕过去，连忙对谢潇南作揖，并道：“下官失礼，望世子恕罪。”

谢潇南没想到她跑得这么快，动作颇为娴熟，偏头看了一眼左手臂旁探出的脑袋，而后对温浦长道：“温郡守不必拘礼，‘玉不琢不成器’这句话我还是知道的。”

说完，他就感觉左边的衣袖沉了沉，一低头，才发现是被温梨笙轻轻拽的。她低声道：“世子爷，你可不能落井下石啊。”

“你给我站出来！”温浦长瞥见她的小动作，赶忙让她从谢潇南身后离开。

温梨笙不情愿地往旁边挪了两步，道：“不是我不想去书院，只是这些日子长宁书院的人都在忙着武赏会的事，我即便去了也是干坐着，基本没有夫子授课的。”

温浦长道：“你总有理由。”

“是真的！”温梨笙道，“我自打抄了三十遍《劝学》之后，本洗心革面，发誓要用功读书，没想到时机不对，否则我怎么可能不去书院呢？！”

“当真如此？”谢潇南问。

她拍了拍胸脯，信誓旦旦地保证：“绝无半句虚言！”

谢潇南看向温浦长，两个人视线相对。温浦长的思绪一动，他说道：“千山书院的人大都不参加武赏会，夫子正常授课。既然你求学之心如此坚决，那便随着世子前往千山书院学习吧。”

温梨笙只觉得一道惊雷打在头上，脑袋瓜都焦煳了，连连摆手。

她还没说话，温浦长就对谢潇南道：“下官有个不情之请，望世子能盯着我这性子顽劣的女儿。若是她敢在千山书院里胡作非为，世子只管告诉我，我定对她严惩不贷。”

“郡守多礼了。”谢潇南双眸一弯，那双漂亮的眼睛里好似蓄了些笑意，看着温梨笙道，“令爱求知若渴，怕是不用旁人看管也能勤奋习书。”

两个人相互客气间，把事情敲定了。

“爹，你不能这样对我啊。”温梨笙在心中大呼“失策”，压根儿没想到还有个千山书院！

温浦长眼睛一瞪，道：“少说废话，现在回去收拾好笔墨纸砚！”

温梨笙想再说些什么，但温浦长与谢潇南一同敲定的事，是不可能改变的，所以她说再多也是无用的，只能撇着嘴露出一副不情愿的样子，喊鱼桂回去收拾东西。

她以前就在千山书院里读书，只是那里的夫子沉闷古板，学生也自恃身份，整日一副让人讨厌的做派，乏味得很。温梨笙依稀记得，她在千山书院里结了不少冤家。

当初跟施冉打了一架之后转到长宁书院，她别提有多高兴了，顶着一脖子被施冉的指甲挠出来的红痕傻乐了好几天。

如今又要去千山书院，她自然是一百个不愿意的。

“要不你一拳把我打晕吧。”温梨笙对鱼桂说。

鱼桂一边收拾东西一边道：“小姐对我若是有什么不满，可以直接说，不必用这种方法逼我滚。”

温梨笙“啧”了一声，正想着别的方法时，温浦长已经站在门外催促了。

她只好带上自己的小书箱，耷拉着脑袋出门，心想：等会儿直接溜算了，反正爹等一下要去官署，管不着我。

温浦长道：“动作快些，世子的马车还在门口。”

温梨笙惊讶地道："我为什么要坐世子的马车？"

温浦长道："以防你在半路逃跑。"

温梨笙摸了摸肚子，感叹道："爹，你就像我肚子里的蛔虫。"

温浦长扬手又要揪她的耳朵，温梨笙见状，连忙背着小书箱逃走。到了温府门口，她果然见到那辆极为显眼的马车停在不远处，车厢上的"谢"字在日光的照耀下显得十分贵气。

温梨笙走到车窗边，伸手敲了敲，帘子就从里面被人撩开了，谢潇南那张俊俏的脸露了出来。

"世子，我爹方才想了想，觉得让我坐你的马车还是太叨扰你了，便让我转告你先行一步，我自然会坐温家的马车去的。"温梨笙搓搓手，笑眯眯地对他说。

谢潇南敛着眼眸，目光在她弯成月牙儿的眼睛处稍稍停留，语气淡淡地道："上车。"

温梨笙这个狡猾又愚笨的小骗子。

谢潇南不上当，但温梨笙也不是那种轻言放弃的人。她仰着头，正想继续劝说的时候，温浦长就从温府的大门内走了出来。

看到温梨笙仰着脸，鬼鬼祟祟地跟谢潇南说话，他扬声喊道："逆女，还不上车？！要世子等你到何时？"

温梨笙被这突如其来的声音吓得一哆嗦，回头道："爹，你的嗓门儿真是越来越大了。天气炎热，你多喝些黄菊茶去去火，小心嗓子！"

温浦长回道："你要是不气我，我就什么茶都不需要喝。"

在他的注视下，温梨笙只好慢吞吞地爬上了马车。

刚一进马车，她就闻到了一股淡淡的甜香味。那是她一直惦记的香味，她多次在谢潇南的身上闻到过。

她朝车厢里一看，发现车厢特别宽敞，中间摆了一张雕着花的圆桌，两边的座椅也快赶上窄榻的宽度了，莫说是坐，就是躺着睡觉也没问题。车厢的窗子虽都用帘子遮住了，里面光线却不昏暗，她目光所及之处皆是各种各样的雕花与嵌玉结构，座椅两边的扶手也像由玉打造的，泛着一股温润的青色的光。

整个车厢没出现一点儿金银，却无端地让人觉得奢华无比。

温梨笙左看看右看看，又吸了吸鼻子，闻了闻，像在寻找什么东西。

谢潇南坐在靠里面的座椅上，抬起头看了她一眼，道："我可没让一只小狗上我的马车。"

温梨笙随口说道："小狗就是烧八辈子的高香，约莫也没机会上世子的马车吧。"

谢潇南："修炼成精了都没机会。"

温梨笙坐下来之后，马车缓缓启动，避开闹市前行。

马车前行的速度并不算慢，温梨笙却觉得坐在里面极稳，几乎感受不到颠簸。温家虽然也不差钱，温家人出行乘坐的马车向来以华丽为主，算得上沂关郡最好的出行载具了，但与谢潇南的这辆马车相比，还是差得有些远。

她摸着光滑温润的扶手，“啧啧”叹气，道：“郡城中，人人都说我爹为官二十余年，贪了挥霍不尽的财富。如今看来，温家是一星半点儿都比不上谢家的。”

谢潇南原本低着头在琢磨别的事，听到她的话后，将眸子一抬，问：“你想说什么？”

温梨笙道：“谢家人世代在奚京为官，定然积累了丰厚的家资吧？”

谢潇南：“……”

谢潇南将头一转，指向旁边的空座位，道：“你坐过来。”

温梨笙完全没意识到危险，笑眯眯地坐到那里，偏过头问他：“世子爷可是要跟我说什么悄悄话？”

谢潇南一抬手，修长、白皙的手中就握了一个杯子，而后他另一只手覆在她的后脑勺儿上，将她一拉，道：“我把你的脑袋敲开，看看里面是不是空的。”

温梨笙被吓了一跳，大叫起来，双手按在他的臂膀处推他，道：“光天化日，朗朗乾坤，你怎么能动手打人呢？！”

谢潇南道：“反正这脑袋你也不想要了，我敲几下也无碍。”

“有碍，你敲开的话，我不就咽气了吗？敲不得啊！”温梨笙一把抓住了他的手腕，另一只手臂的肘部抵在他的胳膊上。他俯身过来，两个人的距离极近，那股淡淡的甜香味萦绕在她的鼻尖。

“那你可知错？”谢潇南低头看她，问。

温梨笙立即疯狂地点头，道：“知错知错，我真的知错了。”

他松开了温梨笙的后脑勺儿，也放下了手中的杯子，问道：“错在何处？”

温梨笙连忙贴着车壁坐，缩着脖子老老实实地道：“我不该暗讽谢家人。谢家人世代骁勇，忠心为国，乃我朝官员的典范。”

谢潇南轻哼一声，道：“你知道就好。若是下次再胡言乱语，我就把你的牙撬了。”

温梨笙用舌尖舔了一下自己的牙，而后张开嘴道：“我这大牙很结实，世子可以试着撬一下。”

谢潇南根本不用试，笃定地道：“我一拳就能把你的牙打掉几颗。”

温梨笙想了一下自己的门牙掉光的样子，觉得十分滑稽，说话的时候肯定口水一大把一大把地喷。这个场景竟把她逗乐了，她忍不住笑了起来。

谢潇南奇怪地看了她一眼，不知道她在笑什么。

马车路过街头，外面传来一阵抑扬顿挫的吆喝声，温梨笙听到声音后，撩开车帘往外看，见街边果然有她最爱吃的甜米粽。于是，她转过头问谢潇南："世子爷，你饿不饿？"

谢潇南一看就知道她在打什么鬼主意，回答道："不饿。"

温梨笙摸了摸自己的肚子，道："可是我好饿啊，我早上都没怎么吃东西。我本来打算让鱼桂给我备些吃的，没想到世子驾临温府，我忙着招待你去了，就忘了吃。"

谢潇南分明记得他去温府的时候，看到温梨笙站在温府大门口趾高气扬地教训一众手下来着。怎么到了她嘴里，她肚子饿就成了他的错？

"你是在责怪我去温府？"谢潇南眉梢轻动。

"那自然不是。"温梨笙道，"我只是想请世子品尝一下我们沂关郡的特色小吃。"

谢潇南无情地拒绝道："我不吃。"

温梨笙听见外面的吆喝声后，都馋得口水直流了，听着声音渐渐远去，她哪里还顾得上谢潇南吃不吃？她一咬牙，站起身撩开帘子，将半边身子探出了车窗，对着外面吼道："李大爷，给我两个甜米粽！包枣儿的那种！"

谢潇南见就一个眨眼的工夫，她的半边身子就钻了出去，当即挑起眉头，道："温梨笙，你坐好。"

温梨笙假装听不见，探出一只手用力地挥舞，边挥舞边大声道："李大爷！李大爷！"

她的声音传了半条街，街上的行人、商贩纷纷伸头看来，只见那象征着身份的"谢"字上方，温家那到处惹祸的小千金伸长了脖子和手臂，冲着卖甜米粽的大爷一直喊："两个！两个！包枣儿的！"

温梨笙经常买李大爷家的甜米粽，李大爷平日走街串巷吆喝的时候，温梨笙总能从某个角落里蹿出来要上一个。李大爷不识字，也不晓得这马车是谁家的，只以为郡守千金又要吃粽子，于是挑着两个装粽子的木箱在马车后面追赶，一边追一边道："哟，大小姐，您慢点儿，老头子追不上啊！"

温梨笙转过头对前面的人喊："乔陵，你停车，我给世子买粽子吃！"

谢潇南简直要被气笑了，见她的身子都卡在车窗上了，她还不肯进来，便道："乔陵，停下。"

乔陵听令，慢慢地将马车停下，那挑着米粽的老大爷气喘吁吁地来到马车前。

温梨笙高兴极了，急忙从车窗外缩回去，但由于动作有点儿快，她不小心撞到了车窗上，发出"咚"的一声闷响。她哀号一声，却没有丝毫停留，捂着脑袋下了马车。

这条街算是郡城中比较偏的了，虽没有繁华地带人多，但大白日的，街上到处都是人。听到这动静，不管是街上的行人，还是商铺里的客人、在街上走动的摊贩，此时都凑热闹似的往这边看来。

郡城里没见过谢潇南的人仍是多数，但世子当初一入城，消息就传遍了大街小巷，多数人知道这位从奚京来的世子姓谢。他们再一看那奢华的马车上大大的“谢”字，谁还猜不到这是哪家的马车？

这辆马车行驶在街上时，行人皆是要为它让路的。

一个穿着浅色衣裙的少女从这世子的马车上跳了下来，抬手朝卖甜米粽的人比了个“二”。

这少女，众人并不陌生，乃郡城里的知名人物——温郡守的独女。

紧接着，又有一个容貌相当俊俏的穿着锦衣的少年从马车上下来了。

温梨笙对李大爷道：“给我两个，要那种冰冰凉凉的。”

李大爷喘着气，笑着问：“大小姐平日不是只吃一个吗？”

温梨笙道：“我今日比较饿，可以多吃一个。”

她的身后传来一阵轻微的响动，谢潇南也下了马车，对刚拿出一个甜米粽的李大爷道：“别拿了，两箱都给我。”

李大爷蒙了：“啊？”

乔陵也走到李大爷跟前，递出一个闪闪发光的小银锭，温和地笑着道：“你这两箱米粽连带着箱子都被我家少爷买了，请收下。”

李大爷卖了一辈子米粽，从来没有摸过这样漂亮的银锭。到了半只脚已踏进棺材的年纪，他突然发了一笔横财，当即将担子一撂，擦擦手，接下了小银锭，点头哈腰地道：“多谢贵人！多谢贵人！”

于是，众人就见那两箱米粽被搬上了马车。

箱子被搁在桌子上，一打开，里面的米香就飘了出来，箱子底下垫了冰，冒着丝丝冰凉的雾气。

“吃。”谢潇南道，“吃不完，就别回温府。”

温梨笙即使撑死也吃不了这么多，但她不以为意，抓起一个米粽剥开粽叶，先咬一口再说。冰凉的甜米进了嘴巴里，立即驱散了夏日里的热意。

“那我去哪儿？”温梨笙边吃边问，随后看了谢潇南一眼，忽然害羞地笑了，“难道是去世子住的府邸？”

谢潇南冷笑一声，道：“城南有个猪圈，吃不完，你就抱着这两个箱子去猪圈里找你的兄弟姐妹，让它们一饱口福。”

温梨笙听出他暗讽自己是猪，一点儿也不在意，吮了一口滴在指尖上的甜水，说道：“世子骂我爹是猪，我记下了，回去后跟我爹说。”

谢潇南道：“你要是不想走出这辆马车，就再说两句。”

说实话，谢潇南的威胁现在对温梨笙基本上没什么作用了。以前他那凶凶的模样还能吓唬住她，现在他说的话对她来说就跟耳边风似的，一吹而过。不过温梨笙还是闭嘴了，忙着吃甜米粽。

李大爷的甜米粽的甜水是用果水制成的，四季用的果子都不一样，所以温梨笙很喜欢吃李大爷做的甜米粽。只不过她吃的时候甜水溢了出来，顺着她的嘴角慢慢地往下流。

谢潇南看见了，立即拿出锦帕扔到温梨笙的身上，警告道："别把甜水弄到我的马车上。"

温梨笙一点儿也不见外地拿起锦帕往嘴上擦了一圈，然后用锦帕包着甜米粽，将一只手举到面前，握成拳，然后又张开，手指被糖水粘在了一起。她说道："世子你看，黏糊糊的，擦不掉，不会蹭到马车上的。"

谢潇南说："下车之前，爪子别乱摸。"

温梨笙应："哦。"

谢潇南又看了一眼折在温梨笙身上的第三条锦帕，而后闭上眼睛，靠着车壁假寐，不再与温梨笙说话。

温梨笙安安静静地吃着甜米粽，吃了两个半就已经饱了，勉强把第三个吃完之后，实在吃不下了，又想着谢潇南不准她的手乱摸的话。于是，她半抬着手靠在座椅上，发出一声叹息。

马车慢慢停下，乔陵在外面道："少爷，到了。"

谢潇南睁开眼睛，看到温梨笙可怜巴巴地望着他。她呜呜咽咽地道："我实在吃不下了，能不能别让我去猪圈里？"

谢潇南："……"

温梨笙举着两个黏糊糊的爪子下了马车，一抬头，发现这里不是千山书院，而是一座宅子前。

宅门很是气派，这是当年温浦长被派到沂关郡做郡守的时候，皇上赏赐他的宅子，只是温浦长更喜欢温家老宅，于是这宅子一直被搁置着，但每隔几年就要被翻修一次，而今檐下的牌匾上写着"谢府"二字。

谢潇南入沂关郡以来，就住在这里。

他们跨过门槛，穿过有两根大柱子的门堂后，视线变得豁然开朗，一个宽敞的庭院出现在眼前。府中没有侍女，只有护卫守在院中各处，还有寥寥几个下人，见到谢潇南之后，皆低头行礼。

"给她打一盆水净手。"谢潇南随口吩咐道。

下人走到温梨笙面前，恭敬地道："请姑娘随小的来。"

温梨笙看着谢潇南穿过庭院，往后方走去，然后跟着下人走到房中坐下。一盆清水被端了过来，她用清水洗净了手上的甜水。

她状似随意地问道："你是跟着世子从奚京来的吗？"

下人一边收拾一边道："是。"

温梨笙甩了甩手上的水，凑过去小声问："世子这般天人之姿，在奚京肯定传闻不断吧？京中有没有哪家的小姐与他关系很近？"

下人连眼皮子都没抬一下便道："小的久居府内，并不知晓外界的传闻。姑娘暂坐，小的先行告退。"

说完，他就端着水出门了，动作利索极了。

温梨笙觉得无趣，这些人的嘴巴太紧了，一点儿消息都问不出来。

她百无聊赖地在屋中坐了一会儿，正想着要不要出去逛逛的时候，谢潇南走了过来。他换上了千山书院的院服。

这衣裳的颜色很像朝阳初升时的那缕薄雾的颜色，薄雾覆在谢潇南的身上，将他的眉眼衬得精致非常。

他站在门边，对温梨笙道："走吧，勤奋好学的'温聪明'。"

温梨笙跳下椅子，小跑几步到了谢潇南的身边，笑嘻嘻地道："除了沈嘉清，还是头一次有人夸我聪明。"

谢潇南淡淡地道："你仔细想想这是不是在夸你。"

温梨笙厚着脸皮道："我不管，这就是在夸我。"

两个人一同从谢府出去，上了马车，车里的两大箱甜米粽已经被搬下去了。马车上添置了新的冰块，车厢里十分凉爽，将暑气隔绝在了车厢外。

马车路过几条街，停在千山书院的门口。

温梨笙与施冉打了一架之后就被转到了长宁书院，从那之后，她就再也没去过千山书院。前段时间，沈嘉清在这门口跟别人起冲突，当时她光顾着看热闹，也没怎么注意别的。

千山书院坐落在人烟稀少的地方，门口有一个两个人高的石像。石像是一个满脸胡须的人，此人左手持书卷，右手握长枪，看起来威风凛凛。

石像后方有一块长而高的青石，石头上刻着四个鲜红的大字——千山书院。

石头后方几丈之外则是一座非常气派的学府，两扇巨大的门敞开着，红色的柱子分别立在大门的两边。柱子上挂着一副木雕的楹联：发奋识遍天下字，立志读尽人间书。

这便是被誉为"北海第一学府"的千山书院。千山书院建于六十余年前，出过不少进士、状元，温浦长当年也在此求学。

下午的课即将开始，不少人往学府中去，众人远远地看见有马车过来，就让出一大片空地来。

谢潇南在千山书院读书也有一段时间了，从不曾刻意隐瞒自己的身份，所以千山书院的人基本都知道他是景安侯世子。但因为他不喜欢说话，平日里脸上也没什么表情，所以很多想与他攀谈的人望而却步。

见到他的马车后，大家都躲得远远的。

马车停在石像的正前方，许多路过的学生停下脚步张望。车帘被人从里面拉开，然后温梨笙背着小书箱从马车上面蹦了下来，脸上带着笑，叹了口气，道："千山书院，好久不见了呀。"

周围驻足观望的人无不大吃一惊。

紧接着，谢潇南也从马车上下来了，一下车就对温梨笙道："别站在这儿挡路。"

温梨笙往旁边挪动两步，笑着道："多谢世子爷带我一程。我以前在千山书院读书，这里的路，我熟悉得很，就不与世子一起了，我自己找个地方学习去。"

说着，她就要转身，脚刚抬起来，后领就被人一拽。谢潇南平静的声音传来："你跟我一起，我旁边的座位刚好是空的。"

"这……"温梨笙看起来很不情愿，道，"不太好吧？"

谢潇南松开她的领子，把话说得明明白白："接下来的几日，你就别想着逃了。你不仅要跟我一起念书，还要跟我一同吃饭，日落放课之后，还要坐我的马车，由我亲自送回温府，这是我对你爹许下的承诺。"

温梨笙一听，一个头两个大，"啧"了一声后嘟囔道："你说你多管这闲事干吗？"

谢潇南看了她一眼，语气平静地道："大声点儿。"

她迫于威胁，立马换上一副笑脸，道："是我不知好歹了，有幸得世子看顾，实在是我温家祖上积了八辈子德。"

谢潇南见她老实了，便没再接话，转过头，让乔陵驾驶马车离去。随后，他带着蔫头耷脑的温梨笙进了千山书院的大门。

温梨笙出现在千山书院门口，还是从世子的马车上下来的，这一消息迅速在书院中疯传，就连夫子也有所耳闻。

教经学的周夫子最害怕温梨笙，因为当初她与施冉正是在他的课上大打出手的。一听说温梨笙来了，他就被吓得茶杯都端不稳了。

周夫子震惊地想：什么？！那小魔头回来了？！

千山书院里的学生，大多是郡城里有头有脸的人家的孩子，且大部分是嫡子，是以他们天生带着一种优越感，十分看不上不喜欢读书的人。

当初，温梨笙在这里就尤为突出，性子张扬，加上背景硬，谁也不敢招惹她，这就导致许多人忌妒她。

她能与沈嘉清密谋着去大峡谷劫谢潇南，可见那时候的她是真的无法无天。

现在的她乖了许多，跟在谢潇南旁边，一路穿过池塘、花丛、庭院，经过白石小桥，沿着游廊走了半刻钟，到了授课习书的学堂。

书院的钟在开课前会被敲两下，第一下是让学生进入学堂之中坐整齐，将东西准备好，第二下则是夫子入学堂，开始授课。

谢潇南踏进学堂门的时候，第一声钟声正好响起。那浑厚的声音在书院中荡开，仿佛盘旋在每个人耳边，久久不息。

他一进去，学堂里的说话声就停了，但紧接着温梨笙踏进门的时候，那议论的浪潮又卷了起来，众人的脸上尽是震惊之色。

温梨笙停在门口没有动，等着她的哪个冤家率先开口讽刺她，届时她再佯装生气，转头就走，名正言顺地旷学。

谁知道大家只小声议论，没有一个人敢大声说话。

谢潇南走到座位旁，见温梨笙还站在门边，不由得皱起了眉，问她："还不进来，站在门口干什么？"

堂中的学生虽有幸与世子一同念书，但这些日子，世子来书院的次数并不多，且就算出现在这里，也只静静地坐在自己的位置上，既不与旁人交流，也不与夫子讲话。更多的时间，他就像学堂里的一个十分精致的摆件。

如今，这个平日里看起来冷冰冰的摆件忽然变得鲜活，皱着眉对门口的小魔头说话："你又在打什么鬼主意？"

温梨笙撇着嘴，颇为不开心地往里走，边走边说道："原来在世子心中，我竟是这样狡猾的一个人吗？"

谢潇南毫不客气地道："你不仅狡猾，而且愚笨。"

说着，看到温梨笙走到近前，他又补充道："话还很多，还贪吃，且厚颜无耻。"

他用得着说那么多吗？！

"好！"温梨笙气道，"那我决定，从现在开始，直到放课，都不会再跟你讲一句话。"

谢潇南心想：若是她安安静静地待到放课，那简直是一件天大的好事。

他反问："若是你跟我讲了呢？"

温梨笙嘴都气歪了，心想：我怎么可能那么没骨气？于是她道："那我就当着所有人的面大声告诉夫子'温梨笙就是一只说话不算话的猪'。"

谢潇南点点头，没再说话，坐在了自己的位置上。

学堂里安静到落针可闻，所有人震惊得连议论都忘记了。

这温氏小魔头竟然敢对世子这般无礼？！

第五章　落水吻

世子进千山书院的头几天，没多少人知道他的身份。众人只以为他是哪家从外地回来的小公子，直到千山书院的院长在众目睽睽之下对谢潇南行了大礼，他的身份才被传开。

他的身份这般尊贵，自然有不少人想尽办法与他攀交情。他看起来并不好相处，先前施家的小姐只是喊了他一声“谢公子”，就被谢潇南当场驳了面子，夫子也借机敲打，让所有人在世子跟前必须恭恭敬敬的。

所以众人都只敢远远地观望这个从奚京来的贵少爷，谁也不敢再凑上前。

但温梨笙方才与他说话时，不仅话中含着些许抱怨加威胁之意，且没有用尊称。面对这样肆无忌惮的态度，世子却仍然心平气和，没有半点儿恼怒，与之前面对他们时判若两个人。

温梨笙将小书箱往桌上一甩，把里面的笔墨纸砚拿出来随意地摆在桌上，纸上还有她抄写了一半的《劝学》。

她将东西备好之后，往左右看了看，发现这个学堂里还有几个熟面孔。

其中一个是先前在梅家酒庄时与她见过面的庄莺。庄莺的父亲是温浦长的下属，他在沂关郡为官多年，一步一步爬上去，快爬上郡守之位的时候，却被从天而降的温浦长挤了下去。所以庄莺的爹记恨温浦长，庄莺也记恨温梨笙。

这姑娘就是之前在梅家的饭局上吹嘘自己小时候曾去过奚京，住的地方与谢府隔了半条街，有时候一出门就能撞见世子的姑娘。

后来她被吹捧得昏了头，在无人的地方喊住谢潇南，企图用幼年时发生的事与他套近乎，却被谢潇南的属下十分不给情面地嘲讽了一番。

这事温梨笙清楚得很，她当初就是被狗追得躲在大缸里时不小心听到的。

她如此一想，目光就在庄莺的身上停留得有些久了。她的目光被庄莺察觉，庄莺瞪过来，很不高兴地问道："你看什么？"

温梨笙与庄莺向来不合，若是以前，温梨笙这会儿肯定与庄莺吵起来了，但温梨笙现在觉得自己也不是什么幼稚的孩子了，自然不会与在莺争这些口舌，便道："看你面熟，所以多瞧了两眼。"

她也就是随口一说，但庄莺自尊心极强，觉得她说这话是瞧不起自己，当即气得红了脸，冷冷地道："温小姐这般大的架子，自然是记不得我们这些小人物的。"

温梨笙想了想，说道："怎么会呢？城北那个瘸了腿、不识字的乞丐我都记得很清楚。"

庄莺更愤怒了，眉头紧紧皱着，满脸写着"生气"二字，但自知说不过温梨笙，便拿手中的毛笔撒气，狠狠地在砚台中戳着笔。

温梨笙"啧啧"叹气，道："这孩子的脾气可真大。"

堂内安静了一阵后，又响起了小声的议论。正在此时，有两个人一前一后地踏进门来。

走在前头的人是施冉，她身着青色长裙，戴着孔雀蓝的坠珠步摇，面上装点粉黛，红唇艳艳，走的时候耳坠轻轻摇动，瞧起来极为艳丽。

温梨笙抬眼看到她的时候有些惊讶，没想到她来学堂会打扮得这样精致。

或许是在游宗授课的时候，温梨笙胡编的一番话说到了施冉的心坎上，施冉打算放弃进宫选秀，将希望押在了谢潇南的身上。

施冉确实生得貌美，再用心装扮一下，站在人堆里尤为显眼。

走在她后头的人，温梨笙也眼熟，是先前与沈嘉清在千山书院门口起冲突的那个被撕了半截袖子的高个子少年。

施冉的眼里仿佛没有其他人，她在进门的第一时间就朝谢潇南的座位上看。见他坐在那里，她的神色顿时有了微妙的变化，她停了一下，朝后面的人说道："看来咱们算是来得最迟的了。"

她的声音有些大，在还算安静的学堂中显得很突兀，一时间，众人齐齐看向她。

谢潇南像往常一样挺直腰背坐着，头微微低下看着手中的东西，听到动静都没有抬头，这让施冉失望地轻轻地咬了下红唇。

随即她目光一动，这才看见谢潇南身边那个平日里空着的位置上此时坐着一个人，那人正用手支着头看她。

把施冉的微表情全部收入眼底的温梨笙弯眸，笑眯眯地道："好些日子不见了，施小姐。你今日看起来气色不错，像一只花蝴蝶。"

施冉当场被震惊得走不动路了，倒吸一口凉气，问她：“你怎么在这里？”

温梨笙还是笑，回答道：“回来看看啊，指不定有人挂念我呢。”

施冉道：“千山书院里不会有一个人挂念你。”

温梨笙道：“那倒也是。”

施冉一边朝她走，一边说道：“你并非千山书院的学生，来这里干什么？”

她问的这个问题，也是在场的所有学子想问的问题。于是，所有学子都盯着温梨笙，想知道温梨笙会如何回答。

温梨笙当然不会让他们失望，说道：“世子爷缺个伴读，所以就让我来千山书院陪他读几日书。”

“怎么可能？！”施冉失态地拔高了声音。

温梨笙那双漂亮的眼睛闪过狡黠的光，她歪着头问：“为什么不可能？”

施冉转过头看了谢潇南一眼，见他还是没有半点儿反应，像默认了温梨笙说的话，表情顿时变得难看起来。她道：“世子尊贵，你不能这般拿世子扯谎，这肯定不是你来千山书院的真正原因。”

温梨笙耸耸肩，道：“那我用什么理由来搪塞你呢？我并不想告诉你真正原因呀。”

施冉被她的话一噎，当即说不出话来。

温梨笙却开始动手收拾桌上的东西，一边收拾一边说道：“其实我也不想来这儿，你们要是实在对我来这里的事心怀不满，我也可以如你们所愿离开。不过我爹若是问起来的话，我就只能说我在这里不受欢迎，被赶出了千山书院……”

她刚将砚台拿起来，一直安静的谢潇南就道：“把东西放下。”

学堂里鸦雀无声。

温梨笙早就料到会这样，撇了撇嘴，把砚台又放到桌上，对施冉笑道：“是世子爷不准我走的。你要是讨厌我留在这儿，可以跟世子爷交涉。”

施冉有些急了，对谢潇南道：“世子爷，这温梨笙性子顽劣，厌恶读书。你不知她去年在千山书院的时候有多么惹人厌烦，夫子……”

她还未将话说完，谢潇南抬起头，冷冷地道：“人是我带来的，能不能留下不由你说了算。”

施冉仿佛被卡住了嗓子，半点儿声音都发不出来了。这是她第二次当着所有人的面被谢潇南落面子，此刻脸红了个彻底，眉眼间尽是惊慌与尴尬之色。

施冉在众人的注视之下站了一会儿，觉得无比屈辱，眼中含着泪，咬着牙，扭头出了学堂。

温梨笙见后，忍不住笑了。

当初她不喜施冉等人的原因就是这个，这些小姐、少爷总仗着家世，摆出一副看不起人的样子，总是欺压一些身世不如他们的人，将自己看作上等人。

她正笑着，谢潇南的声音从旁边传来：“你偷乐什么？”

温梨笙毫无防备，立即上了当，接话道：“世子爷惩恶扬善，为我撑腰，我心里高兴呢。”

谢潇南“哦”了一声，片刻后道：“你不是说放课之前不会再跟我说一句话吗？”

温梨笙猛然想起此事，倒吸一口凉气，惊诧地看着他，问：“你故意陷害我？”

“这叫陷害？”谢潇南轻轻挑起眉毛，问，“不是撑腰吗？”

她想：这个大坏种！

温梨笙一想到自己先前说的那句话，心里一万个后悔。她本来已经下定决心，打定主意，不会在放课之前与谢潇南说一句话，却没想到没防住。

“这不算。”温梨笙直接耍赖。

谢潇南问：“为何不算？”

温梨笙：“是你先跟我说话的。”

谢潇南：“我可没立什么放课之前不与你说话的誓。”

温梨笙自知理亏，讲道理是讲不过他的，索性把耳朵一捂，往桌上一趴，道：“我不管，反正就是不算，你说什么我都听不见。”

谢潇南道：“也是，我总不能跟聋子计较吧？”

你才是聋子！你是正儿八经的大聋子！温梨笙在心中骂他。

“我本来打算将剩下的甜米粽送到温府去，现在看来，你是不需要了。”谢潇南又说。

甜米粽！

冰冰凉凉的甜米粽！

温梨笙又开始流口水了。

第二声钟声传来，周夫子拿着书卷走进学堂，神采奕奕地道：“诸位，午好。”

“夫子午好。”众学生齐声道。

周夫子刚把书卷放下，就见到了温梨笙，笑容顿时变得有些勉强。当初温梨笙在他授课的时候与施冉大打出手，谁也不敢上前拉。那时候，他被院长狠狠地责怪了一番，如今想来，他还是对这小魔头有些畏惧的。

他也不知道这小魔头会捅出什么娄子。

他正想着，就见温梨笙突然站了起来，把他吓了一跳。

“温……温梨笙，你可是有什么问题？”周夫子连忙问。

温梨笙声音颇为响亮地道：“温梨笙就是一只说话不算话的猪！”

周夫子蒙了。

他想：这是这个小魔头的新招数？

温梨笙点点头，一本正经地道："打扰了，您请继续授课。"

说完，她坐下来，歪着身子凑近谢潇南，不知道说了什么，谢潇南的眸中浮现淡淡的笑意。

学堂中的其他人憋着笑，周夫子咳了咳，随后拿出帕子擦了擦汗，说道："咱们开始授课。先前讲了相见礼，今日就讲……"

夫子的声音在学堂中响起，学堂顿时变得安静。

堂内的几扇窗都开着，外面的檐下挂了镂空的铃铛，夏日的风一吹过，铃铛就会因相撞而发出轻微的声响。偶尔飞过的鸟会发出一两声啼叫，午后的阳光缓慢地爬过桌角。

风穿堂而过，桌上的书卷被风吹得"哗哗"作响。温梨笙低着头，提着笔，认认真真地在纸上写着什么。

"孙子曰：'吾未之闻也，冠而敝之可也。'适子冠于阼，以著代也……"琅琅读书声盘旋于梁柱之间，周夫子放下手中的书卷，喝了一口凉茶，缓解嗓子的疲惫。

他看见温梨笙正乖巧地低头写字，不由得一惊，心想：难不成小魔头转性了？

于是他往下走去，脚步轻缓地穿过正齐声朗读的学生，悄悄地来到了温梨笙的前方。

他也不敢走得太近，怕惊动了认真写字的温梨笙，只站在几步远的地方伸长脖子张望，就见她正聚精会神地挥动着毛笔——画了一个极为丑陋的人。

她画的东西有鼻子有眼睛，姑且算作人。

周夫子先震惊了一下，而后又想：这才对嘛，这才是我认识的小魔头。她怎么可能安安分分地念书呢？

他走过去，俯低身子，和蔼地笑道："呀，这画的是什么呢？"

温梨笙将手上这一笔画完，而后抬起头朝他笑道："夫子猜一猜呀。"

周夫子看着她的笑脸，觉得小魔头不惹事的时候，模样还是极为讨喜的。他便仔细地瞧了瞧画，而后一拍手，斩钉截铁地道："画的是城北的乞丐吧？看着真像啊，这鼻子这眼睛，还有这乱糟糟的头发。"

温梨笙笑得露出一口洁白的牙齿，揭晓答案："这是我的自画像。"

"什么？"周夫子表情僵住。

"夫子看不出来吗？"温梨笙点了点其中一个地方，然后摸了摸头上那发钗上的妃色流苏，道："这是我头上的发钗，我特地画出来的。"

"那难道不是打着结的头发吗？"周夫子震惊地问。

温梨笙撇了撇嘴，挫败地道："画得真的很丑吗？"

周夫子连忙笑着说："不丑不丑，是我年纪大了，看东西不太清楚。"

温梨笙被安慰了一下，又开心地笑了起来。她搁下笔，拿起纸“呼呼”地吹了两下，然后将纸扬起来，兴冲冲地对身边的谢潇南道：“世子，你快看。”

周夫子想阻止，却已来不及了。

谢潇南闻声转过头，只往她手中的画上看了一眼就又将头转了回去，说道：“把这丑东西拿走。”

温梨笙气哼哼地瞅着他，撇着嘴的模样看起来又凶又可怜。

周夫子便道：“世子从奚京来，自然从小见惯名家之作，觉得你的画作普通也实属常事。依我看，你没有师父教，画成这样已算是不错了。”

“真的吗？”温梨笙眼睛一亮，问，“那夫子喜欢这画吗？”

“当然。”周夫子想都不想就回答。

温梨笙道：“那这幅画送给你。”

上面的墨迹已干，她将画儿下折叠起来，递给了周夫子。

周夫子：“……”

周夫子在下面转了一圈，回到授课桌前的时候，手里多了一幅画。他将画放下也不是，扔掉也不是，最后在温梨笙热情的注视下，将画塞进了自己的衣兜里。

温梨笙抚平了纸，还想提笔作画，谢潇南的声音传了过来：“你是一点儿都不打算学了？”

她的手顿了顿，而后她道：“那些东西太无趣了，我记不住，也学不懂。”

谢潇南抬手将一本书扔到她的桌子上，道：“勤能补拙，既然总记不住，就一遍一遍地抄写，抄得多了，就能记住了。”

温梨笙的小脸顿时皱成一团，她说：“那你还不如直接把我扔到猪圈里。”

“放课前抄三篇，若是没有完成，就别吃晚膳。”谢潇南的语气显得很是冷漠。

“我又不吃你的饭。”温梨笙嘀咕道，“书院里有食肆。”

谢潇南轻嗤一声，道：“你大可试试能不能买到食肆里的饭。”

温梨笙看了他一眼，见他低头看书，一副漫不经心的样子，暗自握拳。

威胁我？沂关郡里还没有人威胁得了我温梨笙！

我就不抄！

她提笔在纸上胡乱地画着，一笔一画皆带着脾气似的。

半刻钟后，谢潇南转过头看了一眼窗外的太阳，忽然说道：“还有一个时辰。”

温梨笙双手叉腰，生着气，保持了一会儿这个姿势后，抬手把胡乱画的画揉成团，然后拿起谢潇南扔来的书随便翻开一页，提起笔抄了起来。

温梨笙打小就被温浦长按在桌子边练字，多少年过去了，她依然跟小时候一样不喜欢念书，却一直保持着练字的习惯，所以写得一手极为漂亮的字。

一个时辰抄三篇，时间是非常紧的，接下来的时间，温梨笙的头就没有抬起来过。她认认真真地抄起书上的字来，偶尔累了，就会停下揉一揉手腕，歇息一下。

周夫子看得热泪盈眶，暗暗感叹：这小姑娘是真的懂事了，竟然老老实实地抄起文章来了。

剩下的半个时辰，周夫子也累了，不再授课，而是让学生们自己看书，他端着自己的茶壶出门续茶去了。众人得了片刻的放松，堂中又有人小声说话了。

谢潇南放下笔，觉得自己低头的时间有些长。他抬头舒展了一下脖子和臂膀，偏头看去，就见温梨笙还在专心致志地抄书。

许是感觉有些热，她将袖子往上捋了些，露出小半截白皙的手臂，白嫩的指尖沾了墨汁，纤细的手腕上戴着极细的金丝镯，脖子上戴着一个小巧的长命锁。她抄着抄着，似乎脸颊痒了，便抬手挠了一下，忽然瞥了过来，与谢潇南对上了视线。

谢潇南与她对望，听她道："世子，三篇太多了，能不能减少一点儿？"

谢潇南的眉眼舒展开来，他语气温和地道："你想减多少？"

"要不，抄两篇算了？"温梨笙试探道。

谢潇南目光向下，看见她搁在桌角的那张已经抄满的纸，长臂一伸，将纸拿过来，定眼一瞧，上面的字迹虽略显潦草，但也算板板正正，一字一字他都看得清楚，页面整洁，字体漂亮。

他抬眼道："可以。"

温梨笙喜笑颜开，又低头去抄。

她将第二篇抄完的时候，还剩一刻钟。温梨笙慢悠悠地把两张写得满满当当的纸放到桌上，长呼一口气。

虽然她在抄的时候很累，抄完却有一种成就感。

她慢吞吞地把东西收拾好之后，想起自己在千山书院念书那会儿，食肆里有个大婶做的肉卷饼特别好吃。那饼软乎乎的，跟她平时在街上买的完全不一样，她特别爱吃。

但是那肉卷饼是限量的，书院里爱吃的人也不少，每回温梨笙只要去晚一会儿，就买不到了。

所以她那时候总会在放课钟响之后飞快地跑出学堂，奔向食肆，就是为了抢一个肉卷饼。

后来离开千山书院了，她还惦记过肉卷饼，派人去问那大婶愿不愿意到温府做饭，结果她的人把大婶领到温府门口的时候被温浦长拦住了。温浦长不仅让大婶走了，还罚她背书背到半夜。

现在想想，她很久没吃那个饼子了，难得今日有机会。

她看了一眼外面的天色，只见阳光不再那么强烈，吹进来的风也变得凉爽。

这一日又快要结束了。

她用手撑着头，透过窗子用目光描绘外面的景象，恍惚中看到了谢潇南的侧脸。他的下颌线很流畅，白皙的脖子上的喉结她也能看清楚。他垂着眼的时候显得人畜无害，在夕阳的暖光下，面部线条显得极其柔和。

当然，如果他没有强迫她抄那两篇文章的话，这时候看起来估计更讨喜。

温梨笙的手指轻轻地在桌上敲着，时间慢慢过去。钟声响起，周夫子道："今日授课结束，望诸位勤勉学习。"

温梨笙立马站起来，在一片"恭送夫子"的声音中拔腿就要往外冲。

然而她还没跑起来，手腕就被人一把扣住，整个人被往回拽了一步。

温梨笙转过头，见谢潇南扣住了她的手腕，着急地道："你放开我！"

"你干什么去？"谢潇南没松手，觉得自己一松手就等不到回答了，温梨笙指定一溜烟地跑了。

"我要去买肉卷饼！"温梨笙道，"那玩意儿数量有限，卖完就没了。"

谢潇南站起身，手上一用力，很容易就将她拉回了座位旁，道："把东西收拾好拿上，今晚在谢府用饭。"

周围看热闹的人听到了，皆暗暗吃惊。

温梨笙很快说道："谢府的饭比得上钱大婶家祖传秘制的肉卷饼？"

众人又是一惊。

温梨笙说完之后，谢潇南就松手了，说道："带路。"

她疑惑地看了他一眼，而后把小书箱背在身上，带着谢潇南走出了学堂。二人沿着游廊往南走，才上小路，前前后后一同前往食肆的人都被甩得远远的，温梨笙和谢潇南的周围空出了一大片地方。

谢潇南是第一次去书院的食肆。虽说他进千山书院也有一段时间了，但来书院的次数并不多，他一开始忙着梅家人的事，而后又是贺家人的事，来沂关郡两个多月了，着实没闲过。

但要是有人说他家的饭还没有一张加了肉的饼子好吃，那他就算再忙，也要抽空去看一看那到底是什么了不起的饼子。

温梨笙怕饼已被卖完，所以走得很快。他们走到食肆门口的时候，就见单一淳一边吃着肉卷饼，一边往外走。他瞅见温梨笙后，震惊得瞪大了眼睛，差点儿被噎住。

"下午那会儿我就听说你来千山了，没想到是真的啊。"单一淳惊诧地道。

温梨笙打量了他一眼，见他的手里还捏着一个油纸包，问道："这个也是肉卷饼？"

单一淳刚想点头，而后像想到了什么，有些警惕地看着她，问："干吗？你想吃的话自己去买。"

“这会儿肯定卖光了，你把你手里的卖给我，我出三倍价钱。”温梨笙动作十分娴熟地掏出银票。

单一淳盯着她摸出来的银票，眼睛都直了，嘴上却喊着：“大小姐，你可不能这样，我是个贫贱不移的正经人！”

温梨笙了然，道：“哦，还不够，那五倍？”

单一淳把手里的卷饼往前一递，道：“成交。”

温梨笙笑得眼睛都弯了，接过卷饼之后，却把一颗很小的银豆子交了出去。单一淳一看那银豆子，当即不乐意了，问：“不是说五倍吗？”

温梨笙一叉腰，指着身后的人道：“你还真敢狮子大开口，看清楚我后面站着的人是谁了吗？”

单一淳抬眸看去，就见谢潇南立在她身后。他咽了一下口水，还是降低了些许音量，道：“那跟我转手卖给你卷饼有什么关系？又不是强买强卖。”

温梨笙吓唬他：“这是要给世子爷吃的，你敢向世子爷漫天要价？小心你的脑袋！”

单一淳缩了缩脖子，摆了摆手，道：“得得得，我不要了。”

说着，他咬着卷饼，将银豆子收回兜中。那银豆子虽说没有卷饼价格的五倍，但他用它买一壶酒也是绰绰有余的。他问道：“你是今日来千山玩儿，还是日后都在这里？”

温梨笙转头瞧了谢潇南一眼，回答道：“我就这几日过来，不会待太久的。”

她一边说，一边撕开油纸包，卷饼那烫手的热气将她的指尖都染红了，她一撕开包装，肉香味顿时散发出来，卷饼被烤得焦焦脆脆。她一用力就将卷饼分为两半，将其中一半递给谢潇南，道：“世子请品尝。”

谢潇南接过卷饼，低头看了一下这个在温梨笙的口中，味道远胜于谢家的菜的卷饼，怎么看都觉得它平平无奇。

温梨笙咬了一大口卷饼，催促他：“快吃啊，香得很！”

谢潇南原本不吃这种东西，平日里他吃的食物都出自谢府的厨子之手。那些厨子是他从奚京的谢府带来的，从他小时候起就负责他的饮食，熟知他的口味。

由于身份问题，谢潇南从小就被教育不可随意吃外面的东西。

但眼下温梨笙吃得很香，卷饼也不大，她三四口就把那一半卷饼吃完了。她鼓着腮帮子嚼，见谢潇南还不吃，便贪得无厌地道：“世子要是不喜欢吃，就给我吧。”

谢潇南低头咬了一口卷饼，焦脆的饼皮裹着烤得非常嫩的肉，味道确实很奇特，是难得的美味。

他却没有吃第二口，只在温梨笙期待的注视下问她：“你是从什么时候开始喜欢吃这个卷饼的？”

温梨笙被他问得愣了一下，心想：那都是多久之前的事了，我怎么可能还记得？于是，她摇着头说："我忘记了，反正就是知道有一个大婶做的饼很好吃。"

谢潇南用油纸将剩下的饼包了起来，没继续问，只道："走吧，回府。"

温梨笙见他既没有表现出喜欢吃的样子，也没有表现出不喜欢吃的样子，有些摸不着头脑地跟上他的脚步。他们出了千山书院之后，温梨笙发现乔陵已经驾着马车等在外面了。

她忽然想起先前在棱谷瀑看见谢潇南的时候，他身边的席路穿着的也是千山书院的院服，按理说，席路应该与谢潇南一起在千山书院念书才对，怎么这些时日，她没有在谢潇南身边见到他了？

难不成席路被派去执行什么秘密任务了吗？

温梨笙走到边上，朝乔陵打了个招呼，道："乔大哥，辛苦了。"

乔陵笑了，看起来像一个满身书卷气的文人，道："温姑娘不必客气，这是我的职责所在。"

温梨笙朝他笑了笑，然后爬上了马车。谢潇南在马车外面停了一下，然后将那被油纸包着的卷饼扔给他，并道："你尝尝。"

乔陵露出十分震惊的表情。

谢潇南见状，问道："难不成我苛待你了？"

乔陵摇头，笑道："自然是没有。只是少爷上次给我吃的东西，已是六年前的事了。"

谢潇南没搭理他，心想：这人肯定是被温梨笙传染了大惊小怪、斤斤计较的毛病。

乔陵拨开油纸，却发现卷饼被咬了一口，顿时知道谢潇南此举不是给他吃食那么简单，于是咬了一口卷饼，细细地嚼了一会儿，眉头一皱，道："里头好像有迷心散的味道。"

谢潇南轻轻点头，道："书院的食肆，去查查。"

乔陵把卷饼收起来，问道："那地方不是有人在负责吗？"

谢潇南道："他自己都被这东西迷得找不着北了。"

乔陵应了一声，道："那我得空去看看。"

温梨笙的头此时突然从车帘后钻了出来，她见谢潇南还在外面站着，疑惑地道："世子，你怎么还不进来？你不想回家吗？你不饿吗？站着不累吗？"

谢潇南抬手按在她的脑门儿上，将她的头推了进去，继而上了马车。

温梨笙的小书箱被她随手放在了桌子上，因为没有合好，所以开了一条缝。谢潇南正好看到书箱里面是空的，疑惑地道："你背着空的书箱回去干什么？"

温梨笙道："这可不是空的。"

她伸手打开小书箱，将里面的两张纸拿出来晃了晃，道："拿回去给我爹看，说不定他一开心，就免了我的水煮菜。这几日，我吃水煮菜吃得快吐了。”

温梨笙虽然有时候确实有点儿贪吃，但不会像今日这般夸张。温浦长说她这段时间太不老实，铁了心要惩罚她，于是顿顿给她吃些没什么味道的菜。

若她将这两张写得满满当当的纸拿回去，温浦长肯定特别高兴。

谢潇南没有说话，竟然惊奇地觉得温梨笙手里的这两张纸确实能拿回去邀功，虽然这东西在其他学生手中不值一提。

马车回到谢府，几人看到府邸门口停着几辆马车。

温梨笙伸头看了好几眼，看到马车的轮子边上有一个小小的“贺”字，心道：贺家的马车吗？贺家的马车为什么会停在谢潇南的府邸前？难不成贺家人也在谢府中？

她一路上都没有问今晚要在谢府用晚膳的原因，本以为只是顺便在这儿吃晚饭，不料这并不是简简单单的一顿晚饭。

她想起之前在贺家的遭遇，整理了一下自己的衣裳，然后跟在谢潇南身边，摆出一副乖巧的样子，小声问他：“世子爷，万一等会儿打起来了，我是跑还是躲呢？”

谢潇南瞥了她一眼，反问：“有点儿不一样的选项吗？”

温梨笙道：“我又不会功夫，留在这儿指定是拖后腿的。不过，世子爷如果需要我的话，那我肯定愿意尽绵薄之力。”

谢潇南道：“少说话，多观察。”

温梨笙严阵以待，道：“好，世子你说，观察谁？”

“观察谢府的饭比不比得上那块饼。”谢潇南轻飘飘地扔下一句话，而后抬腿往府中去。

府中的下人、侍卫见谢潇南回来，皆立定行礼，有人上前来报，说贺家人在正堂内等候多时，温郡守也于一刻钟之前来此。

谢潇南轻轻点头，脚步未停，穿过庭院，走入正堂中。堂内，温浦长坐于上座的侧位，下方两边坐着不少男男女女。

温梨笙悄悄地看了一眼堂内，认出来的人中有上次去贺家的时候接待她的贺家二房的夫人，还有贺家的庶子贺祝元，余下的还有两个看起来十分娇俏的姑娘和一对中年男女。

谢潇南一进堂内，所有人就发现了他。众人一齐站起来对谢潇南行礼：“见过景安侯世子。”

他们这些江湖人士平日里不注重礼节，也没有学过如何行礼，只按照自己的方式把恭敬的态度表现出来。温梨笙站在谢潇南身后，有一种这些人都毕恭毕敬地对她行礼的错觉。她很想抬手说：不必客气，不必客气。

但一见温浦长在那头站着，她就不敢造次了。

谢潇南抬了抬手，笑了笑，对大家说道："诸位多礼了，等候多时，想必也饿了，一起用饭吧。"

温梨笙转过头看了他一眼，虽然知道他此刻的笑容是故意伪装的，但还是更喜欢这样的谢潇南，因为此刻的他看起来很好欺负。

贺家人应声，由下人指引着陆续往饭堂走去。贺祝元路过的时候，温梨笙小声问他："你怎么也在这儿？"

谁知道贺祝元跟不认识她似的，连眼皮子也没抬一下，直接从她身边走了过去。

温梨笙正觉得疑惑，就见温浦长走了过来。温浦长和蔼地问道："今日学得怎么样？怎么又出了一头汗，我不是让你走路时规矩些吗？是不是又蹦蹦跳跳的？没惹世子生气吧？"

"爹，你的问题怎么那么多啊？"温梨笙纳闷儿地道。

三两句话一说，这对父女露出了真面目，温浦长举起手又想敲她的脑袋。

"你这逆女，就用这般态度对你爹？"他问。

温梨笙缩了缩脖子，赶忙道："我今日表现得可好了，世子可以为我做证！"

却不想她一转过头，刚才还站在她身边的谢潇南不见了，也不知道他什么时候离开的。

温梨笙便只好自证，道："周夫子都一直夸我呢，我还抄了两篇字。"

说着，她取下背上背着的小书箱，把里面的纸拿出来。温浦长一听她的话，顿时变了脸色，然后从她手中接过纸，定睛一瞧，这密密麻麻的字还真是出自温梨笙之手。

他将两张纸细细地看了一下，问道："这是《松说》的节选，你是如何抄得的？"

温梨笙压根儿不知道这文章还有来头，老实地回答道："是世子给我的书。"

温浦长一听，当即眉开眼笑，开心地道："这本是皇家藏书，我先前在京城为官之时见过，应该是皇上赏给谢家人的。世子将它给你看，是你的荣幸，哪怕是翰林院的官员也没资格接触这些书呢，此乃千金难求的孤本。"

温梨笙一听，觉得有些晕。这书的内容，她没有细看，只从里面随便挑了一章来抄，没想到这书的来头这么大。谢潇南随意地将它丢给她的时候，她还以为它是他在哪个路边书摊随便买的呢。

"书呢？"温浦长探身过去，扒拉她的小书箱，见里面是空的，于是问道，"你这书箱里就装了两张纸？"

温梨笙道："书放在书院里了啊，反正明日还要去，带回来干吗？"

"如此贵重的东西，你竟然就把它放在书院里！"温浦长皱眉叹气，"朽木不可雕也！"

"我又不知道那书这样珍贵，世子给我的时候什么都没说，只让我抄写。"温梨笙小声地反驳道。

温浦长低头看了看这两张纸，心想：也是，世子能让你老老实实地抄两篇字是有些本事的。

温梨笙平时犯了错，温浦长也只会让她抄《劝学》，抄其他的她都不乐意。

温浦长只希望温梨笙抄得多了，将《劝学》熟记于心，然后改邪归正，可惜没什么用处。

不过，总算有人制得住她了。

温浦长将这两张纸又放回小书箱中，说道："你把书箱放下，先吃饭。记住，等会儿吃饭时一定要少说话。任何人跟你说话，你都要把问题抛给我或者世子。"

见她爹这样一本正经地叮嘱她，她也有些惴惴不安，于是问他："到底是什么事啊？"

温浦长道："回家了再说。"

温梨笙听话地把小书箱放下，恰逢下人送进来一盆清水，她洗了脸和手，一边用锦帕擦着水，一边随着温浦长往饭堂去。

谢潇南紧随着他们进入饭堂，他方才是去换衣服了。他脱下了千山书院的院服，换上今日去温府时穿的那套白色的织金云纹锦衣。这套衣服衬得他肤色很白，整个人看起来很温柔。

堂中有一张很大的桌子，其他人俱已落座。温浦长见他进来，便一下子站起身，紧接着贺家人也站了起来，注视着谢潇南进门，慢步走到上座，听他道一声"请坐"，而后所有人才又陆续坐下。

温梨笙的家里向来只有温浦长和她两个人，他们从不拘泥于这些烦琐的礼节，这让她倍感麻烦。

所有人落座之后，餐具一一被摆在众人面前。紧接着，一个下人提着一个小巧的器皿轻轻地敲了一下，清脆的声音传来，下人喊道："上菜！"

而后，托着一道道菜肴的人鱼贯而入。有一个下人专门站在桌边接菜，每接过一道菜，他旁边敲器皿的人就报一下菜名。

随着一个个菜名被报出，一些温梨笙从来没有见过，也从来没有听过的菜，就这样被端上了桌。直到一道"点翠珍珠"被摆在她面前时，菜便上齐了。所有菜被满满当当地摆在大桌子上时，房中也安静下来。

这阵仗不只惊到了温梨笙，就连贺家人也被镇住了。贺家人脸上的表情都掩饰不住，尤其是贺祝元，眼珠子都要瞪出来了。

温梨笙还记得自己小时候温浦长提起过奚京的事，说奚京的人都很讲究，越是高门望族，规矩就越多，有时候一顿饭能吃一个时辰。

现在想来，温浦长当时没有夸大其词。

每两个人的座位中间站着一个下人负责布菜。那下人每夹一道菜就会换下一道菜，保证全桌的人吃遍全桌的菜。

谢潇南抬眸，看了一眼桌上的菜，随后将视线停在温梨笙的脸上，然后道："厨子是我从奚京带来的，在谢府掌勺十来年，望各位吃得习惯。"

温梨笙打算少说话，但谢潇南说这话的时候看着她，让她觉得这话是对她说的，于是下意识地回道："世子爷真厉害！"

谢潇南怔了怔，问："我哪里厉害？"

温梨笙说："你把在谢府掌勺十来年的厨子都带来了，真是太厉害了！"

谢潇南是谢家嫡脉独子，这次不远万里来到沂关郡，景安侯夫妇自然什么东西都给他准备好了，几个厨子又算得了什么？

但温梨笙就是觉得厉害，因为她也是温家的独女，但想安排个做肉卷饼的大婶进后厨都不行，还被训斥了一顿。

许是为了维持他良善的伪装，谢潇南听了她的话之后笑了起来，温柔地道："吃吧，尝尝味道如何。"

温梨笙一愣，一时间忘了反应。

温浦长在桌下用脚尖轻轻地踢了一下她的脚，又轻轻地咳了一声。

温梨笙赶忙回神，意识到自己盯着他有些失态，"哈哈"笑了两声，缓解了些许尴尬。她身边的下人给她夹了一筷子菜，于是她迅速将心思收回，拿起自己的筷子品尝起来。

厨子是谢潇南从谢府带来的，等同于他们吃了景安侯曾吃过的食物，这一认知让贺家人都有些兴奋。虽说贺家人在江湖上也是很有地位的，但官与民之间尚且有难以跨越的鸿沟，民与王侯之间的差距更是难以衡量。若不是这世子不知出于什么原因突然来了沂关郡，他们这些人约莫几辈子都没机会与谢府的人有接触。

所以菜被夹到碗里时，他们什么都不管，先尝一口再说。

而温浦长已经好些年没吃过奚京的地道菜了，被调回沂关郡的头几年，他想奚京菜想得馋，却没想到还有机会在沂关吃到奚京菜。

众人心思各异，一时间，竟都在认认真真地品尝菜肴，无人开口说话。

最后，还是坐在贺家二房夫人旁边的一个姑娘率先开了口："温姑娘手边的那道菜看起来很好吃，能否分给我尝一点儿呢？"

温梨笙正吃得专心，一抬头，见斜对面那个身着蓝衣的姑娘正对着自己笑，再低头瞧了瞧手边那道"点翠珍珠"。"点翠珍珠"是最后一道菜，因为离温梨笙太近，看起来像她的私有菜一样。

盘中有一颗铜板大的白色的"珍珠"，"珍珠"上点了些许翠绿的颜色。

温梨笙不知道那姑娘是出于什么目的与她搭话，但心里清楚，这肯定是贺家人授意的。她想起先前温浦长的叮嘱，于是说道："那你要问问我爹愿不愿意。"

温浦长的眼皮抽了抽，他问："为什么要问我？"

他不接这个问题，温梨笙只好又说："那问问世子，这是世子的菜，世子说了算。"

谢潇南笑吟吟地看向她，温柔地道："菜在你手边，你想给就给，不想给就不给。"

温梨笙想了一下，而后对那姑娘说："这菜的分量太少了，分不了。不过我可以替你尝尝。"

说着，她拿起盘子边的汤匙，将一整个"珍珠"盛起来塞进嘴里，只觉得入口甜丝丝的，那"珍珠"如霜一般化开，一股花香涌上来，嘴里都是香甜味。

她总结道："好吃。"

那姑娘愣了一下，干笑了几声，道："是吗？多谢温姑娘替我品尝。"

那姑娘顿了顿，又说："我方才看温姑娘吃了好几口凉拌猪耳和豆腐卷肉，温姑娘喜欢荤菜多一些吧？"

温梨笙觉得莫名其妙，看了一眼贺家夫妇，觉得这些人心怀鬼胎。她便又转过头问温浦长："爹觉得我应不应该爱吃荤菜呢？"

温浦长的眼皮又一抽，他反问道："你爱吃什么，你自己不知道？"

温梨笙又问谢潇南："那世子觉得呢？"

谢潇南极有耐心地道："或许都喜欢吃。"

温梨笙点头，朝那姑娘道："我都喜欢吃。"

那姑娘又说："你头上的发簪看着好精致，是在哪里买的？"

温梨笙转过头，对她爹道："爹，我这发簪……"

她还没说完，温浦长就不耐烦地道："别人问你的问题，你总来问我和世子干什么？"

问你和世子干什么？不是你刚才说的，把问题抛给你和世子吗？！温梨笙在心中咆哮。

她扭过头，一脸凶相地对那姑娘道："你吃个饭，话怎么那么多啊？这么多菜不够你吃是吗？"

她在心中补充：害得我被骂。

她刚说完，手边的盘子一动，方才放着"点翠珍珠"的盘子被撤走，又有一个新盘子被端了上来。新盘子里装的仍是与方才一样的"珍珠"。

温梨笙一抬头就对上了谢潇南带着笑意的黑眸。他那眼眸如寒冬过去后的春风，轻飘飘的，在她的心口吹了一下。

谢潇南声音轻柔地道："你再尝尝这个，与方才的不同。"

温梨笙正要用勺子把“珍珠”往嘴里送，坐在对面的贺家之主突然开口了。他充满歉意地笑道：“我这女儿平日里性子活泼好动，不懂什么礼节，世子莫怪。”

说完，他又对那穿着蓝衣裳的姑娘责备道：“你在世子面前失了礼节，还不快些赔罪？”

那姑娘举起一只小巧的酒杯，起身对谢潇南道：“丹丹方才略有失礼，还望世子莫与丹丹计较。”

说罢，她仰起头，将酒一饮而尽，殷红的嘴唇上染了一层酒液，衬得她的模样有几分艳丽。

温梨笙看着她，忽然想起了她的身份。

贺祝元曾经提到过她的。

他是贺家的庶子，经常十几二十天看不到自己的父亲。每回看到温梨笙与温浦长斗嘴的时候，他都羡慕地道：“要是我跟我爹也能这样就好了。”

他说在贺家，只有大房和二房、三房的嫡子嫡女才能住在内宅里，与自己的父母住在一起，而贺祝元这种庶子一律被扔到外宅。贺祝元的娘又死得早，早些年还有下人伺候他，负责他的吃食、衣裳，但他长大之后就自力更生了，去长宁书院还是他自己的主意。

若说江湖人士重情重义，倒也不尽然，江湖中多的是冷血无情的人。

贺祝元小时候就经常被嫡出的三姐欺负，那三姐的名字就是贺丹丹。

温梨笙的梦中，差不多是七月份的时候，贺祝元突然神神秘秘地对她和沈嘉清说，他三姐被送到谢府当世子的妾室了，用不了几日，贺家就要发达了。起初她和沈嘉清都没信，觉得贺祝元是平日里穷疯了。

谁知道当晚贺丹丹就衣衫不整地被赶出了谢府。她捶打谢府的门哭喊，引得不少人围观，最后还是被赶走了。

这事当时闹得还挺大的，据说贺丹丹回家后悬梁自尽了。此事对谢潇南的名声有很大的影响，各种谣言在城中疯传，温浦长派人将贺家家主和他的妻儿都抓了起来，以“毁坏世子名誉”为由关押了好几日。

但梦中的温梨笙并不在意这些事，那时候她只觉得这世子做了什么事、名声如何，都与她没有关系。

如今温梨笙身在谢潇南的府邸内，吃着谢府的厨子做的菜，她和谢潇南的关系和梦中的情况大有不同。

她顺手把甜丝丝的“珍珠”送进口中，疑惑地道：“你不是贺祝元的三姐吗？”

“珍珠”在口中化开，像方才一样从舌根处涌上来一股桃子的香气。

本来应该由谢潇南接话的，但贺丹丹喝完酒后，谢潇南压根儿不搭理她。她正觉得尴尬的时候，温梨笙的话打破了僵局，她望向温梨笙，连忙道：“是啊，温姑娘知道我？”

温梨笙点点头，如实说道：“贺祝元经常跟我提起你。”

这时，贺家二房的那个夫人笑了起来，拍了拍贺祝元的肩膀，摆出一副亲昵的样子，道：“我就说咱们元儿与温家大小姐关系好，上回她来咱们贺宅时，我还瞧见他们俩站在一起说话呢。”

温梨笙先前去贺家送生辰礼的时候，就是这个二房夫人负责接待的。她看到温梨笙和贺祝元在一起，当即拉下了脸，对贺祝元的态度冷淡、疏离，这会儿倒是表现出了一副慈爱长辈的模样。

温梨笙咂咂嘴，说：“我们都是长宁书院的学子，算是同窗。”

“恐怕不仅仅是同窗吧？”有人皮笑肉不笑地道。

温梨笙将贺家这几人一一看了一遍，问那人道：“你是谁？”

贺家家主答道：“这是我夫人。”

温梨笙在心中捋清思路。

这次来的是贺家家主贺启城，带着他的正房夫人和两个女儿，以及庶子贺祝元，还有一个就是二房的夫人。贺祝元肯定是因为她才被带到这里的，温梨笙抿了抿唇，觉得有必要掌握主动权，先搞清楚贺家人来这里的目的。

她对贺夫人说：“我与贺祝元是什么关系，你能知道得比我都清楚？”

贺夫人眼睛细小，颧骨也高，一副不好相处的面相。

贺夫人道：“温小姐你这个当事人自然是最清楚的，但就怕温小姐刻意隐瞒，不敢承认。”

这番话说得有些不客气，贺启城佯装斥责道：“夫人，说话注意些。”

温梨笙看在眼里，也知道这是他们提前安排好的戏码。她想起贺祝元自从刚才开始，就摆出一副跟她不认识的反常模样，心中知晓贺家人这次来恐怕有一部分原因是她。

她转头瞧了瞧温浦长。

温浦长轻轻抬了抬下巴，示意她继续。

得了亲爹的支持，温梨笙心中有了底，开口反问：“这话倒是奇怪，我温梨笙做事从来没有不敢认的，贺夫人说这话是何意啊？”

贺夫人对她笑了笑，说：“我知道像你们这样风华正茂的孩子，平日里又总在一起，难免会生出情愫。元儿虽是我们家庶出的孩子，但打小品行端正，与人相处也颇为和善，且样貌周正，我和老爷也都把他当作嫡出的孩子来培养……”

“等等，”温梨笙忍不住打断了她，“你怎么越说越奇怪啊？”

这话说得，怎么跟议亲似的？

贺夫人也没在意她打断自己的话，从宽袖中拿出一个被绢布包着的东西，在众人的注视下将绢布展开，问道："这些可是温小姐你的东西？"

绢布中包着的，是那日在贺家时，温梨笙给贺祝元的发簪和镯子——他给她带路的报酬。

温梨笙点头，大方地承认了："是我的啊。"

"这是我们在元儿的寝房里找到的。几件小首饰，却被他宝贝似的藏起来，我们找了很久呢。"贺夫人将东西放到桌上，那些昂贵的饰品轻轻相撞，发出清脆的声音。

谢潇南的视线落在那些饰品上，他见其中有一对墨玉镶金雕花细镯，确实是那日温梨笙腕上所戴。

当时，她在身上戴满了各种各样闪闪发光的东西，唯有这一件饰品的颜色是暗的。这镯子当时挂在她白皙的手腕上，他一眼就看见了。

姑娘把首饰送给男孩儿，意思再明显不过，贺夫人把东西拿出来，就是暗示温梨笙与贺祝元是情人关系。

温梨笙见状，却坦然地说道："这些确实是宝贝啊，都是我爹离开沂关的时候，从别处带回来的。光是那对镯子，卖了换来的银钱就够贺祝元吃喝一年的。"

"这话是何意？"贺家二房夫人问道。

"这是我给贺祝元的报酬。先前去贺家送贺礼的时候没人招待我，我恰巧碰见了贺祝元，便让他给我带路。我若是没有带银票，便有用首饰抵银钱的习惯。"温梨笙笑道，"不过你不识货也正常，谁让你们贺家那么穷呢？"

贺家人的脸色顿时变得难看起来，他们大约是没有料到温梨笙会公然嘲讽他们。

然而这还没完，温梨笙又像突然想起了什么似的，道："对了，我先前去贺家是给贺老太君送寿辰礼的，既然人都死了，那寿辰礼能不能还回来呢？"

贺启城顿时像吃了一口狗屎一样，双眉紧拧，脸涨得通红，道："温郡守，令爱实在是欺人太甚！"

温浦长"啧"了一声，道："笙儿，怎么这般不懂事呢？看把贺家主气的。这寿辰礼虽说没有用上，但也不能要回来，可以做吊礼用啊，免得再送一次。"

温梨笙恍然大悟。

温浦长轻笑一声，继续道："贺夫人拿出这些东西是想说，你家儿子与我女儿有别的关系？"

"这不好说啊。"贺夫人道，"若是寻常的关系，令爱哪儿会给这么多东西？"

"贺夫人有所不知，我这女儿就喜欢散财，平日里出门，身上都揣着大把的银票。有时候在路边瞧见什么没爹没娘的可怜小狗儿，她都会给对方扔上一张银票呢。"

贺启城听出了他话中的嘲讽之意，冷笑道："温郡守真会说笑，狗岂会用银票？"

“狗自然不会用银票，不过聪明的小狗儿会把银票藏在窝里，等到有人瞧见了，就会用银票给它买上一大块肉吃。”温浦长笑容温和，徐徐说道，“但是有些笨的小狗儿呢，就藏得不严实，银票就会被野狗抢走，笨小狗儿自然什么都吃不到啦。”

他对温梨笙道：“笙儿，下次要记住，把银票给聪明的小狗儿。”

温梨笙没忍住笑了，接话道：“那种跑到别人的窝里抢东西的野狗也不是到处都有，等我瞧见了，一定将其乱棍打死。”

父女俩一唱一和，将贺家人骂了一遍。贺启城被气得鼻子都歪了，面皮红得发紫，像喘不过气来一样。

温梨笙说：“你好像一个老芋头。”

贺启城原本想着温浦长即便再横，也要顾及自己这仅有的女儿的名声，然后妥协。

可他没想到，最难搞的居然是温梨笙。她简直是天降的恶匪，转世的煞星，什么都敢说。

“你！”贺启城被温梨笙气了个半死，怒道：“温浦长，文人擅辩，我不与你进行口舌之争。你再怎么胡言，这些东西都是存在的。若是我将这些东西拿出去给众人看，城中的人该如何议论你女儿？！你应该清楚，当年你娘是怎么被人非议的！”

这是温浦长不能触碰的伤疤，他当即脸色一冷，道：“今日欺人太甚的恐怕是你吧，贺启城？”

温梨笙则怒到拍桌而起，指着贺启城道：“老芋头，你说什么？！你娘怎么死的，你知道吗？少在这里说话不过脑子，别以为在谢府就没人敢对你动手，当心我用盘子砸破你的脑袋，不怕死的老家伙！”

温梨笙那张精致的小脸上凶相毕露，仿佛下一刻她就要提刀砍人。

贺家的其他人皆被她的话激怒，唯独贺祝元低头不语。

原本一直静静地吃东西的谢潇南被她这一掌吓了一跳，抬眼一看，就见温梨笙双眼赤红，浓墨般黑的眼眸里蓄满了怒意。她像一只凶狠且愤怒的幼兽，伸着利爪，随时准备攻击人。

温梨笙的祖母去世许多年了。母亲的死一直是深深地扎在温浦长心中的一根刺，稍稍一动便鲜血淋漓，是温浦长毕生的遗憾，一辈子的痛。

温梨笙不允许任何人提起这件事。

谢潇南见过生气的温梨笙，却从未见过如此愤怒的她。平日里她都笑嘻嘻的，也就认错的时候会假哭一会儿，生气的时候撇着嘴，负面情绪消散得很快，不一会儿她又会咧着嘴傻乐。

她身体里的快乐，像取之不尽，用之不竭。

她这一番话出口之后，也彻底惹怒了贺启城。他站起身，怒道："你这个黄毛丫头胆敢这么跟我说话？若不是有谢家人护着你，你早就不知道死了多少回了！就凭温家人也护得住你？"

温梨笙一下就踩上凳子，顿时高了许多，叉着腰朝他道："我温家的事与世子有何干系？你若想找理由掩饰贺家人的无能，也别牵扯世子爷！"

贺祝元坐不住了，起身想要劝阻："爹……"

贺启城一把将贺祝元推开，见温梨笙突然高了一大截，他还需要仰着头看她，当即更气了，道："那你真是蠢笨而无知，在我贺家那日的晚上，若不是世子身边的护卫守在你的房间外，你以为你能逃出屋子？怕是早就被人削掉了脑袋！"

"什么？"温梨笙疑惑地道。

她只记得那日晚上她碰巧起来倒茶水，撞见有人从窗户外翻进来，而后鱼桂与其交手，拦住了那人，她才得以逃脱。

正在这时，谢潇南终于开口。他身子往后一靠，放松下来，抬起眼皮，有些懒散地道："贺家主若是不能好好说话，那谢府就要送客了。"

贺启城指着温梨笙道："是这丫头无礼在先。"

谢潇南却只看了温梨笙一眼，继续对贺启城道："温郡守是我请来的客人，你们贺家人却是不请自来的，其中的不同，想必贺家主心里清楚吧？"

他这是明目张胆地偏心温家人。

谢潇南的态度并未让贺启城觉得意外。他虽然被落了面子，神色却缓和了不少。他知道自己方才是被气得太狠，导致失态了，便说道："我此次来谢府，本就是打算与诸位好好谈谈，化解一下我们之间的误会的。"

谢潇南轻轻抬起下巴，问："那你将那些发簪、镯子拿出来，究竟是要威胁温家人，还是要威胁我？"

贺启城道："那就要看世子究竟有多在意温家那个伶牙俐齿的丫头了。"

"我有多在意，不是全凭你们自己猜测吗？"谢潇南接过下人递来的清茶，一掀开杯盖，茶香就极快地飘散开来，味道浓郁。

他慢条斯理地喝了一口茶，说道："听说你先前对别人说，我与温梨笙睡在一处。"

温梨笙大吃一惊，眼睛都瞪圆了。这种荒谬的话，谢潇南竟然能轻描淡写地说出来！

"你这个老家伙，这么一大把年纪了，还学别人造谣？"她毫不客气地质问贺启城。

贺启城咬紧牙根，头上的青筋都凸得很明显了，他强忍下脾气，冷冷地道："并非我造谣，这话乃火狐帮的成员此前进城时传出来的，我只是求证了一下而已。”

“不可能！”温梨笙斩钉截铁地否认。

当时，谢潇南的脸上分明戴着面具，连她都没有认出他来。火狐帮的成员又如何能认出他来?

贺启城道：“那人只说你与一男子在同一间屋子中歇了两日。当时你和世子一同在贺家消失，几日之后又一起回郡城，与你睡在同一间屋子的人不是世子还能是何人？”

温梨笙大惊，没想到事情还能这么推断出来。她有些着急地问谢潇南：“火狐帮的人没解决完吗？怎么还有漏网之鱼啊？”

谢潇南顿了顿，说道：“当日有几人下山采买，逃过一劫。”

温梨笙的小拳头往桌上一捶，她怒道：“可恶！”

贺启城看着她，冷笑了一下，说道：“你们做了什么，我没兴趣探究，但世子若是不想听到关于自己的心上人的难听的流言，让自己丢面子的话，还请世子耐着性子听我一番话。”

温梨笙听完这话，顿时大受震撼：贺家人定是知道了什么，然后误会了她和谢潇南的关系，把她当成了谢潇南的心上人。方才贺夫人拿出那些首饰，表面上是在威胁温家人，实际上是在警示谢潇南。

谢潇南若是真的以为她和贺祝元有私情，就可能一怒之下踹了她，撤除对温家人的保护，此为第一种可能。若是谢潇南并不愿意让她的名声变臭，从而给自己惹出后院起火、红杏出墙的丑闻，便会选择妥协，此为第二种可能。

无论如何，重要的是，贺家人甚至许多她不知道的人认为她与谢潇南是情人关系。

这可真是一个天大的误会!

她自己估摸着，现在她虽说确实与谢潇南拉近了关系，但充其量她也只停留在谢府门口守着的侍卫那一个阶层，连乔陵的阶层都还没达到呢。

他们连朋友都还不是，怎么可能是情人?

她正想着，谢潇南却并没有解释这个奇妙的误会，只道：“贺家主请坐。”

他说完，贺启城觉得他选择了妥协。

贺启城微微一笑，有些得意，坐下来说道：“世子肯听贺某一言，实在是贺某的幸事。”

“不过贺家人瞧起来肝火旺盛，夏日暑气重，可别中暑。”谢潇南扬声道：“来人，给贺家诸位上一盏凉茶去火。”

继而他又指向温梨笙，对下人道：“给她上一份金汤菊。”

温梨笙转眼对上谢潇南的眼睛，心想：我还有一份？不过，她刚才吼了两嗓子，喉咙确实有些干，喝两口茶水正好。

方才还吵得不可开交的几人，眼下又坐到了一处。贺启城毕竟是活了大半辈子的老狐狸，这会儿脸上又露出了笑容。

温梨笙则黑着脸，一脸不爽的样子。

贺启城轻轻地咳了咳，清了下方才吼得太过用力的嗓子，说道："我知道世子此前从贺府拿走了什么。我娘二十年前犯了错，她也为此付出了生命的代价，我并不打算追回世子拿走的东西，也希望世子能高抬贵手，放过贺家老小。毕竟二十年前的事，与贺家的其他人无关。"

"无关之人，我自然不会牵连。"谢潇南冷冷地道，"但参与之人，没有一个能逃脱。"

贺启城道："若世子执意追查，只怕会连累许多无辜之人。"

温梨笙见缝插针地道："你算哪根葱，还威胁起世子来了？"

贺启城牙关一咬，道："还请世子将闲杂人等请出去，以免打扰我们谈话。"

谢潇南轻笑一声，问："她怎么能算是闲杂人呢？她不是我的心上人吗？"

他的眼角、眉梢都是笑意。那笑意如在水中洇开的墨一般，迅速扩散至他的整张俊脸，使得他整个人变得脱俗，将他的情绪遮掩得干干净净。贺启城一时间难以分辨他话中的真假。

贺启城道："即便如此，男人说话的时候，女人在场终究不方便，还是让她与我的夫人、女儿一起出去吧。"

还不等谢潇南回答，温梨笙便抢先道："我反对，凭什么你让我们出去，我们就出去？这里是谢府还是贺府？"

对于贺启城说的事，她虽然并不知道多少，但就是要在这里将所有事搅得一团糟，顺便挑拨离间一下，总之不能叫贺启城舒心如愿。

贺启城狠狠地瞪了她一眼，继而看向谢潇南，道："这小丫头留在这里丝毫没有用处，只会频繁扰乱我们交谈，请世子赶她出去。"

谢潇南坐在主位上，目光一扫就能把所有人的表情看得清清楚楚。

他还没开口，房门突然被轻轻敲响，谢潇南道了一声"进来"，门紧接着被打开。下人们捧着茶杯进入，走到贺启城一家人坐的地方，然后将茶盏轻轻放在桌上。

尔后又进来一人，此人端着一个比脸还大的碗，那碗是墨绿色的，碗口和碗底都有一圈晃眼的金色，碗身好似用金色绘着一只张牙舞爪的瑞兽，瑞兽踩着如意祥云。

这碗刚一被端进门，香味就散开了，所有人都闻到了。

这一圈人里只有温浦长识货，他惊得"哟"了一声，问谢潇南："这不是麒麟金绿碗吗？”

“那是什么？”温梨笙问。

“是延祥四十七年出的一批顶尖窑货，当时做了上千个，但只出了六个品相堪称完美的。其中有一对麒麟碗被赏给了谢家人。”

温浦长也没有多说，但短短的一句话也能表现出这墨绿色的碗珍贵到了什么程度。

只见下人捧着碗轻轻地将其放到温梨笙的面前，碗里面盛着大半碗金色的汤，汤上面漂着许多被雕成菊花的东西，也不知是由什么食材做的，看着漂亮极了。

温梨笙原以为金汤菊是一种茶，没想到是一碗汤。

而且它是一碗看起来价值不菲的汤。

在众人震惊的目光下，谢潇南看了看温梨笙，而后对贺启城道：“贺家主且忍受一下吧，若不是因为她，你连坐在这里跟我说话的资格都没有。”

二十年前，贺家人在沂关郡的名望颇高。

当时的沂关郡郡守是个肥头大耳的老头儿，对郡城里的几个有头有脸的江湖门派中的人怕得不行。哪怕在街上遇见那些人，他也点头哈腰的，一副十足的马仔模样。

所以那个时候沂关郡的江湖人士总是压官员一头，街上经常发生打架斗殴的事。

贺家人更是在江湖人士中地位显赫，贺家人只要走在街上，道路上的人就要避让。

贺启城还记得小时候自己上街玩，前前后后跟着一大堆随从，不管去什么地方，周围的人皆对他毕恭毕敬的。他不管惹出什么麻烦，只要抬出他爹或他爷爷的名字，那些麻烦就会被轻易地解决。

贺启城活了四五十年，从未有人这样对他说过话。

他看着坐在主位上的谢潇南，努力装出和善的样子，但眼睛里的阴毒与愤怒已泄露了几分。

谢潇南却没觉得自己的话有什么不妥，毕竟这是一句大实话。若非因为温梨笙，贺家的这些人连踏进谢府门槛的机会都没有。

贺启城尚能忍耐，他那素日跋扈惯了的夫人却无论如何也忍不了，冷嘲热讽地道：“不知世子爷这府邸究竟有多尊贵，怕是仙人的住宅也比不上吧？”

谢潇南对她微微一笑，道：“看来贺夫人吃饱了。来人，送他们出去。”

一言不合，他就要送客。

贺夫人急了，刚想说话，却被贺启城瞪了一眼。贺启城低声骂道：“只会惹麻烦的长舌妇，在这儿丢人现眼干什么？还不快出去！”

被自家夫君这么一说，贺夫人也委屈起来，气红了脸，站起身拂袖离席。

贺启城看了一眼身旁的三个孩子和弟媳，说道："你们也一并出去，先回府等着。"

几人见他隐隐有发怒的架势，便没有停留。很快，房中只剩下四个人。

温梨笙拿起汤匙，认认真真地品尝起面前这碗金汤来，看起来对身旁发生的事一点儿都不关心。

不过，她可不是那么老实的人，贺启城与谢潇南的每一次对话，都让她从中获取了一些消息。

方才谢潇南说的那句话，让温梨笙突然想到了一件事情。

或许正是梦中的谢潇南根本没有接见贺家的人，才导致贺启城在没有办法的情况下先使用了美人计。她不知道贺启城用了什么方法将贺丹丹送进谢府，不过在被谢潇南发现之后，贺丹丹被无情地赶出了谢府，这才发生了后来的事。

梦里梦外，很多事情的大致走向没有改变，但她如今的经历和梦中不一样了，她就是其中的变数。若这个变数再引发别的变数，会不会导致最后的结果也变得不同？

这次贺家人进了谢府，贺启城达到了某种目的之后，是不是就不会把贺丹丹送进谢府了？

她一边吃，一边想得出神，目光落在某一处后没有聚焦。谢潇南忽然问她："味道如何？"

温梨笙顿了一下，思绪瞬间被拉回，一转过头，发现谢潇南正看着她，似乎在很认真地询问。

金汤的味道在口腔里盘桓。其实温梨笙对吃的东西研究得并不深，在她这里，食物只有好吃、一般般、难吃三种类型，但谢潇南如此认真地问她，她也不好回答得过于简单，以至显得敷衍。

"这个汤，还有这上面漂着的不知道由什么东西雕刻成的菊花，以及沉在汤底的一些其他食材，都非常特别，是我从来没有品味过的……"温梨笙一字一顿地道，"好吃。"

谢潇南回："你不用回答得那么麻烦。"

"我只是简短地表达一下心中膨胀得不知该如何抒发的心情。"温梨笙客气地道。

温浦长一听就知道她又要胡言乱语了，连忙道："吃完了就赶紧出去吧。"

温梨笙摇头叹息，道："又是一些我不能听的事吗？难怪我最近总是觉得眼睛有问题，动辄什么都看不见。"

温浦长吃了一惊，问她："什么时候的事？"

“自打我被蒙在鼓里之后。”温梨笙答。

温浦长“啧”了一声，挥手道：“赶紧在我眼前消失。”

温梨笙自知留不下来，撇了撇嘴便起身，结果不知道是不是衣袖卷到了那只墨绿色的碗里，在她转身的一刹那，那只碗就“砰”的一声掉在了地上。碗碎裂的声音入耳，让她的眼皮猛地一跳。

那只无比珍贵的碗就这么碎在了地上，里面还剩下些金黄色的汤水。

温浦长倒吸一口凉气，差点儿当场晕过去。

温梨笙明白自己在无意间闯了天大的祸，一瞬间惊愕得脸上什么表情都没有。她知道这不仅仅是一只品相完美、价值千金的碗，也是先帝赏赐给谢家人的东西，代表着无上的荣耀与恩宠。

现在它碎了。

温梨笙的脑中乱成一团，平日伶牙俐齿的她这会儿也结巴起来了：“我……我不是故意的……”

谢潇南见她身子一矮，原本有些懒散地靠着椅子靠背的他也一下子坐直了，身子微微往前倾。

温浦长迅速起身，转身撩开衣袍就跪了下来，道：“世子恕罪！”

温梨笙也赶忙跟着跪下。

谢潇南一抬手，旁边的下人会意，上前搀扶温家父女。谢潇南说：“一只碗而已，温郡守不必在意。”

温浦长道：“多谢世子宽宏大量，此事虽是笙儿不小心为之，但她到底是犯了大错，回去之后，我定会好好责罚她。”

谢潇南却说：“先起来吧，别跪在碎片上了。”

这话是对温梨笙说的，她惊诧地看着谢潇南，很难想象他竟然完全没有生气。他的表情仍旧水一般平和，仿佛被摔碎的是一只再寻常不过的碗。

不过经他一说，温梨笙才注意到自己跪在了那只碗的碎片上，双膝隐隐作痛。

既然谢潇南都让她起来了，那她肯定是巴不得赶紧溜走的。她一起身才发现膝下的裙子沾上了地上的汤水，浅粉色与金黄色交融在一起，看起来很狼狈。

她膝盖处的裙子上还钩着一个小碎片。

温浦长虽看起来很担心，却没说话。

谢潇南说：“我传医师给你看看有没有受伤。”

“不用了。”温梨笙摇摇头，努力回想那只碗方才究竟为何会掉下来，声音低低的，道，“多谢世子。”

说着，她转身离去，耷拉着脑袋，像一只垂头丧气的猫，离开了饭堂。

贺启城目睹全程，忽然道："既然是先帝所赐，想必是极其珍贵的吧？就这般碎了，世子不追究？"

谢潇南的目光随着温梨笙走出门后才收回，他淡淡地问："贺家主对这碗有兴趣？"

贺启城道："草民不敢妄想此等尊荣。"

"既然不敢，那就少说些废话。"谢潇南笑眯眯地道，"说正事吧。"

温梨笙出了饭堂之后，往左右看了看，而后走到院中一棵大树下的石椅上坐着。夕阳已经落下，但由于夏日白天长，此时的天还没暗下来，暖风一阵一阵地吹来，树冠摇起来，她的发丝和衣裙也缓缓地翻动。

温梨笙低着头坐着，也不知道在想什么。

身边忽然来了人，此人站了一会儿之后，温梨笙才发现。她抬头一看，发现来人是贺祝元。

"你还没走？"温梨笙先开口。

贺祝元憋了半天，总算说话了："温梨笙，对不住。"

"你专门留下来如果是为了跟我说这些话，那就很没意思了。"温梨笙的手肘撑在石桌上，手支着脑袋，她看起来兴致不高，说话时还在叹气。

贺祝元说："这话是肯定要说的，要不是因为我，你也不会受牵连。"

温梨笙其实根本不在意这件事。她虽然一直以来性子跳脱，有时候还喜欢欺负别人，但在她看来，贺祝元是个可怜人，她不想为难可怜人。

于是她想了想，认真地说："贺祝元，你若牵连了别人，道歉是没有用的。"

贺祝元表情黯然，重复道："对不住。"

温梨笙接着说："你要做的是去保护那个被你牵连的人，诚然，你现在肯定做不到，所以你要让自己变得更厉害。我不需要你的道歉，日后在长宁书院里遇见，我们还是朋友，我只希望我的朋友能潇洒一点儿。"

"当然，如果你日后还想要我给的报酬的话，那就要更殷勤一点儿。"温梨笙补充道。

贺祝元听后，眉心舒展开来，立马笑着抱拳向她行礼，道："得嘞，受教了。"

"知道就行。别在谢府停留太久，没事的话，就快走吧。"

"那我先走了，下回见，温财神。"

贺祝元向她道别之后，大步离开了谢府，温梨笙则继续坐在树下。庭院四周有侍卫站岗，那些侍卫均训练有素，站得端端正正，目不斜视，仿若雕塑。

没过多久，贺启城从屋中出来，似乎达到了目的，脸上带着难以掩藏的喜色。他在与谢潇南道别之后就穿过庭院往外走了。

谢潇南站在饭堂门外，作为谢府的主人，丝毫没有送贺启城的意思。他一眼就看见温梨笙趴在石桌上，手里把玩着从树上掉下来的叶子，一副兴致缺缺的模样。

恰逢下人端着一只碗来，他将碗接过，抬腿往树下走去。

温梨笙正摆弄着树叶，旁边的桌子上忽然被放了一只碗。她以为那碗是温浦长放的，头也不抬地说："我不吃了，已经吃得够多了。"

"这是奚京的名菜。"谢潇南说。

一听到他的声音，温梨笙一下子坐了起来，仰着头看他，问："你们说完了？"

谢潇南没有回答这个问题，只自顾自地道："冰雪珍珠、金汤菊和这个鹅丝蒸蛋是先帝在国宴上夸过的菜。奚京的望族每逢举办家宴，桌上都会有这三道菜。"

温梨笙看着碗中金黄色的蒸蛋，没什么兴致地说道："奚京望族吃的菜，没想到有朝一日也能进我的嘴里。"

"不是你说这几日都没吃什么好东西吗？"谢潇南道，"今日端到你面前的都是好东西，可吃够了？"

"我哪有心情吃啊？"温梨笙苦恼地深深叹了一口气，一直忐忑不安，生怕温家人不仅要赔光老底，还性命不保，"世子爷，那只碗……"

谢潇南没让她往下说，只微微一抬下巴，道："你先吃，等会儿再说。"

两个人自打认识以来，几乎没有像现在这样温和地相处过。尤其是在温梨笙打碎了那只无比珍贵的碗之后，谢潇南的态度实在古怪。

这太反常了。

温梨笙心中一凛，望向那碗蒸蛋，心想：谢潇南会不会其实已经气疯了，打算下毒，直接把我毒死？

她眉头一皱，神色凝重地盯着蒸蛋。

谢潇南将她的神色收入眼中，都不用细想就能猜到她的心理活动。他一下子就气笑了，问她："温梨笙，你是一会儿不气我就浑身难受是吗？"

温梨笙斟酌了半天，最后在谢潇南的注视下缓缓开口："你要是把我毒死了，我爹会伤心的。"

谢潇南唇角一扯，虽然神情依旧温和，却很不客气地道："温梨笙，你记住，这个世界上没有任何人能害你。若是哪日你死了，一定是蠢死的。"

温梨笙勉强接受，道："这种死法倒还算独一无二。"

其实不怪温梨笙对他给的食物警惕性强，毕竟她曾经做过自己被毒死的梦。

梦中，江山平定，奚京传来谢潇南登基称帝的消息，大梁的江山彻底易主，自此皇姓改为"谢"。温梨笙被关了大半年，在那一日得到消息，知道来接她去奚京的人明日就会入沂关。

温梨笙早就知道，谢潇南留着她的性命，把她关在这庭院之中，肯定还有别的用处。若是他造反失败，她就会得到自由，若是他造反成功，则会有人将她接往奚京。

离开前，温梨笙与这大半年来负责照顾她的起居饮食，还有为她解闷儿的侍女们聊天儿，情绪高涨时，还开了酒喝，结果就是那杯酒坏了事。

她将那杯酒喝进嘴里的时候，就已经感觉到了火辣辣的刺痛感。她连忙将它往外吐，结果还是有不少酒滑进了喉咙。那刺痛的感觉顺着她的胸腔往下到了腹中，仅仅片刻就引起了剧烈的疼痛感，温梨笙什么都来不及做，就先呕出了一大口血。

现在，被毒死那会儿的记忆已经淡了很多，但她对一切带毒的东西仍旧颇为忌惮。

之前她还在心中列过恐惧排行榜，第一名是毒酒，第二名才是谢潇南。

不过现在她再列那个排行榜的话，谢潇南的名次恐怕要往下降好多，估计要在前十名之外。

温梨笙看着他的脸，只觉得他完全没有威胁性，甚至还带着蛊惑人心的感觉，于是他在她的恐惧排行榜上的排名又降了，掉到了前二十名之外。

谢潇南不知她在想什么，只见她盯着自己出神，便疑惑地问："让你吃个蒸蛋就这么难？"

她这才回过神，用手捧起碗，挖了一大口蒸蛋塞进嘴里。蒸蛋滑嫩，鹅丝鲜美，入口之后，美味在口腔中散开，她频频点头，道："真是太好吃了。"

"比起你先前吃的肉饼如何？"谢潇南状似随意地问。

温梨笙当即回答道："那等东西怎么能与这些珍贵的东西相提并论？将二者放到一块儿相比，降低了这些美食的身价。"

谢潇南的脸上露出了满意的微笑，他起身道："吃完了就回去吧。"

他摆出一副送客的架势。

"等等！"温梨笙想挽留他，匆忙之间抓住了他腰间的衣袍，随即立刻感觉到不妥，又抓住他的衣袖，说道，"世子，你不生气吗？"

"我生什么气？"谢潇南明知故问。

"我打碎了那只碗。"温梨笙说。

"哦。"谢潇南神色平静地道，"那个是假的。"

"假的？"她惊愕地道，"那只麒麟金碗的事是编造的？"

"不，此事为真。先帝确实赏了谢家人一对麒麟碗，虽说是碗，难不成还真的将它们当碗用？"谢潇南有些好笑地道，"自然是珍藏着，供起来，在奚京的谢府里，我并没有带到这里来。"

温梨笙方才因为这只碗，还一直提心吊胆的，没想到这东西压根儿就是个假的！

如此想来，当时那只碗被端进屋之后，是她爹说那只碗大有来头，谢潇南并没有承认。他的沉默导致温梨笙下意识地相信了这只碗真是先帝赏赐的。

她还纳闷儿：这么贵重的东西，谢潇南吃饱了撑的，拿出来给她用？

她一抬头就对上了谢潇南那带着些许笑意的眼睛，他仿佛在嘲笑她的愚笨。温梨笙的心中生起一股火，她朝着他喊道："是假的你不早说？害得我担心了那么长时间，我还以为我要跟我爹蹲大牢了！"

谢潇南轻轻挑眉，问："我不是给你吃了很多好吃的吗？"

温梨笙恍然大悟，咬牙切齿地道："我说你今日怎么这般好心，原来是干了亏心事，果然是黄鼠狼给鸡拜年！"

谢潇南被她这样说了，还没说什么，旁边就传来了温浦长的喊声："大胆，你这逆女，怎么跟世子说话的？！"

温梨笙被他吓得一哆嗦，一转过头就见温浦长大步走来，嘴上也没闲着："还是我平日太纵容你？你竟然在世子面前这样逾矩，还不快些认错！"

温梨笙倔强地抬起头，道："我有何错？还不是世子设计利用我在先！"

温浦长敲了一下她的脑袋，怒道："你说什么？！"

温梨笙抱着头，缩着脖子，气恼地道："本来就是！若不是当初在梅家酒庄，我撞见世子爷偷东西，便不会被卷入后来的事中。我一直是最无辜的，你们还什么事都瞒着我，现在还要我认错，我不干！"

她吼完"我不干"三个字，便"哇"的一声哭了出来。她那漂亮的眼睛一下变得水润润的，晶莹的眼泪从眼眶中滑落，打湿了睫毛，双眉蹙着，她看起来委屈得很。

谢潇南神色一顿，有些动容地道："你哭什么？又没让你受伤。"

"怎么没有受伤？！"温梨笙捶着自己的心口，道，"我的心受到了非常严重的伤害，我现在每日提心吊胆的，就好像脖子上悬着一把刀……呜呜呜。"

谢潇南看了温浦长一眼，而后问她："没人告诉你，在郡城之内不会有人对你动手吗？"

温浦长却道："世子，你不必理会她，这丫头心眼儿忒多，多半是装的。"

温梨笙嘴一撇，哭得更大声了，凄凄惨惨地道："我打小没娘，现在我爹也不在乎我了，没人疼，没人爱，我还活着干吗？我干脆找根绳子了结我这坎坷、悲惨的命运算了！"

谢潇南将温浦长的话听到左耳里，将温梨笙的哭声听到右耳里，看着她的眼泪一颗一颗地掉，还是开口道："那你想如何？"

“我能如何？我就是嗓门儿大了点儿，我爹就让我给你认错……”

“不让你认错。”谢潇南说。

“我本来就没错。”她呜呜咽咽地说。

“好，你本来就没错。”谢潇南有些不耐烦地说。

“我现在只有一个要求。”

“什么？你说。”谢潇南道。

温梨笙抹了一把眼泪，吸了吸鼻子，说：“我想明日、后日及剩下的几日都不去千山书院念书……”

谢潇南：“……”

温浦长一拍手，痛心疾首地道：“你看吧，世子，我就说你别搭理她，她都是装的！”

温梨笙撇了撇嘴，道：“什么装的？我这眼泪都是真的，这是我唯一的心愿！”

“你唯一的心愿就是用尽机会偷懒贪玩，想尽办法不去书院里念书，就是铁了心地要跟城北的乞丐攀比，看谁没文化，看谁识的字少？！”温浦长怒道。

温梨笙捂着心口道：“爹，你说这话真的太伤我的心了。”

她泪眼婆娑地望向谢潇南，可怜巴巴地道：“世子爷，我爹冥顽不灵，我跟他沟通不了，你能不能替我做主，让我别去那间破书院了？”

“来人。”谢潇南高声道。

在旁边站岗的侍卫应声向前，道：“属下在。”

谢潇南指着温梨笙，道：“把这小骗子拖出去。”

温梨笙也顾不得哭了，喊了两声后道：“我不是骗子，我说这话是发自真心的！”

侍卫上前来，一左一右地架住了温梨笙的胳膊。温梨笙暗自与他们较劲儿，憋着气，绷直身体，把身体用力地往下沉，打定主意要牢牢地坐在椅子上，结果没坚持一瞬间，就被轻松地架起来了。

自知要被架出去的温梨笙连忙把桌上的碗捧在了怀中。被架着往外走的时候，她还在不死心地喊：“世子，你再考虑一下啊，这是我唯一的要求啦——”

谢潇南闭了闭眼。

温浦长向谢潇南行礼告辞，跟在后面出了谢府。

侍卫将她放到谢府的门槛外，她捧着蒸蛋哼了一声，擦了一下脸上的泪水，边往外走边吃。

虽说她还要去千山书院里读书，但至少捞到了一碗蒸蛋。

谢府外停着温家的马车，驾车的车夫见自家小姐捧着一只碗被侍卫架出了谢府，惊得眼珠子都要瞪出来了，问温梨笙：“小姐，你没得罪世子吧？”

“怎么了？”温梨笙吃着蒸蛋朝他走去。

车夫道：“你要是得罪了世子，那温家不就完了吗？我好趁早跑路啊。”

“你这嘴真晦气，等一下我就让我爹赶你走。”温梨笙叉着腰道。

车夫“嘿嘿”一笑，道：“说笑说笑，我若是真要跑路，定然也会带着小姐的。”

这车夫叫康荣，在温府赶车十多年了，无妻无子，是看着温梨笙长大的。梦中她被困在宅中时，康荣就悄悄来找过她，说要带她逃出那座庭院。

不过谢潇南派人守着，康荣一介车夫，自然打不过那些护卫，温梨笙不想他受牵连，就让他自己跑路。但他没走，反而在宅子周围找了一间小破屋子住了下来。

他的忠心自然是没的说。

温梨笙把一碗蒸蛋吃完，打了个嗝儿，温浦长就从谢府出来了，喊她上马车。

她爬上马车后，顿时觉得温家的马车有些窄，气味也不香，车厢里还很闷热，比起谢潇南的马车差远了。

她将帘子打起来，微风吹进来，闷热感才散了不少。

温浦长进来后，第一眼就看见当中的桌上还放着碗和勺，惊讶地道：“你怎么把谢家的碗拿出来了？”

“吃不了肯定要兜着走啊。”温梨笙理所当然地回答。

“我温家是短你吃还是短你喝了啊？”

“这不一样！”温梨笙挺着腰板，炫耀道，“这个是世子亲手端给我的，整个沂关郡只此一碗，且日后再想吃就没机会了，我肯定要一并带走。”

温浦长没好气地瞪了她一眼，酸溜溜地道：“世子竟然给你这个骗子端吃食。”

温梨笙哼了一声，道：“世子也是骗子。爹，你知道吗？那只金碗是假的，真的在奚京，他压根儿就没把真的带过来，害得我以为那是真的，吓我一跳！”

“我自然知道是假的。”温浦长的神色没有一丝意外，他嘲笑道，“我就那么一说，那个没见过世面的愚笨东西真是我说什么就信什么。”

温梨笙难以置信地皱起眉，道：“我也相信了呀！”

温浦长补充道：“说你是愚笨东西都抬举你了。”

“太过分了！”温梨笙把桌子捶得“砰砰”响，道，“你们竟然联合起来骗我！”

温浦长“啧”了一声，道：“别敲了，就是要你相信，贺启城那老东西才会相信。那只碗就是他暗中出手打落的。”

温梨笙倒吸一口凉气。她本来就一直疑惑，她起身的时候分明没碰到任何东西，怎么那碗平白无故地掉在地上了，果然是有人故意动了手脚。

“他为什么要这样做？难不成他是在试探我在世子的心中分量如何？”她问。

温浦长点头，回答道：“正是如此。今日这场饭局，不过就是为了让他觉得你与世子关系甚密。”

“为何？让他觉得我跟世子关系好又有什么好处呢？”温梨笙不理解。

贺家的人无论如何也威胁不到温家人吧？若在二十年前，贺家人还有些威慑力，只是上一代贺家掌权人去世之后，贺启城能力不足，几年的时间里，贺家的家底就亏损殆尽，又遭多方排挤，最后无奈之下，只得搬出郡城，移居郊外。贺家的人虽越来越穷，但保全了贺家的旧名声。

“不是贺家人，而是胡家人。”温浦长道，“胡家二房先前就派人去贺家杀你了。据我了解，那晚胡家派出的杀手是顶尖的，极其危险，是世子安排了人守在你住的地方解决了他们。贺家人发现那几个杀手死了之后，就安排了第二批人，你便是被第二批人追赶出房间的。”

温梨笙回想起当晚的情况，只记得翻进屋子的那个刺客确实武功不太好，只一下就被鱼桂伤了。而她翻窗逃出去后被两个人追赶，一路跑过去，那两个人连她都没追上。

也就是说，那晚真正危险的杀手已经被解决了，后来追她的不过是贺启城临时安排的武功不太好的护卫？！

她恍然大悟：方才贺启城跟她吵架的时候已经把真相说了出来，只是她并不知道这些事，所以当时觉得很疑惑。

“但胡家人不就是以为我与谢潇南是一伙的，所以才想杀了我，给谢潇南一个警告吗？”温梨笙不解地问。

温浦长轻咳一声，责怪道：“怎可直呼世子的姓名？”

温梨笙立即打了自己一个耳光，随后说道：“瞧我这张嘴，下回再提到世子，我先磕两个响头以示尊敬。”

温浦长见她作怪，又要打她，她赶紧缩着脖子，贴着车壁坐下，并道：“错了错了，我错了。”

温浦长收了手，这才道：“在贺家那日确实凶险，因为我并不知道胡家人打算对你动手，若非世子在，你或许真的就命丧贺宅了。不过，胡家人对你动手并非只是因为要警告世子，主要原因还是你那日在酒庄里卷入了梅夫人屋里失窃一事，胡家人会清剿当年之事的知情人。”

“当年的什么事？”她问。

“我不知道。”温浦长道，“我与你沈叔叔追查多年，至今仍不知晓当年发生了什么事，只知道是关于剑神许清川的。”

“我们明明什么都不知道，还被胡家人列入清剿名单，也太倒霉了。”温梨笙道，“既然如此，我们就应该跟世子保持距离啊，越与他亲近，岂不是越危险？哪日胡家人把我们全杀了，只为给世子一个警告，那我们就死得太冤了。”

温浦长摇头，道：“我们此番计划，是做给胡家大房的人看的。”

温梨笙方才还满脑子疑惑，听了这话便醍醐灌顶。

胡家人如今就是依靠胡家大房才能在江湖上重振名声的。胡家大房中的人大多是官员，其中一人如今还在奚京为官，已官至五品，且年纪不大，还有晋升的机会。他若是仕途顺利，能一路往上，哪怕坐到三品的位置，也足够光耀胡家几世了。

谢家人在奚京盘踞多年，扎根颇深，其地位和皇帝对他们的宠爱在整个大梁独一无二。谢潇南是嫡脉独子，日后绝对是谢府的掌权人，若是得罪了他，胡家人在朝中将难以生存。

胡家大房的人自知得罪不起谢潇南，若不想毁了胡家所有人的前途，就断然不会允许二房的人对谢潇南动手，也不会让二房的人动谢潇南的人。这才是让那些人误以为她与谢潇南关系亲密的真正原因。

也就是说，谢潇南如今就是她的保护伞，他们的关系越亲密，这把保护伞就越坚固。

“他怎么会答应庇佑咱们温家呢？”温梨笙问。

“是世子提出来的。”温浦长看了她一眼，道，“他说既然将你牵连了进来，便会好好地护着你。”

温梨笙双眼一亮，又问：“也就是说，我能在他面前蹬鼻子上脸了？”

“你在他面前蹬鼻子上脸的时候还少吗？”温浦长瞪她，反问道。

温梨笙“嘿嘿”一笑，心想：也是。难怪她觉得自打从萨溪草原回来之后，谢潇南对她的态度一下就变好了很多呢。有时候，就算她缠着谢潇南，一个劲儿地烦他，他也不会再像以前那样叫她滚。原来他们一早就商量好了这个计划。

她爹也从来不是谄媚之人，却一再强调让她与谢潇南搞好关系，背后原来是有这一层原因。

温梨笙想了想，又问：“咱们不是有风伶山庄吗？何须谢家人的保护？”

“同为江湖人士，胡家人素来心狠手辣、阴险狡诈，又怎会惧怕风伶山庄的人？他们若是铁了心要动手，多的是阴狠的手段，保不准咱们吃的哪一碗饭中就被下了毒。”温浦长道，“如今能完全压制胡家二房的，只有他们自家大房的人。只要在郡城之内，胡家二房迫于大房的压力，就不会对你动手，否则胡家大房的人就会自己清理门户。”

温梨笙连道两声“原来如此”，暗暗感叹这个计划既简单又巧妙，用胡家人制衡胡家人。

她高兴地道：“我知道了，那我明日起就黏在世子身边，与他形影不离。”

温浦长连忙说道："不可，万一惹得世子厌烦，也是一件坏事。"

"怎么会？我人见人爱，谁会厌烦我啊？"温梨笙往自己的脸上贴金的时候，那真是睁眼说瞎话的典型代表。

温浦长嗤笑一声，毫不留情地道："喜欢你这泼猴的人，那才是真的瞎了眼。"

温梨笙感叹道："沂关郡里的人，在贬低自己的孩子这方面，爹你如果称第二，便没人敢称第一。"

温梨笙出门的时候背着一个小书箱，回去的时候抱着一只碗，跟要饭的似的，就这么进了温府大门。

父女俩一前一后地进门，看见院中的树下站着一个人。那个人穿着灰色的长衣，头发梳成一个丸子头，墨绿色的发带垂下来搭在肩上，正幽幽地盯着门边，见到温梨笙进来之后，双眼一亮。

温浦长停下脚步，指着蓝沅问道："这姑娘是你带回来的？"

温梨笙点点头，朝她招手，蓝沅一见，便一路小跑着来到温梨笙面前。她不说话，一双圆眼睛左看右看。

温梨笙指了指温浦长，道："这是我爹，在他面前，你不用假装。"

蓝沅一脸了然之色，抱拳行礼道："原来是老天师，晚辈蓝沅，见过老天师。"

温浦长："……"

温梨笙轻咳一声。

温浦长慈爱地摸了摸蓝沅的头，劝道："乖孩子，去和聪明的人玩。"

温梨笙经常被她爹贬低，对这话都免疫了，没有半点儿反应。温浦长让她们到别处玩去，自己则往后院走去。

出门忙活了半日，裙子又脏兮兮的，温梨笙打算先洗澡。

温梨笙与蓝沅一同往寝房去，路上说这几日她可能会比较忙，没什么时间，不过千山书院六日一休沐，等休沐时会带蓝沅出去转转。

蓝沅性子乖巧，现在又相当崇拜温梨笙，所以对她的话基本听从。

晚上，温梨笙躺在床榻上，又把枕头下的那个哈月克族的吉祥币摸了出来，放在手心。

每回把它握在手里，温梨笙就会想到萨溪草原上站在风中的谢潇南。他那身红如枫的衣袍，在她的脑中颜色依旧鲜艳。

她盯着它看了一会儿，又把它塞回枕头下面，然后沉沉睡去。

可能是许久没有做梦，今日又频繁想起梦中之事，温梨笙睡去之后又梦到了一些事。

梦中谢潇南在千山书院读书，与她碰面的机会并不多。但那段时间，长宁书院因为武赏会的事，管理并不严格，所以温梨笙经常跟沈嘉清在城中瞎晃，然后就在一家酒楼里遇见了谢潇南。

起初，温梨笙是跟施冉撞见，那会儿她跟施冉因为大打出手过，恩怨还很深，温梨笙一见到施冉就没有好脸色，又碰巧与施冉一同看上同一家酒楼的雅间。

温梨笙直接甩银票，说今日施冉在这酒楼里看上哪间雅间，她就包下哪间。她的言外之意：不准施冉与她在同一家酒楼里吃饭。

施冉手中的银钱比不过她的，酒楼的东家又不敢得罪温梨笙，只得请施冉出去。施冉还带着一众朋友，自然不愿意被落面子，就站在掌柜面前骂温梨笙欺人太甚，两个人争执时，谢潇南碰巧从楼上走了下来。

也不知道是什么原因，施冉开口喊了谢潇南，说长宁书院的学生欺负千山书院的学生，当时谢潇南也在千山书院里读书，施冉想用这个理由让他为自己撑腰。

只是谢潇南面色淡漠，对她的话没有反应，似乎没打算管闲事。但就在他抬腿往外走时，沈嘉清嗤笑一声，说："有什么用呢？"

这话中带着嘲讽的意味，谢潇南停下了脚步。

沈嘉清与谢潇南没什么接触，只不过他听说谢潇南这次来沂关郡就是为了摘温浦长这个大贪官的乌纱帽，加上温梨笙也是如此认为的，所以两个人一直对谢潇南抱有敌意。

谢潇南闻言停下，丝毫不带感情的眼眸看向沈嘉清，片刻后开口："再说一遍我听听。"

沈嘉清向来直来直往，当即要开口。温梨笙察觉到情况不对，手疾眼快地用手肘撞了一下他，示意他闭嘴。

沈嘉清便没说话。

谢潇南的视线在沈嘉清面上一转，他又看了看温梨笙，冷冷地道："大梁律法，寻事滋事恶意欺压之徒，杖十关五日。"

"这里是沂关郡。"温梨笙忍不住道。

"沂关尚在大梁境内，遵循大梁律法，你们有异议？"谢潇南眼眸轻敛，面色冰冷，好似若他们一说"有异议"就把他们当反贼拿下。

温梨笙没再回应。

谢潇南冷淡地瞥了她一眼，转身离去。施冉得意极了，最后还是从温梨笙手中抢了一间雅间，像骄傲的母鸡一样带着自己的同伴上了楼。

温梨笙被气得半死，直接从梦里被气醒了。

她醒来时已天色大亮，对着自己的枕头打了一套组合拳泄愤，心里觉得纳闷儿：怎么每次梦到关于曾经的事，都觉得特别逼真，好像身临其境一样？

一套组合拳把枕头都快打坏了，温梨笙才喊鱼桂为她打水洗漱。

千山书院有一点好，就是没有早课，所以她不必起得那么早。她慢悠悠地收拾完，吃了早饭之后，才坐着马车前往千山书院，还在途中买了好几个蟹黄包子。

去长宁书院的路上若要买蟹黄包子的话，要绕路，但去千山书院就不用绕路了。

她到千山书院的时候也不算早了，就快到敲钟的时辰，基本上没什么学生再往里进了。温梨笙不慌不忙地进了书院，别人的手里都拿着书，她的手里则提着包子。

到学堂后，她一进门就看到谢潇南坐在其中，正用手支着脑袋往外看。

温梨笙立即绽放出一个笑容，加快脚步朝他走去，途中不知道撞上了什么，只听“啪嗒”一声，一支笔掉在了地上。温梨笙立即蹲下，将它捡起放回桌上，道：“对不住啊，我没看见。”

“无碍。”那人回道。

温梨笙这才发现这个座位上坐着的少年是先前在书院门口被沈嘉清扯掉半只袖子的那个。她目光一转，瞥见桌上的那张纸上写着满满当当的字，旁边还有一个名字。

“胡书赫。”她不经意地念出了声。

胡书赫，胡家人。

胡书赫抬头瞧了她一眼，语气平淡地问：“温姑娘可有事？”

“无事。”温梨笙摇摇头，继续往前走，发现谢潇南许是听到了刚才的动静，将目光从窗外移了回来，正在看她。

温梨笙笑嘻嘻地走过去，把手里的包子献宝似的举到他面前，问：“世子，吃不吃热腾腾、香喷喷的大包子？”

“不吃。”谢潇南拒绝。

“真不吃？”温梨笙拿出一个包子咬了一口，赞不绝口地道，“真香啊！”

谢潇南看她吃得这样香，便说道：“你若将吃这方面的热情用在学习上，温郡守又何须这样发愁？”

温梨笙反驳道：“那若是世子将文才方面的能力用在交际上，也不至于没朋友。”

谢潇南眉毛微挑，问：“谁说我没朋友？”

温梨笙道：“谁啊？”

“不在此处。”

温梨笙摇头晃脑地说大道理：“别人都说四海之内皆朋友，若是世子在沂关郡这种人人热情之地都交不到朋友的话，想必在奚京朋友也很少。”

谢潇南不耐烦地道：“闭嘴，老老实实地吃你的东西。”

温梨笙“哦”了一声，老老实实地吃起了包子。良久后，谢潇南才道：“不是谁都有资格与我为友。”

只要他一说话，温梨笙就来劲了，凑过去问：“那我有资格吗？”

谢潇南不以为意，道：“你与其问这种无用的问题，不如多抄两篇字。”

“无趣。”温梨笙评价道，“世子跟吕大爷一样无趣。”

“谁？”他问。

“城北的乞丐吕大爷，大字不识一个，整日除了乞讨就是拿着棍敲碗唱歌。”温梨笙一本正经地道。

谢潇南一听她将自己跟乞讨的人相提并论，脾气当即就压不住了，一把揪住她的脸，道：“你这张嘴，除了吃就是胡言乱语。”

温梨笙“呜呜”地哭了两声，道：“我错了，我错了，世子爷手下留情，您比吕大爷俊俏多了！”

“城南猪圈里的那些猪都肥头大耳，除了吃就是瞎哼哼。你虽言行与它们一样，这张脸却差点儿意思，”谢潇南捏住她两边的脸颊一揪，冷笑道，“我帮你一把，保准你的脸肿得跟它们的一样。”

温梨笙的两颊确实很软，谢潇南一捏就能感觉到。他对自己的手劲掌控得非常有分寸，能掐准一个既让她觉得疼痛，又不伤到她的临界点。

不过，当他看到温梨笙被他捏着脸颊，还能抿着嘴嚼口中的包子时，就意识到自己的力道失准了。

他索性松了手，淡淡地道：“今日明算课有随堂测验。”

“什么？”温梨笙非常吃惊地道。

她最讨厌的就是各种各样的测验，那些夫子会出一些十分难的题，然后装模作样地说这些都是平日里的授课内容，难度不大，只需要动动脑子就行。

温梨笙每回思考得脑袋都疼了，测验还是不合格。

她凝神沉思片刻，最后站起身道：“我先走一步。”

谢潇南一把抓住她的手腕，问她：“你想去哪儿？”

“我不能参加测验。”温梨笙道，“若是我不及格的话，我爹又要罚我。”

“既然每次都被罚，为何不努力及格一次？”谢潇南很不理解。他之前参与过随堂测验，觉得上面的题目都很简单，与他在奚京时学的东西比差远了，按理说，学习难度并不大。

温梨笙却夸张地翻了个白眼，道：“世子说得也太简单了。我哪日若是走累了，你是不是还要问我，为何不长出一对翅膀来飞呢？”

谢潇南双目一敛，没好气地道：“你若真有那本事，怎会被困在这里，大可飞走。”

温梨笙翻转手腕，反客为主地抓住谢潇南的手掌。朝阳初升的清晨，谢潇南的手干燥且温热，那热意贴着她的掌心源源不断地传来。

谢潇南感觉掌内钻进了一只嫩滑、柔软的手，下意识地将手往回抽，却一下被温梨笙抓住了。她将力道收紧，说道："世子爷，听闻你在奚京是出了名的天才少年，不论是文学还是武斗，都出类拔萃。我们生来就不是同一类人，我打小就愚笨得很，学什么都学不好，不想学富五车，才高八斗，更不想在文学上有多高的造诣，我只求能安安稳稳地过好我自己的小日子。"

她这一番话说得十分诚恳，眼眸紧紧地看着谢潇南，显得无比真诚，又道："你别为难我，好吗？"

谢潇南是坐着的，看着她的时候微微抬头，见她的眼睛像被蒙了一层雾，黝黑的虹膜映着水光，看第一眼时不觉得有什么，但看第二眼时就会发现这眼睛漂亮得过分。

他道："不行，回去坐好。"

温梨笙顿时泄了气，垮着肩膀回到自己的座位上，心想：谢潇南还真是吃一堑长一智，骗到一次之后，再想骗他就难了。方才我的那番话说得那么真诚，竟没让他上当。

她把自己桌上的东西摆正之后，忽然发现昨日谢潇南扔给她的书不见了。

她疑惑地在桌上翻找，又往前后左右看了看，而后问谢潇南："世子，你把昨日给我的书拿走了吗？"

谢潇南瞟了一眼她的桌面，立即明白发生什么事了，便道："没有。"

"不见了。"她紧紧地皱着眉头，拍了拍坐在她前面的一个姑娘，问："你来的时候，有没有看到我的桌上有一本书？"

那姑娘转过头看了她一眼，摇头道："没有。"

温梨笙的右手边是谢潇南，左手边和后边都没人，学堂的地面上也整洁、干净，她一眼看过去，根本没发现那本书的踪影。她立即明白，有人把书拿走了。

《松说》这本书是皇家藏书，温浦长说翰林院的很多官员一辈子都没机会摸到这样的书，更别提远在大梁之北的沂关郡的人了，这里不可能有人知道那本书的珍贵程度。

或许是她找东西的动静太大，坐在她前面的姑娘又转过身，问她："你的那本书丢了吗？"

她点头，道："我昨日走的时候没带走，今早一来就没了。"

"咱们学堂不锁门的。"那姑娘说，"谁都有可能进来，若是丢了的话，还真不好找。"

关于那书是谁拿的，温梨笙心里大概有数了。

范围很轻易就能被缩小。这么大一间学堂里，只有她的书丢了，很明显，偷书之人就是针对她而来的，且知道那本书是谢潇南送的。昨日谢潇南随手把书扔给她，最多也就坐在她周围的人知道。

温梨笙想起昨日下午被气走的施冉，心中几乎立即有了答案。

千山书院里确实没有几个喜欢她的人，但大多数人就算看不惯她，也只会在暗地里嚼两下舌根，还不敢在明面上与她作对。与她公开发生过争执的人，只有施冉和庄莺，而恰巧这两个人平日里关系亲密，互称闺阁密友。

她视线一转，忽然看见坐在她左前方的庄莺正侧着头悄悄地看她。对上她的视线之后，庄莺又匆忙扭过身去，这欲盖弥彰的样子，温梨笙都没开始查案，案子就破了。

她有些轻蔑地轻笑了一声。

谢潇南见书丢了，不以为意地道："丢了便算了，像这种书，谢府里还有很多。"

"那可是世子送给我的书啊。"温梨笙微微提高了声音，让周围的人都听得一清二楚。

"你想如何？"谢潇南问。

温梨笙肯定是要抓住这个偷书贼的，御赐的书，岂能白白便宜别人？只不过现在她虽然有怀疑的人选，但贸然前去要书，定然会竹篮打水一场空。于是，她心生一计。

她笑道："世子再给我一本吧，这次我一定好好保管，不会再丢。"

谢潇南的目光从她的笑脸上缓缓滑过，他不确定地问她："你想要书？"

温梨笙连连点头。

"给你可以，但不能在你手里白白浪费。"谢潇南道，"从今日起，到你结束在千山书院学习的那日为止，你每日抄八篇文章。"

"八篇？！"温梨笙的眼珠子都要瞪出来了，她急忙摇头，道，"不行不行，我抄不了。"

"既然抄不了，那你要书有何用？"

"太多了，一天抄八篇，我的手都会累断的，能不能减少一点儿？"温梨笙与他讨价还价，"四篇怎么样？"

"六篇。"谢潇南让步，"不能再少了，若是抄四篇，你听课时至少有一个时辰老实不下来。"

温梨笙若是在课堂上得了空闲，觉得无聊，就一定会做出很多奇怪的事。虽然昨日下午她是在提笔作画，倒也没影响别人。

“行行行，六篇就六篇。”温梨笙“啧”了一声，为了揪出偷书贼，也算是豁出去了。

约定达成，谢潇南又给了她一本书，封皮上是四个烫金的字——《荀夏杂谈》。

她随手翻了一下，见书中的大部分文章并不算长，像被谁抄录收编的一样。书上面的字规整而干净，粗细有度，落笔带钩，洋洋洒洒，是那种只看一眼就让人心生喜欢的字体。

她仔细地看着上面的字，而后问道：“世子，这本书也是皇上赏赐的吗？”

谢潇南瞥了一眼她手中的书，回答道：“这本不是。”

温梨笙沉吟了一瞬间，而后“哇”了一声，高声道：“什么？这是御赐的书啊，这么珍贵的书，拿在手里真是让我紧张。”

谢潇南：“你的耳朵坏了？”

温梨笙继续表演，道：“那我一定好好保管，绝不会让它有半点儿损伤，若是弄坏了御赐的书，怕是要出大事的。”

尔后她又说了两句“能得御赐之书乃祖上几辈积德”之类的话。谢潇南见她演得起劲，便不再搭理她，低头去看自己的书。

这几句话被她特意提高了声音，周遭的人基本上都听见了。他们明里暗里地盯着温梨笙手中的那本书，很是羡慕。

御赐的东西，在这偏远的沂关郡是可望而不可即的，哪怕是整个沂关郡官职最高的温浦长，也没有得到过皇帝赏赐的东西。

也只有谢潇南这种身份的人，随手掏出一件东西就是皇帝赏赐的，价值连城。

哪怕坐在同一间学堂里，位置如此之近，他们与谢潇南之间也有一条不可跨越的鸿沟。

谢潇南在鸿沟的那头，他们站在这头远远地眺望。温梨笙这个本该与他们一样的人，却跨过了鸿沟，站在了谢潇南的身边。

就是如此，才惹得有些人忌妒得红了眼。

温梨笙心想：那偷书贼的目的应该就是挑拨我与谢潇南的关系吧？否则，桌上的砚台、笔、墨皆是上品，若真为了偷东西，贼肯定会拿那些一看就值不少银子的东西，却偏偏拿了一本看起来平平无奇的书。

不过，这本书丢了之后，谢潇南竟没有追究，这也是让她颇为意外的一件事。

这次挑拨他们的关系未果，偷书贼肯定不会善罢甘休。

温梨笙要来的这第二本书，就是带着饵的鱼钩，只不过她下鱼钩的方式比较特别。

没过多久，上课钟就被敲响。教明算的是一位女夫子，她的手中拿着一本书和一张纸，她刚进堂中就扬声道："现在举行每六日一次的随堂测验，所有学生准备好笔、纸，我会把出好的题目念给你们听。"

她的目光在下方掠过时，她注意到堂中有一个新学生。

"你是新来的吗？"女夫子用下巴点了点温梨笙，问道，"你叫什么名字？"

温梨笙站起身，规规矩矩地向她行礼，笑道："夫子好，我叫温梨笙。"

女夫子虽说是在温梨笙离开千山书院之后才来这里教书的，但对这个名字并不陌生。她直白地问道："你是温郡守的女儿？"

温梨笙点头。

女夫子道："今日的测验有些难度，需要两个人一组合作攻克问题。若无人与你一组，你就与我一同做这些题吧，有什么问题，我也可以直接告诉你。"

"等等。"温梨笙纳闷儿地道，"这学堂里本来有三十七人，加上我是三十八个，不是正好两两分组吗？怎么就无人与我一组了？"

女夫子闻言，看了一眼坐在窗边的谢潇南，道："世子不参与测验。"

"他为什么不参与？"温梨笙脱口而出。

"这些题对世子来说太简单了。"女夫子道，"没有测验的意义。"

温梨笙听了想笑，于是也就真的笑了一下。

这一声笑中好似带着满满的讥讽，谢潇南听到后侧头，问她："你有异议？"

就是这句话让她瞬间想到了昨夜梦中的场景。她的脑中浮现出施冉那得意的表情，她回答道："我有异议，我的异议多着呢！"

"有也没用。"谢潇南将身子往后一仰，姿态有几分随意，道，"笨蛋提出的异议通常会被否决。"

温梨笙对女夫子道："夫子，我要与世子一组。"

女夫子惊愕地看了看她，道："这个我做不了主。"

温梨笙坐了下来，心想：就算你做不了主，我也要跟世子一组。

谢潇南唇角轻扯，露出一个不算笑的表情来。他并没有拒绝温梨笙的要求，想着：这学堂里，温梨笙也只能和我一组了，若是跟别人一组，她肯定在解出题目之前就跟别人闹起来了。

短暂的安静过后，忽然有人说话了："夫子，若是无人与温姑娘一组，我可以跟她同组。"

没想到有人会主动要求与温梨笙一组，众人循声看去，就见坐在前排的胡书赫站起身，继续说："这些明算题目对我来说也不算难。"

温梨笙全然没想到胡书赫会主动说这些话，联想到现在胡家的刀还悬在她的头上，随时会落下，她顿时觉得胡书赫不怀好意。

然而，胡书赫转过身看她时，眼神平静而自然，似乎并不带什么目的，就是单纯地要教她算术。

女夫子笑道："这样正好。"

"可是我想与世子一组。"温梨笙道。

女夫子有些头痛，道："世子不参与测验，我也安排不了。书赫的明算成绩在千山书院里也是名列前茅的，这几道题难不倒他。你与他同组也能学到很多知识，快搬着凳子到前面来。"

温梨笙本不想去的，但想着谢潇南平日不参加随堂测验，方才也没说要与她一组，她单方面自作主张也不太好，和胡书赫一组的话，她可以去稍微探探胡家人的口风。这胡书赫能在千山书院里念书，想必在胡家的地位不低。

如此想着，她便站起身来。

就在此时，谢潇南的声音响起："我参加。"

女夫子惊讶地问他："世子要参加测验？"

谢潇南的目光波澜不惊，阳光从窗子照进来，描绘着他的轮廓，他的瞳孔的颜色显得有些浅。他说："不过是些小题，我教她便好，不必麻烦外人。"

堂中的学生纵使从昨日开始，就已见惯温梨笙在世子面前的特殊待遇，但谢潇南这话一出，他们还是震惊了。

女夫子也愣愣地点头，道："哦，好。"

胡书赫见状，也没再说什么，看了谢潇南一眼之后又坐下。唯有温梨笙面色如常，咧着嘴，搬着自己的凳子坐到了谢潇南的桌子旁，一下就占据了他的半张桌子。

她将纸平铺在桌上，然后笑道："那就劳烦世子爷了。"

谢潇南微微侧过头，半张脸隐藏在阴影中，显得一只眼眸色深，一只眼眸色浅。

"你高兴什么？"他问。

她理所当然地道："能跟世子一组，我就高兴啊。"

"你方才不是要去前面吗？"他问。

"怎么可能？"温梨笙睁眼说瞎话，"我是要站起来跟夫子说，若不能跟世子一起，我也不参与测验。"

谢潇南瞥了她一眼，压根儿就不信她的话。他方才清楚地看见，温梨笙就要弯下身搬凳子了。

大家很快分好组，女夫子拿起那张纸开始念第一道题，温梨笙边听边在纸上记录下来：九百九十九文钱，及时梨果买一千，一十一文梨九个，七枚果子四文钱。梨果多少价几何？

问题一出，学生们立即乱哄哄地讨论起来，温梨笙放下笔，将问题从头看了一遍，刚一思考，脑子里就出现了一团乱麻。

她拧着眉装模作样地盯着题目看了一会儿，半晌后，提笔开始写字。她的这些行为让在一旁看着的谢潇南有些意外。

他想：她这么快就有解题思路了？

只见温梨笙挥笔写了几下，而后停笔看向谢潇南，脸上的表情一本正经的。

“答完了？”谢潇南颇为惊讶，将肩膀向她靠过去，偏头一看，就见温梨笙在纸上写了两个字：不懂。

谢潇南：“……”

她装得跟真的似的，他还以为她会解这道题。

温梨笙哭丧着脸道：“我读了三遍题，发现我连题都读不太懂。”

谢潇南从她的手里接过笔，将纸拉到他面前，而后说：“我只给你讲一遍。先立梨子的数量为天元，果子的数量为地元……”

温梨笙立马挪着凳子靠过去，身子倾斜，侧脸几乎贴上谢潇南的左臂。顿时，那股淡淡的甜香味又传了过来，萦绕在她的鼻尖。每回闻见这个味道，温梨笙都觉得非常好闻。

这到底是什么香呢？

温梨笙先前逛了好几家香料店，闻了上百种香味，都没发现有一种与谢潇南身上的香味有相似之处。谢潇南身上的香味很独特，哪怕某一种香味和它有一点儿这香相似之处，她也能立刻闻出来。

她想：若是以后有机会，能从谢潇南那里买一点儿就好了，睡觉前点上，约莫一整晚都会睡得很香。

温梨笙正想得出神，忽然感觉右耳朵尖被温热的手指轻轻地捏了一下，谢潇南低头问她：“你在想什么呢？为何不听我讲题？”

温梨笙立即抬头，鼻尖几乎要蹭到他的下巴。二人呼出的气息都交融在一起了，她这才意识到两个人的距离太近了。

她方才好像在无意识之中不断地朝他靠近。

仿佛那撞钟用的木桩在她的心口“咚”地撞了一下，她的耳朵尖迅速开始泛红。她愣愣地道：“我在想，这人为什么要买一千个梨子，吃得完吗？”

谢潇南瞥了一眼她那已经红透的耳尖，问她：“吃不完的话，你给兜回去？”

温梨笙想了想，而后认真地回答道：“我可能也兜不了那么多。”

温梨笙摸了摸自己有些热的耳朵，说道：“你再讲一遍吧，我保证这次认真听。”

谢潇南想说什么，但话到了嘴边又没说，只拿了一张全新的纸，又将刚才的话给她说了一遍。

这道题其实并不难，谢潇南的解题思路很简单，结合温梨笙的理解能力，他讲得更加浅显易懂。他讲完一遍，温梨笙也就懂了解法，计算了许久后得出了答案。

温梨笙从没产生过这样的感觉，好像整个大脑通畅了一般，看着纸上演算题目的过程，竟慢慢地生出了一种成就感。

她从前没有解过这样的题，竟不知道看起来那么麻烦的题，也能通过这样简单的方式解出答案。

温梨笙举着纸，上面的密密麻麻的演算过程让她咧开嘴笑了起来。她那笑容灿烂的模样让人心生喜爱。

谢潇南道："你只解了一道题。"

"哦，对。"温梨笙连忙拿出一张新纸，一把抓住他的手腕，道，"下一题，下一题。"

她对算术题有了前所未有的兴趣。

温梨笙拉他几乎是下意识的动作，她自己都没察觉不对，然而谢潇南垂下眼眸看见她的手握住自己的手腕，却也没有第一时间挣开。

他手腕处的骨节被温梨笙握住，她手掌的温度贴着皮肤传来。她的手背也很白，是那种象牙一样的白，与他冷玉一样的白略有区别。

温梨笙佩戴的手镯是一日一换的，她今日戴的是绿枝莲花镯，小巧的莲花一朵朵地嵌在镯圈上，栩栩如生。

"不如那只墨玉镶金的。"谢潇南突然说了一句。

"什么？"温梨笙摸不着头脑地问。

而后，顺着他的视线，她看到了自己的手。她这才意识到自己方才的动作有些随意，把手缩回来的同时，心一动，问他："世子是说那只墨玉镶金的镯子更好看吗？"

谢潇南没说是，也没说不是，将她方才解题的那张纸拿到桌角放着，继而就听女夫子开始念第二道题了。

温梨笙用左手手指摸了一下莲花镯，敛了神色，开始听写下一题。

女夫子准备了七道题，这七题把谢潇南和温梨笙一上午的时间填满了。起初的题没什么难度，但越到后面，题目的难度就越大，有时候谢潇南讲上两遍，温梨笙还是一知半解，只得麻烦谢潇南再讲。

做题的时候，温梨笙的脑子里一团乱，她起初不觉得有什么，不过后来才发觉这事十分考验谢潇南的耐心，有时候，一道题谢潇南要用几种不同的办法给她讲解，那题就好比一张温梨笙吃不下的饼，被他掰碎了一点儿一点儿地喂给她。

以温梨笙对他的了解，他并不是一个很有耐心的人，但不知道为什么，在给她讲题这件事上，他表现出了一副耐心十足的模样。即便温梨笙怎么也听不懂，怎么也想不明白，他也只皱皱眉头，并未说什么。

很久很久以后，温梨笙回想起这一日，颇为疑惑地问他当时为什么性情大变，对她这样有耐心。

谢潇南想起当年的场景，弯着眼眸，轻笑着道："你当时的模样太认真了，足够我用最大的耐性去对待。"

一上午的时间眨眼过去了，放课钟被敲响的时候，温梨笙才发觉时间竟然过得这么快，以前她从不曾觉得在书院里的时间过得如此快。

把东西都收拾好之后，温梨笙与谢潇南在书院门口分别，回了温府。

接下来的几日，温梨笙习惯了去千山书院读书，也不再想办法逃离，每回都背着自己的小书箱，自觉地在钟声响起之前去书院。

因为先前与谢潇南有约定，她每天都要将书中的文章抄写六篇，所以在课堂上基本没什么闲工夫。她这般乖巧的表现一下就引得众夫子大吃一惊，想当初，温梨笙在千山书院三天一小闹，五天一大闹，搞得所有夫子对她颇为头痛。

这次她回来，授课的夫子都害怕得不行，没想到她突然"改邪归正"，且一连好几日都老老实实的。这对于那些夫子来说，完全就是一个大惊喜。

她一天抄写六篇文章，在每日下午的放课钟响起前交给谢潇南过目。谢潇南对她的要求是字迹工整，页面洁净，若是没达到这两个要求，作品就会被他当场撕掉。

温梨笙一连抄写了好几日，感觉自己的性子都沉静了不少。有时候她想着，或许这样抄久了，她还真能成为一个文静、温婉的姑娘。

这样的话，她爹就不会整日说她像山涧里的长毛野猴了。

如此甚好！

温梨笙颇为满意地点点头，脸上露出一个笑容，决定好好犒劳一下努力的自己，于是张口朝着前方大吼："老板，六个蟹粉包子！"

那老板对温梨笙很是熟悉，笑着问："大小姐今日怎么加了两个？"

"犒赏自己的！"温梨笙觉得她多吃两个包子没什么问题，这包子也不算大，她两口就能吃掉一个。

温梨笙捧着包子，背着小书箱，走过千山书院门口那尊高大的石像时，停步朝那石像抬手致意，像在与它打招呼一般。

谢潇南刚下马车就见到了这个场景。

只见温梨笙穿着一袭鹅黄色的细纱长裙，头顶左右绾着圆圆的丸子似的发髻，垂下长至腰间的发辫，白净的耳垂上挂着雪白的葫芦造型的玉质耳饰，走路的时候微微露出小巧的锦鞋。她走在初升的朝阳里，玉葫芦一摇一晃。

她正仰头看那尊高大的石像。

那石像其实就是谢潇南的太爷爷。七八十年前，沂关郡被萨溪草原上联合起来的游牧民族攻占。那时候的沂关郡还不如现在的繁华，甚至连像样的驻军都没有，被那群人高马大的游牧民族一举攻破了城门，沂关郡中的老幼妇孺皆受尽苦难。

前来抗敌的，正是谢家当时的家主。他用了半年时间将那些人赶出了沂关郡，赶回萨溪草原。此后他又留在沂关郡生活了五年，练起兵强马壮的军队驻守沂关，建立学堂教书育人，开设粮仓救济难民，将沂关郡从毁灭的边缘拉回。

千山书院如今的院长便是当年他亲自教育的那一批学生中的一员，所以在千山书院建成的那日，这尊无比高大，一手持剑、一手持书的石像就立在了此处。

温梨笙就这么站在谢潇南的太爷爷的石像面前吃完了蟹粉包，拍了拍手，抬腿继续往前走。

她听见身后有人唤她："温梨笙。"

她侧身回头，只见谢潇南站在十几步之外，长身玉立，目若朗星。

他身后是谢家的马车，他似乎刚到此处。

温梨笙在见到他的一瞬间就露出了笑容，而后大步朝他走去。她迎上他往这边走来的脚步，而后与他一同往千山书院里面走去。

"好巧啊，世子，我也刚来。"她道。

"今日吃的还是蟹粉包子？"谢潇南问。

温梨笙抬手，比了个"六"的手势，用很得意的语气道："我今日吃了六个！"

她抬手的时候衣袖滑落，露出白嫩的手臂，腕子上的墨玉镶金镯便映入了谢潇南的眸中。他状似随意地看了镯子一眼，而后笑了一声，道："前天你早饭吃得太多，撑得肚子疼，在课堂上站了一个时辰。"

温梨笙当然记得这件事，笑嘻嘻地道："这次不一样，这次我没吃其他的，就吃了六个小包子，不会撑得难受的。"

也是，傻子撞在树上之后，下次再路过树时也知道避开走，温梨笙应该不会吃撑两次。

"今日的天气可真好啊，七八月份的时候，我们沂关郡最炎热了。今日早起时，风却清凉，连路边的狗都不吐舌头了。"温梨笙乐呵呵地道。

谢潇南一听她又开始东拉西扯，便道："有什么事直接说。"

温梨笙"嘿嘿"一笑，微微侧身，抓着他的手臂问他："世子今日能不能帮我一个小小的忙？"

两个人一边说一边往里走，从他们身边路过的学生早就见惯这个场景了。温梨笙到千山书院读书也有好几日了，他们每回看到她在书院中行走时，身旁大多有谢潇南。

温家那闲不住的大小姐对世子来说是特殊的，这已成了整个书院的人皆知之事。

不过这些闲言碎语是没机会传到温梨笙的耳朵里的：一来，没人会主动跟她说话，就算偶尔与她说两句，也聊不到那些传言上；二来，她一天大部分时间与谢潇南在一起，谁也没有那么大的胆子跑到世子面前说这些东西。

不过，温梨笙也不太关心这些事，她这几日放长了鱼线，就等着今日猎物上钩呢。

上午放课的时候，她把那本谢潇南给她的书放在桌上最显眼的地方，压在所有纸的上面，摆放得很是杂乱，然后什么东西都没拿就离开了学堂。

这几日，她每回都把东西装在小书箱里带回去，不给偷书贼任何机会，而今日她特意又不带东西回去，哼着小曲儿，悠闲自在地离开学堂，好像把那本书完全抛到脑后了一样。

从前跟温梨笙在同一间学堂读过书的人都知道，她一直没有把这些书本、纸、笔带回去的习惯，觉得太过麻烦。她的桌面上永远放着一堆东西，她空着手来，空着手回。

这几日每回放课后，她都将桌面收拾得干干净净，就仿佛转了性一样，不过现在她又恢复了以前的样子。

但温梨笙这日中午没有回家，只是表面上看起来坐上马车，回了温府，实际上她在马车走出不远后就停车下来了，让一辆空马车回去，自己又从千山书院的另一边偷偷溜回了学堂。

这几日她把书当宝贝似的护着，走到哪儿带到哪儿，从不放松警惕，其实都是故意做给偷书贼看的，就是存心表现出珍惜这本书的样子。

上回偷书贼的目的没达到，偷书贼肯定不会善罢甘休。她之前丢了书，又故意没有追究此事，就是要引得那贼二次作案。

若偷书的人真是庄莺的话，她会二次作案的。

温梨笙有九分把握。

因为庄莺并不聪明，否则当初在梅家酒庄里也不会因为几句吹捧的话就真的跑去找谢潇南，而且因为庄莺父亲在官场上一直居于温浦长之下，所以她从很久之前开始就非常讨厌温梨笙，算是千山书院里为数不多的敢跟温梨笙在明面上争执的人。

她是一有机会就绝对要给温梨笙找不痛快的人，也给温梨笙穿过几次小鞋，虽然都对温梨笙没什么影响。

奈何她爹是郡丞，温梨笙也不敢对她怎么样，否则会影响温浦长的仕途。

不过，这次她偷书属于自己撞上来找死。

这时候的学堂区基本上没人了，越往里走越安静。温梨笙他们上课的学尝附近一个人影都没有，静得只剩下蝉的鸣叫声。

温梨笙放轻脚步站在学堂的后门处，弯着身子，贴着墙往前走，走到最后一个窗子边时伸着头往里看，只见学堂里空无一人。

庄莺还没来。

温梨笙又藏到学堂后面的树丛中，树丛高而茂密，她藏在里面可以将身体完全遮掩住。她透过小小的缝隙往外看。

她推测，庄莺若是想中午偷书，定然会在食肆里吃了饭再来，那个时间即便是宿在书院中的学生也不会在院中闲走了，毕竟天气炎热，正午正是晒人的时候，大多数人只会在房中休息。

温梨笙坐在地上耐心地等待，头顶的绿荫遮了烈日，风一吹，还有些凉爽。

也不知等了多久，温梨笙正怀疑自己想错了的时候，就见一人从食肆的方向过来。那人每走几步便往左右看看，模样警惕而又鬼鬼祟祟。

她定睛一看，那人正是庄莺。

温梨笙得意地一笑，心想：小东西，可算是把你等来了。

庄莺显然也鲜少做这种事，心虚得不行，每走几步就要停下来四处看看，生怕周围有什么人看到她似的。她慢吞吞地走到学堂门口之后，飞快地进了学堂中。

温梨笙迅速从树丛中站起来，然后小跑着到了隔壁的夫子的茶水屋里，轻轻地敲了一下窗框，而后窗子从里面被推开了些许，谢潇南的脸露出来，他问："人来了？"

温梨笙点头。

谢潇南起身，对身旁的一脸迷惑之色的周夫子道："多谢周夫子解惑，为表谢意，我有一支赤木狼毫赠予夫子。"

周夫子瞧见了温梨笙，顿时明白世子今日突然说有问题请教一事并非偶然。周夫子一下子站起来，推拒道："草民怎敢要世子的东西？能为世子解惑已是草民之幸。"

"夫子不必客气，请随我去隔壁拿。"谢潇南淡淡地道。

茶水间是专门为夫子所设的，就是为了方便夫子在授课口渴时及时取水，所以跟学堂挨得近。

谢潇南的脚步轻缓无声，他走至后门的时候抬手一推，学堂的门瞬间就被推开，里面正把书本往自己的书袋里塞的庄莺被吓得魂飞魄散，失手碰掉了温梨笙桌上的砚台、墨、笔，东西落了一地。

她看见门口站着的谢潇南和跟在后边的周夫子之后，脸色顿时变得煞白无比，连嘴唇都失去了颜色。

周夫子眉毛拧紧，严厉地道："庄莺，你在做什么？！"

庄莺被吓得浑身哆嗦，将手中的书袋扔了出去，那本书掉落出来。

温梨笙从谢潇南的肩膀旁边挤过去，捡起那本书一看，倒吸一口凉气，惊诧地道："你为什么要偷我的书？"

周夫子立即知道了事情的严重性，两步走进学堂内，看了一眼地上的东西，而后问庄莺："你快些把话说清楚，现在是放课时间，所有人应该都在自己的房中或家中休息，你为何出现在这里，还将温梨笙的书放进你的书袋？"

"不是，我没有……"庄莺蒙了，完全不知道该怎么解释。她即便再傻，看着本不该出现在这里的谢潇南和周夫子，还有拿着书冷笑的温梨笙，也知道中了圈套。于是她指着温梨笙喊道："是你！是你故意设计陷害我！"

温梨笙扬眉，问她："你这说的是什么话？这书难不成是我按着你的手，让你偷的？"

"不对，就是你！"庄莺双目赤红，没想到自己会有这么难堪的一日，偷东西不说，还被抓了个现行。她恨不得用尖利的指甲挠花温梨笙的脸："你是故意把书留下，那些话也是故意说给我听的，就是要我来拿这本书！"

"庄莺，"温梨笙的笑容有所收敛，声音冷冷的，"你最好想清楚了再说话，我故意说了什么话给你听？"

"你身为郡丞之女，出身富贵，家中什么书没有？竟还想着偷同窗的！"周夫子责备道。

庄莺语无伦次地对周夫子道："是温梨笙说这书是皇上亲赐的，我从来没有见过皇上赏赐的书，真的很想看看它究竟是什么样的。周夫子，你一定要相信我，我真的不是为了偷东西……"

"这本书不是御赐的。"温梨笙道，"这是谢家所藏之书，是那日我从世子手中求来的，你偷的上一本才是御赐的书。"

周夫子满脸惊愕之色，原本以为这只是很简单的偷窃之事，这事可大可小，毕竟庄莺偷的是一本书。但他没想到庄莺是第二次偷，先前那次偷的还是御赐之书，那此事便一下子严重好几个档次了。

周夫子转过头看了一眼还站在门口，神色平淡的谢潇南，继而对庄莺怒道："还不将事情原原本本地说出来？！"

庄莺知道温梨笙没有证据，于是打死不承认，道："我没有！我真的只是想把这本书拿去看看，她说的上一本书，我根本不知道！"

温梨笙道："不问自取即为偷，你现在是承认你想偷世子的书了？"

庄莺方才已认，没办法再改口，只得红着眼睛流着泪向谢潇南认错：“世子爷，我错了，你宽宏大量，能不能别怪罪我？我只是想看看这本书。”

谢潇南双眸如墨，表情冷漠。

庄莺这才想起，这本就是谢潇南一直以来的模样，只是这些日子温梨笙经常与他说话、嬉闹，让她以为世子褪去了冷漠的外衣。

她明白了，自己向他求情是没用的。

庄莺落下两行泪，对周夫子道：“夫子，您一定要相信我，我真的不是想偷东西。您看在我是初犯的分儿上，就放过我这次吧，再也不会有下次了。”

“你是初犯吗？”温梨笙抢在周夫子前面开口，讥讽道，“我知道那本《松说》还在你手中，现在给你两个选择：一是把书还回来，这次的事便一笔勾销，我不会追究你偷书之事；二是你继续嘴硬，不承认偷了那本书。但若是你选择第二种，那我只能拜托我爹来处理这件事了。”

温梨笙冷冷地看了庄莺一眼，继续道：“到时候郡城里的人都会知道你行偷盗之事，你不仅要从书院里退学，还会害得你们庄家人颜面尽失，你可要想清楚利弊。”

“你！”庄莺咬牙切齿地瞪着她，眼睛里浮上些许怨毒之色，“你为何非要这般咄咄逼人？”

“是你品行不端、心生歹念在先。沂关郡的人都知道我温梨笙不是什么好惹的人，你偏偏要往刀子上撞，那便不能怪我。”温梨笙道，“交书还是名声尽失，你选一个。”

周夫子看了看温梨笙，叹了一口气，对庄莺道：“若那本书真的在你手中，你还是快些把书还回来吧。这件事若是往大了闹，你爹的官位只怕都保不住啊。”

这件事往小了说就是她偷温梨笙的书，往大了说就是她偷世子的书。

以世子与温梨笙的关系来看，此事如何处理全凭温梨笙做主。

庄莺哭得满脸泪水，在心中纠结了半天，最后只得选择了前者，道：“那书现在在我家中的书房里，我回去取了还给你。”

温梨笙满意地点点头，说道：“尽快给我。”

庄莺以袖掩面，只觉得面皮烧得厉害。她自打出生起，就没经历过这样难堪的事，大步跑出了学堂，哭喊的声音逐渐远去。

周夫子又叹了一口气，道：“郡丞家中的嫡女竟被教养成了这副模样。”

温梨笙将地上的东西一一捡起后放到桌上，而后对他道：“周夫子，这件事，我回去后会告诉我爹。届时，书院院长定会找你核实此事，还望周夫子能如实相告。”

周夫子一愣，问：“你方才不是说，若她交还那本书，你便不追究此事吗？”

温梨笙嘴角一翘，没忍住笑了。她说话不算数也不是头一回了，不知道骗了多少人，她自然不会真的大度到既往不咎。

“正所谓江山易改，禀性难移，她心术不正，蓄意挑拨我和世子的关系，我怎么会如此轻易地揭过？凡所为错事，必承其后罚，这是我爹自小教我的道理。”

周夫子便道：“你放心吧，此等品行不端之人，即便院长不问，我也打算主动报与院长知晓。”

“多谢周夫子。”温梨笙把东西装进小书箱里，转过头对谢潇南道：“世子辛苦了，也多谢你愿意帮我这个忙。”

谢潇南道：“你若真想谢我，每次多抄两篇文章就好。”

“谢你是真心的，但抄文章还是算了。”温梨笙嬉皮笑脸地道，“我可以请你到温府吃饭，管饱。”

谢潇南嗤笑，道：“那真是多谢了，我在谢府确实每顿饭都吃不饱。”

说着，他朝周夫子微微颔首，一改玩味的神色，稍显正经地道：“耽误了夫子不少时间，夫子快些回家用饭吧，谢礼稍后会送到夫子家中。”

周夫子忙回以大礼，随后在谢潇南与温梨笙离去之后将学堂的前后门关上。

温梨笙下午就收到了她几日前丢失的《松说》，同时，庄莺没出现在学堂中。

次日便传来了庄莺从千山书院退学的消息。温梨笙只将此事告诉了温浦长，如何解决是他们大人之间商量的事，温浦长到底还是给庄家人留了脸面，只称庄莺身体不适，抱病在床，无法再来上学。

温梨笙下午放课回去之后，家中没有准备晚饭，厨房说这是温浦长特意吩咐的。

等到傍晚，温浦长回来之后便第一时间来找她，道：“走，庄家人给你赔礼道歉来了。”

“啊？”温梨笙是真没想到这件事，本来庄莺退了学也算是得到惩罚了，却不承想还有赔礼道歉这一环节。

温浦长道：“那坏丫头的心思歪得很，我早就看出来了。她这次想陷害你，虽说没能成功，但你也不能白白叫人欺负。”

说着，他大手一挥，又道：“跟我走！”

他那样子神气得不得了。

温梨笙整理了一下自己的衣裙，轻咳两声，挺直腰板，将双手负在身后，应声道：“走！”

温家的马车停在一座较为偏僻的酒楼外，酒楼靠着一座存在于沂关郡很多年的拱形石桥，下面是环城河。酒楼附近都是富贵人家的居住之所，所以路上的闲人并不多，入夜之后，街上连摊贩都没有。

温浦长领着温梨笙进了酒楼，被下人引上三楼的一间雅间。他们一进门就看到对着门的上座上坐着身着墨色衣袍的谢潇南。

温梨笙诧异于他竟然也在，不过转念一想，这也在情理之中。说到底，庄莺偷的是谢潇南的书，再者，庄家人给他们姓温的赔礼道歉，说出去很丢面子，但要是给世子赔礼道歉的话，那可就大不一样了。

温梨笙小声对温浦长道："爹，你这爱迟到的毛病惹出事了吧？这回还让世子等着咱们。"

温浦长轻轻"啧"了一声，示意她闭嘴，然后露出笑容，抬腿走进去，边笑边行礼道："下官见过世子。等很久了吧？"

谢潇南站起身，道："温郡守多礼了，我也是才到此处。"

温浦长边往雅间里走边道："我回去接我闺女，这才来得晚了，莫怪莫怪。"

温梨笙想：行吧，反正在这种场合，小孩儿就是给大人担责任的。

庄莺坐在她爹庄毅的旁边，看见温梨笙的那一瞬间便满眼恨意，眼眶瞬间就红了。她怕情绪泄露，又匆忙低下头。

温梨笙佯装没看见庄莺眼中的恨，笑嘻嘻地走过去，很没规矩地在谢潇南的右手边坐下，道："世子，环城河这一带的风景还不错，吃完之后，我带你去看看呀。"

她刚说完，头就被温浦长敲了一下。随后，温浦长道："这是我的位置，上一边去。"

温梨笙梗着脖子撒娇："爹，我想跟世子坐在一起，我们年轻人之间更有话聊。"

这话往温浦长的心口扎了一刀，他险些吐血，道："你给我起来。"

温梨笙只好起身，往旁边挪了一个位置，庄毅便道："温家人向来如此无拘无束？"

庄毅长着一张方脸，眉毛粗粗的，看上去很是凶狠，这话虽说像玩笑话，实际上却在暗讽温家人没规矩。

温浦长双眼微眯，笑着说："我这闺女行事散漫惯了，我平日里不怎么管她，只叫她不准偷鸡摸狗，心生歹念，只求品行端正就好。"

这话一出，庄毅父女俩的脸同时一黑，偏偏庄毅还要硬着头皮接道："确实如此。"

温浦长反客为主，对大家道："既然人都来了，那就开始上菜吧。"

他唤来小二，吩咐上菜。不多时，菜就被一道一道地摆上桌，很快摆满了桌子，等所有小二退去，关上门之后，房中静了下来。

按照规矩，谁的地位最高，谁就先动第一筷，即便庄毅和温浦长的年龄比谢潇南的大上许多，他们还是要等着谢潇南先动筷子。

谢潇南似乎不太想应付这种饭局，动筷子的时候问道："不知郡丞请我来此处是为了何事？”

庄毅露出笑容，先给谢潇南斟酒，并没有回答这个问题，只道：“这荔枝酒是我岳丈亲手所制，用的传了几代人的秘方，三年才出一坛，世子先尝尝味道如何。”

温浦长适时抬起自己的酒杯，道：“给我也倒一杯尝尝。”

庄毅脸一黑，但也只得给他倒。谁知一杯酒刚倒完，温浦长就一口全喝了，庄毅手中的小酒瓶还未放下，温浦长的手就又伸过去了，温浦长道：“味道确实不错啊！”

庄毅只好又给他倒了一杯酒。

温梨笙见自己也插不上话，便拿起筷子先吃起来。

几人喝了酒，也吃了菜，话匣子才渐渐打开。起先他们说了一些其他的事，等温梨笙差不多吃饱的时候，庄毅才提起在自己旁边坐着的庄莺，道：“我这女儿是正房夫人所出，头上就一个哥哥，打小被宠坏了，夫人不舍得管教她。前两日出了这样一桩事，我知道之后将她狠狠地责罚了一顿，让她在祠堂里跪了两日，写了认错书，今日特地带她来给世子赔罪。”

庄莺被她爹一说就哭了，泪珠大颗大颗地往下掉，低着头，缩着肩，看起来委屈极了。

庄毅佯装严厉地道：“哭什么哭？做了那种事还有脸哭，还不快给世子认错？！”

庄莺身子一抖，站起来，哭哭啼啼地正要开口时，却听谢潇南淡淡地道：“她不该向我赔不是。”

庄毅眼睛一亮，立即说：“世子不怪你，还不快谢恩？”

庄莺觉得她爹会错意了，所以没有开口，果然，下一刻她就听谢潇南道：“她应该向温郡守的千金认错，毕竟她是在温梨笙的桌子上偷的东西。”

庄毅的脸色一变再变，他还没接话，温浦长就道：“是是是，你女儿肯定不知道那书是世子的才去偷。她定然以为那本书就是我闺女的。”

“温郡守言重了，莺儿只是好奇心过盛。”庄毅冷冷地反驳道。

“是好奇心过盛就好，我还以为是这孩子心眼儿坏，品行恶劣呢。”温浦长依旧笑着道。

谢潇南将这一切看在眼里，又看了看正一边吃一边看热闹的温梨笙，眼中也染上了些许笑意。

庄毅自知争辩不过温浦长，索性道：“莺儿，快给温家小姐道歉。”

庄莺咬着下嘴唇，看起来极其屈辱，眼眶里还挂着泪，颤抖着声音道：“温梨笙，对不住，我一时糊涂，不该偷拿你的书，还望你莫跟我计较。”

她说完，庄毅抬手，递上一个盒子，对温浦长道：“这盒子里是一对上好的玉镯，就当是给温小姐的赔礼了。”

温浦长看了看温梨笙。

温梨笙也不是喜欢为难别人的人，庄莺既然已向她赔礼道歉，也已被书院退学，那此事也可了结了。她便点头道：“下不为例。”

温浦长抬手收下了盒子，笑道：“孩子之间的小打小闹罢了，郡丞莫在意，也别过多苛责孩子。”

庄毅笑得勉强，道：“那是自然。”

说罢，温浦长举着空酒杯道：“都在酒里了，都在酒里。”

庄毅只得心痛地又给他斟酒。

接下来大人们说的内容又显得无趣多了。温梨笙吃饱之后坐不住，左看看右看看，瞥见窗外的石桥上挂着一只只灯笼，从高处看去还挺漂亮，她便跟温浦长说想去周围转转。

温浦长准了，她便自己从房中退了出去。

鱼桂还没吃晚饭，温梨笙先去周围找了一家面馆，给鱼桂点了一碗面，等鱼桂吃完之后，两个人便沿着拱形石桥往上走。

天黑得彻底，这个时辰，别的街上还是很热闹的，这里却基本上没人。由于这附近住的都是郡城里的富贵人家，所以这条街上每隔一段距离便有两个侍卫守着，隔一段时间就会有差役来回巡逻，保证治安。

桥上无人，风一吹，环城河两边的大树齐齐摇摆，空中都是树叶“沙沙”的声音。温梨笙走在前头，鱼桂跟在她身后。

二人停在石拱桥的中心处，温梨笙抬头仰望着满天繁星时，一阵重重的脚步声传来，她一转过头，见来人是庄莺。

“哟，这么巧？”温梨笙心知庄莺是故意找来的。

庄莺哭得眼睛肿得像核桃似的，大步来到温梨笙面前，质问道：“你究竟为何要这样对我？”

温梨笙纳闷儿地道：“不是你先招惹我的吗？谁让你偷我的书？”

庄莺道：“打小你就跟我不对付，凡是我想要的东西，你全都抢去。你不就是仗着你爹那个郡守的官职吗？你爹私底下贪了多少银钱，抢了百姓多少东西，你以为我们都不知道？”

温梨笙想了想，觉得她小题大做，于是争辩道：“我不就抢了你两回东西吗？一回在玉石店里，那块玉是我先看上的，还有一回是华云锦，怎么就叫全抢了？”

平心而论，温梨笙不稀罕跟她抢东西，只不过每回都是因为她嘴贱在先，总忍不住阴阳怪气。

“你爹在京中好好的官不做，非要来沂关郡干什么？！那郡守之位分明是我爹的！他在沂关郡当了二十多年的官，一步步爬到现在的位置，却被你爹轻易地顶替！”庄莺恨恨地道，“天理何在？”

温梨笙有些不耐烦。这话她从小到大听的次数太多了，什么“贪赃枉法的大贪官”“白捡的郡守之位”“德不配位”“道貌岸然”……她听烦了。

“你若是真的想不通，大可去奚京的皇宫里亲自问一问皇帝。”温梨笙道。

庄莺咬牙切齿地道：“温家人就是沂关郡里吸血的蚂蟥，害人的蛆虫！”

温梨笙恼了，凶狠地道：“你再骂？”

庄莺被气得理智尽失，破口大骂：“温家祖上几代都没出过你们这种丧尽天良的东西，你们坑蒙拐骗，虚伪至极，我看你们死后如何面对温家的列祖列宗！”

温梨笙一蹦三尺高，揪着她的头发拉扯，道：“你要是真的那么想知道，我就送你去亲自问问他们！”

说着，两个人厮打起来，庄莺的婢女也上前帮忙，鱼桂怕出手把庄莺打成重伤，只好拉架。

谁知两个人越战越勇，借着鱼桂用力拉开两个人的力道，庄莺使劲推了温梨笙一把。石拱桥的桥栏本就是一段一段的，中间有空隙，温梨笙被这样一推，直接从两段栏杆中间的空隙掉了下去。

她在掉下去的时候还在大声喊：“鱼桂，揍她！”

“扑通”一声，温梨笙砸进了水里。如今虽说是夏日，可这河水到了晚上依旧冰冷刺骨，寒意在一瞬间侵入她的四肢百骸，把她的每一根发丝都浸透了。

要命的是，温梨笙完完全全就是一只旱鸭子。她幼年时曾落过水，对奔涌着蹿进鼻子、眼里的水有一种巨大的恐惧。

落水的一瞬间，她就喝了一口水。

“小姐！”鱼桂吓得魂飞魄散，连忙解下外衣，想先救人，却没想到又听到一个入水声，一转过头，就见一直跟在世子身后的乔陵站在不远处，手臂上挂着一件墨色的衣袍。

温梨笙惊恐地挥舞四肢，冰冷的河水涌进她的口鼻，黑暗与窒息感将她紧紧包围，那种无力感和恐惧感将她牢牢锁住。

慌乱间，有人将她拦腰抱住，那人温热的身躯贴上来。

温梨笙仿佛抓住了救命稻草，手指下意识地抓住那人脖子上挂着的东西，那手似是一块玉。她又极快地松手，手臂飞快地攀上那人的身体，循着手臂往上，搂住了他的脖子。

她入水的时候岔气了，现在胸腔里一口气都没有，下意识地想起在话本上看到的主人公以口渡气的情节。她本能地向来人靠近，两手捧住他的侧脸，将嘴贴了过去。

谢潇南本想抓到了人后，先将她托出水面的，但刚摸到她人，她就像柔软的水草一样整个人缠了上来。她先用手臂搂住了他的脖子，还不等他有所反应，柔软的唇就凑了过来。

温梨笙的唇先落在他的鼻尖，然后迅速向下，找到了他唇瓣的位置，张嘴含住他的唇之后，想从他的口中汲取空气，动作很是急切，利齿不知轻重地咬上他柔软的唇，舌尖戳到了两排牙齿。

那两排牙齿合得紧，温梨笙迫切地需要空气，捧着他下颌骨的两条胳膊一收，身体又与他贴近了许多。她用舌尖一顶，那两排牙齿就开了。

温梨笙贪婪地吸收着空气，探进去的舌尖懵懂而又遵从本能，触及另一个柔软的东西，勾勾缠缠，卷着荔枝味的香甜气息，吸进了她那疼痛得快要爆炸的肺中。

谢潇南惊得险些乱了分寸，感受到那个小东西在他的嘴里游走，将他口中的气一点儿一点儿吸走，他只得先托着她往河面游去。

幸好温梨笙虽然落水的位置高，但沉得不深，片刻的工夫，她就被托到了水面。

温梨笙接触到空气，立即松开了他的唇，转过头大口地喘息着，双手紧紧地搂着谢潇南的脖子，浑身半点儿力气都没有，没骨头般靠在他的怀中，头枕在他的胸口处，一边咳一边急切地道："世子爷……咯咯咯，你千万别丢下我……"

谢潇南神色凝重，抿了一下冒着血珠的唇，道："那你抓紧我。"

温梨笙听闻此语，又收了收力道，往他身上攀，将脸贴在他的颈窝处。

谢潇南的声音从她的头顶传来："你这样我游不动。"

温梨笙害怕地道："别动，千万别动，让他们来救我们，不然我们会被淹死的！"

"淹不死，我会游上岸。"谢潇南的双手架在她的腋下，他想将她稍微托开些距离，却不承想，她搂在自己脖子上的双手就是不松，他稍微一动她就尖叫。

"别丢下我！我会被淹死的！"温梨笙朝他贴近。

谢潇南见她瞪着大眼睛，满脸恐惧，显然受到了极大的惊吓，于是用手将她脸上的碎发拂到一旁，指腹抚过她蹙起的眉毛、滴着水珠的睫毛，最后停在那张方才不停作乱的小嘴旁，湿漉漉的白净的脸蛋儿上。

冰冷的水从谢潇南的侧脸、脖颈儿滑落，滴在温梨笙的手臂上。比起她冰冻的身体，谢潇南身上的温度是滚烫的。

"没事了，温梨笙，"谢潇南对她说，"我来救你了。"

下册

青岛出版集团 | 青岛出版社

第六章　与晏苏

谢潇南语气平静而坚定，仿佛蕴含着极大的力量，让处在惊慌情绪里的温梨笙慢慢地安静下来。

她感觉到谢潇南结实有力的手臂扶在自己的腰上，在这冰冷的河水中，他们肌肤相贴，谢潇南身上的热意源源不断地传来，让她的心脏持续加速跳动，撞击着胸口。

她眨了眨眼，终于在清醒的状态下明白自己得救了。她被抬在水面上，不会再往下沉了。

她松开了圈着谢潇南的脖子的手臂，改为抓着他的臂膀，将谢潇南的面容印在自己的眼中。

他脸上还在往下滴水，已被打湿的发丝柔顺地贴在侧脸上，衬出俊俏的轮廓，唇上的一抹殷红成了白玉般的面容上的点缀，显得十分美丽。

方才在水下，温梨笙濒临窒息时，求生欲太过强烈导致她动作很急。她的牙齿在他的唇上咬得不轻，他唇上血色被抿开之后，仍有血珠往外冒。

温梨笙抬头看着他。如此近的距离，他那温和的表情显得这张平时看起来冷淡的俊脸极为蛊惑人心，她似在无意之中受了蛊惑一般，抬起冰冷的手指，在他的唇上抹了一下，脱口而出：“对不住，我把你咬伤了。”

她这话一出口，两个人同时想到方才在水下的一幕。她紧紧地攀着谢潇南这根救命稻草，完全没注意这样的行为太过出格，唇上似乎还残留着谢潇南的嘴唇的柔软触感，还有他口中的那股荔枝酒的味道。

温梨笙大脑迅速充血，整张脸飞快地染上绯色，白净的耳根与脖子也不例外。她感觉到自己的心脏跳得越来越快，甚至将那浸泡在河水里的刺骨的寒冷都驱散了不少。

真是要命。

温梨笙心想：这也太离谱儿了，我竟然强行亲了谢潇南，还把他的嘴巴咬得血流不止。

她不敢看他了，匆忙地把视线移开，但不敢远离他，手臂还是紧紧地攀着谢潇南的臂膀。

她觉得自己现在太不正常了，尤其是心脏跳得太快了。这让她舌尖发麻，无所适从。

谢潇南低着头，将她的神情看在眼中，目光掠过她红透了的耳朵和脸颊。他什么也没说，先带着她往岸边游去。

温梨笙现在乖巧得很，再也不像方才那样缠着他。

乔陵和鱼桂焦急地在岸上等着，见两个人往岸边来，鱼桂率先蹲在岸边伸手，着急地道："小姐，快抓住我的手！"

谢潇南掐着温梨笙的腰，一下就将她举出了水面。温梨笙也趁机伸长手臂抓住鱼桂的手，被下面的人一拖、上面的人一拽，轻松地上了岸。

她毫无形象地坐在地上，猛烈地咳嗽起来，想起方才落水后还喝了两大口河水，又忍不住干呕起来。微风一吹，她被冻得瑟瑟发抖，抱着双臂缩成一团。

谢潇南上了岸，从乔陵的手中拿过自己方才脱下的墨色外衣，然后扔在了温梨笙的头上。外衣十分宽大，一下就将她整个人罩住了。

鱼桂也赶忙动手，将那外衣给她披好，低声说："方才奴婢要下去救你的时候，世子爷已经跳下水了。"

温梨笙把谢潇南的外衣裹在身上，身体仍然被寒冷侵蚀，轻轻地抖着抬头看向谢潇南。他正蹙着眉拧衣袖上的水，颀长的身体立在月光之下，侧脸被月光照耀着。

他将两只袖子里的水拧出来之后，用手背擦了一下嘴唇，将唇上的血珠抹出长长的痕迹。

方才两个人脱水而出的一刹那，温梨笙挂在谢潇南的身上，与他唇瓣相贴，这个场景，鱼桂和乔陵都看得很清楚。这会儿看到谢潇南擦着唇上的血，鱼桂和乔陵都没有说话。

温梨笙吸了吸鼻子，问鱼桂："那挨千刀的呢？"

鱼桂道："方才小姐让我揍她，我将她打了一顿，她逃跑了。"

温梨笙道："太好了，打得重还是轻啊？"

鱼桂比画了一下，回答道："她被打得鼻子血流不止。"

她也不敢下手太重，若是真把庄莺打得半死不活，那温家跟庄家的事还不太好处理。

温梨笙打了两个喷嚏，咬牙切齿地道："活该，让她推我下水，若是日后在街上碰到她，我见她一次揍她一次！"

谢潇南转过头看了温梨笙一眼，见她裹着他的外衣瑟瑟发抖，说道："快些回去，免得染了风寒。"

温梨笙也从地上站起来，衣裳仍在往下滴水，风一个劲儿地往墨色的衣袍里钻。她打着哆嗦对谢潇南行礼道："多谢世子舍命相救，日后若是有回报恩情的机会，我定义不容辞。"

谢潇南见她将他的衣袍穿在身上后，长长的衣摆几乎拖到地上，让她看起来有些娇弱，他的神色也有些许缓和，道："无事。"

温梨笙走了两步，又突然停下，转过头看向谢潇南，欲言又止。

"说。"谢潇南看出了她的犹豫。

温梨笙便指了指自己的嘴，道："唇上的血没擦干净。"

谢潇南闻言，又用手背擦了擦自己的唇。

温梨笙又觉得耳根一热，这才转过头，快步离开了。

她浑身湿透，不宜在外面久留，便没回酒楼中，而是径直坐着温家的马车回去。

路上，鱼桂突然叹了一口气，说道："幸亏是世子爷下去救的小姐。"

温梨笙原本正看着窗外的景色出神，听到这句话后回过神来，知道她这话是什么意思。

鱼桂其实并不会游泳，若是方才真的跳下河来救她，极大的可能是两个人一同在水中挣扎。谢潇南的身后还有乔陵，若是他让乔陵下水救人的话，在水中发生那件事，必定会非常棘手。

虽说温梨笙平日里并不怎么注重自己的名声，但一个姑娘家，在这种情况下与一名男子肌肤相贴，又唇舌相缠，此事若传出去，那温梨笙基本上在沂关郡里就找不到夫家了。

没人会愿意娶她，哪怕她是郡守的女儿。

而让温梨笙嫁给谢潇南的随从，那也是不太可能发生的一件事。毕竟温浦长当年也是名动京城的状元郎，是正儿八经的朝廷命官，他唯一的女儿怎么能嫁给一个随从呢？

温梨笙知道鱼桂在想什么。

当时的她睁不开眼睛，却在第一时间抓住了谢潇南的脖颈儿上挂着的玉。她在摸到玉的一刹那，脑子里只有谢潇南，想不到第二个人。

所以她迫切地从他的嘴里汲取空气，这虽然是本能的求生行为，但其实也是她想做的。

救她的人若是换成别人，只怕她做不出这样的事。

只是她自己也不太确定究竟是不是这样的，所以温梨笙没将这些话说出来。

“小姐接下来有何打算？”鱼桂问。

“什么打算？”温梨笙疑惑地道。

“小姐既然已与世子这般，何不让老爷与世子议亲？若是今日的事传出去，只怕对小姐的名声有极大的影响。”

温梨笙被她的话吓了一跳，眼神变得古怪，道：“你想什么呢？！首先，世子当时是为了救我，在水里发生的一切是我当时太过惊慌才造成的。其次，世子是谢家嫡脉的独苗苗。他这种出身的人，怎么可能娶我这个小小郡守之女？话本子里，那些大家族的子弟，都是要娶门当户对的女子的。我难不成真的去给谢潇南当妾？我才不愿意呢。”

鱼桂也就是随口一说，听了温梨笙说的这些话，也赞同地点点头，道：“我觉得也是，世子定然是要娶奚京的世家小姐的。”

温梨笙方才说的话其实也有这层意思，但是她在听鱼桂说了后又十分不爽，“啧”了一声，道：“什么意思？你家小姐我就这么比不上别人啊？”

鱼桂急忙说道：“自然不是，咱家小姐乃沂关郡独一无二的女子，自然配得上最优秀、最俊俏的公子。”

温梨笙这才满意地点点头，道：“就是。”

她梦里没能嫁出去，肯定是因为沂关郡里没有人配得上她。

温梨笙如此想着。

鱼桂看着她的神情，有一句话憋在心里没说。

她觉得整个沂关郡里最优秀、最俊俏的公子就是世子。

主仆二人心思各异，回了温府之后，鱼桂就连忙张罗着人给温梨笙备热水，又让人煮些姜汤驱寒。虽说这时候天气还有些炎热，但温梨笙在夜风里掉进河中，还是极其容易生病的。

温梨笙泡进热水中后，整个身体开始恢复温度，冻得有些僵硬的手指也有了知觉。她把自己从头到脚洗得干干净净，回房后又喝了一碗姜汤，然后钻到被窝里睡觉。

温浦长喝了酒从酒楼回来之后，才听说温梨笙被推下河的事。当时谢潇南救上人之后就直接走了，而被打得鼻血横流的庄莺自知惹了事，也不敢再回酒楼，便直接回家了，就剩不知情的温浦长和庄毅在酒楼中吃喝。

为了将庄毅的一坛荔枝酒喝完，温浦长铆足了劲儿地跟他瞎聊。途中，庄毅几次想告辞，皆被温浦长厚着脸皮留了下来，他将庄毅的一坛酒喝了个精光。

结果他回到家之后才知道温梨笙被推到河里了。

他二话不说就朝着后院去，急着问温梨笙有没有事。他到了温梨笙的房间门口，见鱼桂在外面守着，便招手将她唤来，问道："今晚怎么回事？小姐好端端的，怎么掉进水里了？"

鱼桂便将今晚发生的事一五一十地说了，温浦长听后，气得脸都红了，在原地转了三圈，负着手道："庄家那个孩子，心思也太歹毒了！小小年纪竟能做出这样的事，我非要找他们算账去！"

但今日已晚，已不适合再去找庄家人。温浦长憋了一肚子火，打算明日一早就去庄家。

鱼桂在边上站了一会儿，思来想去，还是将今晚谢潇南在水中救了温梨笙的事告诉了温浦长，顺便说了两个人出水的时候相拥而吻的事。

温浦长一听便愣住了，缓了好半晌之后才摸了摸头顶，为难地道："哎呀，谢家咱们可高攀不起啊。"

鱼桂诚实地点头。

温浦长又道："我想想办法吧，此事莫再跟笙儿提。留意她平时的行为，若有奇怪之处，立即告诉我。"

鱼桂点头应了一声才行礼送别温浦长，自己又回温梨笙的房间外守着了。

温梨笙果然生病了，浑身湿透地吹了太久的风，就算回来之后泡了热水澡，喝了姜汤，还是在后半夜发了高热。

温浦长就怕她染上风寒，特地派人轮换着守在她的房间外。婢女后半夜进去探她的体温的时候，就察觉到了不正常。

温浦长当时喝了酒，睡得正香。他在被下人唤起说小姐发了高热时，立即从床榻上爬起来。这一晚，温家灯火通明，温浦长派人给温梨笙找医师治病。

鱼桂也被惊醒，守在她的床边，不断地用水给她擦额头。

温梨笙醒了一回，见温浦长着急地站在她的床榻前，便问道："爹，你进我的闺房干吗？"

温浦长都被她气笑了，说道："我来看看是哪个笨蛋半夜发高热。"

温梨笙的身体烫得厉害，呼出的气息都是滚烫的。她正难受着，却还要跟温浦长斗嘴："是哪个笨蛋半夜不睡觉，站在别人的床头？"

说完，她又闭上眼睛，看起来十分疲惫。

医师给她扎了针，又开了药方，让鱼桂拿药去煮。药煮了很久，直到天快亮的时候，鱼桂才将药煮好，端给温梨笙喝又费了很长时间。

药太苦了，温梨笙闹了许久，不愿意喝，最后还是拌着蜜浆才勉强喝下去的。

等她喝了药又睡去了，温浦长才放下心来，顶着一双熬红了的眼睛回到自己的房中休息去了。他躺了没多久，天就亮了，又起身赶去官署。临走前，他吩咐下人不用喊她去上课，等她醒了之后准备好吃食就行。

温梨笙睡了许久，恍惚记得后半夜很闹腾，很多人在她的耳边说话，还往她的身上扎针。她又被强迫着喝了一碗非常难喝的药，然后声音才慢慢散去。随后她进入梦乡。

梦中，她仿佛看到了当初沈嘉清背着剑向她辞别的场景。

那时候，整个大梁已经陷入了混乱，江湖上有很多不知道从什么地方冒出来的阴邪教派。那些阴邪教派中的人专门将妇女、幼童钉在棺材里，然后摆在阵法上，美其名曰“献祭给罗天仙姬，以换取凡人不能得之神法”。

当时她只是听说，后来有人在沂关郡的城外挖到了这种棺材，一打开，里面就是窒息而死的幼童。这事在沂关郡引起了极大的轰动，温浦长立即下令彻查。但沂关郡江湖门派众多，向来鱼龙混杂，查了半年都没有任何头绪。

后来又有人在郡城外挖到了棺材和那个诡异的阵法，一共有七口棺材。此事顿时导致郡城大乱，甚至有人举家逃离。

而后沈嘉清在一个清晨向温梨笙辞别。他向来不是什么正义凛然之人，平日里最喜欢做一些琐碎之事，跟着温梨笙得过且过，那日却突然说自己要出远门了。

温梨笙问他做什么。

沈嘉清说他要去匡扶正义，斩妖除魔。

温梨笙是不信的，还以为他在说笑，没想到他前所未有地正经。与温梨笙道别之后，他就真的离开了沂关郡，此后三年杳无音信。

沈嘉清后来去了什么地方做了什么事，遇到了什么危险，是不是还活着……温梨笙一概不知。

梦中，温梨笙看着沈嘉清坚定的面容，很想问他：“你后来去了哪里？为何再也没有回过沂关郡？你知道谢潇南造反成功，篡位登基了吗？”

只是梦终究是梦，她没有问出口，还是像曾经一样，看着他转身离去，消失不见。

温梨笙从梦中醒来，高热退去后的疲惫感让她看起来有些虚弱。她还沉浸在方才的梦中，久久缓不过神来。

她发现了，每回只要梦到关于梦里的事，都真实得好像又发生了一遍似的。所有的场景、细节……她看得清清楚楚。

温梨笙长长地叹了一口气，鱼桂听见了声音，掀开床边的纱帐，问她："小姐，你醒了？可要吃些东西？"

说着，她就用手背来探温梨笙的额头。感知到温梨笙温度恢复正常，她便松了一口气。

温梨笙没什么胃口，只道："我渴了，给我弄些水来喝。"

鱼桂倒了杯温水递给她，扶她坐起来喝。一杯水下肚，她舔了舔干燥的唇，这才精神了些。

她一觉睡到接近中午，又在床上躺了一会儿才起身穿衣，让鱼桂备了些吃的给她。

虽说生病的感觉不太好，但是一想到不用去千山书院了，温梨笙便觉得十分高兴，病恹恹的模样也压不住她眼角的喜色。吃饱喝足之后，她便想动身去找沈嘉清。

鱼桂却将她拦住了，说温浦长特地吩咐过不准她乱跑。温浦长要她在屋中好好养病，若是病好了，就去书院里上课。

温梨笙为了不去上课，只得又回了房间中，呆坐片刻后，让人叫来了蓝沅。

蓝沅这几日都悠闲地待在温府里，知道外面有要追杀她的人。那些都是厉害角色，她根本打不过，为了不被杀掉，只得躲起来。

她来到温梨笙面前，知道昨日半夜温梨笙生病了，快天亮时才休息，便关切地问道："你昨日没事吧？我听闻你被人推到了河里，是不是谁欺负你了？"

温梨笙握着小拳头，生气地道："是一个非常坏的女人把我推下去的，等我病好了便要去找她算账，你跟我一起！"

蓝沅点头，回应道："好，我帮你打她。"

温梨笙忍不住笑了笑，而后将她引到桌前坐下，拿出了笔墨，道："来，今日正好闲着无事，我教你写字。"

蓝沅是个实打实的文盲，她的师父只教她功夫，没教过她读书写字。人不识字的话，在外面是要吃大亏的，为了让她行走江湖时更加便利，温梨笙主动担任"小夫子"这一职务。

蓝沅是那种很老实的孩子，温梨笙提出教她识字，她便学。

温梨笙从最简单的字教起，教一些笔画简单好认，提起笔也容易写的字，让蓝沅反复地读和练习。

见蓝沅学得认真，温梨笙也有了一种成就感。一晃几个时辰过去了，两个人也都坐累了，便站起来在院中走动。

温梨笙突然想起了蓝沅的事。

“你下山之后，乘船时遭遇恶匪之后救下的那个女人，后来她咽气时，你拿走了她的包裹，那包裹现在还在你手中吗？”她依稀记得这件事，于是问道。

蓝沅点头，道：“我本想找到她的家人，将包裹转交给他们，但是进郡城好几日了都没能打听到她的消息。”

“郡城这么大，你要找一个人，自然是非常难的。她有没有什么明显的体貌特征？”温梨笙又问。

“那女人跟我们长得不太一样，皮肤很黑，眉骨也高，鼻子又挺又翘，且身量也高，看着不像沂关郡的人。但我问她要去哪里，她说去郡城里寻亲人。”蓝沅说。

温梨笙听她的描述，几乎一下子就想到了萨溪草原上的那些人。萨溪草原上的有些女人就如她描述的一样，皮肤黝黑而身量高大，眼窝深，眉骨高。

温梨笙道：“我想看看那个包裹。”

蓝沅欣然点头，说道：“我之前想从里面找找有没有什么代表身份的东西，结果翻了个遍只发现了一块令牌和一封书信。我拿着令牌询问过很多人，他们都没见过。”

温梨笙跟着她来到房中，看她取出包裹后打开，里面是一些衣服，还有一些碎银，余下的就是蓝沅所说的令牌和书信。

那块令牌像由铜铁所制，入手颇沉，上面雕刻着展翅的飞鹰。那鹰的爪子和喙都极其锋利，下面刻着字，但温梨笙细细一看，发现这字她不认识。

温梨笙皱起眉头端详片刻，而后拿起信，二话不说就拆开了。她拿出里面的信纸，只见信纸上全是她不认识的字，洋洋洒洒的，有些乱，末尾的落款处还盖着一个红红的印章。

“那女人恐怕不是来沂关郡寻亲人的。”温梨笙神色凝重地道。

蓝沅露出惊讶的神色，问：“信上写了什么？”

温梨笙道：“我看不懂。”

蓝沅没说话。

“这上面并非我们这里的文字，”温梨笙说道，“我觉得那女人可能是哪个江湖帮派中的人，来沂关郡送信是她的任务。不过，她在途中遇到恶匪，不幸丧命，这信与令牌应该是机密物件。所以这信与令牌落入你的手中之后，他们便开始追杀你。”

蓝沅之前并没有想到会是这样，惊讶地道：“我还以为他们与那些恶匪是一伙的呢。”

温梨笙道：“现在东西在你手里，除非他们将你杀了，否则不会结束对你的追杀。”

“那我把这东西还给他们如何？”

温梨笙道："没有用，你先将东西收好，待我请教一下高人，看怎么处理这事。"

温梨笙打算先去问问沈嘉清的爹，毕竟，江湖上的事，沈雪檀是比较熟悉的。

她在家里休息了一日，温浦长晚上回来的时候告诉她，庄毅昨夜将庄莺送出了城，不知道送往何地了。许是怕温浦长又带着女儿上门找事，所以庄毅提前防备了一手。

不过，温浦长硬是讹了他两坛荔枝酒才罢休。

温梨笙得到消息的时候正在往嘴里塞虾饺，气得把桌子拍得"砰砰"响，怒道："算她溜得快！"

千山书院的人开始休沐，温梨笙也不用去上课了。一转眼就到了八月份，声势浩大的武赏会终于拉开了序幕。

沂关郡南边的大峡谷上有沈雪檀几十年前就在那里建造的山庄。那山庄占地面积极为宽广，里面有一大片竹林，还有梨树和各种奇花异草，房屋超过一百间，十分气派。后来沈雪檀搬到郡城内居住，这山庄就闲置下来了。

半年前，山庄的周边就开始建造擂台。那地方的场地非常大，且风景秀美，众人不管是在那里游玩还是比武，都十分合适。

武赏会一开始，本来住在郡城里的江湖散客纷纷赶往大峡谷上的山庄。沈雪檀招待人是看身份的，但凡有些名号和实力的，都能进山庄住，但若是无名小卒，则会被拒之门外。

当然，这些都是要收钱的。

温梨笙自武赏会开始之后，便不再去千山书院里上课，一连好些日子没看到谢潇南了。她偶尔想起来，脑中也不断闪过当日在河中与他唇舌勾缠的场面，一时间心跳加快，面皮发烫，既尴尬，又觉得有些害羞。

八月上旬，她的混世小队的成员传来了消息，先前她吩咐他们去城中搜寻关于胡家二房的孩子的消息，这半个月时间，他们兢兢业业、勤勤恳恳，将收集来的消息汇聚成册子，给了温梨笙。

胡家二房有兄弟四个，其中老三是嫡子，三老爷膝下足足有八个孩子，四个是正房所出。

符合温梨笙所说的，嫡出、得宠的有老四胡山俊、老五胡芯、老六胡裘春。

其中胡山俊年二十一，已有妻妾，但极为好色，最喜欢去的地方就是郡城中的各大秦楼楚馆。他五天里有三天三夜泡在里面，且平日里行事嚣张，若是在街上看见了美人，都要凑上去摸一把。

胡山俊经常派人将他在街上看上的女子迷晕后劫走。到了夜晚，他的手下便将那些女子送到他的私人宅邸里，随后他便会强行与那些女子发生关系。事后，他再补一把银票并恐吓那些女子，让那些女子不敢报官，借胡家的势力欺压那些女子，若是有人不从，回家后没两日就会被毒死在家中。

胡山俊用这种方法五年内杀了三人，每次有人报案，都因为证据不足和报案人突然撤案而无法调查。

温梨笙看册子的时候就看了一肚子火，一想到这种人竟然能在沂关郡内横行霸道就恨得牙痒痒。

她狠狠地戳了几下册子上的名字，唤道："鱼桂，去查查胡山俊这两日的动向。"

温梨笙从小到大就没吃过什么亏，先前被梅、胡、贺三家人整得那么惨，又是绑架又是追杀的，还被逼到了阮海叶的帮派里，躲到萨溪草原上才回了郡城。这些暗亏她吃了，也记住了。

现在梅家被抄，梅兴安已被定下死期，贺家人似乎与谢潇南达成了某种约定。他们暂且不管，但对险些害她丧命的胡家人，温梨笙是无论如何都不会放过的。

胡家人让她不好过，她也会让胡家人不好过。

鱼桂办事很快，当然，也可能是胡山俊的动向太好查。鱼桂在当日下午就递来了消息，说胡山俊明晚会跟狐朋狗友在"山水居"相见。

"山水居"是郡城中非常出名的烟花之地，里面的花魁是名动郡城的才女。她既弹得一手好琵琶，还有一副好嗓子，有些恩客一掷千金，只为见她一面。

温梨笙虽然平时爱玩，但从未去过秦楼楚馆，不过既然是为了整治胡山俊，这次就破例了。

她让鱼桂备了三件衣裙，打算将蓝沅也带上。

"山水居"的装修风格与其他青楼的不同，楼中的风景极为雅致。她们一进门就看到门的两边有假山，涓涓细流从假山上流下，"哗啦啦"的水声十分悦耳。水流声中混杂着男女的调笑声与乐器的响声。

这里是不做女子的生意的，鸨母一见温梨笙带着人进门，便摇着扇子走了过来，对她们道："哟，三位走错地方了吧？"

温梨笙也不喜欢废话，直接从衣袖里拿出银票，对那鸨母道："借一步说话。"

那鸨母看见银票后，眼睛都直了，立马一改态度，将温梨笙她们引上二楼的房间里细谈。茶水一奉上，鸨母就坐下来询问道："不知这位姑娘有何事？"

温梨笙道："今日晚些时候，我爱慕之人会跟朋友一起来此地喝酒。我希望你撤了三个倒酒的侍女，让我们顶替。"

鸨母大约是头一次听到这种要求，愣了一会儿才道："来此地之人，皆是来寻花问柳的……"

“无妨。”温梨笙道，“我爱慕他，不在意这些事，只求能为他斟一杯酒。”

鸨母神色动容，一边朝她放在桌上的银票摸去，一边说道：“姑娘放心好了，我定会将此事安排妥当，你只管说你爱慕的郎君何时来便是。你们若是没有衣裳，我便派人给你们挑。”

“这倒不必，我自己带了，不过麻烦你派两个施粉厉害的姐姐来，给我好好地打扮一下。”温梨笙说道，“银钱我自然不会少你们的。”

“姑娘真是豪爽的人。”鸨母笑着起身，摇着扇子离去，“你且等着。”

鱼桂和蓝沅不知道温梨笙在打什么主意，皆安安静静地盯着她。

温梨笙拿出两个瓷瓶放到桌上，这才向她们交代这次的任务。

“等一下，你们想办法将这个药下到胡山俊的酒里或者菜里，每个人行动一次，若是失败了就立即放弃，不可再试。”

温梨笙能使唤的人并不多，随便找的人，她也信不过。

这次的事又只能抓准胡山俊好色这一点下功夫，这药只要有一颗入了胡山俊的口，便足够他受的。但若是她们下毒的意图被他察觉，这计划必定会前功尽弃，所以若一次不成功，下毒者断不能再试，只能交由下一个人来做。

为了保险起见，温梨笙带来了鱼桂和蓝沅，三人轮番上阵，也不怕任务失败。

若是三人都失败了，那温梨笙就不用想着报复了，直接去城南养猪得了。

鱼桂向来对温梨笙言听计从，她如何指挥，鱼桂就如何做。蓝沅在温家白吃白喝了好些日子，终于能做事了，表示一定全力以赴。

三人换上了准备好的衣裙，这衣裙比寻常的更薄，双肩处覆着轻纱，隐隐约约露出圆润、白皙的肩头，裙子的两边开着衩。她们穿上后，走路的时候会露出光洁的小腿，除此之外，倒是没别的露出来了。

她们换好衣裳之后，鸨母果然派了两个女子来。那两个女子的手上提着盒子，盒子里装着各种胭脂水粉和饰品。

其中一个女子给温梨笙修了眉形，在温梨笙的眼角贴了亮晶晶的饰品，又给温梨笙梳了一个十分精致的发型，最后点上朱唇。她端详了温梨笙片刻，又在温梨笙的双眉之间点上一颗朱砂痣，瞬间给温梨笙添了不少仙气，让温梨笙看上去如同偷偷下凡的神女。

温梨笙见过胡山俊两次。为保险起见，她还戴了用来遮面的墨纱面罩。那面罩架在她的鼻梁上，扣着她的耳朵，只露出一双漂亮的眼睛和眉毛中间的朱砂痣。

甚至为了看起来不突兀，温梨笙对鸨母说，让到时候进去斟酒的女子全蒙上半边脸，准备好一切之后，天色渐渐变暗。

鱼桂的消息准得很，胡山俊在日落之后果然领着一众人来了“山水居”。他是这里的常客，鸨母熟练地将他引到三楼的雅间里，而后喊人上酒。

胡山俊每回来排场都很大，一批人给他斟酒，一批人给他演奏琴乐。他在雅间里闹到半夜三更，享受极了。

确定了他今日穿的是白色的衣裳之后，温梨笙三人混在斟酒女的队伍中，赤着脚进了他所在的雅间。

这些女子的手臂上或者脚腕上都会佩戴带着铃铛的银镯，走路的时候发出清脆的响声。他一进门，琴声就传了过来，屋中燃着某种香料，整间屋子里充斥着香气，男子们的说话声夹杂在其中，气氛很是热闹。

温梨笙进去之后站定，按照胡山俊的规矩，他要亲自挑选女子给自己斟酒。所以她们进去之后，站好等他挑选。

她们刚站好，就听到有人“啧”了一声，问：“怎么今日都遮着面？”

温梨笙悄悄抬眸，往桌边看了一眼，一下就看见坐着的人里有两个穿着白衣裳。

其中一个是她没怎么见过的，但她依稀有些印象。因为胡山俊的眉毛有一截是断的，这是他的标志之一。

另一个身着白色长衫的人竟然是谢潇南！他没什么表情，眼眸垂着，以手支着脑袋，看上去懒洋洋的。

温梨笙一下子蒙了，万万没想到好几日不见的谢潇南会出现在这个地方。

许是察觉了她的目光，谢潇南轻轻抬起眼眸，对上了她的视线。

温梨笙几乎是惊慌地躲避了他的目光，匆忙看向别处，手心瞬间出了一层汗。

“把脸上的东西摘下来，都遮住了，让我们怎么看？”有人不满意地道。

一行斟酒女中，有一个姑娘道：“公子，这是蓉妈想出来的新花样，说遮着面更有神秘感。”

胡山俊倒是觉得这样也不错，确实让他觉得新奇了不少。他露出兴奋的表情，贪婪的目光在一行女子中间看来看去，上下扫视，最后却道：“世子先挑吧。”

这一声“世子”如小锤子一般，在温梨笙的心上敲了一下，不轻不重，却让她的心一下子痒了起来。

谢潇南看了一圈，兴致缺缺地道：“不过如此。”

胡山俊“哈哈”笑道：“看来咱们沂关的庸脂俗粉入不了世子的眼。”

其他人立即附和：“这是自然，奚京要什么样的美人没有？”

“世子的眼界与咱们的就是不同。”

胡山俊道：“既然如此，那我先选吧。选完这批之后，我再让她们换一批过来供世子挑选，总有一人能入世子的眼。”

说罢，他指了一下温梨笙，道：“你来。”

温梨笙见他指了自己，并不意外，稳了稳心神，便动身往前走。她那赤裸的脚踩在木地板上，脚腕上的铃铛不时发出响声。

胡山俊坐在最里面，位于谢潇南的对面，她要去那个位置，就要经过谢潇南身边。不知道为什么，她有些紧张，从谢潇南身边走过时，脚步都下意识地放轻了。

她刚走过谢潇南的身边，就觉得手腕一紧，紧接着一股霸道的力道将她往旁边一拉。温梨笙没站稳，惊呼出口的一瞬间就坐到了谢潇南的腿上，手也本能地撑在他的胸膛上。

继而一只手臂圈住了她的细腰，另一只手臂从她的头上绕过来，隔着面纱捏住她的下巴，使她的头强行一偏。她惊慌失措地对上了谢潇南的眼。

这次再看，她觉得谢潇南的眼神好像没那么平静了，如深不见底的古井一般，难以探测。他的呼吸似乎重了些许，他低下头往前一凑，在她的颈边嗅了嗅。

喷洒在耳根的灼热气息顿时让她觉得局促，她忍不住缩了缩肩膀。

他在闻什么？

她身上的香气吗？

他会不会也像方才她在外面看到的那些男人一样，抱着楼中的姑娘调笑说“你身上好香啊”？

温梨笙正胡思乱想呢，就听谢潇南的声音贴着她的耳朵低低地传来：“劣质的胭脂味道。”

温梨笙：“……”

这胭脂水粉用的全是楼中的姑娘的，实际上，“山水居”的姑娘们也算是被富养的，不管是衣裳还是饰品，都算得上精巧。

也正因为如此，方才那姑娘给温梨笙化妆的时候，温梨笙虽然觉得香味有些浓，但并未觉得这种味道劣质。

温梨笙倒是不知道谢潇南这般挑剔。

温梨笙坐在他的怀中，两个人之间的距离近到她一抬眸就能将谢潇南的睫毛看得一清二楚。他的气息落在她的颈间，如燎原之火，所过之处掀起热浪。

她有些难耐，动了下手臂，想从他身上站起来，不承想谢潇南圈在她腰间的手臂相当紧——她刚动一下他就收紧，将她牢牢地按在腿上。

胡山俊见状，立即大笑起来，对谢潇南道：“世子爷，这些倒酒的女人都是一楼的低等货色，是路边的乞丐给些银子都能睡的，还是莫脏了世子爷的手。”

这话难听，温梨笙转过头朝那边站着的一排倒酒女看了看，见她们仍微笑着，一点儿也不觉得这话侮辱人。

也是，这世间哪里不是等级分明的？即便是在这青楼之中也不例外，有的人接待地位低下、抠抠搜搜的男人，有的人则接待达官贵族。

胡山俊用手指了指屋中的一扇大屏风，说道："那后边坐着的，才是我给世子爷备的姑娘，全部是楼里的顶尖货，身段好得很。"

温梨笙的手搭在谢潇南的肩膀上，她从他的肩膀上侧脸往后看，就见那画着孔雀的大屏风后影影绰绰。那里果然有不少女子，那些女子正在抚琴轻唱。

她正暗暗打量着，突然觉得下巴上的力道一收，头又被转了过来，谢潇南盯着她问："你乱看什么？"

温梨笙把药藏在了小拇指的指甲里，怕因为自己乱动导致那些药都掉落，只得用双手推了推谢潇南的肩膀，用极小的声音对他说："放开我。"

谢潇南却不理会，身子往后一仰就靠在了椅背上，并没有松手，只将下巴一抬，道："倒酒。"

看他这架势，仿佛完全没有把胡山俊的话听进去。虽然谢潇南如此不给胡山俊面子，但是胡山俊还是满脸堆笑地道："世子喜欢就好。"

温梨笙被他按着不能动，只得先拿起酒壶给他倒了一杯酒，然后贴心地端起酒盏送到了他面前，温柔地道："公子请用。"

温梨笙没想到谢潇南目光一动，看了她片刻，而后将头一偏，表示不喝。

她当即想摔酒杯。

她在心中咆哮：你不喝，让我倒酒干什么？！

温梨笙见他偏着头，视线在别处，一时没忍住，带着些许怨气地瞅了他一眼。她没想到他会突然看回来，她的眼神来不及收回，就这样落在了谢潇南的眼中。

谢潇南将她那双带着怨气的眼睛看了又看。

温梨笙目光一飘，不知怎么的就落在了谢潇南的唇上。她发现先前被她咬破了的口子已经愈合了，半点儿痕迹都没留下。他那漂亮的唇抿成一条直线，她看不出他是高兴还是不高兴。

正在她观察的时候，谢潇南撤了手臂上的力道，往她的腰间推了一把，让她重新站好。

温梨笙立在他旁边，一时间不知道该怎么做了。若是方才谢潇南不突然拉她的话，这会儿她早就给胡山俊倒好了酒，下好了药，却没想到突然生变。

胡山俊见她直愣愣地站着，便说道："既然世子青睐你，那你便好生伺候着。"

说着，他又朝那排女子看了看，抬手点了点鱼桂，道："你好像是生面孔，过来让我瞧瞧。"

鱼桂见自家小姐半路被截，知道重任落在了自己身上，便不动声色地朝胡山俊走去，与温梨笙擦肩而过。

剩下的人也开始挑选。实际上，他们十分看不起这些负责斟酒、递筷子的女子。他们将她们当下人使唤，所以胡山俊方才说话才这般难听，但这些女子早已习以为常。

他们挑挑选选之后，蓝沅因为身材干瘦而被嫌弃了，跟着被剩下的三个女子出了屋子。临走前，她还颇为不甘心地望了望温梨笙，大约是为自己没有机会执行任务而感到遗憾。

鱼桂走到胡山俊面前，刚用手拿起酒壶，就见胡山俊眉头一皱。他随即说道：“你这手……怎么这般丑？”

鱼桂的手确实算不得好看，她每日都不懈怠地练功，所以手背被晒得很黑，皮肤皱巴巴的。

似是没想到会遇到这种情况，鱼桂愣了一下，然后将手往袖子里一缩，用纱袖挡住了手背，道：“遮住就好了。”

她飞快地拿起酒壶给胡山俊倒了一杯酒，胡山俊因为方才的事，心情有些烦躁，皱着眉喝了两杯酒。最后他实在忍不住了，说道：“你出去吧，你的手看着太扫兴了。”

鱼桂放下酒壶，低着头快步往外走，走到温梨笙身边的时候轻轻地点了一下头。

胡山俊性子暴躁易怒，仅仅是一件小事，便让他整个人看起来阴郁了不少。雅间里的人平日里都是跟在胡山俊屁股后面的马仔，这会儿见他心情不好，便没再调笑，房中一时间只剩下琴声。

温梨笙跟鱼桂对上视线之后，知道鱼桂已经下了药，便生出了离开的心思。但她若是现在走就显得太突兀了，只得站在谢潇南身边，眼睛也不乱看，落在了谢潇南搭在桌边的手上。她发现谢潇南的右手拇指上戴了一个精致的墨玉扳指。

她之前没在谢潇南的手上看到过任何东西，这突然出现的扳指，衬得他的手白皙、修长，如精心雕琢的白玉。

他就这样慢条斯理地用食指转动着扳指，敛着眉眼，这副模样为他平添了几分贵气。纵使在这活色生香的奢靡之地，他也仿佛置身事外。

过了一会儿，有两个女子进屋来，在香炉中点上一种香，用扇子扇了一会儿，空气中顿时飘起一种异样的味道，在屋中迅速地弥漫开。

那种香气并不冲鼻，也不让人觉得腻，倒反有些清淡，温梨笙觉得怪好闻的。

谢潇南这才掀起眼皮，看向胡山俊，道：“胡公子倒是会纵情享乐。”

胡山俊这会儿表情缓和了许多，听见他的话之后便笑了起来，道：“能与世子一同喝酒乃鄙人的荣幸，鄙人自然要想尽办法让世子玩得尽兴。”

谢潇南的手仍旧慢慢地转动着扳指，他说道：“无趣至极。”

胡山俊的表情僵了一下。据温梨笙的混世小队调查，这里算是胡山俊常来的地方之一。他对“山水居”里的不少女子颇为喜爱，却没想到被谢潇南贴上了“无趣”的标签，当下不免有些尴尬。

胡山俊以为是这些东西不合谢潇南的心意，便扬手道：“停，你们都过来吧。”

屏风后的琴声停下，随后一阵“窸窸窣窣”的声音响起，那些女子起身依次从屏风后走了出来，温梨笙好奇地转过头看去。

只见那些女子粉面含春，唇点朱色，走路的时候身姿婀娜。她们确实不管是身段还是面容，都比那批来斟酒的女子好上太多。

其中有一个女子大约是胡山俊近日正捧着的，扭着细腰从温梨笙身边路过，走到胡山俊身边，一下就坐到了他的怀中，娇笑道：“胡郎可算是来了，奴家想得紧。”

温梨笙一见这场景，简直觉得没眼看，藏在墨纱下的唇嫌弃地噘了起来。

胡山俊搂着她一笑，一抬眼，见原本安排给世子的女子正怯生生地站在后面，而方才那个倒酒的还大大咧咧地站在世子身边，便皱着眉对温梨笙道：“你没眼力见儿啊，还不让一让？”

温梨笙不明所以地向后看了看，这才发现一个眼睛圆溜溜的姑娘不知道什么时候站在了她身后。

那姑娘缩着肩膀，有些害怕地看了看她，又看了一眼谢潇南，低声道：“麻烦这位姐姐让一下。”

温梨笙不爽地“啧”了一声。

“世子放心，这姑娘是我专门为你挑的，身子干净，还没接过客。”胡山俊说着，又对温梨笙道：“你聋了是不是？”

温梨笙朝胡山俊笑了一下，眉眼舒展开来，眼眸弯弯的，将眉间的一颗朱砂痣衬得十分漂亮。

她问：“我在这儿碍事，要不我先出去？”

胡山俊见了她的笑之后一下怔住了，盯着她眉间的朱砂痣，而后疑惑地道：“我好像没在这楼里见过你。”

温梨笙答：“我是初来此地。”

胡山俊朝她招手，道：“你过来让我仔细瞧瞧。”

温梨笙顿时烦躁地想：这狗贼屁事还挺多的，反正眼下药也给他下好了，要不直接出去算了。

她正想着，手腕一紧，手腕侧面被一块带着暖意的玉贴住了。她低头一看，是谢潇南那只戴着墨玉扳指的手抓住了她的手腕。

她再一看，谢潇南方才还显得冷漠、平静的表情变得烦躁。他微微拧着眉，仿佛快失去耐心了。

胡山俊身旁的姑娘也是一个人精，看他脸色不太好，连忙娇笑道："这位俊俏的公子，您可千万莫动气。这妹妹确实瞧着面生，我不记得蓉妈最近招了新人进来，还是让胡郎问问比较好。"

就在这时，雅间里的另一个男人道："堂哥，还是叫这些女子都出去吧，世子不喜欢这种场合。"

温梨笙觉得这声音耳熟，转过头看去，说话的人竟是胡书赫！

她一时有些意外，他竟然也会出现在这种地方！但她转念一想，胡书赫也是胡家人，既唤胡山俊"堂哥"，说明胡书赫其实是胡家大房的人。胡书赫出现在这里，八成是因为他是谢潇南和胡山俊的牵线人。

胡山俊瞅了他一眼，颇为看不上眼，道："男人谈事没有酒和女人有什么意思？"

"就是，哪有一群大老爷们儿坐着干聊的？"胡山俊的马仔附和道。

谢潇南眸色变深，道："你已经耽误了我不少时间。"

"别啊，世子爷，我这不是受父所托吗？"胡山俊倒上一杯酒，笑嘻嘻地道，"听说你想跟我父亲见面，不过我父亲最近出城了。有什么事，你可以先跟我说说，我回去后转告我父亲。"

谢潇南听了，翘着嘴角轻笑了一下，问："你真想知道？"

胡山俊道："那是自然。"

"即便知道之后人头不保？"谢潇南问。

胡山俊这回没有那么快地应答了，看着谢潇南，仿佛想从他的表情里找答案。他摸不准谢潇南是在开玩笑还是认真的。

胡山俊说："我是胡家的嫡子。"

"笛子还是骡子，对我来说没有任何区别。"谢潇南说。

温梨笙乍一听还没明白他的意思，而后忽然听出谢潇南是在取笑胡山俊，顿时没忍住笑出了声，笑了两声之后又连忙低头忍住。

胡山俊恶狠狠地剜了她一眼，没好气地道："世子若是这样说的话，我是没办法将话转达给我父亲的。"

谢潇南嘲讽道："那就躲着，看你爹能躲多久。"

胡山俊咬了咬牙，问："那今晚的事没得谈了？"

温梨笙想了想，忽然开口道："说得对。"

胡山俊被她这没头没脑的一句话说得愣住了，疑惑地道："你说什么？"

温梨笙腕上一用力，挣脱了谢潇南的手腕。她笑着朝胡山俊走去，道："我说，你说得对，男人谈事怎么能没有酒和女人呢？"

胡山俊："这都多久之前说的了？你的耳朵是不是真的有问题啊？有病就快点儿去治。"

若是在从前，温梨笙听到有人这么对她说话，早就蹦着跟人吵起来了。这会儿她忍着，走到胡山俊面前，动作缓慢、轻柔，拿起酒壶将胡山俊的酒杯倒满酒，说道："我是有病，不过不是耳朵有病。"

她指了指心口，继续说："是心病。"

胡山俊的目光随着她的手而移动，她的手白嫩、纤细，看起来漂亮极了。他烦躁的情绪顿时消散，他端起酒杯，一口就把温梨笙倒的酒喝光了，笑道："你叫什么名字？什么时候来的'山水居'啊？"

他再一看，只见她的小拇指上有一截沾了酒水。她那粉粉嫩嫩的指甲上泛着水光，他一把抓住她的小拇指，要往嘴里送。

他说："沾上了酒，我给你舔舔。"

温梨笙笑着说："我这手指刚才抠了脚丫子。"

胡山俊一下僵住了，松开她的手，问："你抠了脚还给我倒酒？"

温梨笙道："我不是说了我有病吗？"

"有病的话，爷花钱给你治。"胡山俊忽然觉得自己特别有面子——方才被谢潇南拉着的女人跑来给他倒酒。他抬手把怀里的女人推了起来，对温梨笙道："来，坐到爷的怀里来。"

这下可不得了了，那女子妒火中烧，顿时将矛头对准温梨笙，气愤地道："你究竟是从哪里来的？我从来没有在楼中见过你，何以将脸蒙起来，莫非是不敢见人？"

温梨笙道："我有什么不敢见人的？"

说着，她便将蒙在脸上的面纱摘了下来，笑着问："怎么样，我漂亮吗？"

她如此一笑，那颗朱砂痣更衬得她仙气飘飘。

胡书赫一下子就站了起来，脸上出现了震惊之色，问她："温梨笙，你怎么在此处？"

胡山俊一听，顿时叫了起来："温梨笙？你是温家的那个混账丫头？"

沂关郡的人谁不知道温梨笙啊？他们就算没见过她，也听过她的事迹。

胡山俊上下打量温梨笙，不敢相信她会突然出现在这里，当即脱口而出："温家倒台了？温浦长的女儿怎么跑到'山水居'来倒酒了？"

一时间，房中乱哄哄的，温郡守仍屹立不倒，温梨笙一直待在他保护伞下，不可能出现胡山俊说的那种情况。

那就只有一种可能——她是为了某件事而来的。

"温梨笙。"在"嗡嗡"的议论声中，谢潇南的声音穿过杂音而来，他的脸上没有了方才的冷漠，只剩下不易察觉的倨傲，“过来。”

温梨笙走到谢潇南的身边，捂着自己的心口叹了一口气，道：“胡山俊，我这心病，别人还真治不了，就得你治才行。”

胡山俊一愣，问：“什么意思？”

“我早就听闻胡家二房的嫡少爷风流多情，一直想见你一面。”温梨笙道。

“你爱慕我？”胡山俊笑出了声。

温梨笙觉得这话十分好笑，也跟着笑了起来，而后道：“你自己觉得可能吗？”

胡山俊脸色一僵，止住笑，问她：“你要我？”

“胡家人前段时间险些要了我的命，我要要你又如何？”温梨笙道，“今日我来这里，就是想让你转告你爹，我要见他，让他找个时间来温府。”

温梨笙的语气中满是不敬之意，胡山俊大怒，拍着桌子吼道：“你算什么东西？还敢使唤我胡家人？”

温梨笙轻“哼”一声，道：“行，到时候别求着来见我。”

胡山俊起身，把桌上的酒菜都掀了，生气地道：“小丫头，你真是胆大包天，敢只身来这地方，当真以为我是好欺负的啊？”

“你敢动我吗？”温梨笙直直地看着他，问。

胡山俊听了这话，朝谢潇南看了一眼，将脾气收敛了一些，道：“你别以为躲在世子身后我就不敢拿你怎么样。你能仰仗他一时，还能仰仗他一世？”

温梨笙微微扬起下巴，一副十分嚣张的样子，道：“我在沂关郡生活了那么多年，仰仗的从来不是世子。我温梨笙不是任人宰割的羔羊，胡家人对我下手之前就该明白这一点。”

温梨笙从能在地上跑开始，就不是省油的灯。若是她平日里只做些招猫逗狗的闲事，倒不至于成为整个沂关郡赫赫有名的人物。

胡山俊被她气得喘起粗气，胸膛剧烈地起伏着。他素闻温家的丫头无法无天，什么事都敢做，却从未料想有朝一日她能骑到他的头上来。

他扬手，让一帮小弟堵住了门，对温梨笙道：“小丫头，既然你找来了，那我们就玩玩。”

“我劝你还是早些回家吧。话我就放在这儿了，胡公子听与不听是你自己的事。”温梨笙对他不屑地扬起嘴角，笑了一下之后转身就要离去，脚腕上的铃铛随着她的步伐发出清脆的响声。

她走到门口，几人堵在门前不动，温梨笙冷冷地道：“滚开。”

几人面面相觑，拿不定主意，只见谢潇南也站起身朝着门口走来。

这次几人不敢再拦，纷纷让开。温梨笙拉开门走了出去。

胡山俊见二人走了，在屋里发了好大的脾气。先前坐在他怀中的女人上前劝慰，却被他抓着头发打了一顿，一时间，屋中哭闹声不止。

胡书赫起身，对胡山俊道："堂哥还是快些回家，将此事告诉三伯父吧。"

胡山俊迁怒于他，却知道胡书赫是大房的心尖尖，不敢朝他动手，只怒道："我还能怕她一个小丫头不成？"

胡书赫面色平静地道："温梨笙向来胆大，会做出什么事，难以预料。她既然出现在了这里，想必是对堂哥做了什么。"

胡山俊正在气头上，表情一变，生气地道："她还能怎样？对我下毒？"

说完，他表情一僵，想起了方才温梨笙给她倒的那杯酒。他的表情迅速变得难看起来，他甩着袖子，大步出了雅间。

温梨笙从那屋中出来之后，沿着走廊走到尽头，踩着楼梯下了二楼。二楼的走廊中，鸨母蓉妈站在栏杆处往下看，瞧见她下来后，连忙摇着扇子走来，问她："姑娘，可给你爱慕的郎君倒酒了？"

温梨笙还没回答，就听见楼梯处传来一声轻响。她转头看过去，只见谢潇南不知何时跟了过来，站在楼梯的拐角处，头顶上悬着一盏暖黄色的灯笼。灯光将他的影子投射在楼梯间，他的面容，她看得不分明。

她想先去换衣服，便往前走了两步，蓉妈追上来，用扇子遮着脸，笑着说："那是姑娘的如意郎君？瞧着可真俊啊！我活了大半辈子，见过的男人比头发丝儿还多，却从未见过生得这般俊俏的少年。"

温梨笙想起谢潇南的狗耳朵，连忙在唇上竖起食指，对蓉妈道："嘘嘘嘘。"

"哎呀，放心，他听不见的。"蓉妈笑着道，"要我说，干脆我给你找点儿东西，数三个数就能让他晕过去。先将他拖上床，生米煮成熟饭了再说其他的。我瞧着他也是雍容华贵的公子哥儿，你给他当妾也是赚的啊。"

"别说了，别说了。"温梨笙小声道。

蓉妈心想：这姑娘的胆子也太小了，隔了这么远，咱们的声音又这么小，那公子怎么可能听得见？

正当她还要说话的时候，身后突然传来谢潇南的声音："什么药数三个数就能让别人晕过去？"

温梨笙和蓉妈同时被吓了一跳。

蓉妈转身喊道："哎呀娘呀，小公子怎么走路没声呢？"

谢潇南不知道什么时候走到了两个人身后，看了摇着扇子的蓉妈一眼，又将目光放在温梨笙的身上，问她："你今夜来此处，就是为了给你爱慕的郎君倒酒？"

温梨笙"啧"了一声，对蓉妈抱怨道："我都让你别说了，你不知道这个人的耳朵有多灵，简直就是狗……”

她及时止住了声音。

“狗什么？”谢潇南轻轻挑起眉，问温梨笙。

温梨笙笑眯眯的，打算混过去，道：“世子怎么在这儿呢？我还以为你会直接出去。”

蓉妈一听“世子”二字，露出受到惊吓的表情，不敢再留在此处，悄悄地往后退了几步，快速跑下楼了。

走廊中就剩下温梨笙和谢潇南两个人，他们站在此处，能清楚地听到一楼的喧闹声。明明在一个非常嘈杂的环境里，温梨笙却神奇地能听到自己越来越快的心跳声。

谢潇南低头看她，道：“我来看看你打着什么算盘。”

温梨笙一边往前走一边说道：“我能打什么算盘？我这种小心眼儿的人，肯定睚眦必报啊。胡家人前段时间想杀我，我肯定要给他们找些不痛快啊。”

谢潇南落后她半步，问她：“所以你做了什么？”

温梨笙从袖中摸出一个小瓷瓶，晃了晃，道：“下了点儿东西在胡山俊的酒里。”

谢潇南从她手里拿过小瓷瓶，拔开塞子看了看，问她：“什么药？”

温梨笙转过头看了他一眼，有些不好意思地道：“对男人不太好的药。”

谢潇南：“……”

温梨笙又道：“就是那种，让男人不能传宗接代的……”

她话还没说完，谢潇南就把瓶子塞回了温梨笙的手里，而后拿出锦帕，将方才捏过瓷瓶的手指仔仔细细地擦了几遍，跟沾上了什么脏东西似的。

温梨笙瞥见他的动作，嘟囔道：“不吃进嘴里就没事。”

谢潇南眉毛一挑，问道：“你从哪里得来的这药？”

“风伶山庄啊，那里什么药都有。”温梨笙走到一个房间前，对谢潇南道，“世子留步，我要进去换衣裳了。今夜你就当没在这里看见我吧，千万不要告诉我爹。”

谢潇南停下脚步，问：“说了又如何呢？”

温梨笙想了想，回答道：“那若是我爹罚我抄文章的话，我定会半夜翻谢府的院墙去找世子。”

谢潇南没再接话。

温梨笙进了房间，只见蓝沅和鱼桂已经换好了衣裳等着。见她进来，蓝沅急忙迎上来，问：“如何了？事情顺利吗？”

温梨笙走到屏风后面，一边脱衣裳一边道：“顺利，药下到酒里，他也喝了。今晚辛苦了，回去吃好吃的吧。”

蓝沅松了一口气，有些不开心地道："可惜我没被选上。"

温梨笙笑了一下，道："无妨。"

她换上了来时穿的衣裳，又擦去了脸上的胭脂水粉，对着镜子看了又看，觉得眉间的朱砂痣甚是好看，出于私心，就将它留下了。

温梨笙把脸擦干净之后，对鱼桂二人道："你们先回去吧，我还有事找世子。"

蓝沅疑惑地道："柿子？"

"对。"鱼桂看出了她的疑惑，一本正经地解释道，"就是那种又软又甜的，挂在树上的柿子。"

蓝沅面色一喜，道："能带我一起找吗？我也想吃。"

温梨笙看了鱼桂一眼，道："鱼桂，世子就在门外。"

鱼桂被吓得赶忙闭嘴，带着蓝沅从房中出去。温梨笙对着镜子把头上的小饰品一个个摘下来，又取下耳饰，这才往门外走。

她从屋中往外看，门外已经无人。她纳闷儿地想：难道谢潇南先走了？

她走出门后往旁边一看，就见谢潇南还站在门边。温梨笙探出半截身子，对他道："世子，你进来一下。"

谢潇南起初没动，看见温梨笙进了屋，才动身进了屋子，顺手将门关上了。

这屋子是很普通的接客屋，与三楼的屋子相比，规格差得远，但很整洁，没有点那些乱七八糟的香。

房门一关，外面的声音就被隔绝了，屋子里显得特别安静。温梨笙转过头看他，见他进屋关上房门之后就一直站在门边没动，便诧异地道："世子站在门边干什么？"

谢潇南道："你该回家了。"

温梨笙道："我知道，但还有些事想跟你说。"

谢潇南道："在这里议事不方便。"

温梨笙道："怎么不方便？就是一些小事。"

她想：怎么回事？谢潇南怎么跟防贼似的防她？难不成他真是上次被咬怕了？不可能吧？

她又想起那夜，谢潇南微微皱着眉，用手背擦唇上源源不断地冒出的血时的场景，觉得心虚。于是，她苦恼地挠了挠头，道："上回咬你的事真的是意外。我当时以为自己要被淹死了，没办法才……想从你那儿分一口气。"

谢潇南没想到她会突然提起这事，移开视线，错开了与她的对视，没有应声。

房中依旧很静，燃烧着的灯烛偶尔发出"噼啪"的声音。温梨笙逐渐变得有些局促，耳朵尖也红了。

半晌后，谢潇南走到房屋中间，问道："何事？你说。"

温梨笙回过神，连忙说道："最近武赏会要开始了，世子有没有兴趣去看看？沈嘉清也参加，还会在比试的时候使《霜华剑谱》。"

谢潇南道："我本就打算去。"

温梨笙面带喜色地道："那我找沈叔叔要山庄里两间挨得近的屋子，咱们到时候一起去玩啊。"

谢潇南直直地盯着她，问她："两间挨得近的屋子？"

温梨笙意识到话有不妥，连忙解释道："我的意思是，咱们住得近一些，走动起来也方便嘛，你别多想。"

"我何时有多想？"谢潇南问。

"你没多想，是我多想了。"温梨笙拍了下自己的脑袋，懊恼地道，"我想得太多了，实在是太不应该了。"

谢潇南的神色有些古怪，他问："你想了什么？"

温梨笙开口，正要说话，却见谢潇南忽然将头一偏，看向了房门。

这个动作，温梨笙极为熟悉，甚至都不用思考，直接问道："有人来了？"

谢潇南点头，听了片刻后，眉心舒展，放下了戒备。

他转过头时，就见方才还站在他面前说话的温梨笙已经没影了。他转眼一看，只见窗户大开，温梨笙在窗户边，一条腿跨到了外边，就这样半坐在窗子上。

谢潇南露出疑惑的表情。

温梨笙转过头朝他招手，小声道："发什么愣呢，世子爷？快走啊。"

"这里是二楼。"谢潇南说。

"我知道，"温梨笙朝下面看了一眼，道，"这下面有个搭了棚子的小摊，我跳到棚子上再滑下去。"

谢潇南走过去，将身子探出窗户往下一看，问道："若是把棚子砸破了怎么办？"

温梨笙发挥惯性思维，回答道："还能怎么办？我赔银子呗。"

"你没想过你可能会摔死吗？"谢潇南一边抓住她的手腕将她往里面扯，一边说道，"下来。"

"这才二楼，不至于被摔死吧？"温梨笙虽然嘴上不太赞同他的说法，却还是从窗边下来了，说，"算了，那两个人不一定会来这个房间，等他们进房之后，咱们就离开。"

她话音刚落，门就被人从外面推了一把。

温梨笙被吓得有些惊慌，往左右看了看之后，见这房中除了一个不怎么能起到遮掩作用的屏风之外，还真没什么遮挡物。于是，她又跑去翻窗子，并道："世子，你不走就留在这儿吧，我先走一步了。到时候你名声要是有了什么污点，可别怪我没提醒你。"

说着，她就要翻窗下去，谢潇南一把拽住她的后领子，不让她翻。

"哎呀，你快放开我。"温梨笙挣扎起来，拉扯间，将他拇指上的墨玉扳指扯了下来。他刚想说话，门就被人推开了。

温梨笙朝门口望去，顿时整个人僵住了，难以置信地道："爹？"

"小泼猴，你怎么在这儿，还坐在窗子上？！"温浦长同样瞪圆眼睛，把惊诧的表情完完全全地表现在了脸上，指着温梨笙怒道，"还不下来？！"

"你怎么也在这里啊？"温梨笙一只手捏着谢潇南的墨玉扳指，一只手扶着窗台，从窗台上下来。

温浦长的身后是乔陵，两个人进屋之后又关上了门。温浦长对温梨笙道："我就是在粪坑里见到你，也不会有一点儿意外了。"

"胡说，"温梨笙小声反驳，"你现在就是满脸意外的表情。"

"我这不是意外，而是愤怒！"温浦长叫道。

温梨笙有些害怕地缩了缩脖子，往谢潇南身后藏了藏，而后道："爹，你怎么能在世子面前大喊大叫，如此无礼呢？"

这句话果然有用，温浦长立即收敛起脸上的表情，躬身向谢潇南行了一礼。

谢潇南道："温郡守请坐。"

温梨笙欢欢喜喜地从谢潇南身后出来，对她爹道："坐坐坐，有什么事坐下来说嘛。"

温浦长眼尖，看见她手里有东西，指着那东西问她："你手里拿着什么？"

温梨笙抬起被指着的手，把掌心里的墨玉扳指翻出来，然后顺势套在了自己的拇指上，睁眼说瞎话道："哦，这是世子送给我的。"

温浦长看着她手指上那个大了一圈的扳指，眼睛一瞪。温浦长又看了看谢潇南，见他面色如常，既没有反驳，也没有点头，一时间还真拿不准，不由得开始乱想。

这是什么？

定情信物？

他轻咳一声，犹豫片刻，最后才斟酌着开口道："世子啊，我这泼猴……啊不是，我这女儿年纪还小……"

谢潇南："……"

温浦长见谢潇南露出疑惑的表情，忽然觉得自己要说的话可能有些不合适。于是，他连忙对温梨笙板起脸来，道："谁准你随随便便地拿世子的东西的？快些还给世子！”

温梨笙本来也没打算讹这个东西，只因这墨玉入手光滑温暖，触感十分好。她用指腹多摸了它两下，而后将它摘下来还给了谢潇南，却还狡辩道：“我没要，是世子执意要给我的。”

谢潇南瞧了她一眼，大约是看到温浦长在场，所以并没有像以往那样阴阳怪气，只将右手伸出来，想接过扳指。

温梨笙却一只手抓着他的手腕，一只手把扳指一送，顺势将扳指套在了他的大拇指上。这扳指是为他量身打造的，他戴上合适得很。

谢潇南愣住了。

见此情景，温浦长眼珠子都瞪圆了，一开口就骂她：“你在干什么？爪子老实点儿！”

温梨笙“嘻嘻”一笑，道：“世子不要灰心，这是我爹不让我收的，并非我的本意。”

温浦长叹一声，道：“行了，你怎么不去街头跟着耍猴的一起舞呢？”

温梨笙往窗户边一指，说：“我真去了？”

温浦长被她气得红了脸，又问她：“你少废话，说，你为什么会出现在这个地方？”

温梨笙心想：这事还真不好处理，毕竟这地方也算是你的禁地。

温家家教甚严，温浦长为人也古板，是断断不允许她来这里的，她若是不好好解释，回去后怕是又要抄文章抄到半夜。

虽说温浦长管不住温梨笙，但该罚时还是要罚。

温梨笙正在想理由的时候，突然往旁边一瞥，而后道：“我是跟着世子来这里的。”

谢潇南闻言，看向她，神色意味不明。

紧接着，温浦长一拍桌子，道：“你再给我撒谎！我跟着世子一起来此处的，怎么不知道你也在？”

“你们一起来的？”温梨笙大吃一惊，诧异地看向谢潇南：“你怎么不早说？”

你早说我就溜了呀！她在心里补充道。

谢潇南一点儿也没觉得是自己的责任，对她说道：“我说过此处不方便议事。”

“你就不能说得明白点儿？”温梨笙非常不理解，“‘你爹也在这儿’六个字，有那么难说出口吗？”

谢潇南：“倒成我的不是了？”

温浦长责备她道：“你怎么跟世子说话的？”

谢潇南扭过头对温浦长说："她方才混在楼中女子当中给别人倒酒。"

温梨笙瞪大双眼，问谢潇南："你怎么还告状？"

温浦长听后，脸当场一黑，怒道："你这逆子，我说你这两日怎么鬼鬼祟祟的，原来是谋划着干一票大的。这种地方你都敢来，下回是不是连世子的府邸都敢翻墙进去？"

温梨笙惊诧地道："你怎么猜到的？"

温浦长皱起眉，生气地道："你还真有这打算？"

"怎么会呢？"温梨笙赶忙道，"我来这里真的是为了办正事的，这里除了男人就是女人，有什么好玩的？若非有事，我才不会来这里呢！"

今晚她够倒霉的，谁能想到她爹跟谢潇南会来这里？方才办了事，她就该与鱼桂她们一起走的。

"你方才给谁倒酒去了？"温浦长又问。

"给胡山俊啊。"她道。

"你怎么会认识胡家人？"

温梨笙道："我与胡家人有着不解之缘，我一见到胡山俊，就觉得我是他的命定之人。不知道我这样说你能不能理解？"

温浦长举着茶杯，问她："不知道我这一杯打下去，你的脑门儿顶不顶得住？"

"那肯定是顶不住的。"

"那你觉得我能理解吗？"

温梨笙想了想，再辩解，反客为主，问温浦长："爹，你和世子来这种地方干什么？"

温浦长一顿，没有回答。

谢潇南的声音响起，他问："你是胡山俊命定的什么人？"

温梨笙道："命定让他痛不欲生的正义之人。"

温浦长扶额，跟温梨笙斗嘴斗得累了，于是对她说道："楼下往南走一段路有咱家的马车，你快些回家去，别在这儿碍事，回去了我再找你算账。"

温梨笙巴不得快些走，站起来刚要走时，忽然眼珠子一转，然后动作飞快地转身一把抓起谢潇南的右手，非常迅速地把那个方才她亲手给他戴上去的扳指取了下来。她将那扳指捏在掌中，一边往外跑一边道："这个就当作你方才告状的补偿。"

谢潇南还没什么反应，温浦长见状，迅速站起来，指着她道："你还敢从世子的手里抢东西？快还回来！"

父女俩都不会功夫，但温梨笙平日里经常爬树翻墙，身体灵活轻盈，一下就跑到了门边。温浦长根本没她速度快，只能眼睁睁地看她站在门边，晃了晃已经戴在拇指上的墨玉扳指，吐了下舌头。

她道："不还。"

温浦长被她气了个半死，拔腿要去追她，却听谢潇南道："温郡守莫动气，那也不是什么值钱的玩意儿。"

温浦长深吸一口气，又坐下来。

温浦长心里清楚得很，但没说。

温浦长当年还在奚京的时候在礼部任职，谢潇南诞生时，谢家人大办宴席，几乎宴请了所有朝廷重臣。先帝亲自从国库中给他挑选了贺礼，礼单还是温浦长亲手抄写的。温浦长更是带着一众人将贺礼检查了好几遍，那扳指就是其中之一。

不怪他记性那么好，十多年了还记得，只是这批贺礼极其重要，他熬了好几个通宵，从头到尾操办此事，生怕哪里出了差错。那批贺礼中排得上名号的宝贝，他全记得。

所以方才温梨笙开口胡说这是世子送给她的东西时，温浦长的第一反应就是它是定情信物。

温浦长不方便将此事挑破，只得盘算着回去之后再把那东西拿回来，明日还给世子。他便暂且顺着台阶下了，道："笙儿方才失礼了，世子见谅。"

谢潇南看了一眼自己的右手，眸中染上了一丝不易察觉的笑意，摇了摇头，道："无妨。"

温梨笙出了"山水居"之后，把那大了一圈的扳指套在手上，一边转一边盯着看，乐呵呵地道："真好看啊！"

温家也不缺各种玉石宝贝，有时候一个巴掌大的玉饰够寻常百姓吃喝大半辈子，但没有哪一个玉饰比得上这个扳指。

到底是为什么呢？之前那块紫玉也是，这东西也是，好像谢府的东西就是比别人的好看些。

这扳指温梨笙戴着不合适。她怕扳指掉了，就一直握着右拳。她打定主意，玩个几日再将它还给谢潇南。

她回到温府时，晚饭已经被提前回来的鱼桂备好了，三人在后院里吃饱喝足。温梨笙在院中坐了一会儿，仰头看着天幕上缓缓流动的银河。沂关郡夜里的钟声幽幽传来，她便沐浴净身，又练了一会儿字才睡觉。

温浦长回来时，温梨笙已经睡熟了。他没让人将她喊醒，只让鱼桂进屋，手脚轻些，翻找一下那个墨玉扳指并拿出来。

鱼桂领命进去找了好一会儿，最后掀开床帐，在温梨笙的手上看见了那东西。

她见温梨笙正呼呼大睡，便想偷偷把扳指摘下来。

她没想到自己还没摸到那扳指，温梨笙便好似在梦境中感觉到了谁要摘扳指，突然将右手紧握成拳。

鱼桂不敢再动，轻手轻脚地退了出去，将事情如实告诉了温浦长。

温浦长气得在门口连道三声“逆子”。

忙碌了一天的温大人只好转身离去，打算明日再要。

温浦长平常不怎么做梦，今晚不知道怎么了，突然做了一个奇怪的梦。

梦中，他回到了奚京，站在谢府大门前。

谢府坐落在一条名唤沉香路的路上，周遭没有寻常百姓和商人的房子，全是世家望族的宅邸。

温浦长平时是没有机会往沉香路去的。只是那时候他跟着礼部尚书一起将贺礼送去谢府，当中有三份礼，一份是当时的皇帝亲自拟定的封赏，一份是代表礼部的贺礼，一份是他自己送的。

虽然与前两者相比，他自己准备的贺礼十分寒酸。但景安侯是一个非常随和的人，仍旧站在门口笑着将他迎进了门。

温浦长是第一次进这样气派的住宅，当时奚京人总说，谢府中只一根柱子就价值万金。温浦长从进门的那一刻开始就觉得忐忑，在心里默念着绝对不要在谢府里丢人。

那些众人所送的，来不及搬运到库房中的贺礼，几乎把院子占去一大半。他放眼一看，府里全是在朝中位高权重的大官。那些人是大梁的中流砥柱，是温浦长只能远远地看上一眼的重臣。

那些人站在一起谈笑风生，仿佛没有任何架子。温浦长站在不远处，一边帮着谢府的管家清点贺礼，一边用余光偷看谈笑风生的众人，这般云泥之别让他生出黯然的情绪。

“找到你了。”忽然有人将手搭在了温浦长的肩上，并对温浦长道，“亲家。”

温浦长转过头，就见景安侯立在他身后，满脸笑容。

温浦长被吓了一大跳，问景安侯：“侯爷说什么？”

“亲家糊涂了不是？今日是咱们孩子的大喜之日，你还站在门口干什么？”景安侯问道。

景安侯话音刚落，温浦长就见穿着一身大红色喜袍的谢潇南从人群中走来。谢潇南面若冠玉，风姿不凡，走到温浦长面前笑吟吟地向他行礼，乖巧地唤道：“岳丈大人。”

巨大的情绪瞬间冲击了温浦长，他一下就从梦中惊醒并坐了起来。霎时间，他所有情绪沉沉落下，心中五味杂陈。

做梦都想让世子当女婿，我都馋到这个地步了？他想。

这种感觉实在是让他觉得不太妙。

温浦长缓了缓心绪，见时候也差不多了，便起身唤人打水，准备去官署。

穿衣的时候，他随口问道："笙儿还没起吧？"

下人答："回老爷，小姐一大早就出门了？"

"什么？！"温浦长震惊地道，"她居然也有起得这么早的时候？她去哪里了，你们知道吗？"

下人答道："小姐说是要去千山书院念书。"

温浦长问道："真有此事？"

那当然是假的，温梨笙怎么可能起这么早跑去千山书院？

她坐着马车，慢悠悠地来到了风伶山庄门口。

风伶山庄就是她的第二个家，她的小时候，温浦长忙于公事，她自己在家中孤单，沈雪檀就会将她接到风伶山庄里玩。这一玩就玩了十几年，她也慢慢长大了。

曾经，沈嘉清离开沂关郡之后杳无音信，没了能喊着玩的小伙伴，温梨笙去风伶山庄去得也就不勤快了。后来，谢潇南占领的城池越来越多，沈雪檀也离开了沂关郡，自那之后，温梨笙就再也没去过风伶山庄。

好像过了两年多，温梨笙看着熟悉的地方，心中生出一阵感慨。

守在门外的护卫自然都认识她，于是热情地与她打招呼："温大小姐，又来找我们少爷啊？"

温梨笙笑着问："他在家中吗？"

守卫道："在的，在的，我们去通报。你先进来等。"

大门处有专门为温梨笙建的小屋子，因为风伶山庄比较大，要进去找人，来回也要花些时间，有时候温梨笙不想进去玩，只想喊沈嘉清出来，就可以在这间小屋子里等着。

她坐下之后，守卫端来了一杯泡着果子的茶给她。约莫一刻钟后，沈嘉清大摇大摆地推开了门。

"梨子，你可算是想起我了。你这个见色忘义、重色轻友的白眼儿梨。"

"你把话说得这么难听，可别怪我动手。"温梨笙指着他，警告道。

沈嘉清把袖子一撸，理直气壮地道："我说错了？现在外面的人都在说你跟世子的关系非同一般，你有望攀上谢家那根高枝儿。"

温梨笙道："那都是别人乱说的，这你都信啊？"

沈嘉清"哼"一声，在她对面坐下，道："那你这几日都去哪里了？我去你家找过你两回，你都不在。”

“别提了，我被我爹撵去了千山书院。谢潇南还监督我念书，简直就是煎熬。”温梨笙叹了一口气，继续说道，“还是跟我的好兄弟一起玩开心。”

“又是谢潇南，难怪别人总说你跟谢潇南有一腿呢。”沈嘉清晃了晃她的肩膀，恨铁不成钢地道，“温梨笙，你清醒一点儿，谢潇南这次来沂关郡可是奔着摘掉温大人的乌纱帽来的。我听说有不少人写匿名信投到谢府，举报温大人贪赃枉法。”

“哎呀，那都不是真的，我爹现在跟谢潇南的关系好着呢。上回你在我家不是也听到了吗？沈叔叔和我爹都让我们跟谢潇南打好关系。”温梨笙道。

“你之前跟我说，谢潇南虽年岁不大，但是一个心狠手辣的人，且患有疯病，每每发病，便要残忍地杀好多人，饮人血才可镇压心中的杀意。他来咱们沂关郡，其实就是为了养病的……”沈嘉清将当时温梨笙瞎编的一番话又说了一遍。

温梨笙：“……”

她一时觉得有些头痛，果然，“人算不如天算”这句话是真的很有道理。

那时候的温梨笙总惦记着梦里沈嘉清的手臂差点儿被谢潇南折断一事，只觉得谢潇南是他们万万招惹不起的，便编出这些话吓唬沈嘉清。

后来，她才发现自己对谢潇南的误解颇深。她在见到谢潇南之后，情绪在不知不觉中发生了变化，从一开始的恐惧、忌惮，变成了欢喜、雀跃。

温梨笙想了想，而后道：“之前说的那些都不算数，谢潇南是沂关郡的贵客，我们算是沂关郡的主人，他与我们压根儿就不是敌对关系。”

“是吗？”沈嘉清狐疑地道。

“而且你想想，谢潇南是客人，你是什么？”温梨笙拍了拍心口，道，“你是我的家人，我自然要先好好招待客人啊，所以这些日子才忙碌于他的事。但是我们俩的关系是一点儿都不会变的。”

沈嘉清道：“此话当真？”

温梨笙信誓旦旦地道：“我什么时候骗过你？”

沈嘉清说：“每回你说这句话的时候都是在骗我。”

温梨笙惊叹道：“沈嘉清，你什么时候从一个傻子变成了一个有心眼儿的傻子？”

沈嘉清道：“跟你打交道，还是要多长几个心眼儿的。”

温梨笙“哈哈”一笑，终于打算不再跟他说笑，把这些天以来发生的事一一告诉了沈嘉清。

她当初骗沈嘉清也是为了让他离谢潇南远点儿，那是在完全没有其他办法的情况下，实际上，如果有机会改变沈嘉清与谢潇南的关系，就压根儿不会发生梦里那件事，沈嘉清也不会差点儿被打断手臂。

事情从梅家酒庄开始到给胡山俊下药，桩桩件件环环相扣，沈嘉清也终于明白温梨笙此时的处境不太安全。

温梨笙为了将这些事说清楚，颇费了些口舌，说完后，两个人沉默着坐了很久，颇有些大人之间商议大事的模样。最后还是温梨笙打破了宁静，道："我方才在路上听说春风馆出了新菜，要不要去尝尝？"

沈嘉清的表情还是很凝重，他点了点头，说："你请。"

两个人一拍即合，赶去"春风馆"，准备饱餐一顿。

他们吃完饭已是晌午过后，温梨笙摇着扇子跟沈嘉清走在街上。两个人也有一段时间不曾这样大摇大摆地在街上闲逛了。

二人在沂关郡里横行霸道多年，哪条街上的混混儿都被他们揍过。他们这样往街上一走，便不时有人上前来恭敬地跟他们打招呼。

那些人大多是想跟在他们身后，借着他们的名头欺压普通百姓的人。温梨笙抬起眼皮看了他们一眼，懒得搭理，沈嘉清则皱着眉头让他们滚。

二人俨然是恶人。

二人行至街头，就见前面的空地上围了一圈人，温梨笙快走了几步，前去凑热闹。

她拨开人群一看，只见人群当中有一个老头儿，拿着一小截竹管在吹泡泡。那泡泡已经被吹得很大了，旁边一群孩子发出惊讶的叫声。

温梨笙与沈嘉清对视一眼。

"怎么？想比比？"沈嘉清一眼就看穿了她的心思，得意地道，"我当年可是我们山庄里吹泡泡的第一人。"

"得了吧，你当年吹不出泡泡来，坐在门口哭呢，别以为我没看见。"温梨笙一边往前走，一边无情地拆穿他的谎话，"咱们俩比比，谁吹的泡泡小，晚饭就由谁请。"

沈嘉清摩拳擦掌地道："你等着，我吹一个比你的脸都大的。"

温梨笙给了那老头儿几个铜板，然后拿竹管沾了沾胰子水，尝试着吹了一下。果然，一个小泡泡冒了出来。

沈嘉清看了看那个泡泡，嘲笑道："这还没我的鼻涕泡大。"

温梨笙道："你等着。"

两个人站在一群孩子当中，认认真真地开始了吹泡泡比赛。由于吹出来的泡泡不易成型，所以他们每人有三次机会。

周围的孩子们喊"加油"的声音越来越大，温梨笙和沈嘉清吹得面红耳赤。最后，她有些憋不住气了，瞥见沈嘉清吹的泡泡还在变大，不得已伸出手指戳了一下那个泡泡。

沈嘉清的泡泡很快就破了，她赶忙把自己的泡泡往上轻轻一扬，笑道："你输了！"

沈嘉清不甘心地道："你耍赖。"

"游戏没有规定不可以耍赖啊。"温梨笙坦坦荡荡地道。

沈嘉清气不过，要去戳她的泡泡，温梨笙急忙抓着他的手，阻拦他。两个人正一来一回地较量，旁边忽然传来一个小女孩的声音："哇，好厉害，好大的泡泡！"

温梨笙的耳朵一动，她忽然想到了什么似的，转过头循声看去，就见谢潇南立在不远处的路边。他的身边还站着几个陌生人，那几个人皆是衣着华贵的年轻男女。谢潇南的手边还站着一个小姑娘，那小姑娘正一脸惊喜地看着逐渐升到空中的泡泡。

"堂哥，沂关人好厉害，居然能吹出那么大的泡泡！"那小女孩又道。

温梨笙一下子想起这是曾经发生过的场景，也是先前在萨溪草原上她梦到过的场景。

曾经，谢潇南的亲友来沂关郡找他，谢潇南便应他们的要求，难得地在郡城的街上逛着玩，就在街头碰到了正在跟沈嘉清比赛吹泡泡的温梨笙。

不过，曾经发生这事的时候，温梨笙与谢潇南还完全不熟。

她记得谢潇南的堂妹夸完之后，谢潇南带着淡淡的笑容，温柔地回答道："奚京人也会。"

但她眼下一瞧，谢潇南逆着光站着，精致的脸上没什么表情，漂亮的唇微微抿着，正隔着几步的距离盯着她。

他与她对上视线之后，谢潇南的目光移动了一下，先落在温梨笙那抓着沈嘉清胳膊的手上，又看向两个人抵在一起的肩膀，最后与她对视。

这时，沈嘉清凑过来，在她的耳边低声说："你先前不是吹牛说你跟这谢世子关系很好吗？我怎么瞧着他看你很不爽，好像马上就要打你一拳啊？"

沈嘉清觉得，只要你看着我的时候脸上没有笑容，那就是看我不爽。

所以这会儿谢潇南在他看来就是看温梨笙不爽，但温梨笙仔细地瞧了瞧谢潇南的表情，并没有看出什么不爽来。

他说："你到底跟这谢世子关系如何啊？若是等一下他来揍你，我拦还是不拦？"

温梨笙推了他一把，道："闭嘴吧你，尽说这种不吉利的话。我要是挨揍了，第一个拉你垫背。"

说完，她又转头看过去，就见谢潇南已经低下头看着自己的堂妹。他的手轻轻地揉了下堂妹的头，嘴角勾起一抹笑容，他说："那都是小孩子才玩的东西。"

温梨笙拨开旁边围着的孩子，笑着朝谢潇南走过去，说道："世子这话说得不对，这小姑娘分明也是一个孩子。"

她走到小姑娘面前蹲下来，然后想将小姑娘抱起来，结果伸手试了一下，抱不起来。

她笑眯眯地问道："小姑娘，你多大了？"

小姑娘道："八岁了。"

温梨笙在心里琢磨着：八岁的话，我应该能抱起来啊，上回一个十岁的小姑娘我都抱起来了。

于是，她又伸手试了试，这次加重了力道，还是没能将小姑娘抱起来。她趔趄了一下，差点儿一屁股坐在地上。

谢潇南这时候一把抓住她的手腕，将她拉起来，问她："起来吧，要什么杂技呢？"

温梨笙既觉得尴尬，又觉得好笑，凑到谢潇南面前笑着小声问他："怎么回事？我怎么抱不起她啊？她才八岁就这么沉了？"

谢潇南也觉得好笑，问她："你没看到她背着东西吗？"

温梨笙还真没看见，伸长脖子去瞅，那小姑娘也非常配合地转过身来，就见她果然背着一个绣着飞鹤长松的锦袋。那锦袋的带子与小姑娘的衣裳颜色一样，所以并不明显。

那锦袋里的东西明显不少，因为那锦袋往下坠着。

温梨笙用手提了一下那锦袋。

哟，锦袋这么沉？

"你怎么能让小丫头背这么重的东西呢？她会被压得长不高的。"温梨笙不太赞同地道。

小姑娘却仰着脸说："是我自己要背的，这些都是给堂哥的东西，我要亲自背着送给他。"

温梨笙看着这小姑娘的脸蛋儿，只觉得心都要化了，想：从哪儿来的这么乖的小孩儿啊？

她没忍住捏了捏小姑娘的脸蛋儿，弯下腰对小姑娘说："你现在不是已经见到你堂哥了吗？把东西给他呀。"

小姑娘说："我要将东西亲自背到他住的地方去。"

"你这小孩儿还挺固执。"温梨笙评价道。

估计谢家人都固执，温梨笙这样想着，然后悄悄看了谢潇南一眼，结果被发现了。

“你再说一遍？”谢潇南说。

温梨笙“哈哈”笑着，而后看了看他身边的两男一女。

这三个人自方才温梨笙走来的时候就一直默不作声地观察着她。

她往谢潇南身边站了站，问道：“这些都是世子的朋友吗？”

其中一个穿着青色长袍的少年瞧出她与谢潇南关系不错，便笑着对她说道：“姑娘不必拘谨，晏苏的朋友便是我们的朋友。在下周筠，字秉文。”

周秉文，温梨笙虽没见过这个人，但也熟知此人的事迹。

在她的梦里他是谢潇南造反时的左膀右臂，赫赫有名的火烧阳猗城和千旗谷之战皆出自他的谋划。谢潇南从沂关郡往南，周秉文自阳猗城向东，两个人各领着一支队伍一路攻占城池，最后在奚京城外会合。

周秉文绝对是谢潇南的得力干将。

温梨笙一想到这儿，看着他的目光就变得有些不一样了，认认真真地打量起他来。

周秉文，出自天下学子仰慕的周家，当今丞相之子，气质温润，笑容温和，浑身书卷气，恍若随时随地就要捧着书大读特读的书生。

“晏苏？”温梨笙疑惑地叫出这个名字，这个名字让她觉得颇为熟悉。

周筠笑道：“这是世子的乳名，打小我们便唤他‘晏苏’。”

温梨笙暗自惊诧，心想：乳名都这么正经？大户人家的孩子果然跟我们不一样。

而后她回应道：“我的乳名是‘梨子’。”

谢潇南看了她一眼，大约是觉得温梨笙很难好好地介绍自己。于是，他对身边的几人道：“她是温郡守之女，名唤温梨笙。”

一直在旁边站着的姑娘听后扬唇一笑，嘴边露出一个梨涡，上前一步拉住了她的手腕，道：“你就是温郡守的女儿？你还记得我吗？当年你出生的时候，我还去你家参加宴席了呢。”

“啊？”温梨笙傻眼了，一时间觉得奇怪的地方太多，不知道该说哪个，“我当时刚出生，能记得什么啊？”

那姑娘咧着嘴笑起来，仿佛被自己逗笑了，道：“也是，你看我都糊涂了，主要是能在这儿看到你，我确实有些高兴。你父亲当年在奚京时与我父亲是同僚，他们的关系很好，所以你出生的时候，我父亲将我也带去参加宴席了。当时我四岁，你父亲把襁褓里的你抱到我面前，让我摸摸你的脸。”

“我名谢晴，是晏苏的堂姐。”她摸了摸那个八岁小女孩儿的脑袋，说，“她是我妹妹，谢悦。”

温梨笙确实是在奚京出生的，后来她娘亡故，温浦长又被调职，而后就回到了沂关郡，在郡城里长大。

听着她说的这些，温梨笙觉得很奇妙。

她忽然想起来，她小时候也是在奚京住过一段时间的。不过隔了太久，且当年她年幼，导致她去想时，那些记忆也不分明。

她对“晏苏”这个名字也有一种莫名其妙的熟悉感，总觉得好像什么时候听过。

但是她想，谢潇南、周秉文这种出身大族的孩子，哪怕是跟他们都在奚京生活，她也是没机会接触和见到的，毕竟奚京的等级阶层牢固而严格。

谢晴小时候见过她，大约也是因为两个人的爹是同僚，而且关系很好。

“你们怎么从奚京来这里了？”温梨笙问。

“我父亲最近外调，在羌城办事。正好羌城离沂关不远，我们便商量着一同来这里看看晏苏。”谢晴说道。

“沂关郡我熟得很，你们既然来了，我就带你们四处转转。还有几日就是拜月节了，我们郡城里这几日会很热闹。”温梨笙说完，不等他们推辞就转过头朝沈嘉清招了一下手，示意他过来。

沈嘉清慢慢地走过来，张口便道：“你们聊什么呢？在这儿站了大半天。”

温梨笙道：“这些是世子在京中的亲友。他们来沂关郡寻世子玩，不过对郡城不太熟悉。咱们给他们领路，带他们在城中玩玩。”

沈嘉清瞧了几人一眼，而后道：“行啊，反正我今日也闲着。”

温梨笙想说“你哪天不闲”。不过，在这种场合，她就不拆他的台了，转过头对谢潇南道：“世子应该不会不同意吧？”

谢潇南垂下眼眸，与她对上视线。她的眼睛里藏着希冀，他想起她之前也多次提过要带他在沂关郡里玩。她好像对这件事颇为执着。

于是，在温梨笙的注视下，谢潇南轻轻地点了一下头，表示同意。

温梨笙立即露出喜悦的表情，主动牵起谢悦的小手，并对谢悦道：“走。”

一行七个人，并排走着有些占道。于是牵着谢悦的温梨笙，以及沈嘉清走在前头，谢潇南落后半步，与谢晴并肩，再后面就是周秉文和方才那个没人介绍他的名字的男人。

走了半条街，温梨笙察觉谢悦走得越来越慢，谢悦似有些吃力地喘了起来，额头上也渗出了汗珠。温梨笙又看了看她背着的锦袋，有些心疼，弯下腰问她：“小悦悦，你累不累？要不要把背上的东西取下来？”

谢悦擦了一把脸上的汗，说道：“我还能背。”

“可是我们要走很久的。”温梨笙道。

谢悦摇头，道：“堂哥说，等我背不动了再给他。”

温梨笙愣了片刻，下意识地转过头看向身后的谢潇南。见她看着自己，谢潇南淡淡地问："怎么了？"

"真的要让她一直背着吗？"温梨笙问。

"让她背吧。"谢潇南说，"等真的觉得累了，她以后便知道量力而行。"

谢晴也道："梨子，你不用管她，这是悦儿自己要做的事情。"

温梨笙朝她笑了笑，不再说话。

温梨笙心想：谢家人果然与旁人不同，他们的家风和育人理念大约都相当严谨吧，即使对一个八岁的小女孩也不例外。在这样的环境和教育之下长大的孩子，恐怕很难没有作为。

但温梨笙又想：若是我以后有了孩子，绝不会这样严格。若是孩子他爹凶巴巴的话，我指定站在房顶上与孩子他爹争执。

不过一想到孩子他爹，温梨笙思绪就奇妙地发散开来。

她好奇自己以后会嫁给什么样的人。

她最先想到的，就是那个还没和她见面就身着喜服被削掉了脑袋，血流一地的孙家公子。

温梨笙打了个寒战，连忙摇摇头，不想了。

最近两日约莫是要下雨了，起风之后，温度下降了许多。整个沂关郡好似刮起了一场凉风，他们走在街上时也觉得凉爽了不少。

温梨笙一边走一边给他们介绍一些出名的酒馆和琴坊，都是郡城里的人平日里寻欢作乐的地方。这些地方，温梨笙去得少，也说不出个所以然来。

越往闹市走，周遭的人就越多，他们难免觉得拥挤。

沈嘉清随便在路边逮了几个游手好闲的混混儿，往前边一指，道："走到前边给小爷开路。"

这几个混混儿都被温梨笙和沈嘉清揍过，见到两个人时被吓得不得了，连忙散开走，把周围的人群疏散开，免得挤到身后的贵人。

沈嘉清那架势很像出山巡游的山大王。

几人正在路上走着，突然听见有人高声喊道："温姑娘！"

温梨笙循声回头，在人群中寻找了一下，就见一个女子拨开人群，快步走过来。那女子一脸惊喜地道："我本来想在郡城中碰碰运气的，没想到竟然真的在这里见到你了。"

温梨笙一瞧，难以置信地道："闽言？"

来人正是温梨笙在萨溪草原上结识的闽言。闽言没穿哈月克族的服饰，而是换了一身梁人的衣裳，也不是独自来的，身后还跟着几人，其中一个就是个子高大的索朗莫。索朗莫站在人群中极为显眼。

“这些人又是谁啊？”沈嘉清小声问。

温梨笙也小声地回答道：“这些是我先前在萨溪草原上认识的人。你看到那个身量特别高的人没有？就是他爱慕我，想让我留在萨溪草原上跟他成婚，我当时差点儿就回不来了。”

闽言一边笑着朝她走来，一边说道：“没想到这么快就又见面了。”

索朗莫跟在闽言后面，走到近处后，停在了谢潇南面前，对他低头行了一个哈月克族的礼，连看都没看温梨笙一眼。

沈嘉清又凑过来，对温梨笙说：“你能不能别吹牛了？人家都不认识你。”

温梨笙用手肘撞了他一下，道：“滚，别跟我说话。”

闽言已经走到温梨笙面前，道：“你跟你夫君……”

温梨笙的反应非常快，闽言一说“夫君”这个词，她便大声地咳嗽起来，咳得满脸通红，耳根都染上了绯色。而后她推着闽言往旁边走了几步，将闽言带离几人身边，小声道：“闽言啊，我正在招待客人呢，今日可能没空与你叙旧。日后闲的话，你可以去温府找我，随便一打听就知道温府在哪儿。”

闽言点头，笑着说：“原来如此，那温姑娘就先忙吧，改日我再登门拜访。”

她向温梨笙道别之后，便喊索朗莫转身离开了。

温梨笙长舒一口气，心想：这次真的差点儿就出大事了。

她对谢潇南等人说道：“走吧，前面就是城中有名的游玩街。”

街上的人非常多，几乎到了摩肩接踵的地步，就连在前面开道的几个小混混儿也被挤散了。他们许是怕继续待下去有危险，就赶紧趁乱跑了，沈嘉清寻了一会儿也没寻到人。

在人这么多的情况下，一不小心就会走散，温梨笙也不敢再牵着谢悦了，把她交给了谢晴，而后放慢脚步，随着人流在街道上走着。

七个人的队伍逐渐散开，不过彼此离得并不远，温梨笙时不时地回头看一下他们有没有跟丢。只是她的身量不算高，她有时候会被个子高的人挡住，只得蹦得高高地去看。

于是谢潇南每隔一会儿就看见前方不远处，温梨笙从人群里蹦出来，露出半个脑袋看他。

她也不嫌累。

因为赶上拜月节，道路的两边全是小摊。小摊贩卖放在水里的花灯、飘在天上的天灯，以及各种青面獠牙或画着神明像的面具，还有灯笼、摇板等一些拿在手上玩的玩意儿，总之，什么样的东西都有。

还有些摊贩为客人提供一些游戏和竞赛要用的道具。

温梨笙几人停在了几个相连的小摊前，这地方往路边挪了几丈，由于不挨着路，所以有一片很大的空地，不像方才那么拥挤。

温梨笙被铃铛的声音吸引，往左边走去。沈嘉清几人则看见有一个小摊上能射箭，便都朝着那边去了。

她走到铃铛前，只见此地摆了两个大木架，每个架子上挂了好多铃铛，铃铛上绑着一个锦囊，锦囊的颜色各不相同。风一吹，这些铃铛就响起来，声音颇为悦耳。

摊主是一个上了年纪的老头儿，搭了一个大棚子，正坐在躺椅上嗑瓜子。他看见一行衣着华贵的人来了此处，也不起身，只高声道："十个铜板摘一个铃铛，摸到什么就给什么！"

温梨笙随手摸了一个锦囊捏了捏，感觉是空的，纳闷儿地道："你这锦囊里面有什么？"

"纸。"老头儿答，"颜色不一样，摸到黄色的纸得一两银子，摸到白色的纸得二十文，摸到黑色的纸什么都没。"

温梨笙道："那若是有人花十个铜板就摸到了黄色的纸呢？"

"那就算那个人运气好呗。"

温梨笙深信自己就是运气好的那个人，二话不说就掏出了十个铜板，对老头儿道："我要摸。"

老头儿起身，收了她的铜板，道："随便挑。"

温梨笙走走停停，在一串铃铛前挑选，最后选了一个蓝色的锦囊。她将锦囊打开一看，迷茫地抬起头，问老头儿："怎么是空的？"

"不是空的，是黑的。"老头儿道。

温梨笙将手伸进去摸了一圈，果然摸出了一小张黑色的纸。她很迅速地把纸扔了，不高兴地道："晦气，我还要摸！"

于是，她又给了老头儿十个铜板，又摸了一个，还是黑的。

她又摸，一连挑了四个锦囊，锦囊里的纸全是黑的。

谢潇南不知道什么时候站在了她身后，看着看着就笑出了声。

"你这是不是全是黑的啊？"温梨笙忍不住质问老头儿。

老头儿哼了一声，道："我从不做虚假买卖。"

温梨笙很不甘心。她一点儿也不在乎这些小钱，只是拆了一把锦囊，全是黑的，这让她难免有些生气，便道："你这里的锦囊我包了，你给我拆，我看看到底有没有黄色和白色的纸。"

"不成。"老头儿一口否决，道，"我不做这样的买卖，这游戏本就是图个运气，你没运气就别在这儿挑事。”

温梨笙被气得嘴都歪了，蹦起来喊道：“你说什么？你这个老头儿，信不信我把你的摊子砸了？！”

老头儿也不怕，道：“你砸了我就报官。”

一说到报官，温梨笙就不敢再闹了。先前有一回，她就是把人家的摊子掀了，结果被拉去报官，官府不仅立案了，而且是温浦长亲自坐堂审她！审了好长时间呢，温浦长差点儿大义灭亲！

“有话好好说，别报官啊。”温梨笙嘟囔着，又摸出铜板，“我最后摸一个。”

她将铜板给了老头儿，站在木架前对一个黑色的锦囊和一个红色的锦囊犹豫不决，最后下定决心拿了那个黑色的。

她刚将那锦囊拿起来，旁边就伸来一只好看的手，把她挑剩下的红色锦囊拿起。

温梨笙转过头一看，见那手的主人是谢潇南，讶异了一下，而后笑着问：“世子，你先拆开看看？”

谢潇南的眼里藏着不明显的笑意，他将锦囊打开，往里面看了一眼，道：“黄色的纸。”

“怎么可能呢？我在这儿挑了十几个锦囊了，根本就没有黄色的纸。”温梨笙一撇嘴，根本不相信，而后拆开了自己手里的那个锦囊，只看了一眼就把锦囊掼在了地上，“什么垃圾？！”

老头儿“哎”了一声，道：“一个锦囊十文钱。”

温梨笙叉着腰道：“我把你的锦囊全买了，你赶紧收摊回家去，多大年纪了还在这儿摆摊坑人，信不信我叫郡守大人亲自过来打假？”

她正喊着，谢潇南就从锦囊中拿出了黄色的纸。

温梨笙瞥见后，眼神当即直了。

老头儿见状，笑了起来，对温梨笙道：“你看看，你运气不好，怨不得我的摊子，这不就有人抽到了黄色的纸吗？”

说着，他拿着一两银子走过来，对谢潇南道：“小公子运气真好，唯一的黄纸都被你抽到了。”

温梨笙将手一伸，就要去拿那张黄纸，并道：“这是我的。”

谢潇南将手一抬，眉毛一挑，问她：“你的？”

温梨笙一边踮着脚去拿，一边说道：“我方才就是想挑这个。”

谢潇南仗着身高优势，又将那黄色的纸举高了些，道：“但是你没选这个。”

温梨笙抓住他的衣袖，道：“那你还没给银子呢，你拿的也不作数。我方才给那老头儿的银子买两个锦囊绰绰有余，若是你不把这个拿走，那我肯定是要拿的，所以归根结底，这个还是我的。”

谢潇南竟觉得她说的话有些道理，便把手中的黄纸给她了。

温梨笙倒不是在乎这一两银子，只是想讨个吉祥的彩头罢了。毕竟她一连抽到了那么多黑纸，运气差到家了。

老头儿给谢潇南送来一两银子，谢潇南道：“给她吧。”

温梨笙笑嘻嘻地接下，想了想，没把这一两银子放进钱袋里，而是放进了袖中的小挂兜里。

而后她便跟着谢潇南走到了沈嘉清几人所在的摊位旁边。

那摊位上摆着几张拼在一起的桌子，桌上有弓箭，前方有竹架。竹架上挂着一条条笔直地垂下来的绳子，绳子的底端勾着圆形的纸。那些纸的颜色各不相同，越靠后的纸越小。

周秉文问谢潇南：“晏苏，来比一比吗？”

谢潇南看了看竹架和各种颜色的纸，问：“彩头是什么？”

“这个摊主给的彩头是玉骨扇和一把剑，不过若是咱们比的话……”周秉文笑着说，“你不是一直想要我手里的那把赤玉剑吗？”

谢潇南拿起桌上的弓试了试，问：“你打算将它送给我？”

周秉文道：“哪有这么好的事？咱们这次搭档赛，我与怀谨一组，你与晴姑娘一组。”

说罢，他又看向温梨笙，道：“温姑娘若感兴趣，也可以一起来玩，你就与沈公子一组。”

温梨笙当然也想玩，但想跟谢潇南组队，主要是因为沈嘉清的箭术实在是太差了，估计他还没她射得准。

但谢潇南的堂姐在这儿，温梨笙便没机会与谢潇南组队。

于是，她点头道：“好啊，我们也一起玩。”

沈嘉清对自己的箭术很有信心，拍了拍她的肩膀，说：“放心吧，梨子，咱们俩联手就没输过。”

几人很快就位，交了银子之后，周秉文率先上阵，拉弓搭箭，对着一排挂着的小圆纸射出。

每人有三支箭，但每人每回只能射一支箭。

谢潇南站在桌前，将那弓一拉，姿势十分优美。他停顿片刻后，羽箭离手，直直地飞出去，温梨笙也紧张地盯着。

只见羽箭破空而去，穿过一张张圆纸，而后狠狠地钉在最后那个用草垛编织而成的墙上，一支箭上串满了纸。

温梨笙几乎是发自内心地发出了惊叹声。

虽说谢潇南的箭术了得，但谢晴是完全不会拉弓的，三支箭基本上全浪费了。

温梨笙对弓箭也不太熟悉，但兴趣来了的时候学过一阵，倒是能把箭射出去。

她没什么心思射箭，只等着轮到谢潇南的时候一个劲儿地看。

她看他动作利落地拉弓，看他平静地射出箭，然后看箭一连穿过数个圆纸，最后钉在草垛上，引得围观的人不断惊呼。

那个叫怀谨的男人箭术也厉害，但准头还是差了点儿，不过他与周秉文加起来的话，倒未必比不过谢潇南一人。

沈嘉清在这几人之中，箭术就比谢晴的好了一点儿。他射出的第一支箭失了准头，往地上插去；第二支箭倒是顺利地飞出去了，但压根儿没沾上那些挂着的纸，光溜溜地扎在了草垛上。

不过他自己不在意，还说："越来越好。"

温梨笙也不在意，完全忘了自己是沈嘉清的搭档。

就这样一人射出一支箭，很快三支箭就轮换着射完了。最后，摊主拔下羽箭，一支支地数上面的纸，已经让人把玉骨扇和剑拿了出来。

周秉文叹了口气，道："悬了。"

谢潇南睨他一眼，问他："反悔了？"

周秉文笑着摇头，道："你可真行啊，晴姑娘跟你一组都没能把你的成绩拖下去。"

谢潇南道："对手太弱的话，队友再怎么没用也不影响结果。"

谢晴一听，笑着朝他的肩膀捶了一拳，道："好啊，你嫌弃我？！"

怀谨也道："他就是嘴上不说，心里指不定一开始就乐意和你组队呢。"

沈嘉清则站在谢潇南几人当中，听着几人说笑，也跟着乐，问谢潇南："你的箭术那么厉害，是跟谁学的啊？是在奚京的武馆里学的？还是在武学院里学的？"

周秉文替谢潇南回答道："晏苏从小就拜了师父，他的功夫都是跟他的师父学的。"

"难怪这么厉害。"沈嘉清给予了高度肯定。

温梨笙站在一边盯着摊主数纸，心里越来越紧张。她方才见怀谨的箭上的纸也很多，谢潇南能不能获胜还不一定，毕竟谢晴的箭上一张纸都没有。

摊主越数，她就越心急。她紧紧地盯着摊主数完了纸，而后见摊主抬头笑着对谢潇南说道："恭喜这位公子，你胜出了。"

温梨笙一时间高兴得蹦了起来，一下子就扑到谢潇南的身上，抱住了他的脖子，开心地喊道："赢了！赢了！"

她整个人扑过来时，谢潇南完全没反应过来，脸上是愣怔的神色，被她扑得左脚往后退了半步。

沈嘉清道："人家又不是你的搭档，你高兴什么呢？"

温梨笙觉得自己的脑子真的出了什么问题。

她分明就是跟沈嘉清一队的，但不知道为什么，慢慢地从潜意识里觉得自己是跟谢潇南一队的，导致她一下子有点儿搞不清楚状况。

听见沈嘉清的声音之后，她才猛然意识到自己犯糊涂了。

她立即松开了谢潇南的脖子，脸颊、颈间红了一片，打着哈哈道："我是在为世子高兴呢。"

周围的人都惊讶地看着她，让她既觉得尴尬，又觉得有点儿羞涩。

从来没有哪个姑娘扑到他的怀里过，因此他愣了好久才回过神，只见温梨笙垂着脑袋，耳朵尖都红透了。

周秉文、谢晴等人看向他们的眼神也变得有些不一样了。

谢潇南见温梨笙实在局促得厉害，想了想，道："你是看上那把玉骨扇了吧？"

温梨笙赶紧顺着台阶下来，点头道："没想到一下子就被世子看穿了，那把扇子确实好看。"

谢晴一下子笑出声来，对温梨笙道："哈哈哈，就冲你这可爱劲儿，那扇子也得给你啊。"

摊主插话道："选扇子是吧？"

继而，摊主递上来一把用锦布包着的扇子。他将锦布拿下之后，一把扇骨是白色的团扇出现在了众人的眼前。扇子上绣了一对小小的鸳鸯，虽然做工没有那么精致，但绣的东西就是比画的要好看些，入手也有些重量，倒是一把不错的扇子。

温梨笙没有推拒，对谢晴道了一声谢，然后拿着扇子给自己有些烫的脸颊降温。

周秉文笑了笑，转移话题道："咱们继续往前走走吧。"

事情过去，一行人又说说笑笑地继续往前走。

这回是谢潇南与谢晴走在前面，周秉文和怀谨走在中间。温梨笙有点儿不好意思，就走在队伍的最后面，沈嘉清在她身边走着。

"你说，这谢世子的功夫到底有多高啊？"沈嘉清一边走一边琢磨，"我方才见他拉弓的动作很轻松，准头极高，力道也拿捏得恰到好处，这一看就是用弓的老手啊……"

"我哪里知道？"温梨笙含糊地道，"应该很厉害吧。"

不然曾经他也不会说造反就造反，朝廷的兵一批一批地从奚京过来，愣是没拦住谢潇南前进的脚步。

沈嘉清道："我方才问了，他们说谢世子从小就拜了师父。我看他不仅会用弓，还会用剑，若是有机会与他切磋一下就好了。"

沈嘉清这人，除了温浦长，就服那些耍剑比他厉害的人。

他是自小学剑的，在练剑这方面吃了很多苦。为了将《霜华剑谱》的二十多式全部学会，他坚持了十多年，但是到现在都还没有完全掌握。

所以若是有人的剑谱比他的厉害，他是绝对要恭恭敬敬地叫对方一声"大哥"的。

不过，沈嘉清是打不过谢潇南的。

温梨笙想起在她的梦里，沈嘉清与谢潇南起冲突的那日，沈嘉清拔剑与乔陵交战，乔陵不敌，落败之后，谢潇南与沈嘉清对打。

谢潇南的动作真的非常快，他与沈嘉清过招时，压根儿就不是不相上下的那种，还不到十招，沈嘉清的剑就被打落了。

温梨笙说："你打不过他。"

沈嘉清问："你怎么知道？"

她道："之前在萨溪草原上，他两三拳就把一个大块头打得吐血不止，爬都爬不起来，那大块头最后是被抬走的。他隔着铁板能把你的肋骨打穿。"

沈嘉清对此表示怀疑，毕竟现在的温梨笙在他看来就是一个喜欢吹牛的人。

两个人边走边聊，没太注意，前面的几人都走出好远了，隔着遥遥的人群，谢潇南回头看。

他走在最前面，又因为身量高，极为显眼，所以一回头就会被后面的人发现。他回头的次数多了，周秉文笑着问他："你总回头看什么呢？"

谢潇南将目光从远一些的地方收回，回答道："看看给我们带路的人是不是跟丢了。"

他说完，几人同时回头，果然在人群中瞧不到温梨笙他们的身影了。

谢晴道："这儿就一条路，他们应该不是跟丢了，说不定是在路边看到了什么好玩的，被吸引去了。"

梁怀谨道："那姑娘不是从小就生活在沂关郡吗？怎么会丢？这里她比我们熟。"

周秉文也附和道："王爷说得不错，咱们还是莫操这些多余的心了。"

唯有谢潇南没有应答，目光在人群中转来转去。

他正瞧着，旁边突然传来了温梨笙的声音："你们停在这儿干吗？继续往前走啊！"

几人同时转过头，就见温梨笙摇着扇子站在边上。许是被人挤得有些热了，她将袖子挽起来了些许，小脸显得越发白嫩。

他们都没有发现温梨笙已经走到他们跟前了。

谢潇南也露出讶异的神色，随后反思了一下，主要是温梨笙有点儿矮，很容易被埋没在人群中。他方才找他们的时候是在找沈嘉清，因为沈嘉清身量高，在人群中较为突出，所以比较好找。沈嘉清和温梨笙始终在一起，所以他只要找到沈嘉清，就一定能找到温梨笙。

但他看了好几圈都没看到沈嘉清，便问道："他人呢？"

温梨笙知道他问的人是沈嘉清，回答道："他方才看到有冰榨甘蔗卖，要去买。但我见那周围的人太多了，就没有等他，先来找你们了。"

这就导致她都走到谢潇南面前了，他还在人群中寻找她和沈嘉清。

谢潇南说："此处人多，你跟紧些，落在人群里难寻。"

温梨笙琢磨了一下这话，真诚地问："你是在说我矮吗？"

谢潇南看着她，没回答。

温梨笙瞧了瞧在旁边站着的周秉文和梁怀谨，又看了看比她高半个头的谢晴。几人之中只有谢悦没她高，于是她不再自取其辱，只道："行行行，我就在你们旁边跟着。走吧，走吧。"

谢潇南这才转身继续往前走，头一偏便能瞧见温梨笙扇着扇子，伸长脖子四处看的样子。

一行人一路走走停停，看见好玩的东西就会停下来玩一会儿，看见杂耍表演也会停下来围观。

其间，几人看见有个能人边甩着鞭子抽陀螺，边用长棍转动碗碟，动作看起来娴熟、自然，引得观众一阵叫好。

温梨笙看得入神，谢潇南突然说道："他这杂耍功底还比不上你的。"

她惊讶地看了谢潇南一眼，很难相信他竟然也会一本正经地跟她开玩笑。

"这话是什么意思？我在世子眼里原来就是个耍杂技的？"她问。

"你昨日还说要来。"谢潇南接话道。

"那不是说着玩的吗？以我的才华和实力，我去耍杂技讨生活，岂非被埋没了？"

"唯有在这里才能将你的本领发挥到极致。"谢潇南评价道。

"你要是这么说的话，那扳指我就不还给你了。"温梨笙威胁道。

这回倒是谢潇南有些惊讶了。

"原来你还想着将它还给我？"

他们说话时，有人捧着大碗向观众挨个儿讨要赏钱。温梨笙二话不说便扔了一块碎银进去，引来那人一阵感谢。

众人继续往前走，周秉文上前两步，站到温梨笙旁边，笑眯眯地问道："温姑娘，你方才说的那个扳指，是不是墨色的，上面飘着白色的烟，看起来跟一幅画似的？”

温梨笙没想到他听见了方才她对谢潇南说的话，愣愣地点头，道：“是啊。”继而她又赶忙解释道，“我是跟世子说笑的。那东西我打算还给他的，一点儿也没损坏。”

周秉文听后，笑容一下子就加深了，笑了好一会儿才说：“无碍，既然晏苏将它给你，你就拿着玩吧，他不要，你就别给他。”

“它看起来好像很贵重。”温梨笙道。

那个扳指，她昨天拿在手里玩了半天，然后戴着睡着了，今早醒了之后，还特地将它悄悄藏了起来。她不敢将它戴出去，怕它被摔坏，也不想让温浦长找到它，光是藏扳指就费了些心思。

温梨笙想：最多再玩三天，我就将它还给谢潇南。

周秉文说：“还好吧，谢家自然是不缺这种宝贝的。只是玉本来就易碎，你拿去玩定要好好保管，别磕着碰着就行。”

温梨笙应着，抬眼去看谢潇南的后脑勺儿，心想：他不要，我就不还，还有这好事？

周秉文跟她说完之后就后退了两步，又回到了原来的位置。几人分散着走在人群中，玩了一个下午，也玩累了。

他们走出那条街之后，周遭瞬间宽敞了许多，连呼吸都变得顺畅了不少。

温梨笙也走累了，没有先前那股兴奋劲了。其他几人倒是还好，体力和耐力明显比她的好很多。谢悦到底是个孩子，走到一半的时候就背不动锦袋了。她把锦袋给了谢晴背着，这会儿更是不想走路了，抿着嘴，看起来有些疲倦。

温梨笙蹲下来，用扇子给她扇了两下，问：“悦悦，前面的环城河里有人泛舟，可以乘着舟去河中心喂小鱼儿，要不要去玩？”

谢悦一听可以喂鱼，立即双眼一亮，率先看向谢晴，似在征求她的同意。

谢晴道：“那就一起去看看吧，上回喂鱼还是过年那会儿，在晏苏家。”

温梨笙站起来，问道：“世子家里还有鱼池？养的都是什么鱼啊？”

谢晴说：“他家有一方很大的鱼池，里面的鱼都金贵着呢，还有一只特别大的龟，养了五十多年了。”

温梨笙在心中惊叹，想到了沈嘉清在风伶山庄里养的王八，还不到一个夏天就被用来炖汤了。

那只龟活了五十年，比她爹还年长。

她想：能在家中建一方大鱼池，那谢潇南的家该有多大啊？

温梨笙心不在焉地想着，慢悠悠地走到环城河边。河里有不少小舟，这种舟只能载三个人，且为了避免拥挤和碰撞，一次只允许七艘在河中行驶，岸上有专门记录和管控的人。

沈嘉清晕船，好久之前坐过一次小舟，结果晕得扒在舟边往河里吐。那些鱼争着吃他的呕吐物，温梨笙看得也差点儿吐了。

自那以后，沈嘉清就彻底失去了与温梨笙一起乘船的机会，哪怕不在同一艘船上也不行。

于是，沈嘉清抱着甘蔗汁站在岸边看，剩下的几人来到舟边分配。

谢悦想跟谢晴一起，周秉文自然又与梁怀谨一起，剩下的温梨笙和谢潇南便乘同一艘。

谢晴考虑到温梨笙的名声，本来还有些犹豫。温梨笙看见谢悦抱着谢晴的大腿，说："不碍事的，这郡城里没人敢说我。"

肯定是会有人说她的，不过温梨笙向来不在乎这些，也没人敢到她面前来说。

很快，谢晴姐妹和周秉文就上了舟，温梨笙和谢潇南站在岸边等小舟。温梨笙问谢潇南："不是说世子家中养了鱼吗？世子还愿意喂湖中的这些鱼？"

谢潇南将目光往河中一放，能看见偶尔露出水面的鱼。他答道："家养的鱼喂得多了，自然也想喂一喂野生的鱼。"

"这不是野生的。"温梨笙道，"这些鱼都是我爹当初买的鱼苗放进去的，因为禁止打捞，管控严格，所以存活了很多。城里的人都喜欢来这里喂鱼。"

温梨笙说："这些都是温氏鱼。"

她正说着，一艘小舟靠了岸，谢潇南先走了上去。温梨笙上去的时候，觉得舟一直在晃，扶着舟边俯身爬进去时，面前忽然伸来一只手。

谢潇南神色坦然地朝她摊开手掌，道："我拉你。"

温梨笙倒是没有犹豫，只是将手放上去的一瞬间，就被谢潇南的手掌包裹住了，她的心一下子又快速地跳了起来，敲鼓似的"咚咚"地响个不停。

谢潇南的臂膀很有力量，他大约是怕她在不停摇晃的舟里站不稳，又在她一只脚跨进舟里的时候抓住了她的另一只手，将她小心地牵到了舟上。

温梨笙刚站定，就见在舟头坐着的划舟的妇女正意味深长地笑着看向他们。温梨笙赶忙放开了谢潇南的手，手抽出来之后，手背上尚有他掌心的余温。

她抿了抿唇，对还在盯着二人笑的妇女道："大婶，划船啦！"

那大婶这才慢悠悠地划起舟来，温梨笙也小心地坐下，欣赏起河边的景色来。

河面上的风要更清凉一些，有一股水的味道在鼻子周围盘旋。小舟行过水面，留下一条痕迹，有些鱼就在其中穿梭，偶尔露出头。

大婶起初划得有些吃力，不过到了河流中间时，差不多是让舟随着河流漂动，就不需要她再费力。于是她搁下木浆，递给温梨笙一个木盒，道："二十文一盒。"

这木盒里装的是鱼食，温梨笙摸出银钱给了大婶。温梨笙将木盒打开之后递给了谢潇南，并道："世子先喂。"

谢潇南看了一眼这鱼食，没去接，而是问："这叫鱼食？"

"都是人平时吃剩下的东西搅和搅和弄碎了再晒干的。鱼什么东西不吃啊？这些没脑子的东西。"大婶听出了他语气中的嫌弃之意，笑呵呵地解释道。

温梨笙跟着笑，道："此话有理。"

谢潇南还是不抓，温梨笙只好自己抓了一把撒在水里。那些鱼立即聚了过来，跟打架似的挤在一起翻腾，鱼尾巴一甩，甩了温梨笙一脸水。

她闭着眼睛抹了一把脸上的水，抬手就打了离她最近的一条鱼一巴掌，一下子就把鱼打飞了。她有些生气地对那些鱼道："抢什么抢？！再抢我就不喂了！"

谢潇南："……"

谢潇南想起温梨笙总是有很多奇怪的举动，她可以对路边的树、地上的石头和用木头做的门说话。难不成她有一套能够与这些东西交流的方法？

于是他问道："你跟鱼说话，它们听得懂吗？"

"听不懂也不妨碍我骂它们啊。"温梨笙神情古怪地看了他一眼，似乎在疑惑他怎么提出了这样蠢的问题。

谢潇南安静下来。

他就不该问。

舟边的鱼一直拥挤翻滚，甩了不少水上舟，谢潇南站起身走到另一边，站在温梨笙的旁边朝着对面看去。温梨笙虽然被甩了满脸水，一直骂骂咧咧，但还是乐此不疲地往河里撒鱼食。

她正喂得欢，背后突然传来悦耳的女声："世子爷，您怎么会在这里？您也是来喂鱼的吗？是自己来的？"

这一连串的问题落下来，谢潇南一个都没有回答。

温梨笙好奇地回过头，发现谢潇南的身影完全挡住了她的视线。于是她将头往旁边一歪，看见了问问题的人，道："哟，这不是施大小姐吗？怎么这么巧啊？"

施冉乘着对面的舟，站在她的角度，温梨笙被谢潇南的衣袍挡得很严实。乍一看，她还真没看见温梨笙，不过等温梨笙主动冒出头后，施冉的脸色一下子就变了。

"温梨笙，为何我到哪里都能碰到你？"

温梨笙也不喂鱼了，拍拍手站起身来。这会儿，舟处于自己漂流的状态，整体很平稳，她站起来也不费劲。她双手抱臂，态度嚣张地道："怎么回事啊，施大小姐？咱们俩能巧遇那么多次，说明咱们俩有缘分，你为何每回都这么不待见我？"

施冉光是看到她脸就绿了。每回碰到温梨笙，她都会吃亏！她哪儿能待见温梨笙？她厌恶地道："整个沂关郡的人中，我最讨厌的就是你。"

"巧了不是？"温梨笙反唇相讥，"我看到你还有城北的乞丐时也很烦。"

施冉在斗嘴方面就算再练一百年，也斗不过温梨笙。她被气得脸红脖子粗，本想破口大骂，但碍于谢潇南在场，便始终端着架子，僵着脸道："我不与你进行口舌之争。"

"我也不跟你争，毕竟你是要进宫当娘娘的人。"温梨笙笑着说。

这话可不是她瞎编的，是之前好几回两个人吵架，施冉吵不过她的时候，总会像一只骄傲的孔雀似的说："我不跟你这粗俗的人争论——我日后是要进宫当娘娘的。"

以至于温梨笙每回见到她后，脑中都会响起这句话。

施冉听见她说这句话，立即跟被点着了的爆竹似的，狠狠地瞪着她，道："温梨笙，你别仗着你爹是郡守就欺人太甚！"

温梨笙纳闷儿地道："我又怎么欺负人了？"

温梨笙看她不爽很久了，两个人基本上一见面就会争吵，不过向来都只吵两句，施冉自知不敌就先走了。只有一次施冉提起了温梨笙的奶奶，而后她们就打起来了，温梨笙挠花了施冉金贵的脸蛋儿。

施冉总想再说两句话，但又不想放下架子，把话说得难听，让自己给人留下一个尖酸刻薄的印象。最后，她气得抓了一大把鱼食，迅速撒向温梨笙的脚边，不少落进了水里。

于是，那些蠢鱼一下子就疯了，疯狂地扑腾跳跃，撞在小舟上，竟把小舟撞得轻轻晃动起来。

小舟晃动的幅度并不大，但温梨笙原本就站得没多稳，小舟在水上这样一摇，她整个人就失去了平衡，前后摇摆起来，然而施冉还在撒鱼食。

温梨笙警告道："你再撒，我可就对世子投怀送抱了！"

施冉一听，立马停手。

谢潇南闻言，看了温梨笙一眼。

正在这时，小舟被猛地撞了一下，摇晃的幅度比之前的大了不少。温梨笙这下真的站不稳了。失去平衡的她摔在了谢潇南的身上，撞得谢潇南也没站稳，两个人一起倒在了舟中。

温梨笙倒下的时候，脑袋还磕了一下他的胸膛，只觉得像磕在垫了被子的床板上，头有些晕。

不过，紧接着钻进鼻子里的那股属于谢潇南衣服上的淡淡的香气让她一下又清醒了过来。在大婶的笑声和鱼儿翻腾的水声里，她好像听到了心跳声。

一种逐渐加快的心跳声。

她原本以为那心跳声是自己的，结果耳朵一侧，贴在谢潇南的心口时才发现，这是谢潇南的心跳声。

谢潇南一低头就看见她贴着自己的心口，好像有一股热泉涌进了心尖，将他的整个心脏泡了起来。一种难以言说的情绪涌上来，他体温似乎也升高了。

这种感觉很奇怪。

她贴得那么近，近到头顶的发丝蹭到了他的下巴上，痒痒的。

温梨笙抬起脑袋，用柔软的手指揉了几下他的心口，小声说："世子爷，你这里被我砸痛了吧？我刚才听的时候，发现它跳得很快。"

谢潇南的喉结轻轻滚动，随后，他抓住了她的手，将她慢慢从自己身上推着坐起来。他将头偏向一旁，顿了片刻才说："我没事。"

他虽然语气很平静，但耳尖红了些许。

"没事就好，我还怕将你砸坏了呢。"温梨笙爬起来，老老实实地坐在舟里，而后对施冉喊道："你完蛋了，施大小姐，你方才故意引鱼撞我们的小舟，把世子爷砸得心口很痛！他说要找你算账！"

施冉被吓得花容失色，连忙向谢潇南行礼赔罪："世子，民女方才并非故意要引鱼撞舟，只是一时气糊涂了才……"

她说到一半，只见那俊俏的世子爷压根儿连半个眼神都没有分给她，根本不在意她在说什么，他平静的脸上似乎裹了一层寒霜。

温梨笙拍了拍谢潇南雪白的衣袖，然后说道："要是有一种不染纤尘的衣料就好了，将它制成衣服的话，穿着它，就算在泥地里打滚也是干净的。"

谢潇南还对这废话给出了回应："让你去玩杂耍确实屈才了。"

"这衣裳不耐脏啊，随便蹭点儿灰就很明显。"温梨笙说。

"白衣如何耐脏？"谢潇南问。

"不过世子适合穿白衣。"温梨笙又说，"我觉得你穿白衣的时候最好看。"

这回世子没应声了。

施冉觉得这地方待不下去了，连忙小声催着大婶快些划走。

两个人又在舟中玩了一会儿，喂了一路的鱼，然后回到岸上。温梨笙结了银钱之后，谢晴等人已经在岸上等他们了。

"晏苏，我们该回去了。"周秉文说道，"来时答应过谢大人，要在入夜之前赶回去。"

谢潇南："嗯。"

温梨笙看着他的表情，虽然没什么明显的变化，但也能从细微处察觉他有些不开心。

他大约很失落吧？他的朋友和亲人千里迢迢地来到这异乡，却只能和他在一起玩几个时辰。他们回去之后，这沂关郡里又没有谢潇南的朋友了。

于他来说，这里终究是陌生之地。

温梨笙如此想着，便直接开口道："诸位放心吧，我定会把世子照顾得好好的，谁都不敢欺负他。"

几人听了她的话，先一愣，而后都笑出了声。

谢潇南也看着她，心中的郁气一扫而光。

谢晴笑着说："有你在，晏苏在沂关郡的日子定然不会无趣。"

温梨笙颇为赞同地点了点头。

沈嘉清也在旁边插话："梨子说了，只要世子在沂关郡一日，就会让世子体会到家的温暖，绝不会让他孤单。"

温梨笙用手肘撞了他一下，尴尬地笑道："这话是他自己说的。"

"你怎么不承认呢？"沈嘉清提高声音喊道，"这话分明就是今早巳时三刻，你坐在我对面，捧着果茶一边喝一边说的！"

温梨笙红着脸骂道："你这猪脑子，尽记些没用的东西！时间你记得那么清楚干吗？"

"我是一个严谨的人。"沈嘉清道。

温梨笙送给他一对大白眼。

温梨笙和沈嘉清争了两句后就向几人告辞了。她要留给他们一些时间说话和告别，毕竟谢潇南的亲友确实是难得来一趟。

她出门一整天，走路走得后脚跟都疼了，累得不行。眼看着日头将落，她摇着扇子回到了温府。

路上她有些感慨。

梦里的这一日，温梨笙与谢潇南在街头相遇。谢悦在夸奖她吹的泡泡大之后，她没有搭理，甚至连一个表情都没有给谢悦，视线也没在谢潇南的身上停留太久。

一来，二人完全不熟；二来，她怕自己盯着他看久了，会引来不必要的麻烦。

梦里吹完了泡泡，沈嘉清跟温梨笙就离开了那里，去别的地方玩了。

梦里她玩了什么，现在已经记不清了，唯一叹惋的就是她在梦里或许曾有机会与谢潇南说话，只是梦里的她不愿。

如今，情况完全不一样了。她不仅走上前与谢潇南等人说话了，谢潇南还向他的亲朋介绍了她。然后她还带着他们玩了一下午，互相知晓姓名和身份，且相处得极为融洽。

她以前确实对他存在着很深的偏见。

约莫是受了庄莺和施冉的影响，她总以为谢潇南等从奚京来的人对他们这些生活在偏远之城的人十分看不起。

周秉文、谢晴等人都是奚京有名的望族之子，她和他们相处时却非常舒服。他们笑的时候眉眼舒展，声音清脆，散发着浓浓的善意。

温梨笙想着想着，叹了一口气，总觉得曾经的她错得离谱儿。

回到温府之后，她吃了晚饭，又洗了澡。

躺在床上后，她又把扳指拿出来套在手指上玩，思绪飘来飘去。她一会儿想到的是谢潇南站在落日下的情景，一会儿想的又是梦里他扛着一杆很大的旗子，亲手折断了沂关郡城门墙头的那面梁旗，然后将印有“谢”字的旗帜插上去的情景。

温梨笙对沂关郡这个地方是打心眼儿里热爱的，所以后来梁国发生动乱，温浦长多次想把她送到外地避开祸事，她都不愿意。这里是她生长的地方。

守国不易，守家易。

虽然在乱世中难以出一份力，但她仍愿意留在故土，守着这座养育她的郡城。

如果是谢潇南……

梦里的他踏过万人的尸骨走上王座，所向披靡。若是他愿意守着梁国的话，想必没人敢对梁国造次。然而，在她的梦中他是乱世中最难处理的那个人，也是最后获得胜利的那个人。

温梨笙闭了闭眼睛，不再去想那些事情。

她想来想去，想的全是与谢潇南有关的事。

许是白日里累得厉害，温梨笙就想了一会儿，便捏着扳指沉沉地睡去了。

梦中，她站在一汪清泉之中，泉水清澈见底，还没盖过她的膝盖。她迷茫地动了动脚，泉水忽然涌起并变得浑浊，以极快的速度扩散。眨眼间，清泉就覆上了血一样的颜色，变得浓稠无比。

温梨笙被吓了一跳，后退几步，想要逃离，却好似被谁绊了一脚，重重地摔在地上。

她惊惶地转过头，就见身后出现了一条长街，街边尽是衣衫褴褛的乞丐。那些乞丐垂头丧气地靠着墙或躺在地上，皆是半死不活的模样。她举目皆是破败之景。

忽然，有惊呼声响起，温梨笙一看，原来她方才是被一个躺在地上的孩童绊倒了。她匆忙爬起来，就见那孩童如一副皮包骨架，面上没肉，下巴极尖，面如死灰，眼睛闭着，不知死活。

一名妇女趴在孩童身上号啕大哭，似乎在喊孩子的名字，哭得撕心裂肺。温梨笙觉得这哭声刺耳，呼吸都变得困难起来。

突然，妇女抱着没了气息的孩子，红着双目，绝望地骂道："谢狗贼，你挑起战乱，搅得梁国动荡不安，让我们这些百姓家破人亡，流离失所！你不得好死！"

温梨笙害怕起来，听见耳边传来"叮叮当当"的声音，一转过头，就见周遭的景象不知道何时变了——她处在一个房间之中。

温梨笙循着声音往前走，而后伸手慢慢地推开门，就见眼前是一方庭院。有一个人穿着宽松的衣裳站在院中，用力地锤打着手里的一把剑。

"都连续锤了三日了，你这把破剑还没打好？"温梨笙脱口而出，语气里满是抱怨。

"这不是快了吗？"那人回道。

"你们这造反的大军不至于穷困到一把破剑都要自己打吧？"温梨笙生气地道，"你若真是穷得厉害，我可以借些银子给你，反正我家有钱。"

游宗转过头看了她一眼，说道："哦，温家的钱库早就被世子搬空了。还有，你的嫁妆和孙家人给你的聘礼也被世子没收了。"

"什么？！"温梨笙大惊，"我挥霍了十几年都没挥霍空！他这么会抢，还造什么反啊？当土匪得了！"

"打仗多费钱啊？到处需要银子。"游宗耸耸肩，道，"从你们温家搬走的这一笔，估计够我们打到奚京去了。到时候若是成功了，也有你的一份功劳。"

温梨笙连忙说道："千万别，我可不是反贼的同伙。我忠心为国，坚决支持……"说着，她一瞥，就看到了站在房门口的谢潇南。他倚着门框，也不知道听了多久，温梨笙立即改口："不过胜者为王嘛，若是你们到时候真成功了，我自然也是忠心支持你们的。"

谢潇南听了，嘴角扯出一个不算笑的笑容，而后转身进屋去了。

温梨笙有些后怕地拍拍心口，而后小声对游宗道："这打仗又辛苦又累的，他干吗要造反呢？我看当皇帝也未必好，还没个山大王逍遥自在。"

游宗一边继续打铁，一边漫不经心地道："他要的又不是万人之上，皇权加身。"

"那是什么？"温梨笙问。

游宗用力地砸了几下剑，而后才说："许是河清海晏，万物复苏吧。"

温梨笙疑惑地皱起眉，正想说话，脸上忽然有了一丝丝凉意。她一抬头，发现原来是天空中飘起了雪花。

游宗也发现了，收起剑，不再打，回房的时候说道："万物复苏目前是不可能了。"

温梨笙看着他的背影，心想：河清海晏目前也不太可能吧？

而后温梨笙深吸一口气，从梦中醒来，耳边似乎还有那打铁声传来。忽然，她感觉手上有异样的感觉。

她一下子睁开眼，转过头一看，就见温浦长正撅着屁股，把脸凑到她的手边，费心费力地想把那扳指从她的手指上摘下来。

“爹，你在干吗？”温梨笙问。

温浦长见她醒了，暗道：不好，浪费了太多时间。

若非鱼桂没用，怕惊醒了睡梦中的温梨笙，他也不至于亲自动手。眼看着小魔头醒了，他只得来硬的，直接一把抓住她的手，想强行把扳指摘下来。

“快把扳指摘下来，否则别怪你爹我大义灭亲！”

温梨笙握紧拳头，伸腿蹬他，道：“有你这样的父亲吗？怎么还跑到女儿的闺房里来？我要报官抓你！”

温浦长道：“你报官吧，无论如何，我今日都要把这扳指摘下来，还给我女婿！”

温梨笙大吃一惊，眼睛瞪得圆溜溜的，问她爹：“爹，你说什么？什么你女婿？你疯了吗？！”

第七章　动春心

温浦长立即意识到自己说错话了，怪只怪这两日总能梦到谢潇南唤他“岳丈”。且他每回见到谢潇南，都觉得谢潇南各方面条件极其优秀，这样的人若是做他的女婿，他真是能把一口牙笑掉。

只不过这是不可能的，谢家这根高枝儿，温家人无论如何都攀不上。

虽说失言了，但温浦长不打算认错，佯装凶狠地道：“怎么，我说错了？你自己去外面转一圈，听听别人是怎么说你的。他们现在管世子叫‘温家女婿’！真是奇了怪了，世子进城才两个多月，我温家就莫名其妙地多了一口人。你说，昨日你与世子一同在环城河中泛舟喂鱼，是不是又做了什么不该做的事？”

温梨笙紧紧地攥着拳头，咬紧牙关，一副使出了全身力气的模样，从牙缝里挤出话来：“那怎么能怪我？昨日是我好心带着世子的亲朋好友在城中游玩，他们想要泛舟，我便一起去了。谁知道在河中遇见一个脑子不太好的人朝我们那小舟上扔鱼食，导致鱼群撞了舟，我们才没站稳，摔在一起的！”

温浦长一时半会儿还真没掰开她的手。

他气喘吁吁地放弃了，指着温梨笙道：“我再给你最后一次机会，松手！”

温梨笙生气了，摘了扳指往床上一拍，高声道：“拿去！不就一个破扳指吗？我不稀罕！”

床上传来“砰”的一声响，温浦长被吓得眼珠子都要瞪出来了，连忙将那扳指捧在手掌心里仔细检查，嘴里骂道：“你这个小兔崽子，眼睛被眼屎糊严实了是吗？这么贵重的东西你也敢砸，万一砸坏了，你就等着抱着温家祖宗的牌位上街乞讨吧！”

温梨笙也不是傻子，方才是把扳指捏在手心里，用指骨在床上重重地敲了一下，就是专门吓唬温浦长的。她仰着脸故意与他唱反调，道：“什么贵重的东西？跟我在路边买的也差不了多少，谢家的东西又不全是宝贝。”

温浦长得了东西，也不再与她争执，害怕她反悔来抢，于是赶忙一边往外走一边道：“井底之蛙，等哪日你进了谢府，就知道谢府里藏了多少宝贝了。”

“奚京的谢府太远，我去不了！”温梨笙大声喊。

温浦长道：“也是，即使温家人烧八辈子高香，你也未必有机会去奚京的谢府。”

温梨笙道：“爹若是争气些，当上一品大员，说不定有机会与景安侯结交呢！”

温浦长道：“那温家人要烧十辈子高香。”

说着，他走出了温梨笙的房间。温梨笙则坐在床榻上，出神地盯着某处，一动不动。

鱼桂走了进来，见她撇着嘴出神，以为她是因为被温浦长抢走了扳指而不高兴，在旁边站了片刻后，小声道：“小姐，你也别伤心，咱们温府里的宝贝也很多。你若是想要，我现在就去库房里给你挑一个贵重的手持，让你捏在手里玩。”

温梨笙双眼无神，也不知道有没有将鱼桂的话听进去。她愣了片刻之后，忽然伸出手指头数着：“父、祖、曾……”

她抬头问鱼桂：“往上数十代怎么称呼来着？”

鱼桂愣了一下，回答道：“我只知道往上数九代是鼻祖。”

“九代也行。”温梨笙双手合十，朝天拜了拜，道，“求求温家鼻祖庇佑我爹将来能当大官，让我体验一把官家子弟的威风。”

不过，温梨笙很快便放弃了，摇头叹气，道：“没希望的。”

外人常说温家算是毁在温浦长和温梨笙手里了。

其实温家按照族谱往上数几代的话，也是十分有名望的大家族，书香门第且家资雄厚。读书人嘛，走到哪里都是被人尊重、敬仰的，可惜的是，温家人似乎与仕途没什么缘分。做生意倒是能挣很多钱，但温家人就是想读书考取功名。

从温浦长的爷爷那时候开始，温家就已有颓势。沂关郡又常年遭受萨溪草原上的一些游牧民族的入侵，温家当时也被残害得严重，死了很多人，家产也被争夺散尽。这导致后来的温家人过了很长一段时间的艰难日子，活下来的人也寥寥无几。

温浦长年幼的时候，一双鞋要穿很长时间，直到脚长得太大，冲破鞋面，顶出一根脚指头，才勉强捡了别人的鞋换着穿。

不过后来谁也没想到，温浦长是温家人里第一个一步步考出沂关郡，考进奚京，成为状元的人。沂关郡的人没想到他回郡城之后心安理得地做起了大贪官。

温梨笙就更不用说了，温家世代都是读书人，只有她是当山匪的好苗子。

所以，温家现在仅剩的两个人都很有自知之明。

温梨笙在屋内叹气，道："我爹这贪官，哪有能力爬到那么高的位置上啊？"

温浦长在屋外惆怅，道："还妄想着世子给你当女婿呢，沂关郡里有一个你看得过眼的人娶她，都是天上掉馅儿饼的好事了。"

父女俩闹腾了一下，温梨笙见天色还早，又睡了。而温浦长收拾一番之后，在去官署之前去了一趟谢府。

谢潇南应该是没有睡懒觉的习惯，起得很早。温浦长登门的时候，他正在慢悠悠地吃早膳。

他在知道温浦长来了后，露出些许疑惑的神色，放下筷子，起身前往正堂，同时，下人将温浦长引进了正堂。

温浦长对他行礼，道："见过世子，一大早登门叨扰，望世子见谅。"

谢潇南说道："无妨，温大人请坐。"

这一声"温大人"让温浦长立马想起了自己梦中的场景：谢潇南穿着一身大红色的喜袍，垂首唤道："岳丈大人。"

谢潇南那声音和语气与现在的简直一模一样。

温浦长走神了，站在原地没动。谢潇南疑惑地看了他一眼，道："温大人？"

温浦长连忙回神，尴尬地笑了笑，而后坐下，从袖子里拿出用锦布包得好好的扳指放到桌上，道："这是笙儿先前从世子手中拿走的扳指，今日还给世子。我来时仔细检查过了，并没有任何损坏的痕迹。笙儿先前做事无礼，世子莫怪。"

谢潇南的目光落在锦布上，他看了好一会儿才问："是她说要还的？"

温浦长先点头，而后问道："世子可是有什么事吗？"

谢潇南的声音有些低，他似在自言自语："她昨日还跟我说不会归还。"

温浦长被吓了一跳，连忙问他："她真的说了这种大逆不道的话？"

谢潇南看清他的神色后，笑了一下，道："温大人不必在意，令爱的性子本就比寻常姑娘的活泼，这些小事，我并未放在心上。"

其实谢潇南是真不觉得有什么，这个扳指是他出生的时候，先帝赏给他的诞生礼，说贵重也确实贵重。但与温梨笙先前拽着的，他自打出生起就随身携带的护身玉相较，这个扳指还真不算什么。

也正是因为那件事，从来不在脖子上戴东西的谢潇南给护身玉编了绳，并将它挂在了脖子上。

温浦长要是知道了，肯定会气得头发都竖起来，指着温梨笙上蹿下跳地斥责。

谢潇南一想到这画面，眼中的笑意就加深了些许。

温浦长很少见他这样笑，只以为是扳指被还回来了，他高兴。于是温浦长不再多留，起身告辞，前往官署。

他走之后，谢潇南站在桌前，又看了那锦布片刻。最后，他将锦布解开，只见扳指被裹在其中，泛着润泽的光。他想了想，将它戴在了拇指上。

玉是温润的，上面似还残留着谁的体温。

温梨笙闲了两日，没等到闽言上门，先等到了单一淳出事的消息。

这日，混世小队里的阿诚急急忙忙地上门求见温梨笙，说有大事要禀报。

温梨笙想：这小子总是一惊一乍的，每次都说有大事，但实际上都是些芝麻大点儿的事。

于是，她没着急，一边啃着果子，一边慢悠悠地去了大门口。

阿诚急得满头大汗，看见她之后，立马迎上来喊道："老大，出大事了！"

温梨笙道："什么事啊？"

"你还记得先前你在千山书院念书的时候，跟你有些交情的单一淳吗？"阿诚问。

"记得啊，怎么了？他又在什么地方吃饭付不起钱了？"

阿诚跟单一淳是相识的。

单一淳初来沂关郡的时候，捧着一只破碗在街头乞讨，浑身脏兮兮的。他只要银钱，不要饭食。谁若是往他的碗里扔馒头或者其他吃食，他就会勃然大怒。

阿诚当时就是见他可怜，好似饿得皮包骨了，就往他那破碗里倒了一碗浓粥。单一淳当场就把碗盖在了阿诚的头上，两个人在街头大吵一架。

巧的是，温梨笙正好从那里路过。那时候混世小队还没有八个人，温浦长也没给他们赐名"成事不足，败事有余"，她对阿诚还是很倚重的。于是，她站出去给了单一淳一些银子解了围，得知他会武功之后，就跟他说千山书院在招武夫子，让他去试试。

后来单一淳真的去试了，然后便从乞丐变成了书院里的武夫子。

"不是！"阿诚着急地道，"我方才听说单一淳住的地方着了大火，他全身是火地从屋子里冲出来。等到周围的人端水将他身上的火扑灭的时候，他已经被烧得没个人样了！"

温梨笙闻言，脸上那满不在意的表情瞬间消散了。她皱着眉头，沉声道："你说的都是真的？"

"千真万确！"阿诚道，"我知道老大与他有些交情，所以赶紧来把事情告诉你。"

这消息来得太突然了，温梨笙根本反应不过来，连忙道："我先去看看。"

温梨笙知道单一淳住在何地。因为他先前是乞丐，在沂关郡无亲无故，加上他们俩的交情也算不错，所以有一次过年的时候，温梨笙带着沈嘉清，提了酒和肉登门拜访，给他送了点儿温暖。

他住在郡城中很偏僻的地方，不过离千山书院很近。所以，他平日去教学时也方便。

温梨笙连马车都不坐了，直接让人牵了马来，挑了人烟稀少的道路前往单一淳的家。因为要避开人多的闹市，她绕了很大的一个圈子才到。

单一淳住的地方不大，两间房带一个小庭院，屋子虽然破了些，但他一个人住也好凑合。过年的时候，温梨笙还带了工匠去将他的屋子修补了一番，对墙体和房顶进行了加固。

她此时再看，那带着庭院的小屋子基本被烧毁了，墙体被烧得焦黑，碎瓦满地。塌陷的墙体后露出屋中简洁、整齐的家具，但大多被大火烧得面目全非，俨然成了一处废地。

温梨笙的脑子里响起“嗡”的一声，她好似有些耳鸣。

屋子前围了许多人，七嘴八舌地议论着什么，温梨笙听得不太清楚。她盯着那被烧毁的屋子，踉跄地往前走，来到人群边，大力拨开人群，看见屋子前的一片空地上盖着一张深色的布。那布像铺在床上的褥子，盖得不严实，露出了被烧得皮开肉绽的人的小腿和焦黑的手。

温梨笙觉得有人将一盆冰水从她的头顶浇了下来，冷得她浑身开始打战。她此刻既恐惧，又难过。

“这是谁？”她一把抓住旁边的人，问道，“这下面盖着的是谁？”

被抓住的人吓了一跳，却还是回答道：“是个姓单的夫子，好像在千山书院里教武学。”

“他会武功，怎么可能被火烧死？！”温梨笙忍不住提高了声音。

“听说这火是在他睡着的时候烧起来的，烧得很旺，等他醒来的时候，出路全燃起来了。他是从火中冲出来的，跑出来时，好多人看见了，他身上全是火。”有人说道，“他叫得特别惨，一直扑打身上的火，在地上翻滚。等有人端水来的时候，人已经被烧死了。”

温梨笙越听越心惊，急忙问：“你确定被烧死的人是单一淳吗？”

“是啊，我们是他的邻居，知道他长什么模样。他跑出来的时候身上有火，脸上又没火，我们看得一清二楚。”那人摇头叹息，“但火烧得太快了，一眨眼的工夫，人就躺在地上不动了。”

“不可能的！”温梨笙真的不相信，单一淳怎么会突然被火烧死？

前些时候，他分明还啃着卷饼走到她面前来，笑嘻嘻地用卷饼跟她换银子。他的功夫不弱的，不是说习武之人的五感都比寻常人的厉害吗？他能不知道家中着火了？

温梨笙不信，大步走上前，掀开了那块布。一具被烧得面目全非的尸体映入她的眼帘。那尸体全身上下已经没有一块好的地方了，大片的烧伤让尸体看起来十分狰狞，吓得周围的人一阵惊呼。

温梨笙被眼前的景象狠狠地吓到了，下意识地闭上眼睛，但马上又睁开。她拧着眉，沉着脸。尽管这尸体模样可怖，她还是蹲下来仔仔细细地看着，忽然瞥见尸体的后颈处有一条长长的疤，眼泪顿时落了下来。

她依稀记得单一淳蹲在石头上，指着后颈处的疤给她看，道："瞧见没？我十七岁的时候在路上遇到一帮杀人越货的恶徒，十几个人打我一个，其中有一个人从背后偷袭我，往我的后脖子上砍，差点儿将我的头砍掉。"

"那后来怎么没砍掉呢？"温梨笙问。

"那当然是因为我厉害呗，一下就反应过来了，几下就把人打趴下了，哈哈哈。"

温梨笙与单一淳不见得有多么深厚的感情，但看着他的尸体，温梨笙一下就想起以前在千山书院念书时，每回她想吃食肆里的肉卷饼了，就会在食肆门口看见吊儿郎当地站着的单一淳。他总会拿着肉卷饼朝她晃一晃，并对她道："温大小姐的特供卷饼。"

还有，每回上武学课的时候，单一淳让其他人自由活动，然后跟在温梨笙身边讲他以前的种种英雄事迹。就算温梨笙说他是在吹牛，他也不会生气。

他这个好端端的人，说没就没了，怎么可能呢？

温梨笙撇着嘴，一下子就坐在地上哭了起来，对着单一淳的尸体道："你还说不是吹牛？哪个大侠会被火烧死啊？"

乔陵进了府邸之后转了一圈，没找到谢潇南。

他拉着一个下人询问："看见少爷了吗？"

下人摇头。

"他不在府中？"乔陵又问。

下人道："方才还见少爷从后院出来。"

乔陵"啧"了一声，纳闷儿地道："就这么一会儿，人就不见了？"

他又找了一圈，在正堂、偏房等地方都转了转，还是没找到人。就在觉得奇怪的时候，他旁边传来了谢潇南的声音："乔陵。"

他登时被吓得一激灵，飞快地循声看去，就见庭院边的高墙上，谢潇南盘着一条腿坐着。谢潇南正居高临下地看着他，并对他说道："你的五感退步了很多，来沂关郡之后，你太疏于练习了。"

虽然谢潇南大部分时间很正经，有着与年龄不相符的沉稳作风，但有的时候也会显出顽劣的心性来。就比如现在，他坐在墙头上，支着脑袋，看着乔陵在下面转了一圈又一圈地找他。

乔陵很想跟他动手，但是不敢，于是笑道："少爷，你在上面不晒吗？"

谢潇南身着杏色的衣袍，袖口、袍摆处用红线绣着流云纹。这样的颜色一下子衬得他朝气十足，精致的五官被日光照耀着，鼻尖因此而变得有点儿红，他似乎在上面坐了挺久。

"事情办得如何了？"谢潇南问。

"很顺利。"乔陵道，"烧得都看不出人形了。"

谢潇南"嗯"了一声，低头观察着手中的钥匙，说道："既然忙完了，就去练功，五感若再退步，你就先回奚京吧。"

乔陵对他行了一礼，转身要走，忽然又想起一件事来，便道："对了，我方才回来时，在路上看到温家小姐匆匆赶去那边了。"

谢潇南很快抬起眸，问："她怎么知道的？"

乔陵道："她的那个混世小队的成员散在郡城各处，获知情报的能力很强，许是那小队里的人告诉她的。"

谢潇南想到了温梨笙与单一淳站在食肆门口，为一个卷饼讨价还价的画面。他身形一动从墙头跳了下来，随后往外走去。

乔陵看着他的背影，故意问："少爷去哪儿？"

谢潇南冷淡的声音传来："回来了再检查你的五感。"

乔陵勾唇笑了笑。

谢潇南到那地方时，人群已经散了，尸体也被衙门的人抬走了。唯有温梨笙站在一旁的树下，仰着头，不知道在看什么。

他走到近处时，看到温梨笙的眼睛红红的。一颗泪珠正好从她的眼角滑了下来，谢潇南的脚步一下停住了，隔着几步远，他就这样站着看她。

温梨笙啜泣了几下，而后长长地叹了一口气，像把心里的郁气全部叹了出来。继而她将头一偏，余光看到一个人站在不远处。她将视线转过去，瞧见了谢潇南。

温梨笙先愣愣地看了他一会儿，然后突然抬腿走过来，到他跟前的时候，抬手抓住了他的衣袖，说话的时候，哭腔还很明显。

"世子爷，你是不是有很多很厉害的手下？"

温梨笙眼睛哭红了，瞳仁却还是很黑。她皱着眉头仰着脸看他的时候，模样又可怜又可爱。她此刻不像之前那样假模假样地大声哭，而是无声地流着泪。

谢潇南垂眼看她，低低地“嗯”了一声作为回答。

“那你帮帮我好不好？单一淳的死肯定不会这么简单的，肯定是有人故意设计，你的手下那么厉害，肯定可以查到是谁做的。”温梨笙吸了下鼻子，湿漉漉的睫毛一眨，眼里又蒙上了一层水雾。

温梨笙已经断定这件事不会这么简单，单一淳的死一定不是意外。她很难接受事情发生得那么突然，但也清楚单一淳在城中无亲无故，只有她会去查这件事的真相。

只是她的混世小队的成员都是普通人，平日在城中做些报酬低廉的活计养活自己，打探一下消息、传一传谣言还好。若她要让他们去查这件事，恐怕会给他们带来危险。

她若从风伶山庄借人的话，肯定会被温浦长知道。他定然是不同意的，毕竟现在她也不安全。

温梨笙本打算就算温浦长不同意，也要去找风伶山庄借人时，就见谢潇南突然出现在了她身边，顿时想到了第三条路。

谢潇南身边的人，乔陵、席路皆神出鬼没，武功高强，办事极为迅速。如果谢潇南肯帮忙，单一淳的事一定很快就会有结果。

但她没有把握，不知道谢潇南会不会同意。

她把话问出口之后，谢潇南的神色没什么变化，表情平静得很，她瞧不出他是否愿意。

他若是不愿意的话，也没事。温梨笙想：我大不了去找沈嘉清借人，只是要挨爹的一顿骂而已。

忽然，谢潇南从袖中摸出一方锦帕，递给温梨笙，道：“把脸擦一擦。”

温梨笙先前哭得厉害时，用自己的锦帕擤了一把鼻涕，那锦帕被她嫌弃地扔了。

她接过锦帕，往脸上胡乱地擦了两把，急切地想等他的回答。

谢潇南见她这样，轻声叹了一口气，然后把锦帕拿过来折了折。他抬起手臂，一只手放在她的后脑勺儿上，一只手用锦布在她湿润的睫毛上轻轻地按了按，然后擦过她湿润的脸和鼻子，力道轻缓地将她的脸从上到下擦了一遍。

温梨笙闭着眼睛，乖巧地不动，只感觉柔软、光滑的锦帕在脸上拂过，随后，谢潇南的声音传来：“你真想知道？”

温梨笙一开始不知道这话是什么意思，随后反应过来他问的是单一淳的事，便赶忙点头。

“那你随我去谢府。”谢潇南说着，松开了手，看了看温梨笙白净的脸，然后把锦帕递给了她，“第四条了。”

温梨笙就这样捏着锦帕跟他去了谢府，被安排在谢潇南的书房中等待。

书房里，两面墙上钉了书架，书架上摆满了各种各样的书。那些书里，有些封皮华丽，有些则是手抄本，还有各种书法字帖，令她目不暇接。

温梨笙这会儿没心情看书，坐在谢潇南平日写字看书时坐着的座位上，长长地叹气。

后来下人给她端来了两盘糕点，是那种被做成小桃子形状、皮半透明的糕点，看起来精致、漂亮。温梨笙虽然没什么胃口，却还是往嘴里塞了几个。

她等了两刻钟左右，有人推门而入。于是她立马抬起头，看到是谢潇南之后，当即起身，对他道：“世子。”

谢潇南朝她招了一下手，说：“出来。”

温梨笙走出去，跟着他去了旁边的房间，一进门就看到地上的木架上摆放着一具尸体。那尸体正是之前被官府里的人抬走的被烧得面目全非的那具，身上盖着白布，露出了头、颈和四肢。

谢潇南让人关上了门，房中只剩下他们二人，变得无比安静。

这尸体明显被清理过，没有之前那么脏，有些被烧得不严重的地方呈现出了肉色。

谢潇南问道：“你是凭什么断定他是单一淳的？”

温梨笙道：“他的后颈处有一条长长的疤，他以前跟我说过那条疤的来由，我刚才就是看见了那条疤才断定他是单一淳的。”

谢潇南又问：“那你还记得他其他地方的特征吗？”

温梨笙开始认真地回忆当初单一淳跟她说过的他的英勇事迹，然后蹲下来寻找痕迹。

脚脖子被狗咬过的痕迹、后脚跟踩过刀尖留下的伤痕、左肩上中箭的伤痕，这些地方都被烧得严重，压根儿看不出来有没有痕迹了。

还有，他的后腰曾被牛角顶得血流不止，或许那地方能看清楚。温梨笙抬手要去掀那块白布，却一下被谢潇南抓住了手腕。

他盯着温梨笙说：“这块布别动，看其他地方。”

温梨笙道：“别的地方看不清楚。”

谢潇南说：“那就找能看清楚的地方。”

温梨笙将尸体从头到脚看了一遍，发现他的双手是没怎么被烧伤的。她想起曾经有一次在武学课上，有一个学生的剑在挥舞的过程中脱了手，眼看着就要刺向旁边的学生，单一淳伸手挡了一下，被剑刃划伤了虎口，流了很多血。

温梨笙隔着锦帕抓起他的右手，往虎口处一看，虽然皮肤被烧得有些黑，但还是可以很明显地看到虎口处没有任何疤痕。她甚至发现这具尸体的大拇指很扁平，与单一淳圆润的指头完全不同。

温梨笙小声地倒抽一口凉气，问谢潇南："这不是单一淳？"

谢潇南点头。

"可是他的邻居说亲眼看见他全身是火地跑出来呀。"温梨笙的心中涌起一阵喜悦，她虽疑惑，但已相信这人不是单一淳。

谢潇南道："你还记得我之前戴在脸上的东西吗？"

温梨笙一下子明白了，是人皮假面。

如今，这具尸体的脸被烧得完全没有了识别的可能性。当时很多人看见单一淳浑身是火地冲出来，所以他被烧毁了脸之后，没人会再怀疑这具尸体究竟是不是他的。

单一淳没有死，而是找了个人戴着与他长相相仿的假面，然后在众目睽睽之下被烧死。

"他为什么要这么做？"温梨笙想起自己在很多人面前"哇哇"大哭的事，一时间又气又尴尬又欢喜，心情变来变去。

"因为他有别的事情要做。"谢潇南站起身，唤了下人进来，将尸体裹起来抬走。

"那这个被烧死的人是谁？"

"是前段时间在郡城周边的乡镇里杀人抢财的山匪。"谢潇南对她的问题一一进行解答。

温梨笙也没问太多问题，知道死的人不是单一淳之后，她的心情一下子轻松了很多。她并不问他去了哪里，在做什么，谢潇南是如何知道的，又为什么设计这出戏。

她安静地在原地站了好一会儿，突然抬腿往外走。

谢潇南见她动了，于是落后一步跟着她，本以为她要离府，却见她径直走到书房里，然后端起桌上装着糕点的盘子，一下子往嘴里塞了两个糕点。她转过头，问在门边站着的谢潇南："世子爷，我能将这糕点带回家一些吗？"

谢潇南看着她，神情有些变化，最终点了点头。

他这么好说话？

温梨笙想了想，然后得寸进尺地问："那做糕点的厨子，我能带回去吗？"

最终，温梨笙提着满满两大食盒糕点，领着在谢家做了很多年糕点的厨子，坐着谢家的马车回到了温府。

当晚温浦长回家之后，看到一桌子的奚京菜，差点儿晕过去。

被温梨笙领回家的厨子也就在温家做了这一顿晚饭，第二日就被恭恭敬敬地送回了谢家。

温梨笙表示十分遗憾，毕竟谢潇南这般有求必应，实属难得，哪怕留着厨子多做几日饭也是好的。

她表达了这一番想法之后，温浦长又抡着竹条把她撵到了树上，站在树下教训了她大半天。

单一淳的事很快翻篇，温梨笙在屋中闲了几日，还是没等到闽言上门。不过倒是有人递来了一封信，指名给温梨笙。

下人拆开了信，里面是一把用薄布包着的钥匙和一张字条，字条上写着“钥匙给你了”。

落款处是“单一淳”三个字。

单一淳假死之后给她送来了一把钥匙，温梨笙不知道这是什么意思，也猜不出其中的意图，只得先把钥匙给手下。

温梨笙在家中闲着无事，所以待不住了，想去峡谷那边看看。

武赏会盛大开幕，在郡城里盘踞许久的江湖侠客早就等不及了，纷纷赶往大峡谷上的擂台区。

武赏会有一套完整的比试体系，规则定得很明确。那些参与比试的人都注重点到为止，不会真的与对手打个你死我活，毕竟风伶山庄的规矩没人敢轻易违背。

沈雪檀虽然表面上笑眯眯的，一副很好说话的模样，实际上脾气并不算好，只是年纪大了，不喜欢计较一些小事。据说他年轻的时候，那真是无法无天的浑球儿，欺负起人来绝不手软。

当然，这些事是温梨笙听她爹说的，在诋毁沈雪檀这方面，温浦长做到了十几年来始终如一。

之前谢潇南说他也打算去峡谷山庄，想来接待完他的朋友之后，这几日就会去了。温梨笙也不方便总是去喊他，便想着先去那地方看看。

蓝沅也在温府里闲了好长时间，如今温梨笙手头上的事差不多忙完了，是时候带蓝沅出去转转了，说不定会有她那个不靠谱儿的师叔的消息。

温梨笙没跟温浦长说，但走之前给他留了口信，说去峡谷山庄那边玩玩。

那里是风伶山庄的地盘，温浦长知道后会生气，但对她的安全还是放心的。

她先去风伶山庄里找沈嘉清。

沈嘉清出来的时候，看到温梨笙站在门外的树下，身边是她的随身侍女鱼桂和一个扎着丸子头的人。

“这人是谁啊？”沈嘉清指着蓝沅问。

温梨笙道：“她是我前些日子在街边捡的，饿得吃不起饭了，我就把她带回了家。我发现她的功夫还不错，就将她留了下来，她叫蓝沅。”

沈嘉清盯着蓝沅打量了好一会儿，而后问：“我怎么觉得好像在哪里见过他呢？”

蓝沅这次出门前特地乔装过，还在脸上贴了一些假胡子，将眉毛画得又黑又粗，看起来有些滑稽。

温梨笙随意地应对道：“郡城里有那么多人，难免会有遇见的时候，或许你是在哪个街头看到过她。”

沈嘉清是很好糊弄的一个人，觉得面前的蓝沅眼熟，但又想不起来对方是谁。他也不纠结，走到蓝沅面前，低头看着人家的胸口，十分不理解地问道：“好兄弟，为什么你的身板看起来那么矮小、单薄，胸肌却那么发达呢？”说着，他就上手抓了一把蓝沅的胸，并问蓝沅，“你垫了东西吗？”

结果他刚将话说完，脸上就挨了重重的一巴掌。沈嘉清觉得有人飞起来往他的脸上踹了一脚，顿时站都站不稳，往旁边踉跄了两步，脸上火辣辣地疼起来。

他站稳后，撸起袖子就要打人，道：“你这王八犊子……”

温梨笙也惊得眼睛一瞪，急忙伸手拦住了他，质问他：“沈嘉清，你干什么？！”

沈嘉清被气得脸红脖子粗，大声吼道：“我就问问他的胸肌怎么那么发达，他就打我！”

温梨笙也吼道：“废话，我刚才站在边上听见你说的话了！你闲着没事，抓别人的胸肌干什么？！你是流氓吗？”

沈嘉清理直气壮地反问：“难道我们不是吗？”

蓝沅的脸都红透了，温梨笙不知道她是害羞还是有些害怕地垂着脑袋，因为装成了哑巴，所以她一声不吭。

“就算是流氓，也不能一见面就乱摸别人。”温梨笙对他翻了一个白眼，警告道，“你的爪子放老实点儿，再敢乱摸，信不信我一刀将它剁了？”

沈嘉清俊俏的脸上已经出现了一个非常清晰的巴掌印，他道：“我就没见过这么小气的爷们儿。”

温梨笙安慰地拍了拍蓝沅的肩膀。刚才那事发生得太突然，她都来不及阻止，不过沈嘉清的行为确实是无心之举，他并不知道蓝沅是女子。

蓝沅扮成男子的目的是躲避杀手，越少人知道她是女子越好，她们尤其不能让沈嘉清这种蠢货知道。

他因为挨了一个耳光，整张脸上写着“不爽”二字。他双手交叉着走在几人身后，一直不高兴地抿着嘴巴。

蓝沅有些歉疚地看了看温梨笙，觉得自己方才做得不对，毕竟沈嘉清是温梨笙的朋友。她动手是本能的反应，没想那么多。

打了小天师的朋友，这让她很不安。

温梨笙觉得没什么，沈嘉清就该打。

四人谁都没说话，安静地乘着马车出了郡城。

这条路，沈嘉清和温梨笙都很熟悉，大峡谷上有一处地方建了几间竹屋，以前温梨笙和沈嘉清会跑去那里玩。峡谷上的风景很好，离天空也很近，有时候，温梨笙会在吊床上一摇一晃地看着天空躺一下午。

她醒来的那一日，也是在竹屋内，当时还阴错阳差地拦了谢潇南的马车，被绑在树干上晒了好一会儿太阳。

车程不到一个时辰，他们在路上能看到不少与他们同行的人。那些人都是赶往武赏会擂台区的。

马车不能直接到擂台区附近，来到半山腰处，马车里的人就要下来步行。温梨笙不想爬山，于是打算先去竹屋那边，再走去山庄，高度差不多，不需要爬山。

到了竹屋前，温梨笙第一个下车。看着眼前熟悉的几间竹屋，她心一动，抬腿往前走。

她走了十来步，就听见沈嘉清不爽地道：“‘大胸肌’，你总看我干什么？想打架？”

温梨笙一听，气得转过头吼道：“沈嘉清，你好好地喊别人的名字！”

温梨笙的右眼皮总跳，她有点儿心烦地对他吼道，“她叫蓝沅，记住了吗？”

沈嘉清站在她对面，睨了她一眼，满脸怨气。

“听到没有？！”温梨笙握着拳头重复。

“听见了！”沈嘉清不耐烦地应了一声。他又看了看在旁边站着的蓝沅，小声嘀咕道：“真是麻烦。”

温梨笙看着他脸上那十分明显的巴掌印，觉得他活该，于是低声骂道：“你自己手贱，好好的，抓别人干什么？”

沈嘉清冷哼一声，丝毫不觉得自己有错，颇像个恶霸，道：“我就抓他怎么了？若不是你拦着，我定要把他的衣服扒下来，好好瞧瞧他的胸肌为何这么发达！”

“蠢货，滚到一边去。”温梨笙骂道。

她又看向蓝沅，其实蓝沅束胸已经束得非常好了，就是衣袍有些宽大，加上腰带束得紧，所以出现了沈嘉清口中的“胸肌发达”的情况。

蓝沅被他这一口一句“胸肌发达”说得面红耳赤，快速往前走，很快就与两个人拉开了一段长长的距离。温梨笙在后面喊：“蓝沅，你走错方向了！”

于是，她只得红着脸掉头回来。

四人先在竹屋里休息了一会儿，然后沿着峡谷上的路往南走。约莫行个两刻钟，他们就能看到那个大山庄了。

风伶山庄里原本就藏着数不清的宝贝，沈家的家底颇为丰厚，所以沈家的房子都建得极为气派。风伶山庄是沈嘉清年幼时住的地方，沈家人搬到城中之后，这山庄就被闲置了，只偶尔存放一些稀奇古怪的宝贝。

不过，从各地来的人很多，山庄里的大部分屋子估计都被租给了那些江湖人士。

沈嘉清参与的比试是在八月十五之后开始，先前温梨笙跟谢潇南说他会在这次比试里使用《霜华剑谱》，其实是骗谢潇南的。因为当时她想喊谢潇南一起去观看武赏会，而他又明显对《霜华剑谱》感兴趣，所以温梨笙就想用这个引起他的兴趣。

但她没想到谢潇南本来就打算去。

她记得武赏会到十月份才结束，前面的比试是很没意思的。有些人图热闹，也会凑上去比画两招，所以看着很无趣。

但是到了后面，经过一轮轮的比试之后，剩下的都是有真本事的人，那个时候的比武看着才过瘾。这也是温梨笙并不急着上山的原因。

她今日主要是带蓝沅来转转。

他们越往山庄所在的方向走，周围的人就越多。他们起初只能看见零星几个人，到了后来，随处能遇见不认识的人。那些人大多携带着武器，衣着千奇百怪，他们只看一眼就知道那些人是江湖人士。

沈嘉清模样俊俏，个子也高，脸色阴沉，加上他的脸上有一个非常清晰的巴掌印，所以一下就吸引了很多人的目光。

温梨笙也十分娇俏，身着锦绣长裙，发戴玉簪，与沈嘉清并排走着。他们很像从哪个富贵之家跑出来玩的千金、少爷，在一众带着各种各样的武器的人中显得格格不入。

几人走了一段路，周围的人越来越多。越来越多的人朝温梨笙和沈嘉清看来，很快就有人凑上来与他们说话。

“这儿好像不是你们该来的地方吧？”一个膀大腰圆的男人从旁边走来，拦在了沈嘉清的前方，轻蔑地看了他一眼，道，“娇生惯养的少爷、小姐快快下山去。刀剑无眼，当心砸在你们身上，让你们哭着跑回家。”

沈嘉清眉头一皱，刚要说话，温梨笙就拦了他一下。温梨笙对那人道：“我们就是上来看看的。”

“有什么好看的？”那男子十分不屑地道，“你们这些手不能提、肩不能扛的人还想习武？还是乖乖地回去捧着书读吧。”

温梨笙看向男人，视线在他的身上停留了片刻，而后扬起一个灿烂的笑容，道：“这位大哥，你也是来参加武赏会的吗？”

她笑起来模样十分乖巧，男人顿了一下，而后道：“自然，不然来这里是为何？”

温梨笙问：“现在擂台上有人在比赛吗？”

男人道：“正在比着呢。怎么，你要去看？”

温梨笙揉了揉又在跳的右眼皮，没回答，而是瞧了一眼男人背在背后的一柄弯刀，笑着说：“看大哥这气度，想来大哥也有一身极厉害的功夫吧？可有名号？”

“江湖人称‘弯刀老黑’，吴黑风是也。”男子自信地报出自己的名号。

温梨笙笑眯眯的，满意地点点头，然后从自己的锦袋中摸出一个小巧的金元宝，放在掌心上，摊开手，对吴黑风道：“弯刀老黑是吧？久仰大名，今日一见果然名不虚传，我这哥哥听闻你的名号已久，今日得见，能否请老黑大哥与我哥哥上台切磋一二？”温梨笙拍了拍沈嘉清的肩膀，说道，“你若是赢了我哥哥，这金元宝就归你了。”

吴黑风一看，心想：这不是天上掉馅儿饼的好事？

他立马就要去拿温梨笙手中的金元宝，却见温梨笙将手一握，往后面躲了一下，问他：“还没比呢，你怎么就想着拿金元宝了？”

“这还用比吗？”吴黑风看了一下沈嘉清的胳膊和腿，嗤笑一声，道，“我怕一拳打下去，把他的骨头打碎。”

温梨笙道：“要是打碎了，也是我哥哥该受的，黑风大哥若是同意比试，那咱们就去擂台那边。”

吴黑风笑了一声，道：“走走走！”

周围的人一听，自然都认为温梨笙带着这倒霉哥哥既找打，又送金子来了。于是他们一拥而上地跟在旁边，一群人朝着擂台区走去。

此处一共有五个大擂台，擂台区占地极为广阔，每个擂台上都有人在比试，台下隔着一段距离摆着座椅。但在这种情况下，座椅肯定是不够的。那些座椅多是给在江湖上有名望的人坐的，其他人都是站在周围看。

路上，温梨笙用肩膀撞了下沈嘉清，小声道：“好兄弟，这人看不起我们，等一下你好好地揍他，别手下留情，知道吗？”

沈嘉清轻“哼”一声，道：“我只怕把他打死。”

温梨笙一想也是，便道：“那你收着点儿劲，但是也不能打轻了，至少把他吃的饭都打出来。”

沈嘉清不爽的情绪总算少了一些，他摩拳擦掌，表现出了几分期待和兴奋，恨不得马上爬上擂台。

温梨笙见他这副模样，才轻轻地吐出一口气。沈嘉清从方才开始一直在生闷气，温梨笙还在想怎么解决呢，就有人不长眼地凑上来了。

最快让沈嘉清消气的办法，就是让他去跟别人打一架。

总之，这吴黑风是自己撞上来的，可怪不了她。

他们到了擂台边上，擂台上的人的比试还没结束。温梨笙和沈嘉清就在边上等了一会儿，身边迅速地聚集了一大批人。

那些人听说有两个娇生惯养的少爷、小姐不自量力地对弯刀老黑发起了挑战，喊来了不少看热闹的人。

温梨笙一见周围的人越来越多，都等着看热闹，于是心生一计，站在了旁边的一把椅子上，将手里的金元宝举起来晃了晃，扬声道：“诸位——”

那金元宝在阳光下闪着无比亮眼的光芒，所有人的视线被吸引了过来。

温梨笙道：“我这哥哥说了，只跟一个人切磋，他觉得不够，还需要再找两个人来。还有没有人愿意让我哥哥领教一下他的武艺？若是赢了我哥哥，这金元宝就归你，即便输了，也不会怎么样……”

她刚说完，底下就响起一阵哄笑声，众人都在说这兄妹俩的脑子坏掉了，他们简直是在花钱找打。

温梨笙听在耳朵里，笑着问：“有人愿意吗？”

“我来！”忽然，一个人从人群中跳出，踩着别人的肩膀来到了温梨笙面前，指着她道，“你哥哥人在何处？叫他出来挨揍。”

那人个子不太高，脸长得方方正正的，好像一个“国”字。温梨笙看到他后，惊讶地道：“你的脸怎么长得那么方正？”

来人面色一僵，继而有些恼怒地道：“小丫头片子，你是来切磋武艺的，还是来比模样的？”

温梨笙指了一下沈嘉清，道：“我就是随口一说，这个人就是我哥哥，等一下他跟弯刀老黑比试之后，就轮到你和他比试了。”

温梨笙想的是多给沈嘉清找几个人练手，这样他就不会总憋着一口气，找蓝沅的麻烦了。

沈嘉清双手抱臂，在旁边站着，不说话，也没有表情，一副温梨笙喊几个人他就打几个人的模样，压根儿不在意谁会跟他切磋。

不过，弯刀老黑很不爽地冷笑一声，道：“大话别说得那么早，别到时候跟我打完，爬都爬不起来。”

温梨笙摆摆手，随意地道：“这个你放心吧，我哥哥扛揍得很。”

继而她又问还有没有人愿意和沈嘉清比试，很快就听见了一道熟悉的声音：“在下想试试。”

温梨笙低头看去，只见乔陵从人群中慢慢走了出来，肩膀上赫然有一个脚印，好像是方才那个方脸男人出来的时候踩的。不过乔陵并未生气，走到温梨笙跟前作揖，问道：“赢了的话，可以得几个金元宝？”

温梨笙对他出现在这里感到非常惊讶，连忙又朝人群里看了看，并没有看见谢潇南的身影。随后，她从椅子上跳下来，问乔陵：“你家少爷平日里给你们的银钱很少吗？”

乔陵依然笑道：“倒也不是，只是我瞧着温姑娘手里的金元宝十分好看，所以也想要一个。”

温梨笙想：这话谁信啊？

温梨笙只知道乔陵的功夫很高，梦里他与沈嘉清交过手，赤手空拳地进行比试的话，乔陵更胜一筹。但若是沈嘉清拿着剑，乔陵是打不过的，所以她觉得这比试没什么意义。

但沈嘉清不这么想。他想跟谢潇南切磋不是一日两日了，先前在棱谷瀑时，沈嘉清曾试探谢潇南知不知道《霜华剑谱》。

在听到“云燕掠波”四个字的时候，谢潇南是有反应的，显然知道“云燕掠波”是《霜华剑谱》中的一招。自那以后，沈嘉清就一直惦记着与谢潇南过两招。

谢潇南或许也学过《霜华剑谱》，沈嘉清曾这样对温梨笙说。

温梨笙不在意，只说：“世子现在手里有一部分《霜华剑谱》，肯定翻看上面的剑招，然后学习过，会《霜华剑谱》中的几个招式也是正常的。不然他大费周折地收集那剑谱干吗？”

她不准沈嘉清去找谢潇南过招。沈嘉清想着，跟世子身边的人过两招也是一样的，反正这世子身边的人肯定都是厉害人物。

沈嘉清双眼放光，盯着乔陵说：“咱们俩现在就上去比试。”

温梨笙道：“你急什么？擂台上还有人呢。”

沈嘉清有些不耐烦，看见乔陵的肩膀上还有脚印，便给他拍了拍，将脚印拍去，而后说：“我上去把他们撵下来。”

说着，他就真的往擂台上走去。台上的人正打得火热，扯耳朵，拉头发，相互叫喊。沈嘉清走到擂台边，朝上面的人喊道：“别丢人现眼了，快下来，我要用擂台！”

他的这一举动惊到了不少人，周遭乱哄哄的，说什么的人都有。

温梨笙听见有人说沈嘉清不知死活，敢破坏风伶山庄的人定下的规矩。

擂台旁边都有风伶山庄的人守着，就是为了防止有人在比试的过程中捣乱。一旦出现这种情况，守在擂台边的护卫就会直接动手，轻则将捣乱者打一顿，扔到一边去，重则将捣乱者的手脚打断。

但这会儿沈嘉清站在擂台下一边拍一边喊，满脸不耐烦地让擂台上的两个人下来，擂台旁的护卫就跟瞎了、聋了似的。

吴黑风对乔陵的插队行为非常不满，走到乔陵旁边，故意用肩膀撞了一下乔陵，粗声粗气地道："先来后到懂不懂？这小丫头手里的金元宝已经是我的了。"

乔陵转过头，语气温和地道："阁下想先比试也行，不需要跟我说。"

吴黑风瞪着温梨笙，道："你想出尔反尔？你可是先喊的我。"

温梨笙指了下乔陵，道："我那哥哥想先跟他比。"

"老子不管。"吴黑风道，"你要么直接把金元宝给我，要么就让你那细胳膊细腿的哥哥在我这儿先挨一顿揍。"

温梨笙的右眼皮又开始跳，她不耐烦地"啧"了一声，那温柔乖巧的样子终于装不下去了。她皱着眉道："你想揍谁？跟我说干吗？又不是我要跟你比试！"

她这态度转变得可真够大的，吴黑风见状都愣了一下，问她："那你还喊别人干吗？"

"我喊别人干吗？"温梨笙道，"我是怕你太不扛揍，两拳就被打倒了，想着再找两个人给他练手！怎么？碍着你的事了？"

吴黑风见她凶巴巴的，哪儿还有一点儿大户人家千金的模样？他不由得撸起袖子道："你怎么跟老子说话的，不怕老子把你哥打得满地拉屎？"

温梨笙看了一眼把擂台拍得"砰砰"响的沈嘉清，翻了个白眼，道："他才不是我哥，我哪有这么蠢的哥？"

沈嘉清闹腾得厉害，拍了擂台好几下，见没有用，看见擂台上的人打着打着朝他这边来了。于是，他探长身子，伸手一捞，拽住其中一人的脚踝扯了一下，就把正在抠鼻子、扯头发的人拽倒了，终止了两个人的打斗。

旁边有人看不下去了，对站得笔直的护卫道："这儿有人坏了风伶山庄的人定下的规矩，你为何不将此人打走？"

那护卫将手中的长剑一提，冷冷地道："擂台上的人正在比试，闲杂人等退于三尺之外！"

这下，周围的人知道了，这些护卫既不瞎也不聋，只是完完全全无视了这个不知道从哪里跑出来的少年的行为。

台上的两个人在沈嘉清的捣乱之下，成功地从擂台上下来了。沈嘉清在上擂台的阶梯的时候朝乔陵招手，道："快来，咱们过两招。"

没有跟温梨笙谈妥的吴黑风见状，自然不乐意，推了乔陵一把，一边往前走一边说道："我来跟你比比。"

沈嘉清皱起眉头。

吴黑风道："你现在反悔也晚了，要老子玩是不是啊？我告诉你，不管你是不是害怕了，这金元宝，我今儿都拿定了。要是你现在求饶，说两句好听话，我下手就轻些，或者你直接弃权，承认我赢，这样也省了我不少时间，我看你——"

他一边说一边往擂台上走，走到沈嘉清身边时，沈嘉清突然抬手直接一拳打过去。沈嘉清虽然看起来确实没有吴黑风那样膀大腰圆，但这一拳砸在吴黑风的脸上时，吴黑风一直喋喋不休的嘴发出了一声痛呼，然后吴黑风从擂台的阶梯上翻了下去。

他砸在地上时发出了沉闷的声响，众目睽睽之下，吴黑风没能再爬起来。

温梨笙大失所望地道："我还想着你能扛两拳呢，谁知道一拳就倒了，太没用了。"

沈嘉清活动了一下指关节，皱着眉，不耐烦地朝擂台下看去，道："还有谁？我记得有个方块脸也要跟我打来着。"

那方块脸立马举起手道："我弃权，弃权！"

沈嘉清立即露出满意的笑容，对乔陵道："来来来。"

乔陵闻声，抬腿上前，步伐平稳地走上擂台，站到沈嘉清对面，作揖道："沈公子，得罪了。"

沈嘉清也回以一礼，而后两个人就动起手来。沈嘉清先是攻方，一连几拳出手，乔陵都很轻松地避过了。乔陵在闪躲时往后退了几步，待到快退到擂台边缘时忽然转守为攻，正面接下了沈嘉清的拳头。

两个人交手时，温梨笙找了个座位坐下，看得津津有味。她虽然不会武功，但看得出乔陵的身法是以柔为主。他的攻击跟他本人一样，很温和，他动作并不快。

但沈嘉清不同。他有着少年最纯粹的蓬勃之力，一拳一击带着风似的，打在别人的身上时都有响声。

围观的群众确实没想到沈嘉清竟有这般好的功夫，顿时惊叹声不断。

然而，赤手空拳终究不是沈嘉清的强项，他只有拿着剑的时候才能把全部的实力发挥出来。所以他在面对乔陵时，不管是曾经还是现在，结果都是一样的。

虽然败了，但是他没有丝毫的不开心，反而畅快地舒了一口气，台下响起欢呼的声音。

在乔陵以作揖行礼做结束的时候，他上前一把拥住了乔陵，说道：“问问你家少爷身边缺不缺人？”

沈嘉清心情极好，脚步都显得很轻快，下来之后在温梨笙的左边落座。他擦了一下脸上的汗，小声说：“那谢世子身边的人果然了得。”

温梨笙也不知道从哪里摸来了一把瓜子，一边吃一边说：“你方才问那话是什么意思？你想给世子当马仔？”

沈嘉清反问：“不行吗？”

“可以啊，”温梨笙说，“但你只能当二号马仔。”

“为什么？”沈嘉清疑惑地道。

“因为一号是我。”温梨笙说。

乔陵并未下台，而是站在擂台上对温梨笙道：“温姑娘，能否让你身边的那位公子与在下切磋一二？”

温梨笙先愣了一下，而后看向在自己身边坐着的蓝沅。

乔陵为什么提出跟蓝沅切磋？

她指着蓝沅，疑惑地道：“你说的是她？”

乔陵点头应“是”。

温梨笙不明白乔陵的意图，想：他这是什么意思？他认识蓝沅，还是只是一时兴起？

但不管是什么原因，眼下她都没时间探究。温梨笙转过头问蓝沅：“擂台上的人要跟你比试，你要去吗？”

蓝沅看着温梨笙，既没有点头，也没有摇头。

但温梨笙一下子就看出了她的想法，她是在征求温梨笙的意见。

温梨笙想起曾经她只知道蓝沅的功夫不错，却不知道蓝沅的功夫到底有多厉害。蓝沅若是跟乔陵比试的话，也没什么坏处，她正好能知道蓝沅的功夫有多厉害。于是她朝蓝沅点了点头，低声叮嘱道：“你若是觉得吃力，就立即弃权。”

蓝沅点头，站起身，朝着擂台走去。

乔陵看着她走上擂台，像先前对沈嘉清作揖那样对她行礼，并对她道了一声“请”。蓝沅也回礼，没动手，而是先吸了一口气，再慢慢地吐出来。

沈嘉清凑过来问温梨笙：“这‘大胸肌’能行吗？看着细胳膊细腿的，一点儿也不扛揍吧？”

温梨笙道：“我说了让你叫她的名字。”

沈嘉清道：“这蓝圆圆要是被打惨了，我可不上去帮忙。”

温梨笙懒得搭理他，见台上的两个人动手了，便不再说话，认真观看，沈嘉清在旁边“咦”了一声。

蓝沅最大的特点就是动作轻盈，她在乔陵抬手的一瞬间就做了两个连续的后空翻，落在了擂台周边的桩子上，而后从上面一跃而下，抬起手刀砍他。

乔陵抬手阻挡，反手捏住她的手腕，两个人在擂台上的活动范围比方才乔陵与沈嘉清打的时候要大得多，几乎每过两招就会踩在擂台的边缘，在台下围观的人发出一阵阵惊呼声。

出乎温梨笙的意料的是，蓝沅的功夫跟乔陵的不相上下。

温梨笙越看越入迷，乔陵的好几次攻击蹭到了蓝沅的身体，都被蓝沅迅速地躲了过去。温梨笙心一紧，把桌子拍得特别响，道：“打得好！”

沈嘉清也喊：“攻击他的肘部！乔陵！”

温梨笙捶了他一下，道：“你这个胳膊肘儿往外拐的家伙。”

沈嘉清揉了揉肩膀，道：“你不是说，你是世子的一号马仔吗？那岂不是跟乔陵也是好兄弟？我怎么就是胳膊肘儿往外拐的人了？”

温梨笙也朝蓝沅喊：“沅沅，打他的鼻子！”

沈嘉清：“踢他的腿骨！”

温梨笙：“敲肋骨，敲肋骨！”

沈嘉清提起一口气，嗓门儿提高了八个度，道：“打他的大胸肌！”

温梨笙忍不住了，当场把沈嘉清按在桌子上猛打。

她在打沈嘉清的时候，发上的玉簪滑落，掉在了地上。守在一边的鱼桂看见了，想上前去捡，却见一个人走到温梨笙右边的座位旁，弯身将玉簪捡了起来，顺势坐在了她旁边。

温梨笙把沈嘉清打了一顿之后，觉得有点儿热，坐好之后，一边用手扇风一边说道：“虽然你没脑子，不过你方才的话倒是提醒了我。世子身边也只有乔陵和那个席路，老长时间没看到席路出现在他身边了，席路会不会是失宠了？”

沈嘉清顶着一头被温梨笙揉成鸡窝的头发，道：“人家失不失宠跟你有什么关系？”

温梨笙道：“他若是失宠了的话，我们就找个机会把他挖过来啊，让他加入我们的混世小队。”

两个人一本正经地密谋起来，沈嘉清道：“你的话很有道理，要我说，咱们干脆把这个叫乔陵的也挖过来。那样一来，咱们的混世小队绝对是整个沂关郡里最厉害的。谁也不敢惹咱们，咱们也不用再去给世子当马仔了。”

温梨笙道：“给世子当马仔有什么不好的？就算惹了祸，也有人给咱们兜着，报出他的名号就没人敢动咱们。”

沈嘉清道："但终究还是低别人一头，受人差遣。"

温梨笙："放心吧，世子不敢差遣我。"

"怎么说？"

温梨笙抬起自己的拳头，笑了一声，吹牛道："因为他也怕我的组合拳。"

她话音一落，身旁传来了笑声。

温梨笙心想：哪个胆子大的人敢坐在我旁边嘲笑我？

于是她转头看过去，只见对方是一个二十来岁的男子，皮肤很白，面容清秀，正垂着眼看着手中的一根玉簪。

那玉簪被他捏在手指中轻轻地转着。

"你笑什么？"温梨笙问。

男子道："就是觉得你方才说的话有趣。"

"你听得懂吗？你就笑？"温梨笙有点儿不爽，觉得这人的语气、神色里有那么一丝嘲讽之意。

那男子道："台上这人的功夫不错，你觉得你能用什么条件让他为你卖命呢？"

虽然乔陵肯定不会被她挖走，但她向来不喜欢别人对她的事指指点点，于是嘴一撇，问："关你什么事？"

"你跟我说说，说不定我能给你出些主意。"那人道。

温梨笙觉得此人心怀不轨。她都不认识他，他却要给她出主意，他心里的阴谋诡计就差写在脸上了，她不想再搭理他。

忽然，她看见了他手里的玉簪，随即在头上摸了摸，问他："这不是我的玉簪吗？"

她伸手要去拿那玉簪，那男子却将手往旁边一抬，反问道："我捡了你的东西，你都不道谢吗？"

温梨笙已认定这人不是什么好人了，不想道谢，说话的语气也有些不客气："谁让你捡了？就算掉在地上，也有人会捡。"

说着，她看了站在旁边的鱼桂一眼。鱼桂正盯着她，轻轻地摇头。

那男子道："我好心还办了错事？"

"你这叫多管闲事。"温梨笙道。

男子把玉簪给她，道："那我还给你。"

温梨笙拿过玉簪，用锦帕擦了擦，而后将它胡乱地戴在头上。她刚想跟沈嘉清说话，就听那男子问她："你的组合拳很厉害吗？"

这其实是很正常的一句问话，但温梨笙对他抱有偏见，这句话的意思在她听来就变成了"你很厉害吗"。

温梨笙一下来气了，拍桌而起，怒道："你什么意思？你是不是看不起我？你给我站起来，我现在就让你尝尝小爷的组合拳！"

男子微笑起来，而后真的站起身来。

温梨笙这才发现此人比她高出一个头还多。她盯着他的眼睛时都要仰着脸，抬高下巴。

她咽了一下口水，心想：方才坐着的时候，我还真没看出我们的身高差距有这么大。

温梨笙又坐下了，朝他招手，道："坐啊，别挡住后面的人看比试。"

沈嘉清凑过来问："怎么了，梨子？"

温梨笙小声说："你看看我旁边这个人，如果你跟他打的话，有胜算吗？"

沈嘉清侧身看了那男子一眼，而后说："我们有三个人外加两根手指，打他一个肯定有胜算啊。"

"什么叫'三个人外加两根手指'？"

"我、蓝圆圆再加上鱼桂，就是三个人。"沈嘉清说着，指了指温梨笙，继续道，"你算两根手指。"

"我的战力就顶两根手指？"温梨笙很不理解，敲了两下桌子，不服气地道，"感受一下我这巨大无比的力量。"

旁边的男子突然靠过来问："你的手不疼吗？"

她当然疼，指骨砸在桌子上怎么可能不疼？温梨笙睨了他一眼，奇怪地道："你怎么那么多话？我说我今日右眼皮怎么总跳？原来是要遇见你。"

她的态度这般恶劣，男子也没有生气，反而笑了一下。

此时，台上的两个人已经比试完了，并没有分出胜负，只是乔陵选择了弃权。

两个人一前一后地从擂台上下来，同时往温梨笙所在的地方走。

蓝沅走在前头，乔陵跟在她身后，温梨笙以为乔陵有什么话要说。于是她站起身，却见乔陵走到了她身边，对她身边的那个男子颔首，唤道："少爷。"

温梨笙看着乔陵的脸，一下子弯唇笑了。笑容仅维持了片刻，她问他："你叫他什么？"

乔陵有些不明所以地看了她一眼，问："温姑娘何事？"

温梨笙又问："你方才喊他什么？"

"少爷。"乔陵看出温梨笙的脸色有些不对劲，又看了男子一眼，补充道，"我只有一个少爷。"

温梨笙的身体僵了一下，她转过头朝身边这个看起来二十来岁的男子看了一眼又一眼，终于露出一个非常灿烂的笑容。她凑过去，靠近他的肩膀，道："世子爷，我说我的左眼皮今日怎么一直在跳呢？原来是因为会在这儿遇见你啊。”

谢潇南低头看她，笑着说道：“你方才说的是右眼皮一直在跳。”

温梨笙道：“我那是说错了。我今日一出门就知道今日要走大运呢。”

“所以你一早就知道今日会遇见我？”谢潇南露出了然的神色，问。

温梨笙点头，回答道：“是呀。”

“然后你就特地准备了一套组合拳想让我尝尝？”他又问。

温梨笙“哈哈”大笑起来，想了想，自己方才确实口不择言，说了太多。她觉得实在是糊弄不过去了，于是撇着嘴哼了一声，把头偏了过去。

谢潇南觉得颇有意思，问她：“怎么，你还生气了？”

“世子总是这样骗我。”温梨笙恶人先告状，“改头换面就算了，还故意改变声音，让我听不出来。你分明知道我不会武功，也学不会习武之人的那些看体态识人的本领，就用这副样子来耍我。”

温梨笙想起上回谢潇南扮作小贼，她在完全不知情的情况下说了他那么多坏话，气得咬牙切齿。后来温梨笙每回想起都觉得自己命大得很，并下定决心，再也不会上同样的当。

为此，她还特地记住了谢潇南身上那股经常用的香料的味道，没想到今日还是上当了。

想到这儿，她很是好奇地凑过去，靠近谢潇南的肩颈处，认真地闻了闻，忽然发现没有那股甜香味了。

她正想着，脸颊一下子被捏住，然后往上提了提。她对上了谢潇南含着笑意的眼睛。谢潇南道：“你方才说要从我这里挖人，我要给你出出主意，你还不乐意，嫌我烦。”

温梨笙有些紧张。方才一直被这人打扰的时候，她只觉得烦。但这会儿她知道他是谢潇南之后，心中就有了一股莫名其妙的欢喜，甚至忍不住朝他靠近，拉近两个人之间的距离。

她问：“世子真的要把人给我？”

谢潇南道：“你想要谁？”

温梨笙问：“只能选一个吗？”

谢潇南道：“看不出来，你还挺贪心的。”

她认真地想了想，然后说：“那我要世子爷。”

温梨笙简直是贪得无厌。

在场的几人都没想到她会这样回答，就连谢潇南也愣了一会儿。

他看着温梨笙十分认真的眼神，问：“为何？”

温梨笙露出疑惑的神色，道："这还用问吗？若你是我的，那你手下的人肯定都是我的呀。一个和所有，这样的选择根本不难吧？"

沈嘉清看着温梨笙的眼神一下子充满了敬佩之意。

谢潇南敛了些许神色，"哦"了一声，而后道："那你的算盘打错了，我并不在选项中。"

温梨笙"嘻嘻"一笑，并没有接话，心中却想：总有一日，我要把谢潇南变成选项之一。

两个人正说着，沈嘉清的脸凑了过来，他朝着谢潇南的脸仔细地看了看，感叹道："这就是传说中的人皮假面吗？实在是做得太像真的了……"

温梨笙叹了一口气，问他："能不逼真吗？"

否则她也不会一再上当了。

不过，谢潇南每次戴着假面的时候，都是为了办正事。虽不知道他这次是为了什么，但眼下周围人多眼杂，不适合在这里谈话，温梨笙也不打扰他办事，打算告辞，道："世子，我们还要去山庄里看看，就不打扰你了。"

她起身要走，却一下子被谢潇南抓住手腕。她又被拉得坐了回去，只听谢潇南说："先别急着走，我有东西要给你们看。"

温梨笙注意到他说的是"你们"，便朝旁边看了一眼，意识到他把沈嘉清也算在内了，忽然有了一个想法。

难不成她在这里碰到谢潇南不是偶遇？

她又坐下等了片刻，并没有发生什么事，又有些忍不住了，凑近谢潇南问道："世子这两日可有什么事情要忙碌？"

谢潇南偏过头，回答道："没有。"

她面上一喜，笑着说："过两日就是拜月节了，这可是个大日子，世子若是清闲的话，就和我们一起出来玩吧？我们沂关郡每年拜月节时都十分热闹，街上全是各种各样的花灯。"

谢潇南想了下，说："奚京每年拜月节时也非常热闹。"

温梨笙愣了一下，鲜少听谢潇南提起奚京。实际上，她是特别喜爱奚京的，因为她也出生在那里。她小的时候也没少听温浦长提起奚京，所以对奚京总有一种向往。

其实当初在千山书院念书的时候，她听说庄莺幼时曾去奚京住过一段时间，便主动去跟庄莺说话，想与庄莺拉近关系，然后从庄莺的口中听一听与奚京有关的事。

只是庄莺此人对温家人的意见太大，加上她性子傲慢，喜好炫耀，温梨笙没跟她处好关系就算了，还结下了大梁子。

温梨笙一下忘了原本想说的话，问道："奚京是什么样的？"

谢潇南听到她的问题后，目光一抬，仿佛陷入了回想，而后笑着说道："是一个规矩很多的地方，处处是高楼。像你这种喜欢在街上惹事的人，刚闹事就会被抓走。"

"什么？"温梨笙皱起眉头，问，"我什么时候喜欢在街上惹事了？"

"我听闻你去年在街上砸了别人的摊子，被抓到官府之后，还是温郡守亲自审的你。"谢潇南道。

温梨笙本来将此事忘了的，结果他一提，她便想起了当年的事，立即为自己解释："那是因为那个摊贩太坏了，拿着一块破玉，非说是开过光的佛玉，能保佑出门在外的家人平安。他骗光了一个老头儿的家底，我看不过去，才砸了他的摊子。"

说完，她又问："这种人的摊子不该被砸吗？"

谢潇南并不知道内情，听完后，笑了一声，道："确实该砸。"

温梨笙得到肯定的回答后，得意地笑了笑，不过很快意识到话题被扯远了，于是将话题拉了回来，道："我方才还没说完，我们沂关郡人对拜月节的庆祝方式与你们奚京人的不一样。"

"每年拜月节时，郡城的街上都有很多活动，参与者以年轻男女为主。他们会在这些有趣的活动中寻找自己的有情人，这就是拜月节最好玩的地方。"温梨笙笑道。

沂关郡位置偏远，郡城里有很多江湖人士，他们没有男女大防的观念，在各种饭馆、酒楼中随处可见男女坐在同一张桌子边谈笑共饮。而在拜月节当天，数不清的花灯下会促成一段段姻缘，这也是郡城里的人那么喜欢拜月节的原因。

温梨笙断定奚京肯定没有这样的活动，在那个规矩很多的地方，约莫只要看见男女走在一起，就会传出很多不好听的话语。

谢潇南道："听着倒还算有趣。"

"那就这么说定了，"温梨笙替他做了决定，"拜月节当日，我会去找世子的。"

谢潇南想起年幼时的周秉文，每回书院放课，他不先回家，反而先来谢府门口，并不进门，就在门外叫谢潇南的名字，喊谢潇南出去玩。

后来两个人都长大了，这种事情就很少发生了。

他没想到来了沂关郡，竟还会有人一遍又一遍地对他发出邀约。

谢潇南眼中的笑意更明显了，他并没有回答温梨笙的话。温梨笙看着他的神情，知道他答应了，一时间，心中好似溢满了欢喜之情，不自觉地笑了起来。

"嗯？"沈嘉清在这时候疑惑地道，"这个人不是千山书院的……"

温梨笙抬头看去，就见方才空下来的擂台上又出现了两个人。其中一个男子手持一柄长剑，身量并不高，但表情看起来有些凶狠。

这个人，温梨笙是认识的。

沈嘉清凑到她的耳边问她："梨子，这个人是不是千山书院那个院长的孙子啊？"

温梨笙点点头，回答道："霍阳。"

千山书院的院长是一个很和蔼的老头儿，温梨笙见过几次，有一回，他身边就跟着霍阳。当时，温梨笙是千山书院里的一个很特殊的学生。因为她的身份，所以就算她是问题学生，院长见了她也客客气气的。

但霍阳十分厌恶她。那次见面时，他怒气满满地对温梨笙喊道："你这种人就该被关在牢里，后半辈子都不能被放出来！"

但他一喊完就被院长打了一巴掌，所以温梨笙对他的印象很深。

温梨笙当时还挺纳闷儿的，心想：我到底犯了什么错，以至于后半辈子要把牢底坐穿？后来她知道了，是因为霍阳爱慕施冉，而温梨笙又屡屡在众人面前为难施冉，所以才被霍阳厌恶。

只是她没想到会在这个擂台上看到他，他是单纯来找揍的吗？

很快，温梨笙就发现这人是真的会用剑，且耍剑耍得有模有样。

他虽然身量有些矮，不过动作很快，强势的攻击让对方很快就招架不住了。

温梨笙暗暗觉得惊讶。

她没想过霍阳会武功。

沈嘉清的声音传来："不太对啊。"

"怎么了？"温梨笙问道。

沈嘉清皱着眉头，紧紧地盯着擂台上的霍阳，露出了困惑的神色。片刻后，他轻声说："这不是《霜华剑谱》吗？"

温梨笙更吃惊了，朝霍阳看去，问沈嘉清："你确定？"

沈嘉清道："是《霜华剑谱》的十九式'月移花影'。"

这下温梨笙相信了，毕竟沈嘉清是打小学习《霜华剑谱》的。他对这些剑招最为熟悉，所以能看出端倪。

沈嘉清又说："不过他只学了一些皮毛。"

温梨笙明白为什么方才谢潇南说"有东西要给你们看"的时候把沈嘉清算进去了，因为沈嘉清还真是不可或缺的。

谢潇南就是想让她知道一个信息，那就是霍阳会《霜华剑谱》。

沈嘉清若是不在，温梨笙就是看个十遍八遍，也看不出来霍阳用的是《霜华剑谱》。不过，眼下她猜不出谢潇南的意图。

谢潇南就坐在她身边，她也没有去问。

她明白了，这是谢潇南给她出的一道题，就算她直接去问了，他也未必会说出答案——他要她自己去探寻。

很久以前，沈雪檀也是这样，总是乐此不疲地锻炼温梨笙的思考和探索能力，把东西藏在山庄里，让她去寻找，有时候一件东西她能找上半个月。

温梨笙很喜欢探索的过程。一想到这个问题是谢潇南给她出的，她就更高兴了。

霍阳从擂台上下来之后，谢潇南就起身要走了。温梨笙没有挽留，只道："拜月节那天出来玩。"

谢潇南偏过头看了她一眼，而后带着乔陵离开了。

沈嘉清问道："怎么说？要不要去把霍阳绑了打一顿，问问他是从哪里学的《霜华剑谱》？"

"我大概能猜到他是从哪里学来的。"温梨笙说，"先不管他，咱们去山庄里看看，等过了拜月节，你不就要上擂台了吗？先给我将住的地方安排好。"

一行人站起来往擂台区外走，沈嘉清说："这还用你操心？我爹早就安排好了。"

他们从擂台区往南走上一刻钟，就看到山庄了。沈家的山庄有一个很明显的标志，就是大门处立着两根柱子，柱子上分别刻着龙飞凤舞的大字——金风玉露一相逢，便胜却人间无数。

这座山庄坐落在这峡谷之上，头顶着广阔无垠的蓝天，看起来既气派，又精致。

现在，人们进入这座山庄是要付费的。凡是要在里面住的人，都要交够银子，然后领取一个门牌，每次出门、进门时都要出示那张门牌，丢了的话，就只能花银子再买一个了。

山庄门口的护卫见到沈嘉清之后，皆恭恭敬敬地向他低头行礼。他要了几个门牌，分别发给温梨笙、鱼桂几人，这样方便众人之后出入。

几人一进山庄就能看见两排茂密的树，此时正值初秋，树叶"哗啦啦"地往下落，使路上铺满了枯叶，鞋子踩上去会发出脆脆的声音。

几人沿着一排树往里走，到了尽头时，视线豁然开朗，一座座房屋整齐地排列在眼前，区域不同，地势也就不同，屋子的建造、陈设、大小皆是不同的。

沈嘉清对这里熟悉，带着众人绕过石路，行过小弯桥，而后来到了一处庭院前，道："这个庭院是我小时候住的地方，里面有五个房间，还有一个天然的山泉池。到时候咱们就住在这里吧？"

温梨笙踮起脚看了一眼，透过竹栅栏可以看到这是一处很大的庭院，房子之间也有些距离，其中种了很多花花草草，看起来很不错。

她又往旁边看了看，发现隔壁的庭院更大，便指着那座庭院问沈嘉清："那是谁住的？"

“我爹娘啊。”沈嘉清道，“不过他们这次不来山庄里住，所以那座庭院应该是闲置的。”

温梨笙抬腿走过去，推开了竹栅栏的门，发现这座庭院看上去确实更漂亮一些。这座庭院中还有一棵很大的梨树，上面结满了硕大的梨，空中好像有一股梨子的清甜味。

她抬头看着树，又摸了摸粗壮的树干，说道：“这棵树少说也有几十年树龄了吧？”

沈嘉清跟在她身后进来，三两下爬上树，摘了两颗梨，从上面丢下来给她，然后跳下来说：“是啊，这梨树是我爹十几岁的时候亲手种的，当初他从山庄里搬到郡城的时候，最舍不得的就是这棵树了。但是老树生根，若是挪动，基本上就活不了，所以它才一直在这里。”

温梨笙擦了擦梨，然后咬了一口，口里的梨汁无比香甜。她往房中走去，在最大的房间里转了一圈，而后说：“将这座庭院给世子住吧。”

沈嘉清耸肩，道：“可以啊，反正也没人住。”

两个人在屋中说话时，外面忽然传来了声音，有人大力地推开了栅栏门，朝里面喊道：“这里面有人吗？”

温梨笙走到窗边往外看，只见一队人高马大的男女正往里面走。那队人一进来就看到了那棵梨树，纷纷爬上去摘果子。

温梨笙有些不爽，高声道：“这庭院已经有人住了，各位另外挑一个吧！”

几人看到了在窗边站着的她，其中一个身着蓝色衣衫的男子道：“大家都是交了银子进来的，凭什么你说是你的就是你的？”

“我们先来的。”温梨笙道。

“谁看见你们先来的？”一女子道，“有人能做证吗？”

温梨笙笑道：“这山庄怎么还放进来了一群无赖啊？”

听她这么说，院中的几人顿时有些恼怒，身着蓝色衣衫的男子说：“姑娘，这屋子大，适合我们人多的住，不若你们开个价，将屋子让给我们？”

温梨笙将手臂撑在窗框上，觉得这话颇为有趣，于是问对方：“你为什么觉得，我会在乎那点儿银钱？”

见她这副模样，一个脾气不太好的女子直接抽出刀，道：“干吗跟他们废话？几个毛头孩子而已，直接赶走就好了。”

温梨笙道：“这儿是沈家的山庄，你们若是在此闹事的话，当心被赶出去。”

抽刀的女子不屑地笑道：“我好怕啊，大不了花点儿银子摆平。”

温梨笙将几人打量了一下，发现其中有几个人虽然穿着梁人的衣裳，但眼窝深、眉骨高，加之眼珠的颜色很浅，一看就不是梁人。

那几人沉默着，表情不算和善地看着温梨笙。

与此同时，她感觉自己的衣裳被轻轻地拉了拉，一转头就看到蓝沅站在墙头，朝她轻轻地摇头，表情格外紧张。

温梨笙心一动，却并没有妥协，而是对院中的人说道："你们走吧，这屋子我先看上了。"

抽刀的女子大喝一声，一抬腿就要上前来。这时候突然有一道令温梨笙觉得熟悉的声音响起："行走江湖就要讲规矩，别人既然先来了，就要遵循先到先得的规矩。你们这样是不是太蛮横了？"

几人的目光一同转过去，很快，他们就看见了一个倚在树边吃着梨的人。

这人正是席路。

他出现在这儿让温梨笙觉得很意外，方才她还在说，他最近出现在谢潇南身边的次数越来越少了，基本上看不到他，想来是被派去做别的任务了，没想到会在这里遇见他。

沈嘉清也很不耐烦，直接在房中拿起一只花瓶。

温梨笙见他似乎有话要说，便从窗子里翻出去，说道："下面有请我的好兄弟发言。"

沈嘉清拎着花瓶推门而出，凶狠地道："趁小爷发火之前赶紧滚出去，当心我下手没个轻重，砸死你们这帮王八犊子！"

这话彻底激怒了几人，那女子握着刀，第一个要冲上来砍人，看起来非常凶悍。

只是她刚跑两步，忽然从外面飞进来一根长长的木棍！那木棍重重地打在女子的身上，女子当即被砸得双腿一弯，跪在地上，刀也脱了手，甩飞到了温梨笙的脚边。

温梨笙抬脚踩住刀，疑惑地道："咦？这是给我行大礼的意思吗？"

女子怒得红了眼，转过头喊道："是谁？！"

门外传来一阵笑声，只见一个驼背、瘸腿的老头儿笑着走了进来，一瘸一拐地从几人身边路过，然后捡起了地上的那根木棍当拐杖。老头儿道："抱歉，我走着走着，这拐杖自己飞起来了。"

女子站起身朝他打去，老头儿却将木棍一抬，戳进她的腹中，她惨叫一声后捂着肚子跪了下去。

老头儿仍旧笑着道："诸位，和气生财，不过是几间屋子而已，这地方大得很，还有别处能住。"

身着蓝色衣衫的男子面色阴沉地盯着老头儿，道："我不知道你是何来路，但劝你别管闲事。”

老头儿充耳不闻，往前走了几步，伸头一看，道：“哟，来人了。”

紧接着，一阵脚步声响起，一群身着白衣的人朝这里走来，那些人衣摆处的布料是显眼的鹅黄色。

他们是沈家山庄里等级比较高的执行人员，一般出现什么问题都是由他们来解决。

这几人很快进来，对拿着花瓶的沈嘉清半跪行礼，道：“少庄主。”

沈嘉清用花瓶点了点那几个想抢屋子的人，道：“把他们赶出山庄。”

“是。”几人接到命令，转身的时候，就从衣袖中抽了利刃出来。领头人对那几个想抢屋子的人道：“我们接到少庄主的命令，现在请几位离开山庄，此话只说一遍。”

这下身着蓝色衣衫的男子不敢再说话了。沈家人在江湖上地位如此高，可不仅是因为收藏着许多宝贝。几十年里，凡是与沈家人有仇怨的人，皆没有好下场，即便是当时胡作非为的胡家人，也不敢对沈家人出手。

江湖上的人都知道不能惹风伶山庄的人，于是身着蓝色衣衫的男子转过头，对身后那些不是梁人的男女说了一种温梨笙他们完全听不懂的语言。

其中一个身量很高的女人面色阴沉地盯了温梨笙和沈嘉清一眼，而后转身离去。

温梨笙知道这次武赏会来的人很杂，但这些人尤其是明显不是梁人的那几个人，让温梨笙觉得他们并不像江湖上的人。

他们走了之后，蓝沅才从屋中走出来。她神色看起来很紧张，额头上出了很多汗。温梨笙察觉出不对劲。但身边有人，她不方便开口问，便想着回家了再说。

这时，那个拄着拐杖的驼背老头儿走了过来，在蓝沅身旁站定，然后用一双小眼睛看了又看。

沈嘉清道：“你是不是也觉得他的胸肌很大？”

老头儿忽然一笑，道：“长得真俊俏，给我做媳妇怎么样？”

温梨笙当即破口大骂：“死老头儿，你找死啊？滚！”

本来因为他方才站出来解围，她打算好好向他道谢的。结果他一开口说的就不是人话，而且识破了蓝沅的伪装。

蓝沅红着脸走到温梨笙的另一边站着，瑟缩着脑袋。

沈嘉清嘀咕道：“这年头真是什么人都有，腿瘸了就算了，眼睛也瞎了，分不清男女。”

那老头儿也不恼，笑了笑，拄着拐杖摇头晃脑地走了，一边走还一边说道：“不当就不当呗，我再找别的媳妇去。”

温梨笙对着他的背影翻了个白眼，而后走到席路身边，抱拳道：“席大哥，好些日子没见了。”

席路扯了扯嘴角，道：“别，你这声‘大哥’，我可当不起。”

温梨笙又往前走了两步，与他拉近了一些距离，道：“怎么在世子身边不常见到你？你是不是真的失宠了？”

席路啃了一口梨子，含混不清地道：“我也没得宠过啊。”

温梨笙道：“那你有没有考虑过加入我的队伍？我保证你天天得宠，吃喝不愁。”

席路听了，笑得眼睛都眯成了一条缝，说道：“好啊。”

温梨笙起初没反应过来，而后才发现他答应了，随即露出难以置信的表情，问他：“真的？”

“那当然。”席路说，“你每个月给我发多少银子啊？可不能比少爷给我的少。”

温梨笙也就是那么一说，没想到席路竟然真的答应了。她的脑中浮现出谢潇南的脸，于是她问：“你家少爷不会生气吧？”

席路却道：“你惹他生气的时候还少吗？”

温梨笙挠了挠头，道：“那不都是以前的事吗？我现在在他面前多乖啊！”

“那你挖少爷的墙脚？”

“别人家再亲的兄弟也有互挖墙脚的时候呢，更别说我跟你家少爷没亲到那种地步，挖个墙脚又怎么了？”温梨笙说得振振有词，“你跟着我的话，我每个月给你三十两银子。”

席路爽快地道：“成交。”

“不过我将丑话说在前头。”温梨笙道，“若是世子因为你叛逃的事而生气的话，我可护不住你，你要自己保护好自己。”

席路的嘴角抽了抽，他道：“你说这话，我很难真心为你卖命啊，新老板。”

温梨笙摆摆手，道：“这也是没办法的事。”

不过她不觉得三十两银子就能把席路从谢潇南手中买过来，这件事能做成的唯一原因就是，席路本身就是被谢潇南派过来的。

谢潇南算是履行了他方才的承诺，真的将自己身边的一个人拨给了她。

但温梨笙并不满意。

她当时选的可不是席路。

不过席路既然已经来了，她就没有不接受的道理。席路就这样光明正大地跟在了温梨笙的身后。

安排好了住的地方之后，沈嘉清特地吩咐了人在院前看守，不准别人再把屋子抢走。而后几人吃了点儿东西便离开了山庄，走回竹屋。

温梨笙有些累，让几人在竹屋里休息，自己则躺在吊床上，像以前那样在树荫下看着慢悠悠地飘着的白云。

沈嘉清走到边上，问她："刚才你说你知道霍阳是从哪儿学的《霜华剑谱》……"

"是啊。"温梨笙轻轻地摇着吊床，说道，"《霜华剑谱》不是被分成了三部分吗？谢潇南若是按顺序收集剑谱的话，第一部分在梅家，第二部分在阮海叶手中，第三部分就在胡家。剑谱中记载了二十三招，你方才说霍阳用的是第十九招，这说明他学的正是胡家人手里的那部分。"

"所以剑谱是胡家人给他的？"沈嘉清弄不清这些关系，"胡家人跟千山书院的人也有交情？胡家人为什么愿意把剑谱给霍家人呢？"

"只是一个假设。"温梨笙说，"我的假设若是真的，那胡家人为什么把剑谱给霍家人，应该就是这道题的答案。"

"这世子怎么跟我爹一样，就爱给别人出题呢？"沈嘉清烦躁地挠了挠头。他最不喜欢思考，毕竟动脑子太费劲了。

温梨笙没应声。

沈嘉清又站了一会儿，说道："拜月节那天，有一件麻烦事……"

温梨笙伸了伸懒腰，从吊床上翻身下去，对他道："有什么麻烦事，回去后再说吧。"

由于赶往擂台区的人太多，他们回去的时候，速度慢了很多，用了两个时辰才回到郡城里。

温梨笙与沈嘉清分开之后，带着席路、蓝沅回了温府。温梨笙考虑到席路如今也是她的小弟，便命人给席路安排一间屋子住。

席路却说："就你寝房南边的那间屋子吧，离你近，有什么状况，我能随时应对。"

温梨笙脚步一顿，转过头看着他，问："你是不是……之前悄悄来过温府？"

席路愣了一下，而后眨了眨眼，道："你也知道，少爷刚进城那段时间，你与少爷的关系……"

"世子居然会派你来温府，为什么？"温梨笙一边继续往前走，一边疑惑地道，"难道是怕我晚上回家后偷偷地说他的坏话吗？"

"那些坏话你不是都当面说了吗？"席路在后面反问道。

温梨笙心想：也是，当初我可是一点儿防备心都没有地把话全说给谢潇南听了。

席路估计来过温家很多次了，对这里的路好像很熟悉，都不用人带领就找到了他要住的房间。

温梨笙也没管他，先回去洗了个澡，再把蓝沅唤进了屋。

“那个席路你可以信任。他是我们的人，你在他面前不用假装男子。”温梨笙想让蓝沅安心，于是这样说道。

蓝沅从山庄出来后，便一直脸色不好，看上去心事重重。温梨笙让她先坐，给她倒了一杯凉茶才问道：“你怎么了？”

蓝沅低声道：“方才我们在山庄里遇到的那群人，其中有几个模样很特殊，你有没有印象？”

温梨笙当然记得，于是回答道：“不是大梁人。”

蓝沅点头，说：“那几个就是之前追杀我的人。”

温梨笙吃了一惊，问她：“你是怎么分辨的？”

“我见过其中一人的脸。”蓝沅说，“就是那个身量很高的女人，她的脸上有一条疤，所以我对她的印象比较深。”

温梨笙皱起了眉，心想：这还真不是一件小事，把蓝沅逼得狼狈逃窜的杀手竟然会在今天出现在山庄里。她道：“那你接下来的几日恐怕不能再去峡谷那里了，他们虽然被赶出了山庄，但肯定不会离去的。”

蓝沅有些失落，但一想，也确实没办法，因为她现在的处境很危险，如果被发现，恐怕会连累温梨笙。

温梨笙安慰地拍了拍她的头，道：“你放心，你的事，我肯定能帮你解决的。”

蓝沅很信任地看着她。

温梨笙现在手头的事有单一淳找人送来的钥匙，胡山俊那边现在也没动静，还有谢潇南给她出的那个问题的答案是什么，至少要等拜月节过了才能处理蓝沅的事。

八月十五，一年一度的拜月节来了，整个郡城在这一日变得格外热闹。

一大早，天还没亮，道路的两边就挂上了各式各样的花灯。虽然白天没有点灯，但灯的各种颜色和造型已经将寻常街道装饰得无比美丽。

这日，郡城里的所有书院停课，孩子们在街上到处跑，街上的年轻男女比平日的多了好几倍。无论何处都是人山人海，从第一声鸡鸣开始，街上就充斥着欢笑声。

温梨笙白天不出门，根据往年的经验，白天出门不仅没什么花灯可看，人还多。现在虽说是秋天了，但白日里太阳一晒还是很热的，她就老老实实地待在了家中。

温浦长今日也休息，不用一大早就去官署。

屋中摆上了月饼与瓜果，温浦长领着温梨笙先去祠堂里祭拜了一下温家的列祖列宗，而后坐在屋中亲手给温梨笙做花灯。

温梨笙每年的花灯都是温浦长亲手做的。

他说他年幼的时候家中贫穷，逢年过节根本买不起东西，所以很多东西都是家中的长辈做的，做花灯的手艺就是温浦长的娘传给他的。

温梨笙的奶奶对温浦长说，先把花灯的制作方法学会，日后家中即便再穷，逢年过节时，孩子也有东西可以玩。

实际上，现在的温家跟穷一点儿也沾不上边，但温浦长每年还是亲手给温梨笙做花灯。

这一日，温梨笙非常乖巧，在这团团圆圆的大日子里，温府里就温梨笙和温浦长这两个主人，虽说不上冷清，但也跟热闹没什么关系，偶尔有些欢笑声从门外传进来。

人们吃完了饭，天逐渐黑了，沈雪檀领着沈嘉清上门拜访温浦长。

温梨笙换上了一件雪白的长裙，裙上有用银丝绣的兔子，灯笼似的袖子的边缘绣着云纹，腰带上垂着长长的飘带，外面再穿上一件薄薄的白色纱衣。温梨笙一年到头只有在这一日穿得雪白雪白的。

鱼桂给她编了一个俏皮可爱的发髻，在头上的发结处戴上几个白色的绒球，坠着及肩的流苏，她在走路的时候轻轻摇晃，隐隐约约露出洁白的耳朵尖。

她提着温浦长做的小兔子造型的花灯，在其中点上蜡烛，然后喊着沈嘉清一起出门去。

温梨笙本想着一出门就去谢府的，但没想到沈嘉清告诉了她一个不太好的消息。

沈夫人平日里结交的好友很多，其中有一个门派的门主的女儿与沈嘉清年岁相仿。于是沈夫人有了让两家结亲的想法，就安排沈嘉清在今晚去跟那姑娘见面相处一下。

沈嘉清此人对女人没有兴趣。谁要是武功好，他就乐意跟谁玩。

这事他肯定是拒绝的，但沈夫人执意让他去见那姑娘，沈嘉清没有办法，只得喊上温梨笙一块儿去。

前两天沈嘉清说过有一件麻烦事，温梨笙并没有放在心上，没想到是这事。

“可是我还要去找谢潇南。”温梨笙说。

“那就带着他一起去见那姑娘呗。”沈嘉清不以为意地道。

温梨笙想了一下那画面，拉着谢潇南陪沈嘉清与那姑娘相亲？那画面是不是有点儿诡异？

温梨笙摇摇头，抬头看了看天，只见天幕还未完全变黑，于是说：“先去见见你说的那个姑娘吧，现在时间还早，快些把事情解决。”

沈嘉清没什么意见，带着温梨笙来到两家大人约好的酒楼里。

那姑娘名叫杜瑶，杜家在沂关郡并不算出名，但因为家主是个老好人，每年都会在城中各处发放粮食，救济家里比较贫困的人家或者街上的乞丐，所以杜家人在城中名声极好，人缘也不错。

杜瑶跟温梨笙年龄一样大，坐在酒楼的角落里，穿着一身显眼的梅子色衣裳，一看就精心打扮过。

她等了有一会儿了，时不时地朝门外望一眼。

风伶山庄的少庄主在郡城里是十分出名的，不仅仅是因为沈家名声响亮，也因为沈嘉清本人俊俏得很，武功又非常厉害，只是经常与温家的姑娘混在一起，落下了一个不太好的名声。但杜瑶见过沈嘉清几次，觉得他根本没有传闻中的那样不堪。

杜瑶央求了好长时间，才求得母亲跟沈家夫人开口说两家结亲一事，这才换了个与沈嘉清见面的机会。

她正想着，沈嘉清就进来了。杜瑶还没来得及高兴，就看到他身后跟着一个穿着雪白衣裙的姑娘。那姑娘还提着一只白兔造型的花灯，衬得她像嫦娥怀中的玉兔偷偷下凡。

杜瑶脸色一僵。

温梨笙进来之后，先往左右看了看，觉得酒楼里的人实在是多，就对沈嘉清道："要不你还是自己跟她说吧，我在外面等你。"

沈嘉清点头同意了。

温梨笙走到门外后，立即觉得呼吸通畅了许多。她从温府走到闹市之后，天已经完全黑了，除却点点繁星之外，天上就挂着一轮圆圆的月亮。那月亮虽然在这满街的华灯下显得并没有那么亮，却依旧十分好看。

她正在门口站着，突然听见有人从旁边路过的时候说："可真是郎才女貌呢，瞧着般配得很。"

另一人说："你瞎说什么？这位世子爷是要回奚京的，什么名门望族的小姐没见过？还能看上咱们沂关郡的姑娘？"

"但是瞧着真的很相配啊……"

温梨笙赶紧伸手把人拦住，问："你们在说什么？谁跟谁相配啊？"

虽然突然被拦住让那人有些不高兴，但那人还是回答道："我方才从那儿走过时看见景安侯世子与施家的小姐站在一处说话，便觉得他们很相配。"

温梨笙的脑海中浮现出施冉的脸，她轻轻地皱了皱眉头。

她在门口又等了一会儿，沈嘉清就出来了。只是，他的身后还跟着一个姑娘，他疯狂地朝温梨笙使眼色，并用口型道："她要跟着。"

温梨笙笑了笑，心想：人家要跟着就跟着吧，反正多一个人一起玩也不错，热闹。

她走上前牵了一下杜瑶的手，问道："你怎么没拿小灯笼呢？"

杜瑶对她的动作很意外，愣了一下才回答道："我想出了门再买，你手里的灯笼好漂亮，是在哪里买的？”

温梨笙晃了晃灯笼，说道：“这是我爹给我做的。”她又指着前方道，“前边肯定有卖灯笼的地方，咱们去看看。”

几人往前走，街上人流量很大，所以他们只能调整步伐，顺着人群走。他们的头顶都是花花绿绿的灯，映在过路人的身上，整条街变得五彩斑斓。

他们只往前走了一段路，就看到街边有不少卖灯笼的小摊，除此之外，还有许多天灯、河灯，还有一些戴在头上和身上的小巧玩意儿，全是与月亮或兔子有关的。

杜瑶的脚步慢了下来，她在摊位上挑选，温梨笙却一个劲儿地往前走，最后在路边看到了一个搭建好的台子，台下围了很多人，台上站着几个年轻的姑娘。

这里便是方才那路人所说的，看到谢潇南的地方。

她往边上一站，很容易地就找到了谢潇南。

他穿着洁白的衣袍，衣领、袖口处绣着精致的金丝流云细纹。他并没有看台上的场景，而是站在台下的人群边上，正低着头跟旁边一个模样漂亮的女子说话。

那女子，温梨笙也认识。她并不是施冉，而是施家的另一个嫡女，名叫施青青。

施青青看起来性子柔顺，说话的时候耳朵、脸颊都很红，眸中水盈盈的。

温梨笙想了想，并没有喊出声，而是走到两个人边上，伸长脖子，想偷听二人的对话。

奈何她的听力不如谢潇南的那般好，加上周围的人都在说话，非常嘈杂，即便她离他们越来越近，也没能听清楚他们在说什么。

她靠得近了，谢潇南将头一偏就看见了她。

“你快踩到我的鞋了。”他说。

温梨笙连忙往后退一步，发现自己偷听被逮到，连忙笑嘻嘻地道：“拜月节好呀，世子爷。”

谢潇南的眼眸仿佛被眼前这个雪白的人点亮了些许，目光落在她手中的小白兔灯上，他道：“拜月节好。”

施青青也在一旁轻声细语地道：“温小姐拜月节好，没想到能在这儿看到你。”

温梨笙对施青青没什么印象，只记得施青青与施冉性格不同。眼下，这姑娘软着声音跟她打招呼，她也点头回道：“同好，我记得你是在羌城那边念书来着？”

施青青点头，道：“因为节日，所以就回郡城住几日。”

此时沈嘉清也跟了过来，先对谢潇南发出了节日的问候，然后对温梨笙小声说：“你走得那么快干吗？那个杜瑶差点儿被甩掉了。”

“你不是在后面吗？”温梨笙说，“你自己把人看好。”

杜瑶也拎着新买的灯笼走了过来，先看了一眼站在边上的谢潇南和施青青，而后站到温梨笙身边，问道：“温姑娘，你看我手里的花灯如何？”

“好看。”温梨笙心不在焉，想着谢潇南找施青青说不定是有事，他们在这儿也影响两个人说话，招呼既然打过了，那就先走吧。

温梨笙正想说话，谁知道台上的人瞧见这边几个俊男美人扎堆，便走到台子边上对这里喊：“几位姑娘，要不要上来玩玩？”

那中年女子一喊，周围一下静了许多，所有人都望向这边。

温梨笙抬眸看去，只见台上站着几个姑娘，都是年龄比较大的，于是摇头拒绝，道：“不玩。”

拜月节当日，郡城中有很多这样临时搭起的台子，有些甚至不用搭台子，喊着人群中的年轻男女去玩，其目的就是撮合姻缘。

那中年女子见他们的模样都极为出众，想着将他们拉上台定能赢得很多人的关注，自然不想轻易放弃，于是扬声问道：“姑娘可有心仪之人？”

杜瑶被问得脸红了。

中年女子立马懂了，问杜瑶：“那看来是有，姑娘心仪的郎君也喜欢你吗？”

杜瑶不答，而是瞟了沈嘉清一眼。

中年女子露出一个暧昧的笑容，而后问温梨笙：“你呢？小姑娘，你有心仪的人吗？”

温梨笙露出认真的神色，仔细地思考了一下这个问题，而后答道：“没有。”

中年女子愣了一下，看了看她身边的两位男子，问她：“你身边站着两个俊俏的公子，他们都不是你心仪之人？”

温梨笙也转头看过去。见谢潇南面色平静地看着她，温梨笙立马咧开嘴，露出白白的牙齿，回了谢潇南一个笑容，而后对中年女人说：“那两个一个是我的大哥，一个是我的好兄弟。”

中年女子露出了然的神色，道：“原来是兄妹关系。”

温梨笙觉得有些好笑，但也没有解释，将错就错地点点头，道：“是呀。”

中年女子道：“无妨，你上来玩玩，说不定过了今晚，就有了心仪的郎君呢。”

温梨笙疑惑地道：“我为什么要找心仪的郎君？”

温梨笙问这个问题时很认真，导致台上的中年女子愣了好一会儿。

为什么要找心仪的郎君？

男婚女嫁，天经地义。

“男人升官发财，女人相夫教子，这不是亘古不变的事吗？”中年女子笑得有些尴尬，“姑娘为何问出这样的问题？”

“不是。”温梨笙扬了扬手，道，“我的意思是，你觉得我找夫君很难吗？”

站在灯笼下的温梨笙穿着一身雪白的衣裙，乌黑的长发倾泻而下，套在纤细的手腕上的墨玉金镯若隐若现，面上带着微微的笑容，有一股令人一见就心生喜爱的灵气。

她明眸皓齿，顾盼生辉，且出身富贵。

这样的姑娘，整个沂关郡未必能找出第二个。中年女子一愣，忽然道："你是不是那个，温家的……"

温梨笙的笑容一下子加深了，她看起来有些得意，道："你认识我？这些日子我虽然老实了不少，但看起来我在郡城里的知名度还没下降嘛。"

中年女子顿时为自己的眼拙而懊恼，马上说道："原来是温大小姐，怪我眼花了，得罪。"

温梨笙笑了笑，道："无妨，我只是路过。"

她要走了，攥着手里的灯笼，一摇一晃地往前走了几步。沈嘉清照例跟在她身后，杜瑶也动身，接着就是鱼桂和跟在最后的席路。

谢潇南的目光随着她的动作而移动。

走出一段路之后，温梨笙突然停住，然后转过头望向谢潇南，隔着七八步的距离与他对上视线。

其他人也一起停住了。

温梨笙看见谢潇南站在灯笼下，有一半的侧脸背着光，嘴唇抿成一条线，神色不明。她想起了前两日还说要喊他一起玩的话。

温梨笙不是单纯的贪玩，只是想着在这团团圆圆的好日子里，谢潇南一个人在沂关郡无亲无故，一定也会觉得孤单。

但愿人长久，千里共婵娟。

他或许只能站在谢府的院中，对着圆圆的月亮思念远在奚京的亲人和朋友。

所以温梨笙想把他叫出来玩，至少大家在一起时，他不会那么孤单。

不过，她现在才发现自己想错了。

谢潇南是年纪轻轻就扛着大旗从边疆打到皇都的人，是亲手将梁旗折断的人。不论他是曾经的反贼还是如今的景安侯世子，他的能力都是不会改变的。他从奚京来到此处是有任务在身，没时间去体会孤独还是不孤独。

这里的所有事情与他都没有关系，他虽然在沂关郡，却一直是一个外人。

温梨笙朝他一笑，雾蒙蒙的眼睛弯成了月牙儿。

她说："世子爷，我先走了。"

谢潇南看着她，没有做出回应。

温梨笙也不在意，转身踩着地上的光影，走进了热闹的街市之中。

走在最后面的席路也转过头，学着温梨笙笑道：“少爷，那我也先走了。”

谢潇南冷冷地看着他，席路连忙溜之大吉。

温梨笙彻底走远了，谢潇南在人群中看不见那一抹白色的身影后才收回视线。他身旁的施青青说道：“世子方才问我爹四月到五月有没有在施府里，我仔细回想了一下，四月初，郡城边上的廉县河坝崩裂，我父亲被郡守指派去处理，所以四月到五月皆不在家中。”

谢潇南听后反问：“你不在郡城施家之中，是如何得知的？”

施青青道：“父亲曾路过我所住的地方。”

谢潇南没有再回应，已经知道了想要的答案。周围一片喧嚣，让他莫名其妙地感到不悦。

他想回谢府。

施青青见他不说话，腼腆地笑了，道：“世子，我们郡城里每逢节日都会有好多人在环城河边放天灯，要一起去看看吗？”

谢潇南闻言，看了她一眼。清冷的目光落在她满是笑意的脸上，而后他道：“不必，没兴趣。”

说完，他抬腿离开，甚至连一句客套话都不说。

施青青看着他的背影，只觉得他那雪白的衣袍在人来人往的街道中像落在黑暗之地的熠熠生辉的明灯。

飞蛾扑火，在这种地方，谁不向往那一盏明灯呢？

只可惜，这盏明灯似乎已经照在了别人的身上。

施青青轻轻地叹了一口气，心中有些惋惜。

温梨笙从台子边离开之后，开始漫无目的地在路边闲逛，看着形形色色的摊子和来来往往的年轻男女，突然觉得索然无味。

这些风景她年年看，以往不觉得有什么，现在不知道怎么了，突然觉得没什么意思。

沈嘉清走在她旁边，轻轻地撞了一下她的肩膀，道：“梨子，前面有比赛猜灯谜的，要不要去玩玩？”

温梨笙踮起脚朝前面看了看，心想：反正也没什么意思，我倒不如去玩点儿游戏。

于是她应道：“好啊。”

两个人并肩过去，拨开站在前方的人群，温梨笙高高地举起手，大声道：“我也要参加！”

人群中的一大片空地里站着几对男女，男女中间摆着一张桌子，桌上放着笔墨纸砚。

主持这个游戏的依旧是一个女人，一般这种撮合姻缘的游戏都是由女人主持，毕竟做的是“红娘”的事。

那女人见温梨笙主动举手，便笑吟吟地将她和沈嘉清邀请到中间的位置。

“来来来，正好还有一个空位置。”那女人道。

温梨笙往那最后一个空位置走去，并朝鱼桂招了招手。鱼桂拿出银子递给女人，这种游戏并不是免费参加的。

女人收了银子，笑着来到沈嘉清和温梨笙这一桌前说道：“两位来晚了，我将规则再说一遍，这桌上摆着的纸就是给你们用的。前几轮，你们轮流给对方出谜题，然后由对方解答，若是谁答不上来，就要送给出谜题的人一个小物件，头饰、耳饰……任何东西都可以。

“后面呢，则是你们回答我准备好的谜题。若是答不上来，你们可就要给我银子了，一题答不上来，给我十文钱，两题答不上来，给我二十文钱，照此类推。”

温梨笙听了觉得蛮有趣的，于是点头表示明白。但等女人走后，她对站在她对面的沈嘉清道：“咱们稍微改一下规则怎么样？”

沈嘉清反问道：“你想怎么玩？”

温梨笙看着桌上摆着的笔，坏坏地一笑。

很快，女人就敲响了一面小锣，宣布游戏开始。

第一回合是女子出题，温梨笙想了想，提笔在纸上开始写，站在中间的女人慢慢地发布指令：“姑娘们写完之后，将谜题给自己对面的公子看，让公子们将答案写在纸上。”

若是男子将正确答案写出来了，此关便算过了，但若是没写出来，男子就要拿出一样东西送给女子。

第一轮的结果出来之后，人们看见其中有两个男子将随身的玉佩和锦囊递给了姑娘，唯有最后一桌边的姑娘拿起了笔，在对面的少年的脸上毫不留情地挥墨，在他的脑门儿上画了一只小王八。

女人惊诧地走到两个人身边，看了一眼沈嘉清额头上的小王八，道：“这……姑娘，你为何要在这小公子的脸上画东西？”

温梨笙理所当然地道：“他没答上来我的题啊。”

沈嘉清举着纸抗议道：“你这谜题那么长，我怎么解答啊？”

纸上写着：雨打灯难灭，风吹色更明。若非天上去，定作月边星。

温梨笙搁下笔，耸耸肩，看着他额头上的小王八轻笑，道：“谜底是‘萤火虫’

啊，是你自己答不上来。”

沈嘉清握紧拳头，对女人道：“快点儿敲锣，我要给她出题！”

女人被吓了一跳，连忙再去敲锣，开始了下一回合。

于是众人看见，旁边的几对男女情意绵绵，男子温柔轻笑，女子低头害羞地互赠物品，站在最边上的少年少女却一笔笔地在对方的脸上画下各种奇怪的图案，两个人的脸上基本没有一块干净的地方了。

突然，温梨笙惨叫了一声，怒道：“沈嘉清，你这个王八犊子，你笔上的墨滴在我的衣服上了！”

沈嘉清反驳道：“谁让你乱动？！”

温梨笙将笔抢过来，挥手一甩，道：“我给你的衣服上添点儿色。”

沈嘉清劈手夺回笔，也一甩，并道：“我给你也来点儿。”

温梨笙脸上已经被画上小狗、小猫、小王八、小兔子，两个脸颊和脑门儿已被画满，鼻尖则被画上了一朵扭曲着的花，两条眉毛还被贴心地描了几遍，粗得堪比两根筷子。

沈嘉清的脸上也没好到哪儿去，起初还有几个像模像样的图案，画到后来，温梨笙脾气来了，将他的脸一块一块地涂黑。他答不上来的题比温梨笙答不上来的要多，好几个回合下来，他一张脸基本上被涂成全黑的了，说话的时候露出白白的牙齿。

两个人的脸上没地方画了，他们就隔着桌子比画了起来，墨汁在对方的衣服上洒落，留下大大小小的圆点儿。

鱼桂和杜瑶见了，急忙上去拉架，席路在旁边笑得眼泪直流，人们哄闹不停。

好不容易才将两个人从人群中拉走，鱼桂又给女人赔了些银子，此事才算作罢。

温梨笙和沈嘉清就这样顶着奇怪的脸大摇大摆地走在街上。尽管路过的所有人都对他们投来奇异的目光，但两个人压根儿不在意。

杜瑶在旁边偷偷瞧了一眼温梨笙满脸的墨痕，以及他有些生气地鼓着腮帮子的脸。

方才温梨笙和沈嘉清上去的时候，杜瑶还觉得有些失落，但现在只觉得没跟沈嘉清一起参加方才的游戏简直是她今天晚上做得最对的事。

不，是她这一年以来做得最对的事。

沈嘉清此时一张脸已经黢黑黢黑的，完全看不出任何表情。若非灯照在脸上，他约莫能在这夜色中隐身。

尽管这样，有时候他走在别人边上时，若是突然开口的话，也会把对方吓一大跳。

温梨笙走了一段路，情绪就下去了，看见路边有卖糖人的，又和沈嘉清高高兴兴地跑去买。两个人刚在卖糖人的摊子前站定，就吓走了两个正要来买糖人的孩子。

温梨笙这才看到摊子前有一个熟人，正是前些时候在“山水居”见过的胡书赫。他穿着一身淡蓝色的锦衣，发上戴着白色的小玉冠，看起来颇有世家公子的风范。

“胡书赫！”温梨笙出声喊他。

胡书赫一转头，就看见一高一矮两个人站在他旁边。那两个人的衣服上墨迹点点，他再往上看，那两个人的脸简直不能看，完全没有一处能让他辨认的地方。胡书赫不知道他们是谁，所以没吭声。

沈嘉清跟他是有过节儿的，于是皱着眉头，不满地道：“你怎么在这儿？”

胡书赫一听这语气，就知道说话者是谁了。他往沈嘉清黢黑的脸上瞧了几眼，欲言又止。

温梨笙道：“胡公子也来买糖人啊？看来咱们的爱好差不多嘛。”

胡书赫的糖人正好做好了，他从摊主的手里接过糖人，随手将它递给在旁边站着的小姑娘，对温梨笙道：“温姑娘说笑了。”

跟这两个人的爱好一样，他不如直接承认自己没品味。

温梨笙歪着脸看了看胡书赫身边的小姑娘，见其眉眼与胡书赫的有几分相似，想来是他的妹妹。只是那小姑娘拿到糖人后没急着吃，而是有些胆怯地看着温梨笙的脸。

温梨笙与她对视一眼，突然咧开嘴做了个凶巴巴的鬼脸，咆哮一声：“啊呜——”

小姑娘顿时被吓得一激灵，害怕地抱住了胡书赫的腿。

温梨笙笑出了声，问胡书赫：“这是你妹妹？真可爱呀。”

胡书赫摸了摸自家妹妹的脑袋，神色如常地道：“看来温姑娘今夜玩得很尽兴。”

她点点头，道：“还行吧，不过没有发挥我的全部实力。”

胡书赫瞥了一眼沈嘉清那张全黑的脸，道：“温姑娘谦虚了。”

胡书赫与她简单地客套了两句，就拉着被吓得一直抱着他的腿的妹妹远离了这两个神经病。不过，他在走之前很贴心地说：“前方的路边有卖各种面具的，两位可以去看一看。”

温梨笙和沈嘉清买完糖人之后，从前方路过，看到了胡书赫方才所说的卖面具的摊子。摊子上挂着的面具中有半包脸的和全包脸的，思及两个人的脸上没有一处干净地方，他们便都选了一种画着凶兽的全包脸面具。

虽然这凶兽面具与温梨笙那一身雪白的衣裙完全不搭，但也好过她顶着一脸王八、兔子招摇过市。

只是这样一来，糖人他们就吃不成了。

温梨笙咬下一块糖含在嘴里，顺着人群往前走，来到了放天灯的圣地——环城河岸。

往年放完天灯之后，温梨笙就会回家。这次比往年要快一些走到这里，温梨笙也不打算继续逛了，便让鱼桂买了天灯。

每逢春节、上元节、端午节、拜月节这四个大日子，沂关郡的人便都会在这里放天灯。不论贫穷贵贱，大家都想把自己的愿望寄托在天灯上，传达给天上的神仙。

温梨笙每年的愿望不是吃喝玩乐，就是希望温浦长不再让她去念书。但今年对着天灯再提笔的时候，她犹豫了一下。

她的脑海中闪过的念头，就是希望谢潇南以后别当反贼。

等她回过神时，天灯上已经被她写下一行字：河清海晏，万物复苏。

她将天灯拿起来看了看，忽然明白谢潇南的乳名的含义了。谢潇南的乳名竟然有这样美好的祈愿。

“谢晏苏……”这个名字被她无意识地念出来，一股强烈的熟悉感立即涌上心头，她不知道这种感觉从何而来，无处追寻，记忆之中也没有任何事与之相关。

温梨笙烦恼得皱眉，而后在鱼桂的帮助下点好了天灯，和其他人一样站在环城河的岸边，举着天灯，等着中间的蜡块燃烧起来。

她正出神时，有一人来到了她身后。

谢潇南方才从后面看时，就在人群之中看到了这一抹非常亮眼的白色。河风拂过，将她耳朵两边的长流苏轻轻吹动，卷着发丝慢慢飞舞，她面前的一盏黄色的天灯上，字迹十分娟秀。

谢潇南往前走着，看见了那天灯上面写着的八个字，面色变得柔和了一些。

她在乖巧地等大灯起飞。

谢潇南走到她旁边，看向河面，轻声说道：“我诞生时正值三月，那时候江山稳固，四海升平，时逢初春，万物生长。所以父亲给我起名‘晏苏’，为‘河清海晏，万物复苏’之意。”

他身边的人看向他，没有应声。

谢潇南也偏过头，看见她的脸上有一张面具时，惊了一下。而后他露出些许笑容，看着面具下那双澄澈、明亮的眼睛，以及长长的睫毛。

他忽然想看看她弯弯的细眉、翘而挺的小鼻子、笑时会微微露出牙齿的嘴……这些五官会组成一个无比生动的她。

于是他抬手将温梨笙脸上的面具轻轻取下，温梨笙托着天灯，并没有阻止他。

仿佛一切声音都消失了，谢潇南的耳朵里响起了温梨笙的呼吸声，那呼吸声很轻缓。

面具被拿下来，一张被乱涂乱画的脸出现在他的眼前，给了他的眼睛重重一击。

谢潇南愣了愣，低声道："抱歉，我认错人了。"

他转身要走，温梨笙却出声道："世子爷，是我呀，我是温梨笙呀。"

谢潇南从这熟悉的声音和语调中确认她就是温梨笙，于是转身回来。他又看了一眼这张惨不忍睹的脸，瞥见她的衣服上也有不少墨迹。即便他方才有一瞬间的崩溃，现在也不动声色地道："你与人起冲突了？"

温梨笙摇头，反问："怎么会？"

"是因为今日的什么事而不开心吗？"他又问。

"没有啊，我挺开心的。"温梨笙道。

"那何以搞成这副模样？"

"我方才跟沈嘉清在路边玩，输了不少次。"温梨笙用下巴指了下身边的沈嘉清，"不过他也没好到哪儿去。"

谢潇南抬眸，就见沈嘉清将面具斜着戴在头上，顶着一张黢黑的脸，一边吃着糖人一边跟他打招呼："世子爷，又在这儿遇见了。缘分啊，妙不可言。"

他这不是"没好到哪儿去"，是更惨。

就是他亲爹娘来了，估计也认不出他。

谢潇南突然不想说话了。

他低头看了一眼手里拿着的面具，抬手想给温梨笙再戴上，温梨笙却扭着头，不愿意戴了。

她不想戴就不戴吧。

谢潇南立马放弃了。

"那后来世子的名字为什么改成'潇南'了呢？"温梨笙小声问。

谢潇南一听她说话，双眼就不由自主地去看她，于是目光又落在了那张被乱涂乱画的脸上。这次他看得仔细了，她的左脸颊上有小兔子、小王八，右脸颊上是小猫、小狗，鼻尖上有花朵，脑门儿上画了铜板、元宝，还写了"吉祥如意"四个字，眉毛粗粗的，但那双漂亮的眼睛周围干干净净。

他竟从这样一张脸上看出了温梨笙好奇的神色。

谢潇南回答道："后来有人说以'晏苏'做我的名字，我以后会挑起动乱，便改成'潇南'，将'晏苏'变作乳名。"

"这跟名字没关系吧？"温梨笙问。

谢潇南说："家中的长辈比较信此说法。"

温梨笙其实明白，不管谢家人信不信，这种说法若是传到了皇帝的耳朵里，他们就必须给谢潇南改名。

“不管是哪个名字都好听。”温梨笙轻声说，“不过我有一个问题，我小时候在奚京见过你吗？”

谢潇南侧头盯着她，沉吟片刻后才回道：“没有。”

“也是。”温梨笙道。

当时她爹也只是一个小官，她怎么可能有机会见谢潇南？只是她想不明白，“谢晏苏”这个名字带给她的熟悉感从何而来。

温梨笙想着，将双手一松，把天灯往上推了推，就见天灯缓缓地往天上飘去，融入万千天灯之中，如星河一般慢慢地流向天际。

“世子放灯了吗？”

谢潇南摇头，道：“我的愿望与你的相同，不必放了。”

“那可不行。”温梨笙去买了一盏新的天灯，然后拿来一支笔给他，道，“你的愿望是你的，我的愿望是我的，不能混为一谈。而且这是你在沂关郡放的灯，以后的每一年，每一个节日里放的天灯都与这盏不同。”

谢潇南接过笔，低头在天灯上写下温梨笙方才写的那八个字。温梨笙把头凑过来，点燃谢潇南的天灯里的蜡块。

沈嘉清也吃完了糖人，从温梨笙的手中要了笔，将愿望写在天灯上。

他每年的愿望都一样：愿有一人用剑打败我。

谢潇南静静地举着天灯，上面的光照在他俊俏的脸上，将他的睫毛都勾勒得很清楚，温梨笙看得出神。

若不是她的脸被画满乱七八糟的图案，这幅画面还是十分美好的。

天灯被放飞，谢潇南站着沉默了许久，目光在一盏盏飞上夜幕的天灯上停留，最后停在那一轮悬挂在天空中的圆月上。

温梨笙心想：谢潇南是不是想家人了？

几人站了很久之后，温梨笙有些困了，没忍住打了一个哈欠。谢潇南听见她打哈欠的声音后回过神来，见她满眼倦意，便把手中的面具给她，道：“回家去吧。”

温梨笙点头，将面具戴在脸上，对谢潇南道别：“祝愿世子早日与家人团聚。”

谢潇南没应声，看着她转身离开。

几人分别之后各回各家。

温梨笙回到温府的时候，沈雪檀还没走。他坐在院中与温浦长喝酒，两个人坐着轻声细语地聊天儿。

温梨笙一看就知道温浦长喝醉了，他酒量不太好，也只有喝醉之后才会对沈雪檀和颜悦色的，若是平常，早就暴跳如雷地让沈雪檀滚了。

沈雪檀朝温梨笙笑了笑，问她：“梨子回来啦？玩得开心吗？”

温梨笙点点头，道："开心。沈叔叔，我告诉你一件事情，你们给沈嘉清安排的那个姑娘可能成不了了。"

沈雪檀笑着说："无妨，成不成无所谓，玩得开心就行。"

温梨笙笑着回应了两句便回了后院，换下墨迹斑斑的衣裳洗澡，将脸上搓洗了很多遍才洗干净。躺在床上的时候，她还在想：为什么每回我在心中念起"谢晏苏"这个名字时，就会有一种很强烈的熟悉感？

她想着想着便睡着了。梦中，她恍惚间听到有人一直喊"谢晏苏"这个名字，却始终不知道是谁在喊。

沈嘉清回到山庄时，顶着一张黑脸被拦在了山庄外。他开口说话后护卫才将他放进去。沈夫人见了他这模样，提着棍子要把他打出去，直喊自己没有这么丢人的儿子。

杜瑶则一回家就去见父亲，立马要求取消与沈家结亲的打算。父亲问她原因，她给出的答案是"我想嫁给脑子正常点儿的男子"。

总而言之，拜月节在欢欢喜喜的氛围之中悄然过去。

温梨笙又在家里闲了几日，然后收拾行李，喊沈嘉清一起去峡谷上的山庄里了。

温浦长起初并不同意，一是因为那个山庄温梨笙从未去过。那是沈家的老宅，自打温浦长回沂关郡后，沈家人就搬到了城中的新宅里，所以她只去过沈家的新宅。温浦长十几岁的时候曾去过沈家老宅，说里面处处有危险，一不小心就会中毒或者被莫名其妙的生物咬一口，轻则肿上好几日，重则此后半边身子无法动弹。二是因为这次去的江湖之人太多，那些人来路杂乱，那里非常不安全。

但温梨笙觉得他的担心纯属多余，曾经她也是因为这样，所以没有选择在峡谷山庄里住，但如今不一样了。

两个人在家中吵了一会儿，温梨笙还是背着小行囊出门了。那里也是沈家的地盘，有沈嘉清在，还有席路、鱼桂等人，怎么可能会有人动她？

她带着换洗衣物和鱼桂，以及两个随身侍女出门，蓝沅则被留在了温府里。

她是吃完午饭之后出发的，到峡谷的时候已近日暮。此时太阳还有些烈，照在身上，汗一会儿就出来了。温梨笙用扇子遮面。这次她不肯走路了，直接坐着马车来到了山庄门口。

她之前挑选的庭院已经被安排妥当，里面的基本用品都已添置。庭院里有五间屋子，温梨笙和沈嘉清各住一间，然后给席路单独安排一间，鱼桂则与剩下的两个侍女住一间，还有一间给沈嘉清带来的下人住。

温梨笙把东西放好之后，朝旁边的庭院看了看。那院门上还挂着锁，门口站着守卫，想必谢潇南还没来。

而后温梨笙在房中发现，她的那间屋子挨着竹栅栏，从窗子翻出去再翻过竹栅栏，正好就能翻到隔壁庭院里，连路都不用绕。

他们将东西放好之后一起出门了。

巧的是，他们出门没多久，就在擂台上看见索朗莫正和一人比试，闽言站在下面给他加油。

温梨笙高兴地走过去，拍了一下闽言的肩膀，道："好巧。"

闽言看见她后，面上顿时露出喜色，说道："温姑娘，先前我们打算去找你，只不过要赶着来此处报名，所以一直没时间去。"

温梨笙毫不在意地笑道："无妨，这不就遇见了吗？"

闽言道："温姑娘也是来参加武赏会的？"

她往温梨笙的左右看了看，压低声音道："怎么这次没见到你的夫君呢？你的夫君那么厉害，若是参加的话，恐怕有机会成为冠军。"

温梨笙正想着这事呢，听她提起了，便立即解释道："是这样的，我与他并不是夫妻关系，先前在草原上时，那只是一种推托的说辞而已。因为我不喜欢索朗莫，也不想做他的妻子，只得找借口说我已经嫁人。"

现在也不是在萨溪草原上，温梨笙想怎么拒绝他就怎么拒绝他。

闽言露出非常惊讶的表情，似乎不相信她说的话。闽言再三打量她认真的表情，见她不似在说笑，就很意外地道："原来你们不是夫妻啊，可我看着……"

温梨笙疑惑地扬眉。

闽言急忙说道："既然如此，那我便不再提你们二人之事。虽说你骗了我们，不过当时的情况也能理解。"

温梨笙笑了笑，道："你能理解就好。"

她将目光投向索朗莫，那少年身躯高大，臂膀结实，光着膀子露出接近古铜色的皮肤，光是看着就骇人。他的拳头砸在对面的人的身上，发出沉闷的响声。

沈嘉清十分欣赏他，一边点头一边鼓掌。

索朗莫最后获胜了，跳下擂台，从闽言的手中接过衣裳擦了擦汗。他看见温梨笙之后，目光顿了一下，而后面色平静地移开视线，对闽言说了什么。

闽言看了温梨笙一眼，回了一句话，这句话让索朗莫再次朝温梨笙看来，视线里带着诧异和惊奇。

温梨笙作为东道主，主动邀请道："一起回去吃饭吧。"

闽言与索朗莫又交谈了一阵。而后她对温梨笙点头，道："我们带来了草原上的酒，姑娘可以尝尝。"

温梨笙之前闻过那种酒，那种酒的气味极其浓烈。她喝过的最烈的酒是阮海叶的酒，不过与哈月克族的酒相比，还是逊色不少。

温梨笙表面答应，心里却打定主意一口都不喝。

回去的路上，索朗莫对她的态度一下子变了很多，他不再像之前那样表现得跟温梨笙不认识，而是落后一步，跟在温梨笙的身后，时不时低头看着她的头发。

她戴着一根坠着玉石的金簪，在夕阳之下显得格外耀眼。

众人进了山庄后，先到的是温梨笙和沈嘉清住的地方。几人很快告别，然后约定等洗漱后在这座庭院里吃饭、喝酒。临走的时候，索朗莫没忍住，将那根看了一路的金簪从温梨笙的发上拔了下来。

温梨笙纳闷儿地扭过头，那根被金簪绾起的小辫也垂了下来，耷拉在耳朵边。她抬头问："你干什么？"

索朗莫听不懂她在说什么，将金簪拿在手中转了转。

温梨笙伸手去拿金簪，索朗莫却将手一抬，她又跳起来抢，索朗莫再举高。

温梨笙扑了个空，没站稳，被索朗莫扶了一把。她笑着问："再不把东西还给我，信不信我把你的头打烂？"

闽言听了，连忙打了索朗莫一巴掌，说了一句什么，语气里带着斥责之意。

索朗莫不听，将温梨笙的簪子别在自己的后腰上，一副将它据为己有的模样。

温梨笙气笑了，想：这些牧民颇为野蛮，与我们有着本质上的不同。这玩意儿被他别在后腰上，温梨笙也没有要回的心思了，便摆摆手道："算了，给他吧，我不要了。"

这种东西她有很多，给路边的乞丐与给索朗莫是一样的。

闽言对她连连道歉，而后才拉着索朗莫离开。

温梨笙翻了个白眼，转身要回去的时候，往旁边的庭院看了一眼，就见庭院的竹门不知道什么时候开了，谢潇南就站在门边朝这边看，也不知站了多久。

温梨笙见到他，欢欢喜喜地跑过去，问他："世子爷，你什么时候来的呀？"

谢潇南淡淡地道："刚到。"

温梨笙："你还没吃晚饭吧？等会儿闽言他们要来我们这儿一起吃饭，你也一起来呀。先前你在草原上帮他们打跑了那群异族人，闽言肯定也希望你来。"

谢潇南将她欢喜的表情收入眼中，目光落在她耳朵边垂下来的小发辫上，而后点头答应了。

邀约成功之后，温梨笙又蹦蹦跳跳地回到自己住的地方，让鱼桂备了水。她洗了洗脸和手，又让鱼桂取来新的簪子，把发辫固定好，就在房中等着闽言来。

很快，庭院中就摆上了一张大桌子。菜肴很快被下人送了过来，下人从食盒中将菜肴拿出摆在桌上。天色渐暗，院中的各处也点上了灯，变得很明亮。

闽言和索朗莫已经沐浴过，也换上了梁人的衣裳，一前一后地走进了院中。

沈嘉清有点儿眼馋索朗莫的肌肉，坐在他边上，伸手捏了捏他的肌肉。

温梨笙见他们到了，便跑去隔壁。她寻到谢潇南住的那间屋子后，站在窗边轻轻敲窗。谢潇南从桌面上抬眸，她站在外边，朝他招手，道："大少爷，吃饭啦。"

谢潇南放下手中的书卷，起身往外走，出门时，看到温梨笙站在门边等着他。隔壁庭院里的人的说话声传来，他跟温梨笙一同走过去。

他们刚进庭院，闽言和索朗莫便一起站了起来，用哈月克族的礼仪向谢潇南行了一礼，以示尊敬。

谢潇南面色如常，随意地说道："不必客气。"

他在空出的位置上坐下，温梨笙挨着他坐下。本来温梨笙的左手边应该是闽言，但索朗莫见状，将闽言一拉，与闽言换了个位置，坐在了温梨笙的左边。

这人又在发什么神经？温梨笙苦恼地想。

菜上齐之后，闽言拿出了两壶从族中带来的酒，递给索朗莫，由他起身依次给谢潇南、温梨笙、沈嘉清分别斟上一杯，之后才给自己和闽言斟。

闽言举着酒杯起身，对谢潇南道："没想到还能遇见小公子，实在是我等的荣幸。承蒙小公子先前仗义出手，如今哈月克族人已经有了安稳的居住地。我以这杯酒代表全体哈月克族人对小公子表示感谢。"

她脸上的表情十分认真，她说完之后，索朗莫也站起身，非常认真地对着谢潇南举杯，而后两个人一同将酒喝尽。谢潇南也举杯饮尽杯中的酒，他脸上白皙的皮肤一下子就染上了淡淡的绯色，但他的表情没什么变化。

他说："不过是举手之劳。"

温梨笙拿过酒壶，又给谢潇南倒了一杯酒，随后顺手将酒壶放在了右手边，笑着说："你们也太郑重了，咱们就是随便聚聚，吃吃饭，聊聊天儿，不用搞得那么严肃。"

闽言和索朗莫坐下来，闽言道："该有的感谢还是要有的。"

温梨笙夹了一筷子菜塞进嘴里，早就把饭桌上谁身份最高谁先动筷子的规矩忘得一干二净，说道："这菜好吃，快尝尝。"

她刚吃了两口，就见索朗莫朝她举起了酒杯，说了一句她听不懂的话。

温梨笙露出疑惑的神色，道："我不喝酒。"

沈嘉清在一旁瞎说："我知道，他是想让你喂他喝。"

温梨笙："你喂。"

闽言笑着说："你也知道，索朗莫先前就爱慕你，方才我跟他解释了你并没有夫君之后，他便想重新追求你。”

温梨笙猜想之前可能是因为索朗莫很敬仰谢潇南，所以得知她是谢潇南的夫人之后，便不会再有丝毫逾矩，甚至在擂台边遇见她的时候装作不认识她。但方才闽言解释了之后，他知道她与谢潇南没有那层关系，于是那些心思又出现了。

温梨笙强颜欢笑道：“能不能让他好好吃饭？”

这索朗莫的脑子里大概就两件事：敬佩强者和求爱。

闽言对索朗莫说了一些话，他便将酒一饮而尽。不过，他并没有就此放弃，一边吃饭，还一边往温梨笙的碗里夹菜。

温梨笙是何许人也？她每回都手疾眼快地把索朗莫的筷子挡住，然后直接把碗扣在桌面上，干脆不用碗吃了。

若不是想着哈月克族人对她有救命之恩，她早就把索朗莫一脚踢出去了。

她与索朗莫斗智斗勇几个来回之后，索朗莫终于收手，吃起自己的饭来。温梨笙大松一口气，心想：这种饭局绝不会再有了。

她将碗重新翻过来，朝谢潇南看了一眼，见他并未动筷子，而是在给自己倒酒，于是说道：“世子爷，这酒烈，你吃点儿东西再喝。”

谢潇南听了后，看了她一眼，抿了抿有些红润的唇。

温梨笙再一看，才发现谢潇南的碗上是空的，没有筷子。

她大吃一惊，急忙站起来，道：“怎么回事？怎么少摆了一双筷子？快点儿送上来！”

下人连忙送上一双筷子，然后在谢潇南的脚边捡起了原本掉落的筷子，随后迅速退到一边。有了筷子后，谢潇南却没用，而是将它搁在了碗上。

温梨笙见状，叹了一口气，拿起筷子给他夹菜，轻声细语地劝道：“这桌上有公筷，这些菜虽然不是奚京菜，可能不合你的胃口，但你喝那么烈的酒，肚子里空着可不行，还是吃一点儿吧。”

她夹了很多菜放到他的碗中，他低头看了看。

谢潇南喝了不少酒，耳朵红红的，反应有些迟钝，也不说话，可能已经微醺。

思及他可能是喜欢喝这种酒，她便没有再劝阻，任由他喝。

不过她余光还是留意着，看他时不时地动筷子夹起碗中的菜吃，这才放了心。

这顿饭，大家也没吃多久，散场的时候，整个庭院里都是酒气，那酒的味道太过浓烈，连沈嘉清都受不了，喝了两杯就有些晕了。

谢潇南虽然喝了不少酒，但是双眸尚清明，走路时看着也很稳。他自己走回了庭院里，瞧着像没事人一样。

庭院里被收拾干净了，温梨笙洗了澡，换了一身衣裳之后，透过窗子看到隔壁的院子里黑漆漆的，只有房中点着微弱的灯。她想起刚才去院中喊谢潇南吃饭的时候，那里只有他一人。

温梨笙有些不放心，于是翻过窗子去了对面，进了谢潇南的寝房。

房中就点着一支蜡烛，谢潇南坐在桌边，用手支着头，不知道是不是睡着了。

她走过去轻声唤道："世子？"

谢潇南闻声抬头，眼眸中映着一簇烛火，宛若夜空中的繁星，盯着温梨笙。

"你怎么了？头痛吗？"温梨笙走到他面前，先用手覆在他的额头上，感觉到他体温正常，然后朝四周看了看，又道，"你怎么不点灯呢？没带下人来吗？"

谢潇南没有回应，也没有表情，显得很没有攻击性。

温梨笙又点起房中的一盏灯，屋里变得明亮。她看到一些基本的东西都被摆放好了，于是拿起一只木盆去院中打了水，然后浸湿布巾，拧得半干后递给谢潇南，道："把脸擦一擦。"

谢潇南不接。

"你喝醉了吗？"温梨笙疑惑，然后将布巾覆在他的脸上，他就乖巧地闭上眼睛，让温梨笙在他的脸上擦着。

他确实喝醉了，跟微醺的状态不一样。

温梨笙记得他上次喝得微醺时，思绪是很正常的，就是说话时情绪表现得更明显了。但是眼下谢潇南安安静静的，很乖巧，显然已是醉态。

温梨笙把他的眉毛、眼睛、嘴唇、下巴都仔细地擦了两遍，睫毛都被擦得湿漉漉的，这让他看起来更乖了。

然后她又拿起他的手，把他的指缝、手背都擦干净，说道："站起来，走到床边去。"

谢潇南仰头看着她，没什么反应。

他太乖了。这人平时看起来凶巴巴的，喝醉了竟然这么乖？

温梨笙与他对视片刻，没忍住在他的脸上掐了一把，用双手捧住他的脸，道："站起来，听到没有？"

谢潇南目光一落，看见了她手腕上的墨金镯子。她有很多个这种颜色的镯子，实际上，谢潇南每次看见时，都能发现它们之间的不一样之处。他问："你又换了一个啊？"

温梨笙见他盯着自己的手腕，于是问他："你喜欢？"

"很漂亮。"谢潇南不吝赞美。

温梨笙笑了笑，把镯子摘了下来，扣在谢潇南的手上，虽然显得有些小，但也能戴上去。她说："那我借给你戴一会儿。"

谢潇南果然喜欢这镯子，用手指摩挲着它。

“起来，到床边去。”温梨笙再次说道。

他这次起身了，慢慢走到床边，脚步有一些不稳。他站定之后，温梨笙走过去抬手解他领口处的盘扣，顺着脖子往下，解到腰间，然后才发现要先解开腰带才行。

她又弯腰，摸索着把他的腰带解开。衣衫上的盘扣被解开之后，她从他的肩头往下扒他的衣服，刚想让他抬手，就觉得腰间一紧，而后一股很大的力道将她往后一压，她一下子没站稳，倒在了床榻上。

谢潇南整个人都压了下来，头撑在她的上方。一时间，那浓烈的酒气进了温梨笙的鼻子里，让她胸闷气短，喘不上气来。

谢潇南看着她，像把她紧紧地拥入了怀中，压得她动弹不得。

温梨笙本应该马上让他起来，但与他对视时，整个人如陷进去了一般，张了张口，没说出话来。

谢潇南有一双非常漂亮的眼睛，他的眼神有时候是冷漠的，有时候是带着笑意的……这个时候，他专注地盯着温梨笙。

二人的距离这样近，温梨笙有一种错觉，好像这双眼睛里只有她，容不下别的任何东西。

那种感觉又来了，像有一面鼓，在她的心口敲个不停，且越敲越快。

只有她一个人这样吗？

这算正常吗？

谢潇南盯着她看了一会儿，忽然伸出手指，柔软的指腹在她的睫毛上点了点。就在她想说话的时候，谢潇南的头像没力气一般垂了下来，埋在她的颈窝边。灼热的气息染红了她的耳朵，传来阵阵痒意。

房中烛火摇曳，屋外月光皎洁。万籁俱寂之时，温梨笙听见心口的鼓敲得越来越响。她咽了一下口水，听见耳边的呼吸声变得平稳，于是小声地开口：“世子？”

没人应声。

“谢潇南？”这是她第一次当着他的面叫他的名字。

他也没有回答。

“大反贼？”

屋里依旧寂静。

他睡着了。

温梨笙一使劲，将他从自己身上推开。

温梨笙将他的外衣脱下，又拽下了他的鞋子，把他的双腿搬上了床。因为挪不动他，她只好让他横着睡在床榻中央，将薄薄的被子轻轻地盖在他身上，最后吹熄了烛火，轻声道："做个好梦，谢潇南。"

她临走的时候，觉得自己忘了什么。

谢潇南睡得很沉，但是由于宿醉和作息，醒得很早。他一起床，头就痛得厉害，忍不住皱起眉，慵懒地道："乔陵。"

乔陵推门而入，问他："少爷，可是要洗漱？"

谢潇南不太愉快地反问他："你就这样把我横着放在床中央？"

乔陵笑道："不是我放的。"

谢潇南看了一眼桌上放着的一盆水，又问："昨夜回来后，不是你给我脱的衣裳？"

乔陵道："昨夜少爷不是给我安排了其他事吗？回来之后，正好看见温家小姐从隔壁翻墙进来，进了您的寝房，我便没再进来。"

谢潇南神色一僵，眉头拧得更紧了，问他："你让她在我喝醉了的情况下进了我的寝房？"

乔陵道："我并不知道少爷喝醉了。"

谢潇南："不论我有没有喝醉，你都不该让任何人进我的寝房，这还用我教你？"

乔陵想了想，为自己辩解道："我想着，如果是温小姐的话，应该没什么关系。"

谢潇南冷笑一声，道："我看你是在我身边待够了，这点儿分寸都没有，若是脑子真的被糨糊堵住了，倒不如回奚京喂猪，顺便好好想想……"

他还没将话说完，窗边传来一声轻响，两个人同时望去，只见温梨笙趴在窗户上，一只脚踩在窗框上，半截身子已经爬了进来。

她显然没想到屋内的两个人醒得那么早，强行挤出一个笑容，问二人："我是不是来得不是时候？"

谢潇南大约是被惊到了，一时间没吭声。

温梨笙指了指他的手，又道："我是来拿我的东西的。"

谢潇南低头，正好看见自己的右手手腕上戴着一只小巧的墨金镯子，将他的手腕勒出了一丝红痕。

"这个镯子怎么会在我的手上？"

温梨笙："你昨夜看见后非常喜欢，非要从我手里将它抢走。我若不给你，你就揪着我的头发，把我按在床上揍，还说要拔光我的睫毛。"

谢潇南："……"

第八章　许情意

温梨笙说这话的目的当然不是骗人，只是觉得这时候的氛围有些尴尬，所以想缓解一下。

实际上，也没人会相信她说的话。

谢潇南昨晚虽然喝醉了，但没醉到什么都忘记的地步，方才经乔陵一提醒，就想起了一大半。

他记得温梨笙走进了昏暗的房间，然后点亮了屋中的灯，随即走到他的面前，伸手覆在他的额头上。

谢潇南的视线里好像只有她，其他的景物都变得模糊，唯有她的脸十分清晰。

谢潇南道："你下来。"

温梨笙从窗子上爬下来，小声说："我本来想在你醒之前把东西拿回去的，没想到你起得那么早，昨晚睡得好吗？"

谢潇南一边动作很慢地把镯子取下来，一边问："为什么要在我醒之前拿走？"

他昨晚睡得很好，甚至都没有做梦，一闭上眼就睡到了天亮，只不过醒来之后的感觉不太好，头隐隐作痛。

温梨笙走过来接过镯子，说道："我这不是怕你知道我半夜翻窗子进你的房间吗？"

谢潇南道："我昨晚喝得有点儿多。"

"我知道啊。"温梨笙说，"喝多了挺好的，会睡得很香。不过如果醒得太早，没有休息好的话，会有点儿难受，我让人给世子煮些醒酒的东西吧。"

谢潇南还是觉得头痛，不过刚才醒来时的那股不悦之感已经消失殆尽。他起身将外袍披上，道："不必，你先回去。"

听了他的逐客令，温梨笙也不敢留下，于是转过头又去爬窗。

"走门。"

他的声音从她的身后传来，温梨笙暗骂自己糊涂，又转身朝门外走。她在不经意间瞥见谢潇南正微微仰头，用修长的手指扣衣服上的盘扣，这让她顿时想起昨夜给他解衣服时的画面。

她有些不自在地动了动手指，走到外室，推门出去。

天色已大亮，有不少人起得很早，偶尔会从庭院前路过。

温梨笙贪路近，就没从大门出去，翻过竹栅栏回了自己的屋子。

谢潇南看着被推开一半的门，乔陵突然说话了："那下次温姑娘再爬窗的话，我要制止她吗？"

谢潇南睨了他一眼，问他："这还要问我？你是不是真的打算回去喂猪？"

乔陵没有再出声，只是对这个问题依然没有答案。

要不下次还是别管吧，乔陵心想。

"备水，我要沐浴。"谢潇南出声打断他的思绪，"再备一张假面。"

乔陵应了一声，转身出去的时候，看到席路靠在隔壁庭院的竹栅栏上，一边摇头一边说道："一起床就开始忙碌，乔哥真是辛苦。"

乔陵转过头朝他一笑，道："别以为你能闲着。"

席路笑道："我现在的主子可是温梨笙，她什么都不让我做，还每个月给我三十两银子，舒坦。"

"是吗？"谢潇南突然出现在了门边，站在台阶上看他，问道。

席路被吓了一跳，赶忙站直，低头道："少爷。"

谢潇南负手而立，冷冷地道："记好你的任务，若是办砸了，就跟乔陵一起回奚京喂猪。"

席路立马点头，并道："记着呢，记着呢，我一刻也不敢忘。"

谢潇南又道："过来帮乔陵备水。"

席路只好从栅栏那边翻过来。乔陵笑得十分开心，说道："太好了，到时候我上午喂，你晚上喂，轮换着也不至于累。"

席路翻了个白眼，小声道："你早晚喂，我只中午喂。"

温梨笙在山庄里并不无聊，一吃完早饭就出门闲逛，能看到很多人，甚至还能结交到一两个朋友。

她偶尔会去擂台边转转，虽然有的比赛很无聊，但有些人还是有真功夫的。不过，最精彩的还是有些人在擂台上打完尚不服气，然后站在台下相互骂。

“背着你老父亲逛窑子”“拿你老母亲的兜肚缝枕头”之类的话，温梨笙站在旁边听得津津有味，顺便学了一两句，打算留着下次骂别人的时候用。

沈嘉清来了山庄也没有疏于锻炼，很早就起床在院中打拳。起初的几天，他自己对着木桩打，后来觉得很没意思，就去找了索朗莫。

索朗莫个头儿高，力气大，当他将拳头握紧使力的时候，手臂上的肌块就会高高地突起，显得十分骇人。沈嘉清就喜欢跟他过招。

一开始他还接不住索朗莫的一拳，用手挡的时候，一整个上午，手臂都发麻，吃饭时还是用左手吃的。

不过他进步得非常快，温梨笙一直觉得沈嘉清在练武方面是老天爷赏饭吃的代表。他虽然有时候脑子不太好使，但在武学上绝对算得上天赋异禀。

短短五天之后，索朗莫就完全打不过他了。有时候索朗莫一拳砸下来，还能被沈嘉清非常准地接住。

再一次围观了沈嘉清将索朗莫的拳头接在手中后，温梨笙忍不住鼓起了掌。

沈嘉清收手，对索朗莫露出笑容，道：“做得不错，好兄弟。”

他擦了擦脸上的汗，走到温梨笙身边，说道：“他已经不能做我的训练对手了。”

“你可以跟席路过招，”温梨笙说，“他的功夫应该不在乔陵之下。”

温梨笙曾经看乔陵出手过几次，但对席路的功夫的印象并不深，不过见谢潇南带在身边的就这两个人，想来他们的功夫应该都是不弱的。

沈嘉清朝席路看了一眼，道：“我确实有这个想法。不过我马上要参加武赏会了，如果在此之前受伤，应该就直接被淘汰了。”

温梨笙道：“那就先不急。”

沈嘉清没有参加初试，直接靠着关系参加了第二轮比试。

初试从八月份开始，在将近九月的时候就结束了，然后由风伶山庄的人统计进入第二轮比试的名单，再根据这些名单进行分配。

温梨笙在山庄里住了十来天，发现谢潇南是真的很忙。他经常早出晚归，有时候，他的住处一连好几日不点灯。她不知道他去了哪里，由于他很忙碌，两个人见面的机会也变得很少。

有时候，她甚至只是通过窗子看他一眼，看到他后，会扬声向他打招呼，谢潇南也只点头回应。

不过最近也没有什么特别的事发生。

九月，天气变得凉爽，秋天来了。

也许是冤家路窄，沈嘉清第一轮就被安排跟霍阳比试。

霍阳知道自己的对手是沈嘉清之后，特地把剑磨得更加锋利了一点儿，毕竟他跟沈嘉清、温梨笙是有旧仇的。

当初霍阳看不惯温梨笙，觉得她总是刁难施冉，所以每回在书院里碰到温梨笙时，脸色都不怎么好看。有一回，温梨笙发现这小子正偷偷地用眼睛瞪她。

那时候，温梨笙的脾气可比现在的暴躁多了，她发现这事之后，也不管霍阳是谁的孙子、谁的儿子，直接叫来了沈嘉清。

沈嘉清当时还在长宁书院读书，一听说要打人，当即跑去了千山书院。千山书院放课后，他和温梨笙一起在霍阳回家的路上把霍阳截住了。

当时霍阳身边的人还多了四五个，但即便是这样，霍阳还是被沈嘉清按在地上痛快地打了一顿。最后霍阳被打得哭了出来，眼泪、鼻涕流了一大把。

温梨笙蹲到他面前问他："你下次还瞪我不？"

霍阳一边磨剑，一边咬牙切齿地道："我瞪死你！"

比试这天一早，沈嘉清就跟温梨笙来到擂台区等候。

经过第一轮的筛选，留下来的基本上都是有真功夫的人，其中不少人在江湖上也有些名气，再往上的就是那些著名门派中的子弟。这些参赛者的目的不是给沈家人面子，就是那把霜华宝剑。

所以，沈嘉清是风伶山庄的少庄主一事即便一开始只有少数人知道，消息也不胫而走。众人知道他今日会参加比试，擂台区几乎站满了人。

温梨笙几人虽然去得早，但依旧没抢到座位。

五个大擂台上会同时有人进行比试，人们在中间的空地上来回走动，入耳的皆是武器碰撞的声音。

温梨笙与沈嘉清不愿挤在人群里，于是在旁边的一棵树下站着。如今正值秋季，风一吹，树叶就飘落，迎面吹来的风也十分清凉。

温梨笙突然问："你对上霍阳有几分胜算？"

沈嘉清被她的这个问题惊到了，脸上全是不理解的神色，反问她："你是认真地在问这个问题吗？"

温梨笙摸了摸下巴，道："我随口问问，别人在比试之前不都是这样问的吗？"

沈嘉清道："这话你不该问我，应该去问那个矮墩子。"

他正说着，身后传来一道声音："沈嘉清！"

两个人同时回头，就见霍阳站在他们身后。他抱着一把剑，表情很凶，先瞪了沈嘉清一眼，又瞪了温梨笙一眼。

"矮墩子，正说你呢，你就找上门来了？"沈嘉清轻"哼"一声，问。

这一声“矮墩子”可真是切切实实地扎了霍阳的心，他对自己的身高万分介意，做梦都希望能再长高一截。听到沈嘉清这话之后，他气得脸色通红，问：“你不就长得比别人高了点儿吗？有什么可得意的？！”

沈嘉清闻言，朝他跨了两步，很快到了他面前。

霍阳毕竟是挨过沈嘉清的打的，一见他靠近，便本能地抖了一下肩膀。霍阳虽极力压制着自己的情绪，但那凶狠的表情里也露出了胆怯之色。他有些慌张地喊道：“你……你想干什么？除却在擂台之上，是不准随便动手的，这是风伶山庄的人定的规矩！”

沈嘉清当然没打算动手，居高临下地看着霍阳，问：“你能不能站得高点儿再跟我说话？”

霍阳这才意识到沈嘉清在羞辱他。奈何他确实没有沈嘉清高，导致他在和沈嘉清说话时还得仰着头。

霍阳往后退了两步，迅速抽出怀里的剑，露出一截锋利的剑刃，道：“走着瞧！我现在已今非昔比，等一下上了擂台，别怪刀剑无眼！”

温梨笙开口道：“呀，你还磨了剑？”

她看见剑上有污水，显然是磨剑后擦拭的时候没擦干净。

霍阳梗着脖子吟起了诗：“宝剑锋从磨砺出，梅花香自苦寒来！”

温梨笙和沈嘉清同时露出惊讶的神色，心想：这人怎么看起来有点儿笨？

“你专程来放狠话？”沈嘉清挑眉，问霍阳。

霍阳说：“我只是先来告诉你一声，我已经跟以前很不一样了，不会再被你们欺负。”

温梨笙和沈嘉清同时沉默。

“而且……”霍阳忽然红了脸，小声说，“我能为施姑娘出一口气。”

沈嘉清撸起袖子，道：“你这个矮墩子的心思还不少，人家能看上你吗？你若再说废话，我就把你的脸打肿。”

霍阳又被这一声“矮墩子”伤到了，后退了两步，气愤地道：“你不能在擂台下……”

沈嘉清打断他道：“我的规矩就是风伶山庄的规矩，这里的规矩约束不了我。你若是再不走，就别怪我再把你打得矮下去几寸。”

霍阳恶狠狠地瞪了沈嘉清一眼，随即迅速地抱着剑跑了。

“莫名其妙。”沈嘉清道。

温梨笙觉得蛮好笑的，霍阳这个人虽然一脸凶样，但其实挺胆小的。方才沈嘉清往前走时，他那被吓了一跳的模样看起来很搞笑，那时的他很像一只披着狼皮的羊。

“下手轻点儿吧。”温梨笙随口道。

擂台区的大鼓被敲响，有人喊了沈嘉清的名字，意味着轮到他参加比试了。

沈嘉清其实是打算好好表现的，毕竟这是他参加的第一场比试。但他的对手竟然是个“矮墩子”，这让他很难下手。

几人走到擂台旁，沈嘉清赤手空拳地上了擂台。他刚站定，对面的霍阳就气愤地喊道：“你这是什么意思？竟然不拿武器，是不是看不起我？”

沈嘉清微微抬起下巴，相当嚣张地道：“你还不配让我用剑。”

霍阳被他这句话气得半死，指着他半天说不出一句话，只得一把甩掉剑鞘，抽出那把锋利的长剑，对他说道：“那我便让你后悔！”

说完，霍阳率先动手，朝沈嘉清发动攻击。

沈嘉清侧身一避，抬手抓住他的手腕，而后一翻，他痛地叫了一声，手上的剑立马掉在了地上。而后他觉得脚踝一痛，也不知道怎么回事，眼前一片昏花。等再看清楚眼前的景物时，他已经倒在了地上。

霍阳想爬起来，沈嘉清却抬脚踩在了他的肩膀上。沈嘉清的力道很重，他将霍阳压得死死的，蹲下来对霍阳说：“不想吃苦头就别站起来。”

霍阳哪儿受过这样大的屈辱？他红着眼睛挣扎，沈嘉清见他这副模样，松了脚，叹了口气，道：“看来必须揍你一顿了。”

温梨笙在下面看得直摇头，毕竟两个人的功夫差距太大了。沈嘉清就算不用剑，也能在三招之内把霍阳撂倒，霍阳应该看清楚了两个人之间的差距。

但他不知道为什么，心里像憋着一股巨大的怨气，仿佛他虽然知道沈嘉清比他厉害得多，却还要固执地与沈嘉清打架。

或者说，他单方面挨打。

霍阳被揍得双眼昏花，最后站不稳，倒在了地上，这场比试结束了。

沈嘉清衣衫平整地走下擂台，不省人事的霍阳被抬下来。

沈嘉清走到温梨笙旁边，没精打采地道：“没意思。”

温梨笙看了一眼他手里的剑，问他：“你把人家的剑拿来干吗？”

“战利品。”沈嘉清笑道。

这剑品相一般，沈嘉清是看不上的。且霍阳的磨剑手法并不好，霍阳只是将剑磨得很锋利，剑身却有密密麻麻的磨痕，这把剑在沈嘉清眼里就是一把废剑。

但把别人打一顿，再把别人的东西抢走，这确实是沈嘉清的作风。

沈嘉清的下一场比试在五日后，这几日他又清闲了不少。

只是温梨笙没想到，这事还没完。

晚上，她吃过饭，在院中乘凉，沈嘉清不知道去忙什么了，周围十分安静，这时，突然有人找上门来。

庭院的门外没有点灯，温梨笙看见有一个人站在竹门边上，也不说话。于是她问：“你是谁，鬼鬼祟祟地在我门口干吗？”

“温梨笙。”门外的人开口了。

她听出那是霍阳的声音，好奇地站起身，让鱼桂拿着灯跟她出门。她出门后，果然看见霍阳顶着一张肿脸站在外面，模样颇为滑稽。

“你找我？”她问。

“你跟我走。”

“为什么？”温梨笙倚在竹门边，说道，“你不是已经被淘汰了吗？怎么还不回郡城？你还挺能挨打的，都被打成这样了，这么短时间内就能乱跑了？”

霍阳狠狠地瞪着她，说：“这不用你管，你跟我走就是了，有事情找你。”

“什么事不能在这儿说？”温梨笙问。

“是你这些日子一直在等的事。”霍阳道。

他一说，温梨笙就明白了。这段时间，她一直在等胡家人的消息。胡山俊回家之后应该就发现自己被下药了，这都快一个月了，他们还没有动静，也算沉得住气。

她不知道胡家人是怎么找上霍阳的，但总归来了消息。

温梨笙道：“那你带路吧。”

“只能你自己去。”霍阳看了鱼桂一眼，道，“她不能跟着。”

鱼桂第一个反对，道：“不行。”

温梨笙却说：“可以。”

她转头从鱼桂的手中接下了提灯，鱼桂着急地道：“小姐，这一看就有问题，你不能自己跟着他去。”

温梨笙摇摇头，道：“无妨。”

她自有打算。

她从鱼桂的手里接过灯之后，用手指悄悄地在鱼桂的手背上点了两下，给了一个暗示。

随后，她提着灯随霍阳而去，径直出了山庄，往这山庄南边的一片树林而去。

皎洁的月光勉强能够照明，温梨笙手中的提灯的光线也不弱。两个人走得并不费劲，只是去那边的路有些不平整，走着走着，霍阳说：“你自己看好路，若是摔倒了，我可不管你。”

他刚说完，自己就踩空摔在了地上，顿时尖叫一声。温梨笙笑出了声，道：“你还是多关心你自己吧。”

两个人逐渐走进黑暗中，离山庄有些远了。周围除了温梨笙手里的一盏提灯之外，没有其他的照明物，她也开始注意脚下的路。

二人进了树林，走了约莫一百步后，霍阳说：“到了。”

温梨笙抬头，看见前面站着几个提着灯的人。那几个人听见动静之后往这边走，很快，胡山俊就出现在了她的视线中。

显然，这一个月他过得并不好。较之上次见面，他憔悴了不少，也瘦了一大圈。他一看见温梨笙，表情便变得极为难看，冷冷地道：“温梨笙，你还真敢一个人来？！”

温梨笙朝他身边看去，发现他旁边提着灯的几人都是胡家的下人，于是很不耐烦地“啧”了一声，道：“我上次说得还不够明白？我要见在胡家说得上话的人，你听不懂人话是吗？”

胡山俊将牙根咬得“咯咯”作响，满眼恨意，像下一刻就要扑上来生啃她的血肉一样，问她：“你有什么资格？”

“我有没有资格，不是你说了算的。”温梨笙冷冷地道。

“你用这种下三烂的手段，还想见我爹？是不是想得太美了？”

“这不是下三烂，这叫对症下药，”温梨笙说，“对付你刚刚好。你若还想要解药，下次就带着你爹来见我，否则后半辈子就这样吧。”

胡山俊这段时间应该试过很多药，胡家人擅长制毒，但不精通医术，加之风伶山庄的人研究出来的毒物向来只有风伶山庄的人能解，所以他身上的毒一直没解。

胡山俊是发现那些药都没用之后才来找温梨笙的。

他阴狠地道：“你既然来了，就别想着走，我定要把你折磨得生不如死！”

温梨笙道：“我还没打算走呢。”

她转头看向霍阳，道：“我有事情要问你。”

霍阳打了个暂停的手势，道：“先等等。”

他对胡山俊道：“把药给我。”

胡山俊朝旁边的人使了个眼色，随后那人扔出一个瓶子，那瓶子被霍阳接住。霍阳赶忙将那瓶子打开，吃了里面的东西后，将瓶子一摔，突然大声说：“你先前分明说只是给温梨笙一个教训，何时说过要折磨她？！”

温梨笙听了他的话，顿时觉得讶异。她原本以为是霍阳对她怀恨在心，然后勾结胡山俊，将她带到此处，没想到霍阳竟然也是被胁迫的。

胡山俊冷笑一声，道：“有贼心没贼胆！你那么恨她，我替你出气，你还有什么好说的？”

“我不恨任何人，只是讨厌他们。”霍阳道，“但温梨笙是温郡守的女儿，你不能动她。”

霍阳竟开始保护她了。

胡山俊的表情很难看，他问霍阳：“怎么？你想跟她一起被折磨？”

霍阳下意识地要抽剑，却忽然想起他的剑被沈嘉清抢走了，现下他的手里什么都没有，对上胡山俊等人没有胜算。

“不想死就快滚！”胡山俊怒道。

霍阳害怕了，温梨笙能很明显地看到他浑身都在抖动。但他没有走，仍旧站在温梨笙的面前，咬着牙道：“你不能动她。”

他总是很固执。

温梨笙轻笑一声，而后对胡山俊道：“‘不想死就快滚’，这话也是我想对你说的。”

胡山俊难以置信地大笑起来，问她：“你总是让我觉得很好笑，敢只身来这里就算了，还敢对我叫板？你不会真的觉得我不敢动你吧？我将你绑回去好好折磨，用你换解药，风伶山庄的人还能不给？”

温梨笙问：“你为什么会觉得我是一个人来的？”

胡山俊愣住了，朝她周围看了看，确认再无其他人，还以为她是在虚张声势。

温梨笙突然扬声道：“别藏了，出来吧，我知道你在！”

声音传至树林中，周围一片寂静。

胡山俊起初还被吓到了，真的以为温梨笙带了什么人来，后来见周围一点儿动静都没有，又想起温梨笙这个人本就是一个诡计多端的骗子，以为自己又上当受骗了。于是他从下人的手中抢过棍子，打算先上前将她打一顿。

他愤怒至极，道：“我先打折你的腿！”

他们往前走了四五步之后，忽然有一人从高处落下来。那人重重地踩在地上，直起身之后，立于温梨笙身前，缓缓抽出一柄长剑，剑尖指向胡山俊。他冷冷地道：“再动一下就杀了你。”

那人很年轻，身穿黑衣，脸上带着笑容。

温梨笙心想：你果然在。

她往前走了两步，把灯一抬，看向那人，发现那人竟是席路。

“怎么是你？”温梨笙万分惊讶地道。

席路侧过脸对她笑了笑，问：“你是什么时候察觉的？”

她是什么时候察觉的？

其实温梨笙一直有感觉，从被梅兴安的人装到桶里运出城的那日开始，就隐隐觉得有人在暗地里保护她。

那日她独自被抓走，在梅兴安的那个小屋子里，就是被人出手相救才逃脱的。从那时起，温梨笙就知道身边有人跟着她。

只是她一直以为对方是沈雪檀派来的，毕竟温家人是没本事培养能力这般强的暗卫的。然而她猜错了，一直跟着她的人是席路。

温梨笙恍然大悟：为什么席路一开始还跟在谢潇南身边，后来却突然不见了？为什么在牛宅的时候，谢潇南分明说只带了乔陵一人来，后来席路却出现了？为什么席路对她的态度突然变了？为什么他对温府的路很熟悉……

种种可疑之处，皆是真相的端倪。

因为席路一直在她身边。

他压根儿就不是失宠了，而是接到了一个长期任务。

“从什么时候开始的？”温梨笙问。

“从我们在棱谷瀑遇见那日之后。”席路回答，“少爷发现你不会武功，便将我安排在你身边。风伶山庄的庄主后来也派了人跟着你，不过都被我赶走了。”

温梨笙算了算日子，发现席路竟然是从五月份开始跟着她的，到现在已经有三个多月了。她不由得震惊地道：“从那天开始，你一直跟着我吗？”

席路点头，回答道：“少爷的命令，寸步不离，排除你身边的所有危险，确保你在任何地方都是安全的。”

温梨笙听得心跳猛然加速，想起五月份的时候，谢潇南还是很不喜欢她的，甚至不愿意与她说话。她没想到他会将自己身边的一个人派出来保护她。

“世子为什么要这样做？”温梨笙低声问。

“你不是知道吗？”

“什么？”

“若是牵连了别人，道歉是无用的，要做的只有保护好那个被牵连的人。”席路说，“少爷不喜欢跟别人道歉，只会用自己的方法解决问题。”

这话是温梨笙之前在谢府的时候对贺祝元说的，席路就在附近，所以听见了。

温梨笙明白了。当初她在梅家酒庄被卷入这些事，是受谢潇南的牵连，所以在知晓她不会功夫之后，谢潇南将席路派来保护她。

与他是厌恶还是喜欢她没有关系，这是谢潇南的责任。

在他看来，说和做是两码事。

温梨笙的心被一种莫名其妙的情绪填满，她深深地吸了一口气，想平复一下心情，却发现没什么用。

在得知自己一直在谢潇南的保护之下后，她现在迫切地想见到他，想站在他面前。

“你们说够了没有？当我不存在？！”胡山俊崩溃一般大叫，抬手抡起了长棍，想攻击席路。

然而他刚动，席路的身影就猛地一闪，紧接着，温梨笙就看见胡山俊的脖子上出现了一条细细的血丝。胡山俊的脸上瞬间出现惊恐的神色，他抬手捂住自己的脖子。

席路道：“我说了，再动一下就杀了你，别假装没听见！你若是再动一下，我就砍断你的脖子。”

席路平时笑的时候就像一个脾气很好的少年，没什么架子。他这会儿虽然也在笑，笑里却全是杀意，让人不由得心生惧意。

胡山俊的脖子被割了一道浅浅的痕迹，他不敢再动了，只喊道：“许越，许越快救我！”

他喊声一停，就有一人从暗处走了过来。那人的半边身子站到光下，那人是一个年岁很大的男人。他面色阴沉地盯着温梨笙，道：“放了他。”

温梨笙微笑着问：“为什么呢？”

那男人从怀中拿出一个东西，道：“这是胡家人给你的东西。作为交换，你要把解药交出来。”

温梨笙看着他手里的东西，那东西很像一本书。她要的就是这个，于是说道：“可以，把东西给我，解药我自会送至胡家。”

被称作许越的男人也不废话，抬手就将东西扔出。席路将其一把接住，然后随手翻阅起来。

许越道：“没有下毒，温家人现在受世子庇护，胡家人不至于不开眼到这种地步。”

席路却还是检查了一番，然后将它递给温梨笙。温梨笙接过之后，发现它果然就是《霜华剑谱》的后半部分，装订得很完整，只是里面的内容是十五式之后的。

温梨笙道：“你们走吧。”

胡山俊纵使再不甘心，也不敢在席路面前造次。依照方才席路的速度，胡山俊心知，席路绝对能在所有人动手之前砍下他的脑袋，不管多少人都救不了他。

胡山俊正要走时，旁边忽然传来脚步声，所有人同时望去，就见一个身量极其高大的男人从黑暗中走来。

男人穿着坎肩，双臂即使在放松的状态下，肌块也很夸张，额头上系着一条黄色的绸带，头发被编成了长长的辫子，右手提着一把半臂长的带钩的弯刀。

温梨笙一看见他，心中就涌起了一阵惧意。这人浑身充斥着杀意，像一个极其凶悍的亡命之徒。

她恐惧地想：不速之客。

“你又是谁？”胡山俊忍不住问道。

席路的瞳孔忽然一缩，随即，他将剑横在温梨笙的面前，道：“他们怎么会在这里？不应该啊……”

“什么？”

他低声对温梨笙道：“快跑！”

他话音刚落，那男人如离弦之箭般冲出来，眨眼间就来到了众人的面前，手中的弯刀一转，刀光闪过。

胡山俊一声痛呼都没有，脑袋就掉在了地上。

血花四溅，有几滴洒在了温梨笙的脸上。

温梨笙看见前一刻还活生生的人，后一刻脑袋就被砍了下来，血从胡山俊的颈间喷涌而出，他的身体抽搐了几下，便直直地栽在了地上，她被吓蒙了。

那个男人的眼睛的颜色很淡，他一转眼就盯住了温梨笙，仿佛她是他的下一个目标。

尖叫声四起，胡山俊带来的下人发疯般逃窜。但紧接着黑暗中又出现了几人，几个下人瞬间就被割了喉咙，半点儿声音都发不出来，捂着脖子在地上翻滚。

那些人的头上都系着黄色的飘带，那些人从四面八方走来，将他们围在其中。

温梨笙的眼珠不停地转动，她看见地上有很多血，那些人的刀尖上往下滴着黏稠的液体，他们一言不发，却在不断地靠近温梨笙他们。

她看到其中一个女人的脸上有一道疤，立即意识到这些人就是追杀蓝沅的那批人。

这些人是训练有素、杀人如麻的杀手，能轻而易举地将蓝沅逼得到处逃窜。

温梨笙不知道他们为什么会出现在这里。他们难道是特地来找她的，因为前段时间抢屋子的事？

不对，这情况根本就不对，他们不应该在这个时间出现在这里。

她害怕了，腿肚子一抽一抽的。她强装镇定地问席路：“你有几成胜算？”

席路神色凝重，眼睛盯着面前的男人，低声说：“一成不到。”

她想：这样厉害的席路，胜算一成都不到，难道今晚我真的要死在这里？

她曾经分明没有招惹这种人物，他们究竟为什么会出现在这里？他们到底是什么人？他们的目的又是什么？

温梨笙的脑子乱成了一锅粥，在这种情况下，她无法冷静地思考。

刹那间，面前的男人再次动身，席路抬剑相迎。在与对方的弯刀相撞的一瞬间，席路手中的剑猛地断成两截，同时左肋被狠狠一击，席路整个人飞出去撞到树上，然后滚落在地上。

席路说“一成不到”还算是好听的。其实在这个男人面前，他连一招都接不住。

温梨笙下意识地后退了两步，看见席路摔在地上，想去看看他的伤势，却又不敢随便动弹。她的呼吸变得急促，这是一种在极度恐惧之下的本能反应，她张了张口，想说些什么。

男人猛地抬高弯刀，刀尖朝下，似乎要将刀朝她的头顶戳下去。

温梨笙没忍住尖叫了一声，下意识地闭上眼睛，缩起脖子，抬起手臂想护住头。

下一刻，她听见了刀剑相撞的声音，睁开眼一看，原来是方才摔到地上的席路持着断剑又挡在了她的面前。他的嘴边溢出了血，他从牙缝中挤出两个字：“快逃——”

温梨笙转头就跑，动作极其快，然而刚跑两步，后背就被一股巨大的力道冲撞，将她整个人撞得往前摔倒，摔在了坚硬的土地上。她的手掌上传来一阵钻心的疼痛，她一转过头就看见席路滚在一旁，“哇”的一声吐出一大口血。

她的视线瞬间模糊了，她来不及思考，声音颤抖着问席路：“你怎么样？伤到什么地方了？”

席路表情痛苦，发不出声音，手中还握着那把断剑，喘着粗气。

他们的周围都是头上系着黄色飘带的人，温梨笙知道她根本逃不掉。但即便她要说什么也没用，因为这些人压根儿听不懂她的语言。

他们是杀人不眨眼的杀手，只会夺人性命，不会做多余的事。

温梨笙转身，看见那男人转着手中的刀走近，居高临下地看了她一眼，而后再次扬起那把沾了血的弯刀。

这次她没闭上眼，想：这把刀会攻击我的什么部位，是脑袋吗？还是肚子？会有多痛？

温梨笙想到她刚醒来的时候，腹部仿佛还残留着剧痛。

刹那间，男人将弯刀猛地劈下，朝着她的头颅而去！

下一刻，有人持着剑挡在了她面前！

紧接着，她就听见了武器相撞的声音，男人的弯刀被架住，再也不能往下挪动一寸。他手臂上的肌块猛然变大，像用了极大的力气，暴出青筋，看起来非常恐怖。

她面前那人将长剑一抬，男人的弯刀被甩脱，钉入了旁边的树干中。

男人极快地后退好几步。

温梨笙的眼中倒映出一个少年的影子：少年的长发束起，隐隐露出白皙的脖子。他穿着一身黑色的衣服，两边的衣袖处缠着红绸，腰身束着，再往下就是长腿和锦靴。

“席路，站起来。”

他的声音传来，温梨笙猛地瞪大眼。

席路咬着牙，从地上坐起来，喘了一口气，说：“少爷，我的任务差点儿就失败了。”

温梨笙看到身前的谢潇南偏过头，露出半张相当俊俏的脸，脸上平静无波。

“受伤了吗？”他问。

意识到他在问自己，温梨笙回答道：“没有。”

他持着一柄长剑，剑身在光下闪烁着寒光。

温梨笙认得，这就是传说中那把被江湖人争破了头的霜华宝剑。

周围继而又传来声响，她转头看过去，就见一人从树上跳下来，手中的短刃如疾风落下，下方一人来不及躲开，只将头一偏，避开致命的一击，短刀整个刺入下方之人的肩膀。

跳下来的人往后一翻，手撑着地，轻巧地落下，问温梨笙：“梨子，你怎么坐在地上呢？”

温梨笙心中大惊，却见来人竟是沈嘉清！

沈嘉清日落之后便不知所终，原来竟与谢潇南在一起！

温梨笙忽然意识到，他们在做她不知道的事情。

随后，乔陵自暗处跃出，从包围圈外跳到里面来，拿出一颗丹药喂给席路，低声问：“伤得如何？”

“暂时死不了。”席路摇头，回答道。

几人陆续出现，由“黄飘带”组成的包围圈一下子散开。那些系着黄飘带的人戒备地将身体半隐在暗处，然后有一人拄着拐杖走来，对谢潇南道：“世子，人齐了。”

谢潇南将霜华剑握在左手上，转过身，将右手伸到温梨笙面前。

温梨笙没有犹豫便把手递了过去，刚将手放进他的手中，她的手就被他的手掌包裹住了。他温暖、干燥的掌心贴着她的掌心，顿时向她传递了一种让她觉得无比安心的温度。

她被他从地上拉起后，进入了一个怀抱里，鼻子闻到了那股淡淡的甜香味。

她感觉自己的背被轻轻拍了拍，谢潇南的声音在她的头顶上响起：“目标是安全撤离，不要恋战。”

最后一个拄着拐杖来的人，是之前温梨笙与这些人抢屋子的时候，跑出来的那个疯癫老头儿。

这会儿他仍拄着一根木棍，却不像之前那般弯腰驼背，而是站得笔直，腿也没有一点儿跛的迹象。

温梨笙仍有些惊慌，但看了看面前的谢潇南后，方才那些恐惧的情绪正慢慢消散。

或许她今晚不该来这里。

但她并不知晓谢潇南与这些人有一个计划在树林中展开。

她又看向旁边的胡山俊，他的头颅滚落在地上，沾满了泥土和枯叶，血还在流。

事情好像变得糟糕了。

谢潇南在下了那一句命令之后，沈嘉清与乔陵同时动手，朝面前的人发起攻击。

沈嘉清抬手的一瞬间，那拄着木棍的老头儿扔出一个东西，喊道："沈小爷，接着！"

东西旋转着飞来，沈嘉清跳起来接住，"唰"地一下抽开，一柄锋利的长剑被他握在手中。沈嘉清笑了一下，而后扬起长剑，朝面前的人刺去。

沈嘉清只有在握着剑时，才像合格的风伶山庄的少庄主。

长剑眨眼飞至，对方用手中的弯刀抵挡，正好撞上他的剑尖，利器相撞，发出清脆的声响，在相触的一瞬间展开了力量博弈。

对方用刀抵着剑尖往上一掀，沈嘉清被强大的力道弄得手臂发麻，往后一翻，缓冲力道，落地之后，鞋子在地上踏出一个深深的脚印。

他站稳之后，将手腕一翻，速度猛然提升了一大截，再次冲上去刺的这一剑，对方甚至没反应过来。他的动作开始变得迅猛，此刻的他如一只全身戒备的野兽，挥舞着尖利的爪子。

温梨笙看得出来，他正在使用霜华剑招，刀刃相撞的声音频频响起，沈嘉清的动作越来越快，在光线不足的树林之中，他的影子几乎捕捉不到。

与他战斗的男人一开始还能抵挡他的攻击，到后来，只能用极快的速度闪避，而后身上开始出现一道道伤口，逐渐显出吃力的模样。

见同伴招架不住，其他人也一同动手。

温梨笙站在谢潇南的身边，视线转了一圈，粗略估计，这些系着黄飘带的人至少有十二个，比上次遇见的人数多了两倍不止，且全部身强体壮，哪怕是女人，也有着极其夸张的肌肉。

他们的攻击相当凶猛，有时候刀刃砍在树干上，顿时砍出一道深深的痕记，若是砍在人身上的任何地方，毫无疑问，连骨头都会被砍烂。

温梨笙看得心惊肉跳。

她转过头，看见谢潇南并没有关注后方的战场，而是冷冷地看着面前那个杀了胡山俊的男人。他一只手牵着温梨笙，一只手持着霜华宝剑，虽站着不动，身上却散发着一种骇人的压迫力。

男人与他对视，暂时没动。

这个男人应该是这一圈人中最为强壮的，且从他方才率先动手的样子来看，他应该是这伙人中地位比较高的。此刻，他正与谢潇南无声地对峙着。

两个人之间仿佛有一种看不见的气息在流动。

霍阳在边上手足无措，紧紧地盯着沈嘉清，看见沈嘉清的身影在月下晃动，沈嘉清手中那锋利的剑染上鲜血，一股恐惧和难以抑制的羡慕之情浮上心头。

这就是比试时把他按在地上揍的沈嘉清。

他知道自己与这些人的差距太大，完全帮不上忙，就赶忙跑到席路身边，将席路扶起来，低声道："先跑吧，我带你出树林。"

席路咬牙挥手，不想走。

霍阳道："你现在什么都做不了，只能拖累他们，趁双方在交手，我带你离开。"

站在他们旁边的温梨笙听见了，觉得很有道理，于是动了动被谢潇南牵住的手，打算先跟霍阳和席路一起跑，毕竟留在这里好像也没什么用处。

但谁知道她刚用力，谢潇南就偏过头看了她一眼，手中的力道并没有丝毫松懈，他说："待在我身边。"

她愣怔时，霍阳已经架着席路退到了黑暗之中，在周围的人都还没有注意到的时候离去了。

血腥味在空气中变得浓重，灯笼散落在地上，光线慢慢变得昏暗，沈嘉清、乔陵、谢潇南三人与十来个人战斗到底还是吃力的。

虽然沈嘉清目前并没有受伤，但温梨笙还是能看出他的体力已经不如方才的。这些人轮番上阵，会大量消耗他的力气。

但由于这些人有娴熟的格斗技巧和敏捷的反应能力，沈嘉清的每一次攻击都没能打在致命的位置上，再这样下去，他们会输。

沈嘉清和乔陵都会输。

她正担忧地看着时，手上的力道一重，谢潇南捏了一下她的手。

然后她听见他说："在附近找一棵树躲起来，不要走远，也不要出来。"

温梨笙想问他为什么不干脆让她走，但又觉得谢潇南这样做肯定有他的顾虑。因为在思索，她没及时给出回应。谢潇南低头看她，见她神色呆滞，以为她仍然害怕，声音软了很多，问她："你听见了吗？"

温梨笙点点头。

谢潇南摸了一下她的头，道："会没事的。"

说完，他轻轻地推了一下她的肩膀，温梨笙顺势往前走了几步，转头看过了谢潇南一眼后，就把手中的灯笼放在了地上。她转过头，在一棵离此不远不近的树后藏了起来。

谢潇南轻轻转动手腕，剑身倒映着地上的灯光，发出微弱的光芒。

他猛地一动，转身抬剑，与此同时，领头的男人也极快地动身，将方才被挑飞的插在树干上的弯刀用力拔下来。

谢潇南很快到了混战着的几人之中。

沈嘉清正抬剑抵挡两个人同时砍下来的刀。因为渐渐失去力气，他在应对时有些吃力。就在他快要维持不住平衡时，一柄利剑从他的耳侧刺来，直直地刺在他面前一人的肩胛处。

谢潇南用一只手握着剑，另一只手顶着剑柄处，用长剑将那人的肩胛骨刺穿。

血瞬间溢出，沈嘉清趁机抬腿踢在那人的胸口处，与那人拉开距离。

那提着弯刀的男人也飞快地赶来，谢潇南、沈嘉清等人位于内圈，十几个系着黄飘带的人位于外圈。

沈嘉清三人都有些体力不支。

“少爷，他们的阵形变得很快，配合程度极高，这样群战下去，我们八成会输。”乔陵调整了一下气息，道。

谢潇南甩了一下剑上的血，说道：“所有人往不同的方向散开，若是不敌，就想办法逃跑，以保命为主。”

乔陵应了一声，而后几人同时动身，从中间的包围圈向四方攻去。

温梨笙看见沈嘉清、乔陵和拄着拐杖的老头儿向着东、南、北三个方向离去。领头的男人见状，飞快地打了几个手势，而后那十几人也一下子散开，朝着三个方向追去。眨眼间，空地上只剩下谢潇南和那领头的男人。

面前的敌人变成了一个，谢潇南神色也十分谨慎，尽管对面的男人看起来高大、凶猛，却丝毫没有在气势上压谢潇南一头。

那男人将弯刀从左手上换到右手上，身子往下弯，脊背弯出一个弧度来，摆出攻击的姿势。

下一刻，他猛地蹿出，如一头全力奔跑的猎豹，眨眼间就冲到了谢潇南的面前。紧接着，弯刀撞上霜华宝剑，谢潇南极快地挥舞手中的长剑，应对他的攻击，刀剑相撞的声音在林中回荡。

她发现男人的攻势越来越猛时，开始紧张起来。

谢潇南上次在她面前出手还是在哈月克族的时候，打的是几个没什么功夫的人，这次却不一样，那男人的攻击几乎用肉眼捕捉不到，对战者需要集中所有的精力对付，否则一不留神就会被打成重伤，甚至失去性命。

谢潇南应该是非常习惯用剑的，那把霜华宝剑在他手中像有生命一样，能够准确地接住男人的每一次攻击。

双方交手约莫三十招之后，谢潇南的速度变快了，他在男人的腰、腹、手臂上都留下了伤口。他高举着剑砍下，男人用弯刀架在头顶上抵挡。呼吸一次的工夫，谢潇南连砍数下，男人一时承受不住这力道，膝盖弯了一下，险些跪在地上。

锋利的剑刃划破男人的心口，若不是他躲闪及时，这一击足以让他失去战斗能力。

男人后退了好几步，大口喘着粗气。谢潇南持剑站立，墨发飘扬，长剑已被鲜血覆上浓烈的颜色，与他冰冷的表情相衬，使他有了几分恶人的模样。

温梨笙没想到谢潇南真的能战胜面前这个又高又壮且肌肉看着恐怖的男人，悄悄地松了一口气，脸上露出了喜色。

然而，就在她以为这场战斗即将结束的时候，那男人突然拿出了什么东西。男人将那东西一把扔进嘴里，嚼了几下。

随后他紧紧地握着拳头，双臂的肌块明显鼓了起来，显露出盘绕着的青筋，胸膛剧烈地起伏着。此时的他像一只被完全惹怒的野兽，粗重地呼吸着。

他的状态不对劲，与方才完全不同。

谢潇南脸色一变，摆出了戒备的姿态。

下一刻，男人提着弯刀再次砍来，谢潇南出手应对！这次刀剑相撞时，他退了好几步。他用剑撑在地上，堪堪稳住身形，还没站稳，对面的人又攻击过来。

谢潇南有些吃力地应对着，那男人吃了不知什么药之后，速度和力量都提升了不止一个档次，刀刀朝着谢潇南的脖子和心口而去，有几次，刀尖甚至抵在了谢潇南的心口前，再往前一寸就能刺进去。

温梨笙看得心都揪了起来，手指抓在树干上，指尖抠得生疼也未察觉。

战局逆转了。

谢潇南约莫是受伤了，弯刀好像在他的身上割出了伤口，但因天色昏暗，温梨笙看得不清楚。

谢潇南在对方连续而凶猛的攻击下不断后退。直到弯刀砍在他身后的树上，卡进树干中，他才有机会用手肘猛力击打男人的肋骨，从而换得脱身的机会。

他意识到面前的男人失去了痛觉，不管何种物体打在那男人的身上，那男人都不闪躲，不后退。那男人的双眼红得恐怖，他仿佛只有一个想法，那就是把刀刺进谢潇南的心脏。

谢潇南趁他将弯刀从树干中拔出之时转移到他身后，连退数步，隔了两丈的距离，将长剑竖于面前，目光一凝，静立不动。

温梨笙不知道他怎么突然停住了，在男人将弯刀拔出来转身之际，突然起风了。

风不知从何处而来，卷着落了一地的枯叶，拂过树冠，发出“哗啦啦”的声响，谢潇南的周身仿佛卷起了一个旋涡，那些落叶从他身边旋转起来。

她看见飘忽的落叶之中，霜华宝剑上的血往下滴着，露出霜华宝剑那光滑如镜的利刃。

“‘云燕掠波’？也是《霜华剑谱》吗？”温梨笙看着躺在石头上的沈嘉清，问道。

十岁的沈嘉清因为每日长时间练剑而感到极其疲惫，一到休息时间就会躺下，这会儿跟没骨头似的躺在石头上，满头大汗。

但说起这个，他仿佛有用不完的精力。

“是非常厉害的一招，我师父也只见师祖使过一次，他用那招杀死了所有人。”沈嘉清说，“但我师父还没来得及学，师祖就不见了。”

“那是什么样的景象呢？”温梨笙好奇地问。

“我没见过，但是听师父说，‘云燕掠波’能够让剑气往外扩散，化气为风，将杀意与剑意融为一体，像云燕从水波上掠过，了无痕迹，但极具杀伤力，”沈嘉清稚嫩的脸上满是认真的表情，他说，“能够清楚地看见。”

“看见什么？”温梨笙问，“风吗？”

“是的，能看见风。”

温梨笙看见了风，它就在谢潇南的周身，将一圈圈的枯叶卷起来，撩起他的长发和衣摆，轻抚他的眉眼，缠绕在霜华宝剑上。

在男人攻来的一瞬间，谢潇南卷着枯叶挥剑，轻柔的风瞬间化作凌厉的刃，剐在男人的身上，割破他的衣裳，留下血痕，如小刀一般刺进他的身体中。

谢潇南的剑光在枯叶中蜿蜒而来，时隐时现，若轻云笼月，浮动飘忽，似回风旋雪。

男人感觉不到身上的痛楚，只攻不守，刀刃撞击间，剑气一层层地散开，温梨笙感觉到了莫大的压迫力。

“是云燕掠波……”身边传来震惊的声音，温梨笙转头看过去，就见方才站在胡山俊那边的被称作许越的人竟还没跑。他正难以置信地盯着谢潇南，低声道：“许清川，你果然没有死。”

谢潇南会《霜华剑谱》。

且他会已经失传，没有记录在《霜华剑谱》上的四式之一——云燕掠波。

她想起当初在棱谷瀑，谢潇南问她会不会武功的时候，沈嘉清嘴快，说她会“云燕掠波”，难怪当时谢潇南表现得很意外。

她又猜错了。

谢潇南收集《霜华剑谱》恐怕不是对这剑谱感兴趣，而是因为别的事情，跟当年的第一剑神许清川有关。

眼下，谢潇南的攻击密集而凶狠，男人身上的伤口逐渐增多，男人却像不知疲倦一样，速度与力量没有丝毫减弱。

外练筋骨皮，内练一口气。这男人吃了药之后如疯狗一般，哪怕身上已经皮开肉绽，却仍然紧咬着谢潇南不放。

终于，在一百招之后，男人看准了谢潇南力竭的时机，手中的弯刀猛地朝谢潇南的心口处刺去。谢潇南急忙闪身，却由于距离太近，躲闪不及，避开了心口这一致命之处，弯刀刺进了他的腹部，同时，霜华剑刺进了男人的左肋。

温梨笙的眼睛骤然一痛，看见那刀刃没入谢潇南的腹中，她好似也中了一刀，腹部剧痛起来，大声叫道："谢潇南！"

谢潇南看着近在咫尺的男人，那弯刀还刺在他的腹中。血顺着谢潇南的伤口流出，滴在地上，他却露出了笑容，低声说道："洛兰野，欢迎来到大梁。"

男人看着他的表情，意识到了什么似的，脸色猛地一变。

突然，他闷哼一声，剑尖从他的身体里刺出，血顺着利刃往下流。谢潇南一愣，一抬眸就看见温梨笙站在男人的身后，双手握着不知道从哪里捡来的剑，从背后刺入了男人的身体。

她的眼中都是泪。

洛兰野挥舞着双臂一甩，谢潇南和温梨笙同时被甩飞出去。

谢潇南在空中翻身，缓冲力道，落地时，用剑撑在地上，一只手捂着腹部，朝温梨笙看去。她在地上滚了两圈，然后立马爬起来，快步朝他奔来。

洛兰野晃了两下，又握着弯刀过来，这时，一人从旁边蹿出，手中拿着长剑拦在洛兰野的面前。那人喊道："快走，这里由我顶着！"

温梨笙跑到谢潇南身边，一下子就凑过来用肩膀架住他的胳膊，低头看着他不断流血的腹部，呼吸都变得小心翼翼的，泪水打湿了她的睫毛，使她看起来十分可怜。

"不要再打了。"温梨笙说。

"我没事……"

"别再打了，"温梨笙看着他，泪珠从眼里滚落，声音颤抖，像在央求，"你受伤了。"

谢潇南的眸中浮现出动容之色，他盯着那双泪眼，不知该如何回应。

"我们先走。"温梨笙扶着他往前走，轻声说道，"离开这里，我们就安全了，你的伤马上就能被治好。"

谢潇南没再说话，顺着她的力道快步离开，腹部的伤处流了很多血，疼痛感向全身扩散。他呼吸变得粗重，脸上却仍然是镇定的表情。

温梨笙也不知道自己怎么了，方才看到那弯刀捅进谢潇南的身体里时，脑子一蒙，好像什么都思考不了，在那一刹那，她的腹部也传来难以忍受的疼痛。她几乎立即从树后跑了出来，从血泊里捡起方才胡山俊拿着的剑，然后从那男人的背后刺了进去。

这是她第一次用剑伤人。在一种极端的愤怒与恐惧之下，她用长剑把洛兰野捅了个对穿。

许越并没有阻拦多长时间，洛兰野很快就追了上来。

她听见了洛兰野追赶的声音，惊慌得乱了分寸，却又害怕扯动谢潇南的伤口，说："你先走，我来拦住他。"

这话十分荒唐，谢潇南忍不住笑了一下。他捏了一下温梨笙的手，语气轻缓地道："别怕，他吃了那药之后，在无光的状态下，视力很差，咱们安静点儿往西走。"

她很难想象谢潇南会这样轻声细语地安慰人，但在这种情况下，他的冷静与耐心仿佛都达到了平时没有的程度，他看见了温梨笙因害怕而颤抖的肩膀和手指。

他心疼不已。

谢潇南的手上全是血，这样一捏，在温梨笙的手背上留下了一个血手印。温梨笙并未察觉，匆忙地擦去脸上的泪水。手背上的血糊了半边脸，她扶着谢潇南继续往前走。

空气中都是浓浓的血腥味，掩盖了谢潇南衣裳上的甜香味，让她的整颗心揪了起来。

往西走就意味着暂时出不了这片树林，洛兰野挡在出口处，若是现在回去，肯定还是会遇上他，他们只能往西走。

此时，周围能够照明的只有月光，洛兰野的脚步声忽远忽近，他似乎正在寻找他们。

两个人走出了树林，来到一个由山石组成的岔路口，左右的路都没办法看得太清楚，温梨笙不知该如何选择。

温梨笙拿不定主意，问谢潇南："咱们走哪条路？"

谢潇南的力气在迅速地流逝，说话的声音也变小了，他说："你选。"

温梨笙不敢耽搁时间，从挂兜里拿出那枚代表吉祥的铜币，握在手中，道："若是印着月亮的那面朝上，我们就选左边的路。"

这是之前在萨溪草原上，被谢潇南当作头饰戴着的那枚铜币，代表着哈月克人的美好祝愿。在谢潇南打架的时候，它落在地上，被温梨笙捡起，自那以后，她就一直将它带在身上。

闽言说这是祖上的庇佑，象征着幸运和吉祥。

她摊开掌心，铜币上是一行她看不懂的文字和悬在草原上空的月亮。温梨笙道：“走左边。”

她选择左边的路之后，身后忽远忽近的脚步声就消失了。洛兰野似乎没有寻过来，但温梨笙不放心，扶着谢潇南走了很长的一段路之后，发现了一个山洞，山洞旁有水流动的声音。

她朝后方张望了很多次，确认洛兰野没再跟来之后，将谢潇南扶进了山洞里。

洞口面朝着月亮，皎洁的月光洒下来，能让她看清周围的东西。

谢潇南坐下之后轻轻地喘了一口气，那只捂着伤口的手早已被血液染红，看起来很是骇人。黏稠的血液浸透他的衣裳，但因为他穿的是黑色的衣服，所以看起来并不明显。

温梨笙蹲在他身边摸了一下他的衣裳，感觉到一片湿润，知道他流了很多血。她的眼里顿时盈满泪水，但她又怕被他看见，匆匆忙忙地将泪水擦去。

这样一来，她脸上被血糊了一大片。

谢潇南看着她慌张的样子，低声说：“温梨笙，我需要你的帮助。”

“世子，你说。”温梨笙连忙接话。

他半靠着山壁，身上仿佛失去了力气，说道：“我怀里的内兜里有药和布，你拿出来，先给我的伤口止血。”

温梨笙没想到他准备得这么齐全，也就是说，从一开始，谢潇南就知道自己会受伤，却仍然迎战。

她将身子往前倾，伸手探入谢潇南的衣中，摸到他因呼吸而起伏的胸膛，温热的温度传来。

温梨笙从内兜里摸出了一包药和叠得很平整的布，将它们放到腿上，然后将他的衣扣解开，扶着他坐直，把他的外衣脱了下来。

黑色的外衣被脱下之后就是本是白色的里衣，在这样的颜色下，血色被看得一清二楚。只见血液几乎染透了他的里衣，触目惊心的红色让温梨笙的呼吸变得急促，她心中涌起难受的情绪。

她小心翼翼地将他的里衣脱下，露出谢潇南结实而匀称的臂膀。他腹部的伤口非常骇人，血肉都看得一清二楚，除此之外，他的手臂和肩胛处也有伤，但并不深。

他的身体很漂亮，温梨笙之前就看过。在萨溪草原上给他擦背那会儿，她看见雾气缭绕之中的谢潇南，他露出的臂膀很白皙，彰显出蓬勃的力量，像一块无瑕的玉。

现在，这块玉出现了划痕，染上了血，依旧漂亮，温梨笙却心疼得厉害。

她快速打开药包，才发现自己的手指一直在颤抖。她怕自己因为失态而将药弄洒，深呼吸几次，想让自己平静下来。

谢潇南静静地看着她，而后抓住她的手腕。暖意贴着皮肤传来，温梨笙抬头望向他，眼中的慌乱根本掩饰不住。

他表情平和，像含着莫大的力量，在与温梨笙对视的一瞬间抚平了她的惊慌。

这一刻，她终于切切实实地感受到了谢潇南内心的强大。这个梦里从人人赞誉的天才少年到人人憎恶、咒骂的反贼，从被世人嘲笑不自量力到一步步踩着枯骨爬上龙椅的谢潇南。

他聪明，将一切计划得刚刚好。

他强壮，持着一柄长剑展现出了厉害的剑术。

他沉稳，即便受了那么重的伤，也能理智地处理当前的状况。

他对温梨笙说："我相信你能做好。"

他在用自己的方式保护温梨笙，安抚她那颗正因为这些突发状况而害怕、颤抖的心。

温梨笙慢慢冷静下来，打开药包之后，发现里面是淡黄色的粉末。她看向谢潇南腹部的伤口，盯着满眼的血色，强忍住心中难受的情绪，然后将药覆在他的伤口上。

巨大的痛楚传来，谢潇南握紧拳头，咬紧牙关，眉毛紧紧拧起，呼吸重了不少，却始终一声未出。他低头看着温梨笙将药抹均匀，而后将布覆在他的伤口处，下定决心似的将手按在上面。

他直起身，腰腹处传来用力的紧绷感，温梨笙赶忙将布一圈又一圈地从他的腰后绕过来。药粉被敷上去之后，伤口处的血流得慢了不少，加之布被缠上去，很快就将血堵在了布下。

温梨笙缠布的时候蹲在谢潇南的身前，手从他背后绕过时，像被他抱在怀里，离得近了，还能听到他的心跳声。

周围很静，静得温梨笙只听见了谢潇南的呼吸声，连自己的呼吸声都听不见。

把他腰腹处的伤口包扎好之后，她又将剩下的药粉覆在他的手臂和肩胛处，简单地处理了一下。温梨笙的额头出了汗，她觉得有些刺痛。

许是方才她被洛兰野甩飞的时候蹭到了那里，不过痛感并不明显。

温梨笙的包扎手法很一般，布被她缠得有些乱，但好歹他的腰腹处不再流血了。谢潇南低头看了看，觉得她有些可爱，就像她方才慌乱时那样。

她抿着唇，没有说话，将他的里衣和外衣分别给他穿上。忙完这些后，她坐下来，才发现自己紧张得出了一身汗。

从方才那复杂的情绪中出来之后，温梨笙垂着眼，抱着自己的双腿，变得失落、沮丧。

谢潇南侧着头看她，只见她的脸被月光勾勒出漂亮的弧度，甚至能看见她脸上的细小绒毛，垂下的睫毛盖住了平日里灵动的眼睛，让她看起来像一只受了伤的幼兽。

他抬起手，手指轻抚温梨笙额头的伤口，轻声问她："痛不痛？"

温梨笙抬眼看他，然后摇了摇头。

她真没资格喊痛，身边被捅了一刀的人都没有说什么呢。

谢潇南又抓起她的一只手翻上来，摩挲着她掌心的伤痕，道："手也受伤了。"

这是她之前摔倒时，双手撑在地上磨出来的伤，只是破了些皮。

温梨笙将手指一蜷，握住他的指尖，嘴唇动了两下，最后低声说："世子，对不起。"

"怎么了？"

"我不该来这里。"温梨笙说，"你们好像被我牵连了。"

"这不怪你，那些人是在追我们，我并不知道你在那林子里，所以才把人引过来了。"谢潇南语速很慢，"他们是被胡山俊的叫声吸引来的。"

温梨笙摇头，道："胡山俊是为了见我，因为我之前给他下药的事。我也不知道他为什么会约在今日，为什么那么巧约在那片林子里。我只是想，只是想……"她很难过，哽咽着从怀里拿出一本薄薄的书，递到他面前，道，"我只是想把这个给你，我之前答应过你的。"

谢潇南在月光下看见，这是一本装订得很整齐的书，里面是《霜华剑谱》十五式往后的内容。

他想起当初在牛宅里，温梨笙突然对他说："世子爷，你想要的东西，我会帮你拿到的。"

她从那时就已经猜出来，他要的是《霜华剑谱》。

谢潇南的眼神变得温柔，他接过那本书，微笑着道："你这个小笨蛋，有时候还挺聪明的。"

"但是我好像办了坏事。"温梨笙说。

"你做得很好。"谢潇南想摸一摸她耷拉着的脑袋，"就算你不来，我们也会与那些人交手，结局是一样的。今夜胡山俊的死是个意外，若是你没在他死之前拿到《霜华剑谱》剩余的部分，恐怕之后就再也没有机会拿到了——胡家人肯定会毁了这部分剑谱。"

他道："幸亏有你。"

温梨笙不知道他是在安慰她，还是真的如他所说，她也提供了一部分帮助。总之，她好像因为这两三句话而得到了不少宽慰。

"为什么你明知道自己会受伤，还要与他交手呢？"她问。

"这是我必须做的事情。"谢潇南低头看着她，眼中有自己都察觉不到的温柔，"在计划之中，虽然我受了伤，但是目的达到了。"

"可是你伤得很重。"

"会养好的。"

温梨笙有点儿气他这样随意地对待自己的身体。他的身体那么漂亮，像无瑕的白玉，如今却添上了伤痕，流了那么多血，他万一有生命危险怎么办？

他到底在实施什么计划呢？他做这些究竟是为了什么？是他来沂关郡的目的吗？

温梨笙想问问他，却又不知道自己要以什么身份去问。好奇的旁观者？企图获知秘密的外人？

她又害怕得到不想听到的答案。

她如今与谢潇南越靠越近，逐渐被他吸引、蛊惑。因为梦境，最初她认为他是一个人人唾骂的大反贼，后来有时候会想，谢潇南会不会是一个好人呢……

慢慢地，她的想法已经改变。

温梨笙听见外面有水流动的声音，于是起身找过去，发现这里有一处细小的山泉。她拿出锦帕，用水浸湿，拧成半干的状态，然后回到山洞里，蹲在谢潇南的身边，一声不吭地细细擦拭他脸上的血液。

她用锦帕擦过他墨黑的眉毛、漂亮的眼睛、英挺的鼻子……他那张俊俏的脸又干净了。

她又去将锦帕上面的血迹洗干净，回来擦他的手，从掌心到手背，指缝间、指甲里，再到手腕处，光擦一只手就让锦帕糊满了血。

她不知疲倦地一次次来回，谢潇南也安安静静地坐着。她给他擦血的时候，他就低头看着，她去洗锦帕的时候，他就盯着山洞外。

她跑了七八趟，才将谢潇南的手、脸还有脖子擦干净，他又变得干净、英俊了。

温梨笙把自己的手、脸洗干净之后又回到他身边，挨着他的肩膀坐下。四处静下来，偶尔有不知名的虫在叫，再就是风吹过的声音。

静了一会儿，谢潇南突然出声："温梨笙。"

"嗯？"她小声应着。

"跟我说说话。"他说。

“说什么？”温梨笙有些不明白，于是问。

谢潇南沉吟片刻后道：“先前你问我，你小时候有没有见过我。”

温梨笙没想到他会突然提起这件事，露出疑惑的神色。

“你没见过我，但是我见过你。”谢潇南语调有些起伏，好似含着些许笑意，“我六岁生辰时，在府中办宴，我大伯在来谢府之前去了一趟温府，把你也带来了。当时你只有四岁，跌落在我家的鱼池里，被人发现的时候，双手正抱着那只龟，被带着在池中游来游去。”

“真的吗？”温梨笙听到之后，震惊地瞪大了眼睛。

这事她一点儿印象都没有。她只记得自己幼年时落过水，那种窒息和冰冷的感觉让她产生了严重的心理阴影，记忆都模糊了，不记得是什么时候落的水。

她没想到自己是在谢府里落水的。

谢潇南说：“你被救上来的时候，已经处于半昏厥状态，离死就差一步了。好在医师施救及时，你被救了回来。

“我的生辰宴也因此被毁了，宾客散去之后，我去床边看你，你就躺在床上拽着我的衣裳，强行让我在床边站了好久。”

他说完，轻笑了一下。

温梨笙仿佛从久远的记忆里翻出了些许片段。

“谢晏苏，到这边来，别站在小姑娘的床前。”

“我没想站，是她拽着我……”

谢晏苏，难怪她觉得这个名字熟悉，原来在很久之前，他们就已经见过了。

六岁的谢潇南见过四岁的温梨笙。

温梨笙只记得落水一事，却既不记得谢府，也不记得谢晏苏。

她突然支起身体，轻轻地覆过去，用双臂搂住他的脖子，将脸埋在谢潇南的颈窝里，闷声闷气地道：“谢谢你。”

谢潇南没想到她会突然靠过来，愣了愣，而后感觉到脖子处有些温热和湿润。眼中浮现出淡淡的笑意，他道：“你谢我干什么？又不是我救的你。”

温梨笙也不知道自己在谢什么，就是觉得要谢谢他。

她想起当初他初入沂关郡时，在峡谷上与她相遇，问出那句“沂关郡郡守温浦长与你是何关系”的时候，恐怕就已经认出了她。

最开始与她相处的日子中，他冷淡也好，凶恶也罢，却从未做出过伤害她的事。他甚至在做好了完整的计划的情况下，因为迁就和纵容她而一再打乱计划。

虽然看起来次次危险，但她才是最安全的那个人。

他其实就是一个心软而温柔的少年，只不过披上了冷漠的外衣，让人不易察觉罢了。

温梨笙用脸颊蹭了蹭他的脖子，亲昵地表达内心的喜欢。

谢潇南乱了方寸，将头偏过去，喉结轻轻滚动，低声说："到你了，随便跟我说些什么，长时间的安静会让我想要睡觉，我现在需要保持清醒。"

温梨笙松开他，又乖巧地坐下来，说道："那我给你讲讲我七岁的时候和街上的恶犬单挑的事吧。"

温梨笙用足了修饰语，把她曾经的辉煌事迹添枝加叶地讲给谢潇南听，时不时还要问他一些问题，让他出声回应。

但谢潇南失血过多，温梨笙渐渐发现他的精神远不如之前的，随时可能睡过去。她一摸谢潇南的手，发现他原本温热的手掌竟变得有些凉。

温梨笙又开始惊慌，捧着谢潇南的脑袋，说："世子，你看着我，别睡过去。"

谢潇南有些疲倦地睁开眼睛，看着满脸担心的她，淡淡地笑了，道："你继续说，我不睡。"

于是，温梨笙不停地说，见他想要闭上眼睛，就捏他的手，捏他的指关节，挠他的掌心。

虽然这对现在的谢潇南来说十分煎熬，但他若是在这种情况下睡去，伤势会变得更重，温梨笙不敢懈怠。

将近两个时辰，她没有一刻停歇，嘴巴都说干了，嗓子也变得暗哑，把她记得的发生在她身上的事说了个七七八八。谢潇南的回应越来越少，后来他好像陷入半昏迷状态了，闭着眼睛一动不动，只偶尔动一下手指头。

温梨笙强撑着、坚持着，终于等来了风伶山庄的人。

风伶山庄的人在找人时一向提着黄色的灯笼，温梨笙听见有人喊她，就急忙跑出山洞。她看见黑暗之中有星星点点的光在移动，长时间紧绷着的神经顿时断开。她哭喊着回应："我们在这儿！"

她的呼喊声得到了回应，那些人朝着这边快速奔来。

温梨笙回到山洞里，跪坐在谢潇南身边，道："世子，世子，你醒醒，有人来救你了！"

谢潇南睁开眼睛。耗尽了精神和力气之后的他看起来很虚弱。他看了看温梨笙，眸中倒映着她流着泪——慌张和喜色交织的脸。而后他将身子往前一探，在她的耳边轻轻地落下一个吻，嘉奖似的道："辛苦你了。"

温梨笙耳朵上仿佛还残留着那柔软而冰凉的触感，他因失血过多，唇凉凉的。

好像有一股火从心底烧了起来，烧到颈间、耳根处，她觉得自己整个人热了起来，下意识地用手指去抚摩那块地方。

在风伶山庄的人找来之前，谢潇南突然吻了她的耳朵。

温梨笙的心一下子乱了，她一抬眼就见谢潇南神色如常。她张了张嘴，想问些什么，但身后传来了叫声，于是只得先让人来扶着谢潇南离开这地方。

他们回去之后，沈雪檀就站在风伶山庄门口，很多随从守在边上，手里拿着灯笼、火把，照得周围亮如白昼。

他看见谢潇南状态不好，连忙派人将谢潇南扶到屋子里疗伤。温梨笙本想跟进去，但在门口时止住了脚步，心知自己不会医术，就算进去了也帮不上什么忙。

她扭过头，朝沈雪檀走去，问他："沈叔叔，沈嘉清回来了吗？"

沈雪檀方才神色有些严肃，听见她的声音之后，表情变得柔和，温柔地道："他已经回来了，受了些小伤，不用担心他。"

"那些人到底是从哪里来的？"温梨笙对现在的状况毫不知情，只能问别人。

沈雪檀沉吟片刻后道："你随我来。"

她跟在沈雪檀的身后，进了另一个房间。他们一进门，她就看到床榻上躺着一个人，那人浑身是血。血几乎把床榻浸透了，他正闭着眼，她不知道他是死是活。

这人正是方才被温梨笙捅了个对穿的洛兰野。

她看到医师正在给他治疗伤口，皱着眉头问沈雪檀："为什么要救他？他方才差点儿杀了我和世子。"

沈雪檀道："你肯定对今晚发生的事情充满疑惑，实际上，我也是刚知道的。这个计划，沈嘉清那小子虽然参与了，却并未告诉我。"

说着，他一挥手，道："把那小子喊过来。"

下人退出去，很快就将沈嘉清带来了。

他已经换了一身干净的衣裳，左臂上的衣袖高高捋起，露出一个被包扎好的伤口。他一进门就问："爹，什么事啊？我刚受了伤，怎么不让我好好休息一下？"

沈雪檀瞥了他一眼，道："事都没说清楚，你还想睡觉？今晚的事若是传到温舟之的耳朵里，你看他怎么教训你！"

沈嘉清一想到温郡守就打了个寒战，抱怨道："都怪梨子，都晚上了，不好好睡觉，跑到那种地方干什么？莫名其妙地被卷进去了吧？"

温梨笙一听这话就怒了，道："那你参与计划的时候怎么不跟我说一声？我若是提前知道，打死也不会去的！"

她去那里本就是为了胡家人手里的那部分《霜华剑谱》。如果她没去，胡山俊被杀，胡家人肯定会把责任归到温梨笙身上，那部分剑谱她是无论如何也拿不到的。

但温梨笙觉得那些东西对谢潇南来说用处不大，若是谢潇南会《霜华剑谱》，且还会剑谱上不曾记录的四招，那要这本剑谱纯属多余。

她怀疑谢潇南之前在山洞里说的那些话是在安慰她。

沈嘉清叹了一口气，道：“不是不告诉你，而是我也是突然知道这个计划的。今日的比试结束之后，我去找席路切磋，他告诉我切磋可以，不过要先办一件事。”

温梨笙知道，沈嘉清并不是那种会轻易答应别人的要求的人。他肯定是知道了什么，所以才答应参与这个计划。

她问：“所以，你也知道世子会《霜华剑谱》的事了？”

沈嘉清看向她，问：“你知道了？”

“方才在林子里，他与这个人打架的时候用了‘云燕掠波’，”温梨笙说，“看样子不像自学的。”

“当然不是自学的，”沈嘉清神色凝重地道，“他自小拜师，所拜的师父正是我的师祖——许清川。”

“他的师父是许清川？”温梨笙震惊不已，实在没想到会是这样。

谢潇南出生在奚京，是名门望族的嫡子，怎么会与二十年前在沂关郡神秘消失的第一剑神扯上关系？

“我起初也不相信。”沈嘉清道，“但他会完整的《霜华剑谱》，当今世上只有许清川亲自教出来的徒弟才会那已失传的四招。”

沈嘉清是许清川的徒弟的徒弟。如此一来，他得叫谢潇南“师叔”。

而且谢潇南若是当真将《霜华剑谱》完全掌握了的话，那沈嘉清肯定是打不过他的。沈嘉清向来只服能够在剑术上胜过他的人。所以因为谢潇南“师叔”这个身份，还有谢潇南掌握的完整的《霜华剑谱》，沈嘉清毫不犹豫地加入了这个计划。

原来是这样。

温梨笙方才还想会不会是谢潇南给了沈嘉清什么好处，比如一把绝世好剑，没想到这事比她想象的复杂得多。

一旁的沈雪檀沉默良久，而后缓缓地坐了下来。他的表情变得很复杂，像是高兴，又像是生气。

温梨笙这才想起沈雪檀与许清川是有交情的，许清川失踪的这二十年里，沈雪檀并没有放弃寻找许清川的下落，以及探查当年究竟发生了什么事。

沈嘉清没有再说话，屋中静了下来。

沈雪檀长长地叹了一口气，说：“许清川那家伙果然还活着！他销声匿迹二十多年，竟成了景安侯世子的师父，了不得！”

二十年前到底发生了什么事情？谢潇南一定知道，这可能是他来沂关郡的目的之一。

不过眼下不是探究这个问题的时候，温梨笙问沈嘉清："所以世子到底为什么要制订这个计划？"

"我不知道啊。"沈嘉清十分坦然地回答道。

"你不知道？"温梨笙很惊讶地道，"你什么都没问就参与了？"

沈嘉清说："当时时间比较紧，而且根据话本里的套路，这种神秘的计划当然是知道得越少越好。我问得多了，那世子找个没人的角落把我杀了怎么办？"

温梨笙翻了个白眼，又问他："那种奇怪的话本，你能不能少看点儿？"

沈嘉清笑了一下，道："我说笑的。"

温梨笙没好气地道："你是不是觉得自己很幽默？"

他"哈哈"一笑，而后道："不过我是真的不知道，席路带我去见世子之后，他们告诉我，入夜之后主动去找那伙人的麻烦。找碴儿这事，我比较擅长。所以我在他们住的那个屋子里挖了一个大洞，然后他们就跑出来追我，我就说我是世子身边的人，威吓他们。"

"然后呢？"

"然后他们听见我说我是世子的人之后，就开始追杀我了啊。我按照世子所说的，将他们引到目的地，然后他们的人就突然变多，追着我们一直到了林子里。"沈嘉清说，"这个计划我只了解这一部分，大概猜到表面上我们是猎物，实际上我们是猎人。"

温梨笙被他绕得有些头晕，又问："你是说，世子是故意让他们追杀你们的？"

沈嘉清点头，道："本来刚进林子的时候还好，但是突然有人在林中大喊大叫，将他们引了过去，我们便只能放弃原本设好的陷阱，跟了过去。"

后来的事，温梨笙都参与了，那些人发现了胡山俊，然后把他杀了。就在那些人准备杀她的时候，谢潇南等人出现，将她救了下来。

沈嘉清了解的只有其中一小部分，并没有接触这个计划的核心。

沈雪檀解答了剩下的部分。

他指了指床上的人，道："这人名叫洛兰野，是大梁北境的一个叫诺楼的小国的王子。"

诺楼国，温梨笙并不陌生，确切地说，沂关郡的人都不陌生。

时间再往前推八十多年，那个时候，诺楼国人翻越边境，勾结萨溪草原上的很多游牧民族一起大举进犯梁国北境，他们最先夺下的城池就是沂关郡。

在他们的长时间占领下，沂关郡的人受尽迫害。温家人也深受其害，家底丰厚的书香世家变得人丁凋零，到最后只剩下年少的温浦长一人。

当时的诺楼国人带领众游牧民族大军，攻势凶猛，几乎将北境一带的城池都占领了。就在他们想要进一步侵略梁国的时候，谢家当时的家主带兵出征，用半年时间将他们赶出了梁国北境。

这也是谢家在大梁拥有这样高的名望的原因，所以之前谢潇南要来沂关郡的消息传过来时，在郡城内掀起了巨大的波澜。

事情过去多年，诺楼国仍是沂关郡人的噩梦。尽管当年深受其害的那批人大部分已经去世，但那些恐怖的事迹完整地流传了下来，经过一代代人的口口相传，仇恨还在延续。

“那不是更要杀了他？”温梨笙指着床榻上不省人事的洛兰野道。

“是世子让我们留下的。”沈雪檀说，“他在战斗中将洛兰野逼上绝境，洛兰野服用了一种在短时间内能够将身体机能提升到极限的药物。他吃了那种药物之后，就感知不到身上的疼痛感，力量、速度极大地增强，变得像个妖怪。”

温梨笙想起先前在林子里，洛兰野确实是在吃了东西之后才变得十分恐怖。

“但那药是有时效的，时效并不长，一旦药效过了，服药的人会遭受巨大的反噬，陷入昏死的状态，很长时间不能动弹。”沈雪檀道，“这就是世子的目的，我们去的时候，洛兰野就躺在地上，毫无反抗之力地被带了回来。”

“若是要抓他的话，直接出动很多人一起上就好了啊。”

“这样会打草惊蛇，洛兰野不是傻子。他很早就进入沂关郡了，却一直没有露面，藏得很深，引他出洞并非易事。”

温梨笙明白了，道：“所以第一步，世子他们把自己伪装成猎物，引诱洛兰野他们上钩，第二步，将洛兰野逼得吃药，第三步就是等药效过后把他抓回来，这就是谢潇南的计划。”

她想明白了谢潇南为什么明知道会受伤却还是要这样做，因为他是唯一的鱼饵，若他不挂在鱼钩上，鱼是不会咬钩的。

谢潇南为什么要抓洛兰野？

梦里，他是会造反篡位的反贼，试想，这样的人与敌国的王子联系在一起，原因会是什么？

温梨笙只要一想就会觉得指尖冰凉，心发颤。她紧张地看了沈雪檀一眼，见他仍在沉思，不知道该不该将那些话说出口。

他们谁都不知道谢潇南以后会造反。

但是就算她现在说出来，也肯定没人会信。

温梨笙张了张嘴，觉得自己好像突然失声了。

她不愿用那些不好的想法揣度谢潇南，干脆闭着眼睛摇了摇头，把那些想法从脑中摇散。

沈雪檀见她这样，以为她累了，便说道："小梨子今夜受到了不小的惊吓吧？眼下夜已深，你先回去休息吧。你不必担心世子，他虽然伤口很深，流了很多血，但伤口处理得及时，医治之后，只要好好休养就不会有事。"

温梨笙也没什么理由再留下，今夜的事若是传到温浦长的耳朵里，她明日一早估计就要回温家了。本来在她出来的时候温浦长就不同意，现在又发生了这么危险的事，回去后，她估计要被温浦长好一顿教训。

她疲惫地叹了一口气，道："那我就先回去了。"

出了屋子后，她站在院中朝谢潇南住的那间房看了一会儿。房中灯火通明，一盆盆的血水往外送，很多人在忙碌着给他治伤，看得她心惊肉跳。

温梨笙站了好一会儿才回到自己的庭院中。

鱼桂焦急地等在门口。她先前得了暗示，一扭头就去找沈雪檀了。沈雪檀不在山庄之内，得到消息后，快马加鞭地赶来了峡谷。

事情闹了很长时间，鱼桂一见温梨笙回来就连忙迎上去，问："小姐，你受伤了吗？"

温梨笙情绪低落地摇头。

鱼桂一眼就看到了她额头上的伤口，而后又将她的双手一翻，发现她的手掌也受了伤，连忙道："我去备水。"

鱼桂动作利索地备好了水，温梨笙把自己身上已经干涸的血迹洗干净，换上干净的衣裳之后，鱼桂拿来了药，给她涂抹上。她们做完这些之后，天都快亮了。

温梨笙在房中坐了许久。直到沈雪檀派人传来消息，说世子的伤已经被处理好，世子休息了，她才彻底放下心来，熄灭了灯，上床睡觉。

因为惊吓和疲倦，再加上低落的情绪，她睡得很快，进入了一个非常模糊的梦境。

梦中一片漆黑，她正迷茫地摸索时，听见有人在说话。

起初是窃窃私语，她努力地去听，然后声音慢慢变大了。

"谢晏苏……"

"晏苏。"

"晏苏哥！"

男男女女的声音混在一起，来自不同的人，用不同的语气。温梨笙如迷了路的幼兽，迷茫地打着转，寻找声音传来的方向，想在一片黑暗中看清楚是谁发出的声音。

但她的一切都是徒劳，他们都在呼唤同一个名字。

很长时间过去，声音慢慢消失。

温梨笙静静地站着，忽然感受到一阵风。风有些冷，拂过她的脸和衣裙，而后她听见了一道清脆的声音。

那声音像一种铃在相互撞击，但比寻常的铃声沉闷很多，像某种坚硬的东西相互撞击时发出的声响。

起初只是一两声，后来声音越来越响，越来越杂乱，她的心中好像浮现出一种淡淡的伤心的情绪，她对这情绪很陌生。

温梨笙在这样杂乱的响声中慢慢醒来，睁开眼睛时，已经日上三竿，房中极其安静。

她坐起来，开口喊人："鱼桂——"

她这才惊觉自己的嗓子哑了许多，应该是昨夜不停地说话导致的。

鱼桂应声推门进来，问她："小姐醒了？"

温梨笙睡得有些久，那个奇怪的梦在她醒来之后变得模糊了很多。她揉了揉眼睛，问："什么时辰了？"

"午时一刻。"

"备水，我要洗漱。"温梨笙下床捞起衣服往身上披。

鱼桂给她端来了水，她洗漱完之后，随便吃了点儿东西垫肚子，什么话都没说，想先去看看谢潇南，却被鱼桂拦下了。鱼桂说："小姐，世子爷今早已经离开峡谷，回郡城去了。"

"什么？"温梨笙神色一变，道，"他受了那么重的伤，应该在这里养几日再走的。"

鱼桂摇头，道："奴婢不知，只是世子一醒就上了马车，这会儿应该已经到谢府了。"

温梨笙想：哪怕马车走得再慢，他现在肯定也已经回谢府了。

她没想到谢潇南竟在她睡觉的时候离开了，顿时觉得无比失落。

她还有很多问题想问他，还想看看他的伤被处理得如何了，还想知道他现在的状态如何。

她抬手摸上自己的耳朵，良久之后才低声道："算了，回去也好，在谢府里，至少他是安全的，能安心养伤。"

鱼桂道："还有就是，老爷也一早传信来了，要小姐回府，府里的马车已经等候多时了。"

温梨笙叹了口气，道："走吧，回去吧。"

出了这样的事，她肯定不能再留在这里了。她只希望回去之后，温浦长对她的责罚不要那么严厉。

鱼桂收拾两个人的东西时，温梨笙就跑去找沈嘉清道别。

她没想到沈嘉清对接下来的比试选择了弃权，说要跟她一起回城。

“但你不是盼着这个比试很长时间了吗？就这样放弃？”温梨笙不解地问他。

沈嘉清说道：“我现在手臂受伤了，与人比试时，不能完全发挥我的实力。而且一开始我参加这武赏会就是奔着霜华宝剑去的，但真正的霜华宝剑，你那日也看到了吧？它在世子的手中。那我再参加这比试就没有意义了，白费时间而已，还不如趁早回去。”

温梨笙一想，也觉得有道理，随口道：“谁能想到霜华宝剑在世子手中呢？风伶山庄的人岂不是骗了很多江湖中人？”

毕竟武赏大会是以霜华宝剑做奖励而开展的，来这里的大多数人是奔着那把剑来的。

先前沈雪檀说过，谢潇南当初去贺宅就是为了这把剑。温梨笙联想起当时谢潇南杀了贺老太君之后，带出的一个很长、很沉的铁疙瘩，如今想来，那估计就是被铁水浇灌封死的霜华宝剑，被谢潇南带回去之后又解封了。

太多事情，温梨笙在经历的时候并不知道，如今得知这些，再回头一看，所有的事都有另一面。

温梨笙回到郡城后，站在温府门口，迟迟不敢进去。

她心中忐忑得很。毕竟当时是她非要去峡谷山庄的，现在发生了这样的事，温浦长肯定会大做文章。他很有可能对她施加禁闭、抄文章、跪在祠堂里认错、每日吃水煮菜等一系列惩罚措施，温梨笙光是想想，就觉得日子突然没有盼头了。

她在门口站了好一会儿，给自己打气，刚想进去，就听见温浦长的声音从身后传来：“你鬼鬼祟祟地站在门口干什么？”

温梨笙被吓了一跳，回头笑道：“爹，你刚回来？”

温浦长站在不远处，身上还穿着官服，像匆匆忙忙地赶回来的，额头、鼻尖都有汗珠。他一边往前走一边说道：“走吧，先进去。”

温梨笙“哦”了一声，老实地跟在他身后进了温府。他们穿过庭院，到了正堂，温浦长坐下之后，先喝了两口茶才道：“这些日子在山庄里玩得可开心？”

温梨笙没想到他说的第一句话竟是这句，与她想象中的完全不同。

她原本以为温浦长会大发雷霆地斥责她不该去峡谷，没想到他的表情很平静，他没有丝毫发怒的迹象。

温梨笙小心翼翼地看了一眼他的脸色，想了想后，说：“还行吧，不过因为每日都在想念爹，所以我玩得并不算尽兴。”

温浦长没忍住笑了，道："油嘴滑舌，我不吃你这套。"

可他那表情分明是受用的。

温梨笙在心中猜想：会不会爹其实还不知道昨夜发生的事？沈叔叔还没告诉他？

然而，温浦长紧接着说道："昨夜发生在峡谷的事，我已经知道了。"

温梨笙心一跳，垂下了脑袋，在为自己想辩解的说辞。

温浦长说："过来，到我跟前来。"

温梨笙没动，可怜兮兮地说："爹，我真的不扛揍。"

温浦长气笑了，问她："我什么时候说要揍你了？"

温梨笙心想：谁知道你是不是要先把我骗过去，再突然揍我呢？

她想了一下平日里沈嘉清练功的画面，还有谢潇南与人打架时的样子，然后往左右看了看周围的景物、摆设，迅速想好了逃跑路线。

她想：若是等一下到爹面前后，他突然出手，那我就学沈嘉清，往旁边的地上一滚，就势躲开攻势，然后学谢潇南，用两个利落的空翻跳出正堂大门，跑到院子里。只要进了院子，各种树随我上，爹追不上我，也不会爬树，那我就安全了。

"你在贼眉鼠眼地乱看什么？我跟你说话呢。"温浦长见她的眼睛在乱转，不由得露出疑惑的神色来。

他想：难不成她昨夜被吓得彻底变痴了？不可能吧？！

他不求温梨笙才高八斗，学富五车，保持平日那股机灵劲儿就行。她若真的被吓傻了，他明日就带着痴呆梨子改姓，断不能给温家人丢脸。

其实温浦长着实有点儿多虑，因为温家人的脸早就被丢光了。

温梨笙走到他面前，低声说："爹，我真的没有惹事。我在峡谷的山庄里时是很乖的，从不乱跑，也不招惹别人。"

温浦长应了一声，然后牵起她垂在两边的手，翻过来一看，瞧见掌心处的伤口，说道："我知道。事情我从沈雪檀那里听说了，你已经做得很好了，没人会怪你。

"只是再遇到这种情况的时候，你一定要保证自己的安全，千万不可再鲁莽行事。该藏起来的时候，哪怕是狗洞，你也要钻进去藏着。"

"那咱们温家人的铮铮铁骨……"

"咱们温家人哪有什么铮铮铁骨？咱们不被人戳断脊梁骨就已经足够好了。"温浦长很有自知之明地说。

温梨笙看着他把她的手攥在掌中。

温浦长的手不算大，却能将她的手整个包裹住。他虽不挑水、干重活儿，但到底上了年纪，他的手与温梨笙白嫩的手相比，一下就显露出了些许苍老之态。

温浦长的手依然温暖——就是这双手将温梨笙牵着长大的。她一出生就没娘，从不知道娘长什么样，生命里只有父亲。

温浦长虽然平日里看起来凶，实际上却是最溺爱她的那个人。

温梨笙眼眶一热，想落泪。

她想起梦里，嫁到孙家那日，谢潇南破城而入，孙家人被屠杀殆尽，自那以后，她就再也没有见过父亲了。

后来的大半年里，她一直被谢潇南留下的侍卫守在孙府里，什么地方都去不了，打听不到关于她爹的任何消息。

为此她还愤怒过，她爹分明是众人口中的大贪官，为什么在那种情况下还要心系沂关百姓，自私一点儿，逃走不好吗？

他若是一开始就逃走的话，以温家的家产，在任何地方都能过得很好。

不过想归想，她知道温浦长绝不会这样做。

温梨笙也不会。

温家人虽没有在乱世之中舍己为人的英雄风骨，但也不是自私自利、贪生怕死的小人。

其实她还是有一点儿怕死的。梦里谢潇南杀了孙家人之后，温梨笙对他说跪就跪，说磕头就磕头。

温梨笙想起梦里的事，又觉得好笑，当时真是怕得要死，生怕谢潇南一不开心就拿着剑把她的脑袋也砍了。

她正想着，就听温浦长说："世子这次受了很重的伤，所以要休息很长时间了。这些日子，你莫去烦他，知道吗？"

温梨笙乖巧地点头。

温浦长又说："胡家二房的嫡子昨夜被杀，事情很麻烦。为了安全起见，这些日子你不要再出门。直到胡家的事解决之后，你才能出去。"

温梨笙不想一直被困在家里，但这也是没办法的事。她知道胡家人现在是非常危险的，虽说胡山俊不是被她杀的，但这笔仇绝对会被算到她身上。温梨笙为了自己的安全着想，暂时也不会出门了。

沈雪檀派了很多人守在温府周围，席路因为之前受了重伤，回谢府跟他的主子一起休养去了。

接下来，沂关郡好似沉寂了下来，无风无波。

温梨笙向来是闲不住的。在家中待着能把她憋死，但她又不敢出门。她只得安排她的混世小队的成员去城中打探各种消息，然后趴在墙的那头告诉她。

温梨笙从混世小队的成员那里得知，街东头的一户人家的儿媳妇生了三胞胎，隔壁街的某只鸡一连下了两个双黄蛋，南郊的某猪圈不知道怎么破了，猪到处跑，还有西街的驴子半个月内出逃了三次……

总之都是一些无关紧要的消息，温梨笙每回听完都大失所望，但由于日子太无聊，只好让他们把事情说完。

她很想知道谢潇南的消息，但谢府整日大门紧闭，门口的守卫围了一圈又一圈。寻常人根本无法靠近谢府，混世小队的人无法打探到谢潇南的消息。

温梨笙一开始心急如焚，后来已经渐渐习惯，他们都说谢潇南的伤虽然严重，但慢慢休养着，肯定会好的，且他自小习武，身体强壮，应该没事。

日子飞速地过去，进入十一月之后，天气就开始变冷了，薄薄的夏装、秋装都被收起来，冬装开始登场。温梨笙身上的衣裳日渐增厚，她每日都守着时辰坐在墙边，等混世小队的人给她带来消息。

温浦长也怕她憋出什么毛病，每隔一段时间就把沈嘉清叫来陪她聊聊天儿。

十一月底，沈嘉清带来消息，武赏大会结束了，最后获胜的人是乔陵。他被江湖上的人称作“笑面君子”，据说是因为举止温文尔雅，面上总带着温润的笑，功夫却相当厉害。每回比试时，只要对手投降或倒地，他就会立即停手。

最后，霜华宝剑没能落在别人手里，所以没人知道风伶山庄的人根本没有那把剑。

温梨笙怀疑这是沈雪檀和谢潇南串通好的。

温梨笙每日都会问温浦长什么时候能够出府——她望眼欲穿。

她原本以为自己会被困在屋中直到年后，直到这一日，温浦长提前从官署回来，让人将她从后院唤到前院正堂，说是见客。

温梨笙已经有近两个月没见过外人了，这回一听说要见客，立马从后院跑出去，奔到前院正堂。她看到堂中坐着一个女人时，大失所望，脸上的喜悦之色瞬间散去。

温浦长朝她招手，道：“笙儿，来。”

温梨笙兴致缺缺地走过去。

“这是胡家家主的四儿媳——虞诗。”温浦长介绍道。

温梨笙看了她一眼，却并没有和她打招呼。温梨笙对胡家的人印象十分不好，她一见到他们就喜欢不起来。

但她不得不承认，虞诗是一个很美丽的女人。虞诗看起来已有四十余岁，面上虽然有了岁月的痕迹，但那双眼睛仍旧美丽。

虞诗上下打量温梨笙，不动声色地道：“久闻郡守大人的女儿的威名，今日一见，果然非比寻常。”

这话听不出褒贬，也不知是不是客套话，温梨笙冷淡地回应道：“胡家人也一样。”

“什么？”虞诗露出疑惑的神色，问。

“胡家人也一样威名远扬。”温梨笙回道。

她姿态随意地坐下来，问：“隔了两个月才来找我，是不是有点儿久了？”

虞诗笑了一下，说道：“毕竟这件事不小，我们处理起来用了很长时间。”

“胡山俊不是我杀的。”温梨笙一提起这事就觉得委屈，分明是胡山俊大喊大叫，破坏谢潇南的计划在先，引来杀手在后，还连累她在家中憋了两个月。

他真是死了也拖累别人的晦气玩意儿。

“我们已经知道俊儿的死与你无关，我这次前来，不过是为了将前账一笔勾销罢了。”虞诗说着，从怀中拿出一张纸，然后展开，递给温家的下人。下人检查之后，将其放到了温梨笙的面前。

纸上写了很多字，温梨笙粗略地看了看，发现这是一封道歉信。信上写了先前胡家人对她所做之事皆是误会，也是胡家人出的纰漏，事到如今，已全部解决，而后对温梨笙表达无限的歉意，他们希望能取得她的谅解。

温梨笙面上从容，心中却大吃一惊。

到底发生了什么事，胡家人怎会有这样大的转变？

“这是谁写的？”温梨笙发出疑问。

“是胡天瑞。”温浦长在一旁接话。

温梨笙知道胡天瑞，他是胡家的家主，年逾七十。如今在朝为官的胡家人中，品阶最高的那个人正是他的儿子，也就是虞诗的丈夫。

温梨笙又被惊了一下，着实没想到自己会收到胡家家主亲自写的道歉信。她什么时候有这么大的面子了？

虞诗说道：“家父年事已高，还要为这些琐事操劳烦心，近日更是累倒在榻。还望温小姐宽宏大量，莫与胡家人计较先前的事。为表歉意，胡家派我送来了玉石珠宝、绫罗绸缎共三箱。我代表胡家向温小姐保证，绝不再让二房的那些人出现在小姐面前。”

她将姿态放得很低，似乎真的在乞求温梨笙的原谅。

温梨笙呆住了，转头看了看温浦长。

“事已至此，再翻旧账也没有意义。你回去告诉胡天瑞，这事就暂且揭过，若是还有下次……”温浦长神色严肃，后面的话没说，却包含着威胁之意。

虞诗连忙道：“不会有下次了。”

温浦长点头，对温梨笙道：“笙儿，在信上写下你的名字。”

笔被递了过来，温梨笙也没想其他的事，在信的下方写下自己的名字，然后按了个手印，表示接受胡家人的道歉。

虞诗连忙起身道谢，随后将那封信接回去，放回怀中，开口告辞。

温梨笙被这奇怪的场景搞蒙了，在家中憋了两个月，胡家家主都亲自给她写道歉信了，这期间到底发生了什么事？

温梨笙将疑惑的目光投向温浦长。

温浦长笑了一下，慢悠悠地喝了一口热茶，说道："胡家人现在怕得要死，哪儿还敢找你的麻烦？从今日起，你就可以出门了。"

温梨笙道："为什么？胡家人为什么这么害怕？"

这两个月里发生的事情还真不少，不过温浦长只挑了重点的说。

"前段时间，谢家人来沂关郡了。"他说完，顿了一下，又道，"确切地说，是谢家军来沂关郡了。"

"谢家军？"

"谢家养的精兵，来了三百人，现在分别驻扎在越城、廉城和甘山，进沂关郡只需要小半天的时间。"温浦长道。

温梨笙愣愣地道："那就代表……"

"代表现在郡城中若是哪个家族或门派不长眼，惹了世子的话，其所有势力和居住地会在一夜之间被踏平。"温浦长笑了一声，"胡家是第一个被吓破胆的家族。"

他们不是三百位平民，也不是三百位普通侍卫，而是谢家的三百位精兵，其战斗力是任何一个门派、家族势力都无法比拟的。

难不成是景安侯知道自己的宝贝儿子受了伤，赶紧派人来撑腰了？

确实，拳头硬才是真理。

温梨笙一想到自己终于被解除约束了，就高兴得跑到院中在原地转了几个圈，然后迫不及待地跑出了温府。

很快到了腊月。沂关郡位于梁国北境，一到冬日就冷得厉害，温梨笙只穿着红色的夹绒短袄、长裙就跑了出去。鱼桂连忙抱着氅衣跟在后头，大声道："小姐，把氅衣穿上！当心被冻坏！"

她坐着马车前往谢府，路上也不知道是冷的还是激动的，一直在搓手。

等到了谢府门口，她下车一看，就见门口果然全是侍卫。温梨笙本来还想着要用什么理由求见谢潇南呢，没想到这些侍卫压根儿就不拦她。

她看着这些目不斜视的侍卫，径直走到谢府门前，拍上面的门鼻环，拍了几下之后没有回应。她等了一会儿，又拍了几下。

门被人从里面打开，护卫看到是她，露出惊讶的神色，问："姑娘有什么事吗？"

“我找世子。”

护卫说：“我家主子现在不在府中。”

温梨笙一愣，问：“他去哪里了？”

“城西有一户人家的女儿及笄，邀请了我家主子，姑娘去那里寻，应该能寻到。”

“及笄？”温梨笙露出笑容，点头转身离去。

好得很，她惦记了他那么长时间，一能出门就跑来谢府，结果谢潇南跑去参加别人的及笄礼了。

温梨笙站在谢府大门口，没忍住鼓起了掌。

她想：哈哈哈哈，好你个大反贼！

温梨笙生气地瞪了门口的侍卫一眼，气冲冲地回到马车上，道：“去城西，我倒要看看到底是哪家的漂亮女儿今日及笄。”

马车往城西而去，地方相当好找，因为那家宅门前停了不少马车，来参加及笄礼的人很多。

温梨笙下了马车，步行到宅子门前，一抬头就看见上面挂着一个牌匾，上书两个大字——孙宅。

温梨笙：“……”

巧了不是？这地方她可太熟悉了，不正是梦里她要嫁去的夫家吗？

温梨笙记得很清楚，她梦里就是穿着沉重、华丽的嫁衣从这道门槛跨进去，经过宽阔的庭院和四面透风的大堂，过了一道两开的拱形门之后，就看到了院中她那失去头颅的未婚夫君，和站在院子那头漫不经心地擦拭着长剑的谢潇南。

孙宅大门敞着，不少人从温梨笙身边过去，提着贺礼踏进门槛。

温梨笙是不速之客，并没有准备什么贺礼，就随便跟在一个衣着华丽的妇人身后混了进去。

梦里她嫁到孙家本就是温浦长在万般无奈之下的决策。此前温梨笙压根儿没有与孙家人打过交道。她只知道她要嫁的那人名叫孙鳞，是孙家的嫡长孙，十二岁之后就一直在奚京念书，只有近年关时才会回沂关郡。

孙鳞有一个表叔在奚京当武将，品阶不低，这也是孙家在沂关郡比较出名的一个原因。不管是文官还是武官，只要爬到了奚京的朝堂上，在沂关郡都是处于高位的，哪怕孙家并没有出什么厉害的武状元和大官。

温梨笙到现在都想不明白，梦里她爹把她嫁到孙家的原因是什么。她觉得可能是因为孙鳞的表叔是武将，在乱世中有保护族人的能力。

温梨笙跟着旁人混进去之后，一抬眼就看到宽敞的庭院里站满了人。不少人提着贺礼，在桌子边登记，除此之外，她还看到了不少年轻的男女往里走。

也是，孙家嫡女及笄，如此大办的目的还是很明显的，就是要告诉别人这姑娘及笄了，到了谈婚论嫁的年龄。

这及笄礼相当于一场较为热闹的相亲宴。

温梨笙之前来这地方时，留下的记忆实在算不上好。那时候的孙家站的都是谢潇南手下的将士，一点儿嘈杂的声音都没有，安静得仿佛整个大宅子许久没有住人。

鱼桂抱着雪白的氅衣两三步走到她边上，低声道："小姐，快把氅衣穿上吧，天冷了，当心被冻着。"

温梨笙看了一圈，见周围的男男女女都没有穿这样厚重的外衣。本来冬日里穿的衣服就厚，再套上这一件，她行动时会很不方便。

她一下子有了借口，道："别人都没穿，就我穿，我哪有那么娇气？"

沂关位于大梁之北，一到冬天就冷得厉害。温梨笙自小在这里长大，已经习惯这里的寒冷，不至于走到哪里都裹得严严实实。

她绕过人群往里走，到了一处四面透风的大堂。堂中也有很多人，但较之外面庭院里的那些人，这里的人看起来衣着更为华丽。这里甚至还有几个她眼熟的大人，有些是居于她爹之下的小官，有些则是城中还算有名的家族里的人。

这些人倒不一定是孙家人的好友，不过也不缺人想与孙家人攀交情。赶上孙家小姐及笄，那些人肯定都要来瞧瞧。

梦里，温浦长要她嫁到孙家的时候，温梨笙自然是不愿意的。但温浦长说孙家人虽然没什么建树，但有一个在奚京当大官的表亲，单是这一点，孙家的那些姑娘都让沂关郡的人争破头了。

孙家的嫡长孙孙鳞更是议亲的热门人选，但温梨笙没见过这人，也不打算跟他成亲。温浦长当时对她说："你只管成亲，剩下的交给我就行了。"

后来温梨笙很想再见到她爹，问一问"你知道孙家人都被杀了的事吗"。

"真好呀，一转眼，孙家最小的小姐也及笄了。"有人在旁边议论。

"不知道谁能议成这门亲事，我听说一年前就有人上门来说亲了。"

"你不知道孙家人这次邀请了景安侯世子吗？"

那人发出吃惊的声音，压低了嗓门儿道："这孙家人是在做什么梦啊？就凭他们，还想攀上谢家？"

"谁知道呢？那世子正年少，又远离家人，身边也没个伴儿，若是真看上了哪家的姑娘，能不带回奚京去？"

"也是啊。"

"你以为今日来孙家的人都是冲着孙家小姐来的？至少有七成是冲着景安侯世子来的……"

“怎么没瞧见世子呢？”

“年轻点儿的孩子都在后院里呢。”

温梨笙在旁边偷听，觉得十分有道理！孙家人绝对是这个目的，不然邀请谢潇南来干吗？

她听了一会儿之后，就继续穿过人群往前走。一经过大堂，她便往后院去，走过记忆中的那扇拱形门时，发现门口站着守卫，守卫看了温梨笙一眼，却并没有阻拦。

她一从拱形门进去，就到了一个很大的庭院里。这座院子里的景象很别致，中间有一个人造的小水池，池上有一座小弯桥，另有假山、花圃，中央是一条用青石砖铺成的路。

寒风迎面吹来，她搓了搓有些冰凉的手，看见庭院里站着几个年轻人。那些年轻人皆穿着锦衣华服，戴着精致的首饰，她放眼望去，竟发现了几个熟人。

沂关郡不算大，处在上层阶级的人一共就那么点儿，所以凡是城中有哪个大家族办宴席，温梨笙只要一去就能碰上熟人，就像先前在梅家酒庄里那样。

由于现场的气氛过于热闹，并没有人发现温梨笙进来了。她一边往里走，一边四处张望。

“梨子。”突然有人唤她。

温梨笙转过头，看见杜瑶从不远处走来。杜瑶走到她面前后，亲昵地握住了她的手，问：“你也来了呀？”

杜瑶穿得厚，一双手热乎乎的，覆在她有些凉的手背上。

自打那次拜月节之后，杜瑶就彻底放弃了与沈嘉清接触的念头。不过她很喜欢温梨笙，一直想去找温梨笙玩。

只是那之后，温梨笙去了峡谷的山庄里，回来之后就一直在家中，杜瑶曾上门找过她一次，但被婉拒了。

温梨笙突然出现在这里，让她觉得惊喜。

杜瑶正愁没人跟她聊天儿，看见温梨笙之后，就抓着温梨笙不放手了。她带着温梨笙往里走，温梨笙说：“我还真没想到会在这儿遇见你。”

“我这不是到年龄了吗？我爹娘先前也给我物色了几位公子，但我都不喜欢，就求着我爹娘同意让我来这里看看。”杜瑶抱怨道，“无趣得很，我早知道就不来了，那些男人都盯着施家的……”

“施冉也来了？”温梨笙诧异地道。

“怎么可能？施家的那两个宝贝嫡女肯定都是要送到宫中去的。”杜瑶道，“来的都是庶女。”

温梨笙摇头，杜瑶虽然嘴上说着到年龄了，实际上也就比她大了三岁而已。杜瑶如今不过十九岁，但在城中的未婚姑娘之中算年龄很大的了。

她想起自己梦里二十岁的时候还在树上掏鸟蛋，不由得笑了一下。

温浦长倒是从来没有在婚事方面催促过她。

"瑶瑶，你在这里看到世子了吗？"温梨笙问道。

"看见了，先前孙家的家主带着世子从前面过来，现在应该在庭院的东南角吧，那里人太多了，我就没去。"

温梨笙道："我要去找世子。"

杜瑶闻言，看了看她，张了张嘴，欲言又止。

温梨笙没注意到她犹豫的神色，抬腿往庭院的东南角而去。她去那处要绕过几座假山，走过小池子上的弯桥。

她踏着青石路绕过假山之后，看到东南角果然有很多人，比她刚才所处的那地方的人多一倍左右。

她一下就看见了站在人群中的谢潇南。

他将长发高高地束起，用羊脂玉簪固定住，身上穿着黑色的狐裘大氅，颈边的一圈狐裘裹住了脖子，衬得他的面容更白净了。他身上的氅衣有一大片用金丝线勾出来的流云纹，坠着墨丝流苏。

他站在人群里时，周边的所有年轻男子都显得黯然失色，不管是什么人，第一眼瞧见的准是他。

这位从奚京来的世家贵公子看起来好像适应不了沂关郡的寒冷天气。她近两个月没见他，也不知道他的伤养得如何了。

谢潇南俊俏的脸上挂着淡淡的笑容，他似乎在听旁边的人说话，看起来精神不错，想来伤处好很多了。

温梨笙看见一个上了年纪的男人站在他身边，男人的脸上挂着慈祥而有些谄媚的笑容。男人正不停地说话，他的旁边还有一个年轻的男子，温梨笙只能看到年轻男子的侧脸。

"那是谁？"温梨笙问杜瑶。

"世子身边站着的吗？"杜瑶说，"是孙家家主唯一的嫡子，他旁边那个年轻点儿的就是他的儿子孙鳞。"

孙鳞？

温梨笙盯着那年轻男子的侧脸看了又看，隔得有些远，看不清楚。她走下小桥，想往前走，但前面的人有些多，加上有一堆护卫、下人，很难体面地挤进去。

杜瑶拉了一下她的手，阻止她往前走的脚步。

"怎么了？"温梨笙回头问她。

杜瑶朝旁边看了看，将她拉到一处人少的地方，而后小声问她："你要去找世子吗？"

温梨笙其实本来只想凑近点儿看看，不过既然到了这地方，那肯定是要找他的，毕竟也有好长时间没见过他了。

她犹豫了片刻，杜瑶又说："梨子，我比你年长，在这儿劝你两句。"

温梨笙看出她神色凝重，便不由得将身子转过来看向她，认真地问："什么？"

杜瑶伸头看了一眼，说道："你也知道，咱们沂关郡，江湖门派之间也没什么别的事，一年到头除了议亲就是比武。你看看这院子里有多少年轻漂亮的姑娘，她们都是奔着什么来的，你可知道？"

温梨笙当然知道，于是点了点头，说："我刚在外面时偷听到了一些。"

"其实也没什么好瞒着的，我来之前，我爹还特地叮嘱我，若是有幸碰见世子，就想办法与他说两句话。我相信，这里的姑娘们有一大部分在来之前被这样叮嘱过。"杜瑶说话很直接，"我还听说，先前就有人往谢府里送闺女。当然，我跟你说这些事，你可能还理解不了，不过我想你应该能明白，这座郡城里有多少双眼睛盯着世子爷。"

温梨笙点头，觉得杜瑶的话还是委婉了一些，于是说道："你是想说，他们都指望自己的女儿能得到世子的垂青，攀上谢家这根高枝儿，飞黄腾达，是吗？"

杜瑶愣了一下，道："是……是这样。"

温梨笙想说她知道这些事，但这跟她去找谢潇南有什么关系呢？

她还知道，这座郡城里的姑娘，谢潇南一个也没看上。梦里他怎么来，后来就怎么走。那些绞尽脑汁地往他身边塞姑娘的人，用尽办法让自己的儿子与他结交的人，没有一个成功。

这位世子爷的眼光高着呢。

杜瑶道："你看他身边围绕着那么多姑娘，你挤得进去吗？"

温梨笙闻言，踮着脚去看，看得不全面，又蹦起来瞧，果然见他周围有很多人。那些人几乎将通往谢潇南所在之处的路完全堵上了，她确实挤不进去。

温梨笙点头，道："你说得对，这根本挤不进去。"

她想：我还是等人少些的时候再去找他吧。

杜瑶见她果真放弃了，以为她听了劝，明白自己说的意思，便长舒一口气，又道："你明白就好。"

说着，她想起来自己的衣兜里还有一块锦帕，便低头去拿，并对温梨笙道："我本打算从孙宅出去之后去温府寻你的。我先前在家中闲着无事，绣了一块帕子，想送给你。”

这时候，温梨笙看见谢潇南身边的孙鳞从人群中出来了。她心一动，便说道："瑶瑶，你在这里等着我，我去去就来。”

说着，她穿过人群，目光追随着孙鳞，离开的时候脚步有些快。

杜瑶喊道：“梨子，我就在这儿等你，你快些回来！”

她这喊声传到了谢潇南的耳朵里，他抬起头，朝声源处一瞧，就见温梨笙拨开人群，似乎在追逐什么人。

他又将视线往前挪，在一众站着说笑的男男女女中看见了正在离开的孙鳞。

谢潇南的目光盯着移动着的温梨笙，直到她追着前方的孙鳞绕过假山，彻底消失在他的视野之中，而后他微微抿唇，脸上的表情似乎昭示着他不高兴了。

“世子？”

他的身边传来声音，谢潇南转头看过去，只见一个娇羞的女孩被拉到了他的面前。拉着那个女孩的男人介绍道：“这是小女，名唤孙荷，今日及笄……”

孙煜还没有将话说完，就见谢潇南微微皱眉，脸上是毫不掩饰的烦躁的表情，便立即十分有眼力见儿地闭了嘴，继而改口问道：“世子可是站累了？”

谢潇南随意地问道：“你儿子去干什么了？”

他这话里竟连客套用语都没有了，孙煜不知道自己怎么惹到了这位爷，只好答道：“他去准备晚宴之事。”

“去哪里？”

“什么？”

“他在何处？”谢潇南又问。

温梨笙不远不近地跟在孙鳞身后，看着他从庭院的另一扇门出去，周围顿时安静了不少。

她梦里在孙宅里住过半个月，知道这里是孙宅的下人所住的地方，与宅中的厨房相连。厨房门前有一口很大的钟，每回到了吃饭时间都会有人将它敲响。

梦里这孙宅被谢潇南占领之后，温梨笙有一次在半夜摸黑逃跑，结果运气不好，被逮了个正着。然后谢潇南就罚她每日都去厨房门口敲钟，一日敲三次。

温梨笙讨厌那口钟。

眼下可能正是孙宅里的下人忙碌的时候，这条路上没有下人来往，只有孙鳞在前面走，她在后面跟着。

少顷，孙鳞听到了身后的脚步声。他停步回头，看见了温梨笙。

温梨笙很从容地对上他的视线，将他上下打量了一番。

他就是她梦里要嫁的男人。那时候他头掉在地上，身子倒在血泊里，温梨笙因为害怕，没敢仔细看，不过这回有机会好好看了。

孙鳞的身量并不高，他看起来有些瘦弱，脸有些白，眼睛有些小。他说话时声音略细，问她："姑娘跟着我干什么？"

温梨笙梦里虽然已有二十岁，但压根儿就没打算嫁到孙家。她都计划好了，等孙鳞与那些宾客喝酒时，就带着行李直接从孙宅翻墙逃跑。

有鱼桂在身边，她想走也是轻而易举的事。

只是有一件事她始终想不明白：为什么当初谢潇南带着叛军进沂关郡之后，做的第一件事就是去孙宅里杀了孙鳞呢？孙鳞这个本该在大喜的日子里欢欢喜喜地拜堂的新郎，却第一个被砍了脑袋。

这是很奇怪的一件事，难不成他们有旧仇？

可孙鳞平时都在奚京，他们若是有旧仇的话，根本就不必等到谢潇南后来造反才解决吧？且从方才谢潇南对孙鳞的态度来看，他们似乎并不熟。

温梨笙真的很好奇。

她问孙鳞："你多大了？"

孙鳞有些惊讶，看着面前这个模样标致、肤若凝脂的小姑娘，笑道："我今年二十有二。"

"啊，果然……"

温梨笙心想：梦里爹果然骗了我，还说这孙鳞只比我大三岁，我如今一问，他根本不止比我大三岁。

"什么？"孙鳞朝她走近了一步，用鼻子闻了闻，问，"姑娘身上好香啊，这是什么味道？"

温梨笙低头看了一下自己的衣裳，心想：我也没用什么熏香啊，隔了这么远的距离，他能闻到什么？

她道："听闻你表叔在京中是武将？"

孙鳞的心中生出一种厌倦的情绪，而后他笑着道："是啊，姑娘问这个干吗？"

温梨笙道："没什么，只是别人都在说，所以我好奇而已。不过我有些事想问问你，你现在有空吗？"

孙鳞的表情一下子变得古怪，目光在温梨笙的身上来回打量，而后他道："现在没有，我还有些事要做。不过姑娘若是有什么问题要问我的话，可等钟响之后去后院西边的院房里等我，我会去找姑娘。"

温梨笙不假思索地点头，道："好。"

她想问的无非就是他在奚京时有没有见过谢潇南。

她认为梦里谢潇南杀他不是因为私人恩怨。

温浦长将她嫁进孙家的原因，也是一直让她无法理解的问题。梦里，孙家的男丁都被杀死，女眷全数被关进了地牢中，她根本无从问起。如今有这个机会，她当然不想放过。

她也不知道自己为什么会执着于这些问题，只是觉得或许问出来了，就能离谢潇南更近一点儿。

离他近一点儿，她或许就能探知一些他曾经造反的原因，探知他的秘密。

不过温梨笙觉得孙鳞的眼神有些讨厌，想着要不要等问完问题之后让鱼桂把他打一顿。

她从这条路的尽头绕过去，按照孙鳞所说，找到了西边的院房。

这地方她熟悉得很。梦中在孙宅中住的那些日子里，她就住在这院房里。

这院子约莫是孙鳞的住处，当初正房是谢潇南住，偏房原本是游宗住的，但是在温梨笙半夜逃跑失败之后，谢潇南就让人将她关进了偏房里，把游宗赶到书房里去了。

温梨笙觉得这可能是游宗每日一早起来打铁的主要原因。

还有一些将士住在下人的房中，就这么一个院子，住了十几个人。

除却游宗每天早晨起来打铁之外，剩下的将士也一连几个时辰站在院中训练，谢潇南经常亲自检查。温梨笙闲来无事，就坐在门槛边，一边吃东西一边观看。

谢潇南经常冷着脸让她回屋里去。

现在想想，她梦里虽然害怕谢潇南和他的那些将士，但实际上，那些将士是非常尊敬她的。那些将士平时就算面对面地撞上她，也不会抬眼看她，与她说话的时候始终垂着眼睛，若非她问及，便不会主动与她说一句话，规矩相当严格。

她与他们起初不怎么熟识，后来使唤他们使唤得极其顺手。

温梨笙站在院中，寒风刮过，天色渐渐暗了下来。

“小姐，还是穿上吧。”鱼桂第三次劝道，“披着也行，夜晚会降温。”

温梨笙觉得越来越冷了，手脚都几乎被冻得僵硬，于是这次没再拒绝。她一边将氅衣披上，一边道：“要不我去屋中坐一会儿？”

鱼桂大约是觉得不合适的，但是温梨笙从来不在乎合不合适。她若是真的顾虑那么多规矩，就不会在沂关郡里闹出那么多事。

“若是小姐觉得冷，就进去坐吧。”鱼桂说，“奴婢在门口守着。”

温梨笙点头，不客气地直接推门走进了偏房。这地方，她梦里少说也住了将近半个月，一点儿也没有见外。进屋之后，她熟络地找了一张凳子坐了下来，等着钟响。

钟声远远地传来，孙宅的晚宴开始了，温梨笙也有些饿。她只盼着孙鳞快点儿来，自己问完赶紧回去吃饭。

宅中的下人都在前院里忙碌，这院中无人来点灯，天色变暗之后，周围的景色逐渐被黑暗笼罩。她的视线变得模糊，她逐渐看不清楚周围的东西，这才推开窗子对着外面喊道："鱼桂，过来点灯！"

她声音刚落，门就被人轻轻地推开了，有一道模糊的人影似乎站在门边。

"鱼桂？"温梨笙没想到孙鳞来得悄无声息，又叫了一声。

鱼桂匆匆忙忙地从外面跑进来，摸黑凑到窗子下边，小声问："怎么了，小姐？"

"把火折子给我，我去点灯。"

鱼桂掏出火折子给她，温梨笙接过来时，低声抱怨道："不是说了有人进来就告诉我吗？这人都把门推开了，你也没吱声。"

鱼桂结结巴巴地道："小姐，我……我……"

温梨笙"啧"了一声，道："你把院子里的灯点上，然后在门口守好，我一叫你，你就赶紧进来。"

鱼桂应了一声，又拿出一个火折子去点灯。

温梨笙拿着火折子吹着，依稀记得窗边有一盏挂在墙壁上的灯。她转过头摸索着将那灯点上。

这盏灯不算亮，外面有黄色的灯罩，光线十分柔和，照明的范围很小。她将那盏灯点亮之后，转过头道："孙公子，你既然来了，就别不吱声啊，想吓唬我？"

门边的人听后动了，往里面走了两步，然后反手将门关上。

"别关门！"温梨笙出声喊道。

门边的人没应，朝她走来，靴子落在地上，发出轻轻的脚步声。

温梨笙看见那道模糊的人影离自己越来越近，便问道："你成哑巴了？"

"你在等他？"

一道声音突然在寂静的房中响起。

温梨笙听后，眼睛瞬间睁大，紧接着就看见那人走到了光照范围之内。

谢潇南那双漂亮的眼眸半敛着，嘴角下垂，精致的脸上是不高兴的表情。

然后他说："你说的那个孙公子暂时来不了。"

温梨笙没想到来这里的人是谢潇南，一时间没反应过来，问他："为什么世子来这里了？"

谢潇南仍往前走着，直到与她仅有半臂的距离时才停下，反问她："让你失望了？"

“怎么会？！”温梨笙本想再点两盏灯，但眼下谢潇南站在她面前，她便没有点灯的心思了。她将火折子收起来，笑道：“我方才在院中瞧见世子了，世子周围聚了好多人，我挤不进去呢。”

“我看你也没想挤，不是忙着来找孙公子了吗？”谢潇南轻“哼”一声，道。

温梨笙敏锐地察觉出他不爽的语气，长长地叹了一口气，佯装失落地道：“世子根本不明白我心中之苦。”

“你心中之苦？”谢潇南还真的很疑惑，“什么苦？”

温梨笙捂着心口，脸上浮现出痛苦的神色，道：“相思之苦啊。”

谢潇南一愣，脸上那不高兴的表情一瞬间消散殆尽。他盯着温梨笙，仿佛想从她的表情里分辨这句话是真还是假。

温梨笙继续道：“我已经有五十四日没见到世子了，想世子想得做梦都能梦见世子。我日日盼着能从温府里出来，就算不能够与世子说话，能远远地看上世子一眼，也知足了。”

谢潇南问道：“这就是你看到我之后没有找我，反而先来找那个孙公子的原因？”

温梨笙又开始嬉皮笑脸了，伸手钻进谢潇南的大氅里，主动牵起了他的手。她冰凉的手指瞬间摸到了热源，他的手干燥、温暖，掌心柔软。她说：“我只是有点儿小事找他。”

“什么事？是问他年岁几何，还是问他的表叔在京中任什么职位？”

“这你都知道？”温梨笙惊讶地瞪大眼，继而疑惑地皱起了眉，问，“为什么呢？是席路告诉你的吗？这人难不成不是保护我的？难道他是世子故意安排在我身边的内应？”

谢潇南的手指收紧，将她冰凉的手掌握在掌中，他说：“你真是个小没良心的。”

温梨笙眉眼一弯，又笑了起来，道：“我说笑的。我问孙鳞那些问题，只不过是听那些人都这么说，所以才好奇的。”

“那些人说了什么？”

“无非是说孙鳞的表叔在京中是武将，品阶不低，还有……”温梨笙说到一半，突然顿住了。

谢潇南看着她，而后帮她补齐了剩下的话：“还有就是孙鳞日后极有可能被他的表叔提拔，入朝为官。若嫁他为妻，日后极有可能在奚京定居，成为官夫人，对吗？”

“差不多是这么说的。”温梨笙道，外面的人确实都这么传。

谢潇南微微俯身，看着她的眼睛问：“那他们没说，若是嫁给我，攀上谢家，便有一辈子享不尽的荣华富贵吗？”

温梨笙见他突然靠近，下意识地将头往后仰了些许，咽了咽口水，老实地回答道：“说了。”

“那你为什么要去找孙鳞呢？”谢潇南又向前走了几步，问。

他凑得太近了。

温梨笙的心猛地加速跳动起来，一下下用力地撞击着心口，让她瞬间感觉口干舌燥，头脑发热。

这样的距离，温梨笙又闻到了他身上的那股甜香味，左脚没撑住，往后退了半步。在他的盯视下，她结结巴巴地道：“我……我找他又不是为了这事。”

“那是为了什么事？”

“就是一些小事。”温梨笙知道这些事不能说，为防止谢潇南一再追问，便转移话题道，“世子的伤好了吗？那日我醒来之后，本想去找你，但得知你已经回城了。我回去之后，我爹又不允许我出府，所以这些日子我在府中惦记着你的伤势。”

谢潇南目光微动，良久之后才低声问：“你真的担心我，为何一声问候都没有？”

“我派了人去谢府打探消息，但是守卫太森严了，我的那些小弟不敢靠近，怕挨揍。”温梨笙无奈地表示自己是真的没有办法。

谢潇南朝她走了一步，道：“我也是。”

“什么？”温梨笙险些与他撞上，赶紧后退一步。

“心中苦闷。”谢潇南说。

“苦闷？为什么？因为受的伤还没好吗？还是有什么为难之事？”

“跟你一样——”谢潇南看着她说，“相思之苦。”

温梨笙觉得自己的心好似被一把小锤轻轻地敲了一下，那四个字传进耳朵里，她的脸上浮现出茫然的表情。

谢潇南见她好像不明白，便说：“我在谢府养伤的时候，时常会想你在何处，在做什么，有没有吃饭，是不是又惹事了。后来得知你在温府无法出来，又想你会不会不开心，会不会觉得烦闷、无趣。”

温梨笙很快明白谢潇南说的话是什么意思了。

他是说自己在谢府时，用了很多的时间来思考她在做什么，但这些问题都得不到答案。因为她在温府，他在谢府。

时常思念却不得见，这便是相思之苦。

温梨笙震惊不已，难以置信地看着谢潇南，耳朵却飞快地红了，她白净的脸也慢慢染上了一层绯色。她再说话时，声音都变小了。

“世子也会挂念我吗？”她问。

“经常。”谢潇南说。

“为什么呢？”温梨笙问。

谢潇南思考了一下，而后一本正经地道：“或许是因为我太喜欢你了。”

虽然温梨笙已经隐约察觉，但在谢潇南说出这句话的时候，还是心里“咯噔”了一下。她整个人像烧起来了一样，被他攥在掌中的那只冰凉的手竟冒出了汗。

谢潇南说的“喜欢”，是她理解的那个“喜欢”吗？

他是在说笑吗？

可是他的表情好认真，一点儿也不像在说笑的样子。

温梨笙觉得自己的心跳速度已经超出常规，快到她几乎无法正常思考。一种难以言说的喜悦仿佛破土而出，从起初的嫩芽迅速拔高，长出的枝芽布满了她的心，将所有空隙填得满满的。

她的脑子好像变得迷糊了，她只感觉到强烈的欢喜，却不知该如何回应。

“什么时候？”她问。

“在来沂关郡之前，我从来没有遇见过像你这样的人，”谢潇南慢悠悠地道，“你狡猾又愚笨，喜欢骗人，几乎满口谎言，跟你说话时，稍不留神就会被你欺骗。你胆小又蛮横，当着我的面乖巧、胆怯，背着我的时候却不遗余力地编派我。我没见你在沂关郡里怕过谁，欺负起人来也相当理直气壮。”

温梨笙听了，下意识地将手往外抽，想与他拉开点儿距离，为自己辩驳一下。

谢潇南却不松手，反而将她往前拽了拽，声音低了些许，显出几分温柔来。

“但是你有时候像一只蝴蝶，不受约束的翅膀不断地在我身边扇动着，有时候又像一只小狐狸，灵动、活泼。不管什么时候看你，你都是一副笑着的样子，好像没人能剥夺你的快乐。”

一个总是快乐的人，在任何地方都像太阳一般，耀眼、夺目。

温梨笙就是这样的人。

人生在世，不管什么年龄，什么身份，总有烦恼。温梨笙就是有这样的能力，抛却自己的烦心事。

谢潇南不知道自己是什么时候对她动心的，只是慢慢地，自己想起她的次数越来越多，视线落在她身上的时间也逐渐变长。到后来，他开始挂念她，开始寻找她，她什么都不用做，只要露出笑脸喊他一声“世子”，谢潇南就觉得心情舒畅。

有一日，他再回想起当日在峡谷上的初见——喧嚣的风卷起温梨笙雪白的长裙，发上的金簪折射着阳光闪进他的眼眸，她的一颦一笑、一举一动，都猛烈地撩动着他的心弦，他这才发现自己已经心动多时。

他就是喜欢上了这样一个狡猾的小骗子，不管是她笑起来时双眼弯成月牙儿的样子，还是她生气时双手叉腰、横眉瞪眼的样子，都让他觉得十分可爱。

他在不曾心动的时候，对于和温梨笙的第一次相遇只觉得烦躁，但是当他心动之后再想起那一日时，只觉得连她头上戴的金簪都是美丽的。

谢潇南的目光炽热，温梨笙却露了怯，低下头，将视线落在他的大氅上垂下来的流苏上。

“所以，放弃那个孙鳞……”谢潇南凑近她，语气温柔，仿佛带着哄骗的意味，“来攀我这根高枝儿，好不好？”

温梨笙的脑袋里都成一团糨糊了，脸颊热得仿佛能烙饼，她低着头，不知该如何回答。

谢潇南等了好一会儿，见她没有回应，就低下头，歪着头去看她的脸，用低低的声音催促她：“嗯？”

温梨笙抬起眼看他，问：“那世子会把我带回奚京吗？”

谢潇南笑道：“那是自然。”

“世子可要说话算话。”

“你以为谁都是你啊？”谢潇南点了一下她的鼻尖，道，“喜欢出尔反尔的小笨蛋。”

温梨笙梗着脖子道：“我也没有经常出尔反尔吧？”

谢潇南轻笑一声，而后手指滑过她的脖子，顺着一条红线勾出了一枚铜板，问：“你戴着这东西干什么？”

“这是哈月克族的幸运铜币。”

“我知道。”谢潇南说，“这是他们的族长亲手赠予我的，说上面有月亮，是哈月克族现存的独一无二的铜币。”

“所以那日我说‘若是印着月亮的那面朝上，我们就选左边的路’的时候，你就已经知道这枚铜币是你之前掉落的那枚了？”温梨笙惊讶不已。

她真的不知道这枚铜币是特殊的。

温梨笙觉得很奇妙。谢潇南好像比她先察觉了她的心思。

她看不见谢潇南就忍不住想念他，见到了之后又忍不住靠近他，靠近之后又忍不住贴上去，想闻一闻他身上的甜香味。起初她以为是自己太喜欢谢潇南身上的香味，现在想想，其实并不是，那只是一种发自内心的想要靠近他的欲望而已。

她捡了掉落的铜币，将它珍藏起来，出门时戴在身上，回家后压在枕下，甚至在看不见他的两个月里，把铜币穿了线，戴在脖子上，这也并不是单纯的喜欢哈月克族这枚代表着美好祈愿的铜币，而是因为这东西是从谢潇南的身上掉下来的。

“所以你那日亲我的耳朵，是知道我心悦你了，是吗？”温梨笙问。

谢潇南将她脖子上挂着的铜币取了下来，然后将手伸进那圈狐裘领中，扯出脖子上的线，带出一块紫色的玉。

“嗯。”他应了一声，把玉取下，套在温梨笙的脖子上，“这是我自出生起就戴在身上的护身玉，如今赠予你。”

温梨笙震惊不已，道：“我不能……”

她话还没说完，谢潇南突然低头吻住了她的唇，像等待这一刻许久了。

他的动作既温柔，又有些急躁，同时，他把她的手往前一拉，手臂圈住她的后腰，将她整个人带进怀中。

她闻到了谢潇南身上的味道，那看起来无比贵的黑色狐裘扫在她的脖子上，带着冬日里特有的凉意，她的唇上是谢潇南带着掠夺意味的亲吻。

他先轻轻地咬了一下她的唇，而后在她因惊诧而没反应过来之际，那柔软的东西就触碰到了她的牙齿，探进她的嘴里，缠住她的舌尖。

温梨笙听到了近在咫尺的呼吸声，有一点儿沉重，落在她的心上，把她搅得方寸大乱。此刻，仿佛有一种陌生的情愫把她包裹住了，使她的心脏变得滚烫。

很快她就招架不住了，开始往后退。但她退了两步，谢潇南就跟了两步，两个人之间的距离没被拉开半分。直到她的后背抵着墙，她完全没有了退路，便只能仰着头，闭着眼，整个人沉溺在这陌生的情愫里。

直到她呻吟两声之后，谢潇南才放开她，把她紧紧地抱在怀中。他弯下脊梁，垂下头，把脸搁在她的颈窝里。他粗重的呼吸一下下地打在她的脖子上，如燎原之火，烧得温梨笙的心久久平静不下来。

良久之后，寒风吹了进来，拂在温梨笙过热的脸颊上。她下意识地转过头朝外看，只见不知道什么时候，昏暗的院子里，鹅毛大雪正随风飘摇。

“世子，”温梨笙抬手摸了摸他那光滑、柔软的狐裘，对还将脸埋在她的颈间的谢潇南低声说，“下雪了。”

第九章　初雪临

沂关郡基本上每年初到腊月就会下一场雪。

那雪仿佛在告诉人们寒冬来了。

温梨笙记得梦中的谢潇南是很怕冷的，他适应不了沂关郡的冬天。他带着叛军进入沂关郡的第三天，一场大雪就这样悄无声息地落了下来。

当日下午，就有两个大暖炉被搬进了谢潇南的房间里，他还命人将他房间里的门窗都加装了棉帘。他出门时，必定会穿着一身看起来无比暖和的狐裘大氅。有一回，他看见温梨笙揣着手炉在门边坐着，还毫不留情地将那手炉抢走了。

他生长在气候温和的奚京，受得住刀伤，却受不住严寒。

温梨笙忍不住抬手揉了揉谢潇南颈边的狐裘，发自内心地感叹道："世子身上的这件大氅摸起来好舒服。"

谢潇南的呼吸变得平稳了很多，他似乎从方才的情绪里出来了，抬起头，捧着温梨笙的两颊，然后在她的唇边轻轻地吻了一下，道："你还喜欢什么？一并说出来。"

"还有世子的香料，我惦记好长时间了，你又不是不知道。"说着，她用力地吸了吸鼻子，然后一头埋进柔软的狐裘中，声音闷闷的，"我好喜欢这味道。"

"嗯，还有我府里的厨子，也一并给你送过去。"谢潇南的声音里含着笑意，他抬手将她的臂膀揽住。

温梨笙其实长得并不矮，但与谢潇南相比，还是有些娇小的。她被他抱在怀里的时候，他身上那黑色的大氅几乎能将她整个人裹住。

“不行，上回我把谢府的厨子带回家后，被我爹好一顿骂呢。”温梨笙对此表示非常遗憾，接着又小声说，“我可以去世子家里吃饭吗？”

谢潇南捏了一下她的耳尖，回答道：“随时欢迎。”

温梨笙从他的怀中挣脱出来，一双眼睛仿佛发着亮，仔细地盯着谢潇南。

“你看什么？”谢潇南问。

“我在看到底是哪个小公子这么好说话。”温梨笙笑嘻嘻地道，“世子爷模样俊俏，文采出众，武功高强，简直就是我的梦中情郎。”

谢潇南垂眸看着她，唇角带笑，听了她的话后，又想亲一亲这张擅长说甜言蜜语的小嘴。温梨笙却将头往后一仰，道：“不成，天都黑了，咱们该回去了。”

谢潇南约莫是有些舍不得。他的眼眸盯着温梨笙，平日里沉静、冷淡的表情里好似添了一种别的情绪，但他到底没继续亲她，而是捏了捏她的脸颊后将她松开，道：“走吧。”

温梨笙摸了摸自己有些烫的脸，落后他一步，离开了屋子。

外面下着雪，鱼桂守在院外揣着手，一副老僧入定的模样。乔陵站在边上看着席路，时不时地轻笑一下。

席路蹲在一旁，身体蜷成一个球，牙齿不停地打战，口中不停地哈着白气。

“你蹲在这儿干吗？你现在是一名暗卫，需要把自己藏好。”乔陵笑话他。

席路道：“有少爷在，我就不算是暗卫。”

乔陵道：“你先前还跟我炫耀每个月能多拿三十两银子。”

“你羡慕不来的。”席路打了个哆嗦，道，“这沂关郡一到冬天也太冷了，回去后还需要加衣裳。”

乔陵也深有同感，奚京进入冬日时也会下雪，冷归冷，但没有这般彻骨的寒意。此时此地就好像有一阵风吹来，直接往人的骨头缝里吹，让人冷得牙齿打战。

鱼桂却很镇定。

两个人正说话时，突然有脚步声从里面传来。两个人同时闭上嘴回头看，就见谢潇南正往外走，身后跟着温梨笙。

温梨笙见乔陵和席路冻成这样，叹了一口气，说：“沂关一到冬日就非常冷，你们平日里出门时记得穿得厚一点儿。”

席路道：“已经领教过了。”

谢潇南见他塌腰驼背，皱起眉头。

席路见状，连忙站直，咬着牙道：“男子汉大丈夫，自然不会被寒冷打倒。”

“东西拿到了吗？”谢潇南问。

“拿到了。”席路点头应道。

温梨笙诧异地看了谢潇南一眼，心想：也是，谢潇南压根儿就不是那种会做无用之事的人。他既然来参加这场及笄礼，肯定是有他自己的目的的。

两个人在乔陵三人面前表现得很正常，距离也隔了半臂之远，完全看不出方才在屋中拥吻过。温梨笙问谢潇南："世子在奚京的时候可曾见过孙鳞？"

谢潇南听到这话，侧过头看了她一眼才回答道："不曾。"

"那可曾见过他的表叔？"

"也不曾。"谢潇南反问，"怎么了？"

"没什么，就是随口问问而已。天色已晚，我该回家去了。"温梨笙摇摇头，笑着道，"回见，世子爷。"

雪落在谢潇南的发上，也落在他身上的狐裘上，衬得他有一种脱俗的气质。他神色如常地点了点头。

温梨笙带着鱼桂往外走。她熟悉这里的路，不过走了一会儿就回到了前方的庭院里。

晚宴尚未结束，还有许多人在堂内饮酒作乐。温梨笙在一众姑娘吃饭的屋子里找到了杜瑶。

温梨笙先为自己的爽约表示了歉意，杜瑶并不在意，表示即便温梨笙不来，她也会在院中站到晚宴开始。杜瑶在与她说了两句话之后，便将自己绣好的手帕给了她。

温梨笙没打算在孙府吃晚饭，接过手帕后，又与杜瑶聊了一会儿，便起身告辞。

府中的下人都在忙碌，没人注意到她这个空着手来的客人已悄然离开，坐上了温府的马车回温府。

路上，温梨笙想起方才的事，还是忍不住脸红心跳，这是她头一次经历这样的事。梦里，她耗到二十岁都没有出嫁，一直在想会不会这辈子都没有心仪的郎君了。

令她没想到的是，那个梦里让她害怕得一看见就想躲着走的大反贼，会让她彻底沦陷。

她忍不住翘起了嘴角。

不过，她相信谢潇南不是为了自己的私欲就挑起战争的人。梦里他造反的原因，温梨笙一定要查清楚。

那块贴在她锁骨下方的玉温温热热的，似乎还带着谢潇南的体温。

这块当初让她与谢潇南争抢、起冲突的玉，如今竟然被他亲手戴在了她的脖子上，她觉得十分不可思议。

她从未想过谢潇南还有这样的一面，他应该多笑的，他笑起来的样子真的很好看。

温梨笙东想想西想想，脑子里全是乱七八糟的东西，心被填得满满当当，溢出来的东西全都甜丝丝的，让她有些晕。

她回到温府时，温浦长已等候多时，站在院中没好气地瞪着她，问："你还知道回来？"

温梨笙嬉皮笑脸地道："我回来得不算晚，只不过冬日里天黑得早。"

温浦长听着她狡辩，面上的表情没什么变化。他问道："你去哪里玩了？"

"我去找世子了。"温梨笙老实地回答道。

温浦长眉头一皱，问："你又去找世子干什么？他平日里有事情要忙，你总去烦他，耽误了他的正事怎么办？"

温梨笙想了想，道："应该耽误不了吧，我看他还挺开心的。"

温浦长冷笑道："胡说八道。"

"爹。"温梨笙凑到她爹跟前，小声问她爹，"世子来咱们沂关郡到底是做什么的？瞧着神神秘秘的。"

"你问这干什么？跟你有什么关系？"温浦长警惕地看了她一眼，反问道。

"那关系可大了。"

温梨笙心想：要先搞清楚谢潇南来沂关郡到底要做什么，我才能慢慢地了解他，挖掘出想知道的真相。

虽然她自从那次从竹屋里醒来之后一直在尝试，不过这些人瞒得太紧了，她压根儿问不出什么东西。

果然，温浦长说："少在这里胡说，我看你是又清闲了，若是没事做，明日就去书院里念书。"

温梨笙乖乖投降，道："行行行，我先回后院去了，爹，你早点儿休息。"

她小跑着回到后院后，就见蓝沅站在院中的一棵树下，踮着脚，伸长手臂，像在折什么东西。

温梨笙走过去，仰着头看了一眼，问她："好端端的树枝，你折它干什么？"

蓝沅回答道："想折一枝做发簪。"

"你想要什么发簪我都有，明日我上街给你买也可以。"

"不必。"蓝沅挽起双臂上的袖子，然后顺着树干往上爬，边爬边说，"我只是觉得这树的味道好闻，只折一小截。"

温梨笙在下面看着，见她其中一只手臂在靠近手肘的地方有一个黑色的图案。温梨笙觉得那不是胎记，应该是某个教派的特殊印记。

温梨笙想：这些江湖人士就是这一点麻烦，非要搞点儿特殊的东西在身上。

她道："你小心些，我先回去了。"

蓝沉在上面应了一声。

温梨笙回去后泡了热水澡，又吃了点儿东西，喝了些热汤。屋内的暖炉里烧着炭，整间屋子十分暖和。她躺在床上的时候，把脖子上的玉取下来，放在手心里端详。

之前那回匆忙，她没来得及仔细看这玉，如今在暖色的光下一瞧，这块紫玉更显得质地细腻、光滑，上面雕刻着的花相当精致，甚至连花瓣的纹理都一清二楚。

温梨笙没见过这种花，不知道是什么花，猜测这可能是谢家的家徽。

这块玉一定非常贵重，不然谢潇南不可能自出生起就随身佩戴。好玉养人，在人身上戴得越久，颜色就越好看。

一想到这玉被谢潇南戴了那么长时间，温梨笙就极其喜欢，爱不释手地在掌中把玩，直至困倦到握着玉沉沉地睡去。

这次她做的梦跟以往的都不同。

她看到谢潇南身穿黑色的长衣站在树下，被束起的长发上系着雪白的发带。

她走过去，站在谢潇南的身边，一转过头就看见他那张俊美的脸上有着与往常不同的表情。他的眉眼中像充满着哀愁，由于面容白皙，他眼眶一红就会十分显眼。

谢潇南很难过。

一种莫名其妙的情绪迅速将她的心占领，她看着眼眶红红的谢潇南，心里好像也蒙上了无尽的悲戚。

她见过冷漠的谢潇南，也见过皱眉发怒的谢潇南，还见过眉眼含笑的谢潇南，但从未见过他露出这样的表情。

此刻的他像一只受了伤的野兽，虽有着无比锋利的爪牙，却还是显露出了几分可怜的味道。

“起风了。”谢潇南低语。

温梨笙看不清楚周围的环境，她的眼中好像只有这个沉浸在悲伤之中的人。

而后果然刮起了一阵大风，一些嘈杂的声音传进她的耳朵里。

温梨笙想触碰他，也想与他说话，但在一阵风吹过之后，从梦中醒了过来。她睁开眼睛的时候，眼角落下了一滴泪。

她意识到自己在做梦，但仍觉得无比伤心，梦中那个神情悲痛的谢潇南太过真实，以至于让她暂时缓不过来，心中涌出阵阵酸楚。

她先前做梦时，都是梦到曾经的事，所以每回都有非常真实的感受。她一度以为这是她的一个特性，却没想到这次做的梦这般奇怪。

她不记得发生过这样的事，从记忆中搜寻也搜寻不到。

难道她已经开始梦到她从未见过的事了？

温梨笙想不明白。

她将玉挂回脖子上，唤来鱼桂帮她洗漱、换衣，而后去了长宁书院。

虽说她真的很想一睁开眼就赶去谢府，去找谢潇南，但正如温浦长所说，谢潇南有自己的正事要办，她不能总去打扰谢潇南。

于是，她打算先去长宁书院找沈嘉清。之前发生在山庄里的事，其中还有一些问题，她需要搞清楚。

温梨笙穿着鹅黄色的兔毛短袄，配着红色的百褶长裙，走路的时候会露出鞋尖上的一个毛茸茸的圆球，发带上坠着红色的长流苏，随着她的步伐一摇一摆。她这副模样看起来既俏皮，又灵动。

她大摇大摆地走进学堂里时，许檐正坐在堂前督课。温梨笙被吓了一跳，而后抬手向他大声地道："姨父早上好呀，你还是一如既往的勤快呢！"

正在背书的学生瞬间静了下来，许檐也被她的声音吓了一大跳，手上的书差点儿掉到地上。他没好气地道："你来得这么晚，还敢这般招摇？"

"姨父，你这话就不对了，重要的不是来得早或晚，而是来或者不来。"温梨笙边往里走边说，"正所谓书山有路勤为径，学海无涯苦作舟。"

许檐露出疑惑的表情，问她："这句话跟你有关系吗？"

"当然有啦。"温梨笙笑嘻嘻地走到他面前，变戏法似的掏出一个巴掌大的食盒，递给他，道，"这是我来的时候买的苦瓜粥，特地孝敬给您老人家，愿您吃了这碗由苦瓜做的粥后能在文学之海畅游……"

许檐打断她的话，道："行了，一大早胡说什么？哪有什么由苦瓜做的粥？"

温梨笙道："真是由苦瓜做的，王记粥铺出的新品，姨父尝尝。"

其实这碗粥是买给沈嘉清的，不过她主要是想知道这玩意儿好不好吃，所以给谁吃都是一样的。

许檐瞪了她一眼，道："少贫，去座位上抄三篇文章，上午放课之前交给我。"

温梨笙着急了，喊道："姨父……"

许檐道："谁是你姨父？进了书院，我跟你就只有师生关系。"

温梨笙嘴都气歪了，转身甩着身上斜挂着的小锦袋，郁闷地往自己的位置上走去。

她走到自己的座位跟前的时候，才发现旁边竟然坐着谢潇南！

他今日穿的衣服颜色有些淡，他将长发披着，头顶戴了个小玉冠，衬得他面容精致、白皙，像一个温文尔雅的读书人。

他正看着温梨笙，眼中似有笑意。

学堂中很暖和，他那件白色的大氅挂在旁边的屏风架上。

温梨笙惊讶地走过去，在他身边落座，小声问："我不是看错了吧？怎么我这座位上多了一个神仙似的小公子啊？"

长宁书院与千山书院不同，江湖人讲的是兄弟义气，所以更注重同伴之间的关系，学堂里都是两个人共用一张桌子。不过由于温梨笙闲不住，跟别人坐在一起总是说话，好几回许檐从旁边路过时听见她在吹牛，于是在忍无可忍后把她调到了最后一排，让她一个人坐。

结果她今早一来，发现自己不仅有了同桌，而且同桌是谢潇南。

温梨笙直接乐得嘴都合不上了，往他身边一凑，问："世子怎么来这儿了？"

她的头还没挨着他的肩膀，他就按住了她的脑门儿，继而将她往后推了推，并道："坐好。"

温梨笙立即撇着嘴，不情不愿地跟他拉开距离，却没有坐好，而是脊梁骨软了一样地趴在桌子上，轻哼了一声，小声道："你怎么翻脸不认人？小人行径！"

谢潇南笑了一下，低头问："你说什么？"

"我说世子小人行径。"温梨笙的脸贴在桌面上，她胆大包天地重复了一遍。

谢潇南的手指动了动，他问："那如何才不是小人呢？"

"君子行为很难被定义。"温梨笙坐起来，摸着下巴像煞有介事地说，"但是你如果愿意帮我抄两篇文章的话，就是一个大君子。"

谢潇南温柔地说："那我还是做小人吧。"

温梨笙摇头叹息，道："世子放弃了一个做君子的机会，我对此表示很遗憾。"

谢潇南觉得十分好笑，目光落在她的唇上，谁能想到这样一张巧嘴出乎意料的香甜？

"世子为何会出现在这里啊？"温梨笙一边拿出笔墨纸砚摆在桌上，一边问道。

谢潇南之前在千山书院里念书肯定也是出于某些目的，但在她的记忆中，曾经的谢潇南并没有出现在长宁书院里，说明这里没有他要的东西，他今日不知为何会突然出现在这里。

"你觉得是为何？"谢潇南不答反问。

温梨笙见他的手搁在座椅的扶手上，往四周瞧了一眼，发现周遭的人要么在写字，要么在背书，没人注意这边。她便将手伸过去，用手指顶开他的指尖，钻到掌心中，然后把手一翻，与他掌心相贴。

他指尖有些凉，但掌心依旧是暖的。

温梨笙笑嘻嘻地道："我爹说你有很多正事要忙，来这里应该不是为了念书吧？"

谢潇南的手一用力，就将她的手攥在了掌心中，他状似随意地说道："确实忙，所以才想在闲暇之余多看看你，免得挂念得什么事都做不好。"

温梨笙“啊”了一声，猝不及防地脸红了。

谢潇南并没有什么正事需要来长宁书院办。温梨笙想：所以梦里的他从不曾来过这个地方。

现在他却坐在温梨笙的旁边。

温梨笙后知后觉，自己可能也成了他计划的一部分。

就在她担心频繁找谢潇南会耽误他的正事时，谢潇南却自己来这里找她了。

她心中泛起一阵甜蜜的滋味，本没有什么想笑的事，嘴角的笑容却抑制不住。她用手背贴了贴有些烫的脸颊，低声道：“谢公子说话时可要注意点儿，夫子还在上面坐着呢。”

“说得也是。”谢潇南轻笑着松开了她的手，翻开她面前的书卷，道，“我方才听到夫子让你抄三篇文章，在上午放课之前交给他，时间紧迫，你现在就开始吧。”

“啊？”温梨笙有些傻眼。手上还残留着他掌心的温度，她还没反应过来，谢潇南就抓着她的手腕提到了桌面上，然后往她的手里塞进来一支笔。

温梨笙有些不情愿地看了他一眼，却见他已侧过头去，在她原本写的一些东西里翻看。

她从不将学堂里的东西带回家，不管是课上写的文章，还是一些随堂的小测验，全都被乱七八糟地堆在一处。

谢潇南将那些卷了的纸张一一抚平，然后叠放整齐，目光落在上面认真地看着。

温梨笙的手往旁边挪了挪，然后她伸出小手指头，想钩一下他的手背，却被谢潇南拿着笔在她的小指头上点了一下。

他颇为严格地道：“快抄。”

她用手搓了搓那一点点墨迹，将半根白皙的小指头涂黑了，只得轻“哼”一声，埋头抄写文章。

谢潇南翻看着温梨笙平时写的东西，有时候她可能心情好，所以写出来的字又整洁又干净，虽然有些不知所云；有时候她可能心情不好，所以写出来的字字迹潦草，到处是墨迹，还有许多被涂了的字。

光是看着，谢潇南就能想象到她写这些字时的神情和姿态。

他的眸中含着淡淡的笑意，他偏头看去，只见温梨笙这会儿正安安静静地低着头抄文章。她虽然有些不情愿，但可能是心情不错的缘故，抄写得很认真。冬日里的柔光覆在她的脸上，将那张平日里显得古灵精怪的脸衬得有些许恬静。

“恬静”一词与温梨笙是完全不沾边的，但她看起来就是这样乖巧。

许是察觉了谢潇南的目光，温梨笙抬头看他，然后凑过来小声道：“世子改变主意了？”

“什么？”谢潇南顺着话问。

“你是不是还想跟我牵一会儿手？”温梨笙把笔放下，然后朝他摊开手掌，做出邀请的样子。

谢潇南看了一眼她的掌心，笑了一声，而后将手中的一张纸拿来放到她面前，指着上面的一行字道：“这句‘春风得意马蹄疾，一日看尽长安花’，你写的注解是‘春天的时候，马因为太过得意忘形导致蹄子瘸了，主人很痛心、难过，于是将长安的花都摘来给它看，说明人们不应该得意自大，需谦虚慎行’……这是谁教你的？”

温梨笙也低头看，想起这是她很久以前写的东西。这句诗的意思，她其实知道，只不过当时夫子提出的要求是“写出对这句诗的另一种理解”，温梨笙当时就提笔瞎写了。

她讪讪笑了两声，道：“这是我瞎编的。”

“何以编出这般让人震惊的注解？”谢潇南问。

“我只是觉得这两句诗可能有另外一层意思。”温梨笙说，“看起来更通俗易懂一些，有教育意义，并且告诉人们凡事都有两面，不能只看其中一面。”

谢潇南听后，点了点头，“嗯”了一声，道：“你胡扯的本领倒是越来越厉害了。”

温梨笙咂咂嘴，又拿起笔，道：“我要专心抄文章了，世子莫打扰我。”

谢潇南笑了一下，而后真的没再打扰她，将她写的那些东西全部看了一遍，只觉得无比新鲜。那些东西里，除了有一些对诗词古话的奇怪解释之外，还有不少她自己编的故事。

例如其中一张纸上就写了她九岁时去风伶山庄，曾误入一片青蛙池，里面的青蛙全部有兔子那么大，后腿一蹬，能跳几尺高，长着一嘴的利牙，纷纷往她身上跳。她便在池中奋力抵抗，不是横拳就是鞭腿，将一群兔子那么大的青蛙打得肚皮往上翻。最后，她与沈嘉清将那些被打死的青蛙拿去炖煮，结果一锅炖不下。

整个故事占用了两页纸，其中仅有几道涂改痕迹，他看得出，她创作这个故事的时候，思路是非常清晰的。

谢潇南看到最后，就见她写了一句：“由此故事可以得出，养青蛙还是不要养得太大，否则要用好几口锅才能炖下，望世人引以为戒。”

他没忍住笑了，放眼整个大梁，也只有她能写出这样的东西，最后还写了一段非常正经的结束语。

谢潇南就这样坐着，将她写的东西看完了，翻到最后，看到了一句话。

“‘天下兴亡，匹夫有责’，意为‘国家的兴盛或衰亡，每个普通人都有一份责任’。”

所有纸上，只有这一句话是非常正经的注解。

谢潇南将写着这句话的纸放到她面前，问她：“这也是你写的？”

“是啊。”温梨笙停下动作，转头看过那句话，理所当然地道，“国事之兴亡，君臣有责；天下之兴亡，匹夫有责。我应该没有将这句话理解错吧？”

他笑了，赞赏道：“没想到你还有这般觉悟。”

温梨笙不满地道：“世子不要看不起我们这些北境的小老百姓好不好？我们虽远在边境，但也有一颗爱国之心。”

“是吗？”谢潇南把纸拿回去，重新整理叠放好，说道，“那你回头问问沈嘉清有没有这样的想法。”

温梨笙想都没想便回答道：“他当然有。”

梦里，沈嘉清若不是心怀大义，又怎会背上行囊，远走他乡，惩恶扬善，为天下太平出一份力？

谢潇南对这句话不置可否。

温梨笙也没在意，继续低头抄写文章。

许檐让她抄的时候，并没有指定让她抄哪几篇文章，所以温梨笙偷了个懒，挑了三篇比较短的文章来抄写。谢潇南坐在她身边，非常安静，她偶尔抬头，就会看到他的视线落在纸张上，他无比认真地看着纸上那些荒诞的内容。

看着这一情景，温梨笙觉得抄写这些东西也不是什么难事了。

于是上午的课只过了一半，她就将三篇文章抄完了。她甩了甩有些酸的手腕，见谢潇南正在看书，便将身子一歪，头凑到他的肩膀旁，问他：“世子在看什么呢？”

“抄完了？”谢潇南瞥了一眼突然凑到他身边的脑袋，反问道。

温梨笙点点头，纸上面的墨迹已经被晾干。她将自己抄的文章拿给谢潇南看。

只见纸张干净，纸上的字迹工整，看得出温梨笙的心情是很好的，她的情绪都表现在字里，谢潇南笑了一下，道：“抄文章的速度越发快了，下次可以多抄两遍。”

温梨笙听后，被吓得花容失色，道：“我露出了这么大一个破绽吗？”

她本来想着快些抄完，跟谢潇南说话，结果没想到竟然得到了这样的评价。温梨笙心想：看来下次要注意一下了，我绝对不能再抄得那么快。

谢潇南一眼就看出了她的心思，摇头叹息，又觉得好笑。

奚京南郊街头有一个乞丐，总会把多余的铜板省下来去买书看，温梨笙的好学程度远远不及他。

谢潇南拿出锦帕沾了些桌上的茶水，然后拉过温梨笙的手，低头将她的小指头上的墨迹擦去，轻柔的力道在她白嫩的指头上留下了些许红色的印记。

谢潇南想起当初在梅家酒庄里遇到她时，自己与她争夺那块护身玉，就是这样在她的手腕上留下了指印，当时由于气急，所以他的力道不轻。

温梨笙当时一定觉得手腕很痛。

他把手顺着她的手背往上，滑到腕间，然后轻轻地揉了揉，眸中带着些许疼惜之色。

这只手真是娇嫩得很，拿久了笔杆子都会觉得累。

温梨笙道："你在占我的便宜吗，世子爷？"

"嗯。"谢潇南应了一声，道，"我在想，你这手腕这么细，我稍稍用力就能将它折断。"

温梨笙露出惊讶的表情，然后用两只手一把将他的手包裹住，笑嘻嘻地道："现在你的手被我抓住了，你可别想再为非作歹。"

谢潇南看了一眼，见她的手小得很，即便是两只手也未能把他的一只手包裹住，嗤笑了一声后问道："你平日里怕你姨父吗？"

"什么？"温梨笙被他这个莫名其妙的问题问住了，刚想问他说这话是什么意思，身后就传来了许檐的声音。

"文章都抄完了？"

温梨笙被吓得一激灵，当即甩开了谢潇南的手，由于动作太大，不小心把他的手甩得磕在了桌子上，发出"咚"的一声轻响。

温梨笙无暇顾及，转过头对许檐露出谄媚的笑容，问："姨父，你怎么走路没声呢？我可是温家的独苗苗，你要是把我吓坏了怎么办？"

许檐的眼皮跳得厉害，他说："你不把我吓死就不错了，跟我出来！"

温梨笙哀叹一声，看了一眼眸中含笑的谢潇南，又看了一眼他磕到的手，最后垂着头，跟在许檐后面走了。

他们出门之后往旁边走了一段路，四周无人，唯有寒风呼啸。

"你怎么回事？"许檐调整了一下位置，让她站在背风处。结果他一张开嘴就灌了满嘴的冷风，咳了两下后道："怎么对世子动手动脚，从哪里学来的流氓做派？"

温梨笙缩着肩膀小声道："这怎么能叫流氓做派呢？这是同窗之间的美好情谊，姨父，你不懂就不要乱说。"

"人家世子都不乐意让你靠近，就你这个脸皮厚的，推一下，推两下，还往上凑。"许檐捏了捏她的脸颊。

"我真没有！世子肯定是乐意的，你看他笑得多开心啊。"温梨笙在心里大声喊冤！怎么到了许檐的嘴里，她就成那个死皮赖脸地黏着谢潇南的人了？

许檐也不是傻子，看温梨笙三番五次地去烦扰谢潇南，谢潇南也没有半点儿生气的模样，想来两个人的关系是不错的。

他便叮嘱道："总之你注意点儿，频繁地去烦扰一个人，关系再好也会把人惹恼的。你看你爹和沈雪檀就知道了。”

温梨笙“啧”了一声，道：“我跟他们怎么能一样呢？再说他们俩那是陈年老仇了。”

沈雪檀跟温浦长的仇要追溯到两个人十几岁的时候，那时候，沈雪檀是长宁书院的一霸，不管走到哪里都有一票小弟跟着。有一回在路上，他听见温浦长说长宁书院的学生都是无赖。

于是，沈雪檀带着人揍了温浦长一顿。

温浦长有一身傲骨，此后一见到沈雪檀就骂。沈雪檀也不是好惹的，经常蹲在千山书院门口，逮着温浦长揍。

于是一来二去，两个人积怨颇深。

后来沈雪檀表示以前的恩怨可以一笔勾销，我们俩还是好哥们儿，但温浦长表示，我要记恨你一辈子。

现在，两个人的关系时好时坏。

也是因为沈雪檀，温浦长担任沂关郡郡守之后，对长宁书院的人的意见特别大，还将长宁书院迁到城中较为边缘的地方。

温梨笙说：“他们俩就是脑子有问题。”

她话音一落，许檐的手就敲在了她的头上，她当场疼晕了，只听许檐道：“谁准你这么说长辈的？不知礼数！”

温梨笙“哎哟哎哟”地叫了起来。

“行了，进去吧，把我的话好好记着，别总给你爹惹麻烦。”许檐挥了挥手。

温梨笙捂着脑袋进了学堂。周身的寒气瞬间被驱散，她撇着嘴坐回位置上。

谢潇南低低的声音传来：“你头上怎么了？让我看看。”

温梨笙立马歪着头，把脑袋凑过去，委屈地道：“我方才说错了话，被我姨父打了一下，就是这儿……”

她抬手指伤处的时候，瞥见许檐双手交叉，环在胸前，目光不善地盯着她。

温梨笙又赶忙坐直，与谢潇南拉开了些许距离，嘴上却接着道：“都是因为世子，我才挨了一下打，你不给我些补偿真的说不过去。”

“你想要什么补偿？”谢潇南支着头问。

“最起码也得亲我两下。”温梨笙胆大包天地道。

谢潇南听后，轻笑出声，然后俯身朝她靠近。温梨笙被吓了一跳，一边往后仰一边说道：“不是现在！”

谢潇南却抬手将她头上被风吹乱的一缕发顺了下来，笑道：“你想什么呢？”

温梨笙本就是过过嘴瘾，差点儿以为他会在这么多人的注视下真的亲她一口，被吓得小心脏“扑通扑通”地乱跳。而后她迅速地翻开书本，心想：我还是再抄一篇文章算了，闲下来还真没什么好事。

一上午的课程结束，温梨笙照例把东西往桌上一放，就要回家吃饭。

谢潇南却仍旧坐着，将她抄写文章的纸叠整齐，书本合上摞起，笔墨收进袋中，将桌上乱七八糟的东西都整理好之后才起身，慢悠悠地穿上狐裘大氅。

温梨笙忍不住在手感极好的狐裘上摸了两把。

两个人一出门，谢潇南就呼出一口白气，不适应这寒冷的温度。

温梨笙问：“世子下午还来吗？”

谢潇南想了想，说：“不来了，我有事要忙。”

温梨笙失落的表情只维持了一瞬间，很快就又恢复如常，她说：“那世子什么时候有空？我有些事想要问世子。”

谢潇南道：“我明日清闲，你可以直接来谢府寻我。”

温梨笙心想：太好了，我明日有个合适的理由旷学了。

谢潇南却像猜中了她的想法似的，道：“你若是跟郡守说的话，就说是我有事寻你，别说你来谢府寻我，如此理由才算合适。”

温梨笙露出受教的表情。

谢潇南虽说看上去克己守礼，行事端庄，但“徇私枉法”的时候也是很有一套的。温郡守若是知道他亲自教温梨笙旷学的理由，估计鼻子都要被气歪了，指定痛骂温梨笙坏事做尽，把世子这样的好孩子带歪了。

温梨笙与他并肩而行，走出长宁书院的大门后，她跟谢潇南道别，然后上了自家的马车。马车走起来的时候，她撩开帘子往外看，只见谢潇南站在十步开外，寒风将他的长发卷起，打着卷儿滚落在雪白的狐裘上，衣袍轻轻摆动。

他俊俏的脸上原本没什么表情，他见温梨笙的脑袋从窗里探出来后，眼中浮上微微的笑意。

纵然寒风冰冷刺骨，但少年的情意是炽热的。

温梨笙看着站在风中的谢潇南，突然有些不舍得与他分别。她盯着谢潇南看，看不见他之后，才把脑袋缩回车里。

她中午回去吃了饭，在暖炉边上睡了一会儿午觉，醒后觉得神清气爽，裹着厚厚的氅衣，又去了长宁书院。

这回她没有进学堂，而是直接去找了沈嘉清，去的时候，沈嘉清正在跟人比谁的舌头长，梗着脖子，将舌头伸得特别直。

“沈嘉清！”温梨笙站在门口，扯着嗓门儿喊。

沈嘉清被吓了一跳，差点儿咬到自己的舌头，但一听是温梨笙的声音，立马丢下一众伸着舌头的人，跑到门外来，问她："梨子，你什么时候解禁的？"

温梨笙笑了一声，反问道："你当我是什么人？那一方小小的庭院能困住我？"

"你在里面困了两个月。"沈嘉清道。

她"啧"了一声，道："少说这些废话，跟我去千山书院找一个人。"

"谁啊？"沈嘉清回去拿外衣披上，问道，"需要带棍子吗？"

温梨笙想了想，道："带一根吧。"

两个人拦在霍阳面前的时候，霍阳差点儿当场被吓哭。

沈嘉清把棍子往肩上一放，像一个恶霸，道："你早说来找他啊，我带一根粗点儿的棍子，他扛揍得很。"

霍阳一边缩着脖子往后退，一边说道："我最近没去招惹你们，你们想干什么？"

温梨笙笑着道："别紧张，我们不是来揍你的。"

霍阳看了一眼沈嘉清手里的长棍，气愤地道："你说这话谁信？！"

"这不是怕你不配合吗？"温梨笙说，"只要你积极配合我们，这棍子就用不上。"

霍阳很不想就这样屈服，但是沈嘉清上回在林子里展示的那身手，他看得胆战心惊。沈嘉清前几次揍他明显是下手轻了，虽说他真的很扛揍，但也扛不住这样揍啊！

这个被沈嘉清按在地上捶了几顿的矮墩子终于低下了头，结结巴巴地道："行……什么事？你们直接说。"

温梨笙直接将霍阳带出了千山书院，三人在路边找了一家酒楼，要了一间雅间。雅间里暖和、安静，热茶一被送进雅间，霍阳喝了几口之后，身上涌出热意，没那么紧张了。

沈嘉清坐在他对面，那根棍子就摆在手边。

温梨笙喝了两口茶，说道："先前你在峡谷山庄里使的是《霜华剑谱》吧？"

霍阳没想到她会提这事，愣了一下，问："你怎么……？"

"你的《霜华剑谱》连皮毛都算不上，是自学的吧？"温梨笙又问。

霍阳的脸一红，他恼怒地道："这跟你没关系！"

"你喊什么？"他的声音稍高一点儿，沈嘉清就不爽了。沈嘉清蛮横地道："问你什么你就答什么，别说多余的话。"

霍阳欺软怕硬，面对沈嘉清时就不敢横了，心里憋着一股气，却还是点头道："不错，是我自学的剑谱。"

"那本剑谱是不是胡家人给你们的？"

霍阳没说话。

“你变成哑巴了？”沈嘉清怒道。

霍阳却还是不吭声。

温梨笙道：“你回不回答其实不重要，因为我们已经知道了。你所学的剑招是《霜华剑谱》十五式往后的，那部分剑谱只有胡家人有。那日在林子里，胡山俊让你把我叫过去，后来扔给我的那本书就是《霜华剑谱》的一部分，胡家人给你们的应该是拓印版。”

霍阳震惊地看着她，问：“这些你也知道？”

“不知道这些，那来找你干什么？”温梨笙道，“我现在就是想知道，霍家人到底攥着胡家人的什么把柄？霍家人为什么能从胡家人的手里分得那部分剑谱。”

霍阳道：“这些我不知道。我只是从我父亲手中得到了剑谱，跟着练而已。”

他话音一落，沈嘉清就抡起了棍子，道：“你少跟我装糊涂。”

霍阳急了，高声道：“我真不知道！”

沈嘉清将长臂越过桌子，一把揪住他的衣领，直接将他提了起来，道：“我再问你一遍，你知不知道？”

霍阳被吓得浑身发抖，结结巴巴地道：“我……我不知道！”

沈嘉清一把将他掼在地上，动手开始揍。温梨笙被吓了一跳，想上去阻拦，却被沈嘉清推到了一边。他撸起袖子，道：“梨子，你站在边上等着，我看这犊子就是欠揍！”

温梨笙道：“哎呀，人家真不知道就算了……”

温梨笙正说着，便听见了霍阳的哭声，霍阳抱着头在地上滚了两圈，大声喊道：“别打了！别打了！我知道了！”

沈嘉清停手，又拎着他的领子将他提起来，问他：“说吗？”

“我说！我说！”霍阳哭得眼泪、鼻涕一大把。

温梨笙惊讶地道：“你真知道啊？”

霍阳点头，道：“我爹不知道握着胡家家主的什么把柄，将它们锁在一个被铁封住的箱子里，以此威胁胡家人，得到了那部分剑谱。”

温梨笙听得目瞪口呆，没忍住道：“你还真是欠揍啊。”

他早说不就完事了？他非得挨了一顿打才说。

“那箱子里装着什么东西？”沈嘉清把棍子扔到地上，坐下来道，“老老实实地回答，免得我再动手。”

霍阳瑟缩了一下，道：“这个我真的不知道，只知道那箱子上挂着一把很大的锁，就藏在我家地窖的隔层里。我从没见箱子被打开过。”

“那你知道钥匙在哪儿吗？”沈嘉清问。

温梨笙却忽然愣了一下。

钥匙?

钥匙!

温梨笙最近得到了一把钥匙，是用单一淳的名义送到温府的。那把钥匙比寻常的钥匙看起来要大一些，上面的齿痕很烦琐，柄上雕刻着图案。

这钥匙所开的锁，应该并非寻常之锁。

温梨笙一直不知道这把钥匙有什么作用，而单一淳现在又没有半点儿消息，那把钥匙就一直在她的房间里搁置着。

方才沈嘉清提起钥匙的时候，她忽然想起了那把被她搁置的钥匙。

有人把这东西送到她手里，肯定是出于某种目的。

霍阳说："我只见过一次，它被我爹藏得很紧，我没机会碰到。"

温梨笙问他："那钥匙是什么样的?你描述一下。"

霍阳只见过那钥匙一次，想了一会儿，按照记忆说："比一般的钥匙要大一些，柄是圆的，上面雕刻着狼头，背面嵌着三颗红色的石头，其他的就记不清楚了。"

他这么一说，温梨笙立马意识到，他所说的极有可能就是她收到的那把钥匙，或者说跟那一样的钥匙。

她现在得知了那钥匙的用处，那钥匙应该就是用来开霍家那个铁箱子上的锁的。

那铁箱子里面放着的是足以威胁胡家人的秘密，她好像知道单一淳把那把钥匙给她的原因是什么了。

温梨笙道："你从来没想过打开那个铁箱子看看?"

霍阳抹了一把眼泪，道："我以前想过打开它，不过找不到钥匙。所以就算想，我也没有能力打开。"

沈嘉清看不惯他这副模样，"啧"了一声，道："收起你那哭哭啼啼的样子，我一看见你这样，拳头又痒了。"

谁知霍阳听了之后怒道："你打了我，还不让我哭了?!"

"你再喊!"沈嘉清想要起身，温梨笙按住他的胳膊，将他拦下。

霍阳这人也是真的很奇怪。若说他的骨头软吧，可每次遇上沈嘉清，他好像都表现得很强硬，就算今天挨揍了，明日碰见还是一副不服气的样子。他们明明跟他说了只要好好配合就没事，结果他还是硬着头皮与沈嘉清对着干。

若说他的骨头硬吧，结果他挨两棍子就什么都招了，哭哭啼啼的模样又显得很是可怜。

不过霍阳把该说的都说了，还挨了一顿揍，温梨笙觉得把他留下也没什么用了。她怕沈嘉清再揍他一顿，于是说："你回去吧，今日我问你的这些问题，你不能告诉任何人，否则哪日天黑后你会摔掉牙。”

她说完，沈嘉清便道：“听仔细了，若是你敢出去乱说，我就追到你家里去揍你。”

霍阳愤恨地瞪了他一眼。

沈嘉清：“嘿，你这小王八……”

“算了算了。”温梨笙拦了一下。她也对霍阳有些无奈，这人真是记吃不记打。

霍阳临走前还把热茶喝完了。他出去之后，沈嘉清靠在窗边往下看，直到看见霍阳的身影离开酒楼，往千山书院走去，才道：“梨子，你抓着他问这些干吗？他本来就矮，再揍两下就真的长不高了。”

“不是你动的手吗？”温梨笙纳闷儿地道，“拦都拦不住。”

“他欠揍，我能不揍他？”沈嘉清关上窗子，又坐回来。

“前段时间，有人送了一把钥匙给我，跟霍阳描述的钥匙一模一样。”温梨笙道，“你觉得那人为什么把钥匙给我？”

“这种东西一般是用来威胁人的，那是能打开装着胡家人的把柄的箱子的钥匙，那人肯定是要你用来对付胡家人呗。”沈嘉清不以为意地道。

温梨笙道：“胡家人应该暂时不敢动我了。他们家主还亲自给我写了一封道歉信，让我签字原谅他们。”

沈嘉清往嘴里扔着花生米，沉默了一会儿后问：“给你写道歉信的，是胡家大房的家主吧？”

温梨笙听后，突地一惊，明白他话中的意思了。

她原先是没想到这一茬的，因为在这郡城中，胡家大房和二房的人虽然一个走仕途，一个混江湖，但从本质上来说都是胡家人。

沈嘉清的这句话提醒了她。

即便胡家大房与二房的人是一家人，但到底走的路不同，所以顾虑的东西也不同。大房的人从政，是很怕得罪谢潇南的。他们可能是迫于某种由谢潇南施加的压力，着急地写下了一封道歉信给温梨笙。

可二房的人是江湖人士。虽然也不敢与官员争，但若是有什么事情比得罪那些大官的后果更严重的话，他们在某种程度上并不会忌惮谢潇南的身份。

打个比方，若是胡家人的那个把柄一旦暴露，就会给他们引来无比严重的后果，那在杀掉温梨笙和暴露把柄之间，胡家二房的人肯定会选择前者。

大不了他们在杀人之后隐姓埋名地在他乡过活。

所以最安全的办法就是将那个把柄送到温梨笙的手中，这样一来，两个选择就会合二为一。

胡家人杀了她，就等于暴露把柄。

所以，给她送钥匙的这个人是在保护她。

那么，那个人就有可能是谢潇南、沈雪檀或者她爹其中之一安排的。

她想起当初在峡谷山庄里，是谢潇南留她多坐一会儿，让她看见了霍阳在擂台上的比试情况，她也因此得知霍阳使用的是《霜华剑谱》，这大概就是谢潇南留下的谜题。

而这把钥匙的用处，就是这道谜题的答案。

虽然时间有些久，但这道谜题终究被她解开了。温梨笙高兴起来，得意地咧开嘴笑。

谢潇南用单一淳的名义给她送来钥匙，是不是表示单一淳就是他的人？那单一淳出现在沂关郡，进入千山书院教武学，或许并不是巧合。

温梨笙在心中赞叹。

这个计划到底是从什么时候开始实施的？他的目的又是什么？

“梨子！梨子！”

沈嘉清的喊声将她的思绪拉了回来。

“干什么？”温梨笙问。

“你在想什么呢？那么出神？”沈嘉清说，“你放心好了，不管怎么样，风伶山庄的人都会保护你的。”

温梨笙笑道：“我知道。”

温梨笙忽然想起谢潇南今日说的那句话，问道：“我问你，若是以后的某一日，咱们大梁祸乱四起，有人造反，到处动荡不安，民不聊生，你会怎么办？”

沈嘉清虽然不知道她为什么会突然问出这样的问题，但还是老老实实地回答道：“还能怎么办？当然是守好我的一亩三分地，能在乱世之中吃饱喝足就行。”

“什么？”温梨笙得到了一个完全在她的意料之外的答案，脸上的震惊之色不加掩饰。

沈嘉清见她露出这样的表情，没忍住被逗笑了，问她：“怎么了？”

“不对！”温梨笙皱着眉头，一脸不理解地道，“不是这样的，这不应该是你的答案，你认真回答。”

“我是认真的啊，”沈嘉清道，“要不然还能如何？”

这太奇怪了，这个答案与温梨笙想象的完全相反。

沈嘉清不是这样的人。梦里的他分明背着剑走出了沂关郡，从那以后再也没有回来。

“大梁动荡不安，百姓深受无端邪派迫害，我身无长物，唯有一剑略为锋利，便竭我所能以此剑斩邪除恶，尽绵薄之力救受苦受难之人。”温梨笙一字一句地说道。

梦里他说的下一句是：“梨子，我要走了。”

这是梦里沈嘉清离开时，向她告别时说的话。温梨笙只听了一遍，但全部记得。

沈嘉清是心怀大义的，所以现在得到了这样的答案，温梨笙极为震惊。

“你在说什么呢？”沈嘉清表情古怪地看了她一眼，问。

温梨笙一把拽住他的袖子，盯着他的眼睛，神色凝重地道：“沈嘉清，天下动荡不安，反贼四处作乱，很多人妻离子散，家破人亡，还有不少邪派害人性命，你再想想你的答案。”

沈嘉清被她认真的神色吓了一跳，小心翼翼地问道：“那你觉得我的答案应该是什么样的呢？”

“你的武功那么厉害，你不应该仗剑走四方，路见不平，拔刀相助吗？或者从军，加入平定反贼的队伍，为咱们大梁的安定出一份力。”温梨笙道。

沈嘉清一听就笑了起来。笑了一会儿后，他说：“这大梁的王位谁坐，江山谁掌，跟我们有什么关系呢？我们离奚京太远了，莫说有人造反，就是他们奚京内斗个你死我活，皇帝换了一个又一个，咱们在这北境还是该吃吃，该喝喝。”

温梨笙看着他的脸，他说这话的时候，脸上的神色很自然，显然这是他的真实想法。

“可天下兴亡，匹夫有责。”

“一个人的力量太弱了，能做什么呢？”沈嘉清道，“我即便救百人、千人，于整个大梁的人来说也不过是九牛一毛。”

沈嘉清说的话很有道理，这也正是她当初所想的。

当初沈嘉清与她告别的时候，温梨笙就说“这天下的人那么多，凭你一人又救得了多少人呢？还不如留在沂关郡，帮助身边的人”。

但在动乱彻底爆发之后，她亲眼看到人们因为战争而流离失所，因为邪派而家破人亡的时候，这些念头就消失了。

温梨笙明白了，那是因为他还没有经历过成长，所以并不知道自己该如何做选择。

她看着面前的沈嘉清，他还没有生活在那个动荡不安、摇摇欲坠的大梁，还不知道会有一种恐怖的教派祸害百姓，所以理所当然地认为自己不会去做那些事。

温梨笙又想起今日谢潇南在看到她写在纸上的对“国家兴亡，匹夫有责”这句话的注解之后，露出的嘉许的表情。那是因为他已经意识到这个地方对爱国方面的教育的薄弱。

这也难免，因为沂关郡本来就是一个特殊的地方。这里是大梁的边境，又有许多江湖门派。江湖人平日里最看不惯那些当官的，所以在根本的观念上就有冲突，加上沈嘉清又出身于江湖门派。

谢潇南是对的。

温梨笙说道："国在家在，国亡家亡，我们与大梁应该是一体的。"

"这话就不对了。"沈嘉清道，"国不会亡的，大梁倒了，还有大周、大李……反正不管怎样都会有人坐王位，掌江山，咱们这些平民百姓过好自己的日子就行了。"

他的话竟然有几分道理。

温梨笙险些被他说服，最后只得结束这个话题，现在争论这些是没有意义的。

梦里一定发生了什么她不知道的事，让沈嘉清彻底改变了想法。

她走到窗边，推开窗子，寒风呼啸而来，吹散了周身的暖意。她朝外看，就见不知道什么时候开始，天上飘起了雪花。

又下雪了。

她有些想谢潇南，想牵他的手，还想把脸埋进他的狐裘里。

他现在在做什么呢？

温梨笙在窗边站了一会儿，而后转过头对沈嘉清道："走吧，咱们回去。"

两个人回到长宁书院，温梨笙坐回自己的位置上，上面还摆放着谢潇南上午离开时整理好的东西，东西被摆放得很整齐。

像温梨笙这种从来不在意书摆得整不整齐、纸叠得平不平整的人，头一次有了一种不忍将这些东西打乱的念头。她小心翼翼地从上面取下一本书，然后拿起纸和笔，又将方才蹭得错了位的东西摆好，这才低头开始抄写文章。

温梨笙抄写文章的时候总是不专心，总想转过头往身边看，但每次看到的都是空着的座位。

谢潇南分明只在这里坐了一上午，这会儿没有他坐在身边，她却非常不适应。

再忍忍吧，明日就能见到他了，温梨笙在心中对自己说。

放课回去之后，天完全黑了，温梨笙泡了热水澡，饭都是在卧房里吃的。吃完之后，她看见外面还在下雪，喃喃道："这大雪不停吗？"

她本以为这雪今夜就会停，结果第二日醒来的时候还在下雪，院中的积雪已经没过小腿的一半了。

温梨笙在房中愁眉苦脸地往外看，全身写着"郁闷"二字，鱼桂在旁边劝道："小姐别着急，雪很快就会停。"

沂关郡每到冬天都要下很大的雪，这是很正常的事情。这次温梨笙却不开心，觉得下得太久了。本来她与谢潇南约好了今日要去谢府找他的，结果路上覆上了厚厚的雪，别说去找谢潇南了，她现在连出院子都难。

温梨笙双掌一合，竖起食指和无名指，闭着眼睛自言自语。

鱼桂好奇地凑过去，就听她在不停地念："快停雪，快停雪，快停雪。"

鱼桂道："小姐，念咒语是没用的。"

"是吗？！"温梨笙惊讶地睁开眼。

事实证明，念咒语果然是没用的，这场雪下了整整三日。

其间，温梨笙在房中如蔫了的花朵，整日盼望着雪停，做什么事都提不起兴趣来。直到鱼桂说雪停了，她才蹦起来，推开窗子往外看，见雪果然停了，好像还出了太阳。

雪虽然停了，但是路上基本都被封住了，要用一些时间清扫街道上的雪，所以温梨笙又在房中等了半日。

直到街上能正常通行之后，温梨笙才坐上马车赶往谢府。

谢府门口依旧有不少侍卫守着，只是与之前相比，好像减少了几个。温梨笙一下马车就朝谢府的大门处走去。她吸取了上次的教训，这次打算先问一问这些侍卫谢潇南在不在家里。

谁知道她刚走近，那些侍卫瞧见她之后，就齐齐地朝她行礼，将温梨笙吓得一下顿住了脚步。

她上回来的时候，这些人仿佛压根儿没有看见她一样。她这次刚走近，他们就一起向她行礼，倒是让她有些受宠若惊了。

温梨笙问："你们的主子在府中吗？"

领头的侍卫毕恭毕敬地回答道："回姑娘的话，世子在府中。"

"那你去敲门通报，说我来找他了。"

侍卫颔首，应了一声"是"，而后对门里的护卫说了一句话。紧接着，几人一同走了出来，对温梨笙点头哈腰地道："世子爷吩咐过，若是姑娘上门来寻，直接将姑娘领进去就好，姑娘请进。"

温梨笙就这样被请进了谢府，而后侍卫带着她一直走到正堂前，躬身道："世子就在里面。"

正堂的门紧闭着，还加了一层极其厚实的棉帘，显然，沂关郡的严寒让谢潇南颇为忌惮。护卫敲了敲门，道："世子，温姑娘来了。"

"让她进来。"隔着厚厚的帘子，谢潇南声音有些模糊。

继而门被推开，棉帘被掀起，一股热气从里面涌出来。温梨笙抬腿走进去，瞬间被里面的热气紧紧包裹，身上的寒霜在眨眼间凝成水珠，睫毛也变湿了。

正堂里没有其他人，谢潇南身穿青色的长衣，这颜色让他的容貌看起来更为映丽，黑色的长发披着，头上那根洁白如雪的玉簪在光下折射出微微的光芒，他眉眼间的冷漠之色消失了，整个人看起来极为温柔。

眼下他正站在柱子边，伸长手臂，似乎在往上面挂什么东西。温梨笙走过去，一下就从侧面抱住了他，双臂环在他的腰上，脸贴近他的胸膛，先深深地吸了一口气，再叹道："啊——是世子。"

他身上的所有地方都是温暖的，与刚从寒冷的环境中走进来的温梨笙形成了鲜明的对比。

谢潇南仍旧挂着东西，笑着问她："怎么雪刚停就跑来了？"

温梨笙收紧手臂，将他抱得紧紧的，回答道："还不是因为太想你了？我真是一刻都忍不了。"

他将东西挂好，垂下来的手臂顺势将她拥进怀中，低头看见她的睫毛上沾了水珠，就用指尖轻轻抚了一下。水珠沾在谢潇南的指尖上，他道："外面这般寒冷，为何不多穿些？"

温梨笙仰着脸朝他笑，道："不冷。我想见世子的这颗心是火热的，所以我一点儿都没感觉冷。"

她仔仔细细地看着谢潇南的眉眼。虽说才三日没见，但温梨笙确实觉得非常煎熬。起初，那种感觉只是淡淡的，到后来变得十分猛烈，她抓心挠肝地想见谢潇南，恨不得立马出现在他面前。

如今总算见到他了，她才感觉舒服了不少。

谢潇南将手贴在她的脸颊上，温暖的掌心将她冰凉的脸慢慢焐热，她白皙的脸渐渐变得绯红。他道："日后想我的时候就多抄几篇文章。"

"那可不行。"温梨笙当即不赞成地道，"挂念你本是一件美好的事，不能跟烦恼的事放在一起。"

谢潇南轻轻笑了一声，忽然低下头，向她凑近一些，问："你上回说让我给你的补偿，还要吗？"

温梨笙愣了一下，而后想到三日前在学堂里，她说笑时，让谢潇南亲她两口做补偿，没想到谢潇南现在还记得。

她不过是逞一时之勇，现在提起，哪儿还有那个贼胆？

"世子也知道我经常出尔反尔。"她道。

谢潇南眸色好像逐渐变暗了，眸中掺杂了一种浓浓的情愫。他直直地看着温梨笙，离她越来越近，道："但是在我这里，耍赖没用。"

温梨笙下意识地缩了缩肩膀，但因为被他抱在怀中，他的双臂将她桎梏，她并没有退路，只得看着谢潇南的头越来越低，他的眼眸越来越近。

谢潇南轻轻地在她的唇上吻了一下，然后才逐渐加力，带着眷恋与温柔，将他这几日的思念隐晦地传达给她。

温梨笙被迫仰起头与他唇齿交缠，灼热的呼吸覆在面上，仿佛将她的脸烫热了一般，她的耳朵更是红得像要滴出血来。

除却那一次在水中，她惊慌失措之下的冒犯，这只能算第二次与谢潇南亲吻。温梨笙仍无比生疏，甚至连舌尖都不知道要放在哪里，只好被他慢慢地引导着、诱骗着，缠去了另一个地方。

心好像被一种陌生的情绪填满了，或许是有些热，或许是因为害羞，她有些难耐地攥紧了谢潇南的衣袍。华贵的衣料触感良好，她的鼻子里全是那股她心心念念的甜香味。

她耳边极其安静，只有谢潇南有些重的呼吸声围绕着耳郭，使她的心脏飞速跳动。

也不知过了多久，温梨笙又坚持不住了，萌生退意，头往后仰了一下，谢潇南却没放开她，将手掌贴在她的后脑勺儿上，不准她后退。

温梨笙被迫坚持了一会儿，而后低低地哼了一声，双手开始推拒，谢潇南这才放开她，还惩罚似的在她的唇上轻轻地咬了一下才退开。

温梨笙下意识地舔了舔被咬的唇，见他的眼睛有些湿润，全然不似平日里那般平静、冷淡，被情欲完全占领，这样的他看起来有着致命的吸引力。

但她实在是亲不了，大口地呼吸着，将额头抵在谢潇南的心口，声音有些喑哑地道："你嘴上说着喜欢我，其实在心里盘算着怎么把我憋死。"

谢潇南的眸中染上了笑意，他低头看着她毛茸茸的脑袋，然后用手捏了捏她还红着的耳朵尖，说道："是你自己没用。"

温梨笙直接承认："好，是我没用。"

她确实有点儿没用，被亲了两下就有些腿软，坚持不了。

谢潇南顺了顺她的头发，将她脸边的碎发拢到耳朵后，把她那双冰凉的手焐得热乎乎之后，才将她从怀中松开。

温梨笙找了个地方坐下来，转过头往周围看了看，而后问他："世子，我能去你的卧房吗？"

谢潇南正在倒茶，听了这话，停下动作，转过头看向温梨笙，轻轻挑眉，问："你去我的卧房干什么？"

"这里的凳子太硬了，"温梨笙说道，"我喜欢世子的卧房。"

她记得谢潇南的卧房是一个很温暖、柔软的地方，那里有很多暖炉，到处铺着极为昂贵的裘毯，连地上都铺得很厚，还有凳子上、窄榻上，凡是能坐、能躺的地方皆是软的。

梦里温梨笙在孙宅半夜出逃，被抓回去的时候，当时谢潇南因为突发情况，半夜要出去，温梨笙就被扔进了他的卧房里，还锁了门。她拍了半天门也没人应，最后在谢潇南的卧房中睡了一夜。

但她也只在那里睡了一夜，自那之后，就再也没能靠近过他的卧房。

眼下温梨笙起了贼心，想去看看。

谢潇南将热茶递到唇边，轻轻地吹了一口气，问："你怎么知道我的卧房中的凳子是软的？"

温梨笙笑着说："随便找的借口而已，我就是想去世子的卧房里看看。"

"你倒是坦诚。"谢潇南道，"先前怎么不见你这般诚实？"

她说的十句话里面有八句是假的，还有两句是在吹牛。

"一家人当然不说两家话，我怎么可能骗自己人呢？"温梨笙道。

谢潇南慢慢地喝了一口热茶，而后道："不合适。"

"有什么不合适的？"温梨笙突然站起来，走到他旁边，伸手去钩他的手指头，撒娇道，"你带我去看看嘛，我保证什么也不动。"

谢潇南又喝了一口热茶，而后说："你即便把我的卧房搬空了，我也不会多说一句话，只是那里毕竟是卧房……"

他还没说完，温梨笙就叉着腰气哼哼地坐了下来，拉长脸道："你们奚京来的就是规矩多，在我们沂关没有什么合适不合适！卧房那都是敞开了门，让人进去参观的！"

谢潇南听她胡说八道就觉得很好笑，又见她抿着唇一副老大不高兴的模样，就笑了一下，问："你就这么想去？"

"我就是要去看！"温梨笙双手环胸，颇有气势地道。

"那你跟我来吧。"谢潇南的语气中带着些许不易察觉的无奈之意，他放下茶杯，领着温梨笙出了正堂，从回廊穿过去，沿着庭院往后走，穿过两道拱门才到他的卧房。

房中的庭院被清扫得很干净，院中种了一棵大树，在寒冷中张着光秃秃的枝干。

谢潇南走上前，抬手推开门，回头看她。

温梨笙大步走向前，进了房中，刚进去，一股淡淡的甜香味就扑面而来，在这屋子里无处不在。

她每次闻到这股味道，都有一种发自肺腑的舒畅感，喜欢得不行。

谢潇南的卧房里的保暖措施要更夸张一些，那些棉帘几乎将所有透光的地方堵上了，一进房就要点灯，随着一盏盏落地灯亮起，卧房里的摆设也逐渐出现在了她的视线里。

外屋的地上没有铺裘毯，门的两边分别有一个很大的落地花瓶，当中是桌子，边上是屏风，墙上挂着字画，看起来没什么特殊的地方。

温梨笙往里走，走到里屋的边上，撩开厚重的棉帘，看见里屋的地上铺了雪白的地毯，一个大暖炉放在其中，旁边有一把既可躺又可坐的软椅，上面也垫了墨红相间的绒毯，乍一看，让人觉得这屋子里无比暖和。

“简直是我的梦中情屋啊！”温梨笙感叹道。

谢潇南站在边上，说道：“日后有的是机会给你住。”

温梨笙没在意这句话，伸长脖子往里面看了一圈，但没有进去。随后，她来到外屋的屏风旁，那里放着一张竹编的藤椅，上面也铺了毯子。她躺在上面，发出舒舒服服的感叹，然后说：“这椅子我要带回去。”

谢潇南唤人进来将暖炉点燃，原本有些冷的房间里渐渐有了热意，门关上之后，房中就剩下两个人。谢潇南坐在桌边，看她在藤椅上跷着脚一摇一晃，半晌后说：“你先前说找我有事，是什么事？”

温梨笙都快忘记这件事了，闻言，从怀中拿出一封信和一块令牌，走到桌边坐下。她刚把东西放到桌上，谢潇南看见它们之后，脸色就有了些许变化。

他拿起令牌左右翻看，神情凝重地问她：“这东西是从哪里来的？”

温梨笙道：“先前咱们在牛宅的时候，沈嘉清缠着一个梳着丸子头的‘少年’不放，那个人前段时间来了温府。我见她可怜，没地方吃住，就将她留在了温府里，然后从她那里听说她正在被一伙人追杀，迫于无奈才扮成男子。”

“我知道她。”谢潇南道，“那日乔陵与她在擂台上比试了一回。”

温梨笙点头，道：“没错，是世子让乔陵去比的吗？”

谢潇南道：“她功夫尚可，轻功极好，甚至略胜席路一筹。”

温梨笙已经猜到谢潇南对蓝沅有试探之意，所以才决定把东西拿来给他看。加之两个人现在的关系跟以前的不一样了，且这事她一点儿眉目都没有，所以才想与谢潇南商量一下。

谢潇南问：“这东西，她是如何得来的？”

温梨笙：“她说她原本是某个小门派中的弟子，达到岁数之后下山历练，渡船的时候遇到水匪，于混乱中帮助一个女人乘小舟逃跑，但那女人在半路上因身受重伤死了。她就将那女人的包袱拿走，想将包袱还给女人的亲人，这信和令牌都在包袱里。”

谢潇南听后，沉默了好一会儿，才展开信看了一遍，目光落在信最后的那枚印章上。

“世子，你知道这是什么东西吗？”温梨笙问。

“这信上的文字是诺楼国的文字。”谢潇南用手点了点信最后的那枚印章，道，“这是诺楼王的王印，信中说最近不太安全，要暂时中断通信往来，待风头过去再恢复。”

温梨笙一惊，很快就将这件事想明白了。

有人在与诺楼王保持通信，这意味着有人蓄意勾结异族，其目的恐怕只有一个，那就是诺楼国人又想入侵大梁边境，有人在给他们做内应。

她的心中瞬间升起一股寒意，这是通敌叛国的大罪，但凡被牵连上都是要诛九族的，沂关郡中竟然有人敢这么做。

很快，她意识到在她对面坐着的这位正是她梦里的反贼头子。

温梨笙悄悄地看了他一眼。

谢潇南一看见她那表情，就知道她心里有话，于是道：“说。”

“世子觉得，这封信是写给谁的？”温梨笙小心翼翼地问道。

谢潇南低头看了看信，而后语气如常地道：“信上提到了温郡守。”

“什么？”

“是写给你爹的。”谢潇南道。

温梨笙当场就傻眼了。

这封信是写给她爹的？难道反贼竟是她爹？

“怎么可能？！”温梨笙不信。

谢潇南道：“我先前在奚京学过诺楼国的文字，读懂这封信对我来说没什么难度。”

他将信折起来，而后拿起令牌仔细翻看，道：“这令牌外铁内金，有专属封号，也是真的。”

“我爹不可能是反贼。他最多就贪点儿钱……”温梨笙想为她爹辩解一下。

谢潇南说：“信是真的，但信的内容是假的。这是一封被故意写出来的信，原本应该是要送到郡丞的手中，却没想到中途出了意外，送到了你的手中。”

“什么意思？诺楼王为什么会大费周折地做这样一封假信？”

“这两样真的东西会成为给温郡守定罪的铁证，若是落在别人的手中，你爹用不了两日就会被押至奚京问审。”谢潇南将被折起来的纸放到蜡烛上，火苗迅速将纸张吞噬。火光跳跃间，谢潇南的脸色变得冷漠了几分。

“诺楼王怎么会制订这样一个恶毒的计划来针对我爹呢？”温梨笙觉得心寒无比，没想到她阴错阳差地拦下蓝沅，竟起了这样大的作用。

她还以为只是帮派之间的恩怨。

诺楼王不可能无缘无故地陷害她爹，定然是有人时刻与他通信，然后汇报郡城内的情况，定是因为她爹与谢潇南来往得太频繁，那些人才会出这个计谋。

这说明沂关郡里真的有通敌的人。

温梨笙盯着谢潇南。有一个问题，她很久之前就想问了，最初是因为与他关系不好，问了会引起别的祸事，后来又觉得关系还不够好，问了也得不到答案，但是现在……

温梨笙舔了舔唇，问道："世子，我可以问你一个问题吗？"

谢潇南轻笑，道："你问。"

"你到底为什么来沂关郡？"温梨笙终于问了出来。

这也是曾经一直困扰她的问题，梦里的谢潇南与她基本没有交集，她根本无法得知他平日都在做什么，只知道他建宁六年五月份来沂关郡，次年八九月份就离开了，这个问题成了永远的谜。

谢潇南与她对视，沉吟了好一会儿。正当温梨笙想说"要是为难的话，就不用回答"时，他开口了。

"我身负皇命，"谢潇南道，"前来收网。"

"收网？"温梨笙听不明白。

"一张先帝布下的网，已布下十几年，如今由我来收。"谢潇南用手点了点她的鼻尖，轻声说，"知道得太多可不好，不要总是那么好奇。"

温梨笙轻"哼"一声，道："我知道的事情比你知道的多得多。"

谢潇南笑着夸赞道："那你可真了不起。"

她起身，走到藤椅旁坐下，躺到柔软的裘毯上，找了个舒适的位置轻轻地摇晃着藤椅，问："世子打算如何处理这些事？"

谢潇南道："我要去找你爹商议商议。"

温梨笙点点头，心想：这样也行，只要谢潇南相信我爹是好人就行。

她在心中琢磨着"收网"的意思，大概是这边境地带又有些人蠢蠢欲动了。诺楼国人几十年前被击败赶出大梁之后，或许还一直心怀怨恨，伺机而动，等着卷土重来。

之前在萨溪草原上时，她从哈月克族人的口中得知，萨溪草原上还有很多游牧民族憎恶梁国人。诺楼国人完全可以像以前那样与他们勾结起来，大举进攻梁国边境，再打下沂关郡，往南推进，入侵梁国。

沂关郡如果有人做内应的话，诺楼国人拿下沂关郡并非难事。这里离奚京又那么远，等消息传到奚京之后，就会又像几十年前那样，援兵还没来，这座郡城就已经被异族人占领。

说来说去，终究还是谋反。

谢潇南身负皇命，前来收一张十几年前就布下的网，将谋反之人一网打尽，这就是他来沂关郡的目的。

谢潇南不是反贼，而是令反贼闻风丧胆的谢家儿郎。

温梨笙想着想着，困意渐渐袭来。她在这无比舒适、温暖的环境里闭着眼睛，毫无防备地睡去。

她睡得很沉，很香，很久。

她再醒来时，听到耳边有轻微的响动。她睁开尚带着倦意的眼睛，视线昏暗，唯有身边有一束亮光。

她转过头看去，就见谢潇南坐在地上，面前摆着一张矮桌，桌上放着一本书和一盏灯，烛光微微晃动，他一只手支着头，正垂眸看书，时不时地翻一下书页。

房中只有他偶尔翻书的声响，或许听得再仔细一点儿，她还能听到他轻轻的呼吸声。

温梨笙动了一下身子，发现自己并不在藤椅上，而是躺在一张平而窄的软榻上，身上还盖着柔软的锦被。

谢潇南察觉她动了，偏过头看来，发现她正半睁着眼睛看他。

他将身子往旁边一倾，低头在她的唇边轻轻地亲了一下，用低低的声音问："醒了？饿不饿？"

本来被谢潇南亲的时候，她还是有些迷糊的。

恍惚间，她想起了梦里出逃失败的那个夜晚，当时谢潇南和他的将士赶着出门处理突发状况，就将她随意地锁在了房间里。那个房间没有这间大，里面的摆设也没有这里的华贵，温梨笙闹腾累了之后就是在那个房间里的床榻上睡着的。

她一觉睡到天色大亮，然后被开门的动静吵醒。她睁着眼坐起来时，就看见谢潇南从外面走进来，一边脱大氅一边瞥她。他语气冰冷地说："你倒是把这儿当成自己的房间了。"

而现在，谢潇南的脸上带着淡淡的笑容，他与她离得很近，见她愣神，还用手指点了点她的脸颊，问："睡迷糊了？"

梦里的她从没想过，那个冷漠的人会有坐在她的身边的一天，守着睡着的她，然后在她醒来的第一时间发现，轻轻地吻一下她。

温梨笙愣了片刻，而后忽然张开嘴，想咬他的手指，被谢潇南敏捷地躲开了。他笑着说："我可没放一只小狗进来。"

她开口，声音哑哑的，道："我要把你的手指头咬下来。"

"我的手指头可不能吃，你若是饿了就起来，膳房里有饭菜。"谢潇南将矮桌上的书合上，而后起身将旁边的一盏灯点上，房间里顿时亮了起来。

提到吃的，温梨笙可就不困了。

她眨了眨眼，而后觉得身上很热，就像待在一个炉子里，颈间都出了汗。

她皱着眉把身上的锦被掀开，长呼一口气，道："好热！世子想把我热死吗？"

谢潇南看了一眼自己特地抱来的被子，道："我只是怕你受冻。"

温梨笙坐起来，拿出帕子擦颈间的汗，随后说道："你这房中已经点了暖炉，我的身上也穿得很厚实，再盖这一层被子，我真的要被闷死了。"

谢潇南说："冬天睡觉时容易生病。"

温梨笙被这句话逗笑了，谢潇南果真很忌惮冬天，竟能说出这样的话。

她将汗擦干净之后，想往外看一眼，却见门、窗都被棉帘封着，看不见天色如何。她起身下了窄榻，问："真奇怪，我怎么就睡着了呢？我睡了多久？"

"约莫一个时辰。"谢潇南说。

温梨笙有些不满。她好不容易等雪停了来找世子，竟然睡着了，白白浪费了一个时辰。

她叹了一口气，说："冬日里天黑得早，我不能太晚回家，不然我爹又该说我了。"

谢潇南似乎也不打算让她久留，说道："吃完饭就回去。"

温梨笙捂了捂心口，道："世子好生绝情，没有半分不舍吗？"

谢潇南点亮了房中的两盏灯，光一直延续到门边。他转过头看了温梨笙一眼，什么都没说，而后低头在她的唇边轻轻地触碰了一下，道："走，吃饭去。"

温梨笙脸上一热，什么话也说不出来了。

她跟在谢潇南身后出了卧房，才发现这院子周围都是空的。他们从后院一路走到前院，偌大的宅院里，她竟看不到一个下人，于是纳闷儿地问："世子，你府上的下人呢？"

谢潇南道："在外面守门。"

走到正堂外，她才看到有下人守着门，谢潇南随口吩咐了一句"上菜"，便领着温梨笙坐到侧堂里——上次与贺家人一起吃饭的地方。

房中暖意十足，菜也很快就被端上桌，四菜一汤，空中立马飘起了饭菜的香味，温梨笙一闻就觉得自己要流口水了。

菜上齐之后，温梨笙左看看右看看，思索着该先吃哪一道菜。

奚京的菜与沂关的有很明显的区别，这些菜的味道很像，一下子散发出来，即便颜色看起来不重，甚至会让人觉得寡淡，但也让人有很重的食欲。

谢潇南见温梨笙还呆呆地看着，说："吃吧。"

温梨笙道："没有公筷。"

"不需要。"谢潇南说着，然后泰然自若地用筷子夹了一颗丸子给温梨笙，"尝尝。"

温梨笙怕烫，先把丸子从中间一分为二，然后夹了一半放到嘴边吹了吹，感觉差不多之后，就全塞进嘴里。丸子入口很弹，紧接着，香味在唇齿间散开，带着一股咸鲜，温梨笙脱口而出："好吃。"

谢潇南看见她眸间毫不掩饰的喜色后也笑了一下。

温梨笙吃得慢，想在谢府里多待一会儿，很像小时候去朋友家玩不愿意回家的孩子。但不管她吃得多慢，这顿饭也总有吃完的时候。

谢潇南漱了口，看着温梨笙一筷子一筷子地夹一点点东西往嘴里送，她看起来吃饱了，但仍不愿意放下筷子。

他笑着看了一会儿，而后握住她的手腕，对身边的下人道："将漱口茶端来。"

"我还没吃完呢！"温梨笙不乐意地道。

"再吃你就要被抬着回温府了。"谢潇南将筷子从她的手中抽走，说道，"你该回家了。"

温梨笙撇嘴，问："你怎么能说出这么冰冷的话？"

谢潇南嗤笑一声，将她的碎发拨到她的耳后，指尖落在她的耳朵尖上，轻轻地捏了一下。

温梨笙觉得耳朵有些痒，歪着头蹭了蹭，接过漱口的茶水，结束了这顿晚饭。

天色已经很暗了，基本上看不见亮光，谢潇南亲自将她送到门口。

她虽然是空着手来的，但走的时候带走了不少东西。

除却厨子做的一些糕点之外，还有几个装满东西的箱子，都被搬到了马车里。

温梨笙站在谢府门外，回头看了一眼没有披大氅的谢潇南，说道："世子快回去吧，外面冷。"

谢潇南轻轻地摇了一下头，示意没事，仍旧看着她。

她看着这样的谢潇南，很想上去紧紧地抱他一下，但周边站着的全是守门的侍卫。虽然所有人都低着头，但温梨笙还是不敢这样做。于是她往回走了两步，抬手牵起他的手，贴着他温暖的掌心握了一下，道："我走了。"

谢潇南回握的手劲传来，他停顿了一会儿后才松开手，道："去吧。"

温梨笙转身进了马车，里面放了不少从谢府带走的东西。她打开其中一个箱子，发现里面是一件雪白的狐毛氅衣，一看就价值不菲。

下面还放着几个箱子，都是同等大小的，不用打开她也知道里面放的肯定都是氅衣。先前谢潇南说送她，她没想到他这就准备好了。

剩下的东西应该就是香料之类的，他答应过送她的东西，一并被送上了马车。

温梨笙倒不是稀罕这些贵重物品，只是想到它们都是谢潇南送的，就压不住嘴角的笑容，开心地摸了一遍又一遍。

她回到温府之后，正巧撞上从官署回来的温浦长。他瞧见了谢家的马车，正惊讶世子怎么这个时候来，匆忙地上前行礼，并对着马车说道："下官不知世子驾临，有失远迎，望世子见谅。"

温梨笙从里面探出头，问："爹，你干吗呢？"

温浦长一听见温梨笙的声音，立马抬起头，皱起眉道："你怎么在世子的马车里？"

温梨笙从车上下来，回答道："我坐他的马车回来呗。"

温浦长伸长脖子，想往里面看，就听她说："别看了，世子没来，只有我。"

温浦长气不打一处来，道："你的胆子真是越来越大了，还敢独自坐谢府的马车，不要仗着世子忍让，你就胡闹！"

"哪有啊？"温梨笙为自己辩解，"我怎么可能在世子面前胡闹呢？"

说着，她朝门口的护卫招手，道："来，把车上的东西搬下来。"

温浦长一听，急忙问她："什么东西？"

"一些从世子那儿拿来的东西。"温梨笙说。

紧接着，几个箱子和几盒糕点就被搬进了温府。温浦长打开装糕点的盒子，问温梨笙："你怎么又从谢府里偷东西？上回把人家的厨子送回去后，你还不死心，是吧？"

"这怎么是偷的呢？这都是世子送给我的！"温梨笙生气地道。

温浦长纳闷儿地嘀咕："怎么送这么多吃的？"

说着，他打开了其中一个箱子，一件墨红交织的氅衣差点儿闪了他的眼睛，温浦长瞪着眼摸了一把："这……"

他很快将剩下的几个箱子打开，其中有四件颜色漂亮、质感光滑的氅衣，还有两件由流云锦所制的夹棉坎肩，一个箱子中放了不少发簪、镯子，每一个看起来都极为精致。

温浦长眼尖，从当中看见了那个先前被他还回去的墨玉扳指，眼睛都直了。

最后一个箱子里则放着一些分装好的香料，温浦长用手指沾了点儿闻了闻，身子忽然晃了两下，好似站不稳。

温梨笙被吓了一跳，连忙上去扶，并问她爹："爹！爹！你怎么了？"

温浦长的脸上浮现出绝望之色，他道："完了完了，这下彻底完了，你从谢府里偷出这些东西，咱们温家怕是真的要折了。"

“爹啊，这真不是我偷的，我在你眼里就是个小偷？”温梨笙十分纳闷儿。

“还是要横的头号恶霸，坑蒙拐骗的一把好手，只有你写不出来的文章，没有你闯不出来的祸。”温浦长对自家女儿了解甚深。

温梨笙深吸一口气，尽量用平静的语气道：“这些都是世子送给我的，我怎么可能这么大胆，去他府上偷东西？”

温浦长当然知道这些不可能是她偷的，但是无论如何也想不通世子为什么会将这些东西送给她。他指着最后一个箱子中的香料问：“你知道这是什么吗？”

温梨笙上哪儿知道去？她道：“是世子平日里点的香。”

“这叫‘龙涎香’，被誉为‘香中黄金’，是专门提供给皇室的顶级香料。这种东西无法制作，每年上供的数量也不稳定，是极其珍贵之物，除了皇室中人，唯有朝中的重臣会获得这些赏赐。”温浦长道，“世子把它送给你？还送了这么多？”

它是有价无市的，温梨笙原本以为谢潇南当初说的“买不到”，是因为这东西可能只在奚京买得到，但没想到是压根儿就没有卖的。

温梨笙走过去看了看，想了一会儿才说：“或许是世子见我乖巧懂事、聪明伶俐，所以将这些东西送给我。”

温浦长闻言，立即跟看鬼一样看着她，道：“别说这种胡话。”

“好的。”

温梨笙挥挥手，让下人把东西抬到后院去，对温浦长道：“爹，你放心吧，我跟世子关系好着呢。”

温浦长原本是不相信的，但见这些东西往温府一送，再不信那就是傻子了。他虽然知道女儿平日里很不着调，可世子若是愿意与她交好，温浦长就觉得这是一件大好事，说不定梦里的那些事还有些希望。

温浦长拍了拍温梨笙的头，道：“记得给世子回礼。”

温梨笙点头应下，心里却盘算着送什么好。

谢潇南能缺什么东西呢？

当日晚上，谢潇南送给她的香就被点上了，那香料中不仅有龙涎香，还掺杂了许多其他东西，混在一起，燃起烟之后，淡淡的甜香味果然就从房中散开了。这种味道让温梨笙一闻就觉得无比舒心，躺在床上没过多久就睡着了。

她安安稳稳地入睡，却做了一个噩梦。

梦中，她似乎坐在马车里，马车的窗子、门帘都是黑色的，导致车厢里十分昏暗，可见度很低。

她的双手、双脚都被绑住了，从她的视角上看，她似乎没坐在椅子上，抬头往上看，有一个男人坐在她对面。

那男人的身影藏在黑暗里，他忽然说了一句什么话，温梨笙听不懂。

忽然，又有一道带着怒意的声音响起："这些事情与她又没有关系！"

又有一个女人道："要怪就怪谢潇南，是他害了这姑娘。"

她想说话，但是嘴巴被堵得死死的，半点儿声音也发不出来。

那发怒的人情绪激动地挥舞手臂。一阵铃铛相撞发出的响声传来，那人道："牵连无辜算什么本事？就算目的达成了，也会让人瞧不起，先前的活人棺也是这般，我不明白这样得来的胜利有什么意义。"

男人又说了什么，女人好像只是负责翻译。她说："活人棺是我族的古老秘术，是他们自己要去的，害了他们的是他们自己，而且这也是大梁欠我们的。"

女人又说："这世上只有成王败寇，没有绝对的正义与非正义，任何东西都是通过手段得到的。"

温梨笙不知道他们在说什么，只觉得心中无比慌乱。在他们争吵时，马车忽然颠簸了一下，一束光从帘子的缝隙里照进来，照在男人的脸上，温梨笙在那一瞬间看清楚了男人的脸。

坐在她对面的男人高大魁梧，表情凶狠，正是洛兰野。

她一下从梦中惊醒，这个噩梦让她出了一身汗。温梨笙深呼吸几次后，稍稍平复了一下心情，对梦境中的所有画面仍旧记得清楚。

自从她在竹屋里醒来之后，每隔些时日就会做这种梦，这种梦与其他梦是不一样的，一些寻常的梦，温梨笙睡醒之后基本上会忘记一大半，这些梦却清晰且真实。

之前她梦到的是她曾经经历过的事，但现在做的梦她并没有经历过，像一个陌生的场景，但又有几分熟悉。

究竟是为什么？

难道这真的只是她臆想的一个纯粹的梦境？还是这些事情可能是以后会发生的？

难不成她在竹屋里醒来之后，能梦到未来之事？

温梨笙坐在床榻上胡思乱想，越想越觉得离谱儿。

她愣了半天，鱼桂发现她睡醒之后，让人端了水进来伺候。

温梨笙有时候觉得自己真的不擅长思考，因为很多问题搅在一起的时候，她不管怎么想都想不出头绪。但她又是一个脑子很活跃的人，总是忍不住乱想。

这个奇怪的梦，她没想出什么苗头，便将它暂时搁置在心中，起床洗漱、换衣，然后前往长宁书院。

腊月天冷，长宁书院取消了早课。即便如此，温梨笙也不是准时到书院的人。

她紧赶慢赶的，还是晚一步到了学堂。

今日许檐没有守在堂中，她一进门便先往自己的座位上看了一眼，只见谢潇南正坐在那里低头写字。

整个学堂里乱哄哄的，夫子还没有来，谢潇南坐在其中一角，一身雪白的衣袍衬得他气质清冷，散在胸口和臂膀处的长发又给他添了几分慵懒之态。

温梨笙看到他的一瞬间，脸上就出现了笑容。她迈着轻快的步伐朝他走去，走到他边上了才道："世子今日也得了空闲？"

谢潇南仍在写字，头也不抬地道："也不总是在忙。"

温梨笙印象中的谢潇南好像就是一直在忙，好像一直神出鬼没的。

她坐下来，忍不住往他身边凑，看他在纸上写下一行字，便伸手将他的笔抢走了，随后问他："你在写什么？为何不看我？"

她低头看了一眼，只见他面前的纸上写着"许是沂关居于大梁北境，这里的寒冬格外冷，风吹在身上极为刺骨，且"。

"且"后面就没字了，温梨笙想了想，对他道："这后面的我帮你写？"

谢潇南有些无奈地道："你想写什么？"

看样子，他似乎同意了，温梨笙端坐下来，提笔在"且"字上画了一条斜杠，在后面加上"但郡城风景宜人，雪景也是难得一见的秀丽之景。城中百姓善良淳朴、热情好客，尤其是温郡守之女，简直犹如天女下凡，心善而伶俐，于我有颇多帮助，我不胜感激"。

她写完，看着谢潇南，乐道："我这样写对不对？"

谢潇南将纸拿来看了一眼，笑了一下，而后继续提笔在后面添了一段，之后不知道从何处摸出来一个信封，又拿出两张纸，将它们折起来塞进了信封中。

"这是信？"温梨笙原本以为他不过是随便一写，却没想到这是信。

谢潇南把信封好，在信封上落下"父亲亲启"四个字。

随后他对温梨笙笑道："嗯，是家书。"

"你怎么在这儿写家书啊？"温梨笙非常惊讶。

他不是说自己不忙吗？他怎么在学堂里写起家书了？

谢潇南却面色如常地道："家书就是何时想起何时写，在哪里写都一样。"

温梨笙伸手捞了一下，想把那封信拿过来。

"算了吧，你重新写一封。"她道。

谢潇南却将手一扬，避开了她的手，道："信已封好，用不着拆开。"

"可是你父亲看见那段话后不会生气吗？"

谢潇南摇头，道："不会。"

温梨笙从未想过谢潇南会在家书里跟他父亲说这样的闲话。她一直以为像他这种性格的人，写的家书应该就是简单的几个字，比如“一切安好”“勿念”之类的。

她没想到他洋洋洒洒地写了三张纸。

“要不还是算了吧，免得被你爹笑话。”温梨笙本来是跟谢潇南闹着玩的，结果写到他的家书里了……

她还是有些胆小的。

虽然她没有见过景安侯，但用脚指头想也该知道，那种生自名门望族，久居高位的侯爷，定然是不怒自威、不苟言笑的。他看到这种家书后，不知道会不会责罚谢潇南。

谢潇南却满不在乎，将家书封好之后压在书下，转过头看见温梨笙的脸上有担心之色，便笑道：“放心吧。”

温梨笙看了一眼那封被压在书下的信，心中忍不住猜想景安侯看见家书中的那样一段话时会有什么样的反应。

她正想得入神，就见夫子夹着书走进了学堂，学生们齐声向夫子问安，而后夫子开始授课。

像这种夫子一点儿也不与学生互动的授课方式，一直是温梨笙最不喜欢的，她只要听上一刻钟，就会开始犯困，然后忍不住打瞌睡。

今日也不例外，温梨笙听了一会儿之后就开始打哈欠，眼眸中积了一层液体。

谢潇南侧着头看了她一眼，低声问：“你昨夜没睡好吗？”

她想起昨天晚上做的那个梦，点点头，道：“我做了个噩梦。”

其实她即使做了那个噩梦，也并没有睡得不好。她一睁开眼，天就亮了，只是那个梦的内容让她有些害怕。

谢潇南的眼神变得温柔，他道：“你若是困得厉害，就睡一会儿吧。”

温梨笙摇头，道：“我不睡，你平日里总忙着其他事，好不容易能够跟你坐在一处，我怎么可能再睡？”

她昨日去谢府找他，就一口气睡了一个时辰，已经浪费了不少与他相处的时间，今日无论如何也不能再睡了。

温梨笙睁大自己的一双眼睛，用手支着头，直直地看着谢潇南。

谢潇南有些惊讶地问她：“你为何这样看着我？”

“我要保证自己不会睡着。”

谢潇南轻声笑了笑，拿起笔在纸上写着什么，说道：“你若是困了，即便眼睛睁得再大也是没有用的。”

温梨笙不信，道：“不可能，只要我的眼睛不闭上，我就绝不会睡着。”

"是吗？"谢潇南问。

温梨笙心想：当然是。

她眼神坚定地盯着谢潇南的侧脸，看着他挺直的脊背、微微低下的头、俊俏的侧脸……他黑色的眼眸微微转动，他在纸上写下漂亮的字。

温梨笙再次在心中感叹：谢潇南真是生了一副让人百看不厌的好皮囊。

曾经，她虽然对谢潇南有排斥之心，但仍旧承认这一点。

温梨笙就这么盯了一会儿，耳朵里全是夫子的声音。夫子说的尽是她听不懂的话，没过多久她就撑不住了，支着头摇摇晃晃，仿佛下一刻就要磕到桌子上。

谢潇南见状，停了笔，看着她的头一点一点的，便将掌心伸到她面前，耐心地等了一会儿，果然见她整颗脑袋往下掉，磕在了他的掌心上，被他稳稳地接住。

温梨笙醒来，从他的掌心里把头抬起来，问他："世子想把我的头按在桌子上吗？"

"我是怕你把脑子里最后一点儿智慧磕没了。"

温梨笙摸了一下自己的脑袋，说："我这满脑子的智慧，磕掉一点儿也不碍事的。"

谢潇南低声说："磕掉人就彻底傻了。"

她没听见这句话，扭了扭脖子，换了一个舒服的姿势接着瞪眼睛。

她本已经打定主意，绝不会在上课时睡着，却没想到放课钟响的时候，她猛地睁开眼，发现自己正靠在谢潇南的肩上呼呼大睡。

温梨笙一下子惊醒了，问谢潇南："什么？！我就闭了一下眼睛，放课钟怎么响了？"

谢潇南把书合上，说："时光如梭。"

她揉了一把脸，就见周围的学生已经收拾好东西，陆续起身往外走，还有几人向她投来异样的眼光。

温梨笙有点儿接受不了她一闭眼就睡了一个上午这件事，撇着嘴对谢潇南说："我睡着了，你怎么不叫醒我？"

谢潇南揉了一下肩膀，回答道："你没说让我叫醒你。"

"我也没说我想睡觉啊。"

"由此可以得出，不可阻挡的事情就算再努力阻止，还是会发生，所以不要进行无谓的奋斗，望世人引以为戒。"谢潇南一边穿上大氅一边说。

温梨笙觉得这话颇为耳熟，而后想起这是她那篇《青蛙说》结尾的那句话，从谢潇南的嘴里说出来，就有了一股讽刺的意味。

学堂内就剩下他们两个人，温梨笙凑过去一把抱住谢潇南的腰，仰头控诉："你笑话我？！”

“岂会？我不过是觉得你写得很好，引用一下罢了。”谢潇南抓了一下她的手，探了探温度。她虽然看起来穿得不多，一双手却出乎意料地热乎乎的。

温梨笙笑嘻嘻地问：“那我跟状元相比，差了多少？”

谢潇南想了想，回答道：“差了两个字。”

“什么字？”

“你自己想。”

温梨笙自己琢磨起来，心想：会是哪两个字呢？

原来她在谢潇南的心中，跟状元的差距这么小！

她得意地笑了起来。

谢潇南捏了捏她的脸，说道：“我要离开郡城几日。”

温梨笙愣了一下，问他：“去哪里？”

“川县。”

温梨笙虽然基本没有出过郡城，但也听说过川县。她知道从沂关郡到川县需要穿过大峡谷，来回需要一天的时间。

“去那里干什么？”温梨笙一想到有好几日看不见谢潇南了，心情就变得有些低落。

谢潇南安慰似的揉了揉她的头发，道：“因为一些突发的事情，现在情况尚不明确，我要去探查。”

温梨笙道：“那你很快就能回来吧？”

她可怜兮兮地看着谢潇南，眼中藏着期望。

谢潇南察觉了她不舍的情绪，轻轻地叹了一口气，道：“很快。”

温梨笙也不知道自己犯了什么毛病，就觉得一天见不到谢潇南就抓心挠肝地想他，要不然做什么事都心不在焉的。

虽然他说很快就能回来，但她心里清楚，没个四五日，他是回不来的。

见她耷拉着眼皮，很不开心，谢潇南凑近了她，低声说：“你这样，我怎么走啊？”

温梨笙的脸在他的大氅上蹭了蹭，而后她松开环着他的手臂，说道：“没关系，不就几日吗？我等着就是了，世子去了之后，一定要注意安全。”

谢潇南捧着她的脸，而后低头在她的侧脸上吻了一下，道：“好。”

她与谢潇南又说了一会儿话，两个人自书院分别。

温梨笙回到温府之后，就见温浦长匆匆忙忙地回来，对下人道：“快去将我的衣物收拾好，我要出一趟门。”

“怎么了，爹？”温梨笙站在一边问。

“我这几日要去一趟川县，你自己在家中老实点儿，不要在别处惹事。”温浦长看起来有些急。

“你也去川县？”温梨笙一听就觉得不对劲。川县到底出了什么事？温浦长和谢潇南都要去那个地方？

她追问：“爹怎么突然要去川县？你不是很久没有去过外地了吗？”

温浦长道：“别问那么多。”

温梨笙不乐意了，一下子抱住他的手臂，道：“你要是不说，我就一直抱着不撒手！”

温浦长气恼地甩了两下手臂，有些生气地道：“松手！”

结果他没能把温梨笙甩下去，差点儿闪到自己的老腰。他用另一只手扶着后腰，“哎哟哎哟”地叫着。

“你这小兔崽子，是想要我的老命啊？！”

温梨笙道：“是你自己非要甩的。”

温浦长道：“你撒手。”

“你说不说？不说我就不撒手！”

“你就在我的手臂上挂一天吧！”

“挂就挂！”

温梨笙就是不松手，温浦长拖着她走了两步就累了，妥协道：“行，我告诉你。就是川县那边挖出了几口新棺材，棺材里的人都是刚死的。”

“死人在棺材里不是很正常吗？为什么要去那里？”

“四口棺材里，装着三个少女和一个少年，且棺材盖上全是血淋淋的抓痕，说明他们不是自然死亡的。”温浦长将声音压低，“他们都是被活埋的。”

温梨笙惊得一下子松了手，脑中立马蹦出三个大字——活人棺。

梦里，一个来路不明，势力非常庞大，名为“长生教”的教派在大梁各处兴起。长生教的人散播消息，说只要将少男少女活着装入棺材里，埋于画好的阵法之中，便可完成献祭仪式，实现祈愿人的愿望。

这一听就是害人的邪术，但当时大梁已经陷入战乱。战乱导致很多人流离失所，加上巨大的天灾在西部发生，数百万难民逃至南方，这导致杀人越货的情况大量发生，强取豪夺之事处处可见，战乱与天灾，争权和侵略，导致大梁民不聊生。

在此种情况下，长生教的人在各地大肆宣扬，不知道用了什么方法做演示，骗了一批又一批人，在这种乱世之下，存有歹心之人数不胜数，于是一场场声势浩大的献祭活动在大梁各处展开。

沂关郡是最晚被波及的地方，一来是因为郡城在北境十分肥沃的地方，居于大梁的边境，从某种程度上来讲，这里的人消息并不算灵通；二来是因为谢潇南起兵之地就在沂关郡边上，很多将士驻扎在附近，所以战乱被挑起之后，就算有不少异族人趁机侵入沂关郡，但为了不与谢潇南手下的兵正面起冲突，都选择绕开沂关郡这块极为富庶之地。

后来谢潇南去外面打了一圈又绕回来，才在建宁十一年带兵开了郡城的大门。

算算时间，长生教分明是在建宁八年兴起，与现在还差了两年左右，怎么会那么早出现呢?

会不会只是一个巧合?

“我也要去。”温梨笙说。

“什么？”温浦长瞪着眼道，“你不准去，在家里好好待着。”

“我也要去，”她重复道，“世子正好也要去川县，爹，你要是不带我的话，我就跟世子一起去，他肯定乐意带我。”

“你去川县干什么？这次去不是为了玩。”

“我也不是为了玩！我一定要去看看！”温梨笙用认真的语气强调道。

她要去看清楚，这到底是哪个穷凶极恶之徒造成的杀人案。

温浦长拗不过她，最终还是松口答应了，并与她约法三章，规定她去了川县之后不能乱跑，不能离开他们的视线，不能惹祸。

温梨笙都答应了，然后喊鱼桂回去收拾东西。

冬日穿的衣物厚重而繁多，收拾起来极为麻烦，思及可能要在川县住上几日，鱼桂多准备了几套换洗衣物，这样一收拾就到了晚上。

温梨笙还派人给沈嘉清递了话，让他也去川县。

一般碰上这种事，沈嘉清是连理由都不问的，毕竟这种两个人一起出去玩的机会并不多。沈嘉清好几次背着包袱到温府门口喊她去踏青，都被温浦长赶走了。

一听到温梨笙传来要去川县的消息，沈嘉清当晚就收拾好了东西。

第二日一早，沈嘉清骑着马赶到温府门口。

彼时，温府的下人正将东西往马车里装，温浦长站在门口看着，一见沈嘉清过来，就皱起眉头问他：“你一大早来这儿干什么？”

沈嘉清一看见温浦长就会变得很老实，立马从马背上下来，走到温浦长的面前对温浦长鞠躬行礼，道：“郡守大人日安。”

“少来这套。”温浦长说，“你怎么背着行囊？要去哪里？”

他刚问完这话，心中就涌起了一种不太好的预感，果然听见沈嘉清说道：“梨子给我传信说要去川县几日，所以我今日才拿着衣物一早赶来，郡守大人似乎也要出门？”

“我也要去川县。”温浦长说了一句，而后扬声喊道：“温梨笙！”

温梨笙揣着手炉从府里蹦蹦跳跳地出来，两边的发髻摇摇晃晃，小辫子轻轻摆动，脸上带着灿烂的笑容。她一出来就看见了沈嘉清，于是笑着问他：“来得这么早啊？”

温浦长生气地道：“你把他叫来干什么？”

“当然是一起去啊。”温梨笙说，“多一个人多一份力嘛！”

“多一个拖后腿的？”温浦长十分不给面子，朝着沈嘉清挥手，道：“回去，你不能跟去川县。”

沈嘉清嘴一撇，眼睛当即湿润了，仿佛下一刻就要落下泪来，还不忘对温浦长道：“郡守大人，我不会拖后腿的。”

“你只要出现在我面前，就已经是在拖后腿了，”他一点儿都没心软，指了指温梨笙和他，“而且你们两个在一起，定会惹出很多麻烦，一刻也不得安宁。”

沈嘉清牵着马不肯动，频频朝温梨笙投去求助的眼神。

说来也奇怪，沈嘉清从小就怕温浦长，总觉得他十分凶。有一次沈嘉清犯了错误，被温浦长关在房间里抄字、背书，为了达到惩戒的效果，温浦长亲自坐在他身边，瞪着眼睛，盯着年幼的沈嘉清，但凡他有一点儿懈怠，温浦长就会在他的手掌上敲一下。

这件事给他幼小的心灵留下了很深的阴影，导致好多年过去了，沈嘉清每回见到温浦长都毕恭毕敬的，不知道的还以为温浦长是他爹。

因为这事，每回闯祸的时候温浦长怪罪下来，沈嘉清都会用眼神向温梨笙求救。

一般这个时候，温梨笙就会站出来劝她爹，这次也不例外。

温梨笙小心翼翼地道：“爹，你要是不带上沈嘉清，那他可就要去找世子了。”

“少拿世子压我，”温浦长生气地道，“你以为世子会与一个傻子同行？”

“爹，你说话太伤人了。”温梨笙道，“你怎么能说沈嘉清是傻子呢？他可是我的好兄弟。”

温浦长瞥了她一眼，道：“你以为你又聪明到哪里去了？你与他站在一起不过是一对傻子罢了。”

温梨笙从鱼桂的手中接过大包袱，挂在手臂上，而后说：“既然爹那么嫌弃我，那我就不在你面前碍眼了。我去找世子，让他收留我。”

说着，她将大包袱往背上猛地一甩，没想到这包袱特别重，带出的惯性极其厉害，一下子就把温梨笙带得翻在了地上，摔了个狗吃屎。

她“嗷”了一声。

沈嘉清大喊：“梨子！你没事吧？你可千万不能摔出个三长两短啊！我行李都收拾好了，就等着出发呢！”

温浦长快要被这两个人烦死了，深吸了一口气，而后道：“别吵了，都给我滚到马车里去。若是路上谁敢多说一句废话吵我，就直接从马车里下去，然后滚回家！”

温梨笙揉着被摔疼的屁股站起来，与沈嘉清对视了一眼，露出计谋得逞的笑容。

沈嘉清如愿上了温府的马车。

这是温府最豪华的一辆马车，车厢里能容纳七到八个人，两边各有一张窄榻，人坐累了还能躺在上面睡觉，十分适合出远门时乘坐。

据说当年温浦长从奚京回到沂关郡时，坐的就是这辆马车，只不过这辆马车后来被温浦长出于私心留了下来，然后这些年一直对它进行修补。现在，它虽然看上去挺破旧的，但核心的零件和组织基本都已经被换成新的了。

大马车后面还跟着一辆小马车，几人的行李都在小马车中。

他们并没有带多少护卫，出了郡城的大门之后，温梨笙撩开棉帘往外看，看到来来往往的人群旁停着一辆黑色车厢的马车。那辆马车的前后有十余位骑着马，看起来高大威猛的护卫。

温梨笙只看了一眼就认出来这是谢家的马车，只不过马车的车厢上没有“谢”字，也没有什么家徽，从外面看，是看不出来什么特殊的。

温浦长感觉到一阵寒意，睁开眼睛，见温梨笙的整颗头探出了窗子。随后他便听到了温梨笙的声音：“在对面的马车里坐着的是世子吗？”

温浦长只觉得眼皮一跳，喊道：“温梨笙，你干什么？！”

而后他也撩起身边窗子的棉帘，打开窗子往外看，就见他们的马车离那辆马车越来越近。而后，那辆马车的窗子被人从里面拉开，谢潇南那俊美无双的脸露了出来。

谢潇南先看了一眼温梨笙，眸中浮现出诧异之色，而后看向温浦长。

马车停下，温浦长下车后，几步走到谢潇南的马车前。他正想对着窗子行礼的时候，就见谢潇南撩开帘子，从马车里走了出来。

他披着黑色的大氅，长发高束成马尾辫，看起来很是干练。

“郡守不必多礼，腊月天寒，先进马车吧。”谢潇南赶在他行礼之前，用手虚扶了一把温浦长的手臂，语气淡淡地说道。

温浦长应下，转过头回到自己的马车里，而后才发现谢潇南也跟了上来。

这马车宽敞，就算是四个人坐也并不拥挤。温浦长连忙让出位置，对谢潇南道：“世子请坐。”

谢潇南在车厢内看了一遍，看见不该出现在这里的温梨笙和沈嘉清时，面色如常地坐了下来。

“世子日安，”温梨笙在他落座之后第一个开口，笑吟吟地道，“可有吃早膳？”

谢潇南转头看过去，对上她的视线，原本没什么表情的脸上似乎有了一抹笑容，回答道：“吃过。”

温浦长差点儿以为自己的眼睛出问题了，眨了眨眼，心想：我果然没有看错。

先前在谢府，世子虽然也是这般模样，但到底是有几分演的成分，是要故意演给贺家人看的。所以当时谢潇南笑得再温柔，温浦长都觉得是正常的，但眼下这马车里没有外人，谢潇南的表情看起来还是如此温和，这就有些不对了。

这还是那个时时刻刻表现得很冷漠的世子吗？

谢潇南问温梨笙：“你为何跟来了？”

温梨笙说：“我回去之后听我爹说他也要去川县，所以就央求他带我去。毕竟我活了二十来年，还没怎么去过别的地方呢。”

“二十来年？”马车里的三个人同时发现了她话中的问题，齐齐露出惊讶的神色，异口同声地问。

温梨笙立马改口道：“呸呸呸，说错了，是十多年。”

温梨笙在潜意识里觉得自己已经活了二十多年，所以方才没注意，一下子说顺口了。

由于她平时喜欢乱说话，所以这会儿三人并未在意。谢潇南接着说：“去川县可不是为了玩。”

这话跟温浦长说的一样，温梨笙哼了一声，说：“我知道啊。我看起来是那种一心想着玩的人吗？”

沈嘉清在旁边问：“难道不是……”

他话还没说完，就被温梨笙用肘部撞了一下。温梨笙有些生气地道：“闭上你的嘴。”

沈嘉清揉了揉肋骨处，而后说道：“我已经听我爹说过了，说是川县河坝附近发现有人把活人埋进棺材里，当地的官员已经调查几日了，但没有丝毫头绪。小师叔这次去川县也是为了这事吧？”

谢潇南轻轻点头。

“此事并非表面上看起来的那么简单。”谢潇南语气平缓地道，“诺楼国王室曾有一本不为人知的邪术之书，其中有一篇记载了一种献祭之法。那献祭之法就是将还活着的少男少女装入棺材，埋于阵法之中，完成献祭便可实现愿望。”

沈嘉清并未听说过这种秘术，惊讶得张大了嘴巴，瞪大了眼睛。温梨笙想到自己也应该表现出没有听说过这种秘术的样子，所以学着沈嘉清瞪着眼睛张大嘴。

温浦长见状，“啧”了一声，道：“把嘴合上，像什么样子？！”

温梨笙说道：“这种古老的秘术是真的吗？真的能帮人实现愿望？”

“自然是假的。”谢潇南掩去了眸中那淡淡的笑意，说道，“这不过是诺楼国里一些心术不正的先人编织的骗局罢了。他们编出这种阴毒之法，然后添枝加叶地宣扬出去，归根结底也是为了巩固自己的统治权和上位者的地位，被后人留存下来，奉为古老的秘术。”

谢潇南说话的时候，眉眼间的轻视之色都不加掩饰，说明他是相当厌恶和看不起诺楼国人的。对于这种害人的邪术，他一开始就抱着坚决打击的态度。

谢潇南的情报网比温梨笙想象的要广得多，她没想到他连这个都知道。

不过谢潇南提起诺楼国后，温梨笙便想起了先前被谢潇南抓获的洛兰野。后来她也没打探他的消息，不知道他被怎么处理了。

还有那个奇怪的梦，梦中洛兰野似乎在跟一个会说梁语的人争论什么，话中也提及这个古老的秘术，她由此基本可以推断，曾经害人匪浅的长生教的确出自诺楼国。

梦中的事极有可能是真的，或许是将要发生的。

她想起自己被绑得很结实，嘴巴也被封住，说不出话，困在那辆漆黑的马车里，不知要去何处，心中就泛起一阵恐惧。她暗暗决定，绝对要与谢潇南形影不离，不给任何人将她绑走的机会！

谢潇南又说：“所以到了川县，所有人都不能独自行动，一定要注意身边的所有异动。诺楼国的那些人很有可能就潜伏在附近。”

温梨笙积极响应，道：“说得太对了，我不会武功，是咱们几人中最娇弱的。世子又是最厉害的，所以我跟你在一起正合适！”

她刚将话说完，脑门儿就被温浦长弹了一下。

温浦长怒道：“你又胡说八道什么？那地方那么危险，你现在直接回家得了。”

她捂着脑门儿问：“爹，你打我干什么？我难道说错了吗？”

谢潇南接话道：“没有说错，虽说这次去川县并不安全，但也不用害怕，待在我身边就好。”

说罢，他起身，对温浦长颔首告辞，而后下了马车。

温浦长下车相送，跟着谢潇南走向谢家的马车，低声道：“给世子添麻烦了，小女吵着闹着非要跟来，我实在是没有办法。”

谢潇南站定，眉眼间都是笑意，语气温柔地道：“无妨，她的性子就是如此，我知晓的。”

温浦长愣了一瞬，脱口道："她今年十六岁，马上就要过十七岁的生辰，出生在腊月二十四，尚未……"

"婚配"二字他还没说，看着谢潇南带着笑的表情，一下清醒过来，暗骂自己是越老越糊涂，方才竟然忍不住生出了与谢家人攀亲家的心思。

"我也是。"谢潇南接着他还没说完的话道。

"什么？"温浦长疑惑地道。

"我今年十八岁，初春三月的生辰，尚未婚配。"谢潇南道。

温浦长愣住了，还没揣摩世子的话，就听见身后传来温梨笙的声音："世子，我左思右想，还是有些问题要向你请教。我看你的马车那么大，多坐一个人也是没什么问题的吧？"

紧接着，温梨笙就从后边跑来，与温浦长擦肩而过，要往谢家的马车里钻。

温浦长手疾眼快，想要抓她，但温梨笙这会儿滑得跟泥鳅似的，往旁边一躲，就让他抓了个空。

温梨笙往马车上爬，由于急着躲温浦长，她的动作又急又快。她爬上去之后险些没站稳，身体往后仰了仰，谢潇南站在边上，伸手在她的腰间撑了一把，缓缓地道："当心些。"

她被腰上的一股力道推了一下，顺势站稳，然后进了车厢。片刻后，她打开窗子，从里面探出头，笑着对温浦长道："爹，这马车里面好暖和，我在这里坐一会儿，别操心我。"

温浦长看了一下谢潇南的脸色，对她道："你胡闹什么？快点儿下来。"

"我没有胡闹。"温梨笙道。

"尊卑有别，男女有别，你怎可与世子同乘一辆马车？"温浦长又道。

"那你把我当成男的。"温梨笙撂下这句话后，把头缩回了马车里，棉帘被放下来，挡住了里面的光景。

温浦长怒道："你这逆子！"

谢潇南在一旁道："无妨，眼下时间不早了，咱们快些启程吧。"

温浦长见他似乎并没有生气，便向他行礼道别，转身回了自家的马车上。他一进车厢就见沈嘉清躺在对面的座椅上呼呼大睡。

温浦长心想：我真是越老越经得起折腾。

谢潇南刚进马车，就被一双胳膊搂住了脖子，温梨笙整个人抱了上来，带着笑的声音响起："没想到我跟来了吧？"

谢潇南下意识地反手将她抱住，然后往里走了几步坐下来，手臂往她的腰间一放，将她揽着坐在了他的腿上，低着头看她，道："敢自己跑到我的马车上来，你还真是一点儿都不怕我了。”

温梨笙只有在小时候坐过温浦长的腿，但都是六岁之前的事了，没想到时隔多年，自己又坐在了另一个男人的腿上。

这姿势让她有些脸热。

她问：“我为什么要怕你？”

谢潇南意味深长地笑道：“你之前不是怕我怕得厉害？”

温梨笙嘴硬道：“你记错了吧？我何时怕过世子？”

马车缓缓地在路上行驶，谢潇南一只手圈着她的腰，一只手揽着她的肩膀，将她完全固定在自己的怀中，笑了一下后道：“那是谁曾在梅家酒庄的东堂里当着那么多人的面跪下来喊‘世子息怒’的？”

温梨笙想起当时的情况，只觉得好笑。主要是头一天晚上她梦见了当初谢潇南刚进沂关郡，砍掉她的未婚夫的脑袋的那日，毫不夸张地说，此事给温梨笙留下了很深的心理阴影，所以醒来时她心有余悸。

后来去东堂，梅兴安和他的四弟都是没脑子的人，在大堂上对谢潇南出言不逊，眼看着他的脸上有了怒意，温梨笙这才因为害怕受到牵连而提前跪下。

她没想到这如今成了她的笑柄。

温梨笙不满地道：“还不是你当初总吓我？”

“我何时吓过你？”谢潇南问。

温梨笙没有回答，因为吓唬她的人是梦里那个冷面大反贼谢潇南，而不是面前这个笑吟吟的谢潇南。

她把头靠在他的颈窝里，说道：“你没来沂关郡之前，他们都说你这次来是为了将我爹贪赃受贿、徇私枉法之事一并查清楚的，所以我才总觉得你要害温家人。”

“不过是流言罢了。”谢潇南感觉颈间有温梨笙的气息，泛起一圈温热的感觉，于是抬手在她的脑门儿上揉了一下，道，“日后在你爹面前要慎言，免得脑门儿上总挨揍，别被打傻了。”

“我若是被打傻了，会怎么样？”温梨笙抬起头问。

谢潇南与她对视一眼，眸色变深，然后用手扶在她的后脑勺儿上，低头吻下去。

这次比之前的力道要重一些，不再那么轻柔，他仿佛被勾得失去了些许自制力。

温梨笙对这突如其来的吻毫无防备，对他的攻势完全没有阻拦，感觉唇被咬了一下，便下意识地张开了嘴，喉咙一滑，咽下了疯狂地分泌的口水，双手撑在他的双肩处。

谢潇南找到了她的小尖牙，想起这就是之前落水的时候把他的嘴唇咬得血流不止的“罪魁祸首”，于是对这颗小牙表现出了不同寻常的喜爱，而后转去其他地方，像要把温梨笙唇齿间的每一缕“香甜”搜刮干净。

这次的攻势稍显霸道，温梨笙很快就招架不住了，双手有了推拒之意，但谢潇南恍若未觉，她半分也推不动他。

很快，温梨笙就发出了难耐的低哼声，想扭头闪躲，却被他的手扶住脑袋，动弹不得，只得被迫承受。

到最后，她握拳捶了谢潇南的肩膀两下，喊了两声，谢潇南才将她放开。他之前平稳的呼吸也显得重了不少，他嗓音沙哑地道：“你若是被打傻了，就不会像现在这样懂得拒绝了。”

温梨笙从他的怀里钻了出来，坐到他对面，用手掌揉了揉有些发烫的脸颊。

离他太近会让她方寸大乱，完全不能自主思考，她还是坐远点儿，保持着适当的距离好。

谢潇南整理了一下方才被揉得有些乱的衣裳，而后道：“你坐那么远干吗？我还能吃了你？”

温梨笙心想：那可不一定，方才我挣脱不开的时候，还真有一种要被你吃了的感觉。

她顺了顺长发，随口说道：“能被世子吃，那简直是可遇不可求的福气。”

谢潇南对她的油嘴滑舌已经免疫，面色如常，没有接话。

马车行驶得快了起来，车厢有了小幅度的摇晃，车壁上挂着的小香炉里散发出极淡的味道，温梨笙一闻就想睡觉。

过了一会儿，她开口问：“世子，若是那川县的活人棺真是诺楼国人所为，该如何处置？”

谢潇南拿着一本书翻阅着，抽空回答道：“自然是先把人抓到。”

“那你先前抓住的那个诺楼国的王子，后来如何了？”她好奇地问。

他头也没抬地道：“你坐过来，我就告诉你。”

温梨笙的心绪已经完全平复，她不再像方才那样脸红心跳，于是凑到谢潇南身边，道：“你快说。”

她一靠近他就会将身子靠过来，肩膀靠在他的手臂上，身体一半的重量压在他的身上，好似很喜欢这样亲昵。

谢潇南瞥了她一眼，说道：“还在关押着，他受的伤比我的重，他被医治了许久才救活，如今正在休养。”

“那世子会杀了他吗？”她问。

谢潇南轻轻摇头，道：“洛兰野是如今的诺楼王最疼爱的儿子，十分受诺楼王的器重，是诺楼国的王储，若是杀了他，只怕会给诺楼国人起兵进犯大梁边境的借口。”

温梨笙一听，心中“咯噔”一下。

谢潇南不杀洛兰野，在达成某种目的之后会将他放走，那么先前她梦到的那些画面就是有可能发生的，只是温梨笙不知道这种情况该如何预防。

按照上次洛兰野的战斗力来看，若是在郡城外落单，她身边就算有席路、鱼桂，恐怕他们也难以保护她。

但洛兰野若是被杀了，正如谢潇南所说，诺楼王痛失爱子，定然会因此事勃然大怒，虽不至于大举进攻大梁，但在边境一带派兵掠夺并非不可能之事。

她想着，将脑袋往谢潇南的手臂上一枕，问他：“这洛兰野看起来凶狠无比，你把他放了，他回头来找你报仇怎么办？”

谢潇南道：“他上回吃的药损坏了经脉，加之受伤极重，足够他休养大半年了。”

大半年的时间，谢潇南都回奚京了，又怎会在乎他回不回来报复？

温梨笙将脸埋进他的大氅里，问：“世子，我问你一个问题。”

谢潇南看着书卷道：“问。”

“如果在将来的某一日，你突然造反，你觉得会是因为什么呢？”温梨笙缓慢地问出这句话。

谢潇南目光一顿，而后侧身将她靠在自己手臂上的脑袋捧起来，揪住她的两边脸颊，问她：“这话也是你能乱说的吗？嗯？”

温梨笙有些吃痛地咧开嘴，道：“我是说如果，就是假想一下，有没有这个可能性？”

“没有。”谢潇南松开她的手，几乎没有思考就回答了这个问题。

温梨笙缠着他的手臂，轻声道：“你别回答得那么快，仔细想想嘛。”

“这种问题没有思考的意义。”谢潇南说。

“怎么就没有呢？”温梨笙往他的身上挤了挤，见他仍旧在看书，于是伸手把书合上，抢了过来，“这里就咱们俩，不会有人知道的，你就想一下嘛。”

谢潇南看着她，表情有些无奈，而后抬手将她脖子上戴的那根线钩了出来，紫玉落在他的掌心上，被他用手指摩挲了片刻。

“谢家的孩子，自打出生起就会戴上这样一种护身玉，从不离身。这块紫玉的正面是一个‘谢’字，背面是一种花，你可知道这是什么花？”

温梨笙这样看不见，于是把紫玉从脖子上取了下来，放在掌心里看。那朵花精雕细琢，栩栩如生，温梨笙从未见过，遂摇头。

“这叫麒麟花，是谢家的家徽。”谢潇南说这话的时候，表情极其认真，“意为忠诚，忠君亦忠国，是谢家的祖训，所以你方才提出的问题没有答案。”

言外之意就是谢潇南认为自己绝不会造反，绝不会背叛大梁。

温梨笙想起梦中他曾经是在建宁七年八月份左右回去的，走得十分匆忙，完全没有任何消息，等众人发现时，他在沂关郡住的谢府已经是空的了。

谢潇南走了没多久，她就听说他带兵前往北境，赶赴边疆抗敌。虽同在北境，但那地方与沂关郡相隔很远，所以她能得到的消息很少很少。

后来……

后来就没有关于谢潇南的消息了。

建宁八年，他又出现了，带领着强悍的兵马，所过之处皆插上谢家大旗，千军难挡。

要是在以前，温梨笙会觉得他是故意谋划了这一切，带兵前往北境之后，销声匿迹一段时日，运筹帷幄，养精蓄锐，开始了浩浩荡荡的造反之路。

但现在，她偏向于谢潇南。她觉得在谢潇南带兵前往北境之后，一定发生了什么事，那些事让他从一个忠君忠国，怀着赤诚之心的人变为一个人人喊打的反贼。

一定是发生的事将他逼上那一步的。

他那满身覆血的银甲之下，藏着的究竟是不是狼子野心？

温梨笙觉得，她总有一日会揭开他的银甲，看清楚其中的真相。

谢潇南见她许久不说话，便低头在她的脑门儿上弹了一下，道："日后不准再说这般大逆不道的话，若是让外人听去了，你脑袋定然不保。"

温梨笙吃痛地揉了一下脑门儿，浑身跟没骨头似的倒在窄榻上，叫道："啊，我受伤了，起不来了。"

谢潇南见状，轻笑一声，道："把书给我。"

她将先前抢来的书举起来，谢潇南一把抓住她的手腕，然后用一股很强劲的力道将她从窄榻上拽起来，拥入怀中，继而低头在她的唇边亲了一下。

温梨笙抿住唇，但是片刻后又张开，问他："你怎么一下子就把我拽起来了？好厉害！"

谢潇南接过书，并没有回答，而是从一旁的箱子中又拿出几本书来，说道："路途有些远，你若是觉得无趣，可以看看这些书。"

温梨笙翻看了一下，与课上夫子讲的内容是差不多的。她不太乐意地道："看这些书只会让我觉得更无趣。"

"让你看，不是为了让你打发无趣的。"谢潇南说。

温梨笙起初没懂他的意思，想了想之后才说："你觉得我看这些书一定会睡着？"

睡觉是打发时间的最好办法，谢潇南的意思是，她要是觉得无趣了，就看看这些书，然后睡一觉，温梨笙觉得自己遭到了轻视。

谢潇南微笑着翻开面前的书看，道："或许吧。"

温梨笙气得嘴巴一歪，当即挑了一本书翻开，心想：我就不睡！我就要睁着眼睛看到川县！我让你看不起我！

一炷香后，谢潇南看了一眼捧着书呼呼大睡的温梨笙，将身上的大氅解下，盖在她的身上，拿走了书。

"冬日里这般睡觉会生病，"谢潇南小声道，"多盖些。"

马车一早出发，经过大峡谷之后，又走了将近一个时辰，进入了川县。

川县也是一个很大的县城，来往之人极多，呈一派繁华之景。温浦长撩开帘子往外看，想起上次来还是几年前，这几年不见，川县的变化也是非常大的。

他叹了一声时间飞逝，而后放下帘子，见沈嘉清还抱着他的大氅睡得正香。

温浦长拽着大氅往外抽了抽，却不承想沈嘉清睡得死就罢了，还把他的大氅抱得极紧，他根本拉扯不开。

这小兔崽子！

温浦长看着他那一张脸，与他爹的有六七分相似，当即气不打一处来，直接一个大掌拍在了他的脑门儿上。

沈嘉清没醒。

"这是一头死猪吗？这样都打不醒？"温浦长纳闷儿。

他想着当年他年少的时候，没少挨沈雪檀的打，如今几十年过去了，他女儿原本那么乖巧，又被沈雪檀的儿子带得爬树翻墙，跟山间的野猴子似的，沈家人果然是温家人的克星！

温浦长越想越气，站起来用双手抓住大氅，深吸一口气，而后大喝一声，使足力气猛拽，却没想到大氅的皮毛十分光滑，他一下拽脱了手，没能把沈嘉清从窄榻上拽下来不说，自己还因为惯性猛地往后栽去，头磕在车壁上，发出"咚"的一声响，袖子挥舞时产生的风拂灭了桌上的蜡烛。

温浦长摔得双眼昏花，沈嘉清也因为这动静而醒来。他尚未完全清醒，马车里很昏暗，他睁着惺忪的睡眼问："爹，你在干吗？"

温浦长"哎哟"了两声，咬着牙道："谁是你爹？！快来扶我一把，我闪着腰了！"

沈嘉清瞬间清醒，连忙上前搀扶，并问："郡守大人坐得好好的，怎么会突然闪着腰？"

温浦长道："还不是怪你这个臭小子？！"

沈嘉清疑惑地道："我干吗了？"

温浦长总不能说自己刚才起了坏心思，想把他从榻上拉下来吧？

于是温浦长道："你方才睡觉时自言自语，我以为你梦魇了，便想将你喊醒，没想到刚一靠近你，你便伸手打了我一拳，将我打翻。"

沈嘉清听后脸色一沉，而后站起身，将上衣一扒，露出结实的臂膀，然后将车窗上挂着的金丝遮光帘扯了下来，绑在背上。

温浦长心疼不已，大声问他："你干什么？！"

沈嘉清将金丝遮光帘绑好，而后跪下，中气十足地道："负金请罪！"

温浦长吃惊地瞪着他看了好一会儿，嗫嚅片刻，最终什么话都没说。

沈雪檀，你儿子的脑子果然有病！温浦长想。

第十章　磨宝剑

温浦长费尽口舌，才给沈嘉清讲明白“负荆请罪”的真正含义。

几辆马车在中午时分到达川县。当地的县官在城门口迎接，见到谢家的马车之后，立即领着一群人行礼迎接。

谢家的马车在前头，停住之后，温梨笙先从车厢里出来。一见面前站了黑压压的一群人，那些人还全都瞪着眼睛朝这边看，她便停下了脚步，而后站在边上转头，也跟着瞧谢潇南从马车里走下来，那件方才盖在她身上的大氅已经被谢潇南披好。谢潇南此刻衣衫整齐，神色平淡，看起来有几分冷漠。

谢潇南刚下来，县官赶忙躬身迎上前，道：“下官拜见世子。”

谢潇南看了一眼面前站着的一群人，眉毛微微拧起，对这样大的排场有些不满，问县官：“何须来这么多人？”

县官愣了一下才道：“因为本地从未迎接过世子这般身份的人物，所以下官害怕怠慢，便将川县在任的官员都喊了过来。”

谢潇南是不高兴的，将头一偏，没再说话。

紧接着，温家的马车缓缓行来，停在边上，刚停稳，沈嘉清就从马车里翻了下来，栽倒在地上。他上衣凌乱，手上还抓着金丝遮光帘。

众目睽睽之下，他飞快地爬起来，然后将自己的上衣整理好，冷得打了个哆嗦。

温梨笙看得目瞪口呆，往他那边走了两步，问道：“你怎么从车厢里摔下来了？”

沈嘉清看了一眼正从车厢里出来的温浦长，小声对她道：“我不是摔下来的，是被你爹踹下来的。”

说着，他低下了头。温梨笙朝他看去，只见他的胸腹处有一个浅浅的脚印，由于他穿着的衣服是浅色的，所以很明显。

“我爹踹你干什么？”温梨笙问道。

沈嘉清扬了扬手中抓着的金丝遮光帘：“起初我在睡觉，然后你爹突然发出很大的声响，我醒来之后，就见他摔在座位上，闪到了腰。他说是我睡觉的时候出拳把他打成那样的，我便想要负金请罪，你爹就给我讲解了一番‘负荆请罪’的意思。”

温梨笙听了觉得很离谱儿，因为沈嘉清睡觉的时候是很老实的。他们以前经常去峡谷上的竹屋里玩，玩累了就会在吊床或者树下睡觉，温梨笙从没发现沈嘉清睡觉时有手脚不老实的情况。

再说了，若她爹真是被沈嘉清一拳打得闪了腰，约莫当场就把马车的车顶掀了，哪儿还会等到这时候？

于是温梨笙问：“然后呢？”

“你爹讲了一大串话，最后我就说了一句‘我爹说负金请罪要有用得多’，正好赶上马车停了，他就一脚把我踹下来了。”沈嘉清耸耸肩，拍了拍身上的灰尘。

其实按照温浦长的出腿速度，沈嘉清若是想闪避，简直轻而易举。

但他没有躲开。

温梨笙问：“这么多年，你还没放弃吗？”

沈嘉清知道她说的是什么，便道：“我相信只要我坚持，有朝一日你爹一定会对我改变看法。”

“这跟你这个人没有关系。”温梨笙说道，“他针对的是你这个姓，你若真想让我爹对你改变态度，直接改个姓更为方便。”

沈嘉清撇了撇嘴。

那边，县官与温浦长和谢潇南行过礼，成功接头，一行人朝着县城内走去。

县官给几人安排的住处是只有一个庭院的宅子，宅中的房间并不多，沈嘉清一看，忍不住低声道：“这县官怎么这么小气，安排这么小的屋子，怎么够我们住？”

温浦长在一旁听到了，睨了他一眼，道：“这是我安排的，地方越小，住在一起越安全。一旦发生什么事，所有人能第一时间知道，你懂什么？”

沈嘉清立马点头如捣蒜，并道：“是是是，郡守大人安排得好。”

房屋分为东两间、西两间，朝西的屋子面朝着阳光，比其他屋子里暖和一些，于是其中一间房被分给了谢潇南，而另一间给了温浦长。

分房间的时候，沈嘉清在温梨笙的耳边小声说：“你爹是我们当中年纪最大的，我爹说他不会武功，也不喜欢锻炼身体，身子骨儿脆得很，既不耐寒，如今又闪了腰，还是将西边的那一间给你爹吧。”

温梨笙觉得他的话有道理，刚想点头，就见温浦长从后面走来，一巴掌拍在沈嘉清的后脑勺儿上。温浦长怒道：“你是不是想说再过个两年，我牙都会掉光，半只脚踏进棺材里？”

沈嘉清被他吓了一跳，连忙说：“郡守大人，我没有那个意思。”

“你分明就是这个意思。”温浦长仿佛被气得不轻。

温梨笙急忙扶着他的肩膀往西边的房屋走去，一边走一边说道：“爹，你别管他，他不是一直都是这样的吗？西边的两间屋子都面朝着阳光，也比其他屋子宽敞，就给你和世子住了。我与沈嘉清住东边的那两间。”

温浦长被她顺了顺气，这才觉得心口舒坦了一些。这一路走来，他险些被沈嘉清气得晕过去。

房屋被分配好之后，鱼桂负责将换洗的衣服和东西收拾好，温梨笙则跑去喊沈嘉清：“走啊，出去看看。”

沈嘉清没有带下人的习惯，去什么地方都喜欢自己去，用他的话来说就是方便行动。

虽然温梨笙时常与他一起，但是遇到什么事，他也是不管不顾的。就像之前在牛宅里那次，他遇见从棺材里爬出来的蓝沅之后，便一下子追了过去。

沈嘉清将衣物往桌子上一放，道：“来了。”

他走过去后，见只有温梨笙一人，便问道：“小师叔不去吗？”

温梨笙道：“他和我爹应该有事情要忙吧。”

乔陵和席路在门外边，一人蹲着，一人站着，正有一搭没一搭地聊着天儿，见两个人出来，乔陵往前走一步，将路拦了一半，对他们道：“二位，少爷吩咐过，不得擅自外出。”

“我们就在门口看看。”温梨笙道。

席路在旁边说：“她说‘在门口看看’，就是在门口这一两条街上闲逛，若是说‘去门口走走’的话，那就是打算去城中游玩了。”

温梨笙惊讶地看了他一眼。

席路把她的言外之意解释得很清楚，她就是这个意思。

乔陵问席路：“你如何得知？”

席路得意地一笑，道：“好歹我也跟了她三四个月，她平日里跟别人说话时就是这样的。她若是吹牛的话，一分的事说成十分；若是糊弄人，八分的事说成两分，就是这样的规律。”

沈嘉清大为赞同地鼓掌，道：“没想到你对她观察得这么细致，梨子确实是这样的人，尤其是吹牛的时候，简直把牛皮都吹破了。以前我们家养过一池青蛙，才养没多久，连掌心大都没有，她误入青蛙池，不小心踩死了两只。从那之后，她一遇到别人，就告诉别人我家青蛙池里的青蛙跟兔子一样大，还长着一嘴尖牙，全天下也只有她嘴里的青蛙会长尖牙……”

温梨笙握紧拳头，有些生气地道：“闭嘴！”

沈嘉清笑着闭上了嘴。虽然过去很长时间了，但现在想起她吹的牛，他还是忍不住想笑。

席路也道：“半主子的性子简单，容易看透，而且做暗卫，我是专业的。”

“半主子？”沈嘉清疑惑地道。

“她现在是我的半个主子。”席路解释道。

温梨笙嗤笑一声，问：“我每个月给你三十两银子，才算你的半个主子？那世子岂不是每个月给你六十两银子？”

“他每个月只能从我这里领到五两银子。”

谢潇南的声音忽然在她身后响起。温梨笙惊讶地回头，发现谢潇南不知道什么时候走了过来。他应该是刚从屋中出来的，身上还有一股暖意。

几人同时站直身体，对他行礼。

“世子，咱们要出去看看吗？”温梨笙眨着眼睛，充满期待地看着他问。

谢潇南转过头看了一眼热闹的街头，道：“今日不忙，有空闲。”

温梨笙还没说话，沈嘉清就乐得拍着手道：“好，可以跟小师叔一起出去逛逛了。”

温梨笙奇怪地看了他一眼，问：“凭什么你能叫得那么亲密，我却只能叫他‘世子’？”

沈嘉清道：“谁让我们有那一层关系呢？”

温梨笙想了想，道：“那我叫世子‘师兄’，我的辈分比你的高。”

沈嘉清皱着眉道：“你没拜师，不能叫他‘师兄’。”

“我就要叫。我宣布，从现在开始，许清川就是我的师父。”温梨笙插着腰，指着沈嘉清道，“你快叫我‘师叔’。”

沈嘉清哪儿肯让她平白无故地占这个便宜？他将头一扬，哼了一声，道：“你说拜师就拜师？那我也与郡守大人结拜为异姓兄弟，这样一来，我与你父亲一辈……”

他话还没说完，就被温浦长打断了。温浦长冷冷地道：“你还想跟我结拜？”

沈嘉清差点儿被吓得魂飞魄散，一转眼就看见温浦长站在庭院对面，冷冷地瞅着他。

正如温浦长所说，这座庭院小，所以发出任何动静时，所有人都能在第一时间知道。几人站在门边说的话，温浦长也听了个一清二楚。

沈嘉清立马道："我不过是说笑而已，我爹说过，他与你已经结拜为异姓兄弟，在我心中，郡守大人就是我的第二个爹。"

他说得很认真，温浦长却听得直皱眉头。

温浦长问："我什么时候跟你爹结拜了？"

沈嘉清道："这你得去问我爹。"

温浦长都不用问，心里清楚得很。当年他娘过世，温家只剩下他一人，彼时尚是少年的他连吃一口饱饭都难。他不得不先搁下书卷，在酒楼、餐馆里挑一些厨余垃圾去倒，以此换取微薄的报酬，若是遇上心肠好的老板，见他可怜，还会赏一碗干净的饭给他吃。

那时候的他生活得极为艰难，白日里累死累活地忙一天，到手的工钱也只有少得可怜的铜板，晚上回去了还要拿起书本读。有好几次，他觉得自己活不下去了。

后来还是沈雪檀见他实在可怜，提出他若是与自己结拜为兄弟，叫自己一声"哥"，自己就会既让他不愁吃穿，还能去书院里读书。

温浦长的骨头硬得很，他当然是不愿意的，甚至对沈雪檀破口大骂。

不过后来温浦长生病了，躺在木床上，连下床的力气都没有，饿了两天，骨头饿软了，将沈雪檀送来的饭菜吃得一干二净。

沈雪檀在他狼吞虎咽的时候说："好，吃了这碗饭，你我以后就是铁打的兄弟了。知道吗？"

知道吗？

他知道个屁！

温浦长指着结拜大哥的儿子道："给我滚，别在我跟前碍眼！"

沈嘉清听话地往旁边走了两步，走出了温浦长的视线范围。

温梨笙见状，偷偷地笑了，就听席路纳闷儿地道："为何半主子与沈小公子的关系这般好，郡守大人却十分不待见沈小公子呢？"

她听了后，说道："其实我爹只是表面上比较凶而已。沈嘉清十岁的时候从风伶山庄偷跑出去玩，遇见仇家，仇家想杀了他报复沈家人，但碰巧被我爹撞见了，他把沈嘉清抱在怀里挡了一刀，直到现在，从肩膀到后背还留着一条长长的疤痕。"

那时候温梨笙已经记事，记得温浦长被抬回来的时候身上全是血。那血止不住地流，她被吓得"哇哇"大哭。整个房间都是医师和下人，沈雪檀坐在堂中，低着头，一言不发，脸上尽是杀气。

那大概是温浦长身上唯一的刀伤，毕竟他是一个从不曾舞刀弄枪的文人。

也正是因为这事，不管温浦长表现得如何不待见沈嘉清，沈嘉清都对他毕恭毕敬的，比对他亲爹都孝敬。

温梨笙想起当年的事，心中仍旧难受，不管她爹表现得有多么讨厌沈家人，沈雪檀仍然是他最好的朋友。

“咱们还是别在这儿浪费时间了。”温梨笙转过头对谢潇南道，“世子也应该没来过这地方，一起去逛逛吧。”

寒风吹起他的长发，这样冷的地方，人只要站一会儿不动，就会觉得身子僵硬。谢潇南点头道：“也好，去看一下地形。”

得了他的准许，几人一同出了门，走在街上观察周围的景色。

靠近北境的地方，建筑风格、民风民俗基本上是差不多的。所以在谢潇南等外来人的眼中，这里与沂关郡并没有什么区别，只不过比不上沂关郡郡城繁华、热闹罢了。

但温梨笙和沈嘉清这种土生土长的沂关人，能很轻易地看出两地景色的不同之处。这里虽说是一座普通的县城，但温梨笙和沈嘉清也觉得十分新奇。

几人分成两批，谢潇南、温梨笙、沈嘉清三人并肩走在前头，乔陵和席路跟在后面。这几人由于个子都极为高挑儿，面容俊俏，不过走了半条街，就引来了非常多的关注。

约莫是瞧出了几人是从外地来的，有不少女子明目张胆地朝几人招手，甚至还有路边的酒楼里的女老板坐在门口问他们：“几位小郎君从何处来的呀，可曾用饭，要不进来吃些？”

几人同时看去，就见那女老板有些肥胖，又穿了冬装，看上去跟一个圆滚滚的球似的，圆润的脸上有一双小眼睛，正朝几人抛媚眼。

他们赶了一上午路，也刚到川县，确实没有吃饭，肚子里都是空的。沈嘉清便率先开口问道：“你家的饭好吃吗？”

那胖胖的女老板见他搭话，顿时喜上眉梢，一站起身就朝这边走来，边走边说：“那是当然，我这‘自醉楼’是川县出了名的酒香菜美之处，只要你进来尝一尝，保管你永生难忘这美味。”

温梨笙道：“这么神奇？”

“那是自然！”

温梨笙转头看了一眼谢潇南，眼神中带着询问之意，谢潇南便微微点了头。

于是，这胖老板就将几个衣着华贵、模样俊美的男女请进了酒楼之中。

众人进去之后才发现楼内的构造十分奇特，一楼的大堂里靠着内墙的位置搭了一个台子，台子的面积并不大，上面摆着桌椅，有一个四五十岁的男子坐在当中。

几人寻了一处不远不近的地方坐着，沈嘉清疑惑地道：“这是什么意思？是让我们边围观这人边吃饭吗？”

温梨笙道：“那男子是说书的，会在客人吃饭的时候说各种精彩的故事。若是他说得精彩，还可以向客人讨要打赏，是一种招客方式，在奚京很常见，我们这里反而比较少见。”

沈嘉清“哦”了一声，就听台上的男子将手中的醒木一拍，发出清脆的声响，整个大堂里的人静了静。那男子慢悠悠地道：“书接方才，许郎接到心爱女人的信，前来赴约，却没想到等待他的是一个密谋许久的陷阱。他被下药，失去了内力，歹人威胁他交出自己的宝贝，却不料他一手鞭子甩得出神入化，一时间歹人不敢随意靠近。

“歹人眼见无法将他擒拿，便将他心爱的女人挟持而来。歹人将刀架在女人的脖子上，要他弃鞭投降，否则便一刀了结女人的性命。纵横江湖的鞭神终是为了心爱之人低下了头颅，舍弃了手上的鞭子，毫不反抗地被人擒拿，随后被打断了手骨、腿骨，扔下断崖。自那之后，一代江湖传奇陨落，可叹英雄难过美人关哪——”

这种俗套的故事，温梨笙在话本上看得太多了，听了觉得颇为无趣。她心想：谁会喜欢听这些故事啊？这能起到招客的作用？

谁知她一转头，发现沈嘉清哭得泪流满面，席路、乔陵也双目赤红，看起来颇为动容。

温梨笙震惊得表情都凝固了。

怎么回事？

方才他们跟她听的是同一个故事吗？

这故事这么俗套、普通且无趣，竟然能让这三人有这么大的反应？

这三人没事吧？

温梨笙难以置信地看了看谢潇南，见他面色平静，目光落在桌上，显得有些漫不经心，正慢慢地喝着热茶。

她这才放下心来，觉得这周围的一切还是正常的。

继而她就见沈嘉清抹了一把眼泪，骂道：“这肯定是假的。”

“假的你还哭成这样？！”温梨笙忍不住脱口而出。看着沈嘉清满脸的泪水，她简直想钻到他的脑子里，看看他到底在想什么！

沈嘉清道：“这故事让人颇为震撼。”

温梨笙面无表情地看了他一眼，问：“你知道自己在说什么吗？”

沈嘉清摇头，道：“你根本不懂，只有我们这种真性情的人才会懂。”

说着，他问席路：“是吧？”

席路揉了揉红红的眼眶，点了下头。

有病，温梨笙想。

很快菜就被端了上来，是那位胖胖的女老板亲自上的菜。她往沈嘉清旁边一站，差点儿把他从座位上挤下去。

她一边往桌上放盘子，一边笑着说："几位小郎君可要好好品尝，这都是我亲自下厨做的，一般的客人是吃不到我做的菜的。"

旁边有一桌客人许是这女老板的熟人，其中一人打趣道："阿罗，你怎么还在这儿做起这般闲事来了？那边的店铺当真不管不顾了？"

被唤作"阿罗"的女老板嗔了一下，道："赵老板，你又不是不知道，自打那河坝被冲毁之后，那条街上基本没什么人经过了，我那商铺的生意有与没有一样。"

"那好歹也去瞧瞧啊。"

"不去了，那地方偏僻得很，大晚上的，总有奇怪的动静。前段时间还挖出了四口棺材，想想就瘆人。"阿罗摇摇头，仿佛不愿再想。

温梨笙听了，当即双眸发亮，问道："阿罗老板，河坝那边挖出四口棺材的时候，你在场吗？"

阿罗转过头，见问她问题的人是一个娇俏的小姑娘，便笑着道："是啊，我那边的商铺离河坝近。那日听说他们在河坝那边挖东西，我还以为是在挖金子珠石，便也提了东西准备去挖，结果到了那里就看到他们挖出了棺材，足足四口！当时险些把我吓晕。"

温梨笙觉得这是天上掉馅儿饼的好事。

河坝附近挖出棺材还是前段时间的事，前几日下过大雪，好几日了，雪都没化完，有些路边还能看到堆积起来的雪。如今隔了有一段时间，就算去河坝那边查，也未必能查出什么，因为挖出棺材的第一现场被雪覆盖过。

而且若是一些歹人存心破坏现场的话，他们就算去了，也什么都看不出来。

阿罗当日看见了棺材出土的过程，或许能看到其他不一样的地方。

温梨笙指了下沈嘉清，问她："阿罗老板喜欢这个小公子是吧？"

阿罗见状，脸颊一红，道："小姑娘的眼睛倒是挺厉害的。"

温梨笙又看向谢潇南，用藏在桌下的手去抓他，在大氅里寻到他有些凉的指尖，然后抓住，用自己的指尖在他的掌心里缓慢地写下一个"目"字。

谢潇南的表情没什么变化，他却一下将她的手抓住，反握在掌心里。

而后他对阿罗道："我们正是听闻了河坝的事，才来此地详细地探一探当时的情况。当日的事，你能否与我细说？"

阿罗呆呆地道："这是自然。"

温梨笙朝沈嘉清摆了摆手，道："给阿罗老板腾地方，让她坐在你旁边。"

“为什么？我们是来吃饭的，不是来跟人聊天儿的。”沈嘉清不乐意。

“小师叔的话你都不听？”温梨笙瞪了他一眼。

沈嘉清看了看谢潇南，只好将凳子往旁边挪了挪，几乎贴在了乔陵的肩膀上，才给阿罗挤出了一个空位。

阿罗喜出望外，连忙搬来椅子，坐在沈嘉清的边上，率先拿起筷子给他夹了一块肉，送到他的嘴边，道：“小郎君，你尝尝我的手艺，若非特殊时候，我是不会轻易下厨的。”

沈嘉清抿着嘴，脖子往后面一缩，脸上满是抗拒的表情。

温梨笙看着这个场面，觉得非常好笑，也跟着道：“张嘴啊，小郎君，这肉闻着不香吗？”

她话音刚落，手指就被重重地捏了一下。她一转过头就见谢潇南的视线停在桌上的菜上，他脸上并没有明显的情绪，仿佛刚才捏她那一下只是他不小心的。

温梨笙没在意，对阿罗道：“阿罗老板，你把发生在河坝那边的怪事都讲给我们听，等讲完了，我们帮你劝劝这小郎君，让他从了你。”

“真的？”阿罗双眼发亮，搁下筷子上的那块肉，道，“我平日里只有两个去处，除了这家小酒楼之外，就是河坝那边的商铺，那边是卖胭脂水粉的。

“有时候，我整理胭脂，忙得有些晚，就会直接宿在那边的商铺里。从今年三月份开始，我觉得有些不对劲。”

阿罗回想着，认真地说道：“那日晚上，我收拾好东西，本打算睡觉了，突然来了一个身量有些高的女人。我记得很清楚，因为那女人一看就是练家子，功夫应该不低。天都黑透了，她却一个人在路上行走。她敲开我的门之后，说想从我这里换一些金饰。

“因为我平时也会卖一些小首饰，所以有几个价格昂贵的嵌金的手镯和发钗。那姑娘说她全要了，并且给了我几张银票。那几张银票买金饰绰绰有余，我怕她反悔，就赶忙答应了。我记得她伸手来接金饰的时候，手腕上有一只带着铃铛的手镯，那手镯花花绿绿的，像由银子做的。我当时觉得很纳闷儿，瞧她的气度和打扮，她看起来并不像谁家的丫鬟。我想不明白为什么她有银票买金饰，却在手上戴一个银做的铃铛镯。”

温梨笙瞬间就想起了她先前做的那个被洛兰野抓进马车里的梦。当时在黑暗之中，有一个人愤怒地与洛兰野争执着，虽声音模糊，难以分辨，但她记得当时那人挥舞手臂的时候，她听见了铃铛发出的声音。

虽然只是这一点儿联系，但也足以让人怀疑。

在阿罗的描述里，那女子出手阔绰，不像缺钱的样子，却戴着一个看起来并不贵重的手镯，那只能有两个原因。一是那女子是受人所托，收了别人的银票去买金饰；二是那手镯对女子来说有特殊意义，所以她一直将它戴在手上。

排除了巧合的可能性，温梨笙暂且将这女子视为洛兰野的同伙。

“自打那日起，河坝附近就经常会有怪声。有时候是那种隐隐约约的歌声，有时候则是‘叮叮当当’的脆响，不过由于都是在晚上发出的声音，我不敢出去看，所以并不知道到底是什么声响。”阿罗说道，“声音一直持续了半个月，后来河坝附近突然起了一场火，火势凶猛，但是由于靠近河边，所以熄灭得很快，只将几棵树烧成了灰烬。”

这话一出，温梨笙基本上已经断定，这就是在进行献祭。

曾经，长生教的信徒多是穷凶极恶之人，所以长生教的传播范围很广，传到沂关郡的时候，温梨笙算是最早一批知道这消息的人。

这种献祭需要的条件，其一就是年纪尚轻的男女，若是没有，妇女、幼童也可代替，必须是活着的时候被封入棺中；其二则是需要一个阵法，阵法的要素是金木水火土。

川县活人棺出土的位置在河坝附近，本身就有水元素，加之埋在土里，而后河坝边还种着树，最后进行这场献祭仪式的人点了一把火，将几棵树烧成灰烬，于是金木水火土五元素就齐了。从某种意义上来说，这就算完成了长生教所言的那个献祭仪式。

温梨笙觉得自己的指尖迅速变凉，整个人有些恍惚。

曾经，长生教是在建宁八年之后才变得声势浩大的，之前温梨笙一点儿风声都没听见，为什么这次出现得那么早？

已经有人开始举行这种荒唐的献祭仪式，且还用了四口活人棺，可见做这事的人是一个心狠手辣之人，这种人的心理完全异于寻常人。

所以举行这种荒唐的献祭仪式的人极有可能就是洛兰野的人，三月份就开始了的话，表明这事与谢潇南抓到洛兰野是没有关系的，他们很早就在谋划了。

估计这是为了引出长生教而做的铺垫。

温梨笙越想越心惊。她不知道现在的情况究竟是较之曾经的一直在提前，还是它本来就该在这个时候发生。

许是她的表情看起来有些不好，谢潇南偏头瞧见了，就用手在她的指头上轻轻地捏，又在她的掌心和虎口处揉着。

他的手很有力，加之温梨笙的手很柔软，揉起来手感颇好，他像把玩着一个手中持物似的，却又感到有一种无形的抚慰。

正是因为这种不轻不重的揉捏，温梨笙有些惊慌的心情很神奇地逐渐平复了下来。

对啊，她身边还坐着谢潇南。

篡位登基，他都能做到，这世上还有他处理不了的事吗？

阿罗说话的时候，把声音压得很低，在有些吵闹的酒楼里，温梨笙听得不是很清楚。

“后来消停了好长时间，前些日子，河坝被冲毁，河岸两边的土坡滑落，搁置了一段时日没人管。前几日官府派人去修理河坝时才挖出了这些棺材，我跟你们说一件别人不知道的事。”阿罗神神秘秘地道，“那棺材被打开之后，里面长了很多黑色的东西，像菌菇，上面覆着一层黑粉，四口棺材里都有。”

乔陵问道：“是你亲眼所见？”

“可不是吗？”阿罗道，“我还捡了一个呢，不到巴掌大，上面的黑粉一抹就掉了。我怕有毒，就将它扔了。”

温梨笙知道那个东西，曾经挖出的棺材里几乎都有，有人特地研究过，那些黑色的菌菇是无毒的，但是也没人敢食用。至于棺材里为什么会长出那些东西，她并没有听说过合理的解释。

“看不出来，你胆子倒是挺大，还敢去捡。”沈嘉清没忍住说了一句。

他一搭话，阿罗便兴奋起来，往他身边挤，笑得眼睛都眯成了一条缝，道：“小郎君是在夸奖我吗？其实我也不太敢，只是看旁人都在捡，还以为是什么宝贝呢。”

沈嘉清被她一撞，差点儿掉到地上，无奈之下，只得又往乔陵旁边挤了挤。原本宽敞的桌子一下子变得十分拥挤，乔陵想夹菜的手都险些伸不出去。

“多谢阿罗老板，我们了解这些就足够了。”温梨笙笑着说。

“好说好说，能为几个俊俏的小郎君献一份绵薄之力，我乐意之至。”阿罗娇笑了一阵，听出温梨笙的话中有逐客的意思，便也不再多留，起身前摸了一把沈嘉清的手，笑嘻嘻地道：“小郎君的手真是滑嫩。”

沈嘉清起了一身鸡皮疙瘩，咬着后槽牙，强忍住骂人的冲动。

阿罗离开之后，他长舒一口气，什么也没说，抓起筷子就往嘴里塞菜。唯独方才阿罗给他夹的那道菜，他一下也没动。

温梨笙偷笑，一时间几人无话，安静地吃起菜来，台上的人仍不停地说着故事，一个接着一个地说。等他们吃得差不多时，台上的人杯中的茶已被喝尽，他告知听众一声便起身去倒茶，走入了酒楼后厨的拐角处。

谢潇南抬眸看了一眼，而后也起身，走的时候在温梨笙的后肩处轻轻地拍了一下。

她嚼着嘴里的东西，疑惑地看了看谢潇南往后厨去的背影，愣了一下才反应过来谢潇南方才是在叫她一起去，于是搁下筷子起身。

乔陵、席路见了，并未询问，沈嘉清埋头吃着，见她突然站起来，含混不清地问道："你干什么？"

"你先吃，我去去就来。"温梨笙道。

她跟着谢潇南走入后厨的拐角处，经过一条走廊，走到一处僻静之地。四周没有旁的人，她就看到谢潇南与那说书先生相对而站，说书先生毕恭毕敬地朝他行礼。

温梨笙走近了，听见说书先生的声音传来："许清川销声匿迹多年，我应该是除了那些人以外唯一知道真相的人。只要我尚活着一日，就会把这个故事说下去，相信终有真相大白的那天。"

温梨笙停在谢潇南身边，问道："你认识许清川？"

那说书先生看了她一眼，而后摇头，回答道："我年轻时听过他的威名，却并不曾得见。"

她忽地想起先前那个让沈嘉清泪流满面、乔陵和席路都红了眼眶的故事，其中那个纵横江湖，最后却败于美人关的主人公好像叫许郎。

"你方才说的那个故事，不会是许清川的故事吧？"温梨笙惊讶地道，"你是什么人，怎么会知道许清川的故事？"

说书先生道："鄙人姓程，名俞，十几年前偶然得知剑神失踪的真相，被那些人盯上。我为了保全性命，只得出逃去了外地，近两年才回到北境，辗转各个地方，以故事为掩饰，将真相告知众人。"

"程俞？"温梨笙问，"牛铁生跟你是什么关系？"

程俞听她提起牛铁生，愣了片刻才道："是鄙人的故友。"

温梨笙的思绪瞬间变得混乱，所有零碎的片段连在一起，她恍然大悟。

先前沈雪檀让沈嘉清给她带来一封信，信是牛铁生亲笔所写，封面上写着"程友亲启"，那是牛铁生写给程俞的信。

当年的程俞接到了信，赶至牛宅时，牛铁生已经被杀害。他按照信中的指引，找到了牛铁生生前藏下的东西，从中得知了牛铁生的死因。

大概就是他当年阴错阳差撞见了剑神许清川被害的真相，知道自己死路难逃，所以才将消息递给了程俞。程俞去牛宅的行为惹上了杀害牛铁生的人，所以程俞被迫出逃，在外漂泊十多年，近年才回到这地方。

程俞因为得知这个秘密被追杀了那么长时间，所以回来之后，他唯一想做的事情就是把真相告知众人。但他又害怕被那些人发现，于是将故事里的剑神许清川改为鞭神许郎以作掩饰。

"可是你不曾指名道姓，谁知道你说的是许清川的故事呢？"温梨笙又问。

“等真相大白那日，凡是听我说过这个故事的人都会知道。”程俞苦笑了一下，道，“我无权无势，东躲西藏这么些年，一事无成，唯有用这种笨拙的方法。”

许清川当年接到所爱之人的信，前去赴约，但遭到胡、贺、梅三家人的联手埋伏，拼死抵抗时，有人以他心爱之人的性命要挟，他便自愿弃剑投降，被打断了手、脚，扔下断崖，三家人瓜分了《霜华剑谱》与那柄宝剑。自此，江湖第一剑神销声匿迹。

温梨笙叹了一口气，没想到这样老套的故事，竟然会发生在二十多年前的许清川身上。

谢潇南见她垂眸沉思，朝程俞摆了一下手，程俞便再行一礼，转身离去。

周围变得寂静，过了一会儿，温梨笙抬头问道：“世子是为了让我知道这些，所以才将我喊来这里？”

谢潇南反问道：“你不是一直好奇吗？”

温梨笙一愣。

她似乎有些明白谢潇南的用意了。

谢潇南不是那种倾诉欲很强，喜欢讲故事的人，却将温梨笙眼中的好奇看得一清二楚。他没有直接回答她的问题。

温梨笙就好像站在黑暗中左右寻找，许多谜题得不到解答。谢潇南提着一盏灯，站在前面，在黑暗之中相当亮眼。

温梨笙往灯的方向走的时候，谢潇南也会往前走，就好像在一步步地指引她，让她慢慢在谜团里找出一条路来。

“你为什么不直接告诉我呢？”温梨笙问。

“探知欲是难能可贵的，”谢潇南眼神平静地看着她，说话时宛若站在台上授课的夫子，“眼睛用来寻找，脑子用来思考，你在学会如何破解谜题后，你的面前就不会再有能将你难倒的问题。”

授人以鱼不如授人以渔。

温梨笙看着他，心中卷起一层又一层的波澜，久久不能平静。

或许从很久之前开始，他就已经提着明灯，等着温梨笙慢慢地追随他的指引，她有时候会走错路，有时候又走得很慢，每到这时，谢潇南便会停下来，等着她追上来。

谢潇南如此有耐心，从不曾催促她。

于是，她知道了梅、贺、胡三家人瓜分了《霜华剑谱》，知道了霍家人与胡家人有把柄恩怨，知道了当年发生在许清川身上的事情，解开了曾经留下的很多疑问。

温梨笙往前一步，探出手，下一刻就被谢潇南握在掌心中，暖意顺着指尖流进了心中。

“许清川既然被扔下了断崖，又怎么会成为你的师父呢？”

她提及许清川，谢潇南的神色有了些许变化，似有一种思念之情藏在其中，他说：“师父当年被打断手和脚，扔进断崖下的水潭中，抱着一段浮木漂了一天一夜，最后昏死在岸边，被人救起，养了半年才能下地。

“但是由于伤势太重，他已经恢复不到从前的程度，走路时也只能借助双拐。十几年前，我爹曾前往北境公干，将他带回了奚京。当时我尚年幼，师父说我是习武的好苗子，便让我拜他为师，将《霜华剑谱》传授于我。”

谢潇南说这段话的时候，声音平静无波，温梨笙却听得感叹不已，寥寥几句话概括了许清川这十几年的遭遇。一个曾站在江湖顶端，被誉为“第一剑神”的人，最后要靠着双拐走路，许清川的苦楚谁都体会不到。

“那世子这次来沂关郡，他为何不跟着一起来呢？他不想报仇吗？”温梨笙问。

“若是不想报仇，又怎会拖着一双拐苟且偷生十余年？”谢潇南声音平静无波，却又充满着难以言说的落寞之情，“师父去年亡故了。”

许清川苟且偷生十余年，教出了一个相当厉害的徒弟。

谢潇南来到沂关郡收集被分为三个部分的《霜华剑谱》，又逐一对梅、贺、胡三家人出手，目的就是为师父报当年之仇。

温梨笙原本以为谢潇南收集那些剑谱只是出于对剑神的爱戴，却没想到这是他亡师的遗物。

“啊，原来我做那件事是对的。”温梨笙小声说。

她从胡山俊手中拿回的最后一部分剑谱，让许清川毕生的心血得以再次变得完整。

她看着谢潇南，发现他的脸上有淡淡的哀伤。许清川陪伴他长大，将《霜华剑谱》完整地传授给他。对他来说，许清川亦师亦友。

想起大仇未报却带着恨意亡故的许清川，谢潇南应该也是难过的吧？

“所以乔陵与席路，与许清川也是相识的？”

“乔陵自小就是我的伴读。我六岁的时候，师父捡了因偷鸡而被打得半死的席路，将他带回谢府之后，教他习字念书，让他成为我的贴身护卫，我们皆是在师父的指导下长大的。”谢潇南说道。

她想到方才程俞说出那个俗套的故事时，双目赤红的乔陵与席路，觉得他们应该也与许清川感情十分深厚。他们乍然在这里听见许清川的故事，一时想起了已去世的许清川，才没忍住红了眼眶。

温梨笙看着情绪低落的谢潇南，心里也觉得有些烦闷，于是上前一步抱住他的腰，将头靠在他的怀中，道：“你已经做得很好了。”

毫无疑问，许清川是一个极为优秀的师父，他先前所教的徒弟如今是沈嘉清的师父，后教的谢潇南也将《霜华剑谱》练得出神入化。

虽然他已去世，但意志仍然存在，仍然有人将他放在心中，为他生前之事谋划奔波。

“至少故事里还有一部分是美好的。”温梨笙说，“你师父为了心爱之人甘愿投降。他仍然是那个剑谱无双的第一剑神，不曾败于他人之手。”

谢潇南听后，抬手摸了摸她的脑袋，一声轻轻的叹息落在了她的头顶上。

温梨笙觉得有些不对，抬起头问：“怎么了？”

“师父当年所爱之人其实早已与胡家人串通好，故意引师父前去赴约，以性命做威胁，让师父弃剑。”谢潇南的眸中覆上了一层寒霜，他慢悠悠地道，“那女人因为帮助他们，嫁进了胡家，而今正是胡家大房第四子的妻子虞诗。”

温梨笙的脑中瞬间浮现出那个上了年纪却仍然美丽的女人，是此前亲手拿着胡家家主写的道歉信，去温府找她的那个女人。

故事的最后，也没有一丝美好。

许清川是遭遇了所爱之人的背叛与设计，被折断了傲骨，苟且偷生十余年，最后含着无限的恨意离世的。

温梨笙听完，心情无比沉重，长长地叹了一口气，道：“这胡家人真是坏事做尽。”

江湖上的恩恩怨怨、爱恨情仇数不胜数，温梨笙从话本上看过各式各样的故事，但这些事真的发生在身边时，又让她感觉忧伤。

她与许清川并没有任何关系，但许清川是谢潇南的师父，由谢潇南亲口说出这些不幸之事时，即便他语气轻缓，仍然让温梨笙觉得难过。

因为她能感觉到，谢潇南提起这些事的时候也很悲伤。

她不知道该用什么话来安慰他，于是抬手搂住谢潇南的脖子，将他的头往下压，而后踮起脚，仰着头，伸长脖子在他的唇边轻轻地吻了一下。

走廊后方的空地上无人经过，光从窗子外照进来，洒在谢潇南的侧脸上，给他那双漂亮的眼睛添上了几分柔和。他看着温梨笙，用目光细细地描绘她的眉眼，而后低下头，将她往怀中拥了一下，同时落下亲吻。

有些话，谢潇南没有说。

许清川当年虽然被心爱之人背叛，跌至尘埃里，再也无法如当年那般潇洒张扬，满心恨意，伤痕累累，却还是告诉谢潇南：“情，仍然是这世间最美好的东西。不管是亲情、友情，还是爱情。”

温梨笙和谢潇南回去的时候，前面已经闹翻了天，一楼的大堂里极其乱，桌椅也被打翻了好些，酒菜洒落一地。

只见沈嘉清凶恶地掐着一个瘦小的男子的衣领，将他按在柱子上。

那男子被吓得要死，被沈嘉清提起来，脚尖堪堪踩在地上，喊道："你干什么？！光天化日之下，你想干什么？！简直目无法纪……"

他还没说完，就被沈嘉清拽着往旁边一摔，紧接着就听沈嘉清道："干什么？当然是揍你！"

男子在地上滚了两圈，还没爬起来，沈嘉清就压过来要打他。席路上来拦了一下，对沈嘉清道："算了吧，沈小公子，你这一拳打下去，指定会把他的骨头都打断。"

"打断了正好，让他日后长长记性，别一张嘴就乱说话。"沈嘉清在动手打人的时候基本上是不听劝的。他觉得有些人就该打，说什么都没用，只有拳头最有用。

温梨笙大喊一声："沈嘉清！住手！"

沈嘉清抬头看了她一眼，拳头终究没有落下。沈嘉清站起来，将身上的银票、小金锭全拿出来，一股脑儿地砸在地上的男子身上，落在地上发出"叮叮当当"的脆响。他怒道："睁大你的狗眼看清楚，小爷不缺银子！"

温梨笙走过去，见满地狼藉，客人也走了一大半，还余下一些站得老远看热闹的。阿罗老板则在一边嗑着瓜子，看得十分起劲，一见沈嘉清掏出一堆银票、金子，眼睛都直了，不停地叫。

被打的男子见终于有人前来主持公道了，立马扯着嗓子道："这人是个疯子！我吃得好好的，他突然过来掀了我的桌子！还把我按在柱子上揍！这朗朗乾坤，天理何在？川县还有没有法纪了？"

温梨笙瞧了一眼这狼藉的场面，差点儿忘记了，沈嘉清也不是一个老实人。

他的破坏能力比她的还要厉害一些，有时候她稍微没看住，他就能把周围搅得天翻地覆。

眼下她就和谢潇南离开了一会儿，沈嘉清就闹上了，且乔陵站在边上笑眯眯地看着，完全没有要阻止的意思，席路似乎尝试过，但没成功。

"怎么吃得好好的，突然动起手来了？"温梨笙问。

沈嘉清指着地上的男子，生气地道："这个王八犊子说我是靠着美貌迷惑这酒楼老板的那种人，表面看起来光鲜亮丽，其实兜里掏不出一个子儿。我沈嘉清长这么大，头一次听到别人说我吃软饭。"

他对温梨笙道："梨子，你说这种情况，我能不让他尝尝我的拳头有多硬？"

温梨笙几乎立即被说服了，义愤填膺地道："有人说你吃软饭，那还得了？脸给他打肿，牙给他敲掉两颗！”

男子本以为来了个劝架的，却没想到这姑娘脸色一变，立马与打他的人成了同伙。

温梨笙从地上捡起一根摔裂的桌腿，递给沈嘉清，道：“就用这个打吧，好使。”

沈嘉清接过桌腿，比画了两下，很满意地道：“果然好使。”

二人吓得地上的男子大喊道：“有没有人来管管啊？！”

他的声音很刺耳，温梨笙踢了他一下，凶道：“闭嘴，要是怕挨揍，嘴巴就不要那么贱。”

她正说着，谢潇南来到她身边，道：“把东西放下。”

沈嘉清把手上的桌腿扔到地上，对温梨笙道：“我就说了别用桌腿吧，别不小心把人打坏了，你非要我用。”

温梨笙震惊地瞪大了眼，道：“沈嘉清，我把你当好兄弟，你在背后捅我一刀？”

沈嘉清小声道：“万一小师叔回头跟温大人告状，我不就完蛋了吗？你也知道，你爹最喜欢小题大做，心眼儿还小。搞不好因为这点儿小事，他会把我赶回沂关郡。”

温梨笙道：“要不我替你顶着？我就说这桌子是我掀的，菜是我砸的，人是我打的，够意思不？”

“太够意思了，你简直就是我一辈子的好兄弟。”沈嘉清以为是天上掉馅儿饼的好事，立马笑着揽住她的肩膀拍了拍。

下一刻，他就被人捏住了手腕，只见谢潇南把他的胳膊从温梨笙的肩膀上摘了下来。谢潇南面无表情地说：“我会告诉温郡守这些东西都是你砸的。”

沈嘉清微微张大嘴，道：“啊？”

“还有，你说温郡守喜欢小题大做，还心眼儿小。”谢潇南又说。

沈嘉清完全看不出来谢潇南是那种会告状的人，惊讶地皱起眉，道：“小师叔，你这样做破坏了行里的规矩。”

“什么规矩？”谢潇南问。

“不能跟爹娘告状。”温梨笙道。

这种幼稚的规矩，谢潇南一个字都不想听下去了。他捏着温梨笙的手腕，将她往前方拉了几步，而后顺手一推，对她道：“吃饱了就走。”

沈嘉清不愿走，不情愿地道：“我还没吃饱。”

谢潇南轻嗤一声，道：“我看你吃得够多了。”

温梨笙走在前头，谢潇南落后几步，其后就是乔陵和席路。沈嘉清指着在地上躺着的男子道："你记住，以后嘴巴放干净点儿，在路上看见我就躲着走。日后若再让我碰见你，我打得你门牙漏风。"

一番警告之后，那男子半点儿也不敢再说什么，连忙点点头。

沈嘉清又朝在一旁嗑瓜子的阿罗道："这地上的银钱就当赔你酒楼里这些被我砸了的东西，对不住。"

说完他就转身离去，只留下一道背影。

阿罗顿时咧着嘴笑开了花，这些银子足以让她闭楼一年，出去逍遥了。

"小郎君慢走，日后若是有空闲，再来砸个一两回啊。"她开心地道。

而后她扔了手里的瓜子，去捡地上的银票和小金子。结果先前挨揍的男子与她争抢起来，面红耳赤地道："这些都是我挨打换来的，你也抢？！"

阿罗原本带着笑容的脸上，表情一下子变得凶狠，她立即招来了酒楼中的一帮打手，把这人好一顿揍，抢走了沈嘉清留下的所有银钱。

出了酒楼之后，几人继续沿着路边走。由于白日里人太多，温梨笙也不能与谢潇南靠得太近，他们中间隔了一步的距离。

沈嘉清则在街边乱买东西。由于他方才把身上带的银子全交出去了，现在看到什么想买的，就只能朝温梨笙要银子。

两个人以前在街上玩的时候，银子都是不分彼此的，所以温梨笙想也没想就把腰上挂着的小钱袋摘了扔给他，还叮嘱道："少买点儿路边的东西吃。"

沈嘉清说："我方才没吃饱，就随便买点儿东西吃。"

说完他便拿着她的小钱袋去挥霍了。

谢潇南看了一眼那个被沈嘉清攥在手里的妃色钱袋，街头车来人往，很快将沈嘉清的身影淹没。

几人并没有走远，只沿着街边转了一圈。川县虽比之其他县城算是大的了，但仍旧无法与沂关郡相比，也没有什么特殊的景色，稍微走一下，温梨笙就觉得累了。

几人回去时，温浦长与县官站在屋中正说着话。温梨笙走在前头，进门的时候喊了温浦长一声："爹！"

温浦长正想应声，就见谢潇南跟在温梨笙后面慢悠悠地走了进来，想说的话顿时卡在了嗓子里。

他上前几步，拉着温梨笙的胳膊走到一旁来，小声道："我跟你说过多少回，在世子面前要守礼节，你怎么能走在世子前头呢？"

温梨笙无辜地道："是他自己要走在我后面的，我还放慢了脚步等他呢。"

温浦长道："下次可不准这般逾矩了，如今出门在外，不比在沂关郡，若是让别人看见你这样不守规矩，就算世子不计较，也会因此有损世子的名声。"

温梨笙表示明白，点点头，道："我知道了。若是世子走累了，我就把他驮在我身上。我给他当牛做马，以示尊敬。"

温浦长拧着她的耳朵道："贫嘴。"

谢潇南走到院中，县官赶忙躬身行礼，并道："世子，下官为二位准备了一场接风宴，还望世子能赏脸出席。同时，下官想将那四口棺材的所有异状详细告知世子。"

谢潇南面无表情地问："什么时候？"

"今晚酉时。"县官道，"届时下官会派人来接世子与温大人。"

谢潇南微微点头，偏头看向将头凑在一起窃窃私语的父女俩，目光落在温浦长那拧着温梨笙的耳朵的手上，扬声道："温大人！"

温浦长听到后连忙松了手，转头向谢潇南行礼，问："世子有何吩咐？"

他看了一眼捂着耳朵逃走的温梨笙后道："方才我在街上打听了一些消息，想与温大人商议。"

温浦长道："好好好，到下官的房中商议吧。"

县官行礼告辞："那下官就先走一步了。世子与温大人若是有什么吩咐，尽管告知下官。"

说完，几人散去，谢潇南与温浦长进了房间议事。席路和乔陵站在院中，席路道："猜猜是我去还是你去？"

乔陵说："应该是你。"

席路挑眉，问："何以见得？"

乔陵道："因为我肯定会被留在院中，看着那两个喜欢闯祸的人。"

温梨笙捂着耳朵，从一旁的树后面冒出来，问乔陵："你说的'两个喜欢闯祸的人'，难道是指我和沈嘉清？"

乔陵笑着点头道："正是。"

温梨笙龇牙咧嘴地道："你不怕我跟世子告状？"

乔陵认真地想了想，回答道："顶多让我回奚京喂猪。"

温梨笙一边对他鼓掌一边说道："恭喜你成为'死猪不怕开水烫'这一奖项的第三名获奖人选。先说明一下，第一名是沈嘉清，第二名是我。"

席路惊讶地道："还有人评这个名次？"

"有啊。"温梨笙道，"我爹。"

几人正说着，沈嘉清攥着一大把从路边买来的小吃走了过来，对温梨笙道："梨子，快接一下，我要拿不住了。"

温梨笙从他手里接过那些吃的，"啧"了一声，说："我都说了让你少买点儿，你买那么多干什么？我爹说路边摊卖的东西不干净，吃了会闹肚子的。”

她一边说一边往嘴里送了一口，一本正经地评价道：“味道一般。”

沈嘉清说：“我也就是尝个新鲜。”

两个人在院子里的石桌边坐下来，把买来的小吃尝了个遍，像煞有介事地讨论起味道来，不一会儿就吃得满嘴流油。

席路站在边上安静地看着两个人因为同一种食物的味道发生了激烈的争吵，而后对乔陵道：“商量一下，晚上让我留下来吧。”

乔陵笑着问：“为什么？”

“因为他们很好玩，我光是听他们俩说话，就能听一整天。”席路压低声音道，“而且陪少爷去赴宴真的很无趣，正适合你这种无趣的人。”

“少爷能听见。”乔陵笑眯眯地道。

“他听不见的。”

“我告诉少爷。”

“我要是回奚京喂猪，指定拉上你。”

“我不跟你换，你晚上跟少爷去赴宴吧。”乔陵说。

席路气得咬了一下牙。

两个人心里都清楚，若要选一个人留下看着温梨笙和沈嘉清的话，乔陵是最合适的。他虽然平日里脸上一直带着笑容，好像文质彬彬的，实际上，他的武功在席路之上。有他在，这座庭院里的人就绝对安全。

席路因为前段时间受了重伤，还有些后遗症，如今若要进行长时间的打斗，腹中就会有疼痛之感。

两个人在这边说了几句话的工夫，温梨笙与沈嘉清吵得不可开交，就快要动手了。

“分明难吃得很，你硬着头皮说好吃，有意思吗？”温梨笙道。

“就是好吃，我就是觉得好吃！”沈嘉清梗着脖子道。

“这东西你吃得下去？”

“怎么吃不下去？我能一口吞了。”沈嘉清吹牛不过脑子。

温梨笙看了一眼手里穿着竹签的一大块米糕，往前一递，道：“你吃，我就看看你能不能将它一口吞了。”

“若是我吞了怎么办？”沈嘉清接过米糕，问。

“你要是真能一口吞了，我给你背一辈子黑锅。”温梨笙生气地道。

这绝对算得上温梨笙许下的誓言里最重的了，因为每回他们俩捅了娄子，在被审问的时候，都是互相推脱，把所有责任推到对方的身上。

沈嘉清二话没说，抓着米糕就往嘴里塞。

但是这块米糕分量足，压得厚实，沈嘉清将它塞到嘴里之后，两个腮帮子鼓得圆圆的，嘴巴都合不上。他嚼了两下，发现也不太能嚼动。

温梨笙盯着他看，正是骑虎难下的时候，沈嘉清心一横，面目狰狞地开始嚼，从表情上就能看出他相当努力。

然而这米糕又极其容易糊嗓子，他嚼了半天，试了好几次，压根儿就咽不下去，最后没忍住，发出了一声“哕”。

温梨笙立即嫌弃地往后退了一步，沈嘉清“哕”了两声，吐不出来，伸长爪子去抓温梨笙，含混不清地道：“梨子，救救我——”

“走开！”温梨笙一脚将他踢翻在地。

沈嘉清仰面摔了个狗吃屎，“呜呜”地喊着。席路看他脸色通红，怕他真的被噎死，立马去给他倒水。

沈嘉清费了很大的劲儿，终于把嘴里的大部分米糕吐出来了。那些糊在嗓子里的米糕，他喝了好多水才咽下去，暗骂道：“什么垃圾米糕？真晦气，又难吃又难咽！”

温梨笙朝他翻了个白眼，道：“‘死鸭子嘴硬’说的就是你。”

沈嘉清无言以对，心想：今天可算是丢大人了。

但他转念一想，他也不是头一回这样丢人。于是他很快释怀，拉着席路要去过两招。

温梨笙回到自己的房间里，那里已经被整理妥当，暖炉也被搬进房间点上了。

这房间比她在温府的卧房小了不止一半，一进门就能看见床榻，床榻四周挂了一层青色的床帐，周围的摆设也极其简单，只有一张桌子，其他什么也没有。

与温梨笙在温府的卧房相比，这里简直称得上简陋，但毕竟是出门在外，温梨笙也不在意那么多。

她一坐下来，鱼桂就倒了一杯热茶给她。

“小姐，喝点儿茶。”鱼桂道。

“鱼桂，”温梨笙拿起茶杯，浅浅地喝了一口热茶，慢悠悠地说道，“如若你要做一件重要而隐秘的事，是不是一早就要做足准备？”

鱼桂觉得这话很奇怪，于是道：“若是奴婢要做的事很重要，且不能够被别人发现的话，奴婢自然是要做足准备的。”

“那假设你要在城东的地里埋一块金子，是选择带着金子过去埋，还是到了城东之后在现场买金子埋呢？”她又问。

鱼桂想了想，说：“自然是先买好，因为奴婢不确定城东有没有金铺。若是去了那地方之后发现没有，或者埋金子一事并不想要别人知道的话，奴婢就不会做这样明显的事。”

“是吧？这就好像一个故意放出来的指引一样。”温梨笙若有所思地道。

她一直觉得奇怪，阿罗说的那个女人既然要用四口棺材进行献祭仪式，又怎么会故意在河坝附近的店铺里买金饰？她用大额银票买东西，这种引人注目的行为与她所做的事情是相悖的。

川县的官员肯定在发现棺材的地方挖到了金饰，只要稍加询问，就能从阿罗那里问出是谁买的金饰，以及什么时候买的金饰。

这就像一个故意的行为，她在告诉别人，这活人棺的事与她有关。

“是陷阱吧？”温梨笙喃喃自语。

她想等温浦长与谢潇南谈完了事之后去找谢潇南说一说。

但她没想到两个人一从屋中出来便要出门。沈嘉清在边上喊着要一起去，温浦长瞪了他一眼，道：“去什么去？你出去了就知道惹祸，什么忙都帮不上，好好地在院里待着！”

见他这么凶，温梨笙便将自己也想去的话咽回了肚子里。

谢潇南站在温浦长身旁，转过头朝她看了一眼，见她半边身子扒在门边，探着脑袋往这边看，颇有几分可怜巴巴的模样。

谢潇南看得有些心软。

但是他心软嘴不软，并不会开口说带她一起出去。

温浦长与谢潇南离开之后，沈嘉清与温梨笙在院中面面相觑。

“哟，沈小公子的嘴巴怎么大了一圈啊？该不会是吃米糕没吃进去，把嘴撑大了吧？”温梨笙阴阳怪气地笑道。

沈嘉清道：“我还觉得你的耳朵长了点儿呢，指不定是被谁揪的。”

温梨笙冷哼一声，道：“那也比你坐在地上抠嗓子强。”

沈嘉清一想，好像确实是自己丢人些，于是生气地道：“温梨笙，你出口伤人，我暂且与你断绝好兄弟关系。”

温梨笙“呸”了一声，回应道：“我稀罕？”

两个人一个站在树下，一个站在屋前，你来我往地斗了小半个时辰的嘴，逐渐将以往的事拉出来相互攻击。

“你八岁的时候遭仇家追杀，往粪坑里钻，要不是我爹拦得及时，你肯定会顶着一身牛粪自己走回家。”

“你十岁的时候在街头追着别人的米袋啃，把人家的米袋咬破了一个大洞，米袋里的米漏了一路，最后还是我爹赔的银子。”

“你十二岁时为了不被抓去念书，在猪圈里躲了一夜。”

“那不是你给出的主意吗？！”

沈嘉清站累了，在石桌旁坐下来，温梨笙也从屋中搬了一张凳子出来，两个人坐着继续吵。

他们俩一吵起来就没完没了，鱼桂见温梨笙说得口干舌燥，便倒了热茶，端出来给她。乔陵也颇为贴心，给沈嘉清递上茶，鼓励道：“目前你略胜一筹。”

“多谢。”沈嘉清接过茶喝了一口，问乔陵，“我刚才说到哪里了来着？”

“你说她十三岁的时候在街头买了一种能够快速长大的神仙药，结果拿回家之后才发现全是用泥搓成的丸子。”乔陵道。

“哦对，我都跟她说是泥巴丸子了，她还不信，硬要往嘴里塞。”沈嘉清说。

温梨笙气得鼻歪嘴斜，于是第二轮战斗打响了。

“行了，别吵了。”最后还是席路站出来充当和事佬，腋下夹着一个用竹丝编织的圆球，说道，“来蹴鞠吧。”

一般蹴鞠所用的球是由皮革制成的，但席路手里的这个球由竹丝编成，且编得很圆，入手的分量也轻，踢起来并不费劲。

沈嘉清与温梨笙顿时来了兴趣，停止战斗，加上乔陵、鱼桂，五个人也不少。

分队的时候，席路与沈嘉清一组，乔陵与鱼桂一组，另外捎带一个温梨笙。

“规则就是，你们若把球踢进我们身后的门洞中，便算得一分，我们也一样。”席路用脚踩着球说道。

他和沈嘉清身后是大门的门洞，乔陵与鱼桂、温梨笙三人身后是两边屋子之间的檐堂，宽度正好一样。

“不准用功夫。”温梨笙补充了一句。

这里就她不会武功。

几人点头同意，于是由席路起头，竹球被他钩在脚上，而后他往空中一颠，在侧脚处猛踢，球就飞速而来，飞往乔陵的位置。乔陵跳起来用肩膀将球接住，顶了一下，落在脚上，而后迅速踢回去。

球被沈嘉清接住，他将球在脚上颠了几下，再踢出去，鱼桂接住。

院子不大，几个人相互传球，踢了几个回合，没人把球传给温梨笙。

她一下子着急了，喊道：“说好的大家一起玩，怎么就我站在这里不动，你们当我不存在啊？！”

她正喊着，那球就被拦在了沈嘉清的脚上，于是她大叫：“沈嘉清，把球踢给我！”

沈嘉清想也没想，抬起腿就是一脚，球瞬间飞了出去。

本来这个速度，几个会武功的人可以轻松拦下，但温梨笙并不会武功，且反应不快。眼看着球直直地飞来，一下砸在她的脑门儿上，她没站稳，往后仰面摔倒。

鱼桂发出惊呼声，其他三人也被吓了一跳，连忙上前查看，只见温梨笙白皙的脑门儿上红了一片。

好在这球是用细竹丝编的，所以虽然速度有些快，但砸在头上也没有多痛。她之所以摔倒，是因为她看见球飞来的时候下意识地往后躲，才没站稳摔了个跟头。

温梨笙气得双眼冒火，咬牙切齿地爬起来，一下就把沈嘉清扑在了地上，与他撕打起来，道："你个小王八！你指定是故意的！把球往我的脸上踢，我用脸怎么接球？"

沈嘉清奋力抵抗，为自己辩解："他们都能用头接，你为什么不能？而且我不是故意的，是你一直喊着让我踢给你……"

席路与乔陵赶忙上前拉架，鱼桂对这场面早已习惯。这俩人基本上上午还是好兄弟，下午就互相生对方的气。

他们看对方不顺眼时就吵架，甚至动手。

鱼桂像往常一样站在边上看。

两个人扭打着，全然不顾形象地在地上翻滚。他们正打得激烈时，谢潇南与温浦长从外面归来了。

由于这院子不大，谢潇南与温浦长一进门就看见两个人在地上打架，乔陵和席路在旁边拉架。温浦长当场倒吸一口凉气，瞪圆了眼睛。

鱼桂见状，连忙扑上去喊："小姐、沈少爷，别打了，你们要打就打奴婢吧！"

场面一时有些混乱。

紧接着，谢潇南大步走上前，弯腰抓住了温梨笙的手腕，将她从地上拉起来，院子里瞬间安静下来。

温梨笙身上的棉衣有些松散，头发也变得凌乱了许多，身上沾了不少灰尘，额头上红红的，水汪汪的眼睛朝谢潇南一看，露出喜色，她问："世子，你回来啦？"

谢潇南抿起唇，表情有些不好看，低低地应了一声，目光落在她的额头上，问她："你头上是怎么回事？"

温梨笙用手揉了揉额头，回答道："没事，就是被球砸了一下。"

沈嘉清也赶忙从地上爬起来，怕打身上的灰尘的时候，看见温浦长气得满脸通红，已经到发怒的边缘了，连忙指着温梨笙道："是她先动手的，我有证人！"

"都给我过来！"温浦长喊了一声。

温梨笙与沈嘉清垂着头跟在温浦长的身后，进了他的屋子后，两个软垫被温浦长往地上一扔，两个人各跪在一个软垫上，温浦长点了一炷香，气愤地道："香燃尽之前不准起来，好好反思一下。都多大的人了，还滚在地上打架？！”

这种时候，两个人是不敢接话的，一旦谁辩解了一句，温浦长就会开展一系列极为详细的训诫，甚至在香燃尽的时候再点上一根。

于是，温梨笙与沈嘉清垂着头，认错的态度看起来颇为良好。

温浦长教训了他们几句，就从屋中出去了。门关上的一瞬间，跪着的两个人同时坐下来，相互看了一眼，没有说话。

温梨笙还想去跟谢潇南说几句话，但是在香燃尽之前是不能够出门的，否则被她爹抓到的话，会被狠狠地教训一顿，于是只能坐着干等。

香终于燃尽之后，温梨笙跑出门了才得知谢潇南与她爹又出门了，前去参加县官办的饭局。

温梨笙无法跟去，只得回了自己的房间。

冬天天黑得早，没过多久，天就完全黑了。下人准备了热水，温梨笙先泡了澡，换上暖和的衣裳，坐在暖炉旁看话本，时不时地往外面看，等着谢潇南回来。

戌时过半，温浦长与谢潇南才回来，院中传来一阵声音，温梨笙竖起耳朵听着，两个人很快回到各自的房间里，外面只有下人抬水时偶尔发出的响动。

温梨笙已经没有什么心情看话本了，但仍在房中等着。又过了小半个时辰，等到下人来回走动的声音也没有了，院中的灯熄灭，外面一片漆黑之后，温梨笙才从被子里钻出来。

她披上搭在椅靠上的棉衣，悄悄地打开自己的房门，先伸出头朝外面看了一眼，只见外面光线昏暗，对面她爹的房间里的灯已经熄灭了，谢潇南的房间里还有微弱的光。四下里无人，极为寂静，守在外面伺候的下人也回房休息了。

温梨笙呵了一口冷气，然后探出了脚，踮着脚轻轻走到对面的屋子外，在窗子上侧耳听了一会儿，里面并没有什么声音。

而后她轻手轻脚地将窗子推开一条缝，悄悄地往里看。这窗子并没有钉棉帘，所以她伸头一看，就能看到屋中的大部分场景。

这屋子比温梨笙住的那间要大一点儿，里面还有一个两面的屏风挡在床榻边，墙边多了一张方形的长桌，桌上摆着书和燃着的蜡烛，还有笔和摊开的纸，椅靠上搭着一件衣裳。

她看了一圈，谢潇南不在房间里。

看这样子，他刚才似乎在桌子前写东西，这会儿去哪儿了？

温梨笙短暂地犹豫了一下，而后将窗子推开，扒着窗框往里翻。

她对翻窗子这事越来越熟练，先将一条腿抬上去，然后一蹬另一条腿，就能轻而易举地翻到窗台上。正当往里翻的时候，她面前突然出现了一个人。

温梨笙被吓了一跳，一抬头，发现此人是谢潇南。

他的发梢还有些湿润，他穿着白色的衣衫，披着棉外衣，站在边上看她。由于他逆着烛光站着，温梨笙看不清他脸上的表情。

见他出现，温梨笙也不翻窗了，朝他伸出双臂，轻声唤道："世子。"

谢潇南顿了片刻才上前一步接住她的双臂，将她从窗台上抱了下来，顺手关上了窗子。

寒气被隔绝之后，屋内的暖意瞬间包围过来，温梨笙顺势扑进他的怀中，脸颊在他的衣裳上蹭了蹭，无声地表达自己的想念。

谢潇南抱住她，手往她的后脖子处一探，发现是凉的，便皱起眉问她："你怎么不多穿点儿？"

"房间里有暖炉，穿这个就可以了。"温梨笙含混不清地应道。

谢潇南却松开了她，将自己的外衣拿来，披在她身上，还特地裹了裹领口，问她："半夜三更，你翻我的窗子干什么？"

"自然是来看看世子啊。"温梨笙说。

"下次直接敲门就是。"谢潇南不太赞同她翻窗的行为。

温梨笙却小声地说："我这不是怕被我爹听见吗？"

这话倒是提醒了谢潇南，他道："这个时辰，你确实不该来我的房中，先出去吧，有什么事明日再说。"

说着他就往门边走，温梨笙赶忙将他拉住，道："我就待一会儿，一小会儿！白日里都没什么机会跟你说话。你本来还说下午不忙的，结果一下午我都看不到你。"

谢潇南停住脚步，用侧脸对着温梨笙。目光落在跳动着的烛火上，他说道："你不是也玩得很开心？"

温梨笙一下察觉出他有些不高兴。

"世子遇到了什么难题吗？"她问。

谢潇南道："没有。"

温梨笙绕到他面前，在烛光的照耀下仔细端详他，发现他这时候的表情跟之前在孙宅时的很像，就是她约了孙鳞见面说事的那次。

并不是真正的发怒，他抿着唇，沉着脸，有点儿像丢失了心爱的玩具的孩子，显出几分稚气。

温梨笙喜欢这样的谢潇南，忍不住多看了一会儿。

察觉温梨笙的目光一直停留在自己的脸上，谢潇南也将视线从蜡烛上收回，低头看向温梨笙的脸，与她对视。

他看见温梨笙的眼睛澄澈干净，带着明晃晃的喜爱之意，一眨不眨地盯着他。

二人对视良久，谢潇南终于轻叹一声，将她抱进怀中，低声道：“我没有遇到什么难题，只是觉得心中有些烦闷。”

温梨笙抬手回抱他，问：“什么事让世子烦闷呀？”

谢潇南起初没有回答，她等了好一会儿之后，他才慢慢地说道：“我起初在想，若是当年温郡守没有迁至沂关郡，那你就会在奚京长大，或许我们很早就会相遇、相识，如此一来，我就也能参与你的生活，与你一起长大。”

温梨笙没应声。

谢潇南又说：“但是我后来一想，奚京是一个极其讲究规矩的地方，若温郡守在奚京无权无势，那么对你来说，奚京就是一座无形的牢笼。我不想你被锁在那座牢笼之中，变得不自由，不快乐。”

奚京——繁华皇都，富贵之地，那里的平民百姓都比别的地方的百姓生活得好一些，但出身低微或者没有权势的人在奚京行事时就要处处小心，否则一不小心就会惹来灾祸。

唯有谢潇南、周秉文这些出身于大族的孩子，在奚京才是自由的。

一想到温梨笙在奚京会被锁住翅膀，谢潇南就心生烦闷，又觉得温梨笙长在沂关郡是最好的。哪怕人生的前十几年里，她的生命中没有他，至少她在这里是快乐、自由的。

温梨笙听着，心里想的却是梦里的事。

梦里的谢潇南来沂关郡后，也曾与她有过几次碰面和接触，但最后两个人还是走向陌路。他许是讨厌她嚣张、蛮横的性子，而温梨笙又误解他，以为他是奔着摘她爹的乌纱帽来的，且认为他看不起沂关郡的人。

所以直到谢潇南离开沂关郡，两个人都没能好好地说上一句话。

温梨笙知道，谢潇南是没有变化的，变的人是她。

所以谢潇南说的是对的，他们若是能早点儿相遇，没产生那些误会，或许在曾经就能够相爱。

想到这里，温梨笙说：“就算没有参与我前半生的生活，但你仍然是我生命里独一无二的人，没有谁能够与你相比。”

她说这话时，表情很认真，并不是为了抚平他心中的烦闷而说的，只是在陈述事实。

谢潇南低头看她，她又点点头，补充道：“你在我心里是最独特的人，频频出现在我的梦里，谁都不能跟你相比。”

他捧起温梨笙的头，将手指按在她的唇边，揉了一下她柔软的唇瓣，低头在她的耳朵尖轻轻地咬了一下，炙热的气息瞬间缠在她的耳朵上，他低而慵懒的声音在她的耳边响起："日后不准再与沈嘉清滚在地上打架了，听到没有？"

温梨笙感觉耳朵上有些湿润，也感觉到他的牙齿轻轻地磨着她的耳尖，耳朵当即染上热意，红透了。她说道："嗯，我记住了，下次不会了！"

谢潇南又像一个找到了心爱的玩具的孩子，眼中浮现出笑意，嘉奖似的在她的侧脸上亲了一下，道："好，你回去吧。"

他前一刻还与她耳鬓厮磨、亲亲热热，后一刻就下了逐客令。

温梨笙有些不情愿，慢吞吞地打开窗子，正想翻，却被谢潇南拎住了后衣领。谢潇南道："走门，你为何总是想翻窗户？"

温梨笙往门那边走，自己也忘记这是什么时候养成的习惯了，只道："走门的话容易被逮到。"

谢潇南笑了一下，打开门让她出去。走之前，温梨笙抱着他的脖子，在他的唇上偷袭了一下，然后迅速跑回自己的房间里。

谢潇南眼眸轻弯，看着她进了房间才将门关上。

这一夜，温梨笙睡得极香，到天亮了才睁开眼。

她起床时虽不算晚，但其他人都已起床，就连沈嘉清也已在院中抓着树枝锻炼臂力了。

温浦长不在，也不知去忙什么了。

她吃过早饭，在院中坐着，就见谢潇南从外面回来。他身着黑色的织金长袍，长发高高地束成马尾辫，墨色的大氅衬得他的眉眼有几分冷漠。他对沈嘉清道："温郡守在南郊的河坝那边，你带着河坝近年来的修补记录去找他。"

沈嘉清昨日闲了一下午，一听有事做，就出门了。

温梨笙问谢潇南："那我呢？"

谢潇南看了她一眼，皱着眉道："你加一件衣裳。"

温梨笙又回去披了一件外衣，出来的时候，看见谢潇南站在院中与乔陵、席路说话。她慢慢地走过去，听见他在给乔陵他们安排事情。

温梨笙侧着头，竖起耳朵，悄悄地往谢潇南身旁挪，听见他说了南郊、东城等地，似乎让他们去那些地方看看有无异常情况。

"昨日我看了县官关于那四口棺材的记录，除了现场挖出的东西之外，还有一个很不寻常的图案，基本上可以断定这就是诺楼国的那个传说中的秘术。眼下事情被传开，他们——"

谢潇南忽然不再说话，温梨笙等了一下，没听他继续说，一转脸就对上了谢潇南的视线，原本听着计划的乔陵和席路此时也正盯着她。

温梨笙笑了一下，道："你们继续呀。"

谢潇南道："偷听非君子所为。"

温梨笙理所当然地道："我本来就是小人。"

他笑了一下，而后对乔陵、席路说："那些人极有可能还藏在川县，所以你们去查的时候要当心，别落入什么圈套之中。"

两个人齐齐点头，听了谢潇南的叮嘱之后，便一同转身离开了。

温梨笙看着人一个接一个地离开，院中变得空荡荡的。其他人都有了事做，而她只能在屋子里闲逛，一时间兴致缺缺。

"世子等会儿也要走吗？"温梨笙垮着肩膀问。

谢潇南点头，回答道："我要去河坝附近看看。"

温梨笙撇着嘴，把身上的外衣脱下，扔到鱼桂的手中，一边转过头往回走，一边说道："行吧，都走吧，都去忙吧，我自己在家中睡觉。"

谢潇南见她耷拉着脑袋，看起来很落寞，便道："你也可以一起去。"

"真的吗？"温梨笙停住脚步，扭过头，双眸瞬间亮了起来。

"跟我一起。"谢潇南说，"你不是嫌在家中无趣吗？"

温梨笙当即乐开了花，又从鱼桂的手中拿过外衣，披在身上，走到谢潇南身边，笑着道："世子，你真是绝世大好人啊，就是给你当牛做马我都乐意。"

谢潇南接话道："然后在我走累的时候，把我驮回来？"

温梨笙鼓起掌来，发自内心地惊叹："真是没有你听不到的悄悄话。"

谢潇南一边往外走，一边面色如常地道："我这双耳朵，在你身上也无用，你哪回诋毁我时不是当着我的面进行的？"

温梨笙想起曾经因不知道谢潇南戴着人皮假面，导致她在他面前大肆诋毁他，如今只能叹一声自己当初对谢潇南的误解实在太深了。

谁说这人脾气差的？她都当着他的面那么说了，他当时都能忍住，没一拳将她打得吐血，已经算脾气极好了。

她"哈哈"一笑，两三步追上去，走在他旁边笑道："那些真的都只是误会，而且我本人并不是那种喜欢在背后诋毁别人的小人，只不过遇见你的那几次都是情况特殊呀。"

"你方才还说你是小人。"谢潇南道。

温梨笙拒不承认，道："我什么时候说了？我可是踏踏实实做事，堂堂正正做人的。世子不要仗着身份尊贵，就诬赖小民。"

"行，我不诬赖你。"谢潇南笑道。

二人走至门外，就见路边拴着几匹马，旁边站着七八个随从，谢潇南道："换马车。"

“我会骑马。”温梨笙在一旁说道。

谢潇南瞥了她一眼，道：“今日风大，骑马吹风后容易着凉。”

“我已经穿得很厚了，你还想怎样啊？”温梨笙拍了拍自己身上的棉衣。虽然沂关郡一到冬天就很冷，但温梨笙自小在这里长大，对这里的寒冷早已习以为常，知道什么样的天气该穿什么样的衣裳。

也只有谢潇南这只从南方来的鸭子才会如此畏惧冬天，一直让她加衣裳。

温梨笙露出轻蔑的神色，道：“南方人就是娇弱，一点儿寒风都受不了。”

谢潇南低头看了一眼身高只到他的肩膀，却一脸嚣张的温梨笙，道：“你若是想吹风，我可以把你拴在车顶上一路带过去。”

“那大可不必。”温梨笙投降，马车正巧此时被赶来，她做了个“请”的手势，道：“世子先请。”

谢潇南上了马车，并没有立马进去，反而侧身朝温梨笙伸出手。

温梨笙一只手提着裙摆，一只手搭在他的掌心里，腿上都没怎么使力，就被他轻而易举地拉上了马车。

进车厢的时候，她顺手捏了捏谢潇南的臂膀，透过厚实的棉衣都能摸到他臂膀上结实的肌肉，半点儿也没有柔软的感觉。

温梨笙又捏了捏自己的胳膊，软软的，一下就能捏到骨头。

“世子也教教我那一拳绝技好不好？”温梨笙突然提出了一个非常天真的想法。

谢潇南疑惑地问她：“什么一拳绝技？”

“就是那个隔着铁板，一拳把人打得吐血的绝技啊！”温梨笙挥舞了两下拳头，道，“我若是学会了，便能在沂关郡称霸，谁也不敢招惹我。”

“让你提笔写两篇字，你都嫌手酸、胳膊累，还想学什么一拳绝技？”谢潇南觉得她这想法非常好笑，嘲笑的同时，给予了温梨笙高度的肯定，“不过你凭着一张嘴也是能在沂关郡称霸的。”

她上可顶撞一郡之长，下可痛骂几岁孩童。

温梨笙道：“世子过奖了，其实我早就有意称霸沂关郡。只不过我现在手里只有一支混世小队，还被我爹说成‘成事不足，败事有余’小队，是以我走在街上时并没有多少人尊敬我。不过我现在有世子撑腰，若出去能够打着世子的名号，定能令人闻风丧胆。”

谢潇南道：“所以你先前总让我收了你那一众小弟，是在打这个主意？”

事到如今，温梨笙也没什么好隐瞒的，点头承认了，道：“不错，毕竟你的名号比较响亮。”

“那你想借着我的名号去做什么呢？”谢潇南不动声色地道。

“先前我与沈嘉清把东郊的亭松街到回香街的地痞揍了个遍。现在只要我们一去那里，就会有人站在边上尊称我们一声‘老大’，”温梨笙满怀憧憬地道，“我的愿望就是不管走在沂关郡的哪条街上，都会有人叫我‘老大’，而且会主动把街上的好吃的送到我的手里。”

谢潇南发现她非常认真地在说这些话，似乎已将刚才描绘的画面在脑中想象了很多次。但若是他真的就这样答应了，任由温梨笙打着他的名号在沂关郡胡作非为，用不了多久，他爹就会喊他回京，亲自问问他，他的脑子是不是出了问题。

于是，谢潇南说：“你睡一会儿吧，还有一段路。”

温梨笙皱起眉道：“我不困。”

谢潇南道：“你困了，只是你自己还没感觉到而已。”

温梨笙开始自我怀疑，问他：“是吗？”

谢潇南道：“是的，你都困得开始说胡话了。”

谢潇南将她抱在怀里，让她的头搁在他的颈窝里，拍了拍她的脑袋，低声道：“到了我就叫你。”

温梨笙闻着他身上的淡淡的香味，闭了闭眼睛，心想：我的宏图霸业看来要暂时搁置了。

川县不算大，马车虽行得慢，但赶到北郊的大河坝处也没用多长时间。

从马车上下来后，温梨笙看见再往前行一百来米就是那条大河坝，许是近几日化雪，气温降得厉害，河面上结了厚厚的一层冰，两边的河岸上还有许多堆积着的雪未能化开。

其中一处河岸上有许多衙役守着，地上有新土被翻上来的痕迹，想来就是挖出棺材的地方。

天上开始陆陆续续地飘雪花，落在谢潇南的大氅上，像在墨色之中点缀了白色的小花。温梨笙看得欢喜，伸手去接，感觉雪花落在手上冰冰凉凉的，瞬间化成一滴滴小小的水珠。

谢潇南朝前走去，凡所过之处，站在边上的衙役皆向他低头行礼。温梨笙跟在旁边沾了这一份权势的光，暗叹，果然有再多的钱也不及有一分权。

他们走到近处后，看到了已经下到河坝里面，站在冰面边上的温浦长，他正弯腰看着什么。

“爹！”温梨笙站在上面朝他招手。

温浦长一抬头就看见了与她并肩站着的谢潇南，便朝他遥遥地行礼，说道：“世子可有将这河坝的修补记录带来？”

温浦长这话一问，温梨笙与谢潇南同时愣住了。

温梨笙在边上看了一圈，果然没看见沈嘉清的身影。她便喊道："爹，世子是让沈嘉清送来的，他比我们先走，没有来过这里吗？"

温浦长微微皱眉，而后摇头，回答道："我没见到他。"

"许是他不怎么认识路吧。"温梨笙道。

沈嘉清的方向感并不好，有时候在陌生的地方，他能打转许久。在川县人生地不熟，他又是独自出门，想来是没找到路。

谢潇南很快就走到了河坝底，问温浦长："温大人可有查出什么？"

温浦长说道："我方才在这附近看了看，发现其中一个挖出棺材的地方画着的奇怪图案并没有被毁坏，所以叫人比着画在了纸上。"

他一伸手，身边的随从递上一张纸。温浦长将那张纸拿给谢潇南，道："世子请看。"

温梨笙也伸长脖子，踮着脚去看，就见纸展开之后，上面是一个较为细致的图案，大体呈五边形，当中画着一些奇怪的纹理，正中间则有一只展翅的飞鹰。这正是她在蓝沅的包袱里看到的那块令牌上的图案。

"爹，他们在这里有没有挖到金丝镯子？"温梨笙看向温浦长，问。

温浦长："没有，你问这个干什么？"

"不对啊，应该会挖到的。"温梨笙疑惑地皱起眉，道，"那有没有挖到其他由金子做的东西？"

"倒是挖出了几个由金子打成的细环。"他说。

温梨笙顿时有些想不明白，心想：那女人买了金镯，却没有用，难道我之前的猜想都是错的？那女人真的是因为心血来潮才买的？但若是这样，她为何不去川县的其他首饰店里挑一些做工精细的金镯？

温梨笙正想着，就听温浦长道："那棺材中的四个孩子的身份基本都查出来了，其中三个是路边的小乞丐，平日里没人注意的那种。据说是因为在冬日里饿死、冻死都是常事，所以他们失踪了许久也没人报官，还有一个则是一户人家的大女儿，平时在家中并不受待见，一次被大骂之后，跑出家门便再也没回去过，那家人因不喜她，也没有报官。"

说罢，温浦长拧着眉毛，深深地叹了一口气，神色中带着一种无可奈何。

若非河水冲毁了大坝，这四口棺材在修补大坝时被人挖出来，这四个人也不知道会被这样埋多久。

"那些人挑选这四个孩子定是经过细致的观察，知晓他们即便无故消失也不会有人报官。"谢潇南说。

温浦长点头，道："下官正打算去那四个孩子生前常去之地问问。"

谢潇南道："温大人多带些人，着重询问一下那附近的人有没有见过眉骨高、眼窝深、身量高大的人，这些特征比较明显。"

温浦长应了一声，而后打算带着人离开，转过头，看见温梨笙蹲在挖出棺材的大洞边上往里看，便唤道："笙儿。"

温梨笙抬头，问："怎么了，爹？"

温浦长朝她招手，道："你别去那里，都是泥土，别蹭脏了衣裳。"

温梨笙听话地走回来，听她爹叮嘱道："你在这里人生地不熟，既然出来了，就不要乱跑，跟紧世子，知道了吗？"

她点点头，道："我定寸步不离。"

温浦长又道："若是有什么发现，就第一个告诉世子。"

温梨笙又应道："好。"

温浦长将声音压低了一些，道："我瞧着世子对你的态度比往日的好了许多，你努努力，与世子拉近关系，日后咱们温家若是真有机会攀上谢家，也是一件大好事。"

温梨笙也小声道："爹，没想到你还会卖女求荣。"

温浦长哼了一声，问她："你当我是什么大好人？"

温梨笙说："也是，你若是好人的话，咱们沂关郡也不至于有那么多人编派温家人了。"

温浦长道："他们编派我们，有一半的原因是你。"

父女俩窃窃私语了一会儿，温浦长便向谢潇南告辞，带着一队人离去。

谢潇南拿着图纸在岸边走走停停，也不知道在寻找什么。温梨笙见他神色认真，十分专注，便没有去打扰他。

温梨笙来川县的目的，就是搞清楚这次的活人棺是不是长生教的那个邪术。而今她已经清楚，也知道这地方除却一个献祭仪式画的图案之外，是找不到其他有用的东西的。

谢潇南应该是在通过现场的情况来推测这个献祭邪术的实施条件与过程、手法，这些温梨笙知道，但是不能告诉他，只能让他自己去找。

她便在边上搓着雪球，用力砸向河中的冰面。

她每次扔都比上一次的力道重一些，尝试能不能扔得更远。

忽地，一个雪球从上方被扔下来，直直地砸向冰面，滑出了很远，比温梨笙扔的所有雪球都远。

她转身抬头看去，就见河坝上站着一个姑娘。那姑娘看起来十七八岁，编着满头的发辫扎成马尾，两只耳朵上挂着某种小兽牙。

这姑娘有着谢潇南方才说的特征——眉骨高、眼窝深。她居高临下地看着温梨笙，面上是得意的表情，仿佛在炫耀她扔的雪球比温梨笙扔的远得多。

温梨笙道："你是谁？"

那姑娘笑道："我凭什么告诉你？"

温梨笙鲜少碰到能在她面前嚣张的人，但由于这里是川县，且谢潇南正在认真地忙自己的事，她不想闹事，便道："滚远点儿，别在这里闲逛。"

那姑娘却道："我想去哪里就去哪里，这儿又不是你的地盘。"

温梨笙心想：这儿还真是我的地盘。

她对河坝上的衙役道："把这人赶走。"

衙役应声而动，拿着手中的长木棍朝那姑娘靠拢。衙役还没靠近那姑娘，温梨笙就听到了一道熟悉的声音："我们就是来这里看看，也犯事儿了？"

温梨笙还以为自己听错了，往后退了两步，伸长脖子往上看，就见后面走来一个女人。那个子高挑儿的女人脸上带着肆意的笑容，往边上一蹲，与温梨笙对上视线后抬了抬手，道："哟，这不是二妹吗？"

阮海叶！

温梨笙真的没想到会在这里碰到她。

先前谢潇南烧了火狐帮的粮仓，又在那日晚上让阮海叶身受重伤，火狐帮就此散了。她本以为阮海叶会被抓进牢里关起来，没想到阮海叶会出现在这个地方，还与一个外族姑娘混在一起。

温梨笙笑道："有些日子不见了，我的好大姐。"

阮海叶也笑道："你当初可把我害得不浅啊。"

"你现在不也好好的吗？"温梨笙不以为意地道，"再说了，当时我也是被你拐上山的，所有事情都是被迫做的。"

阮海叶道："确实如此，我也是活该，才被你蒙骗。"

温梨笙点头，道："你倒是想得通透。不过你怎么敢在这大街上招摇的？不怕又被抓起来？"

阮海叶道："我可是被释放的清白之人，怎么就不能在大街上走了？"

温梨笙翻了个白眼，继续道："得了吧，你这人一看就不是正经人，往你身上查，指定能查出不少作奸犯科的事。"

"你这张嘴还真是厉害。"阮海叶也没有恼怒，依旧在笑。

她旁边的姑娘倒是忍不住了，从腰间拔出一柄小刀，在手掌上转了几下，道："此人出言不逊，我割了她的嘴，给她点儿教训。"

温梨笙露出惊讶的表情，没想到那姑娘竟这般心狠手辣。那姑娘在说这话的时候面色如常，似乎在说一件很普通的小事。

阮海叶伸手，一把将那姑娘拦住，睨了她一眼，道："你若敢动她，就算是长了一双翅膀，也难以逃离此地。"

姑娘不信，问阮海叶："就凭这个只能将雪球扔到一丈之外的人？"

阮海叶一抬下巴，指向一旁的谢潇南，问那姑娘："你看见他没有？"

那姑娘顺着她的下巴指着的方向看去，就见下方往左二十来步之外，站着一个身着黑色大氅的少年。那少年此时正盯着她们，目光于平静中显出几分冷漠，瞧着不过是一个模样英俊、衣着华贵的少爷，却浑身写着"不好惹"。

姑娘心中一惊，在谢潇南俊美的脸上多看了几眼，问阮海叶："那是谁？"

"是你绝对惹不起的人。"阮海叶伸手将她的小刀拿过来，别在她的腰间，"把这东西放好，别再随便拿出来，否则你的脑袋可能会掉。"

温梨笙没听清她俩在说什么，反而注意到阮海叶的左手手腕上戴着一个花花绿绿的银镯子，银镯子上还有铃铛。

她很快想起，阮海叶的手腕上确实是有这么一个带着铃铛的银镯子的。之前她被抓上山的时候，阮海叶的手腕上就已经有了。

只不过她当初一直想着如何快些下山，并没有留心这个，且又因为许久没见，早就将此事忘了。

如今她瞧见了这镯子，继而将阮海叶打量了一番，见阮海叶的身量有些高，且阮海叶是练家子，功夫不低，阿罗描述的与阮海叶都是相符的。

所以三月份去阿罗的店铺里买金镯的人是阮海叶？

温梨笙正想着，阮海叶朝她摆了摆手，压低声音道："二妹，南郊的蜡梅开了，瞧着漂亮得很，你一定要去看看。"

"我才不去。"

"你不去会后悔的。"她意味深长地笑了。

她没等温梨笙应声就转身离去了，那姑娘也瞧了温梨笙一眼。那姑娘扭头的时候，温梨笙看见她白嫩的脖子上印着一只张开翅膀的黑鹰，那黑鹰有一半的翅膀隐藏在衣领里，露出尖利的喙。

温梨笙基本确认这姑娘来自诺楼国，而阮海叶也参与了这场献祭，三月份时，应该是阮海叶买的金镯。

温梨笙赶忙跑到谢潇南的身边，道："世子，快把她们俩抓起来，她们俩跟这事有关。"

谢潇南看见她的一双手因为搓雪球而冻得手指通红，当下将她的手握在掌心中，用温暖的手掌贴着她冰凉的手指头，说道："现在还不是抓她们的时候。"

温梨笙想着这里的人挺多的，就没让他捏，把手抽了回来，自己搓着。她明白谢潇南对此事有自己的打算，便没再询问，只道："那世子继续忙吧，我去那边玩一会儿。"

谢潇南看她又一路小跑着回去，仿佛感觉不到冷似的抓起一大团雪，在掌中捏成球，然后细细地揉搓，最后猛地朝冰面上掷去。眼睛盯着飞出去的雪球，在冰面上滑了一段距离之后停下，似乎到达了一个新的距离，温梨笙弯起眼眸，眉开眼笑。

她玩得不亦乐乎。

谢潇南看了一会儿，然后将目光收回，继续对着纸在周围搜寻。

温梨笙在周围玩了许久，扔雪球扔累了，就在边上用雪做了很多奇形怪状的东西。落下的雪花将她额头上的头发打湿了些许，临近正午时，她又跑到谢潇南身边，小声道："世子，你什么时候忙完啊？我饿了。"

谢潇南闻言，将目光从纸上抬起，一边望向她，一边将手中的纸折起来，道："那先回去吧。"

温梨笙笑眯眯地应声，与谢潇南踏上返程。

他们回到住处之后，就见乔陵和席路正站在院中说话，鱼桂守在屋外。温梨笙进屋转了一圈，问众人："我爹和沈嘉清没回来吗？"

乔陵摇头，回答道："没见到人。"

温梨笙知道她爹有时候忙起来能一天不吃饭，于是对鱼桂道："那就不等他们了，咱们先吃。"

鱼桂张罗起午膳，这里除却乔陵、席路、鱼桂、温浦长带来的两个下人之外，其他的人全是县官派来打下手的。

温梨笙和谢潇南回到屋中，被寒风吹了一个上午，这会儿才感觉身子暖和起来。她喝着热茶，心想：要不下午我还是待在屋里算了，虽然无趣了一点儿，但不至于受冻。

鱼桂准备好了午膳，每道菜都经过细致的检查，分别送到温梨笙与谢潇南的房中让他们食用。

温梨笙吃得很饱，在房中看话本看了一个时辰，逐渐觉得困了，于是脱了外衣去床上睡觉。

谁知，她又梦到了曾经之事。

曾经，谢潇南入沂关郡之后，与温梨笙的交集可以说几乎没有，后来两个人却有一次极为激烈的冲突。

温梨笙记得那是建宁七年的初春，赶上谢潇南的生辰，也不知道是谁放出的消息，城中有不少人提着贵重的礼物，厚着脸皮去敲谢府的门。

谢潇南也不好将这些人赶走，索性开了谢府的大门，迎接那些前来送礼的人。温梨笙当初就被温浦长带去了谢家，沈嘉清也去了。

她记得当时谢府有很多人，那些人手中的礼物一份比一份贵重，那些人甚至暗地里攀比起来。

只不过那些人全在前院，后院被护卫守着，不允许外人踏足。温梨笙刚进去就与沈嘉清走散了，在人群中左右搜寻，不见其踪影。

她在前院里找了许久，没找到他，于是往后院而去，护卫将她拦下来时，席路抱着臂，冷漠地站在边上，问她："你找人？"

温梨笙不喜欢他的态度，却又因为他是谢潇南身边的人而没有发作，只点了点头。

席路将头一偏，道："他在里面。"

而后护卫就将她放进了后院，温梨笙沿着路走了一段，听见了沈嘉清的声音："我当初学《霜华剑谱》的时候，可不知道许清川是如此愚蠢之人，会为了女人毁了自己的武功。我若是知道他如此没出息，无论如何也不会学这剑谱。"

温梨笙想起，当时许清川的事情再度流传至郡城中，不过故事与真相有些出入。

在那个故事里，许清川当年对一个貌美的女子一见倾心，死缠烂打，连追数月，最后那女子说："你若是想娶我，就先放弃你最重要的东西。"

于是许清川回去后废了自己的一身功夫，最后如愿娶到美人，自此退隐江湖。

这种愚蠢的说法流传甚广，甚至有不少人站出来说他们曾经在某座不知名的山上看到许清川带着爱妻游玩。这种假证越来越多，导致众人都相信了这个版本的故事，许清川的名声一时间发生了巨大的转变。

他废了全身的武功，去娶一个婆娘，那不是脑子有病吗？

沈嘉清曾一度颇为恼怒，认为他所学的《霜华剑谱》变成了耻辱，无法接受他一直敬重的师祖是这种脑子里只有情情爱爱的蠢蛋。

沈嘉清后来告诉温梨笙，是谢潇南将自己喊到后院去的，谢潇南看出沈嘉清学的是《霜华剑谱》，原本想让沈嘉清帮他办事，但等温梨笙找到后院里来时，沈嘉清已经对谢潇南和乔陵说出了这番话。

这无疑触了谢潇南的逆鳞。

乔陵与沈嘉清动起手来，起初沈嘉清的手中没剑，赤手空拳的他被乔陵打了好几下。后来他抢了护卫的剑，使出《霜华剑谱》，乔陵不敌，谢潇南亲自出手。

可想而知，沈嘉清很快就败于谢潇南的剑下，身上有多处剑伤，溢出的血将他的衣袍染红了。谢潇南将剑刺入地中，踩着沈嘉清的右肩膀，拽着他的手腕，冷冷地道："既然你不愿学《霜华剑谱》，那我便废了你的右手，你这辈子也就不用提剑了。”

温梨笙从来没有见过沈嘉清被打成这样。沈嘉清最后倒在地上的时候，就像马上要死了一样。

温梨笙被吓得眼泪直流，跑过去的时候，护卫冲上来阻拦，她也不知道自己哪儿来的那么大力气，一下就挣脱了护卫的束缚，奔到谢潇南的身前，怕他真的折断沈嘉清的手臂，于是一把将他的腰抱住，哭喊道："你放开他！"

谢潇南一下就松手了，皱起眉头往后退，一下将她推出了自己的怀抱。

温梨笙往前两步，挡在沈嘉清的面前，而后跪下来哭道："世子爷，你放过他吧，他只是一时失言。沈嘉清从记事起就开始学《霜华剑谱》，幼年时每日练剑都要超过五个时辰，再苦再累都没说过要放弃！他是真心敬爱许清川的！"

谢潇南退到几步之外，他的表情很冷漠，带着一股迫人的威压，温梨笙当时害怕极了。

但她盯着谢潇南，一步都不肯退让，生怕沈嘉清的右臂真的被谢潇南弄断。

忽然，手上传来异动，温梨笙一下子就从梦中醒来了，睁开模糊的双眼，往自己的右手看去，就见谢潇南不知道什么时候站在了床榻边，手里正拿着一本书。

那是温梨笙在睡觉前看的话本，因为困倦，她将它握在手中睡着了。

"我吵醒你了？"谢潇南将书合上，弯下腰低声询问。

他声音轻缓，语气里带着一股绵绵的情意。温梨笙眨了下眼睛。方才梦中那无比真实的画面与面前的谢潇南重叠，她猛然生出一种极大的安心感。

梦里的那些事，再也不会发生了。

她问："世子为何在我房中？"

谢潇南将她的手塞进被子里，然后压了压被子的边角，说道："我要出门，临行前来看一看你。"

温梨笙往被子里缩了缩，道："那世子早去早回，外面天寒，注意别冻着。"

谢潇南应了一声，然后低下头，在她的侧脸上亲了一下，道："我很快就回来。"

温梨笙下意识地摸了摸被亲的脸颊，看着谢潇南转身离开屋子。她又在床上躺了一会儿，觉得不再有睡意，于是起身穿衣，走出了房间。

"鱼桂，我爹回来了吗？"温梨笙揉着眼睛问。

鱼桂还没回答，就见温浦长从屋外回来。鱼桂见状，连忙去准备饭菜。

温浦长的身上有雪花，温梨笙走过去将他身上的雪花扫落，在他周围看了看，"咦"了一声，问："爹，沈嘉清没跟你一起回来吗？"

温浦长诧异地道："我一整天没瞧见这小子了，他没回来？"

温梨笙心中"咯噔"了一下，回答道："没有。"

也就是说，沈嘉清自打早上一出门，就没出现在几人的眼前了。温梨笙立即意识到这件事情的严重性，说道："爹，他定然不是迷路了，可能是出了什么事。"

温浦长也沉着脸色，立即转身出了门，吩咐在外面守着的随从，让他们全部出动，在川县搜寻沈嘉清。

温梨笙生出一种不好的预感，但又想着以沈嘉清的身手，他就算遇见了什么人打不过，也是有能力逃走的。况且在川县境内，一旦有什么情况，会有人报官的，不至于这么长时间没消息，说不定他真的是在外面玩。

但她仔细一想，觉得这也不合理，沈嘉清不至于在身负任务的时候玩那么长时间。

人被派出去之后，温浦长的神色还是很凝重，温梨笙也有些不安。

一个时辰后，被派出去找沈嘉清的人陆续回来，第一批、第二批人皆没有沈嘉清的任何消息，第三批人则说在去北郊的路上，曾有人见过沈嘉清，说是一个衣着不凡、模样十分俊朗的小公子，站在一个卖米糕的摊子前大声找碴儿，说这米糕又难吃又难咽，谁买谁是大傻子，然后那摊贩要与他动手，两三下就被他打趴下了。后来摊贩喊着报官的时候，那小公子就大摇大摆地离开了。

根据这描述，那小公子绝对是沈嘉清。

只是他后来去了哪里，他们便询问不出了。

沈嘉清的踪迹在北郊的米糕摊之后就消失了，派出去搜寻的人皆一无所获。

温梨笙越来越急，在院中不停地踱步，喃喃自语："川县就这么大，他能去哪里呢？若真有人想擒住他，必定是要下大功夫的，怎么会没动静呢？"

天色渐渐变暗，屋中点燃了一盏盏灯，谢潇南也从外面回来了。

温梨笙第一个迎上去，着急地道："世子，沈嘉清不见了。他一整日没有回来，我爹派了好几批人出去找他，只有一点儿关于他的消息，不知道他去了哪里。"

谢潇南听了，也微微皱眉，捏了一下她的手，发觉她的一双手完全没有温度，跟冻僵了似的，就拉着她往屋内走去，同时唤道："乔陵、席路。"

两个人应声："少爷有何吩咐？"

"你们二人一人往东，一人向西，去查找沈嘉清的踪迹。"谢潇南道，"多询问一些卖吃食和小玩意儿的店铺，可能会有他的消息。"

二人领命，极快地出门离去。

谢潇南将她带回屋中后，把她几乎冻僵的手焐在掌中，心知她因担忧而在院中站了很长时间，于是沉默着给她暖手。

"世子，你说沈嘉清会不会……"

"人没找到之前，不要太担忧。"谢潇南说道，"他功夫不弱，并非没有自保的能力。”

话虽这么说，但他若是真没出什么问题，早就该回来了，何以到现在还不见踪影？

温梨笙抿了抿唇，皱着眉，叹了一口气，现在乔陵、席路已经被派出去找沈嘉清了，她能做的就是在这里等消息。

谢潇南给她倒了一杯热茶，道：“喝点儿。”

温梨笙便一小口一小口地喝着热茶。在院中站了近三个时辰，她被冻得关节处都有些僵硬了，喝了茶，又烤了暖炉之后，才慢慢好些，冰冷的手指也在谢潇南的掌心里逐渐有了温度。

近半个时辰后，席路归来，一无所获。

又一刻钟后，乔陵回来，亦没有消息。

温梨笙越来越急，甚至想亲自出去找，谢潇南却道：“天色已黑，街上的商铺皆闭门了，行人也归家了，派出去的那么多人都没有带回消息，你出去就更不可能有收获。”

她出去也是徒劳。

温梨笙也知道这一点，只好忍着心中的担忧。他们又等了许久，温浦长回来了，面色凝重地道：“没找到他，我已经从县官那里调人，休息片刻再出去找。”

他摸了一下温梨笙的头，继续说道：“笙儿不必担忧，那臭小子机灵得很，不会那么容易被害。天色不早了，你快些休息吧，等找到了，我们自然会告诉你的。”

温梨笙看着满身是雪花的温浦长，闷闷地应了一声。

那些雪花落在他的发上，在灯光的照耀下，恍若一朵朵小花。

温梨笙突然想起了阮海叶白日里临走时说的话——

“二妹，南郊的蜡梅开了，瞧着漂亮得很，你一定要去看看……你不去会后悔的。”

“南郊的蜡梅。”温梨笙忽然呢喃道。

温浦长疑惑地道：“什么？”

“我知道了，在南郊！”温梨笙急忙跑去院中找谢潇南，拉着他道：“世子，沈嘉清可能在南郊，今日阮海叶特地让我去南郊看蜡梅，我觉得这可能是一个暗示！”

当时谢潇南离得远，阮海叶又刻意压低了声音，加之白日里人声鼎沸，所以那话他没听清楚。

听见温梨笙这样说，他便立即朝席路道：“你留在院中防备，乔陵跟我一起去南郊。”

温梨笙道：“我也要去。”

“要骑马。”谢潇南说。

“我会骑马！”温梨笙说。

几人匆匆出门，温梨笙翻身上马，动作极为利索，跟在谢潇南身后。

谢潇南和温梨笙的前方有两个护卫骑马提灯开路，后面跟着乔陵和一众衙役，马背上皆带着灯笼和铁锹，都是谢潇南让他们带上的。

一队人马穿过无人的街道，飞快地赶往南郊，一路上寒风刺骨，温梨笙的脸颊、手指被吹得冰冷，但她仍没将速度降下来。

南郊的蜡梅园是私人地区，有两个人在看守。那两个人见有一队人马赶来，也不敢阻拦，任由他们进了蜡梅园。

这片园子并不大，谢潇南让所有人翻身下马，先在园子里散开搜寻了一遍，没有发现人的踪影。他又一指东边，对乔陵道：“你往那边去寻，把灯熄灭。”

把灯熄灭怎么找人？

虽想这么问，但她相信谢潇南这样说肯定是有原因的，便强忍着没问。

谢潇南往西走了一段路，扬声道：“所有人，灭灯！”

一时间，林子里的灯迅速熄灭，周围瞬间变得黑暗无比。短时间内，温梨笙什么都看不见。

眼睛一看不见，耳朵就变得灵敏了许多，她听见了风声，听见了自己急促的心跳声和呼吸声，听见了树枝相互拍打的细微声响，还有几声小声的议论。

谢潇南说：“噤声。”

于是所有人在一刹那安静下来，仿佛连呼吸声都消失了。

他们不是用眼睛找，而是在用耳朵找。

温梨笙虽一直说谢潇南的耳朵是狗耳朵，但这一刻万分希望他能像之前那样，听到一些令人意想不到的东西。

也不知道过了多久，温梨笙越来越紧张，僵硬的手指握成拳头，焦灼地等待着。

谢潇南说：“点灯。”

他的声音在黑暗中响起的一刹那，她如濒死的人猛然获得了一口气，整个身体发起抖来。她的眼前亮起一盏盏灯，她见谢潇南离开原本站着的位置十来步，说道：“在这里，挖。”

紧接着，所有人开始动手，在他指着的那块地上开始挖。这里的土壤像被翻过似的，十分松散，一群人不一会儿就挖出了半丈深。

温梨笙站在谢潇南的边上，问道：“世子方才听到了什么？”

谢潇南的目光落在不断被翻上来的土中，他说：“铃铛相撞的声音。”

而后她听见一声“咚”的响声，有人喊道：“挖到了！”

温梨笙连忙跑过去看，只见坑中的土被人飞快地铲下，一口方形的棺材露了出来，钉子被人用力拔掉，棺材盖猛地被掀开，沈嘉清就躺在棺材里。

他的面色极其苍白，在棺材被掀开的一瞬间，他大口地喘息着，因为生理反应，眼睛赤红，溢出泪水。他的手里攥着一只花花绿绿的银镯，那银镯还在不断地小幅度地摇着。他这状态显然已经缺氧到没有力气，离窒息只差一步，棺材若是再晚些时候被打开，他们看到的就是沈嘉清的尸体。

温梨笙蹲在土坑边看着他，瞬间红了眼眶。

谢潇南来到另一边，探身下去，一脚踩在棺材边上，朝沈嘉清伸出手，道："沈嘉清，站起来。"

沈嘉清的视线逐渐变得清晰，他看到了温梨笙，又看到了谢潇南。

他终于停下了那只不停地摇晃银镯的手。

一开始他醒来的时候，就察觉自己在一个极其窄小的空间里，眼前是一片极致的黑暗，一点儿亮光都没有。

他只要稍稍伸手，就会碰到两边的木壁，随意摸了摸，才意识到自己可能是被人封入了棺材之中。

沈嘉清有一瞬间的心慌，抬手敲击着棺材的内壁，发出了沉闷的响声，响声在整个棺材里回荡，没有任何声音回应他。这里除了他的呼吸声，就是他敲击棺材的内壁发出的声响，这样的情况一下击溃了他。

他被人封在棺材里，埋在了地下！

沈嘉清记得自己白日里与那卖米糕的老板好一顿争执之后，就离开了那条街，往温浦长所在的地方赶去。

他的方向感虽然不太好，但是川县不大，他只要询问一下路人，就能知道正确的方向，所以要找过去并不难。

但是沈嘉清还没有用早饭。他本是准备等着温梨笙起床后一起吃的，不过没想到温梨笙刚起床，他就接到了前往大河坝附近的任务。

既然是温浦长定下的任务，他自然不能耽搁。他出门的时候有些匆忙，导致走在路上时就感觉饿了，而身上正好还有一些从温梨笙那儿拿来的银子。他在路边看到一些卖吃食的小摊的时候，基本上没犹豫就去买了。

他买了一些方便携带的吃食，包子、馅儿饼什么的，边走边吃，起初并没有什么异样，也填饱了肚子。

他走出城区之后，越往北郊走，人就越少。他逐渐感觉自己的身体变得不对劲，有一种乏力的感觉涌上四肢。他坐在马背上有些东倒西歪。

沈嘉清马上意识到自己可能是中了药。由于风伶山庄里有各种毒药的解药，所以平日里沈嘉清都会随身携带一些解毒丸。于是他立即将解毒丸拿出来服用。

只是这药比他想象的要厉害得多，还不等解毒丸发挥药效，他就意识模糊，从马背上摔了下来。

沈嘉清第一次意识有些清醒的时候，察觉自己好像躺在一张床上，有人在他的耳边争吵。

“你们抓他来干什么？知不知道这个人是风伶山庄的少庄主？”一个女人愤怒地道。

一个男人粗声粗气地道：“你为何这般胆小？管他是什么少主，我们想抓便抓了，还怕一个风伶山庄不成？”

而后有一个声音清脆的少女道：“这事情办得太鲁莽了，现在我阿兄还在他们手上，若是惹怒了他们，他们将我阿兄杀了怎么办？”

男人道：“他们不敢。”

先前发怒的女人说：“如何不敢？早在十几年前，就没有风伶山庄的庄主不敢杀的人。你们抓了他的儿子，真以为做得天衣无缝？”

男子似乎也恼怒了，不知道将什么东西踢翻，发出刺耳的声响。他喊道：“我想做什么就做什么，你这个梁国女人少在这里指手画脚！若非殿下说过暂时不能动你，你以为你有什么资格站在这里跟我说话？”

女人冷笑一声，道：“我可是已经劝过你们了。”

沈嘉清听到这里，意识逐渐变得清醒。他睁开了眼睛，便看见在一间简易的木房中，他被搁置在一张床榻上，周围站了不少人。

那些人之中，只有一个女人的面容有着十分明显的梁人特征，其他人都眉高眼深，只要看一眼就知道是异族之人。

他突然睁开眼，被一个女人发现了。那个女人发出了惊呼声：“他醒了！”

房中的人一瞬间全朝他看来。很快，所有人都动了起来，两个男人将他的胳膊、腿按住，而后便有人拿着细针走来，朝他的手臂、颈间落针。

沈嘉清的心中生出一股怒意，他扭着头开始挣扎，针一下下地扎在他的身上，他猛地迸发出力气，将按着他的两个男子一下推开。

众人发出惊呼声，沈嘉清一下从床榻上坐起来，拔掉了颈上的针。他咬着牙，皱着眉，冷冷地问：“你们是谁？！”

“把他按住！”男人命令道。

沈嘉清一下跳下床榻，结果刚走一步，发觉两条腿竟一点儿力气都使不上来，当即膝盖一弯，重重地砸在了地上。

很快，几个男人冲上来，抓着他的肩膀和腿，将他往床榻上一扔，分别将他的四肢钳制住。

饶是如此，沈嘉清身体里的爆发力也十分惊人，在几个人同时按着他，又中了药的情况下，他挣扎得险些让几人招架不住。他像一只令人畏惧的野兽，嗓子里发出低吼。

越来越多的细针扎在他的身上，扎针之人露出震惊的神色，他竟然仍有力气挣扎，于是那人将手上的针不停地往沈嘉清的身上扎，直到他的肩、颈、胸口等处被扎得密集，他才渐渐没了力气，费力地喘息着。他的眼神在几人的面上一一扫过，最后他坚持不住，闭上了眼睛。

由于他出奇坚强的意志力，在闭上眼睛之后，他仍能听到周围人说的话。

“此子日后了不得。”有人说。

“他们抓了我们的殿下，又将我们埋的活人棺挖出来，我们就借着这小子，给他们一个下马威。”有人说。

沈嘉清觉得好累，实在撑不住了，陷入了昏睡。

他第二次醒来的时候留了个心眼儿，并没有立即睁开眼。

“你说，咱们把这小子活埋进棺材里，真能给那些人一个警示？”

他的耳边又响起声音。

“肯定能，那景安侯世子抓了殿下不放，简直没把我们放在眼里。我们一定要给他们一个教训，不然他们真的以为咱们好拿捏。”另一人说。

“那万一他们将殿下杀了怎么办？”

“若是杀了更好，诺楼筹谋许久，就等着一个由头动手。他们若真敢杀殿下，诺楼就可以以正当的理由出兵，届时定能将北境一带完全占领。”

沈嘉清听得满肚子火，恨不得立马起身将两个人杀了。然而他用尽了力气，也只能轻微地挪动手臂。可见先前那次他挣扎之后，这些人在他身上加重了药量。

他即便只轻轻一动，也立即被人发现了，两个人急忙道：“他又要醒了，快！加药！”

沈嘉清在心里骂个不停，心道：你们千万别让我有机会起来，不然我定要把你俩的头剁了！不，是把这些人的头都剁了！

他们给他加药后，他很快就不省人事。他也不知道自己睡了多久，再睁开眼时，就到了这棺材之中。

他身上的药效并没有完全散去，他几乎使不上力气。他捶打着棺材的内壁，发出的声响极大。但除了他自己发出的声音，其他的声音，他半点儿也听不到。

这里绝对黑暗，绝对安静，他仿佛被浸泡在无尽的孤寂之中，这让他产生了一种极为浓烈的恐惧感，仿佛自己被整个世界遗弃了。

人的所有情绪在黑暗中都会被无限放大，仅仅一会儿的工夫，沈嘉清的心理防线就彻底崩溃了。他大喊了几声，用力地捶打着棺材，一拳拳地砸在棺材的内壁上，指骨处传来剧烈的疼痛感，却仍然撼不动棺材分毫。

他的声音传不出去，四周无人，没人知道他被埋在这里。

沈嘉清用力地捶打棺材，很快就感觉到呼吸越来越急促。棺材里的空气因为他的剧烈行为而快速被消耗，这无疑加快了他的死亡时间。

他感觉到了刺骨的寒冷。

沈嘉清不敢再乱动，尝试在棺材里摸索，还真让他摸到了一个东西。

那是一个镯子，上面有铃铛，只要轻轻一动就会发出清脆的声响，在这死寂的环境中显得尤为刺耳。

沈嘉清不知道是谁将这只镯子放在这里的。他一把抓起它，开始摇上面的铃铛，这声音尖锐、清亮，应该能比捶打棺材内壁的声音传得远。

若是有人恰巧途经这里，恰巧听到铃铛相撞的声音，说不定能救他一命。

然而沈嘉清心中清楚得很，这种概率实在是太小太小了，且不说有没有人经过，经过时又能不能听到铃铛相撞的声音，即便真的有人在这里听到了声音，也只会被吓得拔腿就跑吧？

但就算知道希望渺茫，他也不愿停手。

这是他能得救的唯一希望。

在这样的环境里，沈嘉清焦躁、恐惧。不知道摇了多久，他越来越难受，胸口开始出现闷闷的感觉，脑袋也逐渐发晕，唯有手如机械一般不知疲倦地摇着。

他越来越绝望。

这种濒死的境况，让他体会到了前所未有的恐惧与绝望，还有极为浓烈的想要活下去的念头。

温梨笙一定以为他又在外面贪玩，温大人也会责怪他办事不靠谱儿，让他送个修补录都送不过去，谢潇南呢？

这位从奚京来的身份尊贵的小师叔定然也会责怪他，连这点儿小事都做不好，他除了添乱，再也没有别的用处。

他的爹娘……从不曾对他有过约束的爹娘——他们总会站在他的背后，笑着看他练剑，然后摸着他的头，给予他鼓励。

沈雪檀曾问："我儿长大以后想做什么？"

沈嘉清记得当时尚且年幼的自己说："我想在山庄里养很多动物——我要当兽大王。"

沈雪檀有些惊讶地道："就只有这个吗？我看别的孩子都想当惩恶扬善的大英

雄，迎娶绝色美人。”

沈嘉清说：“我不要。英雄谁爱当谁当，我只要当大王。”

沈雪檀笑着揉了揉他的脑袋，道：“我儿果然与众不同。”

他没想到自己还什么都没做，生命就这样走到尽头了。

不会有人知道他被活活封入棺材之中，在这窄小的棺材里等死。

沈嘉清想：我这次可能真的死定了。

他的脑中迅速回想起以往的十来年时光，身体的各种难受让他痛苦不堪，他手上逐渐没了力气，只剩下手腕还在固执地晃动，铃铛相撞的声音时不时地响一下。

沈嘉清想：我还不想死……但我坚持不住了。

他放弃了求生，似乎开始接受自己要死在这黑暗的地下的事实，手却仍不听思想指挥，不曾停下摇动铃铛的动作。他被冻得四肢僵硬，开始感知不到肢体的存在。

就在他万念俱灰时，“咚”的一声，在寂静的棺材里炸开，瞬间将他有些模糊的意识惊醒。继而，更多的响声传来，“窸窸窣窣”的声音中夹杂着喊声，更多的沉闷声音响起，有人将铁刃刺进棺材中，撬起了棺材上的第一根钉子。

有人来救他了！

沈嘉清在黑暗中睁大眼睛。有一瞬间，他几乎以为这是他临死前强烈的愿望幻化出的臆想，但这声音越来越多，钉子被全部撬开，棺材盖被猛地一掀。

长久的黑暗中，沈嘉清终于看见了光。

一盏盏灯被提到他面前，他的眼泪瞬间涌了出来。

寒冷的空气疯狂涌入，他终于能够大口喘息。紧接着，胸闷的情况缓解，脑袋也逐渐变得清醒，他看见温梨笙在上方的边上探出脑袋。

而后他那个身份尊贵的小师叔一脚踏在棺材边上，将手掌伸到他面前，对他说：“沈嘉清，站起来。”

沈嘉清仿佛一瞬间充满了力量，抬起抖得厉害的手，握住了谢潇南的手，继而有一股强大的力道将他拉起，从棺材里拽出，持续的力道支撑着他疲软无力的身体，把他带出了埋着棺材的土坑。

他依旧没什么力气，只是这次没再跪在地上。他感觉谢潇南极为结实的臂膀将他架住，随后乔陵大步走来，面露喜色，将他从谢潇南的臂膀处接过来。

沈嘉清知道自己获救了，却依旧无法抑制身体的颤抖。

乔陵感觉到了，便低声说：“沈小公子，你安全了。”

温梨笙在他边上，只看了一眼他的样子，便撇着嘴哭了起来，一边哭一边问他：“沈嘉清，你怎么回事啊？是不是又乱吃了什么东西，才搞成现在这样？”

沈嘉清没想到她随口一说竟然说对了，虚弱地点了点头。

温梨笙“哇”地哭出声，随后说道：“你知不知道我差点儿被你吓死啊？我刚才好怕这棺材打开之后，你缺胳膊少腿，半死不活。我不是让你少买点儿路边摊上的东西吃吗？你为什么就是不听？！”

沈嘉清见她这模样，心头盘旋着的恐惧、绝望渐渐散去。他无力地扬起一个笑容，没力气说话。

谢潇南脱下了身上的大氅递给乔陵，乔陵会意，接过来之后，将沈嘉清裹住。

沈嘉清身上的外衣被扒去了，所以他才会冻得一直发抖。

既然沈嘉清已经被救出来，他们便没必要继续在此处停留。谢潇南命令道：“回去。”

一行人又很快撤离。众人都是骑马来的，以沈嘉清目前的身体状况来看，他骑不了马。于是众人又费了一些时间，给他找了一辆马车。大家回到宅中的时候，夜晚已经过了一半。

宅中灯火通明，温浦长站在门口候着，见众人归来，立马迎上前，步伐中透着明显的焦急。他甚至连礼都没向谢潇南行，便问谢潇南：“世子可寻回沈嘉清了？”

谢潇南点点头。

温浦长瞬间大舒一口气，整个人明显放松下来，在心中连连惊叹：世子的可靠程度出奇地高。

沈嘉清被两个人扶下了马车，温浦长快步走上前，将他上上下下看了一遍，发现他并没有受什么皮外伤，只是看上去虚弱无力。

沈嘉清的心中生出一种畏惧情绪，他有些怕温浦长在门口就对他大肆训斥，却见温浦长微微拧着眉，拍了拍他的肩膀，说道：“臭小子，不会叫你白吃亏的。”

他眼珠动了动，脸上露出难以置信的表情。

温梨笙走上前抓着温浦长的手臂，将他往前推，并对他道：“爹，先进去吧，这里太冷了。”

温浦长点点头，开始吩咐下人准备热水、姜汤，还派人去寻医师来。宅中的人忙碌起来，沈嘉清被人扶进屋中。

下人给他提来热水泡澡，喂了解毒丸。温浦长又将半夜被喊醒的医师叫到跟前，让医师细细检查沈嘉清的脉象，最后得出沈嘉清并没有什么大碍的结果时，几人同时松了一口气。

忙活完这些事，天已经快亮了，宅中的人都一夜未睡。温浦长年纪大，熬不住，先回房休息了。

温梨笙却睡不着，在房中坐了一会儿，决定去找沈嘉清说会儿话。

她出了房门，从院子里往天上看，天色已经蒙蒙亮，朝阳似乎要从东方露头，空中的冷气吹得她十分精神，没有一丝困意。

走到沈嘉清的门前需要经过窗子，她走近的时候，才发现窗子大开着。房中的景象一览无余，温梨笙看到了谢潇南，便在窗边停住了脚步。

谢潇南将手中的热姜汤放在床榻边的桌上，看向在床榻上坐着的沈嘉清。

他脸色看起来好了很多，身上裹着厚厚的被子，将脖子也围得严实，虚弱之态让他看起来有几分可怜。

“沈嘉清，”谢潇南冷冷地开口，“在鬼门关走了一遭，有何感想？”

沈嘉清仰头看着他，将心中的想法说出：“我现在的感想就是小师叔你太厉害了，竟然真的听到了我摇铃铛的声音。”

谢潇南轻笑了一下，道：“若我们再晚去一步，这棺材便有可能要到后半夜才被挖开。到时候打开棺材盖，也只能看到你窒息而亡的尸体。”

沈嘉清道：“所以我才打心底里佩服你。”

“在棺材里的时候，你想得最多的是什么？”谢潇南问他。

沈嘉清其实不太愿意回想。一旦想到棺材里的黑暗与寂静，他似乎又感受到了当时的绝望，那种无助的情绪仿佛一只巨手，牢牢地攥住了他的心。

他道：“我在想我爹娘、梨子还有温大人会不会因为我的死而难过，还想过小师叔到底将《霜华剑谱》练到什么地步了，也想了很多从前发生的事，总之有很多。”

谢潇南听他说完后，才缓缓地道：“不对，你想得最多的，应该是希望有人能打开这棺材盖，救你出来。”

沈嘉清闻言，一愣，继而很快地点头，道：“是。”

这的确是他当时最为强烈的想法，他不管想到了什么，总会将思绪绕回来。他甚至想象着下一刻就有人掀开棺材盖，但一次次的希望之后，面对的是一次次的失望和无尽的黑暗。

这种反复的情绪落差，才是导致他心理崩溃的主要原因，沈嘉清方才竟然忽略了。

谢潇南语气平静地道：“每一个身陷绝境的人，最强烈、最直白的愿望就是希望自己能获救，没有人例外。但不是每个人都能如你这般幸运地获救，更多的人会带着绝望与痛苦死去。”

沈嘉清愣住了。

谢潇南又说：“这世间有人生来权贵加身，有人生来若蝼蚁，浮生万千，庸碌无能者数不胜数，每个人都有自己的活法，但是你……”他轻声道，“沈嘉清，你自幼习武，又天赋异禀，如今不过十几岁便已胜过世间九成之人。你的身上有很大的潜力，你不该成为平庸之人。你应该站在更高的地方，成为更加耀眼夺目的人。”

“我？”沈嘉清已经被他的这番话说得愣住了，“我不适合做英雄……”

“我不是要你做英雄，”谢潇南道，“而是让你成为一个好人。”

沈嘉清接不上话，表情呆呆的。

谢潇南将姜汤端起来，送到他面前。沈嘉清伸手将姜汤接下，谢潇南便没再说什么，转身出了屋子。

沈嘉清垂下眼帘，目光落在手里这碗还冒着热气的姜汤上，久久地沉默着。

温梨笙靠在窗边的墙上仰着头往天上看。谢潇南走出来关上门的一刹那，她扭过头看去，朝阳的第一抹光横跨天际，在这淡淡的光亮下，两个人对视。

谢潇南抬腿朝她走，走到她面前时才说：“冷不冷？”

还没等到她回答，他就将手探了过来。他找到了她缩在袖子里的手，握住，她的手一片冰凉。

温梨笙没有说话，而是抬眼看他。

院中的灯被下人熄灭了，谢潇南的背后是一片慢慢亮起来的天，微弱的光照耀在他的周身，因为逆着光，所以他的眉眼她看得不太清楚，腊月的风拂面而过，卷起两个人的长发。

在一片凛冽的寒意中，她找到了沈嘉清曾经突然离开沂关郡的答案。

没有人会在意沈嘉清成为一个什么样的人，日后会做什么样的事。

沈雪檀觉得他儿子自由就行，温梨笙觉得沈嘉清一直陪伴她就好，温浦长觉得这个臭小子爱怎么样就怎么样。

他自幼便是无忧无虑的。所以在无形的放任和溺爱中，沈嘉清这一把本应该无比锋利的剑，因太长时间没有打磨，而今刃已经钝得厉害。唯有谢潇南注意到了这把钝剑，卷起袖子开始打磨。

温梨笙觉得，或许他今日的这番话并不能让沈嘉清改变想法，但影响肯定是留下了，随着时间的流转而潜移默化，沈嘉清这把剑会越来越锋利。

最后他成为一把锋利的剑，背上了行囊，毅然离开沂关郡。

温梨笙无论如何也没想到，让沈嘉清产生这种变化的人会是谢潇南。

她从不知道这些事，若非刚才听见，可能永远也不会知道这些事。可笑的是，曾经的她和沈嘉清对谢潇南抱有颇深的敌意。

温梨笙握紧他的手，道：“世子，你总是让我对你刮目相看。”

谢潇南笑了，说道：“天都要亮了，你一夜未休息，进去与他说两句就去睡觉，好吗？”

温梨笙点点头，回应道：“好。”

谢潇南松了手，捏了捏她的脸，而后转身离去。温梨笙看着他的背影在拐角处消失，收回了目光，走进沈嘉清的房中。

温梨笙见他盯着姜汤发愣，问道："你怎么不喝？"

沈嘉清抬头看她，然后小口喝起姜汤来，并抽空问她："你怎么还不去睡觉？"

"我这不是来关心一下小可怜吗？"温梨笙搬来一张凳子坐下，"顺便听听你是怎么中招的。"

沈嘉清提起这事就不开心，一抿唇，生气地道："那群阴险小人，只敢在我吃的东西里下药，若非我没有防备，又怎会让他们得逞？"

温梨笙道："你这真是活该，怪不了别人。"

沈嘉清哼了一声后道："不过我被他们抓走之后，其实醒过两次。我第一次醒来时，他们在争吵，有人说不该把我抓来，提到了风伶山庄，有人说世子抓了他们的殿下，所以要用我给世子下马威。"

温梨笙道："那些人是诺楼国人，他们口中的'殿下'，就是两个月前在峡谷上的山林里，被捅成重伤又救回来的那个人，叫洛兰野，如今还被世子关押着。"

沈嘉清说："我知道。"

"跟那些人说不该抓你的人，是个女人吧？"

沈嘉清意外地看了她一眼，回答道："是啊。"

"那女人就是之前火狐帮的帮主阮海叶。"温梨笙道，"今日我与世子在北郊河坝附近的时候曾遇到过她。我现在怀疑这次相遇并非偶然，而是阮海叶特地找上门来的。你在棺材里摇的那个带着铃铛的手镯，就是原本戴在她手上的。应是她在封棺的时候故意留在棺材中，让你求救用的。"

沈嘉清疑惑地皱起眉，问："你怎么知道不是她失手掉进去的？"

温梨笙盯着他说："今日与阮海叶相遇时，她临走前让我去南郊看蜡梅，特地说，我若不去会后悔。我到了晚上才想起这句话，实际上南郊的蜡梅根本没有开，枝丫都光秃秃的。阮海叶说这番话的目的，就是暗示我你被埋在了那里。"

沈嘉清极为惊讶，道："她为什么要这样做？我听他们的对话，她好像与那些人是一伙的！"

温梨笙微微摇头，道："阮海叶这样做的目的，我并不清楚，不过我有一个猜想。阮海叶是这次四口棺材事件的参与者，曾在三月份的时候出现在河坝附近，深夜时分用大额银票买了两个做工很粗糙的金丝镯。而后河坝附近夜里的那些奇怪的响动，应该也是她故意为之。"

"为什么呢？"沈嘉清不解地道。

"我觉得她可能是想引起河坝附近的住户的注意，让他们意识到河坝附近有不寻常的事情发生——她想救那四个被活着装入棺材的孩子。"温梨笙表情认真地道，"但是由于某种情况，她不能够直接说明，所以通过这种隐晦的方式表现。只不过可惜的是，河坝附近的那些住户虽然感觉到了奇怪之处，却没有一个人注意这个问题，也不曾有人去河坝下面检查情况，更没人报官。”

比如，阿罗也曾在那段时间觉得河坝附近一到晚上就变得奇怪，还经常有怪声传出，但又从不曾真正关注这些。一直到四口棺材被埋进河坝之后，那怪声消失，她便将此事抛到了脑后。

阮海叶试图救这四个孩子，但失败了。

“所以你的意思是，她其实是一个好人？”沈嘉清反问。

“并非好人。”温梨笙道，“但可以确定的是，她良知尚存。”

这只是温梨笙的一个猜测，阮海叶究竟为什么与诺楼国的人混在一起。又为什么做出这些事，这些都不得而知，只不过有一点尚未明确。

那就是谢潇南显然知道阮海叶与诺楼国的人混在一起，今日他说的那一句“现在还不是抓她们的时候”，表明他对这事是有计划的。

一想到此，温梨笙就觉得无比安心。

沈嘉清一口一口地喝完了姜汤，然后打了一个大大的哈欠。

温梨笙把碗接过来，搁在桌子上，对他道：“睡吧，咱们的仇日后肯定会报的，好好休息。”

沈嘉清点点头，卷着身上的被褥，一下倒回床榻里面。温梨笙将房中的灯逐一熄灭，最后留了墙角的一盏灯，而后关上门窗，自己也回房去了。

温梨笙睡了很长时间。

她梦到洛兰野站在她的面前，居高临下，冷漠地盯着她。

他从怀中拿出一封信，说了一句什么话，接着她就听旁边有人说：“殿下说，他倒要看看你和这个隐藏了二十多年的秘密，谢潇南会选择哪个。”

温梨笙始终沉默着，眼睛盯着那封信，那信封很厚，里面显然不止一张纸。

洛兰野又开口说话了。

旁边的人道：“殿下说，若是谢潇南选择信，殿下就立即砍掉你的脑袋。但他若是选择了你，殿下就会毁了这封信。谢潇南在今日必须失去一个重要的东西。”

温梨笙感觉自己的心底涌上一阵恐惧感，就好像已经提前知道了答案一样。

很快，有人在门外喊了一声，而后洛兰野极为粗暴地拽着她的胳膊，将她一下拽起来，踹开门往外走。她被带得脚步踉跄，好几次险些摔倒。

而后她就看见一个有些宽广的院子中，站着身着墨金大氅的谢潇南。他头戴玉冠，长发高束，俊朗的脸上布满了骇人的冷意，大氅下露出绣着金丝流云纹的袍摆，以及一双不沾半点儿泥尘的锦靴。

他身边站着剃须后穿着一身素白衣裳的游宗。游宗不似她梦中那个晨起打铁的糙汉，反而有几分风雅之姿。

其后就是一众侍卫。

温梨笙被用力一推，当即狠狠地摔在了地上。

谢潇南听到动静，抬眸，朝洛兰野看了一眼，冷笑一声后道："欢迎来到奚京，洛兰野。"

洛兰野像想起了什么不好的事，脸色瞬间变得极为可怖。他声音沙哑地说话。随后，他身边的人道："殿下说了，这个女人和这封信，你只能选择一个。若选择信，你便只能带这女人的脑袋回去；若是选择这女人，这封信会直接被烧毁。"

洛兰野左手拿着信，右手摸出一柄锋利的弯刀。他站在温梨笙的右手边，笑得面目狰狞。

"做选择吧，谢潇南。"他的侍从道。

谢潇南的面色一点儿变化都没有，他甚至都没有再看温梨笙一眼。短暂的停顿后，他抬手指向了洛兰野，道："我……"

一股愤怒和惧意瞬间冲上了温梨笙的头顶，她猛地睁开眼醒来，映入眼帘的是深色的床帐。

那股从梦里带出来的情绪很快消散，温梨笙却坐了起来，久久地皱着眉。

这个梦中的谢潇南，俨然是二十余岁的他，游宗虽然不是那副糙汉模样，但还是看得出他与当时在孙宅里住着时，在年岁上并没有什么明显的变化。

梦里的时间，好像是……谢潇南离开沂关郡，带兵打入奚京，篡位成功之后。

温梨笙不明白她为什么会梦到这些。她分明在沂关郡的时候就被毒死了，怎么可能会被洛兰野带到奚京，看到登基之后的谢潇南呢？

这是不可能的呀，她想。

难不成是她当初死了之后，又附身在哪个女人身上目睹了这一切？

确实，这两个梦境中，并没有任何东西能证明被洛兰野掳走的那个女人姓温。

所以就连先前做的那个梦，其实也并非未来之事，而是曾经发生的事，在她被毒死之后的事。

温梨笙没忍住发出惊叹的声音，没想到竟然还能让她梦到这种事，这对她来说也不算坏事。现在温梨笙知道了那封信的存在，也知道那信对谢潇南来说是很重要的东西，以至于他直接选择了信。

温梨笙下床穿衣，洗漱后就匆忙跑去找谢潇南。这一觉，她直接睡到了下午。

她刚出门就看到沈嘉清坐在院中，面前摆着一碗饭、几碟菜。

见她出来，沈嘉清立即叫道："梨子，梨子！"

“干吗？”温梨笙暂时搁置去找谢潇南的计划，转身往沈嘉清所在的方向走，问，“你怎么不吃啊？”

沈嘉清道：“我双手没有力气，端不起来饭碗，你快来喂我。”

她疑惑地皱起眉，又问：“你昨儿晚上不是还好好的吗？”

沈嘉清叹了一口气，说：“医师说我这俩肩膀上扎的药针太多了，导致我的双臂有很严重的后遗症，最少有三日像现在这般使不出力气，连饭碗都端不起来。”

温梨笙想起他昨日遇到的事，便坐下来捧起碗，问他：“休养几日就好了，是吗？”

沈嘉清道：“是啊，早知道当时我就不挣扎得那么厉害了。你是不知道他们在我的肩膀、胳膊上扎了多少针，刺猬来了都要叫我一声‘祖爷爷’。”

温梨笙无奈地笑了笑，用汤匙搅了搅碗里的稠粥，正想夹点儿菜，就见谢潇南出现在了旁边，也不知道他是从哪里来的，没一点儿脚步声。

温梨笙被吓了一跳，但她的脸上很快又浮现出笑容。她问：“世子何时来的？吃过饭了吗？”

谢潇南的目光落在那碗白粥上，他说：“给我。”

温梨笙道：“这是沈嘉清的，若是世子想吃，我再让他们送一碗来。”

谁知道她话音刚落，沈嘉清第一个不乐意了，喊道：“小师叔说要，那就给他！莫说是一碗粥，就算是我的眼珠子，他说要，我也给！我直接抠！”

温梨笙对这人翻了个大白眼，道：“没人稀罕你的眼珠子！”

沈嘉清道：“这是一种夸张手法。”

她将碗放下，然后站起身，道：“那我让人再给沈嘉清送一碗粥来。”

“不必。”谢潇南坐在沈嘉清旁边，淡淡地道，“我不吃。”

“那你为什么要这碗粥？”温梨笙疑惑地道。

不过很快她就得到了答案，只见谢潇南拿起筷子夹了一些萝卜放到碗里，然后用汤匙和着萝卜将粥舀起，送到沈嘉清的嘴边。

他竟在一本正经地喂沈嘉清吃饭。

温梨笙的眼珠子都要瞪出来了。

这是什么情况？

沈嘉清也惊讶，不过饭到了嘴边，还是张口含住了，嚼了几下后，整张脸皱了起来。他对谢潇南道：“我不吃萝卜。”

谢潇南恍若未闻，又夹了些萝卜放到碗里，舀一勺送到他的嘴边。

于是沈嘉清又吃了第二口，却还是坚持道：“我不想吃萝卜，要吃肉。”

谢潇南面色如常，重复刚才的动作，沈嘉清抗议了几下后，还是被一口一口地喂完了粥和一盘萝卜，旁边盘子里的肉丝一下都没被动。

谢潇南放下空碗说："你这不是挺喜欢吃的吗？"

沈嘉清打了个嗝儿，道："我最讨厌吃萝卜，总觉得有一股怪味，吃多了就觉得反胃。"

谢潇南起身，居高临下地看了他一眼，道："下回早点儿说。"

沈嘉清一怔。

沈嘉清："我不是一直在说不吃萝卜吗？"

谢潇南："你方才不是说不想吃肉吗？"

沈嘉清："是吗？"

谢潇南："是啊。"

温梨笙还沉浸在惊讶的情绪中。

她无论如何都没想到，谢潇南竟会亲自给沈嘉清喂饭吃。

她怎么看都觉得奇怪。

沈嘉清吃完之后，打了个哈欠，而后自我厌弃般道："嘴里都是萝卜味，我真受不了。"

温梨笙道："有吃的就不错了，知足吧，还是世子亲自喂给你吃的。"她小声道，"我都还没给他一口一口地喂过饭吃呢……"

沈嘉清听见了，点点头道："确实，你还没资格享受这样的待遇。"

温梨笙冷"哼"一声，看在他双臂垂着，暂时是一个半残废的可怜人的分儿上，没有与他争执。

两个人正说着话，忽然有一个人从外边翻上了旁边的墙头，蹲在上面往下看。

"温姑娘，可有看到少爷？"墙头上的人问。

温梨笙循声望去，只见墙头上的人是乔陵。她指着敞开着的大门，疑惑地道："门不是开着的吗？"

乔陵笑道："翻墙更方便。"

也对，对他们这些习武的人来说，翻墙是再简单不过的事。温梨笙道："世子方才进屋去了。"

乔陵从墙头跳下来，伴着一阵脆脆的响声，温梨笙忽然又看向他，问："是什么声响？"

紧接着，她就看见乔陵的腰间挂着一串白色的骨头，约莫是兽骨，当中被掏空了，骨质的表面泛着一种陈旧的微黄色，被打磨得很光滑、圆润，乔陵串了七八个，走路的时候轻轻撞在一起，会发出奇特的响声。

这种响声与铃铛相撞时发出的声音是不一样的，没有那么清脆，而是闷闷的，声音不清亮，但是极为悦耳。

“骨铃？”温梨笙好奇地打量着，问。

这种用骨头做的铃，她听温浦长说过，据说一开始这种东西只会出现在猎户的家中，猎户进深山打猎，经常好几日甚至半个月不回家，猎户的家人就会将平时猎来的野兽剥皮扒骨，将骨头制作成铃，挂在檐下，据说风一吹，这骨铃的声音就能传得很远，深山里的猎人听到之后就会归家。

后来，骨铃的故事流传开来，人们把骨铃当作对远方的亲人的寄托。家中若是有在外地讨生活，或一年到头回不了家的亲人，他们便在逢年过节时将骨铃挂在檐下、窗边、树上……他们认为所思念的亲人听到铃响，便会早些归家。

骨铃便开始在市面上流通，那种大多由家禽的骨头制成。

不过，由于这种铃铛制作起来太过麻烦，且声音没有别的铃铛好听，所以逐渐消失在了人们的视野中。从温浦长年幼的时候起，基本上就已经看不到骨铃了。

温浦长曾有一副骨铃，温梨笙从来没有见过。不过方才她听见乔陵腰间挂着的骨铃响时，对这声音有一种颇为熟悉的感觉。

温梨笙猜想，或许是在她年幼的时候，温家有这样一副骨铃挂在檐下，每回风一吹，它就会响，所以给她留下了熟悉的印象，只不过她还没长大，那骨铃便遗失了。

看见她盯着自己腰间的骨铃，乔陵笑了一下，笑意从眉梢到眼角完全舒展开，似乎藏着一层喜悦。

“温姑娘知道骨铃？”他问。

“我听说过。”温梨笙道，“你这铃铛是用什么骨头做的？”

“有鹿有熊，也有老虎和狼。”乔陵说道。

温梨笙讶异地道：“取的是指骨吗？”

乔陵点点头。

温梨笙看见那些骨头有的泛着黄色，有的还很白，似乎有较为明显的陈新区分，便惊叹道：“你这骨铃的骨头，其中有些已经超过三年了吧？留存了那么久吗？”

“是啊。”乔陵用右手摸了摸那骨铃，说道，“这些都是由少爷近些年来在狩猎时击杀的战利品制成的，年岁最久的有五年了。”

“世子猎的？”温梨笙有些意外。

乔陵道：“皇室每年春季都会组织一场狩猎行动，少爷自十二岁以后就每年都参加。”

温梨笙很快想明白了，乔陵毕竟是自幼陪伴在谢潇南身边的，每回谢潇南去参加狩猎活动，乔陵肯定也会跟着。

只是她没想到他会将这些骨头收集起来，用心保养，然后做成骨铃戴在身上，可见谢潇南与乔陵的关系其实并非寻常主仆那般。

“先前怎么没瞧见你戴这个东西呢？”

“骨铃需要精心呵护，时常用特制的油擦拭，所以我并不常将它拿出来。”乔陵解释道，“而且它一动就响，平日里行动时不方便。”

“乔陵，”谢潇南的声音传来，打断了两个人的对话，他站在屋内的窗边，对乔陵道，“你寻我有何事？”

乔陵向温梨笙告辞，转头朝窗口走去，骨铃随着他的走动发出轻轻的响声。

沈嘉清看得眼红，道：“我也想要小师叔做的这玩意儿。”

“世子怎么可能会做那种东西？这一看就是乔陵自己将骨头收集起来，然后自己做的。”温梨笙想了想，觉得沈嘉清也算是与她从小一起长大的玩伴，他的这点儿愿望，她也是能够满足的，于是道，“不过你若是实在想要的话，我可以找些鸡、鸭的骨头给你做一个，虽然可能没有乔陵的那个好看。”

沈嘉清回答得很果断：“我不要。”

温梨笙冷笑一声，扭头离去。

沈嘉清耷拉着无力的手臂，又在院中坐了一会儿，便起身回到了自己的房中。

许是由于昨夜没有休息好，温梨笙精神有些萎靡，甚至在吃饱饭之后又想睡觉了。她揉了揉脸，起身前往谢潇南住的屋子。

这会儿温浦长不在，她放肆许多，直接敲了谢潇南的房门。

很快，房门从里面被打开，只见谢潇南已经脱了大氅和外衣，似乎正打算睡一会儿。

温梨笙显然是个不速之客。她对谢潇南一笑，然后大摇大摆地直接走进房中。

他的房间里还是一如既往的暖和，熏香淡淡的，让人闻到后觉得心旷神怡。温梨笙背着手往里走了几步，装腔拿调地道：“世子打算睡觉？这大白日的，许多事情还没有做完吧？怎么这就开始偷懒了？”

谢潇南挑了挑眉，问：“你这是在教训我？”

温梨笙道：“随口建议，你要是不接受也行。”

他站在门边道：“我卯时睡，辰时起，外出忙活时，你还在床上睡得流口水。”

温梨笙算了算时间，发现他最多睡了两个时辰，连忙笑嘻嘻地凑上前，踮起脚给他轻轻地捶了捶肩膀，一脸谄媚地道：“世子真是辛苦了，趁现在有空闲时间，快上床休息吧。”

谢潇南偏过头，垂着眼眸看她，微微弯起的眼睛里藏着一股笑意。他问：“那你还在这儿干什么？”

“我当然是来给世子守门的！在你睡觉期间，我不会让任何人来打扰你的！”温梨笙拍拍胸脯保证，然后将谢潇南扶着的门一把关上，催促道，“世子快去睡吧。”

谢潇南实在是累得不行了，甚至一提到“睡”这个字，他的脸上就出现了些许困倦之色。他看着面前的温梨笙，本能地伸手将她拥在怀中，低头在她的唇边轻轻地触碰了一下后道：“我休息一会儿，有什么事直接叫我就是。”

温梨笙点头答应。

谢潇南只脱了外袍就躺在了床榻上，很快就闭上眼睛睡去。

温梨笙不想打扰他，走到边上的一张躺椅处坐下，把上面铺着的软裘毛被卷在身上，脑袋靠在扶手上，看着逐渐进入睡眠状态的谢潇南。

不一会儿，谢潇南平稳的呼吸声传来。

温梨笙想：他的确是累坏了呀，这么一会儿的工夫就睡着了。但他方才说话的时候表现得与往常无异，只有在提及睡觉的时候，才会在不经意间露出些许疲惫之态。

谢潇南即便再厉害，如今也只是一个十八岁的少年，再年轻的身体也扛不住这样的劳累。

她想起梦中那个二十余岁的谢潇南，与现在的他几乎没什么变化，但就是能让人一眼分辨。梦中的谢潇南有着成年男人的气概，也更为冷漠，站着不动时，即便眉眼间带着慵懒的神色，也能让人瞬间感觉到他身上那极为压迫人的肃杀之气。

那是经过大大小小的战斗的谢潇南，双手浸满了鲜血，有着人挡杀人、佛挡杀佛的杀意。

她想着想着，便起身轻手轻脚地走到了谢潇南的床榻边。床边的地上铺着一块柔软的地毯，她光着脚踩上去，头慢慢地靠近床榻。

谢潇南睡着的时候，敛去了所有情绪。他表情变得温和，舒展的眉眼极为精致，长长的睫毛在白皙的皮肤上也有些明显。黑与白两种颜色，让谢潇南看起来像画里那被精心描绘出来的小公子。

她听见了谢潇南的呼吸声，便忍不住凑近了，再近些，鼻息与他的呼吸交融在一起。最后温梨笙的唇覆上他的唇，但只有一瞬间的停顿，随后便悄悄撤离。

人都睡着了，偷偷亲一下也没什么的，她想。

随后，温梨笙在床榻边枕着自己的手臂看他。他的面容近在咫尺，两个人的额头几乎只隔着一个拳头的距离，所以盯久了之后，温梨笙眼睛有些晕。

她闭了闭眼睛，在安静、暖和又带着一股她极其喜欢的淡淡的香味之中，在谢潇南的头边慢慢睡去。

这一觉她睡了很久，醒来的时候天都黑了，房中显得无比昏暗，唯有桌上的一盏灯亮着。谢潇南正坐于桌前，低头看书。

温梨笙坐起来，揉着眼睛，用喑哑的声音打破了这宁静的氛围：“世子。”

她的声音近乎呢喃，但谢潇南还是应声抬起了头，问她：“睡醒了？”

温梨笙这才发现她不知道什么时候躺在了谢潇南的床榻上，这个房间里没有第二张床榻，定然是谢潇南醒后将她抱上来的。

谢潇南的床铺很硬，温梨笙就睡了这一觉，醒来之后肩膀、后背都疼了起来。她皱了皱眉，问：“什么时辰了？”

“天都黑了，你说什么时辰？”谢潇南朝她招手，道，“过来。”

温梨笙掀开被子下床，穿上鞋子走到桌边，到了近处才发现谢潇南的桌上摆着一张类似地图的东西，旁边的书本上放着一个锦盒。那锦盒是开着的，里面放着一把相当漂亮的白色的骨刀。

骨刀的刃极为锋利，刃边有一圈金色的纹理，刀柄上缠着细密的黑线，当中镶嵌着一颗血红色的宝石，剑柄的顶端坠着黑色的流苏。

温梨笙露出惊讶的神色。

她梦中见过这把骨刀，记忆中，这把刀很破旧，上面缠着的黑线上全是已经干涸的血迹，刀刃上也有很多细小的豁口，红宝石上全是磨痕。

梦中她在孙宅偷偷逃跑的那个夜晚，就是这把刀忽然刺在了她的面前，拦住了她的去路，还削断了她的些许头发。

谢潇南总是将这把骨刀捏在手中把玩。在孙宅监督将士操练的时候，他就坐在树下，将这骨刀一下又一下地扔在树上，然后拔回再扔，起身时随手往腰上一别，总是随身携带着。

温梨笙没想到那把破旧的骨刀一开始竟如此美丽、锋利。

她还没发出声音就被谢潇南搂住了腰，他将她拉着坐在了他的怀中。

她将身子往后一靠，靠在桌边，侧过头看谢潇南，问：“世子休息好了吗？”

谢潇南往她的脸边凑的头一顿，他还是先回答了她的问题：“自然。”

然后他就低头吻上去，身子往前一压，温梨笙的后背就抵上了桌边，瞬间鼻间、唇齿间都是谢潇南的气息。他似乎喝了茶，舌尖带着一股浓郁的茶香味探过来，让温梨笙嘴里的每一颗牙齿都染上了这种茶香。

她将茶香咽下去，温度从脖子往上攀，不过片刻就热得红了耳尖。她的双手一开始是下意识地搭在谢潇南的两肩前的，二人唇齿交缠后，她的意识有些迷糊，她无意间伸长手，主动搂住了谢潇南的脖子。

谢潇南松开她后，她还咂了两下嘴，品了下嘴里的茶香，问他：“这是什么茶？好香。”

他抵着她的额头，声音低哑，道：“我等会儿让人送点儿给你。”

温梨笙心想：怎么我只要对哪个东西稍加夸奖，谢潇南就要送给我啊？

先前她把他送的东西带回家之后，她爹就说她跟路边的乞丐差不多，一出去就搜罗别人的东西。

温梨笙觉得自己特别冤枉。她真的没想要，只是随口问问而已。

于是，她转移话题，指了下盒子里的骨刀，说道：“世子，这把刀看起来好漂亮，是用动物的骨头做的吧？我还是头一次见到骨刀呢。”

谢潇南闻言，看了一眼盒子中的骨刀，说道：“这个不能给你。”

温梨笙这下真的忍不住了，问他：“我在你眼里就是一个乞丐吗？”

出版番外　前世梦

近日来，沂关郡进入三伏天，到了夜里也闷热，温梨笙在睡觉时总是无意识地将脚探出薄被。谢潇南深夜回去，洗漱完后轻手轻脚地来到床榻边，看着她安静的睡颜，伸手握住她白嫩的脚，轻轻捏了捏。

温梨笙向来睡得香，睡着之后一般动静是吵不醒她的。先前她贪凉，让人在屋中放置了许多冰块，结果一晚上就冻病了。后来谢潇南让撤了那些冰块，每晚放衙后都会在床榻边坐上许久，手中轻轻晃着扇子，让温梨笙安然度过夜晚最热的时候。

明月高悬，皎洁的月光落在谢潇南的腿边，照出他的轮廓。他低着头，将温梨笙的脸上的发丝轻轻别到耳后，露出她恬静的面容。他没忍住，在她的鼻尖上戳了一下。她就皱了皱鼻子，翻了个身，背朝着他。

谢潇南轻笑一下，仍旧安静地、慢慢地摇着扇子。

沂关郡的夏天总是很长，给人一种永远不会结束的错觉，仿佛这里的云朵都比别的地方飘得慢。谢潇南虽然在官署忙碌了一整天，但是只要回到家中，洗尽身上的汗和疲倦，坐在温梨笙的身边时，仍旧觉得清闲、惬意。

待云层遮了月，吹进房里的风也带了些许清凉，谢潇南便放下扇子，轻手轻脚地上榻，躺在温梨笙的身边，力道轻柔地揽住她的肩膀，将她搂在怀里。温梨笙睡得迷迷糊糊的，但知道谢潇南有时回家晚，感觉有人抱自己了，就顺从地贴过去，钻进那个人的怀中。困得厉害时，她会嘀咕两句，然后很快睡去；倘若稍稍清醒，她会仰头在谢潇南的下巴上亲一下，然后含糊不清地问他累不累。

谢潇南则亲亲她的耳朵，低声说不累，然后拥着她睡觉。这一天才算是彻底结束了。

“皇上……皇上……”

轻轻的呼唤像是从很远的地方传来，慢慢朝着谢潇南的耳朵飘近，很快就到了边上，变得十分清晰。

谢潇南恍然睁眼，才发现自己趴在桌子上睡了过去。一国之君在案桌上睡觉终究有些不体面，但谢潇南近日劳累得厉害，经常点着灯彻夜不眠。守在边上的贴身太监瞧着也心疼，轻声劝道：“皇上，时辰还早，您去榻上歇息会儿吧。”

谢潇南闭了闭酸涩的眼睛，没有应声，失神许久，而后才用暗、哑疲惫的声音问道：“什么时辰了？”

“回皇上，刚卯时。”太监应道，“沈将军已在殿外候着了。”

谢潇南将桌上的折子合上，起身说道：“更衣。”

命令一下，殿中的太监便应声而动，有条不紊地为谢潇南梳发更衣。不过节，不祭祀，全京城放假一日，所有人都知道今日是什么特殊日子。

春昭皇后逝世的第七年，皇帝仍旧如当初一般，在皇后忌日前的几个夜晚难以入眠，将身体累到透支，再于一大早赶往春昭皇后的陵墓。

早些年春昭皇后还在世时，其实不是皇后，只是皇贵妃。当年皇上一登基便遣散了前朝的后宫嫔妃，只留下这么一位从沂关郡带来的女子。其父亲更是拜了当朝宰相，是跟着皇帝一同定国的重臣。一时间，此女风头无两，盛宠无人能及。

但这位女子相当乖张，因嫌弃封后典礼烦琐劳累，便只要了个皇贵妃的封号，皇上竟然也答应了，传闻甚至连封号都是她亲自所写。只可惜好景不长，这位受尽宠爱的皇贵妃没多久便意外逝世，皇帝因此发了疯，手刃前朝旧部，血洗京城，一连将几个前朝有名望的世家株连九族。

其后皇帝追封她为春昭皇后，将她的忌日定为国丧，连着七年，年年都是如此。

谢潇南换好了衣裳，出门时东边的天际泛着微微的白光，天地间飘着薄薄一层雾，灰蒙蒙的。

殿外站着当朝大将军沈嘉清。他穿着一身常服，站在一众低着头的宫人前头很是显眼。沈将军与春昭皇后是打小一起长大的，当年大梁动乱，尚且年少的沈嘉清凭借一把剑成为皇上有力的助手，此后多年，他稳坐大将军宝座，无人能撼动分毫。

平日里不修边幅、胡子拉碴的沈将军，也会在这日将全身上下打理得干净整齐，一早来皇帝的殿外候着。

“皇上。”沈嘉清低头行礼。谢潇南略略抬手。二人已经这样多年，连寒暄都免了，似乎都没什么心情聊天。

沈将军这两年被家中逼着成婚，不胜其烦，时常往外跑，鲜少回京城，但赶上春昭皇后的忌日还是会不远万里回来，一大早等在谢潇南的殿外，而后二人心照不宣地一同出发，前往春昭皇后的陵墓。

皇陵修得相当气派，里面只葬了春昭皇后。

谢潇南与沈嘉清共乘一车。二人自上了马车就开始沉默，谁也没有说话。路走到一半时，沈嘉清突然开口："皇上，你生白发了。"

谢潇南正闭着眼睛休息，闻言并不觉得讶异，只说道："是人都会生白发。"

"可皇上才三十岁。"沈嘉清有小半年没回京城了，目光落在谢潇南的身上细看。他依旧俊美，分明正值壮年，两鬓却隐隐有了白发，眉眼间缠绕着浓郁的倦意，这是油尽灯枯的前兆。沈嘉清也无法劝说什么，只说道："保重龙体。"

谢潇南听到这话，勾着唇笑了一下，心想：或许是我如今当真体虚了不少，朝中百官似乎也察觉了，这两年劝谏我广纳后宫的折子尤其多。自皇后逝世，谢潇南的后宫就完全成了摆设。早些年往谢潇南宫里送人的人非常多，明里暗里什么方法都用上了，最后他不胜其烦，找借口杀了一部分人，才换来了几年的清净。

谢潇南此生只娶一人。他知道温梨笙心眼小，因此连表面功夫都不做，没往后宫收一个人。温梨笙死了，他就注定无后，于是早早地将堂兄的孙子养在膝下作为储君栽培。谢潇南勤政爱民，没有一天休息，经常忙碌到深夜。多少人劝谏他保重身体，他都只当耳旁风。

如此燃烧生命换来的劳累仿佛成了一剂药，能暂时治疗他心中深渊般的伤口。

二人到达陵墓时，天色已经大亮，阳光直下三千尺，从层层叠叠的云朵中洒下，铺得满地金光。谢潇南下了马车站在金光里，仰头一看，蔚蓝的天空中飘着棉花一样的云朵。京城鲜少有这样漂亮的、悠闲的云。谢潇南觉得这是温梨笙从沂关郡带来的，随着她飘过了千山万水，在每年忌日那天来到京城。

陵墓前站着文武百官，以丞相温浦长为首，像是等候多时。

谢潇南一出现，百官立刻下跪行礼。谢潇南往前几步，弯腰，亲自将温浦长给扶起来，低声说道："父亲何须多礼？"

温浦长拍了拍他的手背，笑道："恪守礼节，是臣之本分。"

谢潇南与温浦长向来都是各喊各的，这么多年来百官也习以为常，并不觉得怪异。温浦长年纪大了，加之白发人送黑发人，如今已经满头花白，笑起来时脸上全是皱纹。谢潇南抬手为他正了正发冠，指尖轻轻摸过温浦长的白发，叹道："父亲要注意身体，倘若让梨子知道了，又该埋怨我没照顾好你了。"

温浦长瞧着面前的人："皇上倒好意思拿这话说臣。"

沈嘉清站在后边，用谢潇南的身体做遮挡，并不吱声，饶是如此，还被温浦长看到了。瞧见了他，温浦长便马上鼻子不是鼻子、眼睛不是眼睛地说道："你在外面野够了就回来了！转眼你都要三十岁了，还不成家，像什么话！你想气死爹娘不成？”

沈嘉清老大不小，在外是威武大将军，威风凛凛，来到温浦长的跟前，仍旧低着头挨训，老老实实地说道：“我知道了。”

三人站在一起说话，像是一家人般亲密。闲话过后，众人走过宽敞的大道，来到一处栽满了花树的地方。谢潇南知道温梨笙喜欢热闹，所以每年的今日都会带许多人来到此地，种的花树正赶上开花的时节，开了满树的花朵。

姹紫嫣红的花树中有一座白玉砌成的墓室，墓碑是谢潇南当年亲手雕的，花费了半个月的时间。

如今七年过去，这块玉碑依旧洁白漂亮，仿佛岁月没在上面留下痕迹，一如当年温梨笙刚刚离开时的模样。每年来祭拜时，沈嘉清总是话最多的那个。他会带一些稀奇古怪的小玩意儿，都是从各地搜罗来的，然后坐在地上依次烧毁，嘴里不停地念叨，直到泪流满面才停下。

温浦长自然也好不到哪儿去。温浦长只有这么一个女儿，打小就眼珠子似的宝贝着，突然有一日白发人送黑发人，一场大病差点儿让他跟着命丧黄泉。

谢潇南则是最沉默的那个，每年来都是望着玉碑不说话，加之向来喜怒不形于色，便无人能揣度他在想什么。

百官齐齐跪地祭拜，不论真哭还是假哭，总要号上几嗓子，整个陵中飘荡着各种哭声，久久不息。直到谢潇南累了，才摆手表示今日的祭拜结束。待他上了马车后，百官逐一散去。

谢潇南感觉身体沉重，两腿像灌满了沙泥，坐上马车后便不想再动弹，保持一个姿势回了皇宫。

天气依旧晴朗，下马车时，他被满地的金光晃了一下眼，险些跌倒，身旁的贴身太监赶忙上前搀扶，嚷嚷着传太医。所有人都看出谢潇南身体状态很差，就连温浦长和沈嘉清都不放心，追来了皇宫，但谢潇南只是摆手，让他们都回去。

他这场病生了七年，天下无人能治。

谢潇南在寝院里种满了梨树，其中长得最旺的那一棵下面埋着温梨笙。

这是谢潇南的私心所致。温梨笙死后，他打破了太多规矩，也不差这一条。皇陵距离皇宫实在太远了，即便修建得再气派、再辉煌，谢潇南也不想把温梨笙留在那里。他亲手在院中栽了梨树，把温梨笙葬在这里，如此便能日日夜夜与温梨笙在一起。

每到这日，谢潇南就会将人清空，独自留在院中坐在树下，有时会说上几句话，有时则沉默很久，这么一直坐到深夜。但这日一过，谢潇南仿佛又变回了那个勤政爱民的国君。

今年与往年不同，百官发现，自从春昭皇后的忌日之后，皇上的身体一日不如一日了。他生命的消逝肉眼可见。他分明而立之年，却好似耗尽了所有精气。温浦长心急火燎，往皇宫里跑得很是勤快——多数时候谢潇南不肯吃药，也只有他在旁边盯着时会喝一两口。饶是如此，谢潇南的身体还是没有半点儿好转，这场沉积已久的大病猛然爆发，卷走了谢潇南所有的生命力。宫中的御医皆束手无策。

腊月寒冬，谢潇南到底还是病倒了，缠绵病榻。前朝动荡不安。沈嘉清接到消息，冒着风雪日夜兼程赶回京城。他在殿外卸甲后进去，就看见谢潇南半靠在龙榻上，无精打采的模样令人心惊。

沈嘉清撩袍跪地，一声大喊，泪水就跟着下来了："皇上！"

谢潇南懒懒地抬眼："喊什么？"

"你这是干吗呀？！好端端的，你怎么把自己折腾成这样？！"沈嘉清号啕大哭，膝行几步扒着床边，抓着他的手说道，"这宫里的御医都是干什么吃的？你身子骨向来强健，半年不见，怎么就变成这副模样了？！"

谢潇南抽了抽手，没抽出来，说道："我病了，自是如此。"

沈嘉清说着不信，哭声震天响，吵得谢潇南耳朵疼，但事到如今他也懒得计较那么多了。沈嘉清在年少的时候就跟在他的身边，温梨笙刚走的那两年，他们俩也算是互相扶持。虽说二人没有半点儿血缘关系，什么亲戚都攀不上，但沈嘉清打心底把谢潇南当作兄长。看到沈嘉清哭成这样，谢潇南破天荒感到几分抱歉。

温梨笙走了七年，两千多个日夜加在一起，是非常漫长的时光。有时候谢潇南觉得自己好像没有那么痛苦、难过了，仿佛时间当真抚平了创伤，但他始终无法提起精气神，就好像当年温梨笙走时带走了他生命的一部分，他因而永远缺失，永远有憾。

谢潇南无法治愈自己的病。

他转头，看见窗外风景依旧，天气晴朗，忽然说："当年谢家出事，跟着我的所有将士都折在了沂关郡的边境，是温大人将我捡回去藏起来，给了我一条命。"

沈嘉清很少听他说起当年的事，抬起蒙眬的泪眼望着他，止住了哭声，静静地听着。谢潇南又说道："梨子不知道我在那个山庄里。她经常偷偷跑去玩，坐在秋千上晃，我就坐在屋顶上看着。"

"那日万里晴空，风和日丽，正与今日相同。"谢潇南低低地说道。

温梨笙的笑声抵得过一万次春和景明，因此往后的每一个晴天，谢潇南都无法抑制地想起那天。在他失去了所有，万念俱灰时，温梨笙穿着漂亮的衣裙，戴着金光闪闪的头饰，坐在秋千上，斑驳的树影落在她的身上，晃人眼睛。

她坐在秋千上荡啊荡，就这么在谢潇南的心头荡了许多年。

一阵风吹进来，仿佛带着浓郁的香气，谢潇南转头又朝窗外看，恍惚间似乎看见满院光秃秃的梨树不知何时开了花，雪白的，一朵挨着一朵，好像温梨笙回来了一样。

谢潇南闭上眼睛，如沉入水中，那些哭声和呼喊都变得模糊，渐渐远去。

“谢潇南——谢潇南——”他听见温梨笙正低声喊他。

随后他的肩膀被推了几下，声音再次传来，有些生气：“谢晏苏！”

谢潇南从梦境中苏醒，睁开困倦的眼睛，低头一看，就见温梨笙正瞪着眼睛生气地望着他。混乱的梦境与现实融合在一起，如潮水般卷来，谢潇南一时迷茫，愣愣地看着怀中的温梨笙。

她还是年轻的模样，与死的时候一样，那双眼睛永远盛满朝气，喜怒哀乐都不加掩饰。

她又用力地推了推谢潇南的胸膛，生气地说道：“你别抱着我了，好热！我都出汗了！”

谢潇南定睛一看，果然她的额角、鼻头上都是小汗珠，显得面容更加雪白，整个人表现出抗拒的姿态，似乎奋力挣扎过，但被他抱得太紧无法挣脱。

他笑了笑，抬手将她的脸上的汗珠擦去，却并未松开她。他顺手拿起边上的扇子给她扇着，低头在她的脸上落下一吻：“你睡醒了？”

“热醒了。”温梨笙扯了扯领口，又埋怨道，“你方才抱得那么紧，我都呼吸不了了。”

谢潇南将她身上的薄被掀开，摇扇子的力度又大了些，一副赔罪的姿态：“我做了个不好的梦。”

温梨笙感受到扇子带来的清凉，马上就原谅了谢潇南差点儿热死她的事，将头半靠在他的颈窝处，搂住他的脖子，顺口问道：“是什么梦？”

谢潇南沉默半晌，似不愿说。温梨笙就主动跟他交换梦境：“我上次做的噩梦是沈嘉清走路不长眼，掉进了猪的粪坑里，还非要跟我拥抱，我吓得跑了几条街都没甩掉他，最后在他扑过来的时候吓醒了。”

谢潇南想了想，讶异地问：“就是前天晚上你睡觉时突然踹了我一脚，又不承认那回吗？”

温梨笙这才想起当时她一脚踹醒了谢潇南，但没有承认，马上装睡，后来装着装着就睡着了，忘记了此事。旧事重提，她凑过去亲了亲他的嘴角和下巴，说：“当时我被吓得太厉害，不是故意要踹你的。”

谢潇南也没计较，换了个角度给她打扇。

“那你梦见什么了？”温梨笙追问。

谢潇南便说道：“梦到你烧毁了温大人的书房，他一气之下罚你将所有的书手抄一遍。”

温梨笙打了个哆嗦，随即忍不住发出疑问：“这应该是我的噩梦才对，你怎么会害怕？”

谢潇南睨了她一眼，说道：“你撒泼打滚又哭又闹不肯抄，就央我帮忙，我为了帮你抄书，累断了手。”

温梨笙想起她爹的书房，那些大书架满满当当的，不知道藏了多少本书。不开玩笑，温梨笙觉得抄一辈子都抄不完，还真有可能把手累断。她赶紧抱着谢潇南，安慰地拍着他的后背，像是哄他，也像是哄自己：“没事，没事，都是梦罢了，半点儿当不得真。”

谢潇南轻轻应了一声，将她拢入怀中，紧紧地抱住，宠溺地吻在她的额头上，重复道：“当不得真。”